生 死 手 记
第一急救员自述

FIRST RESPONDER

A Memoir of Life, Death, and Love on New York City's Front Lines

〔美〕珍妮弗·墨菲（Jennifer Murphy） 著

史晓雪 译

中国出版集团

中译出版社

FIRST RESPONDER: A Memoir of Life, Death, and Love on New York City's Front Lines by Jennifer Murphy

Copyright © 2021 by Jennifer Murphy

The simplified Chinese translation copyright © 2023 by China Translation & Publishing House
Published by arrangement with author c/o Levine Greenberg Rostan Literary Agency through Bardon-Chinese Media Agency
ALL RIGHTS RESERVED

著作权合同登记号：图字01-2023-0283号

图书在版编目（CIP）数据

生死手记：第一急救员自述/（美）珍妮弗·墨菲（Jennifer Murphy）著；史晓雪译. —北京：中译出版社，2023.12

书名原文：FIRST RESPONDER：A Memoir of Life，Death，and Love on New York City's Front Lines

ISBN 978-7-5001-7397-7

Ⅰ.①生... Ⅱ.①珍... ②史... Ⅲ.①回忆录—美国—现代 Ⅳ.①I712.55

中国国家版本馆CIP数据核字（2023）第078690号

生死手记：第一急救员自述
SHENGSI SHOUJI：DIYI JIJIUYUAN ZISHU

出版发行	中译出版社
地　　址	北京市西城区新街口外大街28号普天德胜大厦主楼4层
电　　话	（010）68005858；68359827（发行部）；68357328（编辑部）
邮　　编	100088
电子邮箱	book@ctph.com.cn
网　　址	http://www.ctph.com.cn

出 版 人：乔卫兵	总 策 划：刘永淳
责任编辑：黄亚超　邓　薇	策划编辑：郭宇佳　马雨晨
文字编辑：马雨晨　邓　薇	营销编辑：张　晴　徐　也
版权支持：马燕琦　工少甫	封面设计：潘　峰

排　　版	北京中文天地文化艺术有限公司
印　　刷	北京盛通印刷股份有限公司
经　　销	新华书店
规　　格	787mm×1092mm　1/16
印　　张	28.25
字　　数	448千字
版　　次	2023年12月第1版
印　　次	2023年12月第1次印刷

ISBN 978-7-5001-7397-7　　　　定价：79.80元

版权所有　侵权必究
中 译 出 版 社

献给伊尔法和迈克,
并永远为帕特祈祷——
谢谢你们拯救了我的生命。

我们这些不情愿的人,在不可知的引领下,为一部分忘恩负义的人做着艰难的事。在回报如此微薄的情况下,我们已经做了这么多、这么久,现在我们有资格不付出代价做任何事。

——康斯坦丁·约瑟夫·伊雷切克

英雄是罕见的。

——詹姆斯·鲍德温

前言

　　本书中，为确保符合相关医疗保健隐私法律法规的要求，除了在医疗保健和医学诊断中发挥关键作用的种族外，与病人有关的地点、时间、姓名和身份识别细节均已做修改。为保护病患隐私，有关调查和危机案例的细节也做了类似处理。如有和真实案例或病人情况雷同的，纯属巧合。为确保言论自由、隐私保护与免受责难，除少数"9·11"恐怖袭击事件中的退伍老兵、第一急救员特别要求使用其真实姓名外，现役第一急救员的姓名和必要的身份细节均做了修改。我对急救情况的回忆，已经尽可能地与其他第一急救员进行了交叉核对，并且囊括了对急救现场情况的不同叙述，以供读者评介。书中的对话是根据回忆撰写的，我的回忆有多年的日记和笔记记录作为支撑。本着"没有我们，就没有我们"的精神，在第一急救员的祝福和指引下，通过讲述他们个人工作和生活中的急救故事，希望大众可以更清楚地看到我们的人性，对我们的经历感同身受。

序

从你穿上制服的那一刻起,人们就忘了你也只是个普通人,他们会把你当成英雄,赋予你可能具备或不具备的超人品质:

无所畏惧,无所不能,坚韧不拔。

我生性并不勇敢。勇敢是一种表现,是我必须经过练习才能在街上出色地表现出来的品格,而那里的赌注总是高得令人难以置信。在我能勇敢地面对人类灾难之前,我也曾被拖入失败的深渊。

在构成身体面对压力的生存反应的 4F——战斗(fight)、逃跑(flight)、"僵死"(freeze)及服从(fawn)中,"僵死"是我最不想在现场经历的。然而,2018 年一个阳光明媚的夏日午后,在目睹一名刚被车撞倒的外卖骑手浑身是血地躺在绿树成荫的街上的那一刻,我这名身高 6 英尺[①]1 寸(约 1.86 米)的红发紧急医疗救护技术员(EMT),一名身形不容忽视的女性,整个人都僵在了美国纽约市布鲁克林区的街头。

"噢,天啊,"我心想,"这可是紧急情况。"

好吧,虽然我不知道你们是怎么想的,但我在看到有身穿紧急医疗救护技术员制服的工作人员时,我会理所当然地认为他们应该出面帮忙处理这种情况。

但那并不意味着我就能做到,我被恐惧"冻结"了。虽然我已经在公园坡志愿救护队做了几个月的紧急医疗救护技术员,但这是我第一次直面严重创伤的任务。虽然我选择在街上的"院前急救表演"中扮演"救援者"的角色——这真是一个头脑发热的愚蠢选择,我的神经系统却要求我在众目睽睽之下躲起来。紧张让我变得无能。

这场事故像一场"表演",现场人数众多,人行道上挤满了围观的人。他们都是从哪里冒出来的?在布鲁克林这样一个美好的周六下午,天高

[①] 英尺,英美制长度单位,1 英尺等于 12 英寸,合 0.3048 米。——编译者注(若无特别标注,本书脚注均为编译者注)

I

气爽、阳光明媚，他们就没别的事情可做吗？我一般在晚上工作，所以我从未在白天面对过这么拥挤的人群。真是太亮了。我想把太阳从天上扯下来，关掉所有的灯。停在一旁的消防车发出惊人的强光，这强光让我看到的一切都变得炫目和鲜红。一辆警车封锁了街道，警察指挥着交通，指示围观的人群往后退。"这里没什么好看的，伙计们。没什么可看的。"

但确实有东西可看，这是唯一能看的东西。

我现在明白为什么他们会把战争叫作"剧院"了。这场紧急事故让我成了一个僵在舞台上的演员，忘掉了本该说的台词。我为自己无法动弹而羞愧，我站在大街上，手里紧紧抓着一副担架，却打不开担架的刹车，在围观这场可怕的"日场表演"的路人面前，我汗流浃背，身上的制服都被汗水浸湿了。更令人震惊的是，我发现居然有那么多人拿出了手机拍摄陌生人的痛苦。不只是陌生人的痛苦——还有我，他们也在拍我。我想尖叫着跑下台。要是有某种退出键，我一定会立即按下。

一下子发生了这么多事情。每个人都在行动，除了淹没在极其缓慢的时间之海中的我。我被无数的声音包围着，却分辨不清它们来自何处。我的耳朵里响起高亢的轰鸣声。这些声音不仅仅来自躺在街上的那个家伙，血从他的额头冒出来，弄糊了他的脸，还流到了他的眼睛里。他的双腿扭曲到一边，就好像他是在跑步。一群消防员围在他身边，然后看向我，等待着、期待着我做点什么——快点行动啊！

这一切都是真的吗？我觉得很不真实，可这一切又太过真实。另一辆救护车停在了街区外。路人拦下了那辆救护车，但车里已经有一名躺在担架上的病人了，他们没法抬走这名受伤的骑手。这下都得靠我了，呃，是靠我们了。我搭档呢？他去哪儿了？

啊，他在那儿。在公园坡这个富裕的、以白人为主的褐砂石街区，希普很显眼。他比我小20岁，是一名身材魁梧的黑人急救员、专业的紧急医疗救护技术员，身高比我高上几英寸。希普性格严肃，有着丰富的现场急救经验。每当我们一起到达现场，经常有人在看到两名高大的救援人员从救护车上滑下来后惊讶得说不出话来。

希普和一队装备齐全的消防员合作，为骑手上颈托、上夹板，将他搬到担架上，抬起担架，然后送上救护车，根本没要我协助。观众像被掷出的骰子一样四散离去，他们观看的"演出"结束了。

但对我们来说，这才刚刚开始。

在巴士（这是纽约市对救护车的叫法）的后面，我的手抖得厉害，几乎无法握住我的粉红色听诊器。救护车里满是血液和汗液的味道，让我的胃直反酸。我的口腔发干，一嘴的粉笔味儿。

希普在担架上方忙碌：评估骑手的伤情，剪开他的裤子，检查他的腿，询问他疼痛的位置和严重程度，查看他的生命体征。我也试着向病人提问，但他几乎不会说英语。他没有身份证明，也没有保险。这没关系。作为本市的志愿救护车公司之一，不管病人是否具备支付能力，我们都会把他们送到医院。

伤势严重、病入膏肓以及行将就木的人说的话，总会令见证的人感到谦卑和神圣。遭受痛苦折磨的人常常哭着喊着找妈妈，一些人会向或远或近的天使喃喃祈祷，非法劳工则频频提起他们的老板。

"给我的老板打电话，"病人不停地说，"我的摩托车呢？我要我的摩托车。"

一名消防队长来到我们的巴士旁，询问病人的名字，然后向他保证会把摩托车留在消防站。"我们保管着你的摩托车，伙计。等你出院就可以过来拿。"

"我的摩托车在哪里？"病人还在问。

脑震荡病人会不断重复自己的话。想要让他们理解发生了什么事，就像用叉子喝汤一样困难。

希普用无线电给最近的创伤接收医院发了一条信息，通知他们我们会在3分钟内抵达，并说明了即将送过去的病人的概况。然后他从巴士后面跳下，关上后门，又跳上前面的驾驶室，沿着绿树成荫的街区向最近的急诊室（ER）疾驰而去。

几分钟过后，当我们抵达时，已有一群护士和医生急切地站在清创室外面等候。希普走上前去，向他们介绍病人的情况，也就是所谓的分诊报告。医护人员很快就将病人从我们的担架上转移到了病床上，剪掉他的衬衫，为他连上生命体征监测设备，开始做医生和护士该做的事。我们跌跌撞撞地走出了清创室。

在走廊里，希普递给我一把消毒湿纸巾，让我给担架消毒。然后他看着我说："我们需要谈谈，这样的事情绝不能再发生了。"

我愧疚地站在那里，聆听他的教诲。

"首先，你还记得创伤处理准则吗？"

"记得，我只是在急救现场没想起来。那里人太多了。"

"这是一场'表演'。对于重要任务，你总会在现场面对很多人，而且白天大家都会出门上街。如果下次你再接到处理被车撞倒的骑手或行人的任务，一定要想着止血、上颈托、上担架，然后把他们从街上弄走，远离人群。你还记得你在救护车上都做了什么吗？"

我对此一点印象都没有了。

"你抓起听诊器检查了病人的生命体征。你做得很棒，这必须在 5 分钟内完成，但你首要要和病人交谈，评估他们的身体创伤。你要问他们身体什么部位疼、有多疼。要是你还没来得及问完这些问题他们就不出声了，就检查一下他们是不是失去了意识。剪掉他们的衣服以便检查他们的伤势，用手在他们的腿或其他受伤的部位上下检查。一旦病人情况稳定下来，这些工作都必须立刻完成。明白了吗？"

"明白。"说着，我的眼睛湿润了，觉得很挫败。

"你还好吗？"

"嗯，我很好。"

"我之所以这么问，是因为你看起来像是在哭。"

"我只是需要缓一缓，"说着，眼泪顺着我的脸颊流了下来，"我很好，我只是对自己很失望，仅此而已。"

"别这样。这是你的第一次创伤急救，对不对？这次做好了，下一次也会做好的。"

但我能做好吗？突然之间，我很担心自己并没有能力拯救生命。决定成为一名紧急医疗救护技术员又是我头脑发热的想法，也许我天生就不适合干这行，也许我应该放弃，退出。我祈祷自己接下来的轮班会很少，我很害怕再接到下一个任务。我只想回家大哭一场，然后告诉公园坡志愿救护队我要退出："就是这样，谢谢。很抱歉，这份工作不适合我，我天生就干不了这种事，我骨子里就适应不了这种工作环境。"

我以为事情就这样结束了，但我错了。

到了医院外面的救护车停车场，我们爬上救护车，清理后车厢。车厢里面看起来就像是经历了一场战斗之后的战场，而这场战斗还牺牲了所有

"士兵"：凝固的血液溅落在灰色的地板上，被撕开包装的伤口敷料和纱布扔得到处都是，还有从颈托上扯下来的塑料包装，血压袖带需要清理干净后放回到急救包里，我的听诊器被丢弃在家属偶尔会坐的蓝色长椅上（我都没有意识到它被我弄丢了！我又把它重新挂到了脖子上）……

我们一声不吭地在救护车里坐了一小时。然后，令我惊恐的事情发生了：我们接到了下一个任务。重伤，这次是在展望公园。我整个人就像一根被压扁的香蕉。当希普拉响警笛向公园飞驰而去时，我告诉自己："这一次决不能再像上次那样。"那样的错误决不能再犯第二次。我在心里不断重复：止血，上颈托，上担架，止血，上颈托，上担架……我们抵达了公园，这里繁茂的草木让气温都降了几度，空气凉爽，散发着宜人的青草香味。

在希普将救护车完全停好之前，我就从副驾驶位跳了下去，跑到痛苦呻吟的骑手那里，他被抛到了尖锐的荆棘堆里。我们是最先到达现场的，庆幸的是没人围观。我询问他发生了什么事、有没有哪里受伤、人是否还有意识、能不能记得这场意外。他说他撞到了什么东西，然后整个人脱离车子飞了出去，侧着身子着地，他的脖子受伤了。

希普把颈托递给我。我把颈托调整到适合骑手的尺寸，然后套在他的脖子上。我们把他抬到担架上，送上救护车。这时恰好有一辆消防车开了过来，一名消防队长从车上下来，走到我们的车前。"我们已经处理好了，"我说，"你们可以走了。"然后他们就走了。

在救护车里，我剪掉病人的裤子，在他肿胀的膝盖上放上一个冷敷包。我们很快就赶到了急诊室，将病人转给了护士，然后为血迹斑斑的担架消毒，这一次我用柠檬味的消毒湿纸巾将它清理干净。我对刚刚发生的事惊讶不已，甚至忍不住笑了起来。我之前从没见过这样的自己，我从未有过如此迅速的转变：在短短几个小时内，就从一个被恐惧操控的旁观者，变成了一个在紧急事故中有用的参与者，变成一个能做点什么、能帮助他人的人！失去的信心又回到了我的体内，给了我一种前所未有的力量。

这次急救任务粉碎了这几个小时以来我一直对自己进行的毫无帮助的暗示——"我太脆弱和敏感了""我不适合做急救员""我在街上无事可做"……取而代之的是我的新形象：一名接受过止血和稳定脊柱训练的、沉着冷静的、有能力的女性。我的作家思维令我想到了丹尼斯·约翰逊（他是我最喜欢的作家之一）说过的一句话："我开辟了道路，我画出了地图，蒙昧初开，我就是创造的一切。"这句话非常符合我的心境。我正在发生转变，我是一名第一急救员！这种感觉太不可思议了，我希望能一直持续下去。

在医院，希普把双手放到我的肩膀上，朝我走近几步，他抱了我一下，为我在展望公园的表现鼓掌，告诉我他就知道我能做到。

"干得漂亮，好姑娘！你简直是从救护车上飞下去的！我真为你骄傲！"

这就是我得到的经验教训：身体动起来，思想就会及时跟上。融化僵住的想法的办法就是行动起来，不要画地为牢。从救护车上下去，行动起来。

那天晚上我回到家，冲过澡后，一个人在黑暗里坐了很久，一直盯着沙发上方巨大的、绽开的天堂鸟叶子。我想到了那个被车撞倒的外卖骑手，突然意识到我忘了记下消防队长存放他摩托车的消防站地址了。等他出院，他根本没办法取回他的摩托车。他的老板应该会生气，也许他会因此被解雇。这是我的过错，却可能导致他失去工作。

随后，我又想起来僵在现场是多么丢人。站在明亮到令人头痛的街道中间，面对目不转睛的旁观者，更糟的是，还要面对我的第一急救员同事、所有的消防员和警察，真的是太尴尬了。我很羞愧，觉得自己欺骗了别人，不配穿上这套制服。下一次轮班，下个星期，执行任务的急救员还会记得我在事故现场的蹩脚表现吗？我会不会从此在他们眼中的形象，就是那个僵在现场的"呆头鹅"紧急医疗救护技术员、僵在街上的雕像？当我再遇到之前没遇过的情况时，这样的事情还会再次发生吗？我还会在街上看到什么？这会留下痕迹吗？什么类型的痕迹——有多深、在哪里？有办法消除它们吗，还是说它们会永远存在？

对于这些问题，我扪心自问了好几个星期。

有位朋友曾对我说过，每当在街上听到救护车的鸣笛声，他都在心里祈祷。我想他为之祈祷的对象应该是那些病人、伤员或被安然抬上担架的垂死之人，而不是驾驶救护车的紧急医疗救护技术员、护理人员，抑或后车厢里负责在前往医院途中保住病人生命的没系安全带的急救员。

那又是谁在拯救急救员呢？

目录 Contents

第一章　决心，决定 / 001
   1　小手术，大急救 / 002
   2　街头急救 / 019
   3　为老奶奶开车 / 039
   4　欢迎来到公园坡 / 058

第二章　志愿者队伍 / 079
   5　街头妻子 / 080
   6　99% 的废话 / 103
   7　噢，糟糕 / 121
   8　最疯狂的事 / 130
   9　欢乐的终结 / 150

第三章　相互救助 / 169
  10　两个老婆 / 170
  11　别逗英雄 / 187
  12　发烧咳嗽 / 203
  13　呼吸困难 / 216
  14　生病 / 233
  15　城市停摆 / 243
  16　MARS 中的生活 / 261
  17　5 月的日子 / 276
  18　5 月的抗议 / 288

第四章　坚韧不拔 / 309

　　19　疫情诞生日 / 310
　　20　如果末日降临 / 332
　　21　这简直就是末日降临 / 349
　　22　梦幻轮班 / 362
　　23　粗野的流浪汉 / 385
　　24　纽约是不死之城 / 402
　　25　数字背后 / 420
　　26　无法想象的损失 / 428

致谢 / 437

第一章
决心，决定

1 小手术，大急救

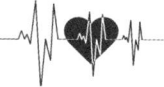

在成为紧急医疗救护技术员之前，体验一下在紧急情况下作为病人是何感受会对你很有帮助。

2015年12月的一个晚上，也就是我成为第一急救员的两年前，我经历了一场医疗事故，导致我被抬出公寓楼，绑在担架上，那是我平生第一次被送进救护车的后车厢。

和许多人一样，我的这场事故发生得相当"低调"。那是很平常的一天，我的妇科医生把我叫到她的办公室，说我得了卵巢囊肿，需要进行手术切除。

"是癌症吗？"我问。

二十几岁的时候，我得过黑色素瘤，所以这是我最关心的问题。有过癌症病史，就像是有了案底，还是重罪。无论你"洗心革面"了多少年——7年、10年或者和我一样是14年，你都永远没办法真的"脱罪"。只要每次医生开口说一点点让人不安的话，你都会提心吊胆。你的医生也会屏息以待。他们总会考虑黑色素瘤转移到你的肺部、骨头、大脑和其他内脏的可能性。

"卵巢囊肿很常见，"我的妇科医生给我科普了一些有关医疗的头号废话——换句话说，就是她也不清楚，"因为你有黑色素瘤的病史，所以风险总是有的，但卵巢囊肿很常见。"

我很疑惑，这种话有必要说两遍吗？

医生建议我去找外科医生做腹腔镜检查。这个手术非常简单——她是这么说的，就是一个小手术，都不用在医院过夜，也不会留疤。

我垂头丧气地回了家。

手术前几周的一个清晨，我独自坐在曼哈顿一家医院的候诊室里，一边喝着咖啡，一边回答一连串令人沮丧的病情问题。

我有没有立遗嘱？有家人能在术后来照顾我吗？我是不是器官捐赠者？

很多问题我还是很乐意在术后醒来喝咖啡的时候回答的，比如说，我睡得怎么样，或者我有没有做梦；而如果我没能从手术台上下来，要不要将我的眼球捐献以供科学研究，却是绝不在这些问题之列的。

当时我正在纽约大学（NYU）工作，正在攻读研究生学位。我是该校小说创意写作专业的硕士研究生，我的梦想就是成为一名作家。早在二十几岁的时候，我就想拿到这个学位了，但是一些事情耽搁了这个计划。现在我40岁了，不想再让任何事情干扰我的创作乐趣。因此手术就被安排在寒假期间。

有些假期，我真是从来都没机会享受。

至于手术后是否有家人来照顾我，答案是没有。我在贝克斯菲尔德长大，那是一个位于加利福尼亚中部的高地沙漠路边城市，离东北方向的洛杉矶只有几小时的路程。贝克斯菲尔德是一个"马桶形"的盆地，拥有油田、橘子园、卡车车站、乡村音乐、巴斯克牧羊人，以及近年来全美国最凶残的警察队伍。

这种地方你想来吗？

空气中充斥着来自奶牛和汽车的污染物，以至于在每个打完喷嚏的人揉皱的纸巾里都能发现颗粒物。莫哈韦沙漠的太阳会使夏天的气温上升到110摄氏度，在我还是个孩子的时候，这样强烈的阳光总是炙烤着我娇嫩的爱尔兰皮肤。而在我成长的年代，防晒还是个古怪的念头。童年的大部分时光里，我的皮肤都处于晒伤状态，经常有长长的半透明条状物从皮肤上脱落下来。

我出身的家庭，是你们眼中典型的爱尔兰天主教家庭，一个功能失调的服务型家庭。我的曾祖父是一名警察局长。我有3个叔伯，一个是防爆小组的警长，一个是急诊室医生，还有一个是检察官；两个姑姑，一个是急诊室护士，另一个是法官的书记员。

我的爸爸虔诚又易怒。他在洛杉矶长大，家境贫寒，干的第一份工作就包括洗地板。他的父母总是烂醉如泥，然后就发生了一些严禁提及的坏事，所以他发誓"死也不会碰魔鬼的尿液"——他从不喝酒，愤怒就是他的首选饮料。

我妈要是没去上班或者在厨房里忙碌，那她就是服了安定药躺在床上睡觉。她得了使人衰弱的偏头痛，而安定药就是医生开给患有这种病的不幸女性的"灵丹妙药"。她仅剩的注意力都放在了我哥哥身上，他比我大

5岁。

我哥哥在我们小时候经历了很多磨难，他遭受过残忍的霸凌。晚上，他常常用头撞床头板，要把自己狠狠撞晕才能睡着。我每天晚上就这样在哥哥用头撞床头板的声音中沉入梦乡。

这就是我的家。

我住在纽约城是有原因的。

我喜欢纽约，但在过去的几年里，好像除了工作和学习，我的其他时间都花在了看病上。在被纽约大学录取之前，我就已经长期面临一些健康问题了。

几年前，我去参加一个艺术展的开幕式，结果晕倒了。我在一家画廊的地板上醒来，一群富有艺术气质的人俯视着我，我的头枕在当时男朋友（现在已经是前男友了）的大腿上，他是一名建筑师。

我应该告诉你们他是黑人吗？我不确定这和我们现在讨论的话题是否相关。或许是有关系的，因为黑人建筑师很少，而且因为这一事实，我的前男友觉得他必须比他的白人同行努力两倍；也正因为他是个工作狂，所以他没时间来维护或经营我们之间的关系，我或多或少受到了他的漠视。因此，在这种情况下，说明这一点也许很重要。

当时我醒来便问我的前男友发生了什么事，因为我完全没印象。我力倦神疲，根本无法思考。我的脑袋就像被塞进一个金属碗后爆炸的微波炉。

我的前男友告诉我，我昏过去了，还癫痫发作。真有意思，我坐在地板上想，我这辈子都没得过癫痫。他把我从地上拉起来，扶着我走了出去，然后把我送回家休息。然而，这种说不清到底是什么的症状仍在持续，每隔三四个月，我就会像被拍死的苍蝇一样晕倒在地。总有人会在我落地前接住我，他们真是太善良了。

后来我和那个男朋友分手了，从我们住的格林堡搬离，来到了布鲁克林东面的史蒂文生高地——贝史蒂的一个历史保留区。朋友克拉拉为我找了一间公寓，她就住在我的公寓楼附近。随后，我被纽约大学录取，忍受了数不清的医疗诊断，这些检查或多或少毁了我学习小说创作的第一个学年。

我做了很多次抽血检查、核磁共振成像（MRI）检查、睡眠剥夺脑电图（Sleep-deprived EEG）检查、心电图（EKG）检查，以及用了或没用造影剂的电子计算机断层扫描（CT）检查——医生给我做了所有能做的检查，担心黑色素瘤转移到了我的大脑。最后，我的所有检查结果都显示正常，我成了医学上的谜团。

困惑之下，我的一名医生问我有没有在生活中经历过特别重大的创伤。我耸了耸肩说"都是零零碎碎的小事"，并向他描述了一些细节。随着我的讲述，他的眼睛越睁越大，他表示我可能正在经历一种叫作心因性非癫痫性发作（PNES）的疾病，通常是由心理活动而非癫痫引发的。真有意思——除非它正发生在你身上。他敦促我去找一名从事眼动脱敏与再加工治疗（EMDR）的创伤心理医生。

我知道眼动脱敏与再加工治疗是一种致力于缓解由创伤记忆和悲惨人生经历引起的焦虑的心理康复疗法。我从我的退伍老兵朋友那里听说过这种疗法，他们中的一些人说这种疗法对他们真的大有裨益。我想这对他们来说很不错，毕竟他们都上过战场。但对我来说，接受这种疗法，似乎有点太过郑重其事了。

话虽如此，但时不时晕倒真是太讨厌了，所以我听从了医生的建议。几周后，在一名专门从事此治疗的心理医生面前，我往沙发上一坐，治疗就开始了。她很热情，从她的办公室窗前，可以俯瞰布鲁克林的天际线。

她问我为何过来。我说，在遇到一些无法解释的医疗问题后，有位医生建议我找心理创伤方面的专家看看。

心理医生点点头。她让我首先给她讲讲我从孩提时代到现在的所有生活经历。

啊，天啊，真要说吗？我在心里犯嘀咕。

她说我完全符合接受眼动脱敏与再加工治疗的条件。

"真的吗？"我说，"这不是主要面向士兵吗？"

"你符合条件。"她说。

我决定相信她。这是个明智之举，因为自从我接受该治疗后不久，晕厥就停止了。我觉得我的生活又恢复正常了，我终于可以享受我在纽约大学的生活了。可是紧接着，我又得了卵巢囊肿。

在纽约，我的朋友就是我的家人，我需要他们中有人能在我手术后照顾我。

我最好的朋友菲丽丝，是我病历表上的紧急联络人。作为一名诗人、剧作家、圭亚那移民的女儿，菲丽丝还是一名垃圾真人秀的观众（和我一样），我们于1998年在新波多黎各诗人咖啡馆相识。在这个城市变成一个购物中心、每个角落都分布着花旗银行和星巴克之前，那时候的纽约，有《乡村之声》报纸，有出售各式花边煎饼的"诺霍之星"，有丹·萨维奇主笔的"野蛮之爱"两性专栏，还有响彻曼哈顿市中心的劳伦·希尔的第一张个人专辑，而曼哈顿的艺术灵魂则逃到了布鲁克林和其他社区。

我们刚成为朋友的时候，失去了一位共同的诗人朋友，对方因癌症去世，是菲丽丝最好的朋友之一。这一损失将我们紧紧联结到一起。我们的友谊之花随着时间的流逝而绽放，这是一份因诗歌和悲痛而联结的姐妹情谊。20年来，我们几乎每天都通电话，以姐妹相称。

由于她是黑人、我是白人，菲丽丝和我总会面临无穷无尽的问题，这些问题都是关于我们是怎么成为姐妹的，我们还不断被要求撰写和发表关于跨种族友情的文章——我们的作品多次因这个话题被编入文集，因为全世界都觉得这太疯狂、太不可思议了，两名背景如此迥异的女性竟然可以如此亲密！

菲丽丝请了一天假陪我去医院。但我的手术在最后一刻被改了时间，她的老板不愿意再给她另一天的假。

最后帮忙的是纳塔莉，我是通过菲丽丝认识她的。几年前的一个夏天，菲丽丝在火岛教书，但大家都误以为她是保姆。她只好请求我们的支援，于是我、纳塔莉和我们的朋友克里就去帮忙了。

纳塔莉是一名内心强大的公司律师，在兢兢业业工作的同时，还照顾着她的牙买加大家庭，并拿到了某种厉害的武术腰带。她是照顾我的不二人选，而且她之前就救过我好多次。2008年金融危机爆发时，我正在巴黎，突然之间就丢了工作。纳塔莉当时因公飞往伦敦，在我身无分文的时候，乘火车来到法国，二话不说就为我付了房租。

她答应在手术后把我从医院接回家，然后在我家过夜好照看我。现在，我只需在寒假到来之前完成接下来几周的学业就好。

之后便可以手术了。

手术前在研究生学院的那几周，我试图把我的医疗经历写下来，但要把它们诉诸笔端让我很是焦虑。每当我的故事被研讨班讨论时，我都会紧张得汗流浃背。

我以为自己会在院系里找到同道之人，一方面我确实找到了——读者和作者；但另一方面，我又觉得自己格格不入。

我在纽约大学的同学，他们写的很多故事都是安静而优雅的。故事的高潮最多就是泼了一杯茶，然后有几滴溅到了主角的裤子上。而我的故事总是充满大量的暴力元素，在我的小说里，人们总会遭遇各种可怕的事情。在一部正在创作的小说中，开篇第一章我就杀死了所有的角色。

一天，我的教授内森·昂格朗代在研讨班上问我："珍妮弗，这个角色一定要在故事结尾被煮死吗？"

我只能做我自己。

我试图停止杀死笔下的角色，但这样的事情依然免不了发生。成为作者最让我痴迷的一点就在于，写作就像在驾驶一辆自动行驶的汽车。内森告诉我不必为此担心。他说，读研时他也是班上的怪人；他还说，怪人才是会出版作品的那个人。

"想想科恩兄弟[①]，"他说，"想想《冰血暴》，如果你需要留着那个碎木机，那就留着吧。"

每个周六，我志愿为纽约大学老兵写作研讨班服务，他们是一群参加过不同战役的退伍老兵，而这个写作班改变了我。说到碎木机，他们也不遑多让。这些退伍老兵每隔一页就会写一些被炸飞或患上痛苦难熬的癌症，以及射杀狗的角色。

当我的好友、诗人兼共同协调人雅尔告诉我们她怀孕了之后，其中一名老兵难过地盯着桌子说："看来我们以后都不能再开死婴的玩笑了。"而一等她摇摇摆摆地走出教室，他们就食了言——死婴笑话满天飞。

这些笑话让我笑了几个月。

老兵们叫我"独角兽"，因为我和他们很合得来。他们中的一些人在

---

① 科恩兄弟是一个美国电影导演组合，由哥哥乔尔·科恩和弟弟伊桑·科恩组成。

描写女性角色时，总是将女性描写成圣洁的圣母玛利亚，不然就是背信弃义的妓女或者郊区女友，无法理解她们自命不凡的军人男友从战场回来时的感受。每当这个时候，我都会将他们的作品标红，并坚持要求他们重新丰富笔下单薄鄙陋的女性角色。

我如饥似渴地阅读战争文学。在写作班里，我绞尽脑汁地在这些书籍中寻找自我，却从未找到与我相似的人物。

女性领袖在哪里？为什么看不到忍受暴力并讲述其经历的女性角色？我们中的一些人很认同反恐战争越来越局限于美国国内，且在网络中进行对抗，美国面临的最紧迫的威胁并非来自藏匿于阿富汗山区中的基地组织，而是来自激进的极右翼和新纳粹极端主义群体，这些组织就在美国，将"脸书"（Facebook）和"油管"（YouTube）这些拒绝采取反对仇恨立场的社交平台变成新的战场。在我的工作和生活中，我是这些网络战争的参与者。关于这些内容的书又在哪里呢？

老兵们叹了口气。其中一些人表示，他们正等着某个女人写出下一本关于战争的杰作呢。

"我是个女人，所以我来写吧。"我对他们说。他们都笑了起来，因为我是个普通人。

但最终，这并不重要。如前文所述，美国国内的反恐战争态势正越来越严峻。

老兵们对我的作品也提出了各种批评和建议。一天，我带了一个我写的故事到班上，故事是关于一个在加利福尼亚沙漠中长大的女孩。我给她安排了一个酗酒、易怒还朝她脑袋开枪的军人父亲。我很害怕得到他们的反馈意见，但我尊重他们，把他们当成作家也当成普通读者，所以我又迫切地想要听听他们的看法。在我的故事被放在桌上讨论的那一天，我非常紧张，担心自己可能会晕过去。

对于接受作品的反馈意见，纽约大学的创意写作研讨班遵循标准的流程及准则。作者要一言不发地坐在那里，倾听人们讨论自己的作品，不时写点笔记，最后才被允许问问题。我一直习惯不来这种模式。这感觉就像是剖开胸膛取出你的心，将它放到桌上，然后强迫你沉默地观看你的同行是如何刺死你的心的。

那天，因为我的故事内容，我特别害怕。上课十几分钟后，我最担心的事还是发生了。

一个人说，他认为这是迄今为止交上来的最好的故事。但随后其他人说话了，是许多人。他们对我大发雷霆，因为我刻画的这个军人形象实在是太老套了，依旧是易怒、酗酒、暴力的人物形象，而这种破坏性的刻板印象令他们在现实生活中深受其扰。他们对我非常失望，他们本以为我是他们的盟友。

我被他们的点评弄得晕头转向，等他们说完，我都不知道自己身处何处。我的头很疼，无法思考，也说不出话，我担心自己会哭出来。等我终于听到自己的声音时，我的声音细微而发颤。

我说："这个故事是根据真实经历改编的。这是我写过的最私人的东西，我将它编成了小说，因为直接讲述这个故事对我而言实在是太难了。"

房间里一片寂静。老兵们看着我。

"告诉我们真实的故事。"其中一人轻声地说。

"我不知道自己能不能不哭着讲完。"

"没关系的，"另一个人说，"讲给我们听吧。"

我做了个深呼吸，然后将这个故事中我能承受的部分，对所有人和盘托出。而其他部分，则是在后来更亲密的场合中，比如喝咖啡、肩并肩坐在公园长椅上的时候，我说给了其中一两个人听。

我的父亲并不是军人，但和我故事里的那个家伙很像，他经营一家搬家公司。高中的时候，我参加了排球社团，还成了明星运动员。我们社团有个漂亮的金发姑娘，名叫希瑟。她聪明、善良，还很有运动天赋，我非常想成为她那样的人。她的一个姐姐也在社团打球，就在离我们几英尺的球场里。希瑟的妈妈人很好，经常和我们一起玩。希瑟的生活似乎很吸引人，但我若见过她父亲，我一定不会这么想。

在我15岁的时候，有一天我的父母来到我的房间，爸爸告诉我发生了一件事。他说："你的朋友希瑟死了，她父亲杀了他们全家，还有他自己。晚饭已经好了。"

多年来，我一直对自己重复那几句话。我的童年在那一天结束了。

突然之间，我已经50岁了。我不明白发生了什么事，而爸爸冷漠的表达方式也让我害怕。在那之前，我唯一经历过的死亡是我童年养的一只猫，它被汽车撞成了一个飞盘。我的猫死的时候，爸爸泪如雨下地跑进我的房间告诉了我这个消息。但当希瑟和她全家被杀，他告诉我这个噩耗时的语气就像是在播报天气预报。

在那之前，我一直很害怕我父亲的坏脾气，但我一秒钟也没想过他可能会杀了我。我不知道那些父亲为何能下此狠手。那是在1991年，在美国白人郊区每个月都有成群的人被枪杀之前。那时，一起5人谋杀或自杀案就是一起惊天巨案。由于互联网在当时还未投入使用，所以没人能告诉我希瑟被杀的细节，所以我永远也无法知道这件事的全貌。这种不知情的感觉一直折磨着我。我需要知道，这样我才能理解。

悲剧发生后的一天，我们的排球教练让我们坐下来，递给我们一人一个可以熨烫到队服上的毛毡心形装饰，以纪念希瑟和她的姐妹。这就是对我们的全部交代：你的朋友刚被她父亲开枪杀死，你只得到一个可熨烫的毛毡心形装饰作为安慰。

那时还没有心理治疗，这起悲剧造成的后果因其发生的时代而更加严重。要想获得治疗，你必须是个疯疯癫癫的失败者。而处理这个问题的正确方式就是保持沉默，闭口不谈你的感受，决不能让任何人知道你家里发生的事或你遭受了什么。你只能吞下所有血泪，继续前行。这就是胜利者的做法。所以，我也是个胜利者。

没人邀请我参加希瑟的葬礼，也没人告诉我有这样一场葬礼，所以也没有追悼会来让我哀悼和帮助我接受她的死亡这一事实。

在那场"屠杀"之后，我的世界差不多也分崩离析了。我开始抽烟、喝酒、逃学。我的成绩下降了，而在那之前我一直是个优等生、乖乖女。酒精给了我勇气和发声的动力，这是我迫切需要的，我需要用它们来对抗我的父亲，因为我开始私下里害怕他有一天会崩溃，然后夺走我的生命。我们不停地争吵。

然后我开始出现恐慌症和幻觉，还有睡惊症，只是这些症状都发生在大白天。我会想象我的父亲拿着一把砍刀在街上追赶我，想把我砍死。我没有告诉任何人这件事。我不知道自己是怎么了，我以为自己要疯了。我全身上下起了鳞状的疹子，医生说我得了牛皮癣。

很快，我就在家里待不下去了。一年后，在我16岁的时候，我和父亲因为某件小事大吵了一架，然后我回到卧室开始收拾行李。妈妈走进我的房间，想看看我在做什么。

"我没办法再在这里住下去了，"我告诉她，"我要搬出去住，别再试图阻止我了。"

妈妈点点头，然后说："5分钟后，我们在车库见。我和你一起走。"

然后，我的家就散了。

我从那栋房子逃出去的时候，并没打算带上我母亲，但她还是和我一道离开了。我们在外公外婆的房子里住了一段时间，直到我妈妈找到一间她能负担得起的公寓。

从小到大，我一直以为我们很有钱。我们住在有泳池的大房子里，车库里停着两辆车。我从没渴望过物质上的任何东西。但后来的一天，妈妈走进外婆的缝纫室，递给我一个鞋盒和一把剪刀。我瞥了一眼，里面是十几张信用卡，全都在我父亲的名下。

"把它们都剪了吧，"她说，"我们什么都没有了。"

几十年来，我一直想不起来希瑟的名字。然而，就在写下这个故事的前一年，一天晚上，当我在家里读我的教授写的一本书——达林·斯特劳斯的回忆录《治愈前半生》时，我突然记起了她的名字。我立刻上网搜索关于那场"屠杀"的文章，了解了希瑟被杀的真相。在阅读那些文章的时候，我晕过去了三四次。

"新闻报道说，希瑟的爸爸曾是一名空军退伍老兵，后来又在美国航空航天局（NASA）工作，"那天，我在写作班对老兵们说，"虽然美国航空航天局从事的是制造英雄的工作，但这也不是一个人杀死他全家的理由。我的故事需要一个理由，所以我把这归咎于军队。我知道这不公平。但说实话，我真不知道该怎么讲述这个故事。我的内心很挣扎。"说着，我的脸涨得通红，眼泪打湿了整张脸："这个故事有毒，它让我恶心。我需要帮助，但我不知道除了在这里努力把它写出来，我还能做什么。"

等我说完，有人快步离开教室，拿了一些抽纸回来。我擤了擤鼻子，吸了几口气。老兵们感谢我告诉了他们这一切。雅尔建议我们休息一下，几乎每个人都需要出去抽根烟。老兵们一个接一个地站起来，穿过教室来拥抱我。他们诚恳地向我道歉，并表示他们会竭尽所能地帮我讲述这个故事，不管是真实的还是虚构的，只要是他们能做到的，而这对我来说意义重大。

知道他们就在我身边支持我，可以说是拯救了我。

不久之后，他们中的一些人带来了他们的服役勋章和徽章，悄悄地递给了我。空军、陆军、海军陆战队，伊拉克、阿富汗、越南，不一而足。

我从我的日常工作中了解到，在军人的世界里，勋章、徽章和硬币是一种碰拳、一种致敬，表示"谢谢你加入我们的队伍，你是我们中的一员，你属于我们"。他们的善意和理解令我心里洋溢着难以表达的感激之情。我这辈子一直想有个归属。

腹腔镜手术进行得很顺利。我以前也做过手术，那是在我患癌症的时候，我一直很喜欢被麻醉。我已经成功戒酒10多年了，所以这又是一次"免费的享受"，能回到那梦幻般的状态实在是太好了。

手术后，我在病床上醒来，觉得整个人昏昏沉沉的，纳塔莉站在我身旁，一个非常讨厌的护士正在把我摇醒。与这名护士的谈话内容都是围绕着如何让我尽快出院这一主题，我觉得自己就像一头被赶出肉类加工厂的牛。

纳塔莉就是个天使，她给我带了杯咖啡。我喝了一口，放松下来，没感到一点疼痛。我仍然处在麻醉状态，真是妙不可言的感受。某个时刻，我的外科医生"飘"过来告诉我一切都超级顺利。他给我开了止疼药的处方，其中一种药是个"大人物"——羟考酮，一种麻醉剂，具有很高的成瘾性和依赖性。

"腹腔镜手术需要用羟考酮吗？"

"你刚刚做了一个大手术。"他说。

我提醒他，我才戒酒成功，并要求他给我开一些非麻醉止疼药。对我们这些需要保持清醒的家伙来说，手术很棘手。带着麻醉药处方去看牙医或其他科医生，往往会让你长期的戒酒成果在短短一个下午就前功尽弃。一旦你放开戒酒气球的绳子，你就永远不知道还能不能把它找回来。第一次戒酒是恩典；根据我多年来从复发者那里观察到的情况来看，第二次——如果你还能第二次戒酒——那就是冰雪地狱。

医生拒绝了我的请求并消失了。

我拦下那个脾气不好的护士，告诉她我不想服用任何麻醉药，因为我刚戒酒成功。她依然坚持，我才做了大手术，必须遵从医嘱吃药，艾德维尔[①]的止疼效果不够好。

这些烦人的医生和护士！在把你像烤火鸡一样开膛破肚之前，他们会告诉你，这没什么大不了的，你的手术很简单。但等你真的表现得若无其事时，他们又会说你可是刚刚做了个大手术。那我到底做了什么样的手术？是小手术还是大手术？能给个准话吗，伙计？

那名护士又出现了，递给我一个样品杯，让我一瘸一拐地去卫生间把样品杯尿满。她说，除非我顺利排尿，否则她不能放我走。她似乎很着急。我拿着样品杯进了卫生间，我的膀胱没能发挥它的魔力，只排出了一点点的尿。

"很抱歉。"我说，把空杯子递给她。

她看着杯子说："足够了。"

纳塔莉用轮椅把我推出医院，让我轻松地坐上出租车。在前往布鲁克林的路上，我感觉非常好。出租车司机听到我说口渴，就把车停到路边，去后备厢拿出一瓶水递给了我——我真爱纽约人！虽然我们有一些"坏名声"，但在你受伤的时候，纽约人总会向你伸出援手。

回到家后，疼痛袭来。麻醉药效过后，我的胃就像被《大白鲨》的主角啃过一样。我吃了一片止痛药，但毫无作用。随着时间的推移，我的肚子变得越来越大。我想睡觉，但腹部实在疼得受不了，不好的预感越来越强烈。等到夜幕降临，我已经疼得直打滚。

纳塔莉表示这是因为我刚刚做了个大手术——这句话我真是听了太多次，但我感觉不是因为这个。似乎有些不对劲，疼痛加剧了。现在已经过了午夜，我的小便仍然只有一丁点，而且因为疼痛，我哭得停不下来。

我让纳塔莉给我以前的同事尼克打电话，他是一名退休的意大利警察，脖子上总是戴着一根很粗的金链子，看起来像是刚从西西里岛飞回来。警察们总是醒着的，退休警察也是如此。不管白天还是黑夜，我可以随时给他们打电话，而他们也总会接电话。纳塔莉向尼克介绍了我的情况，询问他我们应该怎么办。

---

① 一种布洛芬类止疼药。

"打电话给911，开免提，"他说，"这样我也能听到。"

纳塔莉打了911。几分钟后，两名救护员来到我的卧室。对于他们以及他们做了什么，我全都不记得了。我对他们的到来很是模糊，但我很确定他们检查了我的生命体征。我还在一台笔记本电脑上签了字。我记得，我有恳求他们送我去医院，但他们把我留在了家里。

"珍，你根本一点事都没有！"对于那天晚上我们经历的一切，纳塔莉如此表示。根据她的说法，救护员检查了我的生命体征，显示一切正常。我问他们，我应该做什么，并告知他们我只吃了一片止疼药，因为我才戒了酒，所以我不敢多吃，怕会药物成瘾。他们表示，我应该再吃一片止疼药，喝点汤，然后睡一觉。我同意了。于是救护员就走了。

我照他们的吩咐做了，又吃了一片止疼药，喝了汤，上床睡觉。两个小时后，我在痛苦中醒来，我的肚子看起来就像我即将诞下一个上帝之子。我仍然无法排出一滴尿。而现在已经是凌晨两三点了。

"我需要去医院，"我对纳塔莉说，"你必须再打一次911。"

"珍，不行，"她说，"救护员刚刚离开，你不需要去医院。你很疼，是因为你刚刚做了一个大手术。而你现在一团糟，只是因为你服了麻醉药。相信我，你不会有事的。你只是在恐慌，而且你很亢奋。"

我爬上床钻进了被窝，藏到羽绒被下，打了另一通911。我此前从没打过911，而这个晚上我连打了两次。

"珍！"纳塔莉在客厅里尖叫起来，因为她听到了我的声音，"你并不需要去医院！"

抱歉，我不同意。下一对出现在我卧室的急救员也是这个看法。

第二对急救员都是男性。我没办法走路，所以他们把我放到类似轮椅的装置上，将我从3楼抬了下去，一边汗流浃背，一边嘴里咕哝着什么。我对他们感到抱歉——我不重，但也不算轻。

外面，一队应急车辆停在我的公寓楼前。这一切都是因为我吗？这不可能吧！

急救员将我运到救护车里。纳塔莉恳求他们送我去曼哈顿，回到我做手术的那家医院。急救员用无线电联系了调度员并获得了批准，将我一路送到市里，大概有45分钟的车程。很快我们就出发了，这是一段漫长而缓慢的旅程。我终于松了一口气，为自己能前往急诊室而高兴。

我之前从未坐过救护车。一名急救员开车，纳塔莉和他一起坐在前面。另一名急救员坐在后面，就坐在我旁边的长椅上。我把我的驾照、社保卡递给他，他把我的个人信息输入他的笔记本电脑。当他询问我的病史时，我一股脑地告诉了他。

"酒精中毒、皮肤癌、创伤后应激障碍（PTSD）导致的心因性非癫痫性发作，以及刚刚通过腹腔镜手术切除卵巢囊肿。"

他眼都没眨一下，像接受一块冠军奖牌一样全盘接受了这些。

我突然有了很强的尿意，但知道并不会尿出什么实质性的东西。"我想尿尿，"我说，"我很抱歉。我并不想弄脏你们的救护车，但我忍不住。"

"尿吧，"他说，"我们在布朗斯维尔工作。你根本不知道这辆救护车里都留下过哪些类型的液体。你想尿多少就尿多少，我们之后会清理的。"

上帝保佑他。这些急救员，他们都是圣人。

"你有没有觉得是我反应过度了？"在排了可怜的一滴尿后，我开口问他，"你觉得我的朋友是对的吗？我刚做了手术，本来就该痛苦，其实不需要去医院，对吗？我只是因为戒酒和吃了麻醉药才恐慌的，所以我才失去了理智？"

他看着我，用最温柔、最亲切的声音对我说："每当你感到非常痛苦，并且身体无法处理这种痛苦时，你就应该恐慌。你的身体正在做它应该做的事，你需要去医院。"

听到他如此说，我不禁泪如雨下，整个人如释重负。我立马就爱上了他。我爱他，因为他相信我、帮助我、疗愈我，把我送去医院，还一直陪在我身边。他就是个天使，虽然是一个陌生人，但仍是个天使，一个陌生人天使。我想成为像他这样的人。我从来没有被我不认识的人如此关心过。

在医院，急救员将我转移到病床上。我非常感激他们为我做的这一切，于是我让纳塔莉去问他们的编号，这样我好给他们写感谢信。

很快，一名嚼着口香糖的护士出现了，给我的肚子做了超声波检查。"你需要一根导尿管。"她说。

她离开又回来，向我体内插入一根导尿管。我感到有点痛，然后一股尿从我体内涌出。真是幸福的解脱！这种快感是空前绝后的，比我这辈子经历过的所有喝酒、做爱加起来还要舒爽。我像是尿了几个世纪，尿液汇聚而成的"河流"冲进挂在病床栏杆上的塑料壶里。噢，老天，我爱这根导尿管。

"你的膀胱还没从手术中恢复过来，"那个护士吹着泡泡说，"你应该早点过来，而不是一直耽搁。你的膀胱都快裂开了，要是真裂开了，你就会陷入感染性休克，那才是真正的紧急情况。"

真正的紧急情况？呃，那这算什么？

她说这话的那一秒，我立马看向纳塔莉，因为我知道这个消息会让她大受打击。"姑娘，我没事，"我说，"我很好。"

纳塔莉站在窗帘旁边，病态地盯着地板，就是不看我。

"纳纳！纳塔莉！看着我。我安然无恙，我现在觉得很棒。"

早晨6点左右，我们从医院回家睡觉。等下午我醒来打开卧室门时，我发现纳塔莉侧躺在蓝色天鹅绒的沙发上，正在无声地哭泣。

"噢，不！"我说，"发生什么事了？你还好吗？"

"不好，"她痛苦地说，"珍，我差点就把你害死了。因为我告诉你不要去医院，你差点就死了，这都是我的错。"

"但我没有死啊，我很好。你看，"我指着导尿管说，"我正在小便，但我都没有感觉，我喜欢这东西。他们应该把这东西做成钱包，让人们随身携带，这样夜里就不用爬起来了，也不用在城里到处找厕所，纽约城根本就没地方小便。这东西真是太棒了。"

"珍，"纳塔莉说着坐了起来，依然哭个不停，"我那么爱你，可我差点害死你。"

"是的，是这样，但你没有害死我。这就像有时大家说我好难过、差点哭了，但实际情况是他没有哭，也没有掉眼泪。我也没有死，我还活着。而且我感觉很棒，纳纳。"

活下来，加上受到那天晚上我遇见的急救员的鼓舞，在随后恢复健康的几个月里，我一直在思考一件事：或许我也能成为他们那样的人，像他们帮助我一样帮助别人——从救护车后车厢中的病人变成一线救援人员。

但我很怀疑这一点。我是个商人，还是个作家，这些工作没有一样需要战术谋略，我只是整天伏案工作。然而，这个想法就是萦绕于心，并且不断涌现。

手术后一年左右，我收到一条来自尼克——就是我被急救的那天晚上纳塔莉打过电话的退休警察，此时已经是我最亲密的朋友之———的短信。那条短信是凌晨5点发过来的，内容是让我给他打个电话。这个时间点告诉我，有非常糟糕的事情发生了。我被吓坏了，许多警察在退休后死于心脏病发作、中风，或因不明原因（压力）倒下。

我把电话拨过去，是另一个人接的，他说尼克心脏病发作了，但他还活着。呜呜，电话一挂，我就哭了起来，先是难过，继而又稍稍松了一口气。

差不多一周后，我去医院看望尼克。他曾是纽约市警察局（NYPD）的局长，警察中的警察，是曾和里根总统念过玫瑰经的人物之一，所以去看他的警察络绎不绝。我根本没机会和他独处，总会有某个吉米、米奇或里奇、鲍比突然冒出来和他握手，为他的午餐买单，再在餐巾纸上写下留给他的充满兄弟情深的话语。

为了避开那些免不了要"路过"看望他并拍他马屁的警察，我一般在清晨去看他。我和尼克是多年前通过工作认识的，然后才渐渐熟悉起来，所以我可以如普通人般和他交谈，他喜欢这样。但因为我没有像其他人一样唯唯诺诺地"尊崇"他，这让他又有点不爽。尼克叫我"母狮子"，因为我老是对他大吼大叫，主要是在讨论政治话题时，他也同样如此，我叫他"猛男"。

"你知道的，母狮子，我在纽约市警察局可是个响当当的人物。"他躺在病床上说。当时我正因为不管白天还是黑夜都有警察来看望他而对他翻白眼。

我点点头，问道："后来呢，发生了什么？"

"去你的！"他说着，大笑起来，然后不得不因为胸痛停了下来。

几个月后，吃午饭的时候，我把我一直酝酿的"独角兽梦想"——成为一名急救员，告诉了尼克。他鼓励我把梦想付诸实践，我们都对服务他人的事业怀有共同的敬意，但这不是促使我走上街头并成为急救员的唯一原因。

他心脏病发作后，我在他身边总是无法放松，万一他再次心脏病发作，我该怎么办？突然之间，不知道如何做心肺复苏（CPR）这样的基础急救似乎成了极为不负责任的表现。

"现在待在你身边总是让我很紧张，"我对他说，"要是你倒下了，我根本没办法把你救回来。"

"30比2，30比2。"他指的是心肺复苏中胸外按压与人工呼吸的比例。

有一天，我向纽约老兵写作研讨班的一个朋友分享了我想成为急救员的梦想，我问他我是否应该做这件事。

"当然应该！"他说，"我在海军陆战队的时候就喜欢学医，真的很有趣。我觉得你也会做得很好。"

和我一样，这家伙不喜欢拘束的生活。我们在同一领域工作，他想辞掉工作，申请纽约大学的文学硕士学位。但他只有周末有时间，所以他没有申请。他不知道自己应不应该这样做。

"当然好啊！"我说，"要是你被录取并辞职了，我会雇用你的。而且我能保证你有足够的时间写作。"

猜猜谁最终被纽约大学的小说写作专业录取，并在接下来的秋天入学？猜猜现在谁和我一起工作？再猜猜谁又成了一名急救员？

就那次手术而言，卵巢囊肿只是肿瘤，而不是癌症。我的急救是真的，而非虚惊一场。根据医院甩给我的账单——大约83000美元，我同意这是个大手术。若是我没有保险，这会让我倾家荡产。

这么多年过去了，我一直没有机会给救我的急救员写感谢信。所以这一章尿液横流的内容就是献给在布朗斯维尔工作的他们的。

先生们，谢谢你们。

2 街头急救

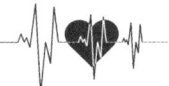

在紧急医疗技术学校的第一个晚上，我的兴奋多于紧张。上课时间在晚上，每两周一次，地点位于纽约市东区的一家养老院，离我住的地方只有几站地铁。我不知道自己是否会喜欢这门课，也不知道自己是否能应付得来，但我心怀希望，因为我天生积极乐观。那是 2017 年的 12 月。

在养老院，一名保安将我领到一个临时充当教室的自助餐厅里。房间里弥漫着尿液和被遗忘的老人的味道，还有过时的红绿色彩带，我猜是以前圣诞节时用来装饰灯具的。我是第一个到的学生，我是个神经质的早到者，所以这很符合我的行事风格。很快，一名教员露面了，还跑着来到我面前。他是个身材魁梧、胡子拉碴的中年男子，名叫内特，看起来像是已经有一个星期没睡觉了。我们向对方做了自我介绍。

"你是打篮球的吗？"他问。

"排球。"

"户外排球？"

"大学的时候打过室内的。"

"做过模特吗？"

"20 来岁的时候，做过两个星期。"

"为什么只做了两个星期？"

"我差点就得到了在帕克黄油广告中扮演伊丽莎白女王的工作，但在我错失那个角色后，我的经纪人告诉我，我的胳膊需要减肥，所以我就退出了。"

"减肥？！"内特问，"你吗？你有 120 斤吗？"

"差不多吧。"

内特是个顾家的男人，还是一名职业护理人员。他似乎觉得我的出现很有意思，所以问我是做什么工作的。我也经常问自己这个问题。

我告诉他，我是个作家，还是私家侦探兼危机处理人，专攻电子犯罪研究——可以粗略定义为"研究互联网上那些不对劲的事情"。近年来，大规模枪击事件已呈流行趋势，所以我的大部分时间都花在网上，搜索收到来自不同仇恨团体成员死亡威胁的事件。

我说这些并不是为了让自己显得很重要，说实话，告诉别人我是个私家侦探其实是自讨苦吃。受电视节目和侦探小说的影响，只要我一说自己是私家侦探，人们就会认为我是这样一个人：戴着软呢帽，穿着风衣，提着装有手枪的手提包在小巷里四处溜达，或者在停车场爬来爬去，把全球定位系统（GPS）追踪器放在花心男人的汽车下面。正如15年前说服我进入这个残酷领域的侦探朋友对我说的那样："你是个好作家，喜欢闲聊，这就是私家侦探工作的全部。但你决不会从事监视工作。"

"真不错。"等我说完，内特说。

每当我做出黑暗料理时，我妈妈也会说真不错，而不是将它们吐出来。我就问他到底是什么意思。

"我了解你这种人。你是那种永远不会满足的女人，你很聪明，喜欢学习，还喜欢上学。我打赌你肯定有好几个大学学位。"

我脸红了。我有艺术硕士学位，还有芝加哥大学的硕士学位，后者也是让我的乐趣逐渐消失的地方。

"我知道你是什么样的人，"内特说，"上个班级里也有一个像你这样的女人，她有一堆不同的学位。"

"那她现在在救护车上工作吗？"

"没有，她一天急救员也没做过。"

"所以你认为我也不会去救护车上工作？"

"是的。"说着，他走到了教室前面。

呵，男人。不要小瞧了我。

十几名学生和内特的助手卡里尔陆续进来了。卡里尔是一名身材高挑、说话轻声细语的紧急医疗救护技术员，也是一名因公受伤而提前退休的警察，身有残疾。几名毒贩在街上开车撞了她，车撞过来的时候，她因为太过惊骇而僵在了原地。我听说被车撞的人都会这样。

大部分学生都比我小20岁以上，多是棕色、黑色或亚洲人种，许多人都是第一代或第二代移民，他们都是蓝领工人。和他们待在一起，我非常自在。我旁边坐着一个在五金店工作的家伙，坐在我前面的则是一名性格开朗的女士，她的手腕上满是伤疤，这让我很好奇。两个咯咯笑的黑发姑娘坐在我后面，旁边是一位相貌出色却神色恼怒的女人，她迫切地想要摆脱在美国邮政局的工作。

卡里尔清了清嗓子，告诉我们该买哪些书。该领域的首选书籍是南希·卡罗琳的《街头急救》。卡罗琳博士是最早的护理学英雄之一，她是匹兹堡自由之家的联合创始人。这是一家急救服务机构，在20世纪六七十年代为那些得不到充分服务的人群提供帮助。她还是以色列红十字会的第一位医疗主任，经常被称为该国的"特蕾莎修女"。

然后，卡里尔举起一本厚厚的教科书——《伤病员的紧急护理与运送》，有时也叫"橙皮书"，因为封面是橙色的。她把这本书传给我们翻阅。

这本课堂必备书足足有1500多页，还配有在线课程。我随手翻了几页，它涵盖了从止血到现场紧急分娩的所有内容。光是看这些文字就让我害怕，更别说看书上的那些图片了。病人和垂死之人的图片分布在段落之间，展示着瘘管发炎、开放性骨折、脑动脉瘤和三度烧伤的恐怖场景。

天啊，我真的要做这份工作吗？在纽约大学，我喜欢的可是纳博科夫的《普宁》那样的作品，反复阅读的是艾米·亨佩尔和詹姆斯·鲍德温的文字。而从现在开始，我就要阅读这样恐怖的教科书了吗？

就在这时，一个满身文身、耳垂格外长且挂满耳坠的家伙走了进来，他说自己之所以会迟到是因为他打了个盹，而闹钟却没有响。

内特打了个哈欠，说："幸亏你有我这样一个不找你麻烦的教员。"

这个迟到的家伙强调自己不是新人，已经是一名紧急医疗救护技术员了，并且正在重温这门课。紧急医疗救护技术员证书的有效期是5年，所以他来这里是为了快速重新认证。他在老年护理中心工作。

"是老年人恐惧中心吧，"内特说，"你杀了多少人？"

"我不知道，伙计，"这个家伙说，"我真的不知道。"

一个多小时的书面讲解和闲聊后，内特和卡里尔就提前打发我们离开了，告诉我们要买课本，阅读前面几个章节，因为下节课要做一个小测验。在回家的地铁上，我一直在回味自己有多喜欢见到同学们；但一看到那本教科书，我又害怕会在街上看到这样可怕的场面。

几天后的一个晚上，在家里，我告诉一名我曾约会过的警探（如果那能称之为约会的话），我就要成为一名紧急医疗救护技术员了。

拉斐尔是多米尼加移民，在布鲁克林一个繁忙的分局工作。他很喜欢旅游、艺术，在巴黎喜欢穿印有美国国旗的衬衫。拉斐尔有 5 英尺 8 英寸（约 1.73 米）高，所以我的腿比他的长出很多。我这个人不会因为身高歧视男人，我比地球上的大部人都高，所以我才不会因为身高而缩小我的择偶范围呢。而且，正如一名以色列海豹突击队的朋友曾对我说的那样，"身高只是一种心态"，这个朋友也是老兵写作研讨班的成员，娶了一位比他高的老婆。

我问拉斐尔我能否胜任急救员的工作。

他是在街上工作的人，所以我很重视他的意见。

"我不知道你为什么想做这份工作，"他说，"不过，我的答案很确定，你绝对能胜任这份工作。"

他说我在街上能见识到的最糟糕的事情，就是各种车祸和跳楼自杀的受伤场面。

"我曾见过这样一个家伙，他从桥上跳下去，却没跳到水里。一部分骨头从身体里出来了，主要是大腿从屁股那里冒出来了。我之前从没见过这样的场面。"

这正是我最喜欢的枕边谈话。

第二节课，我的第一次测验拿了个 A。之后的课也是如此，月复一月，我在橙皮书的血淋淋的书页中艰难前行。这些材料内容详尽、科学，绝非我能描述的沙滩读物。我背诵了数不清的医学术语和我永远不想知道的医学事实。

是谁制定了急救服务标准？美国运输部。鼻插管的流速是多少？每分钟 1—6 升氧气。请对"远端""组胺""休克"进行名词解释：远端，离躯干较远的部位；组胺，一种产自肥大细胞并会引发毛细血管扩张和通透性增加的化学物质；休克，又称低灌注，即身体无法将血液充分循环到细胞中，以便为细胞提供氧气和营养物质，而这会危及生命。

阅读是一种折磨，相比之下，我更喜欢上课，因为这些人很有意思。随着时间的推移，学习小组自动形成了。我们一起复习章节内容，共享抽认卡，练习用夹板捆绑其他人假装骨折的骨头。内特讲的故事让我们捧腹大笑。我对有课的夜晚的期待超过了其他任何晚上，并且开始怀疑我是不是都不抑郁了。

也许是的。

和我的急救员新朋友在一起令我精神振奋，这也给了我一个志同道合的急救社区。班里那个手腕上有伤疤的女人就住在我的公寓附近。大多数晚上我们都一起乘地铁回家，有时还会在我家复习功课。时间愈久，我们对彼此的了解也愈深。她和我很像，书生气十足，戴眼镜，受过良好的教育，我们是班上的异类。某天晚上，在我的公寓里，我们发现我们竟然都来自同样糟糕的地方。当我告诉她我来自贝克斯菲尔德时，她目瞪口呆，所以我知道她应该很熟悉我的家乡。

这个女人来自弗雷斯诺。那个地方和贝克斯菲尔德很像，只是面积更大，所以她能理解我的"加利福尼亚中部之痛"。我们俩都不想回西部。

一天晚上，我们正在学习时，我问起她手腕上的伤疤。她告诉我，她小时候经历过一场火灾，她的一位手足在这场火灾中丧生，她和家里的其他成员也受了伤。她和其他幸存下来的家人都是被消防员救出来的。她说，她永远也不会忘记他们，不会忘记那些将她从火海废墟里拖出来的消防员，他们是她的英雄。她意识到那场悲剧和她想成为急救员的原因有关。

我感觉我也是如此。

我卷起袖子，给她看我右臂上方那个垂直打结的疤痕。我告诉她，我在二十几岁的时候得过癌症。我是在 1999 年 7 月确诊的，当时我才搬到纽约市一年，也才成功戒酒一个月。戒酒的方式有很多：住院治疗，住院护理，门诊，脱瘾治疗，去康复中心、过渡教习所、匿名戒酒互助社等，我选择了其中一种。而在戒酒的过程中，我结识了一位名叫帕特里克·布朗的消防员，我叫他帕特。他听了我的故事，像个大哥哥一样照顾我。

帕特 40 来岁，是个脾气火爆、快言快语的爱尔兰人，比我矮几英寸，但看起来比我高。他在第 13 街的"云梯 3 号"消防队工作，我以前就住在那边。在瑜伽流行之前，我们就常常在一起练习瑜伽了。帕特不是那种典型的消防员，比如，他戒过酒，喜欢去百老汇看演出。他会冥想、祈祷，也会在扭动身体摆出瑜伽姿势时呻吟，这些姿势让他觉得痛苦。

在我得了癌症后，帕特看到我全身缠满绷带，向我保证我会好起来的。"我一点也不担心你,"他说,"你会挺过去的。"

我猜这是因为他成功戒了酒,又是一个从不说废话和谎言的人,我还觉得这是因为他是个消防员,对疾病和死亡有一定的了解,所以我相信他。在我自己没有信仰的时候,我借用了他的信仰并以此为生很多年。

戒酒是我做过的最艰难、最可怕的事情之一,在我跌跌撞撞地进入康复期的最初几天和几周里,来我房间里的那些人,绝望、伤心、怀疑我是否能好转的那些人,永远会在我的心里留有一席之地。帕特就是那些人中的一员。他为人可靠、慷慨大方,又能安抚人心。我觉得他就是个圣人,我还把他当成我的救命恩人,他总会在我最需要帮助的关键时刻陪在我身边。一看到他,我就能放松下来,觉得这个世界安全了。在戒酒并认识像帕特这样的人之前,我从没体验过这样的善意。我为自己在戒酒早期得到的爱感到困惑。我不敢相信像他这样的人会把闲暇时间花在帮助我身上,他们愿意倾听我痛苦的经历,并分享他们的经历,而且我讲的任何经历对他们来说都不过分,也不算羞耻或丑陋。不管怎样,他们都站在我这一边,帕特一直都支持我。

2001年9月,我住在曼哈顿市中心,住在"小意大利"运河街上面的一个街区。从我的卧室窗户可以看到纽约世贸中心双子塔。而就在那个星期二的清晨,当飞机撞上双子塔、帕特下落不明时——我整个人崩溃了。

多年来,为了让帕特"活着",我一直和他在纽约的戒酒老伙伴保持着密切联系,还会在每年的"9·11"周年纪念日去他曾经工作的消防站。我和一位名叫伊尔法的女性尤其亲密,她是他生前爱上的冰岛女演员。帕特是我的英雄,我怀疑我正努力成为像他那样的人,通过报名成为一名紧急医疗救护技术员来代替他。

另外,就是和消防员约会。

每节课,卡里尔都会播放数不清的演示文稿(PPT)幻灯片,我对PPT都有了嗜睡反应。大多数晚上,我的眼睛不停地睁开又合上。内特会用"街上的故事"准时打消我们的无聊,我能坚持下来全靠这些故事——我们全都是。

"说到病历表,"一天晚上,他说,"你必须记下你为病人所做的一切。

院前病人照护报告（PCRs）是法律文件。一旦出了问题，你就得上法庭。如果你给病人输了氧却没有在表中记录，那这事就没有发生。除非你把做的事情记录下来，否则这些事情就绝不会存在。来，重复一遍这句话：院前病人照护报告是法律文件，它们必须准确，不管发生了什么，你都必须把它记下来。"

"止血带，"另一个晚上，他又说，"就像战场上的许多做法一样，这个用法也来自军队。过去急救服务不推荐使用止血带，但军队发现，被炸伤的士兵在使用止血带后，四肢的活性就得到了维持，所以现在又开始使用止血带了。止血带只能用在四肢上，头部或颈部千万不能用。不然你会害死你的病人，那就是谋杀。"

"永远不要成为励志演说家。"我说。

内特说："我恰好就是一名非常优秀的励志演说家。"

我们需要背诵格拉斯哥昏迷量表（GCS），以此来评估中风病人和判断他们的昏迷程度。一个人能得到的最低分是3分（满分是15分）：无法睁眼得1分，无言语反应得1分，无动作反应得最后1分。

"即使是死了，也能打3分，"内特说，"你绝对不会拿0分，这很好。"

一天晚上，内特给我们做了一个演讲，内容是我们在纽约做紧急医疗救护技术员的医疗操作范围。尽管外行人无法区分第一急救员，认为急救员都是一样的，但内特说，在医疗能力和培训方面，我们之间存在重要的区别，在街上我们必须尊重这些区别。

这里面分为几个梯队。从最底层开始，街上最基础的救援人员是注册第一急救员（CFRs）和认证第一急救员（CFR-Ds，D代表心脏除颤证书）。注册第一急救员和认证第一急救员只能做最基本的急救工作。他们被训练如何止血、实施心脏复苏，还接受了如何使用自动体外除颤器（AED）的培训，自动体外除颤器是一种处理病人心脏骤停的装置。在纽约，警察接受了纳洛酮（Narcan，针对阿片类药物过量）使用、心脏复苏、创伤处理（如何使用止血带）和基础急救的培训。消防员都是认证第一急救员。

下一梯队的第一急救员就是我们：紧急医疗救护技术员 – 基础型。作为紧急医疗救护技术员，我们必须接受为期6个月的课程培训，然后通过实践和州立笔试，以检验我们对该领域使用的准则和技能的掌握情况。

我呼出一口气，光是听到"州立考试"4个字就会让我倍感压力。我可以"写"出一条出路，但我不适合参加考试。那个挥之不去的答案选项"以上皆是"总是让我全身冒汗。我之所以能被研究生院校录取，也并不是凭借我的标准测试分数。另外，我学的是创意写作，我从来没有解剖过青蛙。

"墨菲，"内特说，"你看起来忧心忡忡的。"

"我在担心州立考试。"

"你会通过考试的。"

我还是很担心："要成为紧急医疗救护技术员，不是得很聪明才行吗？"

"不是的，那是成为护理人员的条件。随便一个傻瓜都能成为紧急医疗救护技术员。"

的确如此。

内特解释说，护理人员是街上训练有素的医疗急救人员。和护士一样，护理人员也需要接受18—24个月的培训。他们可以做紧急医疗救护技术员能做的一切，此外还可以给病人用药和进行侵入性手术。在街上，护理人员会给病人麻醉止疼、静脉注射、插管、解读心电图等。

内特告知我们，我们必须在自己的执业范围内进行救援，绝不能做超出我们行医资格的事。我们必须待在自己的位置上——这是什么意思？

"这就是说，如果你作为紧急医疗救护技术员救治伤病者，你就不能把他们丢给注册第一急救员，即消防员或警察，因为他们的行医等级在你之下，"他说，"但要记住，很多警察和消防员都是从紧急医疗救护技术员开始的，他们中的一些人还曾是护理人员。"

"比如说我，"卡里尔说，"在成为警察之前，我就是一名紧急医疗救护技术员。"

"对，就比如她。但在街上，除非他们正在救护车上，一旦出现医疗急救事件，你就是负责人。若是情况严重，会有警察和消防员与你一起行动。警察会指挥交通和进行人群疏散。消防员会进行我们称之为"消防员濒死观察"的工作，就是站在一旁盯着垂死的病人，等着你们出现并告诉他们可以打道回府。"

这是真的吗？我简直不敢相信我听到的。我已经等不及去街上对消防员和警察指手画脚了。"我是负责人,你们打道回府吧!"——这简直就是美梦。

不过,用这种方式来组织急救服务,似乎也太浪费资源了。消防员抵达医疗岗位,只是为了等我们去现场,告诉他们可以打道回府?这有什么意义呢?既然他们必须在场,那为什么不把他们直接培训成紧急医疗救护技术员或护理人员?

内特表示,其他许多大城市就是这么做的。在芝加哥、达拉斯和洛杉矶等市,消防员也接受了护理人员的综合训练。纽约之所以如此,是因为存在历史性问题。

后来我了解到,急救服务曾经有自己的机构。一个名为纽约市急救中心(NYC EMS)的组织在纽约市健康与医院集团的领导下调配城市救护车,该组织会派遣它们自己的救护车和医院团队。但随着医疗急救需求的提升,纽约市急救中心无法应对日益增长的911呼叫量。有时人们需要等上一个小时或更久才能等来一辆救护车。而在紧急情况下,响应时间就意味着一切,速度等于生命。如果你心脏病发作了或是被牛排噎住了,救护车却得一个小时才能到你家,那你几乎肯定是要与世长辞了。

再回到1996年,纽约市急救中心与纽约市消防局(FDNY)在这一年合并。在急救中心越来越忙的同时,纽约市消防局却越来越冷清。火灾越来越少,而消防局需要收入来避免关掉消防站。若消防局没有接手急救中心,它可能已经破产了。由于医疗紧急情况与日俱增,当消防车被派去现场,以及病人被纽约市消防局的救护车送去医院时,都会产生收入。如果病人被确诊有医疗需求,救护车的服务费可用病人的医疗保险进行报销。

与大众的看法相反,数十年来,救火并不是纽约市消防员(或者全美国消防员)的主要工作。随着以牟利为目的的纵火案的减少、防火建筑的建成,以及吸烟率的下降(吸烟是引发火灾的常见原因),救火已经成了夕阳产业。布隆伯格市长在任时曾提议关掉大量效率低下的消防站,以平衡城市财政预算。但消防员受到普遍拥戴,并且拥有强大的工会,而在纽约市,他们又因为在"9·11"事件中做出重大牺牲而被理所当然地视为英雄。关闭消防站这一提议便激起了来自纽约人民的政治反弹、抗议以及情感倾泻。

纽约市的消防站都是圣地，关闭消防站就相当于关闭教堂，使圣人般的救援者们老无所依。和警察一样，消防员也是受保护群体。一般来讲，这些在封闭的世界中工作的第一急救员都会感觉到自己被普通大众、政客和媒体彻底误解了：警察是整天杀害无辜黑人的种族主义恶魔，消防员就是神一样的圣徒，他们人生的主要意义就是从大火中拯救普通人。没有所谓的好警察，也没有所谓的坏消防员，这是"非黑即白"的二元论最主要的叙事方式。而在日益分裂的美国，质疑或打压这种叙事方式无异于踩踏手榴弹。

那么，纽约消防员每天都在做什么？这是我这辈子最喜欢的问题之一。他们很忙，却不只是因为救火。近年来，消防员响应的每 5 起突发事件中就有 4 起是医疗急救，约占他们工作量的 83%；每 40 次呼叫里只有 1 次是火灾，只占他们工作量的 2.6%。

也就是说，一旦需要他们去救火，通常都是火情严重的情况。他们经常因公受伤，并在执行危险的救援任务时牺牲。消防局训练了一些人员，以应对大规模伤亡事件，比如主动枪击事件、化学袭击和各种类型的恐怖袭击活动。消防员还需要响应公共安全事件和不涉犯罪的非火灾紧急事件：被困电梯、车祸、一氧化碳探测器鸣叫、窨井冒烟、煤气泄漏、脚手架故障、强行开门（和破开东西）、卡在树上的幼猫、困在树上的警察……除此之外，他们还做饭！消防站的厨房里总是在炖着什么东西。这也是我以前的警察同事老是开玩笑说消防员不如他们工作努力的原因所在。

"你扪心自问，"其中一人对我说，"上次你在纽约看到火灾是什么时候？现在的建筑都有自动洒水装置。他们所做的就是穿着带标识的运动服坐在消防站里吃饭。让我告诉你一件事，我这辈子都没在下班后穿过纽约市警察局的制服。要是脱掉消防局发的制服，他们差不多就真是赤身裸体了。纽约市消防局的衬衫、纽约市消防局的帽子、纽约市消防局的内衣，还有文身。我的老天爷啊，就不能有点自己的生活吗？！从你的双层床上爬起来，去买几件正常的衣服，从你的杆子上滑下来吧。"

我把这些告诉了一名在布朗克斯区工作的消防员，我们经常在线上聊天，他对此立刻进行了反驳。"呵，他当然会这么说，他是个警察。他有多胖？他根本没法穿纽约市警察局的制服，因为大家都讨厌警察。他为什么不去给人开张交通罚单？他为什么不去逮捕别人？他们为什么就不能停止向无辜的人开枪呢?"

在纽约,警察和消防员之间的竞争是真实存在的。我很珍视这种竞争,多年来,我一直乐于参加一年一度的纽约市消防局对战纽约市警察局的慈善冰球比赛,看这些绅士在冰上和冰下相互殴打。

再回到我们的历史讲座。合并后的纽约市消防局急救中心(FDNY EMS)通过911系统管理救护车,这些救护车占街上救护车总数的70%左右,剩余的30%是911系统调配的志愿医院救护车。在课堂上,内特说纽约市的问题是,当两个机构在1996年合并后,急救和消防的职能从未真正整合。消防局对待急救中心就像对待它的红头发继子。

再说一遍?我这名红头发学生请求澄清继子的处境。

内特给我们分享了一些数据。纽约市消防局的紧急医疗救护技术员最低年薪是35254美元,低于其他第一急救员的年薪,5年后上涨到50604美元——相当于消防员同期年薪的一半。消防局的紧急医疗救护技术员只有12天病假,消防员则病假不限。若是纽约市消防局急救中心的员工因公殉职,他们的受益人只能收到3年年薪的补偿。但若是消防员因公殉职,其受益人可永久获得殉职者的全额收入和医疗福利。

消防局4000名紧急医疗救护技术员和护理人员的工会代表认为,是性别和种族歧视导致他们收入偏低,使他们沦为街上的三等公民。在纽约市,急救中心是最多元化的体制劳动力量。大约55%的纽约市消防局急救中心员工是黑人、西班牙裔或亚裔,30%是女性,而消防员中78%是白人,99%是男性。

多年来,官员们通过断然贬低消防局急救中心的工作价值来合理化巨大的薪酬差异,声称它和其他第一急救员的工作"不同"。不同意味着它比消防员、警察,以及(击鼓传花式的)卫生检查工作更加安全。虽然很难想象,但在纽约市,拯救生命的价值还比不上收垃圾。

内特在课程结束时讲了一个20世纪90年代的道德寓言,阐明了在街上进行急救不得超过我们行医资格的重要性。"是时候讲另一件真事了。"他说,继而用这个非同寻常的故事给了我们重重一击。

两名护理人员抵达新泽西的一个急救现场时,发现一名怀孕晚期的女性出现了心脏骤停。护理人员尽力抢救这个女人,但还是没能成功救活她，她死了。他们遵循了急救准则，打电话给医疗主任——急救中心和护理人员在现场可以通过电话联系医生，由医生负责监管现场棘手的医疗决策。他们告诉医生，婴儿还困在死去的女性体内。若是没有氧气，婴儿会在几分钟内死去。医疗主任表示，护理人员可以试试挽救这个未出生的婴儿。

他们在现场进行了紧急剖宫产，那个婴儿存活了一个星期。但后来这两名护理人员因为剖宫产手术超出了他们的执业范围而被吊销了执照。他们按规章制度给医疗主任打了电话，后者也给他们开了"绿灯"，但当时的州立卫生法规禁止护理人员实施手术。他们受罚是因为护理人员只是护理人员，他们不是外科医生。

"你们怎么看待这件事？"内特问我们，"我希望你们今天晚上回家后都想想这个问题。那两名护理人员是英雄还是罪犯？要是你们遇到这种情况会怎么办？是任由那个婴儿死在死去的母亲腹内，还是剖开她的肚子救出那个婴儿，并失去你们的执照？"

3月的一个晚上，我们研究了大规模伤亡事件（MCI）。医学术语中的大规模伤亡事件含义甚广，从应对放射性物质泄漏到倒塌的建筑、大规模枪击事件和恐怖袭击，不一而足。

"记住，恐怖袭击通常至少有两次爆炸，"内特说，"第一枚炸弹是针对普通人，尽可能地收割人命；第二枚装置则是为了除掉第一急救员，这次爆炸就是针对你们。"

嘀——

作为未来的紧急医疗救护技术员，我最恐惧的两个事件就是纽约市发生恐怖袭击和大规模枪击事件。这些灾难似乎无法避免，每个纽约人都必须接受这一事实，只是时间早晚而已。

"生命的循环，"在一次关于创伤后应激障碍和第一急救员的讲座上，内特说，"老年人应该比年轻人先死。目睹白发人送黑发人和他人的非正常死亡，这样的事情将会一直困扰你们。如果你是一个在救护车上失去奶奶的紧急医疗救护技术员，并且一个月来天天以泪洗面，那你需要找人聊聊，因为那是自然的生老病死。找个人聊聊就好。不过，若你在轮班时目睹一个孩子死去，而你却没有哭上一个月，那你也需要找个人聊聊，因为你肯定有什么地方不对劲。记住这一点。紧急医疗救护技术员的什么率很高？"

"酗酒。"我说，这个猜测很合理。

内特说："很好。还有呢？"

耳垂很长的家伙说："离婚，伙计。我老婆去年甩了我。"

"也许是因为那些耳坠的尖角会穿过你的耳朵。还有呢？"

过了一会儿，他公布了答案："是自杀，紧急医疗救护技术员的自杀率是普通人的10倍，知道了吗？"

整个房间顿时鸦雀无声。

内特说："如果你发现自己因为街上的经历有了改变，一定要注意。如果你是个读贺卡都会哭的人，而在救护车上待了一段时间后，你发现自己在读贺卡时不会哭了，那就要记住这个变化，然后寻求帮助。"

寻求帮助——我将内特的建议牢记于心。这些年来，希瑟之死一直困扰着我，我就是没办法将这个案子从我的脑袋里赶走。在内特说了见证他人非正常死亡会感到不安的话后，我终于明白这件事为何一直"阴魂不散"了。

一天晚上在我家，我决定和拉斐尔聊聊这件事，他毕竟是个警探。向他寻求帮助让我既羞惭又尴尬，但曾经处理希瑟一案的警探早就不在了。即使我能和他们说上话，我又能说些什么呢？我既不是警察或凶杀案探员，也不是家属，我根本没有调查的权利。作为私人侦探，想要获取军人的犯罪记录几乎是不可能的，那就是个黑匣子。我曾和我的警长叔叔聊过这件事，他提出了一些推论，但这些推论和我的并无两样，所以我也想听听拉斐尔的看法。我有点为难地向他讲了这个故事。

我也给他看了当时的新闻报道，标题是《暴力结局打碎一个典型美国人的家庭形象》。然后他仰面躺下，将他肌肉发达的腿搭在我的腿上。

"那个人为什么要那么做？"我问他，"他为什么要朝自己孩子的脑袋开枪？而且他为什么要刺死他的长女却不是他的妻子？刺死是私人恩怨，这是近距离的行为，而且她的伤口显示她曾反抗过他。我以为妻子才是更有可能被刺死的那个人。"

拉斐尔拿过我的手，捏了捏。"亲爱的，这不是你该弄清楚的事情。这不是神秘谋杀，这进入了不可知的范围。"

我觉得这很讽刺，他竟然对一个真实的谋杀谜案说出了"这不是神秘谋杀"这种话。

"你觉得这和他是空军军人有关系吗？"

我很难过，但又忍不住纠结这些军事细节。

"不是，"他说，"我觉得这和他是空军军人无关。这篇报道说他们分居了。他老婆带着孩子离开了他，然后她又回来了。杀死全家也许是他维持家庭完整的变态方式。"

"那你有没有觉得我有点不对劲——因为我想看到死人，还在救护车上工作？"

"一点也没有，这是一种使命。而且在某人死后想看对方的尸体也很正常。我觉得你会表现得很出色。"

"你真的认为我能做到吗？"

"你为什么不行？你绝不会在街上看到比谋杀全家还要糟糕的场面，而且你已经从那种经历中活了下来。你会没事的。你现在不就没事吗？"

"但我并没有真的看到死去的那家人。我也没法说我没事。"

4月是我在紧急医疗技术学校学习的最后一个月，课程包括实用技能和设备操作。从来自书本和街头的二手故事中，我们只能学到这些。知道如何读懂印在氧气瓶箍上的字母和数字是一回事；用氧气扳手打开氧气瓶、把调节器安装到阀杆上，使针孔排列整齐，并将连接管从球囊面罩安装到流量调节阀上，则是另一回事了。此外，我还要把易燃的绿色氧气罐固定住，以防它在前往医院的途中变成"导弹"。

我对自己的每周测试成绩很满意，也对通过即将到来的州立笔试满怀信心，但对自己能否通过实践中包含的6个技能测试就没那么有信心了。

有4个技能测试是必须通过的：(1) 创伤患者的评估管理；(2) 医疗患者的评估管理；(3) 心脏骤停处理和自动体外除颤器的使用；(4) 为陷入昏迷的病人戴好球囊面罩。对于后两项技能测试会安排何种场景，我们是两眼一抹黑，有可能是上呼吸道辅助、吸痰或长骨受伤固定。

这一切都让我害怕。这些年来，我已经成了一个不善动手的人。我经常在想，我的书生气是否削弱了我在现实生活中的动手实操能力。成年人的世界需要大量的实际行动，而我对此并不擅长。

作为危机管理人，我可以轻而易举地引导一整个房间内泪流满面的人走出大规模枪击事件的影响。我可以去法国旅行，说一口蹩脚的法语。那个月晚些时候，我准备前往意大利参加一个作者会谈，但一想到去车管局（DMV）更新驾照上的地址，我就会大脑短路，我在纽约住了20年后才更换了我的加利福尼亚驾照。梳妆台上的把手坏了7年，我都不知道该怎么修理，每天早晨看到它时我都会想："好吧，把手还是坏的。"

在课堂上，我们用人体模型练习技能。人体模型上满是指纹，散发着洗衣房的酸味。大多数人体模型都没有四肢。当教员把一个塑料模型扔到地上并要求我们跪下来进行按压时，我们总会忍不住大笑。许多晚上，我们都因为对人体模型进行了不当操作而被训斥。我既不想肯定又不能否认自己参与过这些恶作剧。

进行技能演练时，我们会和其他紧急医疗技术班级一起练习，然后就形成了人声鼎沸的"菜市场"。一个姑娘额头上有一道巨大的伤疤，那是她在一次交通事故中钻过车窗留下的。

我们还认识了别的教员。我最喜欢的一个老师是一名快言快语的护理人员，名叫伊亚尔。他说话的样子就像人工教科书，还把我带到他的医疗队伍，确保我知道自己在做什么。3年后，当新型冠状病毒（简称新冠病毒）肺炎[①]疫情暴发并将纽约市变成"热区"时，伊亚尔因新冠病毒失去了他的兄弟，但在情绪崩溃的同时依然坚持抗击疫情。

一个特别的晚上，一名负责纽约市消防局急救技能指导的老师犯了个错，告诉我们他没有咽反射。"现在你们有一个不能公开的细节了。"他说。我的眼里闪烁着兴奋的光芒。

口咽气道（OPA）是一种用于无反应病人的人工气道，他们的舌头有可能造成气道堵塞。急救准则要求，只有在病人没有咽反射的情况下才能插入口咽气道。要把口咽气道插入人体模型的无弹性口腔中几乎是不可能的。但现在，一个活生生的人体模型站在了我面前。

"我可以给你插入口咽气道吗？"我问那名急救技能指导老师。他犹豫了一下，然后同意了。他坐在一张桌子上，张开嘴巴，我很激动又有点

[①] 中华人民共和国国家卫生健康委员会已于2022年12月26日发布公告，将新型冠状病毒肺炎更名为新型冠状病毒感染。因本书英文原版出版于2021年，故延用旧称。

莫名的开心。全班同学都围拢过来，敬畏又恐惧地看着我要求病人把嘴长大，然后将塑料口咽气道伸进他的嘴巴，一直滑到他的咽喉那里。令人惊奇的是，他居然忍受了这一切。我的同学们都倒抽了一口气。

我胜利地挥舞双臂。"我做到了！"我说，"哇喔，你比那个假人容易操作多了。"

指导老师噎住了，然后把气道插管从他的喉咙里拔了出来。

在进行州立考试之前，我们必须完成临床轮训，乘坐救护车或在急诊室工作。我报名参加了一家私人救护车公司的轮班。

在我开始跟车之前，我需要拿到医生签过字的病历表，表明我已经接种了所有疾病和病毒的疫苗——准确来说，是所有在2020年之前为人类所知的病毒的疫苗。

我去见了我喜欢的全科医生，他是一个幽默、坦率的家伙。

"这是干什么用的？"我把病历表递给他时，他在检查室里问道。

"我马上就是一名紧急医疗救护技术员了，"我兴高采烈地说，"你能相信吗？在我开始我的第一趟救护车之旅前，你必须帮我把这张表给签了。"

他扬起眉毛看着我。"紧急医疗救护技术员？我还以为你是个作家呢。"

"我确实是个作家，还是私家侦探、危机管理人。我还是园艺女士，也喜欢烘焙。"

"你知道你会看到人头落地的场面，对吧？"

"别说了。但等一下——你真认为会发生这种事吗？"

"在纽约市当紧急医疗救护技术员吗？那是肯定的。"

"你吓到我了。"

"这种事我就做不到。"他一边说，一边在表格和电脑之间来回扫视。

我大吃一惊。"你说你做不到是什么意思？你可是医生呀。你念过医学院，又和尸体打过交道。我知道你是什么样的人，我永远都做不到你能做的事。"

他咧嘴一笑。"在医学院，人体器官都是放在垃圾桶里的。有一次，我们的指导老师把一个这样的垃圾桶推进教室，里面的一堆腿都露了出来。他让我们一人拿一条腿出来解剖，所以我走到垃圾桶前抓了一条腿出来；另一个垃圾桶则装满了手臂。"

"正是如此。医生都很变态，这让人恶心。但回到刚才的话题，你真的认为我能应付得来吗？做好一名紧急医疗救护技术员？我担心我会遇到一些无法应付的事情。"

"嗯，你能做到，"他说，"你会变得不近人情的。"

"那需要多长时间？"

"几乎是立刻，你会进入一种什么都无法困扰你的状态。就比如说我，隔壁房间有病人呕吐，也不会耽误我在办公室里喝汤。"

讲完这个"激动人心"的故事后，他把签好的病历表递给我。"很高兴见到你，"他说，"祝你好运。"

在第一个跟车的晚上，全科医生的那句话一直阴魂不散地缠着我："你会看到人头落地的场面。"在前往救护车基地所在的洛克威的地铁上，我满脑子都是这个念头。我还没有对此准备好，这就是我的感受。

那晚和我一起轮班的紧急医疗救护技术员是两名住在布鲁克林的娇小的年轻女性。她们并未被告知会有一名见习员，而对于我出现在救护车的后部，她们也明显不满。大多数时候，她们都无视我，听着说唱歌曲，讨论她们的一个男性朋友竟然劈腿了，说他应该受到车轮被扎的惩罚。

无所事事的几个小时过去了，我很无聊。

我的手机突然响了，是那个我一直通过短信聊天的消防员。虽然我很喜欢拉斐尔，我们也有很多共同之处，但我们并没有发展出恋爱关系，而且我们的政治观也大相径庭。我想象不出来我们在一起的场景，我觉得，他也是如此。

"和我聊聊天吧。"消防员说。

我爱死聊天了！我一头埋进手机。他的名字是汤米，我很迷恋他。他37岁，是一名退伍军人，在布朗克斯一个繁忙的消防站工作。他有一头栗色的头发，蓬松地围拢着一张开朗的面容，一双眼睛似从森林最深处凝视着我。我聪明机敏，幽默风趣，是一名杰出的"色情"短信高手（对不起，妈妈）和短信发送者。他非常擅长发短信，所以有些晚上我都熬夜躺在床上反复阅读他发给我的信息。

而且，汤米很性感。许多夜晚，我都用大拇指不停地在手机上划着他的照片。看着他驾驶消防车；他站在那里，肩膀正对着镜头，鼓起的二头肌撑起了他的西装衬衫；还有他在船上，戴着太阳镜和帽子；又或者站在悬崖上俯瞰群山；现在又在健身房里，举着显眼的举重器。该死的，我真希望他会做饭。

"不是所有的消防员都会做饭！"一名消防员朋友责备我，"那就是个神话！我会，也喜欢做饭，但我以前消防站里的一些同事就不会。他们只会反复做同样的东西。我过去经常说：'加油，伙计，将它们混在一起。尝试弄点新的东西！走出你们的舒适区，为什么不呢？'"

汤米和我是六七个月前在一个约会应用软件上配对认识的。我们认识不到 10 秒，我就告诉他我在"9·11"事件中失去了一名消防员朋友。汤米并不认识帕特本人，但他一定听说过他。"他是真正的英雄。"他说。

我曾多次试图和汤米在线下见面，但他每次都放我鸽子。几个月来他不能见我的理由有：脚疼、重感冒、某个家伙的房子被烧毁了、加班、背痛、出城、宿醉、母亲生病。

有一千个借口的英雄。

今天晚上，当我问他为什么不想和我在现实中见面时，他给我发了一个耸肩的表情符号。他这种不正面回应的态度我已经忍受好几个月了。

我的女性朋友们都觉得我疯了。

"如果这是一部电影，"一天晚上，菲丽丝在电话中说，"一部爱情喜剧，而这对情侣竟然到现在都没见过面？这都过去几个月了？观众恐怕早就跑光了。"

但我一直在等，我可以比任何人都等得久。有一次，我让我的眼动脱敏与再加工治疗心理医生用一句话来定义我生活中的核心问题。她点点头，然后说："慢慢地被吸引到等候室。"

唉哟，这话很伤人啊。但这位优秀女性说得对。

到如今，我已经基本放弃了和汤米在现实中见面的可能，只安于一种基于短信交流的关系。这是一种情境关系，有点像是拥有一个想象中的朋友。有些人是和"耶稣"聊天，我则是和一名消防员。

今天晚上在救护车上，汤米和我用短信聊了一两个小时。最终，就在轮班即将结束前的一小时，我们收到了任务通知。

调度中心要求我们将一名老人从他家送到透析中心。我们开车去了病人家里，没有开警灯或警笛，因为他并不需要急救，只是由于无法行走，需要救护车送他一程。

我们把车停在房子前面，有一个人站在外面杂乱的草坪上（我猜他是病人的儿子），抱怨着怎么来的急救员都是女人（非常准确的观察，但他也赢不了天才大奖）。然后他又说他怀疑我们这些"姑娘"是否有力气把病人搬到车上。

"我们能做到，先生。"我的一个搭档礼貌地说。我猜她以前也遇到过这种事。

昏暗的客厅里，一张床被推靠在发霉的墙边。一个身材矮小的老人蜷缩在床单下面，身体缩得像一只被漂白过的蜗牛，他的皮肤太过纤薄，似乎连羽毛的拂拭都能让皮肤撕裂。他的体重不会超过80磅（约36.3千克）。床单散发着死亡的温度和气息。看着他，我既震惊又悲伤。只是靠近他就让我失去了一些东西。

"你要不要帮他测血压？"一名紧急医疗救护技术员问我。

"不用了，谢谢。"我往后退了几步。我很担心我男人般的巨手会伤到他。

我的一名搭档测了他的生命体征，同时另一名搭档给他戴好鼻导管，然后给他输了一点氧。姑娘们轻而易举地将他移到折叠式搬运椅上，用床单把他裹好绑起来，然后推到外面。在街上，她们将他从搬运椅转移到担架上，再推入救护车。而我一直在旁边看着，我就是一个旁观者。

我们慢悠悠地开往透析中心。那个地方也令我大为震惊。透析室就是一个冰冷、明亮的地狱，宽敞的地板上排列着海绿色的躺椅，上面挤满了晚期肾衰竭的截肢病人。由于透析病人很冷，大部分病人都盖着毯子。

护士们看起来很忙碌，似乎对我们带来的麻烦很恼火。"称一下他的体重，然后把他放在角落里的那张椅子上。"其中一个人平静地说，就好像我们只是送了一盏灯过来。

在那次任务结束之后，我的搭档们给我留下了深刻的印象。随着夜幕降临，她们也发现了我的人格魅力，对我热情起来。我喜欢她们的坚强、聪明和美丽，她们是那种单独在救护车里时会讨论扎破某个家伙的轮胎的"促狭鬼"，而在进入某个垂死之人的家中时又会温柔帮助对方的善良天使。

她们给我的见习表打了很高的分数，尽管事实是整个晚上我什么也没做。这就是我的临床轮训，我的病人护理经验，颇为英雄主义的经历。

"感觉怎么样？"内特在下一节课问我。

"我们完成了一次任务。我觉得很无聊、很害怕，还觉得自己很没用。"

"欢迎来到急救服务世界。"

一个月后，也就是5月，我参加了州立紧急医疗救护技术员考试并通过了。除了一个黑发姐妹只差几分没过，我们全都通过了考试。她伤心地啜泣，我们拍拍她的背，对她说她一定会通过下次考试的。我相信她会。现在，我正式成为一名紧急医疗救护技术员。

可我几乎一无所知。

之后，卡里尔和内特，以及伊亚尔带我们去吃比萨。"祝贺你，墨菲。"内特说着抱了抱我。

饭后，内特站起来祝酒。"我为你们每一个人感到骄傲，"他说，"你们即将接生婴儿，或是看着人们咽下最后一口气；你们即将见证世界上最伟大的演出。急救服务是一份吃力不讨好、充满危险但有回报的工作，而你们现在都是英雄了。你们可以随时给我打电话，我永远是你们的后盾。欢迎加入这个大家庭。"

"家庭"这个词一出来，我的眼泪就没忍住。

我的许多同学都因为各种原因没有成为紧急医疗救护技术员：没时间、不再感兴趣，或是恐惧。他们的第一急救员生涯在课堂开始，也在课堂结束。令内特惊讶的是，我是他班上第一个也是唯一穿上制服做紧急医疗救护技术员的学生。

他告诉我，我是这个大家庭的一员了，便意味着我正式加入了。在学校的这几个月，我一直非常开心。我一直知道我会在救护车上工作。唯一的问题是：救护车会开往哪里？

3 为老奶奶开车

作为一名新手紧急医疗救护技术员，想在纽约市找到一个适合我工作的地方，可谓是任务艰巨。除了认真研究我的选择、与经验丰富的第一急救员交谈外，我根本不知道该从何处着手。

就像心脏一样，纽约市急救中心有4个独立但相互联系的"腔室"：志愿者救护公司、私人企业经营的商业救护车、基于医院的志愿单位和消防局运营的市政救护车。我若想参与严重的急救行动，那理想的选择就是在隶属于911系统的机构中工作。这4个急救机构中，有两个隶属于911系统：基于医院的救护车（以及一些与医院合作的商业公司）和纽约市消防局。问题是，前者要求紧急医疗救护技术员在被雇用前，即使是兼职或按天上班，也要有在911系统工作的经验。因此，我陷入了两难困境：当911系统只雇用经验丰富的急救员时，我作为一名新手紧急医疗救护技术员，又该如何获得911系统的工作经验呢？

内特告诉我，消防局是直接从紧急医疗技术学校雇人。"只要是活人，他们就会雇用。"他说。

思念和崇敬帕特的心理促使我渴望以他的名义来加入这个部门。他会喜欢的，我心想。如果我最终能坐上纽约市消防局的救护车去工作，他一定会觉得这很有趣。帕特的朋友罗伯特·"鲍比"·伯克是一名演员，在《法律与秩序：特殊受害者》一剧中饰演"塔克"一角。他告诉我，当消防局开始派遣消防车进行急救工作时，帕特认为这是件好事。"我们可以帮助更多的人。"帕特说。对他来说，帮助他人就是全部的意义。

但加入纽约市消防局是一个严肃的承诺。他们只雇用全职紧急医疗救护技术员，给出的薪水也少得可怜——我根本没法靠35000美元的年薪生活，至少这个年纪不行，在这个城市也肯定不行。

除了911系统，私人公司和志愿救护车公司也会雇用紧急医疗救护技术员新手。私人公司有报酬，而志愿公司则是无偿服务。这两种类型的机构会在灾难来袭和911呼叫量激增时支持全市的急救服务，比如在热浪、飓风、病毒暴发的时候。

"千万别无偿工作，"当我告诉卡里尔我想做志愿者时，她说，"如果你想做这份工作，要找有报酬的。"

由于紧急医疗救护技术员在美国是工资最低的公务员之一，"拿工资"这个词对我没啥意义。我只想找个地方当志愿者。

把新手第一急救员的工作单位搜索范围缩小到志愿者队伍，并没有简化我的问题。纽约市大约有 26 家活跃的志愿救护车公司。许多志愿者服务队都能追溯到 20 世纪 70 年代，它们是为了满足社区提升缓慢的急救响应时间的需求而成立的。

在布鲁克林，湾脊急救志愿组织在 1974 年响应了第一通急救呼叫，当时该地区的城市救护车响应时间常常超过 1 小时。在曼哈顿，中央公园医疗队于 1975 年成立，当时受伤的公园游客经常要等上 45—90 分钟才能等来城市救护车。由于其独特的地理位置，不熟悉公园地形的急救人员经常迷路。因而该地区的社区成员决定让中央公园拥有属于自己的救援队伍。成立之初，他们只有 20 名志愿者，救护车也是用的私人自行车和一辆改装过的福特小货车。

历史上，服务不足的社区对缓慢的急救响应所带来的危险并不陌生。贝史蒂的一名志愿急救人员就是在这种痛苦中"诞生"的。1988 年，一名 7 岁的黑人小女孩被车撞后，救护车花了 30 分钟才抵达贝史蒂。这个孩子的叔叔，已故的小詹姆斯·"洛基"·罗宾逊，是当时在纽约市急救中心工作的一名紧急医疗救护技术员。

"洛基"和他受伤的侄女一起爬上救护车，侄女在被送往医院的途中死亡。这一悲剧促使他在贝史蒂成立了一支肩负双重使命的志愿者队伍：一是将附近的救护车救援时间缩短到几分钟；二是将社会闲散青年培训成紧急医疗救护技术员，努力让他们远离枪支和帮派横行的街头，以实际行动让他们坚信拯救生命比夺取生命更有价值。

由于我住的地方离贝史蒂志愿队相对更近，因此我试图和他们一起出任务很合理。我填了必要的文件，拜访了他们的基地好几次，但我的申请彻底没了下文。申请因我不知道的原因而停滞不前，这或许是件好事，毕竟这是一个由黑人领导、基于黑人社区的志愿组织，满足的也是大部分黑人社区的需求。虽然我认识一个在贝史蒂志愿队工作的紧急医疗救护技术员，但我不想落入那种"白人救世主"陷阱——在一个没有我也能运行良好的黑人组织中，扮演一位善良的白人女士。或者更糟的是，占据本属于这个组织的某个闲散青年的位置。

人们对公园坡志愿救护队的评价非常高。我查过他们的资料，他们似乎是合法组织，而且离我家也不是很远。于是我填了申请表，得到的回复是下一步要进行一次面试。若是通过了，我就可以等入职培训结束后正式开始工作。那得等到什么时候？他们希望大约在冬季，12月或1月的时候。这等的时间也太长了，因为当时还是夏天。我只好向一家私人公司"投降"了，这家公司和我在紧急医疗技术学校进行跟车实习时的那家公司很像。

2017年6月，一家在科尼岛有基地的私人公司雇用了我。他们付给紧急医疗救护技术员的是最低工资，当时是13.5美元。基地离我住的地方很远，单程通勤就要一个半小时。根据我的见习经历，我知道私人运送工作很无聊。一些第一急救员表示，乘坐"私人车"（这些公司的救护车通常被这么叫），并不是真正的急救服务，因为大量的呼叫都是运送和非紧急情况，他们把这叫作"为老奶奶开车"。但作为新人，我并没有太多别的选择。不管怎样，等我真正做好了准备，我知道外婆会为我骄傲的。

我爱我的外婆。弗恩·艾伯塔·达根是一个脾气暴躁、身材矮胖、口无遮拦的女人。她会做碎布床单，能一口气吃光整盒的喜诗糖果，喜欢阅读西部小说，并且热衷于出去吃午餐，最爱的是卷肉玉米面饼，她还教我如何从零开始缝纫和做馅饼皮。她开着她那辆紫红色凯迪拉克，坐在厚厚的黄页电话簿上，这样她就能拥有方向盘上方的绝佳视野了。

外婆对我的爱是完美而绝对的。人们总说，在孩子的一生中，只要能有一个人无条件地爱他们，他们就能活下来。我的外婆就是那个人。2003年的某天，她还教我要相信有鬼魂的存在。

在那之前的两年前，即2001年的8月，就在"9·11"事件之前，我被为之撰稿的一家纽约网络公司解雇了。我对此愉快接受，因为我计划返回学校，在布鲁克林大学读个小说写作的艺术硕士。当时小说家迈克尔·坎宁安正在那里教书，一天他打电话通知我，我被创意写作专业录取了。我清楚地记得他给我打电话时我站的地方，就在位于"小意大利"的公寓里，厨房的浴缸上面挂着藤蔓植物。我还记得，当时我满脑子都是：

我现在正在和迈克尔·坎宁安通话，迈克尔·坎宁安给我打了电话。

但随后发生了恐怖袭击。双子塔倒塌，帕特失踪，经济崩溃，我找不到工作，又没有医保，然后又得了癌症，我负债累累，最终失去了我的公寓。斯隆·凯特林癌症纪念研究中心的一位医生很同情我，让我免费参加了一项研究。那段时间，我总是找不到薪水足够的工作，至少不够支付我的开销。两年后，即 2003 年，我放弃了纽约的工作，在加利福尼亚的一家网络公司找了一份为期一年的撰稿工作。

那个时候，离开纽约让我非常痛苦，因为我既不想离开这座城市，也不喜欢网络公司的工作。但由于那份工作是在加利福尼亚，所以我有了陪伴外婆一年的机会。

周末，我会开车从拉古纳海滩去贝克斯菲尔德，去她居住的养老院看她。外公几年前就去世了，他是一个沉默寡言、温和有礼的人，为南太平洋铁路公司工作，会吹口琴，在洗发水问世很久之后还一直用肥皂洗头。他们结婚有 65 个年头，所以我想外婆一定非常想念他。

"你想他吗？"一天，我在疗养院问她。

"不太想。"她说。

我很震惊地问："你都不想外公吗？"

"是的，"她笑着说，"我不用想他啊，他每天晚上都会来看我。"

"那你们都做些什么呢？"

"噢，他就坐在我床上，和我聊天。"

她讲述的方式，她声音中的自信，都让我相信她。她确信他每晚都在，就像她缝制的碎布床单一样真实。

对她来说，他还活着。

我已经记不清我的首次周末轮班运送工作了。这个医疗世界有太多事情需要消化，还有那些令人难以置信的怪人以及现在的公司。我不知道该怎么进行实际操作：把金属脚重新安装到轮椅上；升高和降低病床；使用松下笔记本，这款拥有坚不可摧的镁合金外壳的笔记本被用来填写院前病人照护报告，有时也被直接称作"图表"。这些对我来说全是新鲜事。

然后就是搬运。由于所有的病人都无法行走，所以每次出诊我们都要拼命搬运病人。作为紧急医疗救护技术员，我们必须保证两人合作能抬起

250磅（约113.4千克）的重量，也就是每人承担病人25%的体重。

训练的时候，我试图抬起一个装有这个重量的沙袋的担架，丢人的事情发生了。我的双臂根本承受不住这个重量，前臂像是要裂开一样，担架掉了下来，把我也拽到了地上。砰！一个令人头痛的俯冲，我像只现宰烤鸡一样跌倒在地。

我以为我的锻炼已经足够多了。我每周会去楼里的健身房锻炼3—4次，做一种叫比基尼健身指南的高强度间歇性训练。

我的海豹突击队朋友说："我也做比基尼健身指南。那个项目很难，珍杰。"人人都叫我珍妮弗或金杰，所以他把两者结合创造了一个新的叫法。"高跳撑地运动、平板支撑、深蹲，全都是海豹突击队的训练内容。"

他会知道的，和搬运瘫痪病人的沉重负担相比，比基尼健身指南根本算不得什么。

我的头两个搭档都是男性。吉是个热情、有趣的家伙，自带一种黑色幽默感。他有两个孩子，妻子是家庭主妇，他一直对妻子隐瞒自己抽烟的事实，就是个大骗子。不过病人都很喜欢他，我也喜欢他。

我们的另一位搭档罗恩在很多方面都和吉相反。他是个黑头发的大男孩，经常赌咒发誓。作为紧急医疗救护技术员，他无所畏惧，却莫名地害怕和女性接触。他总是不停地拿布鲁克林阳光下的一切事物来嘲笑吉，还乐此不疲地取笑那些在背后撕扯他的病人。罗恩刚过法定饮酒年龄，但他十几岁时就开始在急救系统工作了，这赋予了他一种即将退休的悲伤而沮丧的气质。

我喜欢这些家伙。他们教会了后来我所知道的一切。诚然，也不是很多。

有一段时间，我们3个急救员坐在一辆救护车上，而不是通常的2个人，因为作为新手的我很害怕，又经验不足，所以跟他俩一起工作。我们欢笑不断，还在塔吉特百货吃过一次饭。在成为急救员之前，我虽然知道塔吉特百货应有尽有，但我还从未在那里吃过饭。

吉和罗恩对我有着钢铁般的意志和圣人般的耐心。他们从来不会让我觉得自己愚不可及，也不会在我犯错的时候责备我。他们总是鼓励我，是我坚实的后盾。我在推着担架上的病人下坡时，能感受到吉和罗恩平坦的手掌紧贴我的脊柱，引导和支撑着我，让我觉得安全又安心。

在急救服务世界，我从来不是一个人。

我们运送的许多病人都是常客。过了几个月后，我对他们的了解几乎就和我的搭档一样多了。有几名晚期肾衰竭病人每周要做两到三次透析治疗，往返接送都由我们来。

大部分慢性病患者都是棕色人种或黑人。许多人因为肾功能衰竭而瘫痪或截肢，因为肾功能衰竭会导致周边动脉疾病。我一直不习惯送病人去透析中心。每次送他们进去，我都能感觉到抽在脸上的绝望之鞭。血液透析治疗一般要持续4个小时，所以有时我们会在一次轮班中见到同一个病人两次。

其中一个病人名叫加里森，是个举止轻浮、颇为无赖的黑人越战老兵，他双腿膝盖以下都被截肢了。我不记得他有没有医保了。在参加过不同战争的黑人退伍军人中，有不成比例的人在退伍时持有不良文件，这让他们无法从退伍军人管理局（VA）获得医疗服务。不良文件往往是因为轻微的"过错"，比如迟到、酗酒、不服从管理等。

这个问题非常严重。

一项于2006—2015年间进行的研究显示，黑人飞行员每年面临的军事法庭审判或非司法惩罚的可能性比白人飞行员高71%。在陆军中，这个可能性是61%；海军中则是40%。而且，黑人海军陆战队队员比白人士兵收到不良文件处罚的可能性高32%。与经过司法审查的"不良行为"和"不光彩的"退役不同，不良文件是私下扔给人们的，没有相应的正当程序。

联邦政府大肆遗弃和惩罚这些收到不良文件的退伍军人，完全不管他们从战场带回一身足以威胁他们生命的情感、精神和身体创伤，而退伍军人管理局也拒绝为他们提供必需的福利和医疗保健服务。不良文件还增加了他们的求职难度。同样的事情也发生在女性军人身上，她们会因为举报性侵犯而收到不良文件的惩罚。

我觉得，现在仍然觉得，美国这个国家对待曾为军队服务的人员的方式实在是巨大的耻辱。

加里森说话总是骂骂咧咧的，和罗恩之间存在一种剑拔弩张的父子式关系。这两个人总是毫不留情地嘲笑对方，吉和我对此喜闻乐见。这就像观看大男子主义色彩浓厚的网球比赛。

"直接把我扔上去，笨蛋！"一天晚上，当我们在加里森的卧室，把他从折叠式搬运椅转移到他的床上时，他对罗恩大吼大叫，"直接把我抬起来扔到床上，剩下的事情我自己会做。把我扔上去就行了，混蛋！"

我们围在加里森的椅子周围，将他抬起来，然后轻轻地将他扔到床上。他调整好自己的坐姿，一等安顿好，他就点了一根烟。

"你要到她的电话号码了吗？"他问罗恩。

罗恩非常迷恋一个护士，她在我们经常去的一家医院工作，但他胆子太小了，不敢向对方要电话号码。"还没有。"

"他不会去要的，"吉说，"他没这个胆子。"

加里森冷笑了一下，"你这家伙就是个胆小鬼。别磨磨叽叽的，大胆点，把那个女人的号码要到手。你究竟哪里有毛病？"

罗恩摇摇头，对着地板说："知道了，知道了。"

"不，你不知道！"加里森打断他的话，"下次你再过来的时候，最好告诉我已经要到了她的号码。什么时候要到她的号码，你什么时候再来我家。"

"我会做到的。"罗恩说。但又过了3个月，这才成为现实。

吉预言，除了他的双腿，加里森还会失去他的胳膊。他是对的。"加里森现在只剩躯干了。"几年后他告诉我。

另一次周末轮班时，罗恩告诉我和吉，他终于问那名护士要了电话号码。"她说她有男朋友。但她还是把她的电话号码给我了，说我们可以聊聊。"

"我真是太为你骄傲了！"我说，"祝贺你！这是全人类的胜利。"

"她可能撒谎了，"吉忍不住嘲笑道，他指的是护士有男朋友这件事，"她可能是编的。"

"别瞎说。"我说着，用力打了他一下。

我也和他们说了汤米的事。告诉他们我们一直在发短信，而我们从没在现实生活中见过面。

"这种情况有多久了？"吉问。

我眯了眯眼睛，回答道："大概，八九个月吧。"

"八九个月？！"罗恩说，"老天，你在搞什么呢？这家伙是谁啊？"

"删掉他的号码，再屏蔽他，"吉说，"结束。"

"我同意，"罗恩说，"你值得更好的。"

这是来自兄弟们的很好的建议。可我没有理会。

直到有一天，我再也无法无视这个建议。

那个夏天，由于汤米一直不露面，我的心情跌入低谷。我知道他很忙，总是加班。他还打冰球。很多次，他给我发信息的时候都会给我发一张他穿蓝礼服的照片，那是他在去参加另一位因癌症去世的"9·11"事件消防员的葬礼的路上拍的。

"他们就像苍蝇一样掉了下来。"汤米说。

所以他的双手沾满了生命和死亡的气味。但我们之间的情况一如之前。罗恩和吉的建议是对的。然而，首先我必须解开汤米失约的谜团，我毕竟是个侦探。老虎不能改变它的条纹，母狮子也不能。

一天，我决定直接询问汤米这件事。

"你就直说吧，你拒绝露面，是不是因为你已经结婚了？我知道你是个消防员，所以这不足为奇。"

"没有，我没有结婚。"

"那是因为什么？别再撒谎了，说实话。"

汤米承认他有个女朋友，但他们在一起并不愉快。我们在网上配对成功的时候，他们刚分手。现在他们试图解决问题，却失败了，所以他不知道该怎么办。但分分合合的女朋友并不是他失约的唯一借口，最根本的原因是痛苦。

汤米非常不开心，他觉得自己被困住了。纽约市消防局的人员流失氛围使他精神萎靡。

"有一天，我走进消防队的厨房，说：'嗨，伙计们，最近都看了什么书啊？'而他们的反应就像在说'你是个同性恋'。"

汤米怀念军队森严的等级和严苛的训练。相比之下，他觉得消防局的训练不够格。"我们根本没做好准备。"他在谈到纽约将不可避免地发生另一起恐怖袭击或大规模伤亡事件时如此表示。

直到2020年，我们才知道他说得有多对。

工作削弱了汤米的创造力。在参战期间，他曾写过东西——他记过一年的日志，但上面只画了骷髅头。他想重新开始写作，但他无法让自己付诸行动。他觉得自己就像生活在一个洞里，越来越多的水流到这个洞里，多到让他爬不出来，但又不足以淹死他。

哦，老天。在他告诉我这些之后，我的浪漫绮梦就像冷掉的蛋糕一样坍塌了，内心的危机管理人角色占据了主导地位，我不假思索地说："这样根本就无法生活，你的生活状态已经拉响了红色警报。"

"你真的这么想吗？你觉得我的状态有那么糟吗？我有点被自己吓到了。"

"亲爱的，你是时候寻求帮助了。"

汤米同意了，但他不知道从哪里开始。他从没看过心理医生，既担心看心理医生的花费，又担心会被同事知道。消防站就是个八卦周转站，他不想让所有人都知道他的情况。

"你是'9·11'事件后的退伍军人吗？"

"事前和事后都是。"

"哟，'双料冠军'啊。恭喜你，今天是你的幸运日。"

我给汤米发了一个名叫"勇往直前"的组织的链接。我是从军人朋友那里知道这个非营利性组织的。"勇往直前"为"9·11"事件后的退伍军人及其家属提供免费的、不需任何文件的、保密的心理健康服务，他们还提供诸如眼动脱敏与再加工治疗等。我告诉汤米我接受过眼动脱敏与再加工治疗，这个疗法改变和重塑了我的神经系统，从根本上拯救了我。我直觉他也会从中受益。

他谢了我，说他会研究一下。我鼓励他当时就打电话，他说他会的，但我对此表示怀疑。

根据我的经验，那些亟需帮助的人在寻求帮助时总是拖拖拉拉的，我就是如此。在我举手说"救救我"之前，我可以忍受无尽的绝望。当我开口寻求帮助的时候，我已经处于毁灭性的痛苦之中。如果说作为危机管理人，我学到了什么，那就是：

当人们告诉你他们很痛苦时，一定要相信他们。

对汤米这些在美国公务员系统中工作的硬汉来说，做心理治疗依然有一种病耻感。否认和隐藏痛苦，在欺骗妻子的同时默默把自己耗死，才被认为是真正的男人，寻求帮助则是一种需要勇气的惊人行为。

我的大学男友曾经告诉我，当他的父母送他去康复中心时，他的咨询师让他在脖子上挂一个牌子，上面写着：我快死了，因为我拒绝寻求帮助。

我经常想起这句话。想到像汤米这样的退伍军人，他们正以令人不寒而栗的速度死去——平均每天多达22人自杀，每65分钟就有一人自杀，我觉得这些话应该缝在大多数第一急救员的制服上，并且推广下去。

在我们的谈话结束之后，我向帕特祈祷，希望能有某种来世的魔法，促使汤米将寻求帮助的计划尽快付诸行动。

魔法生效了。几天后，汤米给我发信息，说他联系了"勇往直前"并预约了住院。我很震惊、很自豪，又觉得如释重负，忍不住低头哭了起来。

我简直不敢相信，这就是爱尔兰鬼魂的力量吧。

我最喜欢的透析病人是一个叫丽塔的中年教会妇女。从医学上讲，她过于肥胖，并且腰部以下瘫痪。她和丈夫、两个年幼的孩子，还有一只虎斑猫，住在"皇冠高地"一栋无电梯公寓二楼的一间狭窄房间里。

我们经常在丽塔的家里看到蟑螂。这在纽约市并不是什么新鲜事，在工作中我见识过许多神奇的虫子：蟑螂、家蝇和长得像会走的芝麻的虱子。一些急救员会把裤子塞进靴子里，以防害虫爬到腿上或在他们的袜子里繁衍后代，其实也是因为这样看起来很酷。要是我的制服裤子够长，我也会这样穿，女人也有做梦的权力。

丽塔几乎患有女性可能面临的所有健康疾病，我们每周带她去做透析，冲洗肾脏两次。我们经常比预定时间提前一个多小时到她家，因为要花很长时间才能把她弄到楼下。大多数时候，我们需要第二支小队和另外4双手来帮忙把她抬下去。比基尼健身操是有帮助，但急救服务对我的锻炼，比任何健身运动都要迅速和高效。

有时，当我们到达时，丽塔正好在卫生间方便，并且没法在无人帮助的情况下起身。每次我们进来时，她都会大喊："吉！快进来帮我！"她总是找吉帮忙，而不是我或罗恩。就像我说的，病人都喜欢那家伙。

我经常在想，我们没去她家的时候她都是怎么上厕所的？她丈夫比她瘦得多，通常陪在她身边，站在厨房用漏勺搅拌一锅咖喱味的东西。他们的孩子在客厅里跑来跑去，那只虎斑猫拍着我们的鞋带。我们帮丽塔坐上轮椅，将她推到公寓门前，然后真正的工作开始了。

楼梯很陡，又是木制的。墙上装了一台勉强能承受丽塔体重的楼梯升降椅。但我们首先得把她从轮椅转移到升降椅上，这就需要4名救护员用几条毯子把她从腰部裹好，以便让她站起来后能稳住身形。瘫痪病人死沉的重量令我震惊。搬运的时候，丽塔和我们全都大汗淋漓。吉经常会脱掉他的制服衬衫，只穿一件像是从水里捞出来的T恤。

一次，另一个小队的一名女救护员来丽塔家帮忙。她肌肉发达，长长的黑发披在背上，穿着非常合身的战术长裤。

她拿着一套床单和绑带飞快地下了车，一阵风似的从我们身边冲过，立刻接管了现场。她向丽塔以及她的家人打了招呼，然后将她从轮椅上弄出来放到楼梯升降椅上，速度比我之前共事过的任何人都要快。她漂亮又能干，很有魄力，我想成为她那样的人。看到有这样一位女性出现并主持局面，我感受到了一种强大的力量。这个世界上存在许多远比我优秀的女性，所以我也可以想象自己处于她们的位置。

在丽塔家的大多数日子里，吉、罗恩和我都要在楼梯间休息很长时间，然后再把她沿着后墙运到角落里，在那里，楼梯升降椅会发挥它的魔力，将她运送到外面的门边，这个时候我们就再次围拢到她身边，解开升降椅的安全带，把她抬到担架上。

在那个楼梯间，我们进行过许多我喜欢的精神方面的谈话。我们聊过上帝、家庭、疾病、布鲁克林。几个月后，丽塔和我熟悉了，开始直呼我的名字。一天晚上，我们在楼梯间歇息的时候，吉问丽塔觉得我作为救护员干得怎么样。

"珍妮弗吗？"她说，就好像我不在场似的，"噢，我觉得她干得挺好的，"然后她哀怨地看着自己一动不动的双腿，继而又抬头看向我，"但她确实选了一份很不容易的工作。我不知道她为什么想不开做这种工作，这可不是什么愉快的事。她本可以做更轻松的工作。"

"你这是拿我的外在和你的内在做比较,"我说,"你对我的生活一无所知,也不知道我为什么干这个。"

"嗯,"丽塔说,"你说得对,这话很深奥。"她看着吉说:"她很深刻。"

"她确实深刻。"吉说。

"我确实可以做更轻松的工作,但我对健康问题并不陌生。我也有过生病的经历,我年轻的时候得过癌症。"

"你得过癌症?"吉问。

然后罗恩也开了口:"等一下,什么?你竟然得过癌症?"

"我知道这工作很辛苦,但和你们在一起,"我对丽塔说,"我很开心。"

"这才是最重要的,要做让你开心的事,对吧?"

"完全正确。"吉说。

和加里森一样,丽塔的身体状况最终也恶化了。几年后,吉告诉我她去世了。他不清楚原因,我们谁也不知道。这也是做紧急医疗救护技术员比较棘手的一个问题。我们并不能一直听到病人的消息。我们会遇到他们,帮助他们,然后离开他们。我们只能提供短暂的照护。

丽塔去世的消息让我深受打击,尽管我知道我们运送的所有病人都在走向另一个世界。只是,这依然让我很难过。我曾经和丽塔很熟,在某种程度上,我爱她。我依然会时不时地想起她,还有我们在楼梯间里的聊天。

我在运送途中见到第一具尸体,是8月的一个清晨,在科尼岛。当时我正和一个想不起来名字的女急救员值班。我们在一家熟食店门口停了下来,准备买杯咖啡和鸡蛋奶酪三明治,再开始我们的轮班。正在等餐的时候,一名神色慌乱、抓着自己头发的男子冲进了熟食店。他让柜台后的人拨打911:"我需要帮助!给911打电话!我的朋友——噢,上帝!他不动了!我不知道该怎么办!"

我和搭档面面相觑。我们都穿着制服,而制服上标着"急救员"的字样。我们似乎是帮助这个人的最佳人选。

我的搭档朝那个人走去。"先生,你朋友在哪儿?"

"他就在那里!"那人指着外面说,"你能帮帮他吗?他就在我的货车里。"

我们小跑到外面。我努力不让咖啡洒出来。不知为什么，咖啡还被我拿在手里。我心跳加速，呼吸急促。

那个人领着我们穿过街道，穿过铁丝网，来到一个停车场，里面孤零零地停着一辆货车。我把咖啡放到地上，我的搭档走近那辆车，我则躲在她身后。她朝面包车里看了一下，然后打开副驾驶座的门，伸手去摸坐在司机位置上的尸体。我越过她的头，扫了一眼那个越过死亡马拉松赛线的人。

他已经明显呈现出紧急医疗技术准则定义的死亡特征。这些特征包括病人呈现出腐烂、尸僵/死后强直、伴随性尸斑，以及我个人最想了解的、相当具有哲学意味的"与生命不兼容的伤害"，例如砍头、面目全非的烧伤、头部或胸部有大面积开放性或穿透性创伤并伴随明显的器官受伤迹象。一旦看到这些情形，我们就知道自己已无能为力了。

"你们能帮帮他吗？他是我的朋友。"那人一边说，一边不停地绕圈子。我的搭档转身面对这位失去朋友的人说："我很抱歉，先生。他已经死了。"

"噢，上帝啊！"那人哭了起来。

我目不转睛地盯着驾驶位上那位死去的绅士，他的身体已出现尸僵，身体异常僵硬，根本没办法把他误认成活人，完全没有办法。他的脸色比巴黎杜乐丽花园里的雕塑还要灰白。他的头向后仰着，嘴巴冻得张开，脸上却露出一种类似于狂喜的表情。他穿着衬衫，但腰部以下一丝不挂，裤子被解开了，一直褪到大腿附近。他的睾丸肿了，一个就有葡萄柚那么大。

空中响起了救护车的警笛声，英雄们来了。"这是我的货车，"那人说，"我不知道他发生了什么事。他是个无家可归者，我有时让他睡在我的货车上。我昨天还和他说过话，当时他还好好的。"

嗯，现在他肯定是不好了。很明显，当死亡来临时，他正在自慰，但这只是一种猜测。一种来自一名私家侦探和第一急救员的有根据的猜测。

"你朋友有什么健康问题吗？"我搭档问他。

那人说："他一直说他胃疼，他的胃很痛。我让他去医院看看，但他没有医保。你们就不能做点什么吗？"

"恐怕不行，先生。"搭档说。她让那人等警察过来，他们应该很快就到。根据法律规定，警察必须在法医到来之前守在尸体身边。法医通常要两到三个小时才能抵达现场，所以警察要和死尸待在一起很长时间。

消防车停好，一群看上去疲惫不堪的消防员涌进停车场，艰难地朝货车走来。

一名消防队长走到我们面前，他的手下则退了下去。我们摇了摇头，优雅地做了个划脖子的手势，这是死亡、结束、完蛋的通用手势。队长点点头。然后他朝面包车里瞧了一眼，转身对手下做了同样的划脖子的手势。我们一起跑出了停车场，出去的时候我也没忘拿起我的咖啡。

我们回到熟食店，抓起冷掉的鸡蛋奶酪三明治，在救护车上吃掉了。我都要饿死了。在目睹了第一具尸体后，我竟然很快就有了胃口吃东西，这让我很惊讶。我想，我的医生是对的——"你会变得不近人情"。

做了几个月的运送工作后，我开始感到厌倦，因为我一直没有机会响应紧急情况，而我接受的训练明明是用来处理严重的紧急情况的。对第一急救员来说，黄金标准是执行救人性命的救援行动。在这家私人公司工作期间，吉和罗恩有过几次成功的救援行动，但我一次也没有经历过。迄今为止，我只为呼吸困难的病人戴过非重复呼吸面罩（non-rebreather mask），这就是我遇到过最紧急的情况了。

我在紧急医疗技术学校训练过的实操技能至今都没能派上用场，我已经忘记所有我学到的很酷的医学知识了。儿科病人的正常脉搏范围是多少来着？为烧伤病人计算体表被烧面积比例的九分法怎么算来着？在野外紧急分娩时，脐带应该在何处剪掉？这些知识不用就会忘，而我正在忘记它们。

那些轮班时漫长的夜晚，让我觉得比阿富汗战争还要漫长。由于一直靠在救护车车壁上，我的后背很疼。我还经常身体脱水，因为若是喝了水，我就得小便，而我不喜欢在医院或养老院使用脏兮兮的急救人员专用卫生间，那些马桶垫上都溅满了尿液。由于老是脱水，我时常头痛。周末的夜晚，地铁总是不准时，所以不到凌晨两三点我根本到不了家。我的收入更是个笑话。

一天晚上，我穿着制服走在我的街区，而我的一些邻居正在外面听着音乐四处闲逛。他们一看到我，就尖叫和鼓掌起来。"哟吼！急救员来了！好样的，姑娘！急救员都是大人物！"

我挥了挥手,感觉自己像个大骗子。你们根本不明白,我想说,我不是真正的第一急救员,我接触的都是老奶奶。

每年的"9·11"事件周年纪念日,纽约市的消防站都会向公众开放。他们遵守6次默哀的仪式,还会举行一次小小的弥撒。那一年,当我在那个决定命运的早晨8点左右转过街角时,消防员正从消防车上跳下来,那辆消防车就停在帕特所在的消防站外面。我的目光追随着下车人的疲惫脚步。

面对那辆在阳光下闪闪发光、充满希望的消防车,我半信半疑地以为会看到帕特,这一天的气氛总是让我觉得他就在那里。我记得在恐怖袭击发生后的几天,乃至几周里,狂风横扫被摧毁的街道,甚至连新闻播报员也这样说:"鬼魂游街。"

消防站里,消防员们穿着蓝色的衣服,簇拥在一个临时搭建的小教堂周围。一排木椅围着一个祭坛,祭坛上的钟形玻璃罩里点着一支蜡烛。我走了进去,目光立即投向天花板,悬挂的横幅上是帕特的笑脸以及他死去的兄弟们的面庞。帕特的家,"云梯3号",俗称"3号卡车",是"9·11"事件中损失最惨重的消防队之一。他们失去了11名成员和一名队长,留下了8名寡妇和18个失去父亲的孩子。我看到阳光从背后照到伊尔法富有光泽的金色长发上,她是帕特牺牲前的恋人。她走过来拥抱我,我紧紧靠在她身边。消防站令人望而生畏,里面有装满包括消防靴在内的全套装备的数排架子,还有消防车。这种能量是如此密集和电力十足,总让我觉得是在饮用一种麝香味浓郁、极富绝佳阳刚气质的自酿酒。

伊尔法是个避难者。我认为她是另一个时代的人。她出生在冰岛,名字是为了纪念她的叔叔沃尔夫冈。她的祖父母于1938年逃离纳粹德国,最后去了冰岛,因为她的祖父是一位大提琴家,他在当时冰岛的第一支交响乐队得到了一个职位。伊尔法会演奏的乐器多到我数不清,每当我想起她,我就会想到各种乐器:曼陀林、小提琴、长笛。每次我们去中央公园散步,鸟儿、乌龟和松鼠等你能想到的动物都会被她演奏的乐器声吸引。她肯定是个精灵。她的名字是母狼的意思,而且很少有人能拼读正确。

当我们漫步到人行道上时,一件非比寻常的事发生了。

我抬头朝街上望去，看到帕特沿着街道走过来。我浑身冒起了鸡皮疙瘩，胳膊上的汗毛都竖了起来——原来是他的弟弟迈克，和他长得几乎一模一样，同样的脸，同样凌乱的棕色头发，同样温暖、微笑的眼睛。他留着胡子，背着书包，看起来像一个正要去上学的小孩子。我简直不敢相信我所看到的。因为前些年我一直住在加利福尼亚或巴黎，所以前年才是我来消防站的第一年，而他在此之前也没来过。

"他看起来是不是很像帕特？"伊尔法说。

"我甚至以为那就是帕特。"

"我明白，这很疯狂。同样的DNA（脱氧核糖核酸），他们是一对爱尔兰双胞胎。"

伊尔法为我们做了介绍。迈克曾是一名消防员，后来在拉斯维加斯做急诊室医生。他握了握我的手，伊尔法告诉他我是个作家。

"嘿，我也写作，"他说，"只是我写的书很烂，一个读者也没有。我送你一本吧。"他打开背包，拿出一本他写的关于帕特的书递给我，书名是《兄弟的意义》。

很快，大家都聚到人行道上进行默哀。和这氛围形成反差的是，那天的天气晴朗宜人，所以直到今天，我还依然反感湛蓝的秋日晴空。消防员排列成队形，一名官员站在停好的消防车前，大声念出那个带走那么多生命的日期和事件。路人停了下来，汽车也放慢了速度。我站在伊尔法身边，低下头，泪水滴到我的裙子上。

在其中一个时刻的间隙，迈克走到我身边，用胳膊搂住我肩膀。"你为什么难过？"他问我。

我被这个问题吓了一跳。在这一天还会有别的感受吗？迈克根本就没有哭。他身上有淡淡的啤酒味，他对此解释为前一天晚上喝得有点多，现在还有些醉意。我清楚地记得我酗酒时的那种感觉。如果喝酒对我仍然有用，那在今天这个痛苦的日子里，我也会喝酒的。那天下午晚些时候我回到家，睡了一觉。一年中最艰难的日子似乎已经过去了。

或许吧，我是这么认为的。

10月，在拉斯维加斯的一个音乐节上，一名特大枪击案罪犯突然朝人群开枪，造成60人死亡、412人受伤，这一事件迅速成为美国现代史上死亡人数最多的大规模枪击事件。

第二天早晨，我被同事发来的众多电子邮件提示音惊醒了，邮件通知我，我已经入选处理该事件的人员名单（现在，几乎每次发生大规模枪击事件，我的名字都会出现在危机处理小组名单中）。此刻这些都是数字——悲哀的数字。

我的名字刚从脑海中消失，迈克·布朗的名字就浮现了出来，仿佛一支利箭立刻穿透了我。我立马给伊尔法打了电话。

"迈克还活着。"她说。噢，感谢上帝。但她又接着说道，他的一个表妹及其消防员朋友在音乐会上遭到了枪击。这名消防员在为一名枪击受害者做心肺复苏时中了弹。

这就是美国。

挂掉伊尔法的电话后，我把额头抵在桌子上，闭上眼睛。我保持着这个姿势待了很久。第二天，一则新闻报道中出现了迈克的名字。这篇报道披露他表妹的伤势并不会危及生命。当时，她姐姐给迈克打了电话，迈克让她给911打电话。然后他开车去音乐节附近，接走了他表妹及其3个朋友，包括那名胸部中弹的消防员，迈克救了他的命。

那天晚些时候我给他发了短信："知道你安好、你的家人和朋友都平安，真是让我松了好大一口气。我从纽约送上我对你的爱，你会一直平安无事的。你真是太棒了，救了你表妹和那名中弹的消防员。你就是个英雄。"

"我很庆幸我在那儿，也很高兴能帮上忙。"迈克说。

随后汤米发来了短信："我刚刚听说帕特·布朗的弟弟在拉斯维加斯被杀了！他在给人做心肺复苏时中枪了。"

这些八卦的消防员。

"迈克没死，"我告诉他，"我刚刚还和他发了短信呢。"

"噢，该死，真是对不起啊。消防站的一些家伙读了一篇新闻报道说他在做心肺复苏时中枪了。"

"那篇新闻报道可不是这么说的，"我把我看到的那篇报道发给了汤米，"我准备在纽约市消防局开一门课，名字就叫'教消防员如何阅读'。"

"我会参加的，"汤米说，"课程是免费的吗？要是免费的，那简直就是为我量身打造的。"

我最终并没有被拉去处理那次枪击事件，但我被拉进了公园坡志愿救护队。我终于通过面试被录取了。入职培训很快就开始了，我迫不及待地向前出发。

在我和吉最后的几次轮班中，有一次我们去医院接送一名90多岁的老年痴呆患者。她因摔了一跤而被送进医院，现在我们需要送她回家。她长长的白发被编成美丽的发辫并盘起来，而她的衰老则赋予了她孩子般的行为举止。她可爱又虚弱，有一双患白内障的蓝色眼睛。

"谁给你编的辫子？"我问她。我们围在她的病床前，将她的物品堆放到担架上。"你看起来漂亮极了。"

"是一位护士。"她说，然后问我们有没有见过她母亲。吉和我面面相觑，问道："你妈妈？"

"是的，"她说，然后她开始哭泣，"我爱我妈妈，我太想她了。我想见她，你们见过她吗？"

我虽然不是数学家，但也非常确定这位女士的母亲早已不在人世了。

"我们没有见过她。"吉说，试图找出真相。

"那她在哪儿？"她恳求道。我们沉默地专注于做我们该做的事。病人非常轻，我们没费多少力气就把她抬了起来。随着我们把她转移到担架上，她的哭声变得越来越绝望："你们要带我去哪儿？你们是要送我回家吗？"

"是的。"吉说。

我们用床单把她裹好朝出口推去。一个华丽的金发夹从她的头发上掉了下来，她用颤抖的手飞快地去摸头。"我的发夹！"

我们立刻停下来。吉弯下腰，从地上捡起发夹，然后小心翼翼地将病人的辫子再盘起来夹好。看到他如此体贴而轻柔地做这些，我的心都要化了。他就是个圣人。

在救护车的后车厢，病人全程都握着我的手。她的手指又长又细，握得像铁人三项比赛选手那样紧。

她告诉我她在爱尔兰长大,她妈妈是她在这个世上最爱的人。她不厌其烦地重复她有多爱、多想念她的妈妈,还有她的家乡爱尔兰,以及她的少女时代长在后院里的玫瑰。

等我们抵达养老院,将她推进大厅时,我的病人开始愤怒地大叫。"这不是我住的地方!我住在爱尔兰!这里不是我的家。我妈妈在哪儿?我要见她。我不是要回家了吗?"

"是的,"我说,"你是要回家了。"

吉摇摇头说:"别去那里,回家就意味着死亡。"

我们把她推到她的房间,将她放到床上,她不再哭泣。吉离开房间去清理担架。这个女人用一双睁得大大的、绝望的眼睛看着我,然后拿起我的手,尽可能用力地握着。

"我是要去见我的母亲了吗?"她问我。

我想起了在加利福尼亚养老院的外婆。她是那么确信外公会在晚上出现,她看起来那么平静,相信他就在自己身边。而我又是如何在帕特的消防站感觉到他的存在的?也许这就是迈克在那里不那么难过的原因。我也相信鬼魂的存在,生活中有比我能看到和触到的更多的存在。

"是的,"我对她说,"你是要去见你的母亲了。"

她点点头:"我要回家了。"

"是的。我们都是要回家的。"

4 欢迎来到公园坡

2017 年 12 月，我通过了一对一面试，成为公园坡志愿救护队的一名紧急医疗技术志愿者。我很高兴能走上街头，请让我处理一些紧急情况吧！我希望这会是我作为第一急救员的最佳选择，可没过多久，我就知道了：通过面试后，还得经过入职培训、训练，并且以见习员的身份参加 3 次轮班，才能获准成为正式成员。我祈祷自己能顺利通过这些流程，祝我好运。

救护车基地离我家只有两站地铁，办公室则位于一个停车场上方，坐落在一条交通拥挤的路边，抬头望出窗外，就能看到高速路上川流不息的车流，总是有死蟑螂仰面躺在办公室前门。

面试那天，到了会议室后，我独自一人等候。过了一会儿，名叫罗伯特的队长出现了，和我握了握手，他是一个性格随和、身材高大的白人。他很放松，和我差不多大，问了我所有预先准备过的问题：我是谁？之前有没有在急救系统工作过？我为什么想做志愿者？我能承诺在两年内每周轮班一次吗？我一一回答道：我叫珍妮弗；我有运送病人的工作经验；我是出于这样和那样的原因想做志愿者的；当然，我可以保证。罗伯特靠在椅子上，跷起了二郎腿，向我介绍了这个全由志愿者组成的机构。该机构为布鲁克林提供急救服务，并不考虑病人是否有支付能力。公园坡志愿救护队（我就直接喊它公园坡吧）成立于 1992 年，曾为全市范围内的大灾难服务过，比如"9·11"事件、2011 年的纽约暴风雪、飓风"艾琳"和"桑迪"。

罗伯特对这个组织不吝鼓吹。他表示，公园坡之所以别具一格，在于其了不起的人才：一群具备不同身份背景的第一急救员，他们医术高超，乐于奉献自己的宝贵时间。那些在公园坡做志愿者的急救员，都是全职紧急医疗救护技术员、护理人员、护士、律师和企业高管，许多在这里服务的人后来都成了医生和医生助理。

我并没有兴趣成为医生，不过我没提这一点。

"很多人在这里遇到了他们的另一半。"他抖着脚说。

"这就是我来这里的原因，"我开玩笑地说，"为了坠入爱河。"

过了一会儿，罗伯特陪我走进一间办公室，将我介绍给苏茜主任。苏茜主任是一名护士，留着一头长及下巴的灰色头发，坐在一张堆满文件的桌子后面。我不由自主地注意到了她的肤色，也许是因为我们很少能在流行文化中看到强势的亚洲女强人。

为了检验我对州急救准则的掌握情况，苏茜带我模拟了一些想象中的场景，又问了我一些问题，我的回答差不多是正确的。几天后，我收到了一封祝贺的电子邮件，宣布我被录取了。

然后就到了圣诞节，我一个人过的。几天后，我陪尼克去世贸中心的西奈山医院做一年一度的体检，该医院为"9·11"事件中的第一急救员提供健康监测和疾病治疗服务。我们坐在候诊室里，闲聊着，争吵着。至于争吵的内容，我记不清了，也许是关于罗纳德·里根吧，我们因为他吵过很多次。

"是，他是干得很棒，"我经常如此评价他心目中的这名英雄，"除了搞砸了艾滋病危机，开启将可卡因定为非法的毒品种族化战争，把监狱里塞满黑人，以及资助尼加拉瓜反政府武装并支持那场小规模内战之外，他做得很棒。"甚至连拉斐尔也拿警察对里根的崇拜开玩笑，他称里根是"伟大的白人"。

尼克、拉斐尔和我，就像我生活中的大部分警察一样，作为朋友、同事，作为人类，我们保持着对彼此的尊重、信任和爱。尽管每隔一段时间，我们就会发起尖叫比赛，随后演变成恶语相向、摔门而去的惨烈场景，有时我们的友谊还会陷入长时间的沉默。我有时会很暴躁，厌恶他们所属的体制，而非他们本人，这不仅仅因为他们也只是普通人，还因为我理解他们。这多亏了他们经常和我分享亲密而痛苦的经历，让我明白隐藏在他们政治观点之下的是难以遏制的愤怒，而在这愤怒之下则是他们破碎的心灵。

其实，我也是如此。十几岁的时候意外而又暴力地失去希瑟，之后又在"9·11"事件中突兀而暴力地失去帕特，我这辈子最大的痛苦之一就是被剥夺了与所爱之人告别的机会，失去最后和他们话别的机会。所以我从我的骨子里、从痛苦的经历中获知，生命是神圣而又短暂的，它随时可能结束，但我无法忍受这样的事实：如果（但愿不会），我爱的人出了什么事,而我对他们说的最后一句话却是"去你的政治观点"。

我想这是我用灵魂制定的某种神圣契约:永远不去报复,永远不会在他们惹毛我的时候放任自己去炸掉他们的村子。我宁愿当面反抗他们而不是背后中伤。正如奥斯卡·王尔德所说:"真正的朋友会当面指责你,决不会背后捅刀。"我也不会让自己生他们的气太久。即使是在激烈的、泪流满面的大吵之后,我也决不会忘记他们的安全只是暂时的——我的也是,每个人都是,所以我总会用"祝你一夜平安,我爱你"这样的话来结束我们的争吵。

医院里,一个沉静又有些羞怯的女人走进候诊室,她穿着一件背面印有双子塔图案的短夹克。尼克讨厌有关"永远铭记"的所有东西,我对他说我也要给他买一件这样的夹克,然后他推了我一下。

我们在那儿待了两三个小时。他见了一堆医生,我翻阅了一些沾满水渍的杂志。等他体检完,我们在附近的一家餐馆吃了煎蛋卷。即使是在他心脏病发作后,他的饮食依然毫无节制,典型的警察作风。我问他在抑郁调查问卷中得了几分。

"7 分。"他一边嚼着培根,一边说。

"那医生对你似乎有点宽仁大方啊。我本来以为你会拿 9 到 10 分的。"

"我对他们撒谎了,而你真是太欠打了。但说真的,母狮子,谢谢你来陪我。我讨厌这些体检,真是太谢谢你了。"

我从不介意这些。这些年来,菲丽丝陪我做过很多次癌症检查,所以我明白当有人陪你去面对这些事情时是多么令人安心。

公园坡的入职培训开始于 2018 年 1 月,比我之前完成的运送工作要复杂得多。我很认同这一点,因为再怎么训练都算不上过度训练。正如丹泽尔·华盛顿扮演的克雷塞在《怒火救援》中说的那样:"没有什么厉害不厉害,只有训练过和没训练过之分。"

课堂从来不会让我觉得无聊,因为我的实习急救员同事们都很聪明风趣。有个叫查德的家伙,是一名陆军退伍老兵,在一家医院从事某种系统管理的工作。他可以和石头说话,还和交友软件"火种"上一半的纽约人约会过;威廉是个肌肉发达的家伙,他想成为一名医生,曾在国民警卫队担任军医;亚伦是一位渴望成为消防员的职业武术艺术家;拉兹是一名害羞的紧急医疗救护技术员，一紧张就会手心冒汗；MJ（她用字母作为自己名字的代称）是一位环游过世界的女性，从事市场营销工作，闲暇时间会踢足球，因而小腿令人印象深刻。

MJ、查德和我是教室里"唯三"的白人。我比班上同学的平均年龄大出20岁左右，可以说是个急救行业的老奶奶了。但这并没什么大不了的，现在他们都是我的兄弟姐妹。我们因急救服务的奇特吸引力而相聚一堂，在持续数小时的讲座中相互取笑。

一周内，公园坡的各位主任和值班人员为我们做了指导。我很难理解，在志愿服务的背景下，管理人员可以行使怎样的权力？如果我们做错了事，他们能做什么呢？开除我们？可我们是免费工作的。"你是一名志愿中尉？恭喜你。"这到底是什么意思？这是不是就像"照片墙"社交平台上的模特一样，每个人自行决定自己的形象，然后将自己加冕为王？这对我来说很难理解。不可否认的是，我对权威有异议。我是一个夸夸其谈、目中无人、无所不知的女人。我的大多数危机客户都是大人物，我受教育程度很高，这让我有些自傲。我身边的人也很困惑，为什么"像我这样的人"会选择在急救服务领域工作？

我为公园坡的所有主管人员祈祷，他们将不可避免地在某些时候处理我性格中的阴暗面——也可能是很多时候，你们会看到的。

公园坡由几位主任领导。一名受过良好教育的年轻女性，也是一名全职紧急医疗救护技术员，大家都用她的姓——哈特福德来称呼她，她负责大部分的业务工作。哈特福德很聪明，做事一丝不苟，就像指挥官一样，她也很真诚，但我很怕她。她的搭档贝克主任则是一名知识渊博的职业紧急医疗救护技术员，看起来要比他三十几岁的实际年龄大很多。他娶了一名急诊室护士。

在一次培训中，哈特福德介绍了我们必须记住的无线电"十数码"。她告诉我们，10-13这个不详的代码是我们在广播中会听到的最糟糕的代码，这是一个求救信号（SOS），意味着公共服务人员（MOS）的生命危在旦夕。一旦听到这个代码，街上的每一位第一急救员都会飞奔到现场去帮助面临危险的公共服务人员。

"除非你快死了，否则不要用这个代码。"她说。

哈特福德提醒我们，处理有公共服务人员受伤或受害的紧急情况尤其令人痛苦，她举了几个例子。

2017 年，一名患有精神分裂症的男子劫持了纽约市消防局的一辆救护车，在布朗克斯将紧急医疗救护技术员亚迪拉·阿罗约碾压致死，还拖着她开了一段路，她的搭档被吓得惊骇尖叫，这是一次"10-13"事件。2014 年，在贝史蒂，一名男子为了给两名被警察杀害的手无寸铁的黑人男子埃里克·加纳和迈克尔·布朗报仇，开枪杀死了坐在巡逻车里的两名警察，这也是一次"10-13"事件。

拉斐尔是我以前约会过的警探，那天晚上他也在值班，死去的警察都是他的同事。这次事件发生后不久，他因胸痛去医院检查，最后发现这是因压力过大导致的。

欢迎来到人类的情感世界。

在另一个入职培训日，我们了解了我们的服务覆盖范围，一直从公园坡延伸到其他街区，东到贝德福德大道，西至哥伦比亚滨水区，南至第六十街，北到大西洋大道。贝克带我们参观了一遍所有的公房区、流浪人员收容所、警察局、消防站、展望公园、巴克莱中心、医院和监狱。

接下来，我们了解了哪些医院有创伤中心，哪些精神科急诊是不提供服务的，哪里可以处理中风，以及最近的烧伤中心在哪里。我真心不希望见到被严重烧伤的人，那些照片是紧急医疗技术教材上最糟糕的内容。

说到历史，贝克解释说，该市的大部分志愿队已经运营多年，许多可以追溯到 20 世纪 60 年代。公园坡和贝史蒂志愿队是志愿队伍里的新成员。历史上，在 911 系统存在之前，紧急情况是由不同机构处理的。如果普通人遇到紧急情况，他们会拨打"0"呼叫接线员，或者拨打警察局的主号码；如果是发生了火灾，他们会给消防局打电话；如果与急救服务相关，这项工作就会转给一家社区志愿救护车公司，由他们派出紧急医疗救护技术员和护理人员。

时间快进到 1968 年 911 急救电话的诞生。美国联邦通信委员会和美国电话电报公司确定了这个方便记忆的 3 位数的公共安全号码作为全国的紧急求救号码。911 系统花了数年时间才覆盖全美国。根据美国国家紧急电话协会的数据，1987年，911系统只适用于全国约50%的地区。时至今日，每年约有2.4亿通911急救电话，其中超过80%来自移动设备。

911系统中，调度员先在呼叫层面进行紧急情况分流。根据呼叫者所述情况，调度员决定派遣哪些第一急救员去指定现场。纽约市的医疗急救服务分为不同类别，对于面临严重生命威胁的病人，其生存取决于施救者的快速响应时间以及有多少种第一急救员抵达现场。

对于一类事件——心脏骤停、窒息、烧伤、确认中枪，纽约市警察局、纽约市消防局和纽约市消防局急救中心都会被派去现场。对于报告呼吸困难、失去意识、心脏问题和重大创伤的呼叫者，不同机构也会实施类似的救援。这就是为什么会有一群紧急车辆出现在现场：消防车、救护车、无线电机动巡逻车（RMP）——也就是所谓的警车。如果你快要死了，整个急救相关部门都会出现。

尽管不同机构的反应因城市和州不同，但对于严重的生命威胁，一般都会演变成一个盛大的纪念日。在纽约，一辆带有2名紧急医疗救护技术员的基础生命支持（BLS）小队或一个配有2名护理人员的高级生命支持（ALS）救护车就能响应所有医疗事件，并为病人提供救护和运送服务。除了救护车之外，消防车也会响应许多严重的医疗紧急情况，因为消防车速度更快，一般会比急救中心早1分钟左右抵达现场。消防车上都是消防员，当然他们都接受过纽约提供的医疗护理训练，接受过第一急救员培训并持有除颤证书。要是你和一名加利福尼亚的消防员说，纽约的消防员不是护理人员，你就能看到他们目瞪口呆的表情。许多将消防职能和医疗职能结合起来的州和城市，对消防员必须接受护理人员相关培训的要求已有10年，甚至更久。

在纽约市，对于如何改进急救服务和为病人提供更好的照顾服务一直有着不同的声音。一些应急管理专家认为急救中心应该脱离消防局，他们认为，使用消防车和纽约市消防局救护车进行医疗任务既昂贵又无效，这只是消防局工会保留员工的借口，由于火灾变少，没必要再保留那么多消防员。正如关于消防局的格言所说："150年的传统不受进步的阻碍。"

从纳税人的角度来看，每个纽约人都应该问一问这个问题：既然医院救护车和商业公司都将自身免费纳入911系统了，为什么市政部门每年还要为消防局提供的急救服务支付数百万美元？众所周知，纽约市消防局救护车的运营成本明显高于医院和商业公司。而医院和私人单位工作人员的工作表现，与消防局的急救员及医务人员一样好，甚至还更好。在其他将急救中心从消防局分离出来的城市，救护车并没有花费纳税人数百万美元。为什么我们的城市会这样？

其他人认为，如果急救中心继续接受消防局的管理，纽约市消防局应该像对待消防员一样补偿和尊重其急救员和护理人员，或将所有消防员培训成急救员和护理人员，这样他们就可以在现场救治更多的人。其他改善该市急救服务的建议还包括为救护车配备一名护理人员和一名紧急医疗救护技术员，就像纽约州的其他地方一样，因为护理人员供应不足。

最后，一些人认为，可以通过将该市的志愿救护人员纳入911系统来提升服务，因为有许多志愿机构覆盖了911系统服务不足的社区。当全市出现危机、呼叫量激增或者纽约市消防局需要帮助时，消防局就会定期把志愿服务人员纳入911系统，所以很明显，需要志愿协助消防局完成某些任务。

和所有志愿者机构一样，公园坡也是经常被派去处理紧急情况的一个独立实体。有时，志愿者团队会和911派遣单位共同响应急救任务以提升救护车的响应时效，缓解本市紧张的急救系统压力，帮助本市劳累过度、薪资过低的紧急医疗救护技术员和护理人员。起初，公园坡志愿队是从其基地派遣救护车。但对担任紧急救援人员这一任务，紧急医疗救护技术员们有着不同的反应：一些人喜欢被派去现场，而另一些人更喜欢在救护车上工作。最后，该机构转而使用急救服务通信中心来处理急救服务中的紧急情况和非紧急情况。

公园坡也有自己的紧急热线——急救热线或"红色电话任务"，人们可以直接给我们打电话而不必打911。其他志愿救护公司也有急救热线。一个为东正教犹太社区服务的志愿小队"哈扎拉哈"，也是通过直接呼叫派遣其所辖的急救小队。对病人来说，呼叫志愿者团队的好处是可以在合理的范围内被运送到他们选择的医院，而无须征得医疗主任的许可。

合理范围的意思是，如果你是因为得了癌症而胃痛，且住在布鲁克林，但想去曼哈顿的康奈尔医院看医生，那我们可以把你送去那里的急诊室；但若是你中风了，想从布鲁克林去曼哈顿看医生，这至少需要30分钟的路程，那考虑到你病情的性质，我们就无法满足你的这个愿望了。

中风是对时间很敏感的紧急情况，必须在一定时间内进行医疗救治。一个人中风的时间越长，残疾或死亡的风险就越高，中风患者平均每分钟会损失190万个脑细胞。

在公园坡的最后几天入职培训上，苏茜主任讲了该如何写病历。之后哈特福德把我们带到车库，让我们练习如何提举、操作设备，以及对我们会在街上看到的真实场景进行模拟响应。

不可思议的是，我们的表现都很糟糕。在他允许我们作为见习员开始跟车之前，贝克主任向我们介绍了在公园坡做志愿者的真实情况。

"急救服务是一份危险的工作，"他说，"你们中的一些人将从这里出发为消防局工作，一些人将成为医生和助理医师，还有一些人则是把这当成一种爱好。我现在要告诉你们的是，这和其他爱好不同。我的邻居爱好拯救狗狗，她很善良。但急救服务不是救狗。你会遇到患有丙肝的病人向你吐口水。你要把那些想打你、踢你的好斗的病人送到医院。你要响应自杀、强奸和到院前死亡（DOA），还会有人向你扔瓶子，或者看到孩子被车撞……现在你们有谁想退出吗？"

没人说一个字。

停顿了一会儿后，他说："非常好。我们希望你们能在外面'玩'得开心，但我们最关心的是你们的安全。接下来，你们即将开始你们的见习轮班，值班人员会发送一封日程邮件让你们填写。欢迎加入公园坡。"

我作为见习员的第一个晚上，心头总是一阵阵地犯恶心。因为紧张，我的腋下汗流如注，这让我在去往基地的路上闻起来像只走投无路的臭鼬般臭烘烘的。我像是等了几个世纪才等来响应重要任务的机会，但我几乎也是同时开始对此心怀恐惧。

除了闻起来臭烘烘的，我还看起来傻兮兮的。我穿的"制服"事实上根本不是制服。我们被告知要穿深蓝色的战术衬衫和急救裤，直到见习3次并让外勤训导员满意后，真正的制服才会补发给我们。

作为新人，我们并不是每周都会跟车。我们必须等其他成员有空培训我们。2022年2月的一个晚上，我穿着一身空白制服去上班，这让我看上去可以是任意部门的职员：邮递员、巴士司机。在地铁站里，一名迷路的女士还过来问我 Q 号线是否还在运行，我猜她是把我错认成站务人员了。

等我出了地铁朝基地走时，恐怖的黄蜂袭击了我。我担心自己出任务时会在现场僵住，或者弄摔病人甚至害死病人。我给尼克打电话，倾诉了我的焦虑。我无法理解自己为什么要从一名退休警察身上获取情感支持。

"我从没在街上僵住过，"他说，"但这也经常发生，弄摔别人也是如此。噢，哇喔！等一下，我给你发个东西。好了，看一下你的手机。"

我打开免提。手机屏幕上出现了尼克送的"礼物"：一张死老鼠的图片。

"告诉我这是什么？"我瞥了一眼照片。

"一只被什么东西压扁了的老鼠。"

"你打断我们的聊天就是为了给我发一张被压扁的老鼠图片吗？"

"我以为你会喜欢，难道你不喜欢吗？"

噢，这就是警察。

"在害死病人这个问题上，"尼克说，"你应该这样想：如果你不出现的话，他们反正也是要死的。"

这真是"不错的"的安慰呢。

我先到的基地，比我的训导员早。其中一人给我发信息，叫我先选一辆救护车，按照"本州急救服务规范第 800 部分"的要求，提供救护车上设备的详细清单，以确保救护车符合美国卫生与公众服务部的规定。我上楼拿了钥匙和一张新清单，背面是"第 800 部分"的库存清单。然后我下楼进入车库，爬上一辆救护车。

我真是太笨手笨脚了，对于这个任务，经验丰富的急救员只要 10 分钟就能完成，我却花了一个多小时。等完成后，我坐在散发着冰冷荧光的救护车里，神经质地盯着铺着床单的担架，屏住呼吸，我已经被这些可能用于重病和受伤病人的各类医疗设备弄得紧张兮兮。运送老奶奶是一回事，但响应严重的紧急情况完全是另一回事。

我怎么也想不起来自己当初为什么要做急救员了。我离我的"舒适区"越来越远，此刻几乎不能动弹。菲丽丝的声音在我脑海中响起，我听到了在我决定成为第一急救员时她在几英里①外问我的问题："谁会把成为急救员当成一种爱好啊？大多数人都是去学习一门新语言或者学烹饪。但我的姐妹不是，她坐救护车只是为了好玩。"

在基地，我找到哈特福德，告诉她我很紧张。她向我保证这很正常，每个人一开始的表现都很糟糕，她刚来时也有同样的感觉。"急救服务是一个自我激励的领域，你想学什么都可以，但你学到的一切都是从街上的实践中学到的。"

这似乎是一个风险相当高的课堂。

晚上7点左右，我的搭档们出现了。一个是二十几岁、健壮的波兰女孩莱克西，她在医院的救护车上做了一整天的急救员后，自愿来参加第三轮晚上7点到午夜的轮班。莱克西在"照片墙"软件上粉丝众多，我讲的每个笑话都逗得她哈哈大笑，"笑点低"是我最喜欢的个人特点之一。另一个叫文森特，是个嬉皮士模样的家伙，从事技术工作，看上去仿佛住在威廉斯堡，还在一个乐队里演奏。

我在救护车后车厢里静静地坐了几个小时，尽量不惹恼他们。那是一个安静的夜晚，很少有任务通过无线电传来，但还是有很多东西需要我学习。

调度员的语速很快，而且用的是"十数码"。莱克西让我练习"十数码"和听无线电。她的脑袋简直就是一台智能计算机，她可以一边和我说话，一边听无线电，然后中途停下来响应任务，而我根本无法理解频率中传来的"胡言乱语"。我喜欢无线电。当我还是个小女孩的时候，我就很珍惜任何与对讲机有关的东西，"十数码"的秘密语言让我觉得自己拥有了一把通往秘密世界的钥匙。我们在一家饺子馆买了蒸虾饺作为晚饭，在7-11便利店买了饮料，在医院脏兮兮的急救人员专用卫生间里小便。那天晚上，当文森特走到一边时，我问莱克西他们之间是否有化学反应，因为他们都是年轻迷人的单身人士。

她说："没有，我喜欢强势的人。但我比他更强势，我不能比我约会

---

① 英里，英美制长度单位，1英里等于5280英尺，合1.6093千米。

的人更强势。我更喜欢穿制服的男人。"

终于有像我一样的女人出现了。另一只"独角兽"出现并说出了我的心声，清楚地表明了我的弱点：我迷恋穿带有哈里根撬棍的消防战斗服的男人。

我喜欢和莱克西在一起，她后来成了我每周三晚上的固定搭档。大约一年后，我和她一起经历了我有生以来最糟糕的一次紧急情况。借用法国诗人查尔斯·波德莱尔的话来说，就是"在令人厌倦的沙漠里，有一片恐怖的绿洲"。

这天晚上，我们跑了几趟任务，结果都是90——"十数码"中表示没有找到病人的意思。我的第一次见习轮班就此结束。

几周后，我的第二次见习是与一位名叫加布里埃尔的年轻急救员和他的搭档斯蒂芬妮一起进行的，斯蒂芬妮是一位戴眼镜的黑发美女，最近刚被医学院录取。他们是街头夫妻，一同"嫁"给了他们的核心理想。我喜欢他们。

加布里埃尔很快成为我最喜欢的第一急救员之一。公园坡的每个人都认为他是最好的救援人员之一。他在医学方面很有天赋，对病人很好，在救护车上工作时也很有趣。他当时正在申请护理学校，和我一样，也是一名强共情者（empath，心理学名词，也称移情者），许多医务人员都属于这种人格类型。街头是他们的教堂，帮助处于医疗危机中的人们是他们的职责所在。他们在治疗病人时有一种圣徒般的品质，他们简直就是天使。

不过这个领域也存在一些心理变态的急救员。他们憎恨人类，以尖叫为乐，情感生活就像空无一物的冰箱，许多医生也属于这类人，这种救援人员似乎并不介意（甚至享受）看到人们崩溃。每当我在工作中遇到这些冷冰冰的医务人员，在他们靠近病人及其家属时，我都会努力控制他们死气沉沉的气场，因为他们没有能力为病人提供情感慰藉。作为一名新手，我的动作极其缓慢——科学家们认为树懒是动作最慢的陆地哺乳动物，一定是因为他们没见过我在紧急情况下努力走出救护车的样子。与运送病人不同，在公园坡，我必须及时从救护车上下来，因为有的病人伤得很重，或者病得很重，抑或是快要死了。在我与斯蒂芬妮和加布里埃尔的见习轮班中，等我弄清楚先打开哪个门、哪个把手是向上而不是向下，以及如何把鼓鼓囊囊的急救包从柜子里拿出来后，我的训导员已经在街上救治病人了。

"那个，"加布里埃尔在奔跑的间隙说，"我注意到你从救护车上下来的速度有点慢。"

我笑得直不起腰来，我告诉他这是一个技术问题，他明白了。

"现在就抓紧练习吧。"他建议道。

所以那个晚上，我一直在练习怎么下救护车，直到我的速度达到他可接受的水平。我的第一次见习轮班差不多完成了，但我仍然没有机会响应合适的紧急情况。我开始觉得沮丧。我究竟还需要付出怎样的努力？

我所在的布鲁克林街区是布鲁克林绿化最好的街区之一，还获得过历史性的奖项。天气条件允许的时候，邻居们就会在外面打高尔夫、种花、打理花园和装饰他们的棕褐色房屋。这里的每个人都互相关心，也关心我，我也从未因为我的肤色和体格受到冷遇。

我所在的地区是"一个繁忙的街区"。大多数在繁忙社区工作的第一急救员都会为他们所在的地点感到骄傲，因为通常只有最好的急救员才会被派到城里最忙碌的地方。贝史蒂的紧急医疗救护技术员志愿者在一周内救治的枪伤，比公园坡第一急救员在其整个职业生涯中见到的还要多。

一天下午，我和邻居们一起吃午饭，就是那些我在运送老奶奶时叫我大人物的人，我问了他们一个问题："你们是怎么看待我这样的人住在这里的？"

"你们这些人是先来的。"邻居说。

我从来不知道这一点，我对历史一无所知。我是在和平的情况下来到这里的。

当然，也是在无知的情况下。

他告诉我，"二战"前，德国人、犹太人、意大利人、中国人、希腊人和爱尔兰移民者都住在贝史蒂，当时这里的大部分人都是黑人。在我住的那栋楼的街对面，住着一位身材瘦削、上了年纪的黑人老兵。清晨，他经常坐在外面看报纸，头上还戴着一顶朝鲜战争帽。我们总是互相挥手问好。

一个月后,也就是3月份,我期待的事情终于发生了:我碰到了一个紧急情况。和莱克西、文森特在一起的第3个(也是最后一个)晚上,我们接到了一个代号为EDP(emotionally distressed person,代表情绪抑郁患者)的任务,这是纽约对其的通俗叫法,意思是某人遇到了精神方面的紧急情况。这个代码过去用于情绪失控的人(emotionally disturbed person),但命名的人正试图让此叫法符合政治正确(PC)。我不确定他们是不是已经到了这个地步,从失控(disturbed)恶化为抑郁(distressed)。此外,在2019年,纽约市长白思豪试图让警察停止使用EDP代号,转而使用"心理健康呼叫",但这一努力未获成功。

那天晚上,在我知道发生了什么事之前,文森特用无线电通知调度中心这是"代号63事件",我们正前往情绪抑郁患者所在的现场。坐在驾驶座上的莱克西将救护车开得飞快,只在红灯时短暂停下,偶尔还会拉响警笛。我坐在后面差点心脏病发作,体内的肾上腺素飙升,整个人立刻紧张起来。我瞬间明白了,为什么在孩子遇险的紧急情况下,孩子的母亲能倾尽全力举起车辆救出她们的孩子,以及为什么护理人员会给心脏骤停的病人注射肾上腺素,试图让他们停止跳动的心脏再次跳动起来。

我年轻时喝过伏特加,也试过一些让人目眩神迷的致幻剂,但我这辈子都没感受过,甚至没体会过这种心跳过速、肾上腺素和血压飙升、异常兴奋的状态,心情如坐过山车般紧张,肾上腺素、去甲肾上腺素、皮质醇这三种激素同时冲击着我最原始的神经系统。

等我们抵达现场,当我跌跌撞撞地从救护车上下来,那种感觉就像从悬崖上掉了下来。与此同时,莱克西和文森特已经轻快地走到一个门廊前,也就是紧急情况发生的地点,他们淡定的样子仿佛只是来取干洗的衣服的。

"发生了什么事?"莱克西问其中一个警察。这是一个身材壮硕、发色很浅的家伙,看上去像是住在长岛那些由警察和消防员主宰的酒吧镇上。他似乎很高兴看到她。

"我来告诉你发生了什么事。"病人说。她是一名身高6英尺3英寸(约1.9米)的跨性别黑人女性,穿着一双极高的高跟鞋和一条闪闪发亮到足以反射月光的裙子。她站在门廊上抽着纽宝牌香烟,肩上挎着一个可爱的小盒包。她对站在门口的警察有很多话要说,内容大概如下:"这两个该死的傻瓜警察刚刚闯进我的房子，就因为我那可恶的房东打了911，就因为我们刚刚吵了一架。而她就是个该死的蠢货，总是打911找我的麻烦，就因为她不喜欢我住在这里。我又没做错什么，好吗？我只是在播放音乐，唱蕾哈娜的歌，因为她是我的偶像，是我的女神。还因为我也叫蕾哈娜，我就是超酷的蕾哈娜，我也向这些警察解释过了，我很努力地向他们解释了这个情况，但这些愚蠢的种族主义侏儒警察只相信我的房东，不相信我。而我叫他们不要进入我的房子，我告诉他们我刚刚拖了地板。我说：'警官，你们怎么敢穿那么大的脏靴子闯进我家，毁了我干净的地板？'而你知道他们做了什么吗？他们竟然还是进了我的房子，在我的地板上留下泥脚印！现在我又得重新拖一遍地板了。事情就是这样，我不想跟他们有任何瓜葛，我哪儿也不想跟你们去，尤其是医院！"

我们全都沉默下来。我真是大开眼界，差点鼓起掌来。突然之间，树木和夜晚的空气都变得生机盎然。我感到无所畏惧、无拘无束，我想听蕾哈娜说更多的事情，我可以听她说上一整晚。就这样，我爱上了EDP任务，决定在公园坡工作的时间里，将响应心理健康紧急情况作为我的首要任务，置于其他任务之上。后来，由于我频繁地将此类病人送进医院，以至于许多警察一看到我出现在现场就过来拥抱我，心理医生也会和我握手。

那天晚上，这个喜欢金发女郎的警察看着莱克西，然后又看了看病人，表示我们需要把她送到一家封闭式急诊室。我很惊讶他居然把病人的紧急代码说对了。

莱克西拒绝了他的建议，因为我们离最近的医院只有几个街区，而去封闭式精神病房需要15分钟的车程，病人又没有暴力行为，她只是单纯地被激怒了。当时我觉得这样处理很合理，但这个决定后来让我们付出更多：我们不能把病人留在现场，而这恰恰是她最想要的。

每个城市对心理健康危机的响应方式都不一样，如何处理这些呼叫也是一个争论激烈的话题。

现在的纽约，第一急救员会和警察共同处理911系统心理健康紧急情况。EDP属于医疗呼叫，所以我们会去现场，和病人进行沟通。警察需要确保现场是安全的，让我们安全地和病人沟通，除非我们需要他们，或者病人有暴力倾向，否则他们都只是站在一边默默旁观。通常情况下，警察不喜欢这样的工作，而情绪抑郁的人看到警察上门也没办法放松。但一旦调度员将这些呼叫判断为情绪抑郁患者或紧急情绪抑郁患者（代号为EDP-C，C的意思是紧急）所为，即病人情绪抑郁、行为暴力、有自杀或杀人倾向，以及有人质被挟持的情况，根据公共安全法，警察是不能把这些病人留在现场的，除非他们将呼叫降级为其他事件，例如"家庭事件"。

作为第一急救员，我们可以让病人签一份拒绝医疗帮助表（RMA），如果他们符合我们的准则，这份文件就代表允许他们拒绝治疗及运送。但警察有一项必须履行的义务，即把第一急救员按照规则确认的处于精神紧急状态的病人送去医院，并确保他们所处的环境是安全的。

这一巡逻义务的历史背景要追溯到20世纪90年代晚期发生的一系列紧急事件，患有未经治疗的精神疾病的人对自己和他人实施暴力，致使纽约州《肯德拉法》的诞生。这项法律是以肯德拉·韦伯代尔的名字命名的，这名年轻姑娘被一名未服药的精神分裂症患者推下地铁不幸身亡。这项法律最初由美国心理疾病联盟提出，该法律规定：符合特定标准的精神疾病患者要定期接受精神治疗；若不遵守该规定，则会导致长达72小时的监禁。

许多心理健康专家认为，这项法律的成果堪称典范，在确保公众安全的同时，也为患有严重心理疾病的人提供了更好的长期治疗和融入社区的机会。大约有47个州已经通过了该法律的部分版本，在心理健康领域被称为"辅助门诊治疗"。据报道，《肯德拉法》已被证实可以降低病人入院治疗、自杀和实施暴力的风险，尤其有利于弥补医疗保健系统的系统性漏洞，而这些漏洞往往是患有严重精神疾病患者会遇到的。

在韦伯代尔女士的案例中，推她的那名男子在害死她之前已经住院治疗过十几次。而在被害的急救员亚迪拉·阿罗约一案中，那名用劫持来的救护车碾压她的男子患有精神分裂症，可能嗑了药，无家可归，重复住院过，还有暴力伤人的前科。该法律的支持者指出，虽然该法律行之有效，但仍然存在资金不足和实施不足的问题，许多精神病患者的家属仍然不知道这项法律的存在。

但和所有的解决方案一样，《肯德拉法》也带来了一系列更广泛的系统性问题。美国公民自由联盟（ACLU）辩称，这一法律的实施导致了对严重精神疾病患者的监禁，而且国家并没有权力强迫精神病患者接受治疗。倡导组织纽约公共利益律师协会发现，根据这项法律，黑人成为法院命令监禁对象的可能性几乎是白人的 5 倍。一些专家将这种种族差异归结为 3/4 的法庭命令是由黑人人口众多的纽约市发出的。其他人则表示，黑人和拉丁裔的精神病患者可能无法获得预防性的作为早期措施的医疗保健，这使他们更有可能遭受严重危机，从而导致法院下令干预。第一急救员的首要职责是保护他人的生命安全。对于那些说要把别人推到地铁轨道上的人，或者对于那些自称未按医嘱服用治疗精神疾病的药物、产生幻觉和幻听的人来说，街道是一个安全的环境吗？当然不是。在街上困扰我们的许多问题都始于呼叫层面，使我们很难采取基于 911 呼叫类型的外部准则。无论我们有多么想，我们都不可能轻易地把事情平息下来。

现在是时候说服蕾哈娜必须上救护车了。这是一项艰难的任务，因为她并不想去。

如何优雅地说服别人上救护车？这时候我们接受过的培训就发挥出作用了：危机沟通和事态降级。纽约市的急救员几乎没有接受过应对情绪抑郁患者或有暴力倾向的病人的培训，而这些病人在 911 呼叫中占据了极大的比例。在紧急医疗技术学校和继续教育课程中，我们会接受 2—4 小时关于精神疾病紧急情况的培训。护理人员接受的相关培训会多一点，差不多是几天的课程吧。2015 年，纽约市表示将对警察进行事态降级和危机处理技巧的培训，以应对涉及精神病患者的紧急情况，但也只培训了 1/3 的警察。

首先，莱克西试图哄骗蕾哈娜去后车厢，但失败了。接着是文森特，继而是那些警察，他们是最不可能成功的人选，还收到了来自这一"女王"最多的辱骂。我感觉到莱克西的手放在我的背上，她把我向前推了一把。很显然，轮到我了。

我不记得我说了什么，但经过长时间的谈话，我最终成功说服了蕾哈娜和我们一起上救护车。我让自己的声音像摇篮曲一样柔和，为此莱克西给我起了个"天使之声"的外号。我们还问她有没有伤害自己或他人的想法，答案都是否定的。

对于精神病患者，我们首先需要确认的是：他们是要伤人还是自杀？如果他们想自杀，那有没有什么计划？如果有计划，那他们打算用什么方法？如果他们选定了方法，那有没有选好自杀的日子？如果这 4 个问题中 2 个及以上有答案，就说明回答者已经在自杀之路上走了很远了。"跳楼自杀"（jumper up）也是一个呼叫类型，用来描述人站在窗台上，盯着"地狱"看的紧急情况。

蕾哈娜并不想自杀，所以我问她有没有做过诊断。她说做过，是双相情感障碍。有没有按医嘱服药？她说没有，甚至想不起来上次服药是什么时候了。然后我们就她房东的不公平行为进行了长时间的循环讨论，房东的这个行为导致警察频繁造访她家。她从救护车上下来，抽了几根烟放松。

我们已经和她待了快一个小时了。她其实哪里也不想去——人们其实能察觉到，这不仅限于精神病患者——若是有人有时间真正倾听他们的心声，所有人都能察觉到。最终她同意让我们带她去医院了，这真是一个小小的奇迹。

在救护车的后面，我让蕾哈娜坐在长椅上并扣好安全带。我还赞美了她的裙子让人赏心悦目。她不想让那个弄脏她家地板的金发警察坐她旁边，所以他就坐在了担架上。警察总会和我们一起在救护车上安抚情绪抑郁的患者，因为这是一个存在不稳定因素、有时还很暴力的病人类型。他们经常在去急诊室的路上从精神错乱的昏迷中醒来，然后在意识到自己是在救护车上后攻击我们。警察和我们共乘是为了确保我们的安全。

我坐在蕾哈娜旁边，文森特坐在担架头部的队长椅上。蕾哈娜往嘴里塞了一根烟，伸手去拿她的打火机。我立马告诉她，她不能在救护车上抽烟，因为这里面充满了氧气，一不小心我们就会全身着火。她觉得有道理，于是她把香烟收了起来。

瞧，只是危机沟通而已，并不是研究火箭科学。

在去医院的路上，警察为弄脏她家干净的地板向蕾哈娜道歉。大家达成了一些理解，他们容忍了彼此。文森特打开松下笔记本电脑，输入蕾哈娜的相关信息。

对于跨性别病人，病历表上最重要的内容就是他们驾照上标注的姓名和性别。如果他们在心理上自我认定为女性，但驾照上标记的是男性，那我们就必须填写他们驾照上的信息，这往往会给病人带来心理上的痛苦。

文森特在检查蕾哈娜的驾照时一定是预料到了这一点，因为当她把她的身份证递给他时，他高兴地尖叫起来。

那个警察和我困惑地面面相觑。文森特把驾照递给我，我朝她的姓名栏看去。

还真是与蕾哈娜同名。

"我早就告诉过你们了，"说着，她摇了摇头，"我从不说谎。"

在医院，我们陪着蕾哈娜走到分诊台，向护士介绍了情况。然后我们签了字，说再见。我们离开医院，回到街上。结果不到 45 分钟，无线电里就传来了在同一地址的 EDP 任务。

"肯定是蕾哈娜！"莱克西拍打着方向盘说。

现在我明白为什么警察建议我们要把病人送到一家封闭式急诊室了。这就是街头的逻辑。首先，我们面对并挺过了紧急情况，后来才有了彼此理解。有时，若是我们幸运的话，会在同一个晚上就实现了彼此理解，有时得等到数月或几年之后；而有时，这种相互理解永远也不会实现。根据警察之前的提议，我终于明白了，原因如下：

许多急诊室都设有精神科，但大部分都不是封闭的，在布局上和主楼混在一起，病人躺在拥挤的病床上，只用薄薄的帘子隔开。受到心理健康危机困扰的人往往吵闹不休，这对重症病人和垂死之人是难以忍受的。想象一下，当你因肿瘤扩散而痛苦不堪地躺在病床上，突然之间，你的室友成了一个未接受过治疗的精神分裂症患者，大声唱着《纽约，纽约》的歌词，因为他们认为自己是弗兰克·西纳特拉——你会有何感受？

普通急诊室倾向于快速检查和"释放"情绪抑郁患者以便摆脱他们，所以这些病人用不了多久就会回到街上，有时甚至只需几分钟，根本得不到持久的照顾。然后，就又会有人因为他们给 911 打电话，使一组第一急救员再次回到事发现场。加利福尼亚、亚利桑那和得克萨斯等州在应对精神紧急情况方面做得比较好，他们为精神病患者提供了除住院和入院之外的其他选择。但纽约没有。2015 年，市长白思豪承诺纽约会在 2016 年之前为经历心理健康危机的非暴力人士提供"转移中心"。但直到 2020 年，纽约才开设了这种中心，而且只开设了一个，位于哈林区。

这就是纽约市的医疗系统。

一些医院有和普通急诊室分开的封闭式精神科急诊室。封闭式病房具有治疗患有心理健康危机病人所必需的安全性、体系和医疗资源。他们会对病人进行评估，并将他们关押72小时，直到他们确认病人不会对自己或他人构成威胁时才会释放他们。

在布鲁克林，我们只把街上最暴力的情绪抑郁患者和好斗的病人送去封闭式急诊室，因为这是"最佳"的选项。

那天晚上，我们第二次带着同一名警察回到同一个街区，找到我们"心爱"的病人，她的房东又因为她拨打了911报警电话。现在我们已经是朋友了，唯一的不同是这次蕾哈娜要小便。莱克西告诉她，她可以使用医院的卫生间，并同意了警察最初的提议，把她送到一间封闭式急诊室。

很快，我们又一起坐上了救护车的后座，"愉快地"在林荫道上行驶，叽叽喳喳地闲聊着。我们去的那个机构入口有门禁。首先，我们轻快地穿过滑动玻璃门，站在一个封闭的玻璃箱里，告诉登记的女士我们来这里的原因。然后我们进入第二个封闭的玻璃箱，在那里等待护士和医生腾出空来接手下一个病人。

除了站在一旁聊天，我们无事可做。玻璃隔板后面的护士正在看她的星座运势。蕾哈娜反复提醒我们她要小便，我们则反复道歉，并解释说一旦我们进去，她就可以释放她的膀胱。只是这需要极为漫长的等待。

"你是什么星座？"那个轻浮的警察问莱克西。

于是他们聊起了自己的星座，护士也加入了，随后我们开展了一场关于星座属性的谈话。

蕾哈娜跺了跺高跟鞋，喊道："好吧，我是天蝎座，要是你们这些人再不让我用那该死的卫生间，我就在我的钱包里面撒尿！"

"千万别那么做。"警察说。

最终，急诊室的门打开了。是时候进去了，也是蕾哈娜和警察告别的时候了。她和警察握了握手，表示很高兴认识对方，还恭恭敬敬地道了晚安。终于和平了，我开心得差点晕过去。

在一个没有窗户的小房间里，一群精神科护士与医生在和蕾哈娜交谈。我们告诉了他们我们来这里的缘由。蕾哈娜解释了她的病史——未接受治疗的双相情感障碍。我们拿到了护士的签名，可以走了。

我们的工作结束了，可我突然之间有些伤感。我爱我的病人。这就是我在过去几个小时里对她的看法，不是把她当成"病人"，而是当成"我的病人"。她也喜欢我，说我长得像著名演员朱莉安·摩尔。

"谢谢你为我做的一切，宝贝姑娘，"当我们拥抱告别时，她对我说，"别忘了你是谁。"

然后她张开嘴，吼出了她的女王蕾哈娜那首《钻石》歌词。

我的见习轮班就这样结束了。我的所有外勤训导员都对我赞不绝口，他们实在是太好了。公园坡接纳了我，我成为其中一员，并把我的空白制服送去加标识。最后，我终于获准值勤了。

第二章
志愿者队伍

5 街头妻子

在公园坡的第一年，莱克西和我几乎每周三都是在救护车上度过的，从晚上 6 点到午夜，我开始觉得她是我最深意义上的搭档，我毫无保留地信任她。

你会爱上你的搭档，事实就是如此。充满枪击、心脏病发作、癫痫发作、车祸……的"死亡"轮班——在街上，风险是那么高，后果是那么可怕，世界的规则是那么扭曲，你会用你的每个细胞来信任你的搭档。你可以和一个完全陌生的人出任务，并在经历一次紧急事件后爱上对方。作为第一急救员，你们之间的关系进展神速，这种关系可以超越最古老、最深厚的友谊，进而改变你。我刚到公园坡的时候，就有许多才华横溢的第一急救员主动提出和我一起出任务。2018 年 4 月，在布鲁克林举行的红钩赛①（红钩赛是我们组织的主要社区活动之一）上，我爱上了我的另一位固定搭档尼娜。

和其他志愿救护公司不同，公园坡没有获得大笔捐赠或大量的政府资金。我们依靠运送服务和组织社区活动等带来的病人保险收入存活。从音乐会到马拉松，从自行车赛到食品交易会，我们组织了各种活动。虽然这些活动为社区提供了很好的服务，提供了一支随时待命的第一急救员队伍，但作为喜欢上街的急救员，这些活动并不够"刺激"。

许多活动都平淡得令人难以忍受。在全国最大的露天食品市场"布鲁克林跳蚤市场"，我们需要坐在展望公园的救护车上待一整天，等待拯救那些被美味热狗噎住或中暑昏倒的美食家。在 8 小时的轮班里几乎遇不到一次任务。这就像一次漫长的公路旅行，只是当你晚上从救护车上下来时会觉得头晕目眩，结果发现你还在原点。我们称之为"无聊大杂烩"。

与跳蚤市场相比，公园坡的每个人都更想在红钩赛场工作，因为自行车比赛会带来大量的受伤人员那里，更需要我们。在赛场工作 16 个小时碰到的伤员，比在街上值 6 个月的社区轮班遇到的还要多——骑着无刹车

---

① 红钩赛（Red Hook Criterium）也称红钩绕圈赛、红钩自行车赛，起源于美国纽约布鲁克林本地固齿自行车（也称死飞自行车）爱好者的聚会活动，后来演变为国际热门的固齿自行车赛事。

的死飞自行车的选手们相互碰撞或者撞倒在障碍物上，导致 10—20 名运动员在赛道上发生大规模的连环碰撞，致使他们流血不止，还伴随脑震荡和锁骨骨折等症状。

我们目睹了这一切。这就是我们成为第一急救员的使命所在：帮助那些受重伤和生病的人。作为救援人员，我们从不希望人们死亡或受伤；但如果真的有人濒临死亡或受伤，我们希望自己能在现场。

第一次参加红钩赛轮班的时候，我和其他新手急救员一同被困在了医疗帐篷里，而经验丰富的第一急救员则在赛道"更好的位置"上工作。

大多数一瘸一拐来到帐篷的骑手都带着撞车导致的撕裂伤，其他方面并无大碍，而在赛道上吃了亏的赛车手通常都是严重伤残者。

和煦的春日里，我在查德身边站了好几个小时，查德就是我入职培训班上那个健谈的年轻军医。我们分发冰袋和创可贴，互相戏谑取笑。中午时分，查德指着波光粼粼的河水说："要是必须和你在医疗帐篷里待上一整天，我宁愿把自己淹死在水里。"

查德一次又一次地截胡我的病人护理工作，只让我写纸质的院前病人照护报告。我还从没遇到过比查德说话更多、获得相关信息更少的急救员，直到后来见到他的搭档内森，我才知道正是内森训练了他的话痨本领。与伤员相处 20 分钟后，查德知道了运动员的自行车品牌和型号，却没法告诉我这个人的名字、住在哪里或者哪里受伤了。

"你这是把我当成你的秘书了吗？"我在帐篷里抱怨，"这太可恶了。"

他咯咯笑起来："你喜欢这个工作。你是个作家，所以我才让你填这些表。"

有一次，一名受伤的意大利自行车手跌跌撞撞地来到帐篷前坐下，抱怨他的肘部疼痛难忍。和之前一样，查德把我推开，用冰袋为他冰敷并检查他受伤的胳膊，而我则开始填病历表。等查德检查结束后，这名自行车手从椅子上抬起头来说："谢谢，但这不是我来这里的原因。我遇到了大麻烦。"

"噢，是吗？说得详细点。"

"我觉得我的阴囊破了。"

我怀着无比的"喜悦"，看着查德脸上的血色逐渐消失，他在想象的痛苦中畏缩着,踮着脚尖走来走去,因为太过共情而痛苦不已。

"你们谁能帮我检查一下吗?"骑手问。

我们当中肯定有人可以。我把手放在查德的肩膀上,说:"交给你了,伙计。军队使人强壮。这就是你的使命,一个男人帮助另一个男人,是时候表现你英勇的一面了。"

可怜的查德把一瘸一拐的病人带到一个移动厕所里,在里面为他做了检查,确实是睾丸破裂。在病人蹒跚离去后,我听到了有关这一伤势的悲惨细节。他拒绝了救护车的运送,喃喃地说他稍后会乘出租车去医院缝针。

大多数红钩赛的选手都来自欧洲,主要是意大利。数十名受伤的选手在太阳落山、赛道清空后,选择乘坐出租车去医院或类似于"城市医生"(CityMD)这样的无障碍医疗诊所。这些运动员在国内享有全民医疗,他们对美国的医疗体系也略知一二。也就是说,没有医疗保险就不要上救护车。

意大利的急救服务由公共卫生当局按地区提供,不对志愿者和有偿急救员进行区分。当地的医院、私营公司,以及在许多情况下,像意大利红十字会这样的志愿者组织,都会向民众提供急救服务,并且紧急运送是免费的。

意大利人尊敬,甚至敬重急救服务。第一急救员不会被人看不起,也不会被认为比不上其他有成就的公民。在新冠肺炎疫情期间,意大利遭受重创之时,前法拉利车队领队毛里奇奥·阿尔巴贝内自愿驾驶救护车,帮助新冠肺炎患者前往医院。世界一级方程式锦标赛[①]独家轮胎供应商倍耐力运动赛事总监、享有"轮胎之王"美誉的马里奥·伊索拉也冲到了意大利新冠肺炎疫情抗击前线,在疫情期间担任护理人员。想象一下这里的上流阶层提供的这种服务和人道主义行为吧。

也就只能想想而已。

和美国其他地方一样,纽约市的救护车运送费用差别很大,而且取决于许多因素:第一急救员(护理人员或紧急医疗救护技术员)的医术水

---

① 世界一级方程式锦标赛(F1),是国际汽车运动联合会(FIA)举办的最高等级的年度系列场地赛车比赛,与奥运会、世界杯足球赛并称为"世界三大体育盛事"。

平，运送病人的公司类型、该公司对救护车服务的收费，救护车到医院的路程，急救人员提供的医疗干预措施（氧气、静脉注射等），以及病人的保险公司承担多少费用。在腹腔镜手术后，我的救护车运送费用约为775美元，其中保险分担了几百美元。

那天下午晚些时候，在比赛中，一名值班人员指着赛道对面的尼娜，让我站到她旁边。她独自站在赛道的内侧，那里是弯道。我有点胆怯。

尼娜是个身材苗条的俄罗斯人，二十岁出头，深色头发，身形娇小，美若天仙。尽管她不这么认为，她讨厌自己的鼻子。她保持着雕塑般冷峻的目光，给人一种她很生气的假象。我听说她是一名非常优秀的第一急救员，她很少说话，而我却总是说个不停。我希望她能喜欢我，这样我就能和她一起轮班了。

不过她已经有一个叫奥斯汀的"街头妻子"了。奥斯汀是一名年轻的亚裔急救员，夏天和假期在公园坡工作，经常开玩笑说所有白人都长一个样，因而她经常把我们搞混。她目前在波士顿读研究生。此外，在急救服务领域，"街头婚姻"是多配偶制的，我们享有多个"丈夫"和"妻子"。

我走过去，站在尼娜身边，试图和她闲聊，这有点困难。但很快，我了解到，尼娜和我一样喜欢处理精神方面的紧急情况，尤其是涉及暴力的紧急情况。她梦寐以求的任务是处置持刀的情绪抑郁患者。突然间，就像是她"招"来了灾难一样，一群自行车赛车手在弯道上风驰电掣，其中一名赛车手撞到了什么东西飞了起来，脸朝下摔在地上，十几名围观者齐声惊呼。我从没见过这样的场面——那名赛车手一动不动地躺了一会儿，然后坐起来捧起手掌，吐出了血和牙齿……天啊！

看到这一幕，我汗流浃背，气喘吁吁。我不敢相信自己就是那个此刻应该帮助重伤者的急救员，真是太可怕了！我急忙拿起塞满绷带和创伤纱布的急救包，准备冲过赛道去帮助那名正在流血的赛车手。

可尼娜并没有动。她看着我，然后做了个禁止的手势，就像母亲告诉孩子还没到过马路的时候。她用下巴指了指站在赛道外救护车前的两名急救员，其中一人是查德。

"让他们接这个任务，"她说，"他们正在停车场，所以他们可以更快地离开。"

她的脸白得像消防员的盘子。我这辈子都没见过在紧急情况下还能如此沉着冷静的人，我想成为像她这样的人。

"我爱你，"我说，"我很高兴这一点都不会影响到你。"

尼娜笑了，对我说："我也一直很喜欢你，我从一开始就喜欢你。"

之后，她问我想不想和她一起轮班。

哇喔，这可太棒了！

很快，我们开始了每周四晚上的轮班，只不过周三晚上我还要和莱克西一起轮班。我现在每周要在救护车上工作两次，付出的时间是工作要求的两倍。与莱克西和尼娜在救护车上度过的那些夜晚，可能是我生命中最快乐的时光。

那个夏天，我的生活有了起色。我在街上很开心。汤米勇敢地接受了眼动脱敏与加工治疗，终于抛弃了他的前女友，开启充满希望的新未来。我想也许等他感觉好点了，我们就能见面。我们仍然发短信，经常谈论我们的梦想。他真的很想重新开始写作，我们聊起了书和作家，在我写关于他的小说时，他为我加油打气。而6月，我还有别的事情期待。

为了纪念布鲁克林第一小队的消防员斯蒂芬·席勒，我们6名来自公园坡的急救员决定参加"从隧道到双子塔"的爬楼活动，公园坡的第一急救员基本每年都会参加。

9月11日，斯蒂芬结束他的轮班后，正准备和兄弟们去打高尔夫球，这时他通过自动旋转雷达天线听到一架飞机撞上了北塔。他立即取消了他的高尔夫约会，开车到布鲁克林炮台公园隧道的入口，但发现入口已经关闭。他绑上装备，费力穿过隧道后跑向塔楼，最终在那里牺牲。

一名担任私人教练的消防员负责帮我为这次活动做准备。跑步是一回事，但爬楼梯是另一回事。我不知道怎样才能保证自己有足够的体能与1000名第一急救员一起爬完104层楼梯。我担心我无法完成这个任务，更害怕自己会在自由塔的楼梯井里崩溃——在"9·11"事件中，帕特就是死在了北塔的楼梯井里，他收到了撤离的命令却独自留了下来，因为不想让烧伤的受害者涌下楼梯独自死去。

没有人会孤独地死去——没有人。只要我们能帮上忙，就不会有人独自死去。在街上，这是我们的守则之一。

我的教练马特奥曾经在纽约市消防局的健身部门工作。他每周都会到我所在大楼的健身房几次，把我折腾得筋疲力尽。登山式！立卧撑！短跑！这些动作很累人，也很有趣。马特奥给我打气，并向我保证我能完成攀登。他让我在大楼的楼梯间跑，后来又到曼哈顿的美国联邦调查局（FBI）大楼里上下跑。要是你从没有进去过，那就不要去，那栋楼看起来就像一座监狱。

　　我在楼梯间跑上跑下。马特奥告诉我一次爬两级楼梯，这样可以调用更大、更有力的臀部肌肉，而不是依靠腿筋和股四头肌。

　　"我害怕我会失去理智，在楼梯间哭出来。"在一次训练中，我把帕特的事告诉了他。

　　他说他理解我的心情。然后他告诉我，他相信我可以做到。"你的朋友会为你骄傲的，而且你会完成这个任务的。你已经准备好了，你比大多数消防员都更有毅力。另外，每个人都是走着上楼的，没有多少人是用跑的。要是他们这样做了，他们很快就会认输的。当我们穿着装备爬楼时，甚至连消防员也不会跑，每个人都是步行。"

　　我很高兴听到他这样说。

　　在爬楼的那个早晨，我高兴地发现马特奥是对的。

　　查德和亚伦从楼梯上一跃而上。但我以稳定的速度一次跨两级台阶，在第100层追上了他们。亚伦和我一起用25分钟完成了这个比赛。我们给对方拍了一段视频，他用轻快的牙买加口音吹嘘自己快速完成了爬楼比赛。然后我请他告诉我们想象中的观众，我的用时和他的用时一样长，然后我们都笑了起来。

　　"从隧道到双子塔"基金会[①]（The Tunnel to Towers Foundation）的工作人员在观景台上把用丝带系好的金牌挂到我们的脖子上，并给我们这些第一急救员拍了一张合影。我让查德把我抱起来——高个子女孩从来没被人抱起过，然后每个人都来抱起我这个高个子女孩。

　　在活动期间，一名电视新闻播音员走到我和亚伦面前。那名记者没有理会我，而是问亚伦他是为谁爬楼的。亚伦反问道："什么为谁爬楼？"他

[①] 该基金会成立于"9·11"事件后，旨在为殉职军人、警察和消防员家属提供帮助。

当时二十来岁，爬楼并不是为了某个特定的人。我带着被埋在我倒塌的"心之塔"里的帕特站在他身边，却被无视了，那一刻我觉得自己被悄无声息地摧毁了。

在爬楼过程中，我没有掉一滴眼泪。但第二天早上醒来时，悲伤的堤坝突然崩溃了。我被绝望侵袭，整整两天没能下床。

在"从隧道到双子塔"活动后不久，我飞往墨西哥，一个人去图鲁姆的海滩度假，享受一个人的浪漫假期。整整一个星期，我独自喝着纯正的菠萝椰子朗姆酒，独自吃早餐，独自睡觉，去海滩游泳——你猜对了，游泳也是一个人。

奇怪的是，我开始感到孤独。

当时正是墨西哥的飓风季节。出了两天大太阳后，暴风雨开始肆虐海滩。除了看着湿漉漉的棕榈树叶拍打窗户以及躺在床上看书之外，我什么也做不了。阅读是我最大的乐趣之一，由于我是一个渴望逃离的女孩，所以我并不介意恶劣的天气。

那周我读了汉娜·廷蒂写的《塞缪尔·霍利的十二种生活》，她是我在纽约大学最喜欢的教授之一。汉娜给了我们一些忍受写作生活的小贴士，毕竟这是一种孤独和不断被拒绝的生活。她建议我们找到其他作家，和他们成为朋友，然后用救生绳把彼此绑起来。这就是我和菲丽丝20年来一直做的事，我们一起加入了一个作家小组。每当我们的作品被拒稿（这种情况很常见），我们就给对方打电话说："恭喜你，姐妹！你的游戏开始了！"

除了结交圈内人，汉娜还说："别忘了离开你的房子。"这句话只能对作家说。尽管图鲁姆是一个被雨水浸透的地方，但至少我离开了自己的房子。

等我回到纽约后，汤米出人意料地宣布他遇到了一个人。

嗯，什么？有没有搞错，是我先来的！

显然，当我在墨西哥孤独的时候，有个女人插队了。这是句废话，我只能谎称"我为他感到高兴。"然后为了排遣我的孤独，我继续在网上游荡，寻找能帮我的心"止血"的人。

我很快就和一个叫马尔科的空降伞兵配对成功了,他快40岁了。马尔科,多美的名字啊,用乌克兰语来说叫马库斯,是"好战"的意思,这真是好兆头。只是应用程序显示他的地理位置在新泽西。

我皱起了眉头。我可不想一辈子都耗在去新泽西的收费公路上。

我憎恨这个花园州,因为它在我三十几岁的时候毁掉了我的社交生活。一旦我的女性朋友们结婚并有了第二个孩子,她们就总是搬到新泽西州的城镇,这些城镇的名字都很好听,比如枫木城。她们总是向我保证,即使搬家了我们的友谊也不会有任何改变。

都是谎言。

她们自从踏上新泽西,就再也没有在布鲁克林的土地上出现过,所以我并不喜欢那个州。但我破例了,为了马尔科,我破例了。

我为我们第一次约会选的咖啡馆在"地狱厨房"。水泥立交桥在交通繁忙的大道上蜿蜒而过,司机们按着喇叭往前开。当一辆消防车驶过来时,我捂住了雀斑的耳朵,咒骂曼哈顿太吵闹、太拥挤、太缺乏自然风光。我为什么要住在这里?每个纽约人每隔一周就会思考一下这个问题。

我拐进第十大道,街区中间有一家小咖啡馆,里面散发着诱人的面包香味。马尔科发短信说他被困在隧道里了,很快就到。我在吧台前坐下来,和餐厅经理聊了一会儿。10分钟过去了,15分钟又过去了。

"你好。"我身后传来一个低沉的男声。

我转过身,一个异常英俊的男人站在我面前,就像是杜乐丽花园雕像里的希腊诸神之一——杀死牛头怪的忒修斯从雕刻的大理石走到了曼哈顿的中心。我百感交集,一时说不出话来。他的瞳孔是蓝色的,那种"我见识不俗"的眼神是如此泰然自若,我一看就知道他经历过战争。他有着灰褐色的头发和宽阔的肩膀,几乎和我一样高,但看起来像摩天大楼那么高。我站了起来,出于无法理解的原因,我伸出双臂搂住了他的脖子,我感到他的手放在我的胯骨上。当我们分开时,我身体里的钟被欲望敲响。

"你真漂亮,"他说,"我现在就可以告诉你,我已经开始思考下次的约会了。"

经理给我使了个眼色,让我们坐在窗边。我的心脏怦怦直跳,紧张得汗如雨下,我已经很久没这么兴奋地去见某个人了。我点了一份三明治,里面有芝麻菜等东西。马尔科没有点餐,他吃了一顿迟到的午餐,在我们约会结束后还要开车回到华盛顿特区。

等一下。"华盛顿特区?我以为你住在新泽西。"

"不是,我住在贝尔沃堡①那边,我秋天在那里教一门课。我来自新泽西。"

"但你目前住在华盛顿特区。"

"目前是的。我正在申请明年普林斯顿大学和纽约大学的博士项目,所以希望我能很快再住到附近。"

马尔科刚刚结束他的第4次海外驻兵派遣,一次在伊拉克,3次在阿富汗,现在他正在享受一个月的休假。他的前妻和儿子住在新泽西;他在这里与他们共度一段时光。他开车去华盛顿特区参加培训,下周就会回来。

我们聊了差不多一个小时。他在国外待了好一阵子,所以对美国的一些变化有很多疑问:什么是牛油果吐司?为什么现在网上有那么多乱伦色情片?……我一一回答他:望文生义啊,就是把牛油果碾碎成泥铺在烤面包上呗;我猜是因为《权力的游戏》的流行……

在马尔科的职业生涯中,这是他第一次在日程中没有安排任务,由于他已经回到美国本土,所以他现在每个月都会去看儿子一次。他和前妻关系和睦,尽管他们4年前就离婚了。在他第一次服役受伤后,他们的婚姻就破裂了。她希望他离开军队,而他想继续留在部队。

"轮到你了。"马尔科说。

当服务员给我送上三明治时,我告诉马尔科我是一名作家,还说了我的工作。与其他人不同的是,他不用我解释3个小时就明白了。他喜欢我有一份认真对待的工作。

他很有礼貌地借故去了卫生间,说:"我的膀胱被战争搞坏了。"

我的膀胱被那场手术搞坏了!我们真是天造地设的一对。

在等他回来的期间,我往嘴里塞了一根辛辣的芝麻菜根,在脑子里飞快盘算。我能和一个住在华盛顿特区、每个月去一次新泽西的人约会吗?嗯,可以,当然可以。我喜欢孤独,我更愿意一个人阅读和写作。一月一

---

① 贝尔沃堡是位于华盛顿特区附近的一个重要军事基地。

次似乎是和男人相处的最佳时间安排。

可当马尔科从卫生间回来,他和所有的这一切突然变得不那么真实了。我的心里涌起一种恐惧,害怕他的一切都是假的:孩子、潇洒的陆军军官工作、战争、受伤、华盛顿特区。也许这些都是假的,他只是在冒充一个士兵。我心中的私家侦探被唤醒了,军人感情诈骗是个大问题。网上有大量的机器人,而菲丽丝从未让我忘记多年前我被机器人欺骗的经历。

"你真的是军人吗?"我问,"你身上所有的迹象都在暗示这是一场军人感情骗局。"

"你在说什么?这也太搞笑了。"

马尔科掏出手机,给我看了一张他与前美国国防部长詹姆斯·马蒂斯握手的照片——就是那个说出"向某些人射击很有趣"这种狂言的家伙;还有一张他站在参议员伊丽莎白·沃伦身边微笑的照片,他称她为自己的妻子。

我对沃伦产生了一丝嫉妒,我把这张照片划了过去。我一直在划、划、划。在另一张照片中,马尔科身着蓝色礼服,被授予一枚丝带奖章。

"你的军刀呢?"

"我们可以穿军服去任何地方,但只有得到批准才能佩戴军刀。"

"我才不信,你不是真的军人。"

马尔科拿出他的钱包,把他的军官证拍在桌子上。"我是真的,看到没?要是你想看我的离婚文件,我身上也有,因为我要在贝尔沃堡上交。"

我对他的身份重新有了信心,我问马尔科是否还爱她,就是他的妻子,呃,应该是前妻。他说他尊重并钦佩她。如果没有她,他可能在第一次被派遣到伊拉克后就自杀了。他第一次应征入伍3周后就受伤了,但她和他一起坚持了下来,还和他生了一个儿子。他遇到了爆炸,脑部受伤,门牙都掉光了,脖子上还有弹片。待医生赶到时,他问的第一件事就是他是否还完整。我的直觉是他在问他的四肢是否都还在。"放心,先生,"医生说,"但你的翻译已经死了。"

马尔科为此内疚了很久,因为他当着翻译的面只问了自己的情况。尽管他知道他的翻译已经死了,因为正是那位先生被炸掉的躯干把他撞到了仪表板上。这时他坐了起来,吐出了血水和一些坚硬的小碎片,后来他才认出那是他的牙齿。

我的眼睛里闪烁着惊奇的光芒。我完全可以想象出这一幕，因为我曾在红钩赛的赛道上看到过自行车手相撞的场景。我很庆幸自己能想象出他在战场上的一些经历，而且令我印象深刻的是，他把自己的功劳都归于他的前妻，因为她在他第一次服役后救了他的命。

马尔科问我想不想沿着河边散步。当然可以。我结束用餐，我们站了起来，我把他温暖、英俊的脸捧在手心。

"笑一笑，让我看一下。"

他微笑着用指甲敲了敲门牙："它们都是假的。"

"它们看起来很棒，甚至比真的牙齿还要好。"

在外面，我们沿着明亮、喧闹、浪漫的街道朝河边漫步，纽约似乎是世界上最令人印象深刻的城市。马尔科确保我走在人行道受保护的一侧，远离车流，所以如果有车冲到路边撞向我们，他会先被撞到。

等我们走到河边，他掏出手机，给我们拍了一张合影，他说："等我们住到一起后，我会把这张照片裱起来放到床头柜上。"

我不禁心醉神迷。

我们沿着河边走了好几个小时，聊了很多。我像只濒临灭绝的红毛猩猩般紧紧抓着他的手臂。我们之间萦绕着一种轻松、坦诚、舒适的氛围，让我觉得我们似乎已经相识千年，经历过千场战争的洗礼，我们相互倾诉从前至今我们生活中那些可悲又可爱的故事。当对方讲述时，我们带着同情的感受聆听着，在听到悲剧转折的地方放声大笑，笑声是走过的人生路上唯一的慰藉。

在我们眺望"无畏"号海洋航空航天博物馆时，我了解到马尔科喜欢读书，他希望有一天能拥有一家书店。他还喜欢山，想在科罗拉多州或缅因州建一座小木屋。他知道我在莫哈韦沙漠长大，小时候在红杉国家森林避暑。我喜欢树，喜欢书，还是一名第一急救员。

他用亮晶晶的眼睛看着我。"你也在为他人服务，真让人钦佩。我们被相同的大天使守护着，圣米迦勒大天使是急救员、医务人员、警察和军人的守护神。我真想看到你穿制服的样子。"

"真的吗？"

我从没想过会有男人喜欢穿制服的女人。难道他们和我一样，对服务和勇敢充满崇敬？什么样的男人才会喜欢一个把皮带当成止血带、在钱包里装着心肺复苏袖珍口罩（我现在就装着）的女人？这个想法令我十分震惊。

"我当然想看穿制服的你，"马科说，"这对我的身心都有吸引力。"

这对他的身心都有吸引力！

"你前妻是军人吗？"

"她只是图书管理员。但离婚后，我和一名很厉害的空军军官约会过，然后是陆军心理学家，再然后是联邦调查局探员。"

"噢，老天，我们真是太像了。"

"我约会过很多穿制服的女人，"马尔科沉思着说，"我觉得都是因为温迪骑警。5年级的时候，她来到我的班上，告诉大家要抵制毒品。因为她，我才想成为一名警察，但后来我加入了美国国民警卫队。我在'9·11'事件后的第二天，应该是在去归零地（Ground Zero，指纽约世贸中心遗址）的路上碰到了她，当时新泽西警卫队被叫来帮忙，就在纽约国民警卫队把我们赶走之前。我走到她面前说：'温迪骑警，我叫马尔科。我在5年级的时候见过你，我是因为你才抵制毒品的。'"

我告诉马尔科，我在"9·11"事件中失去了一名消防员朋友。

他的表情立刻变得严肃起来。"我很抱歉。袭击发生后，我在现场工作过几天，在那48小时里，我目睹的一切比我在阿富汗的所有经历还要糟糕。失去因公殉职的某个人，这种情况永远不会好转。"

我转过脸去。

后来，当阳光洒满河面时，我们接吻了。我觉得我终于可以呼吸了，就像宇宙拍了拍我的背，用最亲切的声音对我说："你不再孤单了。你以为你孤单，但你不是。这里有一个和你一样的人，你可以放心大胆地去爱。"

我最大的希望就是马尔科能和我坠入爱河，也许，今年他就可以和我一起去帕特的消防站，因为他理解我的悲痛有多深。既然他在美国本土，又没有别的日程安排，为什么不呢？而且他计划申请攻读数据武器化方面的博士学位。

许多年后，回顾这一天，这一幕在我的脑海中不断回放。我逐渐意识到,在马尔科说出那充满爱意的"武器化"三个字的那一刻,便是我彻底坠入爱河的开始。

7月的一个星期六,我和调度员卢娜一起去跳蚤市场值班。她是一个年轻的厄瓜多尔姑娘,戴眼镜,总是哈哈大笑。她经常通宵工作,睡眠时间比长颈鹿还少,每晚最多睡1小时54分钟。大多数的星期四晚上,当我和尼娜完成我们的轮班,在午夜返回基地后,我们都会留下来和她一起出去玩。

卢娜独自在调度室工作,坐在一张堆满电话、收音机、双屏电脑、一袋袋糖果和大杯咖啡的办公桌后面。我们聊过街上的情况、紧急情况和恋爱经历。卢娜经常在说到一半的时候就睡着了,还会打鼾。我们会让她睡上几分钟,然后再把她戳醒。她醒来后开口说的第一句话总是"不要告诉贝克我睡着了。"

与调度员、警察、士兵、忙碌的消防员——这些通宵达旦工作的服务人员在一起时,我不禁想到睡眠剥夺就是战争的工具,睡眠被剥夺者会出现许多有害症状。这些症状包括出现幻觉、具有攻击性、记忆力减退、衰老加速、行为退化和行为失当,最常见的则是过度饮酒和高风险的性行为,更别提寿命会比休息充足的人短,死于心血管疾病的风险也是休息良好的人的两倍。如果你和一个没有睡觉的第一急救员一起工作,你实际上是在和一个认知能力有缺陷的醉汉打交道。在所有为改善第一急救员的行为和生活而提出的或伟大或愚蠢的建议中,我经常在想为什么就没人提到"让他们拥有充足睡眠"呢?

"这是工作的原因吗?"一天晚上,汤米又问我为什么他在布朗克斯消防站度过了不眠不休的24小时后还会有"性"趣,这个问题我已经回答过他不下10次了。

"是的,"我说,"下一个问题。"

这个周六,在布鲁克林的蓝天下,卢娜开着救护车去了展望公园。她把救护车停在一棵树的树荫下,旁边是为跳蚤市场而搭建的帐篷式食品摊。我们开始了8小时的活动轮班之旅,把座椅尽可能往向后调,膝盖弯曲,将没系带的靴子搭在仪表盘上。

和我一样，卢娜也放弃了交友软件，她在上面对自己工作生活的描述是我见过的最好、最简单的。她在"火种"软件上的自我描述是"有着不寻常的工作时间"。

和名人很像，第一急救员也倾向于和圈内人约会。警察与护士约会，护士与消防员约会，而消防员和所有人约会。我怀疑这与我们工作残酷和不寻常的性质有关，而这也带来了不少不同寻常的故事。我在街上听到的故事有可能会吓到普通人，要是不分享的话，又会让我觉得孤独和恶心。并不是每个人在第一次约会时都想听到类似于"一个婴儿被一辆洋溢着葡萄酒香的车撞了"的故事。但第一急救员想，他们会倾听任何事情。

卢娜正处于一段波澜迭起的新恋情之中，她和一名消防员不断分手又复合。这让她感到困惑，还让她泪流满面，因为她爱他，尽管她还没有准备好使用这个词——爱。

我能理解她的感受。

那个夏天，我开始觉得马尔科是我的灵魂伴侣。就连接受过心理治疗的消防员汤米也为我高兴。汤米也喜欢那个插队的女人。所以这是我们之间的双赢。

至少，我们以为我们赢了。

马尔科和我经常打电话、发短信和视频通话。一天，我们开车经过布鲁克林，看到一个乱穿马路的人一边看手机一边闯红灯。

"这家伙今晚会被车撞，"我说，"会从引擎盖上滚下去，一小时后因脑震荡住院。"

马尔科大笑起来，说："我的宝贝是第一急救员！"

曾经的宝贝。

我经常给马尔科读我母亲从加利福尼亚发给我的有趣的电子邮件，这些邮件读起来就像警察的记事本。先是天气预报，接着是烹饪的最新情况，然后是她认识的教会女士和邻居的死亡情况，例如："贝克斯菲尔德很热，昨天有103华氏度（约39.4摄氏度），真是太热了。我为教会做了意大利婚礼汤。米尔本死了。"

我并不认识米尔本。

马尔科说他已经迫不及待地想见我母亲了。

每当他在城里的时候，我就会给他做我唯一擅长的菜——铁板烤鸡配韭菜。尽管他已经和儿子吃过晚饭了,但为了让我高兴,他还是吃了两盘。他把他那件柔软的旧T恤给我当睡衣,在我穿上之前,我把它贴在我的脸上,嗅着他的体香。但是有打嗝的小麻烦。

是打饱嗝吗?

一个周末,我们去北部进行了一次浪漫的度假。我们在金斯敦一个波光粼粼的湖边通过"爱彼迎"软件订了一间民宿。在那里,我开始注意到马尔科身上有些事情令我不安。有一天,他喝了10瓶啤酒,这真的不算少。有时他醉醺醺地给我发短信,都喝得断片了,忘了今夕是何夕。

我几乎可以忍受男人带给我的任何东西——我的心理医生会说我毫无底线,但我无法接受药物滥用问题,这就是我划定的底线。我把担忧埋在心底,告诉自己要放松,毕竟马尔科刚从战场上回来。他是个快乐的酒鬼。每次喝得酩酊大醉时,他就抱着地图哭:"因为地图创造了世界。"

在金斯敦的一个晚上,他给我看了一段视频,视频中他作为伞兵从C-17运输机上跳下。

"你跳的时候害怕吗?我在救护车上还是很害怕。"

"我每一次都很害怕。"

"这让我感觉好多了。"

那天晚上的晚些时候,一场暴风雨突然袭来。雨水拍打着窗户,我们早早地睡着了。在黑暗中,我祈祷马尔科会让我正式成为他的女朋友。我们在金斯敦拍了很多照片,我期望他会把其中一张放到"照片墙"上,向全世界展示我们的相爱。我们现在会对彼此说"我爱你"。

但第二天下午我们开车回家时,马尔科在车里对我说:"我爱你的点就在于你是个现代女性。你不需要结婚或者给我们的关系定下什么名分,因为根本没这个必要。我们拥有的一切都很特别。下个月我回华盛顿特区的时候,我们还可以继续约会。你也可以留着你的虚拟消防员。"他指的是汤米。"我的宝贝喜欢她的消防员。"

剩下的路,我一直盯着窗外。

在跳蚤市场那个没有任务的夏日午后,我和卢娜讨论了这个问题,还聊了些别的。由于没有树荫,又因为发动机空转,空调出风口吹出来的都是热风,我们在救护车里都快被蒸熟了。

我问她为什么从来不坐救护车。她告诉我，她之所以做调度员，就是因为急救员的工作总是令她过于焦虑。不管她试过多少次，她就是无法适应这份工作。也许比起大多数职业，这份工作并不适合所有人。她破例和我一起参加这次轮班，是因为她知道我们不会接到呼叫，我们可以坐在救护车里聊上一整天。

"我得给你提个醒，"我说，"上次参加这个活动轮班，我们干坐了8小时都没接到任务。但就在轮班结束前5分钟，我们收到了有人受伤的任务。"

卢娜踢了一下仪表盘。"别乌鸦嘴！我真不敢相信你刚才竟然说了那样的话！看来又要发生了！"

第一急救员都很迷信。我们在生与死的王国，在爱尔兰人称为"纤薄之地"（现实和永恒之间的分界线消失）的地方工作。如果你说今晚很安静，你很快就会被一大堆任务淹没——"咒语显灵"；如果你说上次你开车经过那条街时，有个孩子被车撞了，那1小时后你就会处理同一街区孩子被车撞的呼叫。因此，当轮班结束前5分钟我们收到有人受伤的任务时，你可以想象出卢娜对我的愤怒。哈哈。

"这都怪你！"在我们把一位肩膀脱臼的女士送到医院后，她对我大叫，"你说上次发生了这种情况，现在我们也碰到了！"

亲爱的卢娜直到今天还会提起这件事。这么多年过去了，我总是能听到这件事，还要为导致轮班结束前5分钟收到任务而不断忏悔。

至于马尔科，我们的关系没能挺过9月，我所有的恋情都没能幸免。

劳动节的周末，他本应在城里。他说我们可以于周一晚上在新泽西见面，这样他就可以在周二一大早起床送他儿子去学校，之后再开车回华盛顿。我们在一起的时间不长，都是零零碎碎的时间，但至少是有意义的。我在情感匮乏的环境中长大，于我而言，这样就是家；只要不无视我，我就会永远属于你。

我想知道马尔科在那个劳动节的周末有什么安排。我以为他正忙着搬新家。随着"9·11"事件周年纪念日的临近，我很难表达我有多渴望见到他，我变得忧心忡忡。

周日早晨，也就是我们约定见面的前一天，突然来了个"炸弹"。马尔科在"照片墙"上发了一张杰克·约翰逊在科罗拉多州的演唱会照片。

看到这张照片的时候，我和帕特的女朋友伊尔法正在翠贝卡参加集体冥想。我都不知道我的准男友在科罗拉多。我喜欢音乐，他为什么没有邀请我？他甚至懒得告诉我他在那里。我还以为他在华盛顿特区。我觉得自己是如此不被重视和愚蠢，我对他的爱立刻消失了。我冲出了冥想室。

伊尔法发现我的座位是空的之后就给我打了电话，我告诉她发生了什么。她跑到纽约市中心市政厅对面的小公园，发现我坐在长椅上，用双手捧着我那张泪迹斑斑的脸。我在她怀里不知道哭了多久。

回到家后，我给在巴黎的一个朋友，一个叫乔希的作家打了电话。他比我自己还要了解我。我相信他能接住我的眼泪，也能告诉我残酷的事实——我是如何陷入这种绝望境地的。我是个聪明的女人，在感情上却很愚蠢。

"去读一下《巴顿巴士》，"乔西对我说，"爱丽丝·门罗写的。这本书讲述的是一个成功的女作家在爱情生活中遭受痛苦的故事。她总是爱上错的人，但恢复力很强。"

电话一挂，我就跑到书架前，抽出爱丽丝·门罗的作品。然后我爬上床，开始服用我的文学"处方药"，药很快就起效了。

读完这个故事，我如释重负地了解到我并不孤独。对我来说，书真的是一种拯救生命的急救手段。当我看到这段话时，我用绿色荧光笔把它标了出来："对于爱情，你所能忍受的痛苦和混乱是有限度的，就像你能忍受房间乱七八糟的程度也是有限的。你没法事先知道这个限度，但一旦达到了这个限度，你就会知道。"

我已经达到了这个限度。

但知道这一点并不能让痛苦停止。接下来的一周，我在与莱克西的救护车轮班中哭了。她很愤怒马尔科伤害了我。

"这个男人对我的搭档做了什么？"她一边开车一边尖叫，"她总是那么开心，现在却哭个不停！"她开着警灯和警笛风驰电掣地去给我买冰激凌，我就爱她这一点。

第二天晚上，尼娜听了这件事，这个俄罗斯人在心底恨死了马尔科。

真是多亏了这些女人，多亏了我的街头"妻子"、姐妹、搭档。我不知道，若是没有她们，我该如何活下去。关于兄弟情谊的重要性，已经有长篇累牍的记述，若是你问我的话，我会说有点太多了，但对于姐妹情谊，我们几乎听不到只字片语。然而一次又一次，我的生命为女性所拯救。

今年的"9·11"事件周年纪念日，我心里一直酝酿着一个念头，我想成为纽约市消防局的急救员来铭记帕特。我经常和帕特谈起这个话题，但并没有对他大声说起过什么。但有时在祈祷时，我会向他咨询，向他征求兄弟般的建议。我有种莫名的感觉，除非我为他心爱的消防局工作，否则我就不是一名真正的第一急救员。

帕特的弟弟迈克今年没能参加在纽约举行的仪式，他被困在拉斯维加斯的急诊室里当医生。所以在消防站，我相当绝望地紧紧抱着伊尔法。当然，有时她也会和其他人聊天。

某个时刻，一个和我差不多高的黑发消防员看到我独自闷闷不乐地环顾着消防站，便在我还没反应过来的时候，走到我面前。他自我介绍说他叫贡佐，全名叫史蒂夫·冈萨雷斯。他问我是来见谁的，我指了指横幅上帕特的脸。他的笑容立刻变得灿烂起来，旁边站着的其他人脸上也露出同样的喜悦和悲伤。他转过身，把其他人也叫了过来。

"嘿，迈克、强尼、里奇，伙计们，过来这边。过来见见珍妮弗，她是帕特·布朗的朋友。"

连退休的消防员都出现了，他们和我握手，好像我是一个特别的人。我非常感动，和他们一一握手，我们站在一起，分享关于帕特的故事，这些故事让他在我心里重获新生。

"我们过去常常一起练瑜伽。"我对同样名叫迈克的精瘦结实的白人说。消防站有一半的人都叫迈克。伊尔法后来告诉我，和我一直聊天的那个人是迈克尔·戴利，他是一名作家，相貌英俊，也是帕特的一个好朋友。

"你看起来确实像是在瑜伽课上认识他的，"迈克尔·戴利说，"你知道帕特过去常说什么吗？他说：'嘿，迈克，有很多辣妹练瑜伽，你应该也试试。真的有超多漂亮女人，但她们都是疯子！'"

他笑得浑身发抖，我也是。

帕特生前很有女人缘，但我更像是他的小妹妹。他照顾我，还有他认识的其他所有人，所以我们并不是特别亲密。帕特是我生命中一个重要的人，但我只是他帮助过的这座城市里的普通人之一。总之，我不想让他们认为我们之间有男女之事。每当他们介绍我是帕特的朋友时，我就迅速跟上一句："不是男女朋友，他就像我的一个哥哥。"

不断有资深消防员过来问候我，问我想不想喝咖啡、茶或吃点什么。他们在厨房里准备了很多东西。我饥肠辘辘，咖啡因摄入不足，但没有伊尔法在身边，我又不敢进入消防站。

"你个子多高？"一个叫约翰尼的退休消防员问我。他把手摊平，在我头上验了验。

"6英尺1英寸（约1.86米），还是6英尺2英寸（约1.88米）？"

"6英尺1英寸。"

"6英尺1英寸高！太棒了。"

"你打篮球吗？"贡佐想知道。

"我读大学时打过排球。"

"你是干什么的，珍妮弗？"强尼问，"护士吗？"

我这辈子从来没想过做护士。

我想说我是一名私家侦探，却脱口而出："我是一名作家，也是一名第一急救员。我认为帕特会觉得这很有趣。"

约翰尼说："帕特绝对会喜欢的！你为什么不做消防员呢？"

"我老了，而且我是在沙漠长大的，我不喜欢那种热度。"

"我明白了。那就做第一急救员吧，就像你现在这样。我一开始也是一名急救员。噢，老天，我有些故事要告诉你，记得提醒我告诉你那个有关眼球的故事。"

"珍妮弗，别听他的，"贡佐说，"他就是个该死的疯子。他还收集刀具，他有各种各样的刀。有一天在消防站，我打开他的储物柜看到了这些刀。我说：'嘿，伙计，你打算用这些刀做什么？'"

我们哄堂大笑。笑的感觉真好，将我从极度的悲痛中暂时解脱出来，今年还混合着对马尔科的心碎，他那张愚蠢而出人意料的"照片墙"照片化作一把切肉刀捅进我的心脏。我仍在承受"9·11"恐怖主义实践的余震，这种不可预知的经历对我来说并不是舒适的体验。

在贡佐转身和别人说话的一刹那，约翰尼就开始讲他的急救员故事。一旦有人知道你是急救员，他们就会用他们最疯狂的故事来"打击"你。

"有一次，我在一起机动车事故后看到了这个家伙，"他在描述这起事故时说，"一个喝醉酒的司机，他的眼球都从眼眶里掉了出来，就被几根神经吊着。等法医出现的时候，他真是疯了，他在我面前用这些奇怪的剪刀剪断了那些神经，因为司机是名器官捐赠者。然后他把眼球装进一个有透明液体的塑料袋里，把袋子在我面前晃了晃，就好像两只眼球是一对金鱼。从那以后，我再也没有酒后开过车，从来没有，我这辈子一次都没有。"

就在这时，伊尔法走过来，递给我一条哀悼带。我用手指划过帕特的名字和一个绿色的小三叶草，仿佛她递给我的是最贵重的黄金。

"好漂亮啊。"我说着，将带子递了回去。

"你是已经有一条了吗？"

"没有。"

"那就拿着吧，"伊尔法说，"这是我的。"

作为礼物，这似乎有点太贵重了。我又试图把它还回去："我不能拿你的。"

"拿着吧。这样的带子，鲍比有一整袋呢，我可以再管他要一条。"

约翰尼说："你可以在街上做急救员的时候戴着它，这样帕特就会在救护车上陪着你了。"

我把哀悼带戴到手腕上，想象着帕特的手紧握着我的手。

这条带子太神奇了，这就是爱尔兰人。

贡佐说："珍妮弗，到厨房来吃点东西吧。你看起来需要吃点东西。"

他拉着我的手，我们悄悄地从一排排懒散的年轻消防员身边溜过，他们在我们经过时为我们让路。"嘿，伙计们，这是珍妮弗，"贡佐对他们说，"她是帕特·布朗的一个好朋友。"在厨房，他给我倒了咖啡，问我："默哀之后，你会和我们一起去纪念碑吗？"

我说："我不知道我在做什么。我从来没有在'9·11'事件纪念日去过那里。"

我担心这会有点过界，毕竟，今天它只对家属和服务人员开放。

"好吧，"贡佐说，"你接下来可以这么做，和我们一起去那里。我们将在这里进行默哀仪式，接着我们中的一些人和帕特的妹妹卡罗琳一起去纪念碑，你也来，然后我们再回来做弥撒。"

"你确定我可以参加吗？"

"你这是什么意思？当然可以了。你属于这里，你是我们中的一员。"

一个多小时后，在纪念碑下，贡佐的状态发生了变化，他变得忧郁。其他资深消防员留在了消防站，遗憾地说他们不愿意去"下面"。我们走到帕特的名字前，凝视着漆黑的双井。我站在帕特的妹妹身边哭泣。贡佐匆匆离开，带着一包纸巾回来。他把纸巾递给了我们。

"你是个绅士，"我说，"所剩无几的绅士。"

"我看到你们在哭，所以我就去那边的桌子把它们拿了过来。"

"我们没有哭，"卡罗琳说，"我们只是过敏了。"

贡佐扫了周围成群哭泣的哀悼者一眼，"这里的每个人都过敏了。"

我们并肩站在一起，陷入痛苦的沉默。贡佐低下头，等他再抬起头，目光呆滞又茫然。过了很久，他才开口。他谈到了和帕特的亲密关系，给我讲了他们之间的故事。我一边听，一边努力记住他说的每一个字，把他讲的帕特的故事刻到心里，这样我就永远不会忘记了。我们也只剩这些故事了。

"他们是被谋杀的，"贡佐说。他的嘴唇颤抖着，声音因愤怒而嘶哑，"报纸上从来不会说这些，但这就是事实。我的朋友，所有的人，他们都是被谋杀的。那里发生了一场大屠杀。我不像其他幸存者那样有负罪感。我没能及时进入双子塔，而双子塔里的所有人都死了。我转向一个方向，他们转向另一个方向，我活了下来，他们却没有。真相就是如此，事情就是这样。帕特曾经说过：'阎王叫你三更死，不会留你到五更。'所以我没有负罪感。但他们是被谋杀的，那些人都是。他们每个人都是好人，不应该遭受这一切。这种死法太可怕了，我不希望任何人以这种方式死去。"

"我很抱歉。"我说。我知道帕特所在的消防站是"9·11"事件中伤亡最惨重的消防站之一，我以前只是知道这个事实，但现在我真切地感觉到了。我可以感觉到帕特的存在，他的精神与我们融合在一起。他知道我们在那里，他知道我们在一起。

"这就是我讨厌来这里的原因，"贡佐说，"我讨厌穿上这身制服，我受不了了。我已经很多年没来这里了，这就是根源所在。这里让我太痛苦了。每当我来到这里，我就很愤怒。那天，我们失去了11个人，确切地说应该是12个人，还有一名主管也死了，我能活下来也是侥幸。来到消防站的每个人都在询问自己的丈夫或父亲，然后他们成了寡妇和失去父亲的孩子，还有人失去了兄弟。整个中队都失踪了，那真是一场噩梦。而这种情况一直在持续，不仅仅是那一天。我们挖干净了那堆废墟，花了很长时间才找到他们的尸体，甚至只是他们身体的某个部位，这花了几个月的时间。还有一些人，他们的家人连下葬之物都没有。当你没有任何可以埋葬之物时，你又该如何往前走呢？"

"我们每周都要去参加葬礼，一周两次，每个月都要去，这样持续了好多年。等你休息了一段时间，差不多是几年后，癌症又找上门来。几乎所有从事清理工作的人都得了癌症。我也得了癌症，我都不知道自己为什么还能活着。到目前为止，我已经埋葬了我的大部分朋友。癌症仍在继续，这让我很愤怒。我知道在愤怒之下是悲伤和恐惧，而在这之下可能还有别的东西。"

他想了一会儿，然后说："我很抱歉我是这样的。只是在这里，我能感受到的只有愤怒。"

"帕特以前也很愤怒，"我说，"还记得他有时候是多么愤怒吗？"

"嗯，是的。"

"他是个好人。"我说。

"是的，确实。"

"他帮助了很多人。"

"他帮助了所有人，没有一个认识他的人不被他影响的。他从不落下任何人，他就是这样的人，"贡佐深吸一口气说，"他们都走了，但我们不会忘记他们。他们每个人都是伟大的人，愿他们安息。"

"愿他们安息。"我说。

愿他们安息。

那天下午晚些时候回到消防站，贡佐与我拥抱告别。我非常感激能和他、能和所有认识帕特的人一起度过这段时光。剩下的人已经不多了，一年比一年少。我们拥抱后，贡佐抓着我的肩膀说："你好好做急救员。注意安全，我希望明年还能看到你穿着制服过来。"

我也希望他能看到我穿上制服。我爱制服胜过衣柜里的所有衣服，每次穿上制服，我都觉得自己充满力量。我想让帕特感到骄傲，而每次穿上制服，我都觉得我做到了这一点。但贡佐在纪念碑前说的话，说他讨厌穿制服，又一直困扰着我。我很高兴自己能作为一名第一急救员在街上工作，我无法想象这种感恩之情会转变成另一种感受——我的制服不再是祈祷或奉献，而是盖在尸体上的床单、痛苦的裹尸布。

6 99% 的废话

我很快就回到了救护车上，现在我的手腕上戴着那根悼念带，上面有帕特的名字，这让我有种受到神明庇护的感觉。我爱上了我第一急救员的夜生活，白天的工作对我越来越没有吸引力。

当然，我的工作对象都处于危机中，他们中的许多人是领导着世界顶尖公司的百万富翁，平时开着奥迪汽车，可能在汉普顿有不只一套房子。

这 1% 的人并不是没有痛苦：他们有在互联网上被网暴的残疾孩子，在监狱里接受自杀监视的家庭成员；基于社交媒体上的虚假事实，他们的行为被错误地指控为卑鄙行为，并在"推特"上遭受网络暴力。但与我在街上目睹的毁灭性的医疗灾难相比、与需要医疗护理的病人的纯粹人类需求相比，这些人的生活开始让我觉得多少有些奢侈。

偶尔，我也有过成为一名全职第一急救员的想法，尽管我对私人公司或医院的工作没兴趣，也不知道靠消防局急救员的微薄工资该怎么活下去。与此同时，我的工作涉及大量的客户会议，在全国各地飞来飞去，在酒店、酒吧和米其林星级餐厅进行低调的商务谈话。现在，我穿着第一急救员的制服是如此自在，以至于每当我穿上裙子和高跟鞋（还是低跟的）就觉得自己是在扮演另一个奇怪的自己。

当人们在街上看到我穿着职业装时，他们常常说我像羚羊一样优雅。我家附近的一个咖啡师告诉我，他想象过我一喝完咖啡就飞去白宫。其实更可能是消防站。还有一次，在苏豪区，站在我旁边的一个老人问我是不是模特。我告诉他我不是，他失望地摇了摇头。"那太可惜了，"他说，"你本可以出人头地。"我本可以出人头地的！

等一下，我想，我的确出人头地了。

我是个野心勃勃的人。我做急救员是因为我想帮助别人，我想拯救生命。在街上工作一年多后，我惊讶地发现，在事故现场实际进行的救人工作少到可怜，废话连篇的非紧急工作吞噬了大部分的夜晚。

经过这么多次轮班，我还是没有遇到一例心脏骤停。我觉得当我加入公园坡的时候，其他加入的第一急救员就已经超过了我。MJ、查德与内森一起轮班，2018 年冬天，他们昂首挺胸地冲向医疗创伤的巨浪，处理过大量的心脏骤停和股骨骨折的任务，在经验方面令我望尘莫及。甚至连在现场不再手抖的拉兹也碰到过一例心脏骤停。我迫不及待地想处理更严重的紧急情况。

但越是渴望的东西，越要千万小心。

在莱克西等着入读护理学校期间，我们继续着周三晚上的轮班。她经常重复这样的说法：急救服务中99%都是废话，只有1%是"噢，糟糕"。

与我们运送的大部分不良于行的病人不同的是，许多拨打911的人都能走路，这其实算是一个令人愉快的惊喜。在公园坡，我作为急救员搬动的病人，是我单纯运送老奶奶和双侧截肢者（比如丽塔和加里森）数量的一半。

莱克西强调了身体保护以及更聪明而不是更努力工作的重要性。她经常说："先扶后举。如果病人是肩膀骨折了，就陪他们走到救护车上，因为他们的腿并没有断。注意随时保护腰的背部。"

鉴于护理人员和第一急救员面临的发生工伤和被攻击风险要比其他任何行业的从业者都要高，每100名急救员和医护人员中就有8—9名因工伤在医院接受治疗，而在其他行业每100名职员中只有2名，所以我听取了她的建议。

在废话方面，我们处理过因为牙疼而拨打911叫救护车的病人，吃冰激凌肚子疼的病人，流鼻涕、起水泡、膝盖擦伤的病人，还有认为自己在塔吉特百货购物时扭伤脚踝的人。塔吉特百货里的许多人似乎都有问题。而在麦当劳，几乎每一次接到的受伤任务都是醉醺醺的快餐店顾客从椅子上摔下来这种小事，接踵而至的小悲剧让我的头发散发着炸薯条的香味。还有一些人滥用急救服务系统，把救护车当成优步来用，鼓励第一急救员把他们的急救车称为"优步救护车"。

更悲伤的工作则截然相反。我们的医疗系统普遍让人失望。我们称他们为"常客"，就是我们每个月都会见上一两次、有时甚至是七八次的病人。"常客"往往是情绪抑郁患者、醉酒者，或者二者的强力混合体。酒精中毒与数量惊人的911呼叫紧密相关，令全国的急救系统不堪重负。过度饮酒每年导致超270万人次的急诊以及平均230万年的潜在生命损失，每年给国家造成约2490亿美元的损失。一些州为解决醉酒病人过度拨打911急救电话的问题，专门拨出特定的急救资源，以满足长期吸毒者和酒精滥用者的需求。

几乎所有应急管理领域的领导人都赞同，必须以某种方式停止对救护车服务的非必要使用和非紧急情况下对911急救电话的滥用。在内华达州，创新项目要求护士接听911呼叫，以确定病人是否需要急救护理，如果不需要，则帮助他们获取非急诊资源。在休斯敦，一项远程医疗项目允许到达的急救人员评估呼叫是不是真正的紧急情况，并提供视频以供医生做出判断。在达拉斯的一个移动医疗试点项目中，消防救援人员对经常呼叫救护车的"常客"进行了预防性的社区健康访问。这些措施使得911的呼叫量减少了82%。

在我有幸生活和工作过的西欧大部分地区，医生和护士通常乘坐救护车并协助第一急救员。我在巴黎（那里的消防员也是护理人员）曾多次生病。在那里，你可以拨打紧急医疗救援电话，这是一个全天无歇的医疗急救服务热线，他们会派遣一名医生而不是救护车上门服务。医生会带着一个装满医疗用品的公文包来到你家，给你做检查、抽血、取尿样或其他需要的东西，再给你开处方药，然后把你留在家里。所有这些服务的花费——我上次检查大概花了75欧元，约合88美元。伦敦、罗马、日内瓦、布鲁塞尔和其他地区也采取了类似的家庭医疗护理模式。

这才是全民医疗。纽约市的街道并未提供类似的广泛服务。在这里，我们治疗并运送长期醉酒的病人到急诊室，他们在那里睡一觉后就获准离开，一旦能行走就被送回家。这之后，他们会继续喝酒，再次拨打911，然后"砰"的一声，他们又回到了救护车上，回到同一家医院睡觉。这是一个恶性周期，或者恶性循环啊！

醉酒病人还常和创伤相伴。醉酒者经常摔倒，把自己摔得头破血流。他们会变得具有暴力倾向，攻击别人或试图自杀。他们坐在方向盘后面，将他们的车变成武器。在救护车上，他们会尿裤子、拉裤子，经常吐在自己身上，也吐在我们身上。

有些在街上处理过太多醉酒病人的第一急救员，对这些病人都产生了不良的过敏反应——一种混合着反感和厌恶的情绪。如果你不想成为一名病态的铁石心肠的救援人员，你就必须不停地加强自我修炼，创造新的心脏。

对于我，为了保持新鲜感、保持敏感和保持在街上工作（这份工作开始变得像兼职）的善良，我会做冥想、祈祷、健身、戒酒和健康饮食，诸如此类。

我最喜欢的醉酒常客是健太郎，一个50多岁的举止轻浮的男人，他在酒吧喝得酩酊大醉，然后在街上昏昏欲睡。不可避免的是，路人发现他蜷缩在人行道上，以为他死了，于是拨打911报警。在无线电中，健太郎通常属于"无意识"或"其他情况"，这些情况不明的呼叫类型，要么是滥用资源，要么是极其严重的紧急情况。

一次又一次，我们开着震耳欲聋的消防车停在那里，却发现我们心爱的、醉醺醺的健太郎在打盹。我们会拍拍他的肩膀，唤醒他："健太郎，亲爱的，醒醒。是时候去医院了。健太郎，亲爱的，你死了吗？这些人以为你死了，所以打了911报警。"这让不知道发生了什么事的路人很是震惊。大多数晚上，健太郎会在人行道上抬头看我并微笑，然后再闭上眼睛，噘起嘴巴，要人亲他。

啵啵，爱你，健太郎。

他爱上了一个叫莎莉的消防局急救员。一天晚上，当我们前往他最喜欢的医院时，他告诉了我这件事。他把那里称为他的家，那里的急诊室护士对他的出生日期和社保号码了如指掌。

"你有没有和他一起喝过酒？"在我们把他送进急诊室时，一名护士曾这样问过另一名护士，"他很有意思。"

后来，他死于酒精滥用，而这也是我们每次接他时在他病历主诉栏里写的内容："乙醇滥用。"如果在我二十四五岁的时候，没有一个像帕特这样的人给我示范那种清醒而有意义的生活模式，我也可能成为健太郎。每次见到他，我都会这么想。如果没有上帝的恩典，我也会落得如此下场。我想到了我的哥哥，他成年后大部分时间都在酗酒，并拒绝所有姐妹的帮助。我听说他现在好多了，但我不清楚他的现状。我们之间的关系很疏远。

做第一急救员很难，而做一名清醒的第一急救员则难上加难。

我们在街上经常运送的不只是长期酗酒者。很快，我发现许多拨打911的人遭受的折磨还来自孤独、性侵犯、阿片类药物成瘾、贫困和仇恨犯罪。

　　在接到"其他情况"这样描述模糊的任务后，我们经常在到达现场并了解病人的情况后发现事情比想象中要严重得多。这就像在圣诞节早晨醒来，看到满屋子都是包装精美的礼物，里面蕴含着无穷无尽的惊喜，但等我们解开红丝带，打开盒子，发现所有的礼物都不是自己期待的。

　　悲伤的礼物，这才是我们大多数晚上在现场遇到的。

　　无线电中传来了"昏迷"呼叫，结果却是一名白人妇女赤身裸体地躺在人行道上，身边放着一张军官证和一个用过的避孕套。她疑似受到了猥亵、强奸，然后被扔在那里等死。这起"袭击"事件原来是一名女性身份的跨性别病人被一帮男孩攻击——仇恨犯罪。另一个当事人则是个大块头的黑人，我们发现他坐在地铁阶梯上，背上垂下来的泰瑟枪电线就像是马尾巴上的铜毛，他戴着手铐，被警察包围。

　　那次任务，我还暗自咒骂警察，同情我那被电击的病人。但第二天早上醒来，我在报纸上看到他的脸，才了解到他是一个性犯罪惯犯，喜欢在地铁里当着孩子们的面拔出他的"魔法水管"，警察多年来一直试图逮捕他。

　　当我把这个故事告诉我的牙医，菲丽丝介绍我认识的一名黑人女性，她说："他们就应该狠狠电一下那家伙。"听到她这么说，我是不是就不那么难过了？还是更难过了？以一种不同的方式更加难过了？

　　所有这些呼叫都发生在公园坡和科布尔山那富裕和本应安全的白人街道上。而人们却因为我住在黑人居多的史蒂文生高地而对我大加指责，随口将我的街区称为战区。

　　这真是令人一言难尽。

　　"这任务真让人难过。"莱克西经常在我们离开医院后这样说。

　　确实如此。圣诞快乐，这儿有一些急救服务礼物，它们全都是悲伤的。

　　一天晚上，莱克西看到一个无家可归的男人在街上喝漂白剂，哭着来到基地。当她问他在做什么时，他说自己不想再活下去了。她打掉他手中的容器，拨打了911，上报了一起企图自杀事件。

　　顺便说一下，这就发生在当时的总统唐纳德·特朗普提出喝漂白剂是解决新冠肺炎疫情的"妙方"前后，真相就是如此。漂白剂是毒药，喝漂白剂就是企图自杀。

作为第一急救员，每一次轮班都会让你心碎，继而你的胸膛里会再长出一颗新的心脏，然后那颗心再一次破碎……

一个安静的冬夜，我和尼娜一起轮班，我们接到了一些令人难忘的任务。当时我们买了鱼肉玉米卷，还去了几趟 7-11 便利店，我们在里面给对方买了便宜的整蛊礼物：漂浮在奇怪的透明液体中的球形玫瑰花；配套的"石头"手镯，看起来就像是用松紧带串起来的斑驳碎牙。

就像警察总是光顾邓肯甜甜圈店，我们急救员总喜欢去 7-11 便利店，这种印象深入人心。每次轮班我们都能看到消防车停在杂货店前。"英雄们又没有鸡肉了。"我们开玩笑说。

尼娜和我都喜欢烘焙，还爱看《90 天未婚夫》和《爱在狱外》，菲丽丝也喜欢，所以在救护车上无任务的夜晚，我们可以聊很多东西。

这天晚上，我告诉尼娜，在处理情绪抑郁患者的任务时，总有一个警察在现场拥抱我。无论我和谁说起这件事，他们都无法理解这是怎么一回事，也无法理解背后的原因。

"他抱了你？"一天，拉斐尔在电话里惊叹地说（我们已不再约会，但仍有联系），"还是在急救现场？你说他抱了你是什么意思？这种情况可不正常。告诉我发生了什么，从头说。"我告诉他后，他说："我完全明白这是怎么回事，你想知道吗？"

"当然。"

你有没有听说过警探喜欢读人？这种事很迷人。警探的工作就是读人，我喜欢这些读者。

"这个警察人非常好，是不是？"拉斐尔说，"他很可爱，像个孩子。他想当一辈子警察，他热爱这份工作。但他不够聪明，没法通过考试获得晋升。他和他母亲一起住，他母亲是他生命中最重要的人。他从没结过婚，还是个处男。如果他约会，他会带女孩回家见他的母亲，然后他们坐下来喝汤。每次约会他母亲都会和他一起去。他很有钱，因为他一辈子都没付过房租。我们分局也有一个这样的人，我们都叫他'扫帚人'。他人真的非常好，总是在扫地，连只苍蝇都舍不得拍死。抱你的那个人就是'扫帚人'。"

在救护车上，我把这个警探关于"拥抱者"的理论告诉了尼娜。还有汤米，我崇拜的消防员，他和我依然短信联系，现在我们的关系更像是朋友。爱到此为止，爱算什么呢？

我很感激汤米接受了治疗，随着时间的推移，他感觉好多了，我强迫自己不断告诉他我很高兴他找到了另一半。但我没有人可以爱。

我还是想见见他，找个时间一起喝杯咖啡，因为我们的联系一直没断，我喜欢和他聊天。但他还是不肯露面，他说他对我的评价很高，担心若是我们见面，发现我不是他期望的那样，或者他不是我期望的那样，想象中的失望就会接踵而至，而他不想经历这种情况。他这辈子承受的失望已经超过了他的承受阈值。

我明白，幻想总是神圣的，这个世界已经太过真实了。

汤米说他现在爱上我了，我也说了同样的话。他再三感谢我救了他的命。我提醒他，我并没有做什么，只是为他指明了正确的方向，是他自己救了他自己。

"不，"他说，"是你救了我的命。"

唉，英雄总是孤独的。一旦你成为英雄，就没有人会帮你了。

作为我在救护车上分享的故事的交换，尼娜向我分享了她的人生。

她从小到大唯一的梦想就是成为一名医生。但她的有机化学成绩很差，所以这个梦想破灭了。她对自己的人生并没有备用计划。她和父母住在纽约东区，生活得不是很愉快。她漫不经心地反复说她很沮丧。今晚我问她是否有自杀倾向，她耸了耸肩。阻止她自杀的是她对死亡的恐惧。

在她说了这句话之后，我并不十分担心她会自杀。公开谈论自己抑郁的人，比那些默默承受然后采取行动结束生命的人更不可能自杀。一位来自贝尔维尤的精神科医生在公园坡的继续医学教育培训课上向我们阐释了这一点。

这位心理医生说，当经历心理健康危机的病人说他们有自杀倾向时，并不意味着他们想死。他们的意思是他们不想再过现在这样的生活了。

那天晚上，在我们把一个受轻伤的病人送到医院后，我看到"拥抱者"站在创伤室外面。这是"纤薄之地"的爱尔兰魔法。我跟尼娜说过他，所以现在他出现了，可以说是我让他显形的。

尼娜把担架清理干净。我走到他面前，他是个中等身材的白人，拥有犹太血统，我之所以知道是因为他经常说在犹太节日不工作，他给了我一个非常热情的拥抱。在拉斐尔告诉我他是"扫帚人"后，我对他就有了新的认识。今天晚上，他直直地盯着我，但他并不是在看我。他的眼睛是清空了的建筑，没人在里面。

我在他面前摆了摆手，说："嘿。"

"噢，嘿。"他说，突然振作起来。他抱了抱我，而我能感觉到尼娜的视线落在我的背上。

"你这是怎么了？"我问。

"就是过了一个糟糕的夜晚，"他指着那间满是护士和医生的创伤室说，"这人是我带来的。"

"发生了什么事？"

"有人跳楼，还是一个年轻的姑娘。她企图自杀。"

"噢，天啊。那她成功了没？"

"我不知道，我们已经尽力了，我们给她做了心肺复苏。现在他们正在抢救她，但因为她是头着地的，所以半边脸都没了。她没了半张脸，这真是一个糟糕的夜晚。"

"那真是太可怕了，我很抱歉你必须目睹那一幕。这是你处理的第一个跳楼自杀者吗？"

"我吗？不是。我见过被砍头的人、死掉的孩子，还在地铁见过被砍成两半的人。这些我都见过。"

"明白了。好吧，我还是为你感到难过。"

"谢谢你，"他说，然后他重复了第3次，"这真是一个糟糕的夜晚。"

我们的担架清理干净了。我脱下手套，和这个受到重大打击的警察告别。尼娜和我走到外面。

"那就是'拥抱者'，"在我们把担架推到救护车里时，我对她说，"或者说是'扫帚人'。"

"我看到他抱你了，他喜欢你。"

"不，他不喜欢我。"

"珍妮弗，他抱了你。警察从来不会抱人。"

这倒是真的。尼娜和我不知道那个警察的名字，所以我们给他起了一个，叫拉里，他看起来和这个名字很配。

随着时间的推移，我通过名字和单位编码认识了我们地区的其他第一急救员——为消防局、私营公司和医院救护车服务的急救员和护理人员。我期待着在街上看到他们，期待与他们组成一个相互联系、不守规矩的大家庭，共同应对紧急情况。

在全国范围内，急救服务的工作人员主要是男性和白人。纽约市的第一急救员和护理人员则呈现出反常的种族和性别多样性。和我们并肩工作的消防局急救员大多数都是二十来岁的年轻小伙子，来自不同的种族和国家。他们中的许多人从斯塔滕岛通勤到布鲁克林，和他们的父母住在一起，因为他们负担不起独自生活的花费。大部分消防局的男性第一急救员都渴望成为消防员，这样他们就可以拿双倍的工资、干更少的活儿（对不起，但我并不感到抱歉）。这是他们的原话。

相比之下，乘坐消防局救护车的女性第一急救员要么是想在医学上有所提升并成为护理人员的急救员，要么就已经是护理人员、队长或现场主管了。我在街上遇到的女性第一急救员或护理人员都没人表现出想成为消防员的意愿。

这并不奇怪。

在全国范围内，消防员仍是一个由男性主导的职业。几十年来，纽约市一直是全国所有主要部门中女性消防员比例最低的城市。1982年，纽约市消防局的第一批女性消防员宣誓就职，这要归功于一项对该部门提起的歧视诉讼，指控那些想成为消防员的女性受到了骚扰和敌视。尽管近年来该部门的女性人数有所增加，但截至2018年，纽约市消防局仅有3.1%的消防员是女性。

相比之下，在急救服务业，有大量的女性救援人员，而且在我们这些女性第一急救员之间明显存在一个"丫丫姐妹会"[①]。

在这个领域，我最喜欢的一位女英雄是一名叫拉芙琳的纽约市消防局护理人员。她的裤子非常合身，这让我很羡慕。拉芙琳非常能干，不遗余力地指导我们这些女性第一急救员。在治疗病人的时候还会给我们分享一

---

① 此处的"丫丫姐妹会"来自《丫丫姐妹会的神圣秘密》这部影视作品。

些医学趣闻，还关心我们的工作进展。

每当我们去执行重要的任务，看到拉芙琳在现场，尼娜和我就想，呼，拉芙琳来了，一切都会好的。

有一次，莱克西和我与一家医院的第一急救员一起出任务，因为病人处于意识状态改变（AMS），这是大脑所处的一种危险状态，通常意味着更严重的医疗问题。我们的病人是一个身材矮小、说不出话来的男人，他在自己的厨房里放了一把火，现在整个人闻起来像根烧焦的木头。在救护车上，他无法回答我们用来评估病人心理定向的 4 个问题中的任意一个。

你在哪里？这针对地点。发生了什么事？这针对事件。今天是什么日子？这针对时间。以及我个人最喜欢的问题：总统是谁？这针对人。

在特朗普执政期间，人们对最后一个问题的回答总是特别有意思。我听到过那些精神恍惚、徘徊在死亡边缘的病人是如何潇洒而很有个性地回答这个问题的。

"是的，我知道那个该死的混蛋是谁！不要让我死在他在任的时候！"
"是的，他想把我们驱逐出境。他要把我们的孩子关到笼子里。去医院会给我带来麻烦吗？"

不会，如果你是非法移民，去医院不会给你带来任何麻烦。急诊室不会询问你的移民身份，急诊室必须帮助任何需要医疗服务的人，不管他们是否有医保。当被急诊室问及医保时，你不必提及你的居民身份，你可以简单地说："我没有资格获得医疗保险，我不想申请。"

那天晚上，我们的病人迷迷糊糊地盯着救护车的后面。医院的一名第一急救员怀疑吸入的毒烟使他出现了精神状态改变。很快，拉芙琳抵达现场，爬上了我们的救护车。她看了看这个病人。

"我认识他，"她说，"嘿，哈维，你怎么了？你今晚喝了什么？"

"伏特加。"他说。他之前还拒绝回答我们问的问题来着。

"他是个常客，"拉芙琳对我们说，"他不是精神状态改变患者，他是醉酒者。你们不需要我处理什么，他会和你们说的。但要注意，他喜欢动手动脚。"

当拉芙琳转身并弯腰从包里拿东西时，哈维的手直接摸上了她的屁股。我抓住他的胳膊，把他的手放回到他腿上。他立马又把手放到拉芙琳的屁股上，就好像他的胳膊放在一个卷曲的弹簧上。

"你可真爱动手动脚,"说着,我把他的手再一次从拉芙琳的后背上移开,"听着,烟灰熊,这里不是脱衣舞俱乐部。管住你的手。"

作为女性,我们不得不忍受街上从四面八方扑来的男性不文明行为。美国公务员领域的发展,并没有跟上现代社会的步伐。

听听这个故事吧。我认识的一位女性第一急救员,她的男性搭档是个可怕的怪人。在工作间隙,他一直观看妇女受伤的视频,还把音量调到最大,所以她连续8小时听到的都是女性痛苦的尖叫声。他反复问她想不想看这些视频,她只能再三拒绝。

这就是她的搭档。

"我只能将自己抽离出来,"她说,"努力假装什么都没发生过。"

当这种做法不再奏效时,她告知了她的男上司搭档的问题,提出想换一个搭档。他伸出摊开的手掌说:"别说了。如果你坚持告诉我这种事情,我就必须上报,并采取一些措施。"

我都没办法告诉你,在多年的工作生涯中我有多少次从男上司那里得到这样的回应。发生在她身上的事情,也发生在"我也是"运动(MeToo,美国反性骚扰运动)中,大多数女性在职业生涯的某个阶段都经历过这种情况。

既然是这样的反应,那为什么还要上报这种行为?起诉也无济于事,结果可能与你的意愿背道而驰。在我的工作生涯中,我见过一些女性在性骚扰诉讼中胜出,结果却发现没有人再愿意雇用她们,因为现在她们被贴上了"如果你用调笑的眼神看她,她可能会起诉你"的标签。

整个情况令人作呕。有问题的从来不是摸你屁股的家伙或在救护车上观看虐待色情片的家伙,有问题的是说出这种事的女性?讲故事的人受到了迫害,这都是我们的错?我们太"情绪化"、太"敏感"了,我们都"疯了"?

我只能说,似乎是上帝禁止男人做出改变。

不仅仅是女性在街上遭受了残忍的、非同寻常的待遇。卢娜告诉我,人们经常打电话给调度中心,报告针对黑人和棕色人种的模糊的非紧急投诉，这让她很难过。这样的投诉包括"黑人男子聚会""西班牙裔女性看起来很可疑""有大麻的味道"。

我们也经常从无线电中听到这样的呼叫。聚会有什么问题吗？是什么让这些西班牙裔女性看起来很可疑？吸食大麻在纽约市是非法的，但拜托，这又不是凶杀案。我的家乡加利福尼亚有一半的人嗑药……打电话的人难道就没别的事情可做吗？

卢娜觉得打电话的人没有意识到，当他们向调度员提出毫无意义的投诉时，他们是在把整个群体置于危险之中。或者说，他们心知肚明。她说，有时候，当他们描述所谓的不法分子，随意抛出"荡妇"和"犹太鬼"等有辱人格的字眼时，她能从他们的声音中听到仇恨和恐惧。她希望人们不要再给调度员打电话抱怨这些事情，她希望人们能提供比"黑人男性"或"西班牙裔女性"这些只瞄准人种族、性别的更好的描述。

我非常赞同这一点。

我的无数黑人男性朋友被警察无情地拦下，只因为他们"符合描述"，这不禁让人疑惑：他们究竟符合什么描述？调度员注意到警察被派去确定人的种族，但他们并没有被要求写下报警人的种族。

我很想看看这些数据。我有一个可怕的怀疑，像我这样的白人妇女拨打了数量惊人的垃圾电话。例如震惊世界的"艾米·库珀事件"[①]，白人妇女拨打911，谎称她和自己的狗受到了黑人男子的攻击或威胁，而黑人男子只是在中央公园观鸟。

要是那些报警者了解真正的暴力就好了。

针对急救员和护理人员的暴力，是街上另一个未被解决、未被提及的重大问题。美国国家救护员协会（NAEMT）发现，4/5的护理人员都曾因工作而遭受过某种形式的伤害，这些伤害中大部分（约52%）是由病人袭击造成的。紧急医疗服务人员受到袭击的比率是所有其他职业的22倍，对第一急救员和护理人员的致命袭击比美国全国各类案件中的平均水平高3倍。病人对医疗急救人员造成的伤害一般比较严重，有时甚至会致残，而其中许多伤害都没有上报。

[①] "艾米·库珀事件"，也称"纽约中央公园种族歧视事件"，2020年5月，一名白人女性遛狗不拴狗链，却谎称遭非洲裔男子袭击，从而引发了美国国内强烈的反思种族歧视浪潮。

已知的例子来自我当年在公园坡参加的一次急救服务会议：第一急救员被病人击打头部，导致眼睛上方撕裂；在与病人搏斗过程中，胳膊、下巴、胫骨和胸部受到重击；被一名醉酒病人打到脸部；被一名身材高大的病人撞倒，造成胸部挫伤；被一名病人撞倒，导致膝盖受伤；送病人去医院分诊时被打伤眼睛；被病人用头撞碎下巴。

这就是当政客们认为急救服务与其他类型的急救工作"不同"、危险性较低时，作为第一急救员和护理人员的我们觉得深受打击的原因所在。正如一名消防员在我向他描述一个暴力的夜晚时所说的那样，"人比火灾更可怕"。

通常情况下，我们不会和上司谈论这些问题，而只是汇报我们在救护车上受到的攻击。

"珍妮弗，我们能去看你吗？"尼娜在11月的一个灰色星期六疯狂地问我，"希普和我刚刚经历了最糟糕的任务，我需要大哭一场。"

"当然可以，"我说，"过来找我哭吧，我的新娘。"

当时我正和我的朋友安娜医生在公园坡的一家美甲店，她是一个红头发、长雀斑的临床社会工作者、心理医生和创伤专家，看起来就像我的双胞胎姐妹，只是个子比较矮、留着刘海。

"我的急救员搭档待会儿过来，"我在美甲店里告诉她，"她遇到了一些不好的事情，很难过。"

"噢，不，"安娜说，"我等不及要见她了。她就是和你一起健身的那个人吗？"

"不是的，那是莱克西，我们一起做比基尼体操锻炼。这是尼娜，就是我在'照片墙'上发的万圣节照片中戴着狗面具的那个。"

这个11月的星期六，参考《四与二十只黑鸟馅饼烘焙书》，我烤了一个咸蜂蜜馅饼。我一个人吃不完这整块馅饼，所以我打算去见希普和尼娜的时候把馅饼带上，留给他们在救护车上吃。

几分钟后，他们穿着制服走进美甲店。店里所有的女人都停下了手头的工作，原本在工作的亚裔女人、白人女性都在盯着他们看。我穿着豹纹裙站起来，拖着纸拖鞋向他们走去。我把馅饼递给希普。

"是咸蜂蜜味道的。发生了什么事？"

"太疯狂了。"希普说，他的眼睛睁得像飞碟一样圆。

尼娜转述了这个故事。我还从来没见过她这么震惊。

显然，他们接到了一个醉酒者的任务。刚到现场的时候，并没什么特别的情况，就是一个家伙拄着拐杖，喝了一些酒，在大西洋大道上耍酒疯。这其实是警察的工作，但警察不想处理，所以他们让希普和尼娜把这家伙送到医院进行醉酒治疗，好让他醒酒。

尼娜告诉病人他们准备去最近的医院，他对此很淡定，所以当警察问他们是否需要警察护送时，他们拒绝了。但一等他们坐上救护车，希普开车朝医院行驶时，事情就变得充满暴力。

一旦你和病人单独待在救护车上，情况就会变得很糟糕。

在运送过程中，这名男子说他想去另一个急诊室。当尼娜解释说他们不能这样做并且已经快到医院时，病人被激怒了。他解开绑在担架上的带子，站了起来，从醉酒升级为全面暴力的精神紧急情况。他咒骂尼娜，把他的手杖当成武器，到处挥舞，企图打她。她尖叫着求救。

坐在驾驶座上的希普拉响警笛，向急诊室飞快驶去，用无线电向调度中心呼叫 10-85。10-85 的意思是急救小队请求警察支援，这个代码大致可翻译为：立刻派警察过来，马上派警察来，急救人员已经失去对局势的控制并需要帮助，情况已经演变为暴力事件。无线电代码 10-85 和 10-13 意味着公共服务人员有立即死亡的危险。

希普先警察一步到达了急诊室停车位，他们带着这个暴力的病人跑进去寻求安全。

不赶巧的是，在这个特殊的日子里，这家医院的保安是一个瘦小、有礼貌的老人。这种情况下，你需要一个强壮的警卫或警察来控制病人，这样才有足够的时间让医生和护士进行分诊并给他注射镇静剂。在分诊室，病人继续表现失常，而尼娜努力向护士报告情况。

就在这时，一名急诊医生突然出现，向我心爱的人儿大发雷霆。

"你为什么要在没有警察的情况下把有暴力倾向的病人送到医院来？"他当着整个急诊室人的面，对尼娜大吼大叫，"你不清楚你们的行为准则吗？你连你的工作都干不好！你在危及这里每个人的安全！你是不是有什么毛病？我要给你们的主管打电话！"

尼娜被激怒了，她也吼了回去，两个人在急诊室里吵得不可开交。

希普默默地站在尼娜身边，每当她走近医生，他就扯着她的衣服把她往后拉。

听了这个故事，我更爱尼娜了。她身形娇小，有着森林精灵般的身材，所以人们误以为她很胆小。但她性格非常刚烈，在救护车上被袭击后，又对急诊医生大喊大叫，这才是我的好姑娘！

最后，警察和警长赶到，解决了这个问题。受到羞辱的尼娜泪流满面，哭着跑出了急诊室（这样也是我的好姑娘）。警长走到外面，试图安慰她，但她太委屈了，不想让任何人靠近，只想尽快离开医院。

在美甲店，我抱了抱不喜欢拥抱的尼娜。希普偷看了装馅饼的袋子一眼。"我可怜的宝贝。"我说。

"珍妮弗，"尼娜现在稍微平静了些，说道，"这太让人难堪了，每个人都看着他对我大吼大叫。我再也不想去那家医院了，我讨厌急救服务。我们为什么要做这份工作？"

"因为我们还爱它，我们和它是一种相爱相杀的关系。"

希普和尼娜回去工作了，我回到安娜身边。

"你的搭档还好吗？"她问，"她看起来很沮丧。"

"她会好起来的。她受到了袭击，这种事经常发生。"

说句题外话，2019年的一个冬夜，尼娜和我在暴风雪中的救护车上工作，其实那更像是一场雪暴。从我家到基地的20分钟车程，我们花了2小时。

与天气有关的紧急情况占据了无线电：被切断的电源，倒掉的树木，骨折和摔伤。

狂风猛烈地冲击着救护车，让它摇晃起来。一碰到恶劣天气，我们的制服就成了摆设。我们在冬天冻得要命，夏天则汗流浃背。我想不明白设计师是如何设计出这种既不实用又丑陋的制服的。公园坡给我们发了羽绒服，这很有帮助，但我主要是腿冷得不行。

在工作方面，我对这个暴风雪之夜基本没抱什么期望。我只希望积雪很重的树不要砸到救护车，或者砸到我们。突然，一只流浪猫在我们的低光灯前蹒跚着穿过街道，尼娜悲伤地号啕大哭。

尼娜这个人重视动物胜过人。她可以在处理心脏骤停病人或病人死去时不掉一滴眼泪，但哪怕只是看到一只流浪猫穿过街道，她都会崩溃。每次她来接我去轮班时迟到，都是因为她在给她的狗洗脚。

"哦，不！"她在这个风雪交加的夜晚哭了起来，"珍妮弗，看那只可怜的小猫咪！它独自在暴风雪中。要是它被车撞了怎么办？谁会来帮它？它的家人在哪里？"

我把目光从手机上移开。"那是一只猫。"

"我知道那是一只猫，但你看看它，它看起来那么孤单。它肯定冻坏了。"

"它有毛。你为什么不当兽医呢？你那么喜欢动物。"

尼娜说她永远不可能成为一名兽医，因为那样她就不得不眼睁睁地看着她的毛茸茸朋友们生病或死去。另外，因为兽医需要接受大量的医学教育，而尼娜也逐渐接受了学校不适合她的事实。

轮班快结束时，我们带着一个病人去了医院，他的身份信息和病情我都记不清了，貌似是脚手架被大风从高楼上吹落砸到了这位伤员的头？我想不起来了。

不管是什么，在急诊室的分诊室，我们遇到了我们喜欢的一名消防局的现场主管，一位50多岁的黑人队长，穿着消防战斗服，满头卷发上落的雪花闪闪发光。她干这行已经不止20年，复姓约翰-尼科尔斯。看到我们，她似乎松了一口气。

"姑娘们，你们今晚在外面要小心点，"她说，"有很多树倒了。"

"我不是开玩笑啊，"我说，"但您有没有收到树倒在猫身上的急救任务呢？"

"没有，"约翰-尼科尔斯说，"但我收到了树倒在女士身上的急救任务。"

"啊，这也太可怕了。"

尼娜看着地板说："那只可怜的小猫。"

这就是我们的夜晚。这就是我们大部分的夜晚，处理的都是醉酒者、性侵犯者、有暴力倾向的病人。这才是99%的急救世界。

更让人沮丧的是，每次我不在，尼娜和别人（比如内森）一起轮班时——嘭！在我们这个很少听到枪声的地区，无线电里传来枪击呼叫，最后他们给一个创伤性心脏骤停的枪击受害者做心肺复苏，第二天早晨报纸上刊登了他们的照片，他们看起来就像英雄。在我最喜欢的一张他们两人出现场的照片中，可以看到尼娜在一辆敞篷救护车内为枪击受害者做胸外按压，而内森背对着救护车站在街上，帽子翻起，看起来就像是在夏威夷度假。没什么事情能让内森惊讶，这家伙见过太多的大风大浪了。

想到查德是内森的固定搭档，我立即在新闻的电子照片上涂鸦，加上文字标题，然后发给他。标题上有指向尼娜和内森的箭头，上面写着："我的搭档在做心肺复苏，而你的搭档在放松。"

查德笑了起来："典型的内森做法。我爱他。"

享受"街头婚姻"的不仅仅是我们这些女性搭档，查德和内森也是彼此依赖的"街头丈夫"。

至于我什么时候才能得到梦寐以求的重要任务，急救服务这个职业可不会让你能提前做好准备，因为当街道把最可怕、最疯狂的不确定情况抛给你时，它才不会考虑你有没有丰富的急救经验。有些第一急救员工作多年，却没有经历过一次有挑战性的轮班，而有些人在上班第一周就赶上了"9·11"事件。

我已经在救护车上工作好几年了，但仍然没有碰到心脏骤停或更紧急的任务。我和其他人比较了一下，感到很绝望。我开始觉得99%的任务把我搞得疲惫不堪。我觉得自己像个骗子，经常说自己是个冒牌的第一急救员。

"我不是真正的紧急医疗救护技术员。"一天晚上，我在急诊室里对拉里说。

现在我知道"拥抱者"的名字了——塞巴斯蒂安，但我仍叫他拉里，他也同意我这么叫。我还发现，因为他告诉我，他的婚姻很不幸（"留住她比离开她更划算"），他有一个年幼的儿子（"他是我的心肝宝贝，是我活着的理由，是我存在的痛苦之源"）。这使那名警探关于他和母亲同住的推论漏洞百出。

拉里和我时不时地发短信。有一次，当我不在救护车上工作时，他在街上碰到尼娜，问我在哪里。我当时在巴黎。她对他说，我跟她说过他，他是那个拥抱别人的警察，她亲眼见过他抱我。

"我确实不喜欢抱别人，"他说，"我只抱珍妮弗，她不可能不喜欢。"

不可能不喜欢！然而很多人都成功地完成了这项不可能完成的任务。

在向他解释了大约 30 万次我不会和他上床后，拉里接受了这个事实，我们陷入了戏谑的文字同志情谊。

"你说你不是真正的紧急医疗救护技术员是什么意思？"今晚在我抱怨自己是个骗子后，他在急诊室这样问，"如果我在工作时中枪了，你会为我做心肺复苏，对吧？"

我耸了耸肩。"也许吧。我很确定我记得该怎么做。"

公园坡的每个人都向我保证，我是一名了不起的紧急医疗救护技术员。但我仍然是一张白纸，到现在为止，我所有的任务都是小打小闹，最严重的也只是吸毒过量和中风，仍然没有碰到心脏骤停。

尼娜说："珍妮弗，我不知道该怎么跟你说，病人看到你，他们只想活下来。"

"会碰到的，"莱克西和奥斯汀向我保证，"你会碰到心脏骤停任务的。"

值班人员罗伯特说："处理心脏骤停很容易，因为病人已经死了，最糟糕的事情已经发生了。你不会把事情搞砸，只会让情况变得更好。"

也许是我的运气不好。每个人都告诉我要有耐心，总会碰到的。他们是对的，我仍然是一张白纸。直到有一天，我如遭雷击。

7 噢，糟糕

我第一次驾驶救护车，后车厢就坐了一名危重病人和两名护理人员，我被吓得差点尿裤子。

作为公园坡的紧急医疗救护技术员，我驾驶救护车已经差不多有6个月了。新手紧急医疗救护技术员开始时是担任技术员——坐在副驾驶座上，负责现场、运输过程中的病人护理，以及大多数时候，填写病人的病历表。做完技术员后，我又接受了驾驶培训。在紧急医疗服务中，司机在许多情况下都是车上更有经验的第一急救员。两名救援人员要么是紧急医疗救护技术员，要么是护理人员，所以虽然人们经常叫我们"救护车司机"，但其实并不存在这种职称，这种叫法反而是对我们的一种侮辱。至于驾驶救护车，人们认为我们堪比赛车手马里奥·安德烈蒂，可以在交通繁忙的街道上飙车。但事实上，驾驶训练既短暂又令人不寒而栗。

起初，我们参加了一个名为"指导紧急车辆操作员"（CEVO）的短期课程，即训练急救车辆操作员驾驶救护车。这门课只有几个小时，其中包括了解极没意思的已知事实。

首先，紧急车辆交通事故是一个全国性的问题。据估计，消防车、救护车和警车等司机的死亡率几乎是全国平均水平的5倍。由于第一急救员在紧急情况下驾驶速度更快，若遇到交通事故往往会导致重伤或死亡。

救护车事故是一种特别令人心痛的机动车相撞事故，因为后车厢会有一名或多名救援人员和一名情况已不怎么良好的病人。一项全国性的研究发现，84%的急救人员在救护车后车厢里没有系安全带。我在做运送工作时系过安全带，但那是因为我很少（从未）在去医院的路上护理病人。

在紧急情况下，我在后车厢就从来没系过安全带，我们谁都没有。我们忙着给病人固定住非重复呼吸面罩、绑好四肢、清洗伤口，给病人递上尿壶和呕吐袋……在担架上方不停操作照顾病人的程序。当司机遇到减速带时，我们经常随着车厢上方的拉手晃动，把靴子的钢趾卡在担架下面以防跌倒。尽管病人被3条或更多的带子绑在担架上，但在44%的救护车相撞事故中，病人都会被从担架上弹出去。想象一下，你因生病或受伤被绑在担架上，然后你的救援人员出了车祸，你从救护车的后面被"吐"了出去。这简直就是双重灾难。

指导紧急车辆操作员的培训课程中有一个驾驶视频，其中引用的例子都是真实案例。我们要学会如何防御性驾驶，即在救护车和周围车辆之间留出足够的空间；如何在紧急状态下检查交通模式；以及如何在遵守交通规则的同时分析司机对警笛的反应。

在纽约市，警笛声太过普遍，以至于人们很少（如果有的话）能有效地对它做出反应。许多司机停在红灯前，一辆救护车跟在他们后面狂按警笛，他们不知道自己应该这么做：小心翼翼地通过红灯并靠边停车，为我们让开该死的路（抱歉，没能控制住脾气）！他们只会彻底无视警笛声。还有一些人开到救护车旁边追赶救护车，使救护车将车速提高得不能再提高——这就是从而有了"救护车追逐者"这个说法。

美国运输部也提供了同样的在线课程，所以对于指导紧急车辆操作员考试，我是胜券在握。但公园坡还播放了一段与驾驶救护车有关的教育性恐怖视频，作为驾驶员培训课程的补充。

有人关了灯。黑暗中，一名急救员出现在屏幕上，缓缓道来他职业生涯结束那一天的痛苦细节。我捂住眼睛，耳边传来一个男人的悲伤声音：他和他的搭档在去工作的路上，穿过一个十字路口，撞上一辆车，害死了正在开车的女人。

这位第一急救员——前第一急救员，最初被指控过失杀人。后来，医学委员会证明他无罪，但他的良心挥舞着法槌判定他永远有罪。"这是一种心理障碍，"他在视频中说，泪水夺眶而出，"我经常做噩梦，在噩梦中见到那个女人的脸，就在我撞上她之前。我们不想伤害任何人，但我夺走了一条人命。"

指导紧急车辆操作员的课堂内容结束后，在哈特福德和莱克西的指导下，我进行了实际的路试。我们一群急救员来到基地外，在一个障碍赛场上开车。我们以"之"字形驶过交通锥，而哈特福德为我们计时。我们必须假装每个锥体是一个人，所以若是我们撞到了锥体，我们就杀了人。

可以想象这件事非常轻松。

哈特福德和莱克西在救护车上装了后置摄像头，我们必须利用作为观察者的搭档和侧后视镜将救护车倒进车库。我们学会了如何使用警笛：左手掌控方向盘，右手操作警笛和汽笛。我们花了大约10分钟完成了这个障碍赛，这就是我们驾驶培训的内容。我通过了指导紧急车辆操作员的路试，这是我参加过的唯一希望自己通不过的考试。

莱克西小时候出过一次严重的车祸，所以每次我开车的时候她都很紧张。她喜欢掌控一切。尼娜则相反，她讨厌开车，经常撞到东西。"在公园坡，谁都没有我撞过的东西多。"她说。

的确如此。

一开始我只开车去任务现场，不运送病人。我们就是这样一步步学会所有的。莱克西帮我控制警笛，因为我需要花点时间来掌握一只手驾驶救护车的同时在拥挤、不合作的车流中操纵警笛的窍门。救护车上没有内置的全球定位系统，我们只好用手机在谷歌地图或位智地图上标出任务地点。公园坡的一些急救员对覆盖辖区了然于心，他们不用看地图就能赶到紧急情况现场和医院。但我还没有记住所有必要的位置，所以很多时候我都得指望我的手机。

我对尼克说，我害怕在驾驶救护车时迷路。他告诉我要记住所在辖区的所有街道，他当警察的时候就是这么做的。他对自己的辖区了如指掌，以至于他的同事都认为他是内务部的告密者。大多数职业的第一急救员都对他们的辖区了然于胸，给他们一张纸，他们不用地图就能画出每条街道、医院、监狱、流浪人员收容所、楼区和常去的建筑物。"敏感地址"就是这些地点在无线电中的叫法，描述的是长期拨打911的人居住的地方：通常是像情绪抑郁患者或家暴投诉者这样的人。

他们所在区域的许多第一急救员与社区成员、病人和经常拨打911的家庭有着密切的联系，以此减少潜在的暴力和误读场景，这对参与紧急情况的每个人都有益。街上的第一急救员可能读书也可能不读书，但他们的工作一直在读人。阅读能力很重要，最好的第一急救员都是优秀的"读者"。

作为训练的一部分，莱克西和尼娜让我开车一一拜访我们地区的所有医院，把车停在不同的急诊停车位。有些车位要求我必须并排停车，有些车位需要我停在街上，还有一些车位需求我必须倒车，另外一些车位则是其他救护车旁边的狭窄空间。在最常去的一家医院，我们的两辆救护车根本挤不进一个发霉倒塌的遮阳篷。几个星期后，公园坡允许我开车了。

我对此很害怕。

我的"老婆们"说我是个好司机。但每次一坐到方向盘后面，我就口干舌燥、双手冒汗，感受到纯粹的、未经过滤的恐惧。并排停放的车辆是我最害怕的东西。我害怕在去医院的路上迷路，而生命垂危的病人就在救护车的后车厢。我听说过这样的事情：护理人员为心脏骤停的病人做心肺复苏，而迷路的司机却在街区转悠。这可是人命关天的时刻啊！一想到这种情况若在我开车的时候发生，我就异常焦虑。我害怕撞上什么东西，也害怕撞到人，还害怕整辆救护车翻车，害死车上所有的人，包括待在后车厢的搭档和病人。

一天晚上，我在街上碰到了MJ。她和内森一起轮班。MJ现在也开车。"我今晚要开车。"我抱怨道。

"我也是！"她说，"我超喜欢开救护车，真是太让人兴奋了！"

真是太让人兴奋了？！她是疯了吗？我不敢相信她竟然是这种感觉。我怎么没有这种感觉？我想，也许是因为我们是不同类型的阿尔法女性[①]。MJ天生无所畏惧；我是——我不知道我是什么，但绝对不是天生勇敢。我的驾驶恐惧亦非女性专属。

每当我看到消防车在街上狂奔、肆无忌惮地闯红灯、无拘无束地穿过车流，就好像司机行驶在内布拉斯加州宽阔的公路上一样，我就猜测司机很勇敢。但在和一些消防员交谈后，他们告诉我事实并非如此。

许多消防员都害怕驾驶消防车。他们中的一些人在轮到他们出勤和驾驶时总会犹豫不决，不敢登上消防车。他们把这些人淘汰出了消防局。当你的同事被恐惧禁锢时，你是无法在紧急情况下将你的安危托付给他们的。而且他们一直在撞东西。

"一直都是。"一个家伙告诉我。

和莱克西轮班的一个晚上，我最大的恐惧具象化为做一名司机。我们和两名消防局救护人员合作完成了一项任务。其中一名护理人员是一位和蔼可亲的白人，名叫蔡斯，他的结婚戒指有一个螺帽那么大，待人很热

[①] 指许多方面的能力和表现都在同龄男性之上的年轻女性。

情。他的搭档是一名高大的黑人救援人员，我一直不知道他的名字，但我很喜欢他，因为他总能领会我的俏皮话。

作为纽约训练有素的护理人员，消防局的救援医务人员是护理人员中的精英，他们接受过挤压伤、危险品操作、密闭空间紧急情况、壕沟作业和高角度救援方面的培训。他们以傲慢和趾高气扬著称，但除了友善，我真没见过这些第3轮轮班的家伙有别的表现。

看到公园坡第一急救员赶到现场，街上的大多数单位都表示高兴和欣慰。也许这是因为比起大多数急救组织——包括纽约市消防局，我们的救护车上有大量医术高明的救援人员。要是我再需要救护车，我就会给公园坡打电话。我在该机构的两名立志成为医生的前搭档正在医学院求学，其他人是护士，还有一些是护理人员。我是危机沟通人，所以警察很高兴在情绪抑郁患者呼叫任务中看到我。比起需要直接动手操作的医疗任务，我更喜欢心理急救，更进一步，我喜欢协助救援人员工作，因为他们接到的呼叫任务往往情况比较严重，能提供学习新技能的机会。

在那个命中注定的夜晚，我们的病人是一位70多岁的白人妇女，我们发现她坐在自家客厅里，陪伴她的是对她宠爱有加、穿着拖鞋的丈夫。当我们4名第一急救员抵达现场时，她表现得像个中风病人。我已经憋尿憋了半个小时，本来是要去基地上厕所的，但后来接到了这个任务，所以现在我有点尿急。

救援人员评估了病人的情况。她的情况很不好，无法抬起双臂，也无法在一只手臂摇摆的同时举起另一只手臂（失败）。她的握力强而平稳（通过）。她的笑容也是如此，没有面部下垂（通过）。但她几乎不能说话，言辞含糊（失败）。她并没有完全达到辛辛那提院前卒中量表（CPSS）标准，但也没有以优异的成绩通过。因此，我们不能排除中风的可能性，她现在的情况介乎两者之间。

我们向她的丈夫了解情况。她丈夫说，为了缓解慢性疼痛，她服用了他们儿子从加利福尼亚邮寄来的一些大麻二酚（CBD）油。我要求看一下这个油。

与服用大麻二酚油有关的911紧急呼叫在街上的势头越来越猛。从大麻中提取的大麻二酚被认为具有药用价值，可以帮助人们缓解疼痛，但它不会让人兴奋，许多医生都推荐它，因为导致人兴奋的是另一种被称为四氢大麻酚（THC）的大麻素。

在厨房，兴奋的患者丈夫给我看吃了一半的布朗尼蛋糕。

"她吃了这个？"我问。

"我们俩都吃了。"

"你确定这是大麻二酚而不是可食用大麻吗？"

可食用大麻指将大麻烘烤到食物中，是吸食大麻的替代品。如果你吃了这个布朗尼蛋糕，你就会变得兴奋。

这家伙不知道其中的区别。加利福尼亚大麻的特点是，这玩意儿效果很强劲。而且大麻二酚油是不受管制的，你永远不知道你拿到的是什么，让这个女人的症状成为所有服用者的教训吧。显然，病人对这种"大麻二酚"布朗尼蛋糕的反应太过强烈，导致她像喝醉了，还让我们怀疑她中风了。

我们4个人把她抬到一个折叠式搬运椅上，用床单包起来。病人死沉死沉的，哇，她真的好重。

不知何故，当需要把她抬上几级楼梯时，我精神抖擞地站在折叠式搬运椅的头部，而蔡斯站在脚部。黑人医生走到一边，拿起我的包，让我做更辛苦的体力活儿。我跟跄了一下，差点摔倒在台阶顶上，但谢天谢地，我还是成功地走到了人行道上。当把病人放下来时，我气喘吁吁，腰酸背痛。我用袖子擦了擦汗湿的额头，对护理人员说："非常感谢你让我抬病人。绅士风度已经死绝了。"

"绅士风度已经死绝了！"病人的丈夫笑着尖叫起来。

我有理由相信他是嗑药了。

蔡斯看着我，指导道："你个子高，所以下次记得抓住折叠式搬运椅的脚，我来抓头。你应该一直在下面。"

我应该一直在下面。

在外面，我惊恐地发现，莱克西和救护人员正在把病人送进我们的救护车，而不是他们的。护理人员想在后车厢处理病人，莱克西则开着他们的空救护车去医院。噢，糟糕！这意味着我将驾驶救护车运送两名救援人员、可能中风的病人和她的丈夫。意识到这一点后，我被吓得差点尿裤子。我当然也运送过病人，但没有一次是有时间要求的，而且后车厢也没有这么多的第一急救员和家属，通常只是我一个人的独角戏。

我吐出一口气，爬上驾驶座，然后用无线电通知调度中心，我们是代码82，正和车上的医务人员一起前往医院。护理人员已经通知了急诊室，因为中风患者若是有机会在没有持续受伤的情况下活下来，就需要立即进行脑部扫描和药物治疗。这种压力是巨大的，直到现在我才知道。

慢慢地，我把车开到街上，开始自言自语。我假装自己是MJ："我喜欢开救护车，这太让人兴奋了。"

起初，一切都很顺利。然后我拐进了一条极其狭窄的街道，两边都是并排停放的车辆，在这条街上开救护车，就像把一个超重的人塞进孩子的衣服里！两边都是车，大肚子救护车根本不可能挤过去，在我还没意识到之前——"砰！砰！"我撞到了什么东西，应该是很多东西，我肯定撞掉了3辆汽车的后视镜。我有点尿裤子了，但仍然在开车。蔡斯站起来，把头探进前舱。

"我们是不是撞上什么东西了？还是丢了一个氧气瓶？"

我几乎无法呼吸。我想知道自己是不是死了。"没有，一切正常，"我说，"我们很好。一切都没问题。"

他回去工作了。我像在分娩一样吸气和呼气，我尿裤子的次数更频繁了。我离开了那个街区，拐进一条更宽的街道。我从未如此高兴地看到一条开放的车道，我把车开得比我奶奶活着的时候开得还慢。蔡斯又一次把头探进前车厢。

"你是看红绿灯开车的，对吧？你还在把红灯当成停车标志，对吧？"

这两件事我都没有做。"是的，当然。我们就快到了。"

我再次加速，手机被收到的短信弄得叮当响。3分钟后，当我终于把车停到医院的急诊停车位时，我感觉自己像是完成了一场马拉松。我看了一下手机，是莱克西发来的祝贺信息，抛撒的虚拟五彩纸屑。她把救护车停在我旁边，爬了出来。

"好样的，小妞！"她说着和我击了个掌。"你做到了！你带着后车厢的病人和医护人员开到了医院。哟吼，哟吼！我真为你感到骄傲，干得漂亮！"

"莱克西，"我小声说，继而开始狂笑，"姑娘，我撞到了什么东西。我觉得我撞掉了一些车的后视镜。那声音听起来像是撞到了该死的邮箱，护理人员还以为我们掉了个氧气瓶。"

"让我来看看,"说着,她绕着救护车走了一圈,"我没看到有任何损伤。有人看到你了吗?你确定撞到了什么东西?"

"我的意思是,那声音并不小。但没人看到。"

莱克西耸耸肩道:"没有损伤,没有目击者,无须上报。"

哎呀,终于可以松口气了。

进入医院后,我立马冲进卫生间,解决了自己的个人事务,感觉整个人都活了过来,然后与医院外的护理人员会合。病人的丈夫对能这么快地来到医院简直是喜出望外,他玩得很开心。他的妻子基本上是个植物人了,而他却在享受生活的乐趣。

"我爱你们,姑娘们,"他对我和莱克西说,"瞧瞧你们俩是多么强壮和漂亮,看看你们是怎么相互支持的。我喜欢看到像你们这样的女人,非常感谢你们今晚的帮助。你们在哪里工作?哪家救护车公司?告诉我你们的名字,我会给你们写一封感谢信,好让你们的领导知道你们干得有多好。"

我们告诉了他我们的工作地点,以及我们的名字,他把它们记了下来。

在走廊里,我走到一边找到蔡斯,他之前两次把他关切的头探进我的驾驶室。"现在,这可能会让你吃惊,"我说,"但这是我第一次开救护车,还载着一名中风病人和两名护理人员。我觉得我把一些汽车的后视镜撞掉了。"

他咧嘴笑了。"这很正常。救护车有损坏吗?"

"没有,我们刚刚看过了。"

"我什么也没看到,什么也没听到。"

这就是同伴之间的忠诚!我爱你,伙计。我仍然觉得内疚,我是天主教徒,但我应该怎么做?在去医院的路上停下来,放着后车厢有可能中风的病人不管,在那些车上留下道歉的纸条吗?

严格来讲,若是撞到了什么东西,我们应该靠边停车,打电话给另一个小组,在现场等待他们带走我们的病人,然后打电话给值班人员解释情况并填写一份事件报告。但在这个时刻?不行,绝对不能这样做。在司机可能出错的恐怖事件等级中,这根本不算什么。街头工作的潜规则就是没有损伤、没有证人,就无须上报,当作什么事情都没发生过。我知道另一家机构的一名急救员在倒车时把救护车撞上了红绿灯杆,差点将红绿灯杆

128

夷为平地，而现场的警察却视若无睹。"我觉得之前就是这个样子。"警察笑着说。同一个团队，同一个梦想！

对不起，主任。对不起，所有住在那个街区的人，别忘了换你们的后视镜。

"你喜欢做护理人员吗？"我问蔡斯。他总是心情很好，我想他可能是童年生活得很幸福的那类人，也许来自一个服务业世家。

"是的，当然，"他说，"作为护理人员，你可以做很多事情来帮助别人。"

"所以你很满意你的工作，对吗？"

"是的，我爱它。"

他爱他的工作，我也爱我的工作。我喜欢驾驶救护车，它是如此令人兴奋，兴奋到那天晚上回到家，我坐在办公桌前，上网填写了一份请求在消防局担任急救员的申请表。

8　最疯狂的事

"你见过的最疯狂的事是什么?"

当人们得知我是一名第一急救员时,他们问的第一个问题总是这个,正如"你有多高"是我在这个世界上收到的第一个来自陌生人的问题一样。

在很长一段时间里,当我试图从我那宛如潮湿的灰色牡蛎的脑海中寻找一颗来自"街上"的珍珠时,我都找不到明确的优胜者。我不确定我是否经历过最疯狂的事情。然后某一天晚上,天平倾斜了,突然之间,每一项任务都变成了我处理过的最疯狂的任务。你准备好了吗?做好行动的准备吧!

"你们准备好迎接这个任务了吗?准备好了吗?做好准备!"一天晚上,当尼娜和我把救护车开到情绪抑郁患者的任务地点时,一名警察喊道。

"噢,看,"尼娜说,"是拉里。"我的"拥抱者"。

这天晚上,3辆吸人眼球的警车停在街上,车头对着路边,在我和尼娜在一片注目中走过去的时候,拉里的手正放在车门上。公园坡又有一个新的学员班毕业了,所以那天晚上有个见习员和我们一起轮班。他是个和蔼的中年白人,家里有个怀孕的妻子,正在学习街上的工作技巧。

天啊,他真的学会了。

"你准备好了吗?"拉里抓着警车的门把手问。他满脸是汗,气喘吁吁。那天晚上,他的搭档是一名棕色皮肤的矮小警官,茫然地站在一边,看起来像是刚从交火中跌跌撞撞地逃出来,我觉得他可能是新来的菜鸟。其余的警官也都是男人,黑人、棕色人种和白人。"我现在可以开车门了吗?"拉里问。

"等一下,在你开车门之前,先告诉我发生了什么事?谁在里面?"

"你们做好准备!我们给你们准备了一份狂野的礼物!你们的救护车没上锁吧?把担架拿来。"

我们把担架拿过来,解开绑带,把担架推到警车旁边。拉里数到

"3"，然后打开车门，走出来一个矮小、秃顶、戴着手铐的白人小家伙，他让我想起了《宋飞正传》中的乔治·科斯坦萨。我心想，就是这家伙让你们这么严阵以待？这就是纽约警察局出动了3组小队等候在这里的原因？这似乎有点太夸张了。

但随后，这位病人以超人的力量尖叫着、咒骂着，以我从未见过的凶猛姿态冲向警察，朝他们吐口水，踢他们的腿；警察一接近他，他就大声咆哮，试图咬他们。哟呵，报警的店主说这家伙打了他的脸。我看这根本就不是情绪抑郁患者的行为，这是暴力犯罪。

我们让警察把病人抬到担架上，用带子把他绑起来，因为他们之间的冲突太过暴力，我们根本没法靠近。我们带的是听诊器，不是枪，我们也没有穿防弹背心。尽管在这种情况以及警察搜查病人并从他们的袜子里拔出刀子等情况下，你肯定希望救护车上能放上几件。

6名警察合作才把病人抬上担架，捆好绑带。在这个过程中，他们的胸膛和胳膊被病人用膝盖顶着，还被吐口水。偷偷告诉你，警察对被吐口水的反应并不好，这句话你是最先在这里听到的哦。

病人在搭扣下面挣扎，把脚从绑带下面伸出来，来回摇晃担架，试图把担架翻过来，一边用脚踢他们，一边喊他们"白种猪"等种族侮辱称呼，口齿不清地咒骂着，然后告诉他们，他要找出他们的住址，跑到他们家门口，捅死他们的孩子。

天啊，我心想，这真是我见过的最疯狂的事了。

"去拿口罩！"拉里大吼。

我让见习员跟上我，小跑到救护车上。我翻开玻璃柜，为见习员指出我们放口罩的地方。

"我们需要口罩！"拉里从街上大喊。

我的动作有点慢了，因为我正在教人，我现在是一名老师。

"马上来！"

拉里给病人戴上口罩，但我们的口罩很劣质，没法固定在脸上，就像一块廉价的透明方形塑料蒙在病人的脸上，用橡皮筋套在头上。病人摇摇头，口罩的作用就没了，口水又飞到拉里的脸上。

"给我一个口罩，给我一个。"他边说边控制着病人的手指。

尼娜递给他一个口罩："给你。"

"去封闭式急诊室。"拉里说。

我说:"当然。"

这天晚上开车的是我,不用陪着充满敌意的病人坐在后车厢让我松了一口气。可怜的尼娜,还有可怜的见习员,在工作的第一个晚上就见识了这么大的场面。

我们在现场待了 10 分钟,我却觉得自己像是刚从第 4 次战斗任务中回来,而我甚至都没直接接触过"科斯坦萨"先生,这些言语攻击足以耗尽我的肾上腺素。尼娜和见习员以及拉里坐在后车厢,我打开警笛和汽笛,朝一个封闭式精神科急诊室开去,而拉里的搭档则开着警车跟在我后面,带着扩音器穿过十字路口,确保他离我们很近。

我喜欢扩音器,喜欢街上所有紧急车辆的声音。"这是你的求偶信号。"当一辆消防车的鸣笛声穿过街区时,一位女友曾这样对我说。我觉得自己被她看穿了。

在这种紧急情况下,若是救护车上的警察无法继续控制病人,我们就应该把车停到一边,由另一名警察上前协助,这才是正确的处理方式。但等我们把车停下来后,并没有看到后面跟着的警车——这位警官的搭档迷路了。"噢,老天,"当他终于在急诊室追上我们这些焦头烂额的救援人员时,那个迷路的警察笑着对他的搭档说,"对不起,兄弟,我拐错弯了。"

拐错弯了?我们差点就死了!不过没关系,很高兴你能赶过来。

我不记得那天晚上我的手机在哪里,不知是我在绘制路线时把它掉在了救护车上,还是把它塞到了裤子口袋里,当我在车流中急转弯和按喇叭时,我根本没时间碰它。

"我要在这里右拐吗?"我对尼娜大喊,声音盖过了病人的咒骂声——在整个运送途中病人一直没停止过咒骂。

"对的,然后直行两个街区,继而再右拐!"拉里大吼。

"收到!大约 3 分钟后到!"

等进入封闭式精神科急诊室——那个安全的避风港后,我希望情况能稳定下来。

精神崩溃是一波接一波的。病人的情况时好时坏,几分钟内便能从好斗到温顺再转为好斗。但我现在怀疑这究竟是不是一场心理健康危机。像苯环己哌啶（PCP）这样的药物，通常会导致病人表现出赤裸裸的暴力行为，而像"浴盐"（一种致幻剂毒品）这样的特制药物（我猜测这个人一定是服用了这种药物），则会导致病人出现毫无停顿、无休无止的暴力行为。

我们被困在封闭式精神科急诊室的"玻璃箱"里，等待医生的到来。我不知道等了有多久，有半个小时吗？但总感觉像是等了几个世纪。

暴力的飓风还在继续。我不知道该如何贴切地形容站在那个房间里的感觉，只能说那就像是自己被仇恨的火焰包围了。我曾从书本上了解到警察是对抗邪恶的，但直到今晚我才亲身体会到这一点。这个病人并不是恶人，但不管他服用的是什么药物，现在都是你需要避免的那一种。这是我最接近邪恶的一次，也希望是最后一次。

尼娜和我一进入病人的视线就会招来口水和污言秽语，警察也是同样的待遇。有4名警察和我们待在医院。病人又摇晃了一下担架，所以拉里和其他警察站到他身边，以免担架摔到地上。那天晚上我们用的是一个动力担架，是史赛克自动担架。它很重，而且是新买的，售价不菲，在1.5万—3万美元内。正如时尚界所说的那样，一分价钱一分货。医疗设备并不便宜，说夸张点，弄坏一个史赛克担架，你就会让救护车停止服务，你也会倾家荡产。

病人不停地对黑人警察进行种族主义侮辱，每次他尖叫的时候，你都能看到他用那把侮辱的"砍刀"劈开警察的脸。我不知道该怎么办，也不知道该如何让仇恨停止。尼娜走上前，被病人骂作"愚蠢的妓女"。我站了出来，病人告诉我，他要从星期二到星期天一直强奸我。我犯了个错，试着开了个玩笑。"那星期一我可以休息吗？"因为这句话，我被骂成了筛子。坦白讲，这只是一个普通的街头星期四夜晚。

尼娜和我不约而同地看向担架的脚边，见习员就站在那里。突然间，他戴上了护目镜。他从哪里弄来的护目镜？我们根本没有携带护目镜，他是从家里带来的，还是从天花板上掉下来的，就像即将坠毁的飞机上的氧气面罩那样？这到底是怎么回事？这不是真的。我们是在一部电影里，还是一部恐怖电影。

然后情况变得更加糟糕。

那个病人用缝在我制服上的名字称呼我，还说他会记住我的名字——墨菲，一旦他被释放，他就会去街上找到我并强奸我，还要用裁纸刀割开我的喉咙。然后他又继续向警察吐口水。

就在这时，那件事发生了。

拉里把手放在病人的喉咙上，病人沉默了，我们所有人都屏住呼吸。1、2，拉里松开手，病人喘着粗气，继续对我们大声咒骂，就好像什么事也没发生过一样。

这就是我记得的情况。在尼娜的记忆中，病人一吐口水，拉里就扑过去，用手臂压在他身上，直到他沉默下来。而按照拉里的说法，他只是用手捂住病人的嘴，以防他吐口水。我们对此事居然有不同的记忆，3个版本，到底哪个是真的？

我因困惑而头晕目眩。我的头很痛，汗流浃背，身体、精神和心灵都被烤焦了。无论在那两秒钟里发生了什么，我不仅没有干预，也没想到要干预，我也不想去干预。这两秒钟是一个多小时以来，我们在连续不断的仇恨污水中得到的唯一喘息时间。短短两秒钟的平静。

但情况依然没有改善。

即便是现在，写到这件事，回顾、重温那个场景，依然令我颤抖。你告诉自己，你是个好人，你有道德准则，你是一个在危机中做出正确决定的人，你绝不会做任何危及病人、其他第一急救员或你自己的事。即使你目睹了让你反胃的事，你也会做出正确的决定。当然，这是我之前对自己的看法。即使是多年以后的现在，我仍然会想起这次任务。

我问自己为什么我们不呼叫护理人员。我记得尼娜和我与警察讨论过这个问题，我们所有人得出的结论都是，最快的办法不是在现场等待，而是迅速前往精神科急诊室。另外，病人非常暴力，如果没有警察按住他、制住他，护理人员就没法为他输液，所以呼叫护理人员并不是一个无须警察帮助的解决方案。

我问自己，我允许拉里这样做是不是因为这是白人警察和白人病人；或者说，若是我的家人遇到这种情况，我是否希望他们得到这样的对待？但这对我来说很难，我实在想象不出我的家人会在那种状态下，向我喷出仇恨并向我吐口水，说他们想要强奸我、割破我的喉咙。在那一刻，我只想让死亡威胁停下来。有那么2秒钟，拉里让它停下来了。

我不知道对这件事还能再说些什么，这种感受很复杂，也很丑陋。丑陋的东西会在你的皮肤下张牙舞爪，将你撕成碎片，而且会一直留在那里。它会在你的体内溃烂，留下它存在过的痕迹，永远不会消失。至少，我的就没有。

当急诊室的门终于打开时，警察、保安和一群医生以及护士将病人按住，其中一人开始给他进行静脉注射和药物治疗。即使在注射了镇静剂并被他们推出去时，他还在大骂脏话。

这就是现在毒品的威力啊。

外面，夜晚寒冷的空气是如此凉爽和清新，我把它吸进肺里。我们安全了，一起完好地活了下来，我们所有人都感觉自己似乎比几小时前老了50岁。我对自己的生活满怀感恩，我爱那晚和我一起轮班的每一个第一急救员，我爱他们，就像森林里的小动物热爱救它们于水火的狮子王辛巴。外面是如此安静，如此寂静。最终我注意到了那个见习员，他笑得很开心。我完全忘了他的存在。

"你还好吗？"我想了想，问道。

他擦了擦汗湿的额头，说："这太疯狂了，这是正常的任务吗？"

尼娜笑了起来："不是，你今晚真是见识了一些相当特别的东西。"

在停车场，我们和警察站了一会儿。拉里打开手机，给我们看他的旧照片。他曾经留着一头长发，还在朋克摇滚乐队唱歌。

"哇喔，"我说，"你以前很酷啊。"

"是的，我甚至还在美国民主党全国委员会当过实习生，在我当警察之前。"

"显然，那些日子早已过去了。"

我晃了晃救护车钥匙，我们回到救护车上。

"你今天晚上失控了！"我在停车场对面对拉里喊道，"你让病人影响到了你！你失去了理智！"

"你知道你喜欢，墨菲！你知道这让你兴奋！"

让我兴奋？这次的任务！街上轮班！这些最疯狂的事！

在救护车上，尼娜和我与坐在后面队长椅上的见习员再次会合。

"好吧，"尼娜对他说，"你还想继续从事急救服务工作吗？"

"哦，老天，当然想，"他说，"我喜欢这份工作，我之前从未见过这样的事情。珍妮弗，你听到那个警察在停车场对你说的话了吗？"

"嗯，我听到了。"

尼娜说："那是拉里，他爱上珍妮弗了。每次出现场，他都会抱她。"

"他究竟是什么人？"我边说边心不在焉地开车回公园坡，"他绝对不是'扫帚人'。我要杀了我的前男友，就是因为他，我们才会以为拉里是个笨手笨脚的处男，和他母亲一起住，还天天喝汤。"

"我根本不知道这份工作会这么暴力。"见习员说。

"其实并不总是这么疯狂，"尼娜对他说，"但是，嗯，欢迎来到街头世界。"

这种事情就这样发生了，然后又发生了。只是下一次，在这一夜之后没多久，这一次的疯狂是医学上的。

就让我们安安稳稳地驾驶救护车，好吗？

3月的雨落满整座城，将肮脏的冬雪冲入下水道。新的季节即将到来，是时候种花了——我的意思是我必须改变我的生活。

一个平淡无奇的午后，我不再回复汤米的短信，因为他还是不愿见我。我不知道原因，也不知道为什么会这样。由于他拒绝在现实生活中露面，我对他的失望已经达到顶峰。

突然之间，我感觉受够了。在过去的几个月里，我的心理医生和我在"9·11"事件上进行了多次眼动脱敏与再加工治疗，所以也许是出于这个原因，我的内心已经发生了某种变化：或许放弃汤米会带来一个意想不到的结果？

"你还没屏蔽他吗？"一天晚上，菲丽丝在电话里问我。

"我觉得没有这个必要。"

我知道如果汤米给我发短信的话，我会想看看他要说什么。但看了后，我就会无视他。与此同时，我也没了给他发短信或回复他的想法。我对现在的状态很满意，我和他已经结束了。

突然之间，我感受到一种崭新的轻松。

在写字桌上，我的小说进展顺利。那年4月，我和菲丽丝在一本名为《告诉我你是谁》的种族素养教科书上发表了文章，该书被宣传为"关于美国种族一次令人大开眼界的探索"。采访结束后，我们稍微有点害怕，因为选录我们文章的女士问我们是不是喜剧演员。菲丽丝和我对视了一下。对一本关于种族的教科书，我们说过什么非常有趣的话吗？嗯，在采访发表之前，能不能先给我们看一下文字记录？

"我们需要媒体培训。"我对菲丽丝说。

采访结束后，在外面的大街上，我们挠了挠头，努力回忆我们都说了些什么。我们说了什么冒犯的话吗？似乎并没有啊。

我们肯定提到过我们觉得非常沮丧，因为我们只被要求撰写有关种族问题的文章——关于被扁平化、简单化为基本的种族标志人物。一个黑人妇女和白人妇女是朋友，多么具有革命性，多么令人惊讶，而我们还想聊聊作家的生活、流行文化、冥想、真人秀《90天未婚夫》、播客、食谱、画家萨尔瓦多·达利、科学、戏剧、关系、爱、我们发明的词（"疯讶——cramazing"，灵感来自疯狂和惊讶的组合；"玉米比萨——torpizza"，因为菲丽丝喜欢在玉米饼上做比萨），以及身兼数职的女性所经历的混乱而复杂的生活。但从来没人要求我们写这些东西。

全是种族，他们只让我们撰写关于种族的文章。

在5月我生日那天，我和尼娜在救护车上值班。我要怎么庆祝我的44岁生日呢？在离开基地之前，她送了我一份整蛊礼物：一条浴帘，上面画着一条带獠牙的狰狞眼镜蛇缠绕着生命之星，写着"第一急救员——这不仅仅是一份工作，还是一种精神障碍"。

我大笑起来，这是她最好的作品之一。我答应她，等一回到家我就把它挂起来。我确实做到了，因为我找到了一条合适的床单，上面有一个大号的消防员正在向熊熊燃烧的橙色大火喷水。我花了一年时间才体会到这个礼物的伟大之处。

值班几分钟后，天空晴朗，温度适宜，无线电送来了我的"生日礼物"——一个被汽车撞倒的行人，肇事司机逃逸。伤员是一名50多岁的白人绅士，面色苍白，躺在街上，短暂失去过意识，头部、颈部、背部疼痛难忍。和平时一样，没什么可怕的戏剧性场面。现在我已经处理过很多这样的任务了，可以毫不费力地处理这种紧急情况。我能在给病人上夹板时当场吃个三明治。

不轮班的时候，尼娜和我一起烘焙。每周她都会来我家，我们一起烤馅饼、蛋糕或某种复杂的饼干。我们在街上"吃得"越"咸"，在厨房里吃得就越甜，这能帮我们抵御阴霾。

尼娜喜欢走出家门，我也喜欢她过来。我们边烘焙，边争论我的糖霜是否达到了她可笑的标准，然后我们叫了印度餐外卖，一起笑着观看《90天未婚夫》。

一天晚上，我们突发奇想，觉得可以一起开一家店，一个可以改变和拯救我们生活的烘焙店。我们把烤的甜品送给我们的第一急救员朋友，我们称自己为"街头甜品"。这是个好主意，对不对？

几个星期以来，我们疯了一样地烤甜品，并将其送到值班的第一急救员手中。但我们一份甜品也没卖出去，一份也没有，甚至连免费送人都送不出去。令我们惊讶的是，街上没人想吃我们烤的东西，每个人都突然变得健康起来：拉里吃无麸质食品，奥斯汀不吃垃圾食品，莱克西是个健身爱好者，总是问我们的饼干里有没有糖。"当然有，姑娘，"我说，"这是一块饼干，不是一块土。"

那个夏天，尽管"生意"失败了，尼娜和我仍然坚持烘焙。这让我们很开心，让每个人都很高兴。

"街头甜品！"一天晚上，当我们带着蓝莓馅饼停在他的救护车旁边时，查德大叫。拉里让我们把小蛋糕放在他的警车上，然后拍了一张小蛋糕在引擎盖上的照片。

那个夏天，情况开始发生变化。

公园坡的规模增长了。很偶然的一天，我被提升为组长。我不知道这意味着什么，我猜可能是领导认为我是一名优秀的第一急救员。应该感谢被认可吗？一开始我还觉得自己是特别的，然后我发现查德和拉兹也被任命为组长了。查德的理论是，公园坡的晋升就像派发冷比萨，每人都能分到一片。

不久，我就震惊地发现，这个无薪职位需要履行更多的责任。该机构又炮制出一批新成员。我们这些在车上待了几年的所谓的组长，现在必须要培训见习员。我对此很反感,作为一名第一急救员志愿者,我并没有成为中层管理人员的梦想。我只想上班,然后回家。

话虽如此,但培训新人对我的确有帮助。与莱克西和尼娜一起值班时,我总拿自己和他们比较,结果落差很大。但和见习员相比,我就是医学天才。他们在现场几乎什么也不会做,和我刚来的时候一模一样,教导新手急救员让我看到了自己所取得的进步。另外,公园坡的一些新人也很酷。

那一年,即 2019 年,我和一个叫秀音的年轻姑娘轮班过几次,她有一头粉色长发,是个不折不扣的开心果。她在唐人街的一家免预约诊所工作,正焦急地等待着助理医师学校的申请答复。秀音喜欢泡茶和跳钢管舞,每当悲伤的时候,公园坡的所有人都会尽情享用她在"照片墙"上发布的阳光视频。

秀音正在学习驾驶救护车,转弯时仍会撞到路边,或者撞到橙色的街道隔离栏,她需要有人帮她拉警报器,但她进步很快。在街上,你必须进步迅速。要是学得不快,就会有人因此而死。一次轮班的休息间隙,我们开始了解对方。

"你遇到的第一次医疗创伤事件是什么?不是在救护车上,而是在现实生活里。"她问我。

我想了想,过了一会儿,我说:"是我 5 岁的时候,我走进车库,看到我 10 岁的哥哥躺在血泊里。他从橡子上摔了下来。然后我立马回到屋里说:'妈妈,哥哥的头上有红色的油漆正在喷出来。'"

"哇喔,"秀音说,"那也太可怕了。"

"是的。你呢?"

"我是上小学的时候,我和爸爸开车经过一个摩托车车祸现场,非常可怕的车祸。我从车窗往外看,看到摩托车手的尸体躺在街上,头盔离尸体很远,但他的脸还在头盔里面。"

"什么?!你的第一次创伤经历竟然就是断头?"

"是的,"秀音笑着说,"我爸爸想加速离开,但我很生气,因为我想让他减速,这样我就能近距离看清楚现场了。"

"那一刻你就知道你将在医学领域工作了。普通人看到事故,扫一眼就开走了。但我们遇到紧急情况时会想：'太神奇了。开慢点，让我下车看看。'"

"这起事故的地点是在一所学校前面，"秀音说，"我为看到这一幕的孩子们感到难过，他们一定受到了极大的心理创伤。"

肯定是的。

说到噩梦般的创伤，很快我也有了我的。在我"渴望"了那么久后，它终于来了。噢，糟糕。

一天晚上，莱克西、我和两名消防局急救员一起去养老院，这两个家伙住在斯塔滕岛。其中一人性格温和，喜欢开玩笑，他是那种在上班路上即使撞到一辆停在路边的车，也必须呼叫另一个单位来处理紧急情况的急救员。怎么能不爱他呢？他的搭档是个年轻的文身男，我之前从未见过。

莱克西抓起担架，因为这个疗养院有电梯，方便担架进出。我们4名第一急救员走了进去，本以为会是我们在这些养老机构中经常处理的那种情况：老奶奶摔倒了。在电梯里，我问其中一个叫米切尔的急救员，我们进去是要做什么，只是好奇问问而已。

被指派的911系统单位可以从他们的计算机辅助调度系统中了解到病人及其病情的详细信息，例如，"65岁男子从梯子上摔了下来"。而作为志愿者，我们往往只能得到呼叫类型、地点和病人的大致描述：伤势严重、呼吸困难、过敏反应、失去意识、生病了、打扮成女巫的女人挥舞着扫帚、一些非常有趣的东西从空中飞过。

米切尔告诉我们收到的任务是一个40岁的男子，腹部出血。我没法理解病人的年龄，也没法理解呼叫类型。腹部出血？40来岁？在一个养老院里？这似乎很奇怪。

"内出血吗？"我问他。

他耸耸肩："我们会搞清楚的，可能就是胡说八道。"

事实却和胡说八道大相径庭，真相是"噢，糟糕"。

我们走进病人逼仄、闷热的房间，立刻就看了血流成河的一幕。我们发现一个病态肥胖的黑人躺在床上，鲜血从他的腹部不受控制地流出来，他被连接到一台自动生命体征监测器上。等我们掀开他的衣服，他看起来就像是被鲨鱼袭击了，皮肤如湿报纸一样被撕开，鲜血从每个褶皱涌出。

当我们把他移到一边查看血是从哪里流出来的时候，我只看到大约一升的淤血。我这辈子都没见过这么多血，整个房间充满了金属的味道，我似乎可以在嘴里尝到他的血的味道。我无法止血，也找不到出血点。病人还有意识，呜咽着但神志清醒，躺在迅速积聚的血泊中。这简直就是鲜血的瀑布，鲜血的海洋。

我抬头看向米切尔，他蜥蜴般的眼睛鼓了起来。"我们应该叫护理人员吗？"

"不，拿上生命体征监测器，我们就可以装车走了！装车出发！"

在紧急医疗技术学校，他们经常用"装车出发"这个指令来形容对危重病人——有可能死亡的黄牌或红牌病人的处理，他们把这句话敲进了我们的脑子里。如果病人情况稳定，就留下来处置；对于危重病人，装车就走。急救准则规定要呼叫后援，也就是护理人员，但不管怎样都要装车就走。

值得庆幸的是，最近的创伤接收医院离这里不到5分钟车程。在纽约市，我们离许多急诊室的距离总是在5分钟左右，不像那些在乡村地区工作的第一急救员。时间一分一秒地过去，我已经提议呼叫护理人员，而米切尔早已关掉了那玩意儿。从大家脸上的表情，我可以看出我们都在想同一件事：要是我们现在不走，病人就会失血而死。

当我写下记录病人情况的数字时，生命体征监测器发出哗哗声，莱克西需要通知急诊室，告诉他们我们将要送去的病人情况。我们都不约而同地看向生命体征监测器。突然间，病人的脉搏过高，血压骤降，这个迹象表明他正因失血过多进入低血容量休克。

"他的生命体征在下降！"米切尔说，好像忘了病人还在那里。

病人哭了起来。"我是要死了吗？"他说，"求你们不要让我死！我不想死！求求你们救救我！"

我跑到病人身边安抚他。"深呼吸，我们会救你的，我们不会让你死的，"然后我又说了一遍，这次是为了我自己，"你不会死的，今天晚上绝对不会。"

我们把他抬上担架，冲出房间，进入电梯，飞奔到外面，装进我们的救护车。肯定是我们的救护车，因为用的是我们的担架。

莱克西抓住我的手，问："你想指导还是开车？"

现在不是出风头的时候。"我来指导，"我迅速说道，"你去开车。开快点，莱克西，你必须开快点。"

我跳上救护车后车厢，那个有文身的急救员和我一起跳了上去。他沉默不语，脸就像坑坑洼洼的月球。我们打开柜子和急救包，撕开救护车里的每一块伤口敷料，试图止血。但这些还不够。鲜血洒在担架上，滴到轮子上，溅到我们的靴子上。我的制服上也全是血迹。

"你想要我的搭档和你一起去吗？"米切尔问。

"不用了，我一个人就行。我们得走了。莱克西！走了！"那位目瞪口呆的急救员从我们的救护车上跳了下去。

在我迷茫的头脑中，我决定不让另一名急救员陪护，这完全是合理的。我在想，他也是一名急救员，若是他的水平和我一样，那他待在救护车后面有什么用呢？这个病人现在唯一需要的是输液，以及能发现出血点并为他止血的医生，而我们没有这个条件，所以——"莱克西，我们快点走吧！"

莱克西向我竖起大拇指，通过无线电向医院报告，通知他们我们正送一名危重病人过去。随着每一秒的流逝，病人存活的可能性越来越小。救护车的后门已被打开，我不知道我们为什么还不走，到底有什么该死的障碍？我偷看了一下外面，一辆急救中心运动型多用途汽车停在我们的救护车后面。

谜题解开了。

是罗伯特。一个身材矮小、金发碧眼、戴眼镜的护理人员变成了急救中心的负责人，你不得不怀疑这种人因矮小的身高就会有"拿破仑情结"，还有那滑稽的名字。他要是在现场出现就表明我们负责的任务很严重。事实上，伯特正在与米切尔大声交谈，我能听到他问为什么没有护理人员。他们的争论可能只持续了两秒钟，但在血淋淋的救护车里与病人单独待在一起的我，感觉就像过去了1000年。

"莱克西！"我大吼，"我们得走了！"

米切尔为我关上救护车的门，他真是个圣人。警笛响起，莱克西将油门一踩到底。

她朝急诊室飞驰的时候，救护车一会儿向前倾斜，一会儿颠簸地经过减速带。我在车上飞来飞去，抓起我能找到的每一块外伤纱布，用牙齿撕开，把绷带塞进病人的皮肤褶皱里，每一块被撕开的皮肤都在向外渗血。我在病人身旁走动，把非重复呼吸面罩固定在他脸上，并把氧气瓶的容量提高到 15 升。我可以从他雾化的面罩上看出他现在还在呼吸，但这不会持续太久。他的眼皮颤动了一下，然后阖上了。

　　哦，糟糕，我想，我在现场做了一个可怕的决定，没让那个急救员和我一起走。现在我知道错了，我需要额外的帮助。

　　"坚持住，"我对病人说，摇晃着他，像个受惊的天使在担架旁徘徊，"我需要你留在我身边，亲爱的。继续说话，继续说话啊。跟我说话，亲爱的。"

　　我揉着他的胸骨，拍打着他的手臂，努力不让非重复呼吸面罩从他的脸上掉下来，用我能拿到的所有纱布吸血。病人睁开眼睛，茫然地盯着我。

　　"我们就要到了，我要你活着，继续说话。"

　　"我不想死。"他喃喃地说。

　　"我们就快到了，继续和我说话。你不会死的，今天晚上绝对不会。"

　　但他正在死去，他处于休克状态。他的身体正通过降低血压进行代偿，现在他的身体器官无法获得足够的氧气。他正朝着坟墓飞奔而去，而我就陪在他身边，努力铲掉落在他身上的泥土，努力倒拨死亡的时钟，反抗死亡，却一再失败。

　　病人的个人资料——养老院出具的病历，正在我戴着手套的颤抖的双手中，我试图将它扫描出来，以便提供给急诊医生。这个人几乎患有人类已知的所有健康问题，他遭受着所有病痛的折磨，我现在明白为什么他才 40 多岁就住进养老院了。

　　不到 3 分钟，我们就抵达医院了。莱克西是个"摇滚明星"，我从没见过她把救护车开得这么快，也从没见过她这么亢奋地把病人送进急诊室。

　　我们冲进去的时候，创伤室里挤满了护士和医生。我们把病人转移到手术台上，病人还有意识，还活着。我把病历递给护士，清了清嗓子向对方汇报病人的诊断情况。一名医生像管弦乐队指挥一样举起手臂，让房间里的所有人都安静下来。

"安静！"

时间停止了。没人动，所有人都把目光投向我，我听到自己在说话。

"病人是一名43岁男性，患有慢性阻塞性肺病、慢性心力衰竭、哮喘、糖尿病和溃疡。呼叫类型是腹痛，但我们发现他躺在养老院的床上，腹部皮肤破裂、出血失控，无法确定出血点。病人失血超过一升，在救护车上有过短暂的意识丧失，输氧后有所改善。脉搏130，呼吸25，血压无法测量。病例上有用药情况。"

时间恢复了。

护士和医生四处走动，拼命地工作着。莱克西和我并肩站在创伤室里，盯着那个病人。我们想看看他的生命体征。"还是没有血压。"急救护士一边看着机器，一边说。

没有血压，但他还活着，这是一个奇迹。

"他还活着。"我轻声说。

莱克西沉默地盯着那个病人，我把手放在她的肩膀上，捏了捏。

然后医生朝我走来，他是个秃顶，我能记得的就是这些了。他握了握我的手，莱克西看着他，就像他递给了我一朵玫瑰。

"这些血液都是从哪里来的？"他沉凝地问。

我的意思是——谁知道呢，小家伙！你才是专家，不是吗？

"不知道。"我说。

几分钟后，我们把血淋淋的担架推到走廊上。我拽着莱克西的胳膊，把她拖进一个空房间里。

"我们做到了，姑娘！你把救护车都开得飞起来了！我们刚刚救了那个人的命！"

我欣喜若狂，肾上腺素分泌旺盛，感觉自己比吃了"浴盐"的病人还要兴奋——不过是好的兴奋。毫无疑问，这是一种幸福，我第一次感受到了那位护理人员朋友所说的满足——在我告诉他我是一名急救员后，他对我说："没有什么感觉会比拯救生命更美好了。"

"你还好吗，姑娘？"我问莱克西，"说点什么，你吓到我了。"

她安静地看着我，然后笑了，用孩子般甜蜜的口吻说："我喜欢这样。"

我再次抱住她。"是的，姑娘！我们是超级厉害的小妞！我们成功了！天啊，他活下来了！我们把他活着送到了这里！"

莱克西歪着头说："那个医生为什么要跟你握手？"

"我不知道，也许他看了我的 TED 演讲。"

她的电话响了，是罗伯特打来的。她走开了一会儿，然后回来了。"他想和我们谈谈，他要在基地和我们见面。"

噢，老天。我们知道那是什么意思。

"'爸爸'很生气，"离开医院后，当莱克西开车慢慢回基地时，我说，"但是我们救了那个病人，姑娘，所以他准备说什么？你因为救了一个人的命而惹上了麻烦？你应该呼叫护理人员？我建议过，但米切尔把那破玩意儿给关了。别担心，亲爱的，只是罗伯特而已。"

罗伯特在基地见的我们，他眉头紧皱，神情严肃，身上散发着强烈的商场古龙水的味道。是黑色达卡香水吗？我掌握的每一个细节在我看来都很滑稽。

但对罗伯特来说，这可不是闹着玩的。他双臂抱胸，向莱克西宣读她的权力。他几乎没有理会我，但他对莱克西的态度还行，因为她是为 911 系统工作的全职第一急救员。他只和她说话，但你们现在应该都知道我是什么样的人了，你们也知道我对指手画脚的领导是什么态度，我有多想保护我的搭档，她们都是我的女儿。

我一直在进行干扰，试图转移罗伯特的注意力。我打了个响指，让他看向我。以前我和尼克在一起工作时，经常这样对待对方。啪—啪，啪—啪嗒，咔嗒—咔嗒，就像是在召唤一匹马。

我平静地向罗伯特解释了为什么没有护理人员在场。他听了，然后说他理解，但他还是不停地转向莱克西，告诉她他对她有多失望，列举出她本应用其他方式处理的事项。她站在那里，承受着一次又一次的打击，直到她的眼睛看起来像被摧毁的鸟巢里的蓝色鸟蛋壳，破碎又空洞。我不知道该怎么圆滑地处理这种情况。

在我看来，这种责骂显然是领导在享受颐指气使的权力，而非真的因发生了严重的医疗事故。坏领导在急救行业是一大难题，而目中无人、无法无天的急救员是领导们的难题。在纽约市的基础生命支持创伤处理准则中，没有任何规定要求我们在出血时呼叫护理人员。即使叫了护理人员，我们到急诊室的速度也比他们到现场来得更快，我们也不会等他们。后来，我把这次任务讲给十几名护理人员和医生听，他们都说"装车就走"！此外，急救准则规定，我们可以用止血敷料或作战纱布对无法控制的出血进行包扎。止血敷料用于战场止血，利用高岭土等制剂的凝血特性激活人体内在凝血功能。但我们的救护车上没有携带止血敷料。纽约消防局的救护车上也没有。可以分配给我们一点吗？友情提醒：纽约市的街道就是战场。

我个人对罗伯特没有任何意见，他太搞笑了。有一次，他派我们去执行"枪击"任务，但那是个假警报：有人给911打电话，怀疑有枪击案正在发生，因为他们觉得自己的房子在摇晃；我们去了现场，结果只是虚惊一场。每次我一想起罗伯特，就会想到这件事。所以我并不是这种严肃谈话的合适人选。我还没从救人的忘乎所以中恢复过来，这就是我当时的表现——忘乎所以，这是肾上腺素飙升的结果。那股冲劲，真是要命！我们救了一个人的命！这是我第一次救人命！

但我们刚刚才经历了与死神赛跑，此刻又听到罗伯特对莱克西大发雷霆，这实在是过分了。他不停地说他在去健身房的路上，突然接到电话，然后他立马转身飞快地回到布鲁克林"帮忙"。他一定重复了4遍他在去健身房的路上，可现在是提这个的时候吗？

莱克西低头站在那里，就像一朵被雨打湿的郁金香。我可怜的郁金香，她很难为自己辩解，尤其是对她发火的是她的领导。

这种谈话有什么意义呢？在街上完成一项严峻的任务之后，有时主管会为你开一次质量保证会议，梳理一下任务详情。但这种事情很少在接到电话后立即发生，因为救援人员仍在饱受肾上腺素的刺激。

这里我应该举手，我现在就很兴奋。

还有所谓的危机事件应激晤谈。要参加这种晤谈，你必须目睹了非常可怕的事情，比如死掉的孩子、死亡的公共服务人员、大规模伤亡事件，这些情况我都没见过。但我从加布里埃尔那里听说过这些事，就是那个在我还是个树懒时教我如何快速下救护车的读心师。

加布里埃尔现在是护理人员了。他在实习的时候就经历过一次危机事件，他处理过一个警察朝自己脑袋开枪的任务。那次任务后，他接受了一次危机事件应激晤谈。但我们和罗伯特之间的情况并不是这样，莱克西看起来像是受到了情感打击。

突然间我感觉自己的嘴里长出了獠牙。"爸爸"很生气，但你见过发火的"妈妈"吗？站我后边去。

我的搭档都是年轻姑娘，她们坚持不懈地努力工作，不为钱也不为名，完全在大众面前隐形。她们服务他人，从事有些人口中的上帝的工作。她们见证了人性中不可言说的最坏的一面，任由自己的双手被弄脏、被弄得鲜血淋漓，和许多沉迷自拍的国民不同，她们参加这个工作是为了帮助他人。她们承受了我在她们这个年纪所不曾承受的痛苦，甚至更多。你想怎么虐待我都行，但你不能这么对待我的搭档。

"你就是根火柴，'老婆'，"奥斯汀曾经对我说，"苗条，红头发，人畜无害，但要是惹毛了你，哈，立马就冒火了。"

奥斯汀是对的。但在这种情况下，作为一根人形火柴，除了每隔两三句话就打断一下，给这种不公平的情况加点俏皮话，我什么也做不了。由于我仍处于被激素轰炸的状态，这种事干起来很轻松。

"但是，罗伯特，"我说，"哦，伙计，你说得太对了。我们搞砸了，没有坚持让护理人员去现场，还否决了消防局急救员的意见。我们真是太傻了，我们只是小丫头、笨丫头，我们是傻瓜。但是，嘿，听着，我们救了那个人的命，不是吗？这很酷，对吧？"

"罗伯特，嘿，罗伯特，我知道你大老远回来就是为了这个，为了帮助我们，非常感谢你的帮助。哦，我的上帝，你真是帮了大忙，但你不是还要去健身房吗？"

"我们本可以做得更好，你说得太对了。但是，罗伯特，我们的病人活下来了，这不是很棒吗？"

我一次又一次打断他的话，直到他忍不住笑了起来。

"嘿，罗伯特、罗伯特、罗伯特……你还去健身房吗？"

紧急医疗服务——它不仅是一份工作，正如我的"新浴帘"说的那样，它还是一种精神障碍。

而我得了这种精神障碍。

关于这次"惨败"最有趣的部分，或者也许是唯一有趣的部分是在事后。

一个周四的晚上，我和尼娜值班的时候在医院外面碰到了米切尔，就是那个接到血淋淋的呼叫任务的高个子急救员。他看到我，挥手让我下去。我们在夜色中的街道上跑向对方，就像《泰坦尼克号》里的幸存者一样拥抱在一起。

"噢，老天！"我说，"那个任务也太疯狂了！"

"我知道！而且他还活了下来！那天晚上，我又去医院查看他的情况，他还活着，医生认为是溃疡导致了他胃穿孔。现在他在重症监护室！"

"那真是太好了！他活下来了！我们成功了！"然后我又说，"后来我们遇到了麻烦，因为没有叫护理人员。"

"我告诉过你要叫护理人员，但你拒绝了。"

我看着米切尔，仿佛他是一头农场动物。"你疯了吗？是我建议你叫护理人员，而你说不用。"

"我发誓我让你通知医院了。"他困惑地说。

"不可能。我真不敢相信你竟然把自己当成了这次呼叫事件的英雄。我让你叫护理人员，而你说装上就走。不过我确实搞砸了，没让你的搭档和我一起去，这很愚蠢。我在后面需要帮助，我浑身是血，他的非重复呼吸面罩一直往下掉。"

"是的，我不敢相信你竟然没带上另一个人。"

"那是一个错误。"

然后米切尔揽着我的肩膀，笑着说起他的搭档："那是他第一天上班！"

"哦，天啊！那他还好吗？那是多么大的创伤啊！请转告他，他做得很棒；再转告他，他帮了我很多。还有那是怎么一回事啊，就是那个领导出现在现场，还和你争论，而我的反应是'嗯，嘿，伙计们，很抱歉打扰你们了，但病人现在快死了，所以不介意我们现在去急诊室，稍后你们再解决这个问题吧？'"

"我就知道你会提这个！我都不知道他是谁！我之前从没见过他！"

"那是罗伯特，他是位领导。"

"我和他说话的时候像个傻瓜，就抱着类似'你究竟是谁'的态度？"

"我真是太爱你了，你就是个英雄。我们做得太棒了。"

我们再次拥抱了一下，祝贺彼此成了救世主。多么跌宕起伏的一次任务啊。

我才不在乎罗伯特对我的看法，也不在乎街上普通人对我的看法。我只关心我的病人、我的搭档，以及其他与我们一起工作的第一急救员的想法。最重要的是他们信任我，了解我的医学水平，这才是最重要的。至于急救系统领导们的看法？我并不在乎。

━━━━━━━━∿∿❤∿∿━━━━━━━━

但那天晚上到底发生了什么呢？在紧急情况下获得的记忆太过脆弱，是不是每个人都有自己版本的记忆？

那次呼叫之后，我很担心莱克西。她后来哭了很久，而且她很快就要上护士学校，同时还会兼职第一急救员。我开始意识到，急救服务对她和我都造成了真实的伤害。

作家琼·狄迪恩在她一篇比较著名的文章中说："看清事情的开始很容易，想看到它的结局却很难。"我在急救领域的经历正好相反。我很难确定自己是何时成为第一急救员的，但对我来说，看到结局更容易。我在那天晚上看到了，它近在咫尺。

9 欢乐的终结

我对急救工作的情绪问题始于 2019 年夏天，从那之后就像雪球一样越滚越大，令我陷入痛苦的雪崩。

6月，公园坡又有一批新急救员毕业。该机构给我们发了一封令人心寒的电子邮件，管理层通知我们，搭档将每隔一周打散并重新分配一次。我们现在每个月要负责培训新成员 2 次。

好吧。毕竟，经验丰富的第一急救员曾经也培训过我。而且我仍然可以每隔一周和尼娜值一次班。莱克西已经飞到了护士学校上学，所以她很少有时间来轮班。

尼娜和我勉强接受了我们的新命运。我们和新人一起工作，努力在同一个晚上轮班，至少这样还可以一起开车去基地。我讨厌我的新搭档，一个叫查克的邋遢白人。幸运的是，某一天他从公园坡消失了，也许贝克解雇了他，我没有问，我只在意他消失了。

但正如我们在街上说的那样，事情总能变得更糟。

事实上，情况确实变得更糟了。

几周后，第二封来自公园坡的邮件像鸟粪一样飞到了我的收件箱里，这封邮件告诉我们，所有搭档现在将被永久分开。从现在开始，我们每周都要培训新成员以及见习员。

嗯，什么？不再和尼娜一起轮班？

我的内心开始了一场葬礼。

读到这个通知我觉得自己仿佛被踢进了一个新的时代：欢乐的终结。对组织而言，成员增长通常是一个积极的信号。但由于我们是志愿者，这种增长感觉像是以牺牲我们为代价似的。

现在，根据最新的电子邮件，我们将更加努力地工作，不断培训新人，而且永远不能和我们的搭档一起轮班。我很愤怒，并且认为这种愤怒是理所当然的。我对权威的不满情绪再次抬头。我生闷气、跺着脚、咒骂我们的主管，他们怎么敢这么做？他们以为自己是谁？他们不能这样做。他们知道我是谁吗？

等一下，我又是谁呢？

我知道自己幼稚又小气。可若是不能和我的"街头妻子"一起工作，我真的不想待在救护车上了。现在，我在救护车上最期待的，也是唯一期待的，就是和我的搭档共度时光。没有搭档，就没有欢乐。

每个人都有影子。我的影子遇到了我的那些同事——共同志愿者。

许多第一急救员也有同样的不良反应。内森成了奥斯汀的眼中钉，奥斯汀负责安排日程表。查德，一个吹毛求疵的牢骚鬼，没打一声招呼就放弃了他的轮班。莱克西，这个拒绝与我以外的任何人一起值班的"女王"，在社交媒体上直言不讳地咆哮着指出拥有一个好搭档的重要性，以及找到一个好搭档是多么困难，而一旦你找到了，永远不让他们离开又是多么至关重要。

在我们义愤填膺的时候，拉兹和希普仍然兴高采烈，完全不受这次人事变动的影响，他们非常乐意培训参加他们轮班的任何人。我不知道该如何评价他们的反应，或者说是缺乏反应，但他们是比我们更专业的人。

愿我们都能像拉兹和希普。

"也许是时候离开急救系统休息一下了，"当尼娜开车带我们去基地进行最后一次轮班时，我在车里说，"我们还有街头甜品要经营，所以我们还可以烘焙。"

就在我们考虑要不要休息的时候，情况更加恶化。

情况是这样的：

为了在不同的任务中驾驶正确的救护车，我们不得不重新调整挤在车库里的救护车的停放顺序。这里简要介绍一下救护车的美学问题。

和所有车辆一样，你驾驶的救护车是什么品牌和型号也就传达了你的某些情况。挑选一辆在街上行驶的救护车，就和为某个场合挑选一件完美的礼服一样重要。简单来说，我们想乘坐一辆恰当的救护车。对我们来说，恰当的救护车就是指救护车中的"小黑裙"[①]，功能强大。

每个第一急救员都需要一辆"小黑裙"救护车，当它驶到现场时，每

[①] "小黑裙"诞生于20世纪20年代的法国，由可可·香奈儿设计。奥黛丽·赫本在电影《蒂凡尼的早餐》中的小黑裙造型，堪称史上最经典的银幕扮相之一，更是令小黑裙成为风靡全球的单品，经久不衰。小黑裙已经被公认为精致、优雅、高贵的典范。

个人都会眼前一亮。在街上，这些救护车相当于在告诉我们的第一急救员同行和病人，我们知道这里的情况严峻而重要，我们是来帮助你们的认真而重要的人。

把救护车从挤满救护车的车库里开出来是一项极其不愉快的任务，因为这条单行道上挤满了交通高峰期从"展望"高速公路上下来的川流不息的车辆。

这天晚上，我们值班之前，哈特福德在基地楼上用一种简慢的语气和我们说了一些我想不起来的小事。她的车停在街上，占据了我们停车换救护车的空间。就像我之前提到过的，哈特福德有种指挥官式的个性，而因为我断然回避性格暴躁的人，所以我不愿意开口让她把车开走，因此我们的停车环境变得更加危险。

尼娜站了出来。由于我的不情愿，她坐到了驾驶座上。她主动请缨参加了这场"救护车泊车大战"。

然后，事故发生了。

尼娜开着救护车倒车，撞到一根电线杆上，她相信倒车摄像头能指导她，而不理会我尖叫着告诉她要开直线。"好，很好，现在倒直线了，继续倒直线，倒直线啊！尼娜你要撞到电线杆了！尼娜！你要撞上——"

撞车后，我走到我的搭档面前，她仍然坐在方向盘后面，脸色有点苍白，我问她："我让你直线倒车，你为什么就不明白呢？"

"可摄像头显示后面什么也没有！"

好吧，我明白了，她相信科技，而不是活生生的人，事故就这样发生了。后来我们才发现，倒车摄像头被颠倒了。尼娜在屏幕上看到的情况与我告诉她的现实情况正好相反，她选择了相信屏幕而不是我，她并不是唯一被屏幕诱惑的人。

在输掉"救护车泊车大战"之后，我们绕着被尼娜撞到电线杆上的救护车转了一圈，发现它没有任何损坏，我们松了一口气，这是一个小小的胜利。然而，我们觉得奇怪的是，哈特福德就在楼上，在听到我的尖叫和紧随其后的刺耳撞击声后，她竟然没有冲下来，这很奇怪。但谁又在乎呢？我们俩都不关心。我们拿到了想要的"小黑裙"救护车，开始享受我们的夜晚。这是我们作为搭档的最后一次轮班。

一开始，我们以为一切正常。但在急救服务的世界，会一切都好吗？不会的，总会有各种各样的"问题"，事情绝不会这么简单。一小时后，哈特福德给尼娜打电话，问发生了什么事。

"你的意思是我把救护车撞到了电线杆上？"尼娜说。

该来的总会来。

哈特福德说是的。她说救护车有损坏，油漆脱落，保险杠被刮伤。

有吗？我没看到啊，尼娜也没有。保险杠重要吗？对外面的人来说，保险杠很重要。对哈特福德来说，显然也是如此。我们没有检查保险杠。但对我来说，"保险杠"这个词意味着它存在的意义就是为了撞上东西，所以我只检查了救护车车厢。

但哈特福德认为我们发现了救护车的损坏却置之不理，并试图欺骗她，但我向你们保证事实并非如此。

而情况就是从那里开始急转直下的。

哈特福德给贝克打了电话。贝克很生气。第二天，他取消了尼娜的驾驶资格，告诉她，她必须重新参加指导紧急车辆操作员培训。现在，公园坡有的第一急救员经常把空调装置从挤不进急诊停车位的救护车上扯下来，但他们也不受驾驶限制。愤怒之下，尼娜放弃了她所有的轮班。出于忠诚和愤怒，我也做了同样的选择。整件事都是我的错，因为是我不愿意停放救护车并要求哈特福德移动她的车，是我不想每周都培训新手急救员，也是我不想和我的搭档分开工作。

尼娜和我正式离开了街头。

那个夏天，我作为私人侦探接到的危机案件也越来越多。7月，我接到了一个婴儿死亡案件，这是调查员能调查的最糟糕的案件之一。在推特上，一些母亲声称她们的孩子在服用了欧洲市场的一种新药后死亡。我的工作是调查他们的说法，看看是否属实，或者这些孩子是否死于其他原因。

结果发现这些母亲说法有误，是其他原因导致了这些孩子死亡。但是，这种事情是无法沟通的，至少没法在社交媒体上沟通，毕竟母亲们在推特上都这么说了。头脑正常的人谁会在网上说失去孩子的母亲是错的？毕竟她们的孩子已经死了。

让我分享一些关于失去孩子的父母的痛苦真相吧。他们愤怒的导电轨可以使整个星球触电。他们永远无法释怀——永远不会。他们会带着破碎的心走进坟墓。无论对错，悲伤的母亲都应得到无限的同情、空间、时间以及尊重。所以这件事没什么数字化的事情可做。

在幕后保持沉默、离线解决问题，一直以来都是客户难以接受的建议，因为被冤枉的人总想要迫切地说出真相、说出他们的故事、纠正记录、让记者和推特用户改口并修复他们用谎言制造出来的混乱。但这种危机策略注定是失败的。

互联网这个地方不适合伸张正义，也不适合复杂的叙述、深思熟虑的重新审视或者更深刻的反思。当所有其他选择和系统都让他们失望时，人们就会求助网络。在法院、媒体、国家相继让他们失望之后，互联网就是最后的手段，在网上为自己辩护简直就是乞丐的"摇尾乞怜"。

但我的客户不是乞丐。

处理互联网危机的第一步是立即与网络脱离，把问题放到现实世界中解决。在现实生活中，和真实的人，通过电话，当然最好是面对面处理问题。

"你的案子一定要看死去孩子的照片吗？"有天晚上，菲丽丝在电话中问我。

我们的友谊中有个由来已久的笑话，是关于菲丽丝相信她是一名侦探，因为她看过《法律与秩序》。由于原因太过荒谬和有效，在此就不一一列举了。我鄙视这部剧（对不起，我知道每个人都喜欢这部剧，警察和警探会讨论剧情，鲍比还出演了这部剧。对不起，鲍比），但是，我私人生活和工作中最残酷、最暴力的罪行被归入了不可知之列，比如希瑟的被害、各种大规模枪击事件。对幸存者来说，它们是不公正的、混乱的、极其痛苦的，没有令人满意的情感结局。在我的生活和工作中，正义只是例外，而非常态。对于悬案，幸存者只要活着就会一直饱受困扰。没有法律，也没有秩序。

"有时需要，"我对菲丽丝说，"是的，现在我就需要。"

"噢，姐妹，"她说，"真是太难为你了。我就做不来这种事。"

"但你必须得做，因为你是个侦探。"

"不行，绝对不行。我看不了死去孩子的照片，我不处理这种类型的案子。"

"真有意思。那作为侦探，你都处理哪种类型的案子？"

"除此之外的所有案子。"菲丽丝说。

因为我的工作，我与网络的关系很不融洽。

"你的'推特'账户毫无亮点，"一位朋友曾评论道，"都是些关于书籍、写作，还有你朋友干的很酷的事，偶尔还会发些关于第一急救员的动态。"

确实如此。

大多数时候，我把网络看作垃圾堆，也是搞笑表情包的绝佳来源，菲丽丝和我持续交换这些表情包。我的职业生涯中，在网络这个地方，事情总会变得非常糟糕。人们因不虔诚而遭受痛苦，这些事情我见得太多了：被非法滥用的儿童照片，被霸凌到自杀的青少年，受到虐待的老人，报复性色情视频和仇恨引发的死亡威胁，而硅谷的富人（那些社交平台公司的管理者）拒绝将其删除。阴谋论者在网上大放厥词，威胁要杀人，然后在现实生活中付诸行动。

我对手机上瘾，像其他爱上网的人一样，但我试着留意我花了多少时间在网上。

社交媒体滥用情况和不良心理健康状况之间有直接的联系，重度社交媒体用户是我们社会中最抑郁、最焦虑的成员。这些人在心理健康方面表现不佳，我们来解构一下背后的含义。自拍传达的潜在信息是什么？看着我，看着我，看着我，就像是自恋的"浴盐"。这些成瘾者终其一生都被禁锢在自我投射之中。

至于应用程序本身，它们的工作机制就像拉斯维加斯的老虎机一样激发多巴胺，像一种毒品。你以为你可以通过分享大量的自拍，拍下沙拉、猫和堵车那天的照片来和他人建立联系，但实际上是你被疏远了，独自困在一个房间里。或者更糟糕的是，你和你爱的人在一起，却无视他们，一心玩手机。

作为第一急救员，我花了相当多的时间陪在病人和垂死之人身边。我从没听到有人说，在他们生命的最后时刻，希望自己能在"照片墙"上积累更多的粉丝，或在"脸书"上花更多的时间。

因此，尽管街上的工作经常令人沮丧，但救护车就是我逃离这些的避难所，我很想念它。

总有别的地方可以去做第一急救员，但去哪里呢？公园坡是纽约市最好的志愿者机构之一，我这么说并不只是因为我曾在那里工作，而是他们赢得了急救服务的年度最佳机构奖。我和尼娜遇到的问题是我们和公园坡之间的问题。

在输掉"救护车泊车大战"后不久的一个晚上，尼娜和我正在我家烤纸杯蛋糕，我们决定回到街上去。自从不在救护车上，我们都不知道自己是谁了，觉得生活失去了方向。我们提出与贝克和哈特福德见面，把事情解决。他们欣然同意了。

几天后，我们4人在基地见了面。当时罗伯特就在附近，所以他也参加了会议。我觉得他是想看看会不会有人尖叫——第一急救员喜欢看戏。

我们与哈特福德、贝克一起坐在员工室里，眼泪汪汪地厘清了那天晚上救护车撞上电线杆的事故，以及他们决定打散搭档的事情。

贝克解释了该机构幕后发生的事情。他告诉我们，有的急救员经常损坏救护车，他觉得在爱惜救护车运行方面几乎毫无希望。大家总是对他撒谎，说街上出了什么问题，然后他就被牵连了。而且他明白我们作为搭档的关系有多紧密，他也爱他的固定搭档。他告诉我们，若是他不能再和那个人一起值班，他可能也会辞职。他的搭档是唯一能让他在救护车上感到愉快的存在。他和我们一样也是第一急救员，所以他能理解我们的心情。

与此同时，他也解释了公园坡是一个全志愿组织，人们在这里工作几年后，就会找更好、更有前途的工作。他必须保证救护车的人员配备及机构的正常运转，招募新成员是实现这一目标的唯一途径。他说我们仍然可以作为搭档一起轮班，于是我们很快就提出每隔一周培训一次新人的要求。

"我知道我在做什么，"我说，"之前我都躲在尼娜身后。但在训练新人时，尽管很累，我还是学到了很多。我必须得站出来。"

尼娜和我保证，我们会做得更好。我们为没有上报事故而道歉，也解释了我们真的检查了救护车是否有损伤，但确实没有发现任何损伤。哈特福德也道歉了，我比在场的任何人都要感激她的道歉，她真的不是故意要伤害我们的,她不知道应该如何处理这种情况,也不明白为什么本组织中最负责任、最敬业的两名成员会做出这样的事情。

我们表示理解,尼娜和我同意回到救护车上,甚至同意参加一次互助轮班。当时正值热浪滚滚的夏季,所以纽约市消防局启动了所有的志愿救护公司协助处理增加的911呼叫量。就在我们以为要放弃的时候,我们最终却提供了更多的服务。

这就是我喜欢危机的原因,即使是我自己的危机。听贝克和哈特福德讲述他们对事件的看法,以及作为我们行为的接受者的感受,我理解了我们让他们多么不安和愤怒。我看到了他们承受的一切,他们为社区做的每一件好事,以及在全志愿成员的情况下保持救护车正常运转是多么的困难。我理解,也抱歉自己给他们添了麻烦。他们都是好人,我们都是一样的,这就是我在此次谈话中获得的感受,我们都是一样的人。

所以,问题解决了。

话虽如此,但我感觉到,对我们4个人来说,这场事故使我们信任的花瓶上出现了裂缝,我仍然受到了打击。因此,当一周后,一些好消息敲响我的家门时,我真是不胜感激。

8月中旬,我收到纽约市消防局的一封信,通知我去贝赛德的托滕堡报到,参加身体敏捷性测试。我的反应是——天啊!我真的要这样做吗?加入消防队?在我的脑海中,我不断听到"云梯3号"的退休消防员约翰尼和贡佐的声音:"帕特会喜欢的。""明年,我希望看到你穿着制服回到这里。"

于是,一天清晨,我驱车前往托滕堡。希普和我在同一天被叫去参加身体敏捷性测试,我都不知道他也在考虑加入消防局,但我们还是来了这里。我们100多个人拿着号码牌坐在长长的食堂桌子旁,等待被叫号。我环顾四周,有男人和女人,黑人、白人和棕色人种,大部分都是年轻人。我是目前为止现场年纪最大的候选人之一,若是让我猜的话,我应该和教官的年纪差不多。但这并不重要,我们现在不再是个人了,只是名单上的数字。

那天早上,我通过了体能测试,所有的测试都以优异的成绩通过。一些负责训练的教官看到我时显得很开心,这有什么好笑的?是因为我的身高,还是我的年龄?

所有测试都很容易通过，除了这个手臂测力计。那东西太残忍了，差点让我崩溃。我不停地用手绕着旋转的踏板转圈，让它推着我的手臂，我在心里对帕特说：就是为了你，就是为了你，我才会做这种破事。

希普也通过了所有的体能测试。事后，我们互相恭贺了一番。

"听着，"他抱着我说，"不是每个人都能胜任这份工作，但我们可以。这是使命的召唤。"

又是那种讨厌的召唤的套话。当我回到公寓，蹒跚着上楼时，我在走廊碰到了杰瑞米。他做了煎饼，问我要不要吃。

我说："好啊，给我来一块煎饼。"

杰瑞米跑进他的公寓，然后端着一盘煎饼出来。他注意到我穿着健身服，就问我是不是从健身房回来的。

"不是，刚从托滕堡回来，"说着，我用手拿起煎饼吃了起来，"我正在考虑加入消防局。"

"你这是要自杀吗？"

"不是啊。"

纽约市消防局的下一步工作是进行背景调查和体检。消防局的人告诉我，他们会给我寄一封信，确定体检的日期和时间。他们非常喜欢寄信。

马尔科也是如此。他喝得酩酊大醉，反思了自己分手的行为，还道了歉。他说他有一些想法想要和我分享，问能否给我寄信。我说当然可以。

每个人都给我寄信。

我期待着消防局和马尔科的信件，感觉像是等了很久。

连续两三个星期，我每天都去检查邮箱，但是一封信也没有。

你们为什么要言而无信？那你们的话究竟是什么意思？既然不会有信寄来，那为什么还要开这个口？

8月底，另一个更严重的工作危机袭来。

我被叫去处理一个与暗网有关的案件，每天工作10—12个小时，有时甚至是16小时。白人至上主义者和其他极端主义仇恨团体正谋划在全国范围内进行枪杀活动，我的工作是尽力定位网上的杀人威胁并确认它们的准确性。如果情报是准确的，我就把它交给纽约警察局，后者再交给联邦调查局和联合反恐特遣部队。然后，联邦调查局上门查获武器，逮捕那些想成为大规模枪击者的犯罪分子。大多数目标都是男孩，拿着父母为他们买的自动武器的郊区白人男孩。我个人认为这是一起白人大屠杀策划案，一些仇恨者只是十三四岁的孩子。

他们都是孩子，美国的孩子。

暗网真的很黑暗，我发现有太多针对女性、同性恋、黑人和犹太人的仇恨，看得我头晕。我不得不放下救护车，因为除了工作，我没有时间做任何事情。

纽约警察局说，联邦调查局正在根据我的情报抓人。他们打电话给我，要求提供威胁简报，所以我开始觉得肩上的责任更重了。每次离开电脑我都觉得紧张，要是我出去吃饭的时候，某个死亡威胁付诸行动了怎么办？此时我就像飞机上的乘客一样，认为如果自己闭上眼睛相信飞行员，飞机就会从天上掉下来。

对此我尽量保持谦逊。我告诉自己，我只是众多工作人员中的一员。但压力是难以置信的。我睡不着，也没法写作；体重直线下降，掉下来的头发都能团成一个红线团。为了忘掉脑袋里的仇恨内容，我买了植物、烤了馅饼，看了6季的《美国白马王子》，我却想不起这个真人秀任何参赛者的名字。

有一天，我醒来，告诉自己必须离开这个鬼地方，开车去北部，找个地方放松几天，哪怕只是补补觉，呼吸一下新鲜空气，看看树，甚至是夜间的星星也好。

通过上网浏览，我在纽约的阿梅尼亚找到了一处像作家笔下的城堡一样的房子，然后以最快的速度开车出城。我吃了点东西，睡了一天，醒来时觉得很孤独。我邀请尼娜过来一起玩。我告诉她，我们可以吃到直接"从农场到餐桌"的食物，还可以去农场看山羊。我知道我的街头"新娘"看重什么，我抛出陪伴动物这一诱饵。"珍妮弗，这是真的吗？"尼娜问，"你是说真的吗？我们真的能去农场？"

那天下午，她开车来了北部，到达时正在下雨。晚上，我们在酒店的餐厅吃了一顿豪华晚餐。尼娜点了葡萄酒。在一间正式餐厅里，看着我的第一急救员搭档坐在我身边，端着一个别致的高脚杯畅饮葡萄酒，我觉得很有趣。"我不知道自己在做什么，"她在侍者让她闻一闻后说，"我不喝葡萄酒。"

我也不喝葡萄酒。

第二天下午，我们驱车前往附近的一个农场。尼娜在草地上蹦蹦跳跳，和她的朋友——奶牛交谈。我们遇到了很多漂亮的动物：山羊、猪、鸡。尼娜与它们都有交流，她全心全意地爱着遇到的每一个农场动物，她特别喜欢小猪。我真心觉得她应该在某个时候离开纽约市，比如现在，来北部住上一段时间，找份农场的工作。

至于我，我的放松逃离是短暂的。当我回到纽约，我又回到了悲剧中。

回到家后我查看了邮箱，里面有一封来自消防局的信。这封信上的日期是即将到来的 9 月 11 日，祝贺我通过体能测试，并给我预约了 10 月份的背景调查和体检。

我盯着这个日期，这似乎是冥冥之中自有安排，我注定会收到一封来自消防局并标有那个意义非凡的日期的信，就好像帕特在幕后操作一样。我把它当成一个信号。

"帕特，"我一边说，一边吃力地爬楼进公寓，"如果你想让我加入消防局，那我就加入。我不知道自己能不能担当得起，但我会做到的。你想要我做什么都可以。"

9 月 11 日，我去了帕特的消防站，与伊尔法，还有帕特的弟弟迈克待了一天。他今年从拉斯维加斯赶来纽约参加周年纪念活动。我们去了纪念碑。在博物馆里，迈克低着头，双手插在口袋里，站在他哥哥的玻璃头盔和一辆被毁坏的消防车前，那辆消防车就像一个被踩扁的可乐罐一样被砸碎在纪念馆的地板上。当天晚上，我们去了归零地参加日落仪式。

我被消防局录取了让伊尔法很兴奋，她和一名年轻的爱尔兰消防员分享了她对我的自豪，这名消防员就在帕特所属的消防站工作。她认为消防局这个组织很有凝聚力，她不知道急救中心在消防局是"二等公民"，被许多消防员看不起，所以当她告诉他时，我很担心。

"这不是一码事，"我说，"急救中心不像消防局，它们不是一个部门。"

这名消防员点头表示同意，"对，这不是一回事，这是两码事。"

汤米在某个时候给我发了短信："你不觉得应该让我知道你很好吗？我一直在想你，我只是想问候一下你。要是我打扰到了你，我很抱歉。"

我非常想念他。一直无视他让我很痛苦的事实，尤其是在 9 月 11 日这一天，但我没有回复。7 个月来，我没有回过他一条短信。我发现我们在现实生活中永远不会见面这一事实让我有种挫败的平静。与他相比，我在网上聊天和约会的其他男人都显得黯然失色。他们很少问我做什么工作、读过什么书、写作的动力是什么。他们大部分只想知道我会不会做饭，少数几个人还是傻瓜。知道汤米在那里却不能联系让我十分痛苦。

哦，好吧。

马尔科那天也发来了慰问，他人可真好。人们开始忘记"9·11"事件，但士兵们从未忘记。

"今天想和你分享一些积极的想法，"马尔科说，"人们常说人有 3 次死亡：第 1 次是灵魂离开身体；第 2 次是长眠于安息之地；第 3 次是他们的名字被最后一次唤起。你的朋友、导师和兄弟仍然活着，因为你分享了他的人生故事。保重，了不起的珍妮弗。"

了不起的珍妮弗并未感到振奋，这一天实在是漫长又悲伤。等我回到家，我只想放松和睡觉。

然后，事情变得更加"爱尔兰化"。

大约午夜时分，我回到公寓，然后我有了一次非常奇怪的经历。我趴倒在床上，看了一段那天早上在消防队拍的视频。今年"云梯 3 号"有个穿苏格兰短裙的消防员在默哀的时候演奏了风笛，他是个身材高大、发色较深的家伙。我通常能在仪式的大部分时间里保持平静，但风笛一响，我就失控了，眼泪夺眶而出。我拍了一段风笛手演奏的视频，晚上我听了这段音乐，如此美丽、悲伤的音乐。

夜色已经很深了，我汗流浃背、筋疲力尽，于是我冲了个澡，准备睡觉。当我站在瀑布般的水流下时，我却听到了风笛声。真奇怪，我想，我肯定是忘了关手机上正在播放的视频了。等我关掉花洒，音乐却停止了。在新的寂静中，我用毛巾擦干身体，走到卧室，看了看手机。

什么东西都没打开，应用程序和音乐都没有，风笛视频也没在播放。

肯定是帕特。这一天，他一直陪在我身边。我能感觉到他的存在，伊尔法也可以，还有鲍比，还有迈克、迈克和迈克。

终于到了9月12日，新的一天。每年日历上最糟糕的那一天再一次离我而去。

但是今年，就在这一天，帕特的弟弟迈克被诊断出患有前列腺癌，这和他挖掘废墟、寻找帕特有关。

我们在前一天，即"9·11"事件周年活动那天在消防站就得知迈克得了癌症，但我们并没有过分担心。前列腺癌是可以治疗的，很多人活了下来。但今天得到的消息是，迈克的癌症是晚期，已经进入第4阶段。

这相当于判了死刑。

当伊尔法打电话告诉我这个消息时，仿佛那架恐怖飞机飞进了我的心里。

迈克的癌症已经扩散到全身，从前列腺开始，吞噬着他的骨骼。这个夏天，他联系了纽约的几名退休消防员朋友，希望他们帮他找找能治疗与"9·11"事件相关癌症的医生，但没有人回复他。这让我的"爱尔兰血"沸腾了，但这种情况很典型。

任何患过癌症的人都知道癌症会给你带来许多"惊喜"，比如谁会出现在你面前，谁会向你提供"爱尔兰式"的告别（不跟任何人告别、偷偷离开的行为），谁会在你需要的时候靠近你，谁会在你生病的时候保护你。当我被诊断出患有癌症时，我的母亲被恐惧和悲痛折磨得几乎无法正常工作。她想飞到纽约来帮助我，但我没让。我无法接受在看医生、做手术的同时，还看到我心爱的妈妈沮丧不已，这实在是太难了。我的诊断结果不仅仅是我的噩梦，也是她的噩梦。我不想让她看到我生病，也不想让她为我担心。

消防员就像一家人。这些第一急救员还能应付多少患有与"9·11"事件相关癌症的消防员？情况已然接近绝望。想象一下，某一天早晨你醒来，猛然发现失去了所有的朋友，那些和你一起工作了一辈子的人、你真正的家人，他们被谋杀了，而你却以某种方式活了下来，你会是何心情？可是，接下来你又发现，你活了下来却得了癌症，并不停地目睹其他朋友因癌症死去，你不停地去参加葬礼，这就是你的生活，你又会有何感想？

没有人想听"9·11"事件的第二幕戏——关于那些幸存下来的第一急救员，他们挖干净废墟，清理了那座坑，清理干净这座城市，然后生病和死亡。公众更愿意相信那场悲剧已经过去了。

我怀疑我们发动永久战争针对的那些人，或者那些自愿与他们作战的士兵，还有那些参与长期停滞不前的关塔那摩审判的家庭——该审判因另一名军事法官下台后被再次推迟20年，会认为"9·11"事件已经成为过去。

而"9·11"事件肯定还在纽约市第一急救员的任务清单上。

在紧急医疗技术学校，内特曾告诉我们，袭击发生后，入学人数激增，每天都有人报名成为第一急救员。消防和警察部门的情况也是如此。

在那天失去父母，后来又成为救援人员的孩子被称为"星期二的孩子"。那些"9·11"事件第二幕戏的年轻人现在是街上的救援人员。

每个人都记住了逝者。
而垂死挣扎的人却被遗忘了。

"哦，没人关心垂死挣扎的人，"一个消防员朋友说，"那太难了。一旦他们死了，你就做个祈祷，然后继续前往下一场葬礼。这些人没有展现软弱的能力，我知道这很悲哀，但这是男子气概的表现。'给他杯啤酒，让他玩得开心，癌症就会从他身上消失。'不是这样的，机灵鬼。你要和他一起哭，分享他的故事，还要做他的兄弟。"

贡佐就是那个兄弟。他，以及和帕特关系最好的几名幸存消防员朋友都陪在迈克身边，帮他签署宣誓书，证明他的癌症与挖掘废墟有关，这样他就可以作为世贸中心医保计划的一员得到治疗了。

在大多数情况下，"9·11"事件第二幕对危重病人的拯救是漫长的、缓慢的、情绪化的、痛苦的、丑陋的和极度悲伤的。这是一场死亡马拉松，而不是短跑。这些拯救工作大部分落在家庭和朋友、女性和孩子身上。还有乔恩·斯图尔特，他为饱受癌症困扰的"9·11"社区做了大量的公共宣传，与坐在他身边奄奄一息、头发花白、饱受癌症折磨的警探路易斯·阿尔瓦雷斯一起作证，在国会无人问津的情况下主张为"9·11"事件的第一急救员延长医疗福利。

我再说一遍，这个国家对待服务人员的方式是一种巨大的耻辱。

悲哀的是，有太多的第一急救员死去，"9·11"事件的幸存者根本无法承受，几乎每个月都有葬礼，癌症袭击了许多脆弱的、悲痛欲绝的幸存者。癌症、自杀、药物成瘾和酗酒困扰着第一急救员群体，特别是"9·11"事件的幸存者——没有人真的能"活下来"。

夏天，伊尔法通过她在西奈山医院工作的朋友斯蒂芬牵线搭桥，为迈克找到了一位名叫吴医生的肿瘤学专家。其实，想要及时约见治疗饱受癌症折磨的第一急救员的医生是很难的，几乎可以说是不可能的，因为预约的人数太多了，候诊名单很长、很长。

伊尔法和斯蒂芬把迈克的所有情况都告诉了吴医生，确保他了解帕特以及他所做的一切，还有他是如何死亡的。吴医生马上给迈克安排了预约，他是那个治疗癌症的人。

"我不知道，姐妹，"伊尔法在电话里说，"这将会很艰难。帕特已经死了，迈克的妻子珍妮特也死了。我明天晚上要和他一起吃晚饭，这是个大问题。"

"我陪你去，"我说，"就看迈克是否同意我和你们一起吃饭。如果他同意，我就去；如果不行，也没关系。我们会想出办法的，你不必一个人做这件事，姐妹，我可以帮忙。我们一起来做这件事，我们会照顾好迈克的。"

"真的吗？"她问，"你会这么做吗？"

"他是帕特的兄弟。"

"是啊。"

然后我们就像排练过似的，异口同声地说："一切为了帕特。"

第二天晚上，我们3人在迈克挑选的一家喧闹、拥挤的酒吧吃饭。这是一家爱尔兰酒吧，酒保为穿着运动服的顾客提供成品脱[①]的健力士黑啤酒，闻起来就像地板上的锯末。这是我过去经常喝的那种酒，我很喜欢。

我们溜进一个卡座。我和伊尔法挤在一张长椅上，坐在迈克对面。他喝了几杯啤酒，点了一些有膻味的爱尔兰风味野肉，我们为此还嘲笑了他。和迈克在一起的感觉很奇怪，又很安心。几乎就像和帕特在一起，因为他们长得实在是太像了。尽管这个消息令人伤心，但一种新的喜悦在我

[①] 品脱，容积单位，主要在英国、美国及爱尔兰使用。1品脱于英国和美国代表不同的容量，美国又分为干量品脱及湿量品脱。1美制湿量品脱约为473毫升。

心中扎根：我有了另一个兄弟。

我们聊了好几个小时。迈克同意在西奈山医院接受吴医生的治疗，这是个奇迹。在此之前，他对所有的医疗建议都不屑一顾。他不想失去胡子和头发，他仍然希望能有性生活。"你都要死在你的男子气概上了。"我们告诉他。他不相信会发生这种情况，也不相信情况会变得这么糟糕。迈克的同意意味着他每个月都要回纽约接受治疗，这就是我们的计划。

晚饭后，我和伊尔法向留在酒吧的迈克告别。他想在外面多待一会儿，也许继续喝酒，也许和一些消防员朋友去另一个酒吧。

他看起来很孤独，我们觉得把他单独留下很不好，但时间已经很晚了。

至于我和伊尔法，只能说我们的酒吧时光已经结束了。

一起朝地铁走去的路上，我们意识到坐在那个喧闹拥挤的酒吧里让我们俩都闷闷不乐——交谈只能大喊大叫，像在吵架。我们做了个约定，接下来不管他什么时候来纽约，都由伊尔法挑选吃饭的地方，再也不要去播放摇滚乐的酒吧了。只要迈克没和家人在一起，我们就会放下一切去陪他。

很快，迈克就回到了拉斯维加斯，在那里，他和正在读护理学校的侄女艾琳住在一幢被他称作"大院"的沙漠房子里。在他的妻子去世后，艾琳就开始照顾迈克。她是他真正的救命恩人，聪明、专注、有爱心和乐于助人，是名副其实的英雄。迈克在拉斯维加斯一直和我与伊尔法保持着联系。我们建了一个群聊，不停地发短信和打电话，一个临时组成的家庭在厄运中形成——也是在荒诞之中。

现实辜负了我们，所以我们求助于童话故事。有一天在中央公园，迈克和伊尔法偶然发现了一些动物，我们就给彼此起了昵称。我们现在成了寓言中的角色：伊尔法是鸭子，迈克是乌龟，他们叫我急救小鸡，因为我在救护车上工作，而且很可爱，只不过我发出的不是"咕咕"的声音，而是救护车的声音——

咿吼。

要是我的生活是一部小说，我会想把暗网案件这部分抹掉。因为，即使对于像我这样专职处理危机的女人来说，这也有点太过沉重了。我不确定是否能处理好这件事,既不能全盘处理,当然它也不会一蹴而就。

等我的工作危机平息后,没有发生大规模枪击事件,我们赢了,联邦调查局逮捕了更多顽皮的、犯有重罪的武装儿童,我又回到了街上。

与迈克的命运相比,我在救护车上的生活和考验似乎相当微不足道,几乎波澜不惊。在这些忧郁的日子里,我唯一期待的事情就是庆祝万圣节。

10月的一个晚上,在救护车上,尼娜和我纠结不已,最后决定穿上2019年的服装,打扮成警长。我最喜欢的叔叔是一名警长,而且他也在和癌症做斗争,所以挑选一套和他相似的能鼓舞士气的服装很有意义。

为了致敬迈克,我们买了假胡子。我的是红色的,与我的发色很搭。而当尼娜收到货并戴上它时,她看起来就像个冰毒贩子。

在一周的时间里,我们买了配套的棕色毛毡牛仔帽。我们还决定做一些涂满橙色糖霜的巧克力纸杯蛋糕送给第一急救员。这就是我们的计划,但正如拳王迈克·泰森所说:"每个人都有计划,直到他们被打到嘴上。"

时间似乎没过多久,迈克突然回到了纽约,伊尔法和我每天都能看到他。一天下午,他和我第一次单独出去玩,我们去了中央公园动物园,进行了一次改变我作为第一急救员命运的谈话。现在回想起来,这一切似乎都是上天的精心安排。

那是一个美丽的秋日,空气沁爽,树叶渐染,这样的秋高气爽让纽约看起来宛如世界上最伟大的城市。迈克和我边走边聊,手挽手四处闲逛,追忆着帕特。

"你认识我哥哥吗?"他问我。

我绊了一下,差点摔倒。我知道帕特是一个传奇人物,但直到迈克问我这个问题,我才意识到那些在和迈克联系,或者以其他方式靠近他的人根本不认识帕特。

"是的,"我说,"我认识你哥哥。帕特和我一起练过几年瑜伽,在我戒酒和得癌症的时候,他帮了我很多。"

"我都不知道你得过癌症。"

"是的,I期黑色素瘤,但我的反应就像是第IV期,因为当时我很年轻,很害怕。发现的时候,我刚戒酒一个月,所以我的反应基本上算是歇斯底里。帕特告诉我，我会没事的。他说他并不担心我。"

迈克点点头。他低着头往前走，目光长久地停留在铺满落叶的小路上，说："帕特和我其实没有那么亲密，他有点与世隔绝。"

我瞥了他一眼，他看起来很苦恼。

"乌龟，你知道的，有时戒酒的人也会这样。我们并不是不喜欢酒吧，但有时去酒吧玩会让我们情绪低落。所以有时，不是一直啊，只是有时，我们的生活会有点与世隔绝，即使是和我们所爱的人也会保持距离。"

迈克说："我明白的，我之前根本不知道这些。"

我们沉默地走了一会儿。在公园里闲逛时，我告诉迈克我收到了纽约市消防局的来信，正在考虑加入消防局。这个决定有点折磨人，我觉得，除非我为了纪念帕特而在消防局工作，否则我就不是真正的救援人员。我告诉他，我认为在医疗紧急情况远远超过火灾的情况下，急救中心却被当作部门的丑陋继子对待，这是不对的，也是不公平的。与其他将消防员交叉培训为护理人员的大城市相比，纽约市仍处于恐龙时代。

"你是在对着唱诗班唱歌。"迈克说。

毕竟他是个医生，他尊重街头医疗。他知道我们在外面看到了什么，知道这有多艰难，多么不讨好。我告诉他，我并不是故意怠慢消防员。

"嗯，但你是对的。现在已经没有那么多火灾了，建筑物有自动喷水装置。消防员们有时间安心吃饭，他们也有时间睡觉了。"

"我认识一个人，他在布朗克斯区工作得很卖力。"我说，想起了汤米。

"我在哈林区工作过，"迈克说，"但我也有时间睡觉。"

这让我大笑起来。

"你知道的，急救小鸡，"迈克说，"在我得知自己被医学院录取时，我还是一名消防员。当时我在哈林区工作，我很高兴能做一名消防员。这份工作很有趣，我很喜欢。所以当我被医学院录取时，我不知道该怎么办。我想也许我会继续做一名消防员，我告诉了帕特，他特别为我骄傲。天啊，他比我自己还骄傲，比任何人都骄傲。帕特说：'迈克，你被医学院录取了。谁都可以做消防员，但不是每个人都能做医生，去做医生吧。'于是我辞去了消防局的工作，去了医学院，成为一名急诊医生。"

就在这时，我清清楚楚地听到了，就像是帕特正在对我说：至高服务，我们应该为自己和他人提供至高服务。我完全明白他的意思，他的意思是做只有你能做的事，做你自己，而不是其他人；做更艰难的事，让你与众不同的事。对我来说，这意味着成为一名作家——一种全新的目标感越发明晰。

"你对你的医疗事业还满意吗？"我问迈克。

"当然了，我爱死这份工作了。如果坚持做消防员的话，我的人生可能会比现在轻松。但我喜欢做急诊医生，因为这样可以真正地帮助别人。"

"我喜欢帮助别人，就像是得了爱帮人的病，我可能会死于帮人。"

迈克笑着说："我也是。但你从事的工作也是，伊尔法告诉过我你处理的案子，你是如何阻止大规模枪击事件发生的，警察是如何根据你的工作抓人的。你是个英雄，你在拯救人们的生命，而他们甚至都不知道。还有晚上在救护车上轮班、写作。我喜欢作家，海明威在战争期间也在救护车上写作。不是每个人都能写书的，所以我说，如果你能做到这一点，我认为这是相当不可思议的。"

我特别想哭，有种如释重负的感觉。帕特走了，但他给了我他弟弟，所以在某种意义上他又回来了。这就是我的感受，仿佛我又有了一个兄弟。不对，是两个，一对爱尔兰双胞胎兄弟。而他们的状况就像双子塔，一座已然倒塌，一座正在倒塌。他们是帕特和迈克。

至于万圣节，这场"演出"并没有按计划进行。

我和尼娜戴上胡子及帽子，然后跳上救护车，带着我们美丽的小蛋糕上街。这一次，依然没有人想要我们的烘焙产品，一个也没有，没有一个第一急救员想要纸杯蛋糕。

不过没关系，我们的装扮大获成功。我们在救护车上给自己拍了张照片，然后把它发到拉斯维加斯，迈克认为我们看起来很滑稽；我们把它发到华盛顿州，我的警长叔叔也这么认为。

万圣节快乐。

第三章
相互救助

10 两个老婆

到了 11 月，我毫不留恋地任由消防局的背景调查和体检日期过期，这要感谢我在动物园与迈克的那次改变命运的谈话。我没有成为一名全职的消防局第一急救员，而是飞到路易斯安那州，在新奥尔良和我母亲会合。她之前从来没有去过新奥尔良。

我妈妈已经 70 多岁了。最近，我们一直在谈论她身体还健康的时候想看的东西和想做的事情，在为时已晚之前完成这些事情是很重要的。街头工作从未让我忘记——生命转瞬即逝，我们的人生真的非常短暂。

在新奥尔良，我和妈妈玩得很开心。整整一个星期，我们在法国区和花园区走街串巷，为街头音乐家鼓掌，品尝各种美食：烤虾、麻辣小龙虾、一袋袋来自世界咖啡馆的热腾腾的贝奈特饼。

晚上，我们谈天说地，绝口不提我哥哥。他是一个令人痛心的话题，我猜他永远都是。

做第一急救员帮我放下了这辈子每时每刻都想拯救他的执念。在救护车上工作，我明白调度员永远不会派我们去给家人做心肺复苏，因为我们会被情绪折磨得无法正常工作，我们反而会碍手碍脚，可能还会阻碍救援。

在新奥尔良的一个晚上，我告诉妈妈迈克生病了。她说她会为他祈祷，她明白他对我有多重要，我有多需要一个哥哥。

"你哥哥从来没有真正出现在你的生活中，"她说，"但是上帝给了你迈克，你能拥有他真的很幸运，他能拥有你也很幸运。"

"你总是不吝啬夸奖我，因为你是我的母亲。"

"不，我没有，我是真的太为你骄傲了。你非常上进，你生命中拥有的一切都是你努力奋斗得来的。不管是你的写作，还是去做第一急救员，你从来没有依靠过我。这一切全是靠你自己的努力，你生活得很美好。"

妈妈为我感到骄傲这些话令我深受触动。我觉得自己很幸运。

我们谈到了我童年中比较快乐的一面。我家几代人都住在红杉国家森林里的小木屋，就在一个叫纳尔逊营的小山村。爸爸和哥哥一直不喜欢那里，他们认为那里太原始了，无事可做。但我和妈妈都很喜欢山，那片森林是我们的教堂。森林里有巨大的红木和古老的红杉，地面长满了熊草，夜间带着手电筒散步时能闻到松树和木柴的味道。只有我和妈妈在月光下的森林里散步，天空中星子寥落，那里简直就是天堂。

我感谢妈妈在我的成长过程中为我所做的一切，她为我付出了很多。

"我十几岁的时候真是太烦人了。要是我有个像我这样的孩子，我一定会把她送进少管所。"

"你只是太容易生气了。"母亲说。

"还有醉醺醺，我太糟糕了。有一次外婆骂我是混蛋。"

妈妈咯咯地笑了起来："是吗？她真是个了不起的女人。"

"嗯，确实了不起。"

最后一天，我们收拾好行李，在机场分手，我很伤心地跟妈妈说了再见。在飞机上，我真切地体会到我对她的爱和思念，比我允许自己感受到的还要多。她和我父亲的婚姻很失败，我的童年就是一场灾难。她留在婚姻中的时间很长，足足25年。她留下来是因为她害怕离开，她对自己成为离异妇女而感到羞耻。她不想让父母失望，她是一名天主教徒。

但最终，她还是走出来了。差不多离婚6年后，妈妈找到了一个真正爱她的男人，现在正享受幸福的第二段婚姻。

生命中总存在着一个你应该与之结婚、你父母认可、理论上是正确选择的人，这个人会让你觉得安全，但不会触动你的灵魂，也不会让你的心因恐惧和好奇而跳动，就是一个合适的选择而已。对她来说，这个人就是我的父亲。他不是坏人，当然也不是希瑟父亲那样的杀人犯，他只是脾气不好。我妈妈和他认识6个月后，他们就订婚了。

我也差点嫁给这么一个人，一个错误的家伙，就是那个在我癫痫发作时与我约会的建筑师吉姆。他看到了一部分的我，但不是全部，甚至并未触及我的内心。我妈妈在她的第二段婚姻中纠正了她的错误，嫁给了一个她非常喜欢的人。这个人让她在七十几岁的时候，还能像个少女一样傻笑，跑过房间去亲吻他。她嫁给了一个对她很好、让她充满活力的人。

愿我们都能如此幸运。

我妈妈省吃俭用，在红杉国家森林买了一间小屋，就在纳尔逊营上面一个叫阿尔卑斯村的小镇里。在那些山里拥有一间小木屋是她一生的梦想，而她最终实现了这个梦想。她有了一个神奇的地方，可以去那里避开贝克斯菲尔德的酷热。

在我少女时代的那个西部房子里，她尽了自己最大的努力。若是我处于她的位置，肯定做不到她这么好。她给了我这么美好的生活，对此，我真的很感激。

那年秋天回到纽约，迈克从我的哥哥变成了我名义上的丈夫——"共享丈夫"。

11月中旬，他和家人一起回到了纽约。他的堂兄杰伊是一名退休的加利福尼亚消防员，而杰伊的妻子朱迪是位高挑的美女。他们人非常好，非常可靠，非常有爱心。他们一起陪迈克去看医生，他们是迈克的陪护人——"陪护人"是个美好的词。

迈克最近一直胸痛。在吴医生的检查室里，杰伊让迈克承认了他的症状。医生要求做心电图，这意味着迈克必须去急诊室。

在医院等待做心电图的时候，他变得很焦虑。他不喜欢坐在病人中间，不喜欢那些躺在担架上排队等待分诊的病人，不喜欢人满为患的病床，不喜欢急诊室里各种仪器持续不断的哔哔声——这就是急诊室的环境脉搏。这对他来说太煎熬了。

他和杰伊在急诊室里被分开，所以迈克一时之间只能靠自己。他不顾一切地找到给他做心电图的医生，坚持要自己看心电图指标。看到指标正常之后，他认为自己不用去看医生，他自己就是医生。于是他向护士问了去卫生间的路，然后偷偷溜出了医院。他在街上给杰伊打了电话，然后又给我打了电话。

"乌龟，"我问，"发生什么事了？你拿到心电图了吗？你怎么上气不接下气的？"

"我刚从急诊室逃出来，"迈克说，"我偷跑出来的，急救小鸡。那里就是战区，我不能和那些人在一起。"

"噢，上帝。那是医院，当然会有医生和病人。"

"就是太疯狂了，你根本不明白。"

"我明白的，我是急救员。这里是纽约，所有的急诊室都那样。你至少做过心电图了吧？"

"心电图是正常的，我自己看的，可能只是焦虑。现在我在等杰伊来找我。"

"你声音怎么小得像逃犯？"

"我这是跑得上气不接下气。"

"你的胸口还贴着心电图贴纸吗？"

"是的，"迈克笑着说，"我还留着那个贴纸。"

"你就是个疯子，但我很高兴你的心电图是正常的。亲爱的，你觉得这是恐慌症发作吗？我想也许我们需要谈一谈感受。"

"是的。哦，杰伊过来了。杰伊！"他喊道，"听着，急救小鸡，我不知道我今晚能不能赶上伊尔法的首映。我有点心烦意乱。"

那个晚上，伊尔法出演的一部名为《你可以吻我》的短片将在一个电影节上首映。我们本来应该一起去看的。

"照顾好自己，乌龟，鸭子会理解的。深呼吸，慢慢来，和杰伊、朱迪一起玩，看看你能不能放松一下，好吗？"

"好的。嘿，听着，杰伊来了，我要走了。我爱你。"

"我更爱你。"

我们现在对彼此都这么说，我们3个人都这么说：我爱你。

迈克参加了电影的首映式，尽管他可能对去急诊室的事感到不安，但他不想错过在大银幕上看到伊尔法的机会。

整个秋天，迈克都非常迷恋伊尔法，这让她很不安，因为她基本上算是帕特的遗孀。"如果帕特在'9·11'事件中幸存下来，他应该会娶伊尔法，"迈克经常这么说，"她会成为我的嫂子。"

但这并不能阻止他被她迷住。

这也不能怪他。伊尔法美丽动人、才华横溢，而且灵气逼人，就像是从童话中走出来的。悲剧对某些人就有这种影响。他们生活在"纤薄之地"，他们是"纤薄之人"。他们跨越了此世和彼世的界限。这就是伊尔法。

一天，我们在中央公园散步时，迈克坦言："我太爱鸭子了。"

他的措辞让我不得不竭力忍住笑。和迈克谈论他对伊尔法的感情，就像和一个刚在 ZZ 托普乐队音乐会上嗑了药的人聊天。

"我也爱上了你。"他宣称。

"别说了，你没有。"

"不是的，我是真的爱上了，"他坚称，"伊尔法救了我的命，是她为我找到了吴医生，让我去看医生。她的朋友斯蒂芬为我做了这些，不是消防员。你也救了我的命，花了那么多时间陪我。你们真是帮了我的大忙，我每天都期待着来纽约看你们。我在拉斯维加斯有点孤独，所以我也爱上了你。我爱上了你们两个人。"

"你是一名消防员，你爱上了所有人。"

迈克跺了跺脚："不，我是急诊医生。而且我只爱上了你和伊尔法——急救小鸡和鸭子，没有别人。"

我明白这是怎么一回事了。迈克认为他爱上了我们，因为我们在关键时刻帮了他，就像帕特帮助我一样。你会爱上那些在你人生至暗时刻帮助你的人，刚戒酒的人遇到戒酒成功的老前辈时就会这样。

这通常发生在第一急救员和获救的病人之间。但这不是男女之爱，而是神圣之爱。

"好的，乌龟，"我说，"只要你愿意，你可以爱上我们两个，我们可以都是你的'老婆'。"

"我喜欢这样，"迈克说，"我得了癌症，所以我有两个'老婆'。"

"至少两个。"

所以，现在我"结婚"了。

伊尔法出演的电影开演前的晚上，在迈克从急诊室逃出来之后，我在切尔西的一家酒吧接上他、杰伊和朱迪，然后去剧院和伊尔法碰头。

在这之前，我的"妹妹兼妻子"伊尔法和我聊过迈克看这部电影的事情。影片中有个场景是她亲吻一个女人，所以她很担心他的反应，迈克并不知道这部电影有限制级场景。"他会疯掉的，"我夸张地说，"他不知道前面有什么等着他，他即将看到超出他最疯狂梦想的电影片段，他的女神将在大银幕上亲吻另一个女人。他会高兴地倒下的，我们得用轮椅把他推出去。"

在影院拥挤的大厅里，我和杰伊、朱迪聊了聊，他们对迈克从急诊室逃出来的孩子气行为很恼火。杰伊和我聊了很久，聊到作为第一急救员要如何帮助像迈克这样的病人。当真正需要就医的病人拒绝去医院时，现场处理是多么困难。如果你把他们留下来，你又是多么担心他们会死。你会觉得非常无可奈何。

很快，电影开始了。我坐在杰伊和伊尔法中间，迈克坐在他的"真爱"——鸭子身边。我在摧毁他的浪漫梦想方面取得了一点"成就"，但即将到来的吻戏会让我后退很多步。

这是一部优秀的短片，情节跌宕起伏，结局正如亚里士多德所说的"出人意料，却又在情理之中"，这是最好的结局。接吻的那一幕拍得很有品位，我为我的姐妹感到骄傲。

之后，当灯光亮起，我看着迈克，他看起来就像老麦克斯尔广告中的那个家伙——坐在椅子上，头发和领带被不可思议的音乐声吹到脑后。这就是看了伊尔法的电影之后的迈克，他就是那个神魂颠倒的人。我无法板着脸看他。

"你觉得怎么样，乌龟？"后来我们一起吃饭时，我问他。

迈克说："哦，哇喔，哇喔。我很高兴我看了伊尔法的电影。之前在医院，我差点没来成，但我很高兴我来了。我觉得它是电影节里最好看的电影。伊尔法是个伟大的演员，她能和詹姆斯，还有鲍比齐名。"

詹姆斯·瑞马尔和我之前告诉过你们的鲍比·伯克，这两个演员都是帕特最亲密的朋友，当然也是迈克的。帕特在"9·11"事件中去世后，他们也做了第一急救员，分别是紧急医疗救护技术员和消防员。帕特就是有这样的影响力，他创造了救援者。

"我们的鸭子真是才华横溢。"迈克说。

"那当然了，她就是我们的明星。"

"我觉得她有种魔力，"他继续说，陶醉地盯着他的水杯，"我这么说并不是因为我爱她。别忘了，我也爱你。"

"决不会忘记。"

我忍不住笑了起来。吃饭的时候我一直在笑，在回家的地铁上我也笑了。后来在电话里，又和伊尔法一起笑。那天晚上熄灯时，我还在笑。

上帝保佑迈克·布朗。

12月，我飞到巴黎放松了几个星期。和妈妈在一起的日子很美好，但我需要在欧洲四处游玩，做一些法国人极为擅长的放松活动，说一口蹩脚的法语，被那些穿着粉红色开司米毛衣、骑着小型摩托车的男人起哄，他们叫我美女（jolie）、淘气包（drôle）、珍妮弗（Zheniffer）。

我本来打算9月去巴黎，那时天气还不错。但我被一些危机案件搞得焦头烂额，然后就是迈克被诊断出患有癌症，而我不想错过任何一次探视他的机会。

在过去的几个月里，美国和它的武装仇恨组织真是让我心力交瘁，也让纽约警察局的情报部门疲于奔命。12月，该部门宣布成立一个新部门，专门处理出于种族和民族动机的极端主义活动。20年来，情报部门一直把工作重点放在伊斯兰国家的恐怖组织上，现在则开始关注国内的恐怖主义活动，比如来自"骄傲男孩"这样的极右翼和新纳粹组织。

最后，我终于抓住机会，离开美国休息了一段时间。我的小说也已完成，所以在法国除了放松，我什么都不用做。

我去了一趟布鲁塞尔，去看望我的一位调查员同事，她以前在墨西哥负责绑架勒索案件，所以这个安排很不错。

我搭乘环欧火车回到法国。冬天的巴黎细雨绵绵，天空灰蒙蒙的，天气很冷，不管我穿了多少衣服，牙齿总在打战。但巴黎之旅是有效的，法国的美丽总能让我焕然一新，我以崭新的面目回到纽约市。

2019年的12月，救护车上的夜晚总是很漫长。病人带着冬季常见病被抬上我们的救护车，比如流感、肺炎。现在回过头去看，很有可能当时新冠病毒已经在布鲁克林流行，但我当时对这种病毒一无所知，也没在街上看到任何值得留意的迹象。

那年冬天的一天，尼娜请了病假。我们以为她得了突发性流感，高烧让她筋疲力尽，卧床不起。几天后，她就康复了。她得的是感冒、流感，还是感染了新冠病毒？这就只有上帝知道了。虽然4个月后，当纽约暴发新冠病毒肺炎疫情并成为美国的病毒中心时，我还取笑尼娜说她是零号病人。

12月中旬，迈克到纽约见吴医生。这些天，他经常待在这里，就好像他住在东海岸。有他在身边真好，没有谁能比得上帕特·布朗。但我得告诉你，也没有谁能比得上迈克·布朗。

帕特个性激烈且语速很快，而迈克则松弛有度。你可以想象帕特强行开门，站在你着火的公寓里，眼睛四处扫视，那你就可以看到迈克站在他身后，脸上带着沉重的表情，思考着什么。

如果帕特是行动派，那迈克就是思考派，那种你可以感觉到的思考。帕特个性严肃，很有保护欲；而迈克可爱又傻乎乎的，孩子气十足。帕特神经紧绷，充满活力；而迈克即使在笑的时候也带着一种失败的忧郁气质，让你想要伸出双臂拥抱他，抱紧他。帕特比迈克矮，却给人一种高大庄严的感觉；迈克很平易近人，感觉就是一个普通人，而且是一个活生生的人。

"我就是个普通人。"每当我和伊尔法问他为什么做某些事情时，他都这么说，这总是让我们开怀大笑。"迈克，你的牛仔裤上有洞。你是个医生，为什么你走路的姿势却像是刚从戒毒所出来？""我不知道，我就是个普通人。"我们带他去商店，坚持要他买新的牛仔裤。"迈克，你后口袋里装的是梳子吗？我们这是进了时光隧道吗？你刚才是去洗手间梳头了，所以你的头发才是湿的？""别逗我了，我就是个普通人。""迈克，我正在给你讲我的生活故事，你却打断我，要我看商店橱窗里的吉他。你为什么要做这样的事？""因为我是个普通人！"

最近，我们一直在无情地取笑他，笑他把成堆的钱送给酒鬼——他借给这家伙一大笔钱，也借给那个人。

"把你的钱包收起来，留一些自尊，"我们对他说，"找你借钱的根本不是你的朋友。他们正在抢劫你，你却放任不管，他们都是骗子。"

"嘿，我的朋友不是骗子。"迈克说。

"就是骗子！"我们对他吼道。

这次探视，是在一个阴雨霏霏的下午，我和他在中央公园附近的梅森凯瑟法国面包店一起喝咖啡。我们点了卡布奇诺，我还点了个咖啡泡芙，并让迈克也点一个。

他说："我以前从没吃过泡芙。"

"尝一个，乌龟。你会喜欢的。"

卡布奇诺到了，迈克撕开半打糖包，给他的咖啡加了一些甜味。他消灭了他的泡芙，说："嘿，我喜欢这个。"然后，不知从哪里冒出来的灵感，他开始跟我说起他的酗酒问题。

谈话变得严肃起来。

在咖啡馆，迈克说，大多数晚上我和伊尔法吃完晚饭离开后，他都是一个人待在外面，去酒吧玩，把自己喝得酩酊大醉。前一天晚上，他又出去喝了很多酒，喝到走不了路。

"我想这可能不太好，我的腿不能动了。"

我点点头："腿是很重要的。"

"我能问你些事吗？"

"问吧。"

"你觉得我是个酒鬼吗？"

我差点被我的泡芙噎住。哦，老天。终于还是来了，那个最重要的问题，我还以为他永远不会问呢。几个月来（还是几年以来？反正是很长时间了。），我和伊尔法一直在为迈克祈祷，希望他能戒掉酒瘾。伊尔法在夏天就建议迈克在接受治疗的同时戒酒，这样也许能像帕特那样成功戒酒。但在迈克决定戒酒之前，我们谁也无能为力。能做到的人总会做到，而有些人根本做不到。我觉得让迈克戒酒在某种程度上是帕特的未竟事业，最后的愿望。我们知道帕特想让他弟弟戒酒。

"答案就在问题里，"我在咖啡馆里告诉迈克，"既然你开口问了这个问题，其实你的心里就已经有答案了。"

"是的，但我是在问你，你怎么看？"

"9月11日那天，我第一次在消防站见到你的时候，你就喝醉了，当时才早晨8点。"

"那你认为我是个酒鬼吗？"

"酗酒是一种自我诊断疾病。"

"但你是怎么想的？"

"帕特成功戒了酒，你所有最亲密的朋友都是戒酒成功的。你喜欢戒酒成功的人，你被他们围绕着。"

"嗯，但你究竟是怎么看的？"

"你真的想听我的意见？"

"是的，我想。"

我做了个深呼吸，然后靠在桌子上说："迈克，我觉得你就是个大酒鬼。"

他犹豫了一下，羞愧地用手捂住自己的脸。我尖叫着给他拍了一张照片，发给了鸭子。接着，迈克拍了一张我用手捂脸的照片，也发给了她。然后，伊尔法给我们发了一张她捂脸的照片。

"我不认为我是个酒鬼，"迈克说，"我不知道，我脑子一片混乱，但我一直在思考——"

当我听到"思考"这个词的时候，我的耳朵好像停止了倾听。酗酒者总是在思考，与酗酒者谈论他们的饮酒问题，你几乎每次都会得到这样的回答："我不觉得自己是酒鬼。让我考虑一下，我只是需要弄清楚。"但无论在医学上，还是在临床上，酗酒都是一种身体和心理上的疾病，所以心灵不是解决酗酒的地方。必须在身体和精神上对酒进行双重戒断，否则酗酒者会孤独地死在他们的房间里或酒吧椅上，思考、再喝酒，再思考、再喝酒……

但我错了，这不是迈克想在梅森凯瑟面包店谈论的内容。"既然我已经得了癌症，"他说，"我一直在想我应该做好准备了。"

"做好什么准备？"

"你知道的。"

"死亡吗？"

"是的，如果这就是我仅剩的时间，我希望能清醒地活着。我是说，真正地活着。我想过精神丰富的生活，不想一个人待在酒吧里。既然我现在正在接受治疗——这还要多谢鸭子给我找来了吴医生——我觉得我再继续把自己的腿都喝得动不了了，可不行。"

"是啊，这可不行。你可怜的身体正在竭尽全力抵抗癌症。多亏了鸭子，你才找到了一名很好的医生。而且你还在吃药，只吃医生开的一半的药。"

我和伊尔法给他起了个绰号，叫"50% 迈克"，因为他只吃吴医生医嘱用药服药量的一半，有时甚至更少。

"我可是 50% 迈克！"他在咖啡馆里说。

"是的，你是，但这并不是在恭维你。清醒地对待生活，我觉得这是个好主意，乌龟。你在酒吧花的时间已经够长了。"

"我这辈子差不多就住在酒吧里了。"

"是的。也许是时候试试别的东西了,我想帕特会很高兴的。"

"过一会儿,我要和一个医生朋友出去吃晚饭,而且我知道我们会喝酒。"

"喝吧。他是个骗子吗?你会给他你的银行卡号吗?"

迈克笑了起来:"他可能会希望今天的晚饭由我买单。"

"听我说,"我严肃地说,"要是你想戒酒,我唯一坚持的就是你别独自做这件事,让我们来帮你,千万别拒人于千里之外。也不要心惊胆战,那样你就不帅了,不仅没什么用,而且非常痛苦。我会尽我所能地帮你戒酒,伊尔法也会。帕特在我戒酒的时候帮助过我,我都没来得及在他死之前感谢他,所以如果我能有机会通过帮助你来感谢他,那真的是太好了。伊尔法也是如此,再没什么事能比这更让她高兴了。我们都非常爱你。"

"好,我也爱你们这些家伙,"迈克说,"所以我才'娶'了你们两个'老婆'。"

我们分开后,我给伊尔法发短信,告诉她这件事。"姐妹,这简直就是个奇迹,迈克刚刚和我聊了他喝酒的事。"我把约定告诉了她,她也答应了。

那天晚上,迈克在晚饭后给伊尔法打电话,她表现得好像根本不知道发生了什么。她告诉他,我们第二天早上要和一些戒酒成功的朋友一起吃早餐、做一会儿冥想。迈克问他是否可以一起去,他当然可以。

当然,那天晚上他还是喝酒了,先是和他的朋友一起,然后是独自在旅馆里。那些可悲的小酒瓶。

第二天早上,在曼哈顿市中心,迈克与我和伊尔法碰头。我们把他介绍给帕特以前的戒酒成员。那是迈克戒酒的第一天,他请求帮助,仿佛帕特听到了他的祈祷,并做出了回应,我相信这一点。大多数酗酒者在戒酒前都有过清醒的时刻,迈克也有过清醒的瞬间。那天早上,我们一起做了一会儿冥想,时间不长,就5分钟。之后,迈克的脸上露出迷幻的表情,他不停地前后摇着头,动作很快,像是沉浸在陶醉中,又像是在努力赶走一只蜜蜂。我和伊尔法走到他身边。

"你还好吗,乌龟?"我们问。

"帕特在这。"他说，眼睛直勾勾地看着我们。

伊尔法和我问："他说了什么？"

"他推了推我的肩膀，说：'你怎么这么久才来？'"

迈克再没喝过酒。

这是一个充满奇迹的季节。圣诞节清晨，我像往常一样醒来，躺在床上喝咖啡、读书，然后跌跌撞撞地走到我的桌子前，写了几个小时。

我正准备把我的小说送出去，试图找到一位合适的文学经纪人。我祈祷这次会成功，我的作家梦已经被那些街头悲剧打断很久了，我觉得自己有点落后。我的朋友们已经遥遥领先，每隔一年就推出一些漂亮又重要的书。我却无从下手。正如我的作家朋友罗斯克兰斯曾经对我说的那样，出版一本小说就像一颗流星坠落在你的后院。

与此同时，作为第一急救员的生活也有些痛苦。在这个寒冷的圣诞之夜，我和奥斯汀、尼娜计划3人一起值班，公园坡也遂了我们的愿。他们知道我们是"街头妻子"。我们买了小饰品来丰富节日的欢乐，奥斯汀戴了一顶圣诞老人帽，尼娜戴着驯鹿角头饰，而我只能扮演圣诞老奶奶，头上戴着一顶可笑的红色毡帽，帽檐还围了一圈冬青。

那天晚上，当我出现在基地，我的"老婆"们看到我都欣喜若狂，这也是我希望在圣诞节与我共度时光的人们会有的感觉。几年前，奥斯汀"爱"上了我，因为我拒绝了一名联邦调查局探员的电话，当时她和我正在救护车上聊男人。"'老婆'，你刚刚挂了联邦调查局探员的电话？"她问。"是的，"我告诉她，"我们正在进行非常重要的谈话。联邦调查局的人可以等，他们的工作就是等待。"自那之后，奥斯汀就"爱"上了我。

那天晚上，我们戴着节日帽坐在救护车上，从星巴克买了些节日饮品。在值班即将结束时，我们接到了一个处理重伤病人的任务。当我们停车时，有一辆救护车已经停在街角，车门大开，这是个不好的信号，意味着急救员忙于救人根本来不及关车门。

在街对面，我们看到两名急救员在一具倒地的尸体旁徘徊，他们是和我一起处理失控出血者的那个文身男和他的黑发搭档。他们正在治疗一个躺在人行道上的人，就在一辆停着的车的另一边。该死的，这种事竟然发生在圣诞节！情况看起来很糟糕，我和尼娜、奥斯汀摘下节日帽，戴上手套,向他们小跑过去。

在地上,我们看到一个看起来像我外公的老人躺在水沟里,旁边是一个翻倒的轮椅。他的白发梳在他明亮、和蔼的脸颊两边,身体圆润而柔软。他太可爱了,但这么可爱的他竟然会在圣诞节躺在水沟里,这让我都想哭了。这个该死的世界!

在人行道上,病人的女儿解释说,当她试图把他移到车上时,他摔倒了,裤子被轮椅的座位卡住了。我们试图把他弄出来,但他瘫痪的腿不但很重,而且一动也不能动,我们无法把他从这个装置上卸下来。外面的天气很冷,我担心这个可爱的老人会着凉。他不停地为浪费我们的时间而道歉,这让我很伤心。

我讨厌这种情况,真正需要帮助的人们却为自己需要帮助而难过和道歉,这总是让我心碎。在街上,迫切需要医疗护理的人往往不会及时拨打911电话,反而是那些不需要我们任何服务的"焦虑不安的人"不停地打电话过来,这让我们疲惫不堪。

我记不清是奥斯汀还是谁,机智地抽出创伤剪刀剪开了老人家的裤子,现在我们只需要把他抬起来就好了。尼娜退后,我和奥斯汀帮那两个急救员把病人扶起来,然后小心翼翼地把他放进车里。我伸手为他系上了安全带——咔嗒,安全带系好了。

"非常感谢你们对我的帮助,"他说,"我只是被卡住了。圣诞快乐。"

"圣诞快乐!"我们说。

我们问他是否想去医院,但他向我们保证他没有受伤,哪里也不疼,只是需要帮忙抬一下。有人抓起一台松下笔记本填了一份医疗帮助表。

"你生日是哪天,先生?"奥斯汀问。

那位病人说了年份——"1915年"。

什么?

"您说您的生日是什么时候来着?"我问。

病人的女儿看向我:"你没听错,他生于1915年,他已经104岁了。"

"噢,天啊!"我们大叫起来,"先生,您看起来棒极了!这么可爱和幸福,您的秘诀是什么?"

"噢,"病人咯咯笑着说:"我也不知道。"

"哇喔,"在我们向大家告别并回到救护车后,我喃喃地说,"我之前从没见过这么高寿的人，他看起来状态真好，真是了不起。"

我知道紧接着尼娜就会出现在我身边，扯着我的袖子，脸上一副狂乱的表情，眼睛里闪烁着惊恐的光芒。"珍妮弗。"她乞求地说，我立刻就知道她准备说什么了。尼娜最可怕的噩梦就是长寿。"珍妮弗，听我说，如果我能活那么久，如果我活到104岁，而你刚好还活着……"

我把她的手从我身上扯下来。"尼娜！别闹了！放开我。首先，我是活不到那么久的。"

"但是，珍妮弗，如果以某种方式，如果偶然出现了科学奇迹……"

"不会有什么科学奇迹的，即使有，我也不会杀你的。今天是圣诞节，马上回到救护车，把你的鹿角戴上。"这是我和"老婆"们度过的一个神奇的节日，也可能是我所经历过的最甜蜜的圣诞节。我们的病人没有受伤，我们这些第一急救员欢聚在一起，没有任何孤独可以找到我。

救护车就是个避难所，我的写作生活也是。

1月的最后一周，一名文学经纪人给我回了邮件，要求我把整部小说寄给她。然后，另一名经纪人也回复了同样的要求。收到邮件时，我正在健身房里，我兴奋得从跑步机上摔了下来。

"恭喜你，姐妹！"菲丽丝说，"你的游戏开始了。"

大约一周后，菲丽丝和我通过一个名为"叙事4"的组织，在普拉特大学举办了一次故事交流研讨会。菲丽丝为"叙事4"工作，我在一年前或更早的时候就接受了他们的培训，成了一名共情叙事的辅导者。我楼下的邻居，一个叫埃勒里的作家，是普拉特大学创意写作项目的负责人。有一天，我边喝咖啡边给他讲"叙事4"，后来，他就带着菲丽丝和我去主持了这个故事交流研讨会。

我们玩得很开心。我最喜欢的事情莫过于和我的姐妹一起在教室里或舞台上表演了，听她讲写作，我总是很惊讶。学生们的表现也非常出色，那么多敞开心扉的故事足以融化一座冰川。我喜欢作家的生活。

刚从普拉特大学回到家，悲伤就涌上心头。过去的几个月是如此残酷和沉重，我很担心迈克。我想念和汤米的聊天，我过去经常和他谈起帕特，以及帕特对我的意义。现在迈克病了，我需要一些支持。我想过给他发短信，请他喝咖啡，但我不能让自己这么做。这么多年来，他从未在现实世界中出现过一次，我再也无法承受任何失望了。

不久，迈克回到了纽约，我专注于做他的两个"老婆"之一。我们3个人约会过很多次，我们分享了那么多的快乐和奇迹。随着时间的推移，重获清醒的迈克，在癌症晚期的情况下，开始谈到他对纽约的访问是他这一生最快乐的时光。

我也是。

一天晚上，迈克带我和伊尔法去看大卫·拜恩的演出，我们从座位上站起来，一起唱《美好的一天》并哭了。我们走遍整个城市，穿过河流和公园。我们把迈克介绍给保罗，保罗是一名戒酒成功的越战老兵，也是帕特最亲密的朋友之一。这两人一拍即合，保罗成了迈克的精神导师。我们在麦克索利餐厅狼吞虎咽地吃热狗，帕特消防站的爱尔兰消防员在那里调酒。他给我们上了苏打水，还免费为我们提供食物。

迈克全身疼痛的时候，伊尔法建议我们去那种免预约的地方按摩。"嘿，伙计们！"他隔着寂静的房间喊道，"我们要按摩多长时间？一个小时吗？我要脱衣服吗？"

"千万不要脱掉你的衣服。"

一天下午，迈克和我去了自然历史博物馆。他让我付钱，就这一次。"好的，那我可以享受老年人折扣吗？"我问前台小姐，"我丈夫已经60多了。别被他的胡子骗了，他染了胡子。"迈克喘着粗气，又笑又羞地跑开了。

我们的"婚姻"很幸福，幸福到让我开始觉得乘坐救护车是一件可怕的苦差事。

从我还是蹒跚学步的小孩子到现在，我遇到的麻烦都没有我成为一名第一急救员志愿者（我再重申一遍）之后遇到的麻烦多。一月份的这些夜晚，没有一次轮班我是不被纠正、训斥的，又或者因为什么事在某个地方被某个人大吼大叫。

这样的事有：我把车停在医院停车位的时候忘了关救护车的灯；我在

现场停留时间过长；我把病人的病历写错了；我没有向调度中心汇报关于我的最新情况，让他们知道我还没有死；为了处理一个被车撞到的孩子，我封锁了整条街道，不停按喇叭的司机从他们的宝马车里走出来，骂我造成了交通堵塞；我把一个有暴力倾向的情绪抑郁患者送到最近的911接收机构，当时护士没时间来处理这个烂摊子；我未经允许就从医院的补货柜里拿了一个冰袋；那个摔倒受伤的醉汉骂我是傻瓜，因为我坚持让他去医院给他裂开的头皮缝针，他可是被我和奥斯汀从他自己流的一摊血里拽起来的；一个无家可归的女士听到了叫她去杀别人的声音，她不想要我的帮助，还对我破口大骂。

我被吐口水、被骗、被抓、被拳打脚踢，受到无法理解的侮辱。"所有人，停下你们正在做的事情！"我的一个病人，一个生病的囚犯，在我们进入急诊室时这样尖叫着说。每个人都转过身来盯着我。"你们看到这个女人了吗？"他指着我说，"这个女人欠收拾！这就是为什么她是个愤怒的婊子！这里有谁能来收拾她吗？"

病人、护士、普通人、领导，他们都像被踢死的兔子一样沉默不语。我的内心重新燃起了对周围所有人的仇恨，包括那些我本应帮助的人。每当我在街上遇到其他救援人员，他们摇摇晃晃地走到我的车窗前坦言他们憎恨别人时，我就点头表示同意。

"哦，珍妮弗，"一天晚上，当我们爬上被冷风摇晃的救护车时，尼娜说，"我们太惨了，是不是应该实行弹性工作制？"我不知道。弹性工作制意味着我们将放弃每周的轮班，并在我们觉得合适的时候值班。而最近的情况，根本不允许我们这样做。

在我看来，我们对自己的眼泪并没有可辩解的理由。我们在街上待的时间甚至算不上很久，尼娜待了4年左右，我差不多有3年。然而，我们的轮班充满了谎话、灾难和赤裸裸的人体残骸，这让我们感到痛苦。在这方面，我们并不孤独。第一急救员和护理人员的平均职业预期只有5年，也许对于全职第一急救员来说，是侮辱性的薪酬摧毁了他们的工作热情。在全国所有职业收入排名中，第一急救员排在倒数第4名，只超过了幼儿园教师、肉类包装工和洗碗工，全国第一急救员的平均年收入只有29924美元。如前所述，在纽约市，垃圾清理工都比第一急救员赚得多，他们也不需要在工作中做出生死攸关的决定，或者忍受那些诸如叫他们白人妓女的辱骂。

布鲁克林街头的冬夜依然漫长到让人觉得痛苦，我在救护车上开始觉得这是在浪费时间。最近，我和尼娜似乎大部分时间都是坐在救护车里抱怨。在工作之余，我们通过讨论《90天未婚夫》中那些倒霉的夫妇来打发时间。我们给对方买了笑话咖啡杯，上面还印着剧中的名言，其中一个杯子上写着："一切都将变得更加愚蠢。"我们查阅了甜点的食谱，想为第一急救员做甜点，还模拟了一些紧急情景来自娱自乐。

有一次轮班，我问尼娜处理心脏骤停是什么感觉，并让她在救护车上重演。我隐隐有种恐惧，当我终于被派去处理特殊的紧急情况时，我会忘记该如何处理。我们不停地讨论放弃每周的固定轮班，进行弹性工作制，想什么时候值班就什么时候值班，但我们似乎无法将自己从自己设计的囚笼里释放出来。

"你为什么不休息一下呢？"一天，迈克在电话里建议，"你不必辞职，但听起来你已经非常疲惫了。这个弹性工作制听起来是个好主意。"

我猜也是。我一想到这件事就沮丧得下不了决心。

在这个月的最后一天，当世界卫生组织宣布进入公共卫生紧急状态时，我并未对这个消息给予太多关注。我的心思都放在了迈克、我刚完成的那部小说（现在有几名文学经纪人正在读），以及如何处理我对急救员生活的不满上了。要不要进行弹性工作制，这就是问题所在。

11 别逗英雄

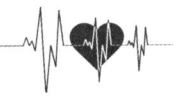

一个阴冷的 2 月晚上，尼娜来到我家，我们一起烤着巧克力饼干，谈论着我们作为第一急救员的未来，以及如何解决不开心。我给我们买了蓬松的白色面包师帽，所以我们戴上帽子站在厨房，浑身沾满面粉，笑得前仰后合。那天晚上，内森路过我家，一屁股坐到我的沙发上。

"嘿，这些甜品味道不错啊，"他尝了一块饼干说，"街头甜品，我觉得你们大有可为啊！生意怎么样？"

"没人想要我们的烘焙产品。"我沮丧地说。

尼娜说："我们连送都送不出去。"

"该如何处理我们的急救痛苦呢？"我问他们。

"老天，我不知道，"内森说着摘下帽子，挠了挠头，"我想念查德和 MJ，和新人一起工作是不一样的。我想我很快就会开始弹性工作制。"

"内森，"尼娜说，"这话你已经说了一年。"

我们都这么说——很快，明天，明天再说。但我们都没有这么做。

原因是什么呢？

很明显，我们的第一急救员的"蜜月"已经结束，而"婚姻"需要经营。然而，我们仍然坐在隆重的"教堂"里，头发上沾满大米，目不转睛地盯着空荡荡的祭坛。难道我们以为有人会走过来主动帮助我们？摸摸我们的胸骨，看看我们是否还活着？谁会这样做呢？没有神灵或政客会保护我们，普通人也不会。人们会向消防员挥手致意，向警察挥手致意，但他们甚至看不到我们这些第一急救员的存在。我们是隐形的，是穿着制服的幽灵。有时，等我们到达现场，我听到我内心深处的莱昂纳尔·里奇在唱："喂，你是在找我吗？"

虽然街道是无情的，将我们的靴子鞋底都磨穿了，还充满了令人精疲力竭的暴行、痛苦漫长的夜晚，以及难以形容的悲剧，但它也发出了魔法。这就是人们无法理解街道的原因，在街道上，恐怖与奇妙结合在一起，它们是相通的。

对我来说，在街上工作，与我的搭档和病人在一起，和公园坡的每个人——这些有服务意识的人在一起为社区做出了难以想象的好事并不求回报，是非常神圣的。即使我不喜欢机构，但我喜欢机构里的人。救护车为我的生活注入了意义，这意味着整个世界成为救援者部落的一部分。每天晚上出去送病人、伤员去医院，努力捍卫生命，帮助那些需要帮助的人，让我觉得很自豪。而安静无事的夜晚也不是浪费时间，因为我可以和我的搭档们一起玩。

每当我在救护车上工作一晚后入睡，再醒来时，我都会平和地看待自己在这个世界上的身份。那是一种在你完成了不可能的事情之后所感受到的、散发着生命光辉的平和。我觉得自己很富有、很有用，有种受到神明庇佑的感觉。那种感觉就是，即使我现在死去，我也了无遗憾。我是心满意足地死去，我用自己的生命做了一些有意义的事情，我没有两手空空地死去，我真正地活过。我猜这就是他们把这种艰苦、高风险的工作称为"使命"的原因，他们称其为使命，因为这意义重大。

我怀疑，尼娜和内森也有这种感觉。在我家那个飘着饼干香味的夜晚，他们没有说出来，但我知道我们都在问自己同样的问题：如果我们离开了救护车，沉迷在苹果手机和亚马逊金牌服务的屏幕世界里，像我们这样的人要去哪里寻找那种敬畏的感觉，去哪里直接接触人性的神圣，去哪里干涉死亡、见证和表现惊人的温柔行为，又能去哪里目睹鬼魂、开玩笑和笑得前仰后合呢？

2月，回纽约的时候，迈克给我们找来了百老汇《西区故事》的票，这是他和帕特小时候最喜欢的音乐剧。他的母亲喜欢音乐剧，帕特在越南的时候她就去世了。

和伊尔法、迈克一起坐在剧院里，我感觉帕特也在和我们一起看演出。结束后，我们3个人站在广告牌灯火通明的街道上，互相看着对方，小声说："帕特在那里。"

随后，我们去吃韩国菜。伊尔法为迈克准备了一个惊喜，她还请了鲍比一起来吃饭，但她事先没有告诉迈克。她知道鲍比对他有多重要，她想给他个惊喜。"9·11"事件后，鲍比一直在照顾迈克，照顾帕特的弟弟是他神圣的职责。

我们站在餐厅外面，徘徊不前。当鲍比走过来，迈克看到他时，立马扑进他的怀里，脸埋在他的脖子里，哭了起来。我的眼睛也湿润了，伊尔法和我相视一笑，双手捂住心口。

这就是兄弟情。

一个硬汉抱着另一个硬汉，这样的场景永远不会让我厌倦。这些人之间的经历、失去和爱足以照亮时代广场，足以让你活下去。

几天后，在西奈山医院，迈克从吴医生那里得到了一些坏消息。我和他一起去的医院，在看了他的骨骼扫描结果，并得知自己一直在注射的针剂已经不起作用后，他的情绪急转直下。他不得不尝试一种新疗法，他不想再服用吴医生建议的药物，因为副作用太可怕了。他不想做化疗或放疗，然后像他的妻子珍妮特那样死去。他很想念她，经常谈起她。在酒店房间里，他崩溃了。

我们可怜的"丈夫"。

伊尔法那周在冰岛，但帕特戒酒成功的越南朋友保罗和我都在附近。我们紧紧抱住他。他深受打击，第二天一早就飞回了拉斯维加斯。一两天后，他有了一个顿悟的时刻。他意识到他想活下去，而且他愿意付出任何代价来延长他的生命。

首先，他试图参加西雅图的一项临床试验。帕特的演员朋友詹姆斯飞往华盛顿，在那里与他会面。詹姆斯也陪迈克一起去看了医生，那是他在华盛顿第一次看医生。但一周后，迈克发现他没有进入试验名单。他很伤心，决定考虑试一试吴医生建议的药物。

他还决定搬来纽约。

我们都认为这是个好主意，这样一来，他就可以离他的家人、朋友、医生和"妻子"们更近一些。我们都可以照看他，确保他永远不会觉得孤单。等他3月份回来的时候，我们会为他找好公寓，给他找个好地方。

现在，我们都怀抱着希望。至少，我们还有个计划。当时我们并不知道，至少现在还不知道，新冠病毒肺炎疫情会摧毁这个希望。

此后不久，我休了一次迫切需要的假期，去哥斯达黎加冲浪。在国外待了一周后，我感觉自己恢复了活力，准备飞回纽约休整一下再出发去洛杉矶。一个制片人朋友读了我未出版的小说，想把我介绍给电视台的人。我仍然无法理解我所听到的关于新冠病毒肺炎疫情的事情，它们听起来像是人们在为一场新的世界大战做准备，而考虑到迈克因"9·11"事件而患的癌症，我仍然沉浸在之前的伤痛中，我很难接受一场新的战争的到来。

同时，我从经验中得知，在灾难、疾病和死亡面前，否认现实可能是致命的。当我被诊断出患有癌症时，我简直不敢相信，但这就是事实。当我站在街上，看着北塔倒塌，帕特就在里面时，我也无法相信，然而这就是现实。

然后我的思绪又回到过去，想起一名联邦调查局探员对一名与我一起处理大规模枪击事件的律师所说的话。

这名律师有一张剧院的管弦乐厅季票，正好在观众席的中间，而这个位于中间的位置让他很紧张。我们在枪击案结束后都变得很奇怪。就我个人而言，我不太愿意参加有大量人群参加的活动——太容易发生灾难了，而善后的场面都不太好。

有一天，律师问联邦调查局探员："要是在剧院那样的地方发生大规模枪击事件，你会给别人什么生存建议？"

"当发生枪击事件时，"探员说，"不是如果，当发生枪击事件时，最重要的一件事就是相信枪击事件正在发生。一旦相信它正在发生，你的本能就会启动，身体会自动进入求生模式，你会逃跑、躲藏或是反抗。大多数人死亡是因为当枪手开枪时，他们不相信这是真的，他们也不认为这是真的，所以他们僵住了。相信这一点，你活下来的机会就会大大增加。"

在这一点上，并不是只有我不相信新冠病毒肺炎疫情的严重性，我被"冻住"了，迈克也不相信这个病毒会造成大问题。3月1日，他发短信告诉了我一个令人警惕的消息："詹姆斯告诉我，我们之前去过的西雅图医院发现了新冠病毒。"

"噢，上帝，"我说，"人们总是对病毒痴迷。"

"情况更严重了，不过他们会尽其所能地解决这个病毒，人们最终会再次走出来说：'嘿，我没死。'"

令我不寒而栗的是，我写下这句话的时间是在2020年底，那时我们都被"冻住"了。但对于像我研究大规模枪击事件那样研究传染病的人也知道，这只是时间问题，而不是可能。

3月4日，星期三，我从纽约飞往洛杉矶，参加我在好莱坞的精彩会议。

我在纽约机场乘机时，没有发现任何与新冠病毒肺炎疫情有关的异常情况，至少我没有注意到。没有人戴口罩，机场或飞机上也没人提到新冠病毒。在从肯尼迪国际机场飞往洛杉矶国际机场的拥挤航班上，我只注意到我的长腿痛苦地蜷缩在经济舱靠过道的座位上。

然而，当我在洛杉矶落地，加利福尼亚就宣布进入紧急状态。当时，加利福尼亚新冠病毒的扩散被归咎于至尊公主号游轮，该游轮出现了一例老年旅行者的确诊病例，并且病情危急。在11名乘客和10名船员表现出感染新冠病毒的潜在症状后，政府官员下令将游轮停靠在近海。

我既不老，也不在游轮上，而是在好莱坞。

这就是我当时的想法。

在洛杉矶，我和我的作家朋友瑞秋、罗斯克兰斯住在一起。接下来的两天，我和制片人朋友开会讨论可行的电视项目，我非常激动。

迈克建议我在加利福尼亚的时候可以去见他和帕特的演员朋友詹姆斯，于是一个早上我就去了。我们喝了咖啡，聊起了迈克的病情。

我想，这次旅行很顺利，电视台的人似乎很喜欢我和我的作品。但后来罗斯克兰斯和瑞秋告诉我，这就是洛杉矶电视人的行事风格，他们总是给作家一种前途光明的感觉，但实际上成功率很低。"好莱坞没有糟糕的会议。"他们说。

两天后的星期五，当我回到洛杉矶国际机场准备飞回家时，我提前2个小时到达了机场。我看到一名空乘在刷一个5分钟后起飞的航班登机牌，我就问我能否搭乘那架飞机，而不是继续等待。我以为她会说不行，因为从洛杉矶到纽约的航班总是满员。没想到她却说："当然，你可以搭乘这个航班，它只有30%的乘客预订量。"

从洛杉矶国际机场去肯尼迪国际机场竟然会出现有座的航班？

就在那时，我突然意识到新冠病毒肺炎疫情是真的，我相信了它的存在。

若是我知道这场疫情未来的走向，我就会在加利福尼亚待得久一些，驱车2小时北上贝克斯菲尔德去看我妈妈。我以为我只是去西部出了趟差，事实也是如此。后来，当世界被封锁，我想到这次洛杉矶之行，想到自己本可以去见母亲却没去，我就很痛苦。

3月1日，也就是迈克回纽约的前几天，纽约报告了第一例新冠病毒肺炎确诊病例。那天晚上，我躺在床上，浪费时间给那个我几乎没有约会过的消防队长打电话，对新闻的关注也放在了病毒正在暴发的意大利。

迈克3月份抵达时，我和伊尔法陪他去看了一些公寓。当迈克介绍我们是他的"老婆"时，一位戴珍珠项链的房地产女士感到非常疑惑。

在他上个月收到关于他的病情的可怕消息后，伊尔法和我制订了一个计划来提振我们共同"丈夫"的精神，让他对未来有所期待。

午饭时，我们告诉迈克我们要"嫁"给他。这当然不是真的，因为法律规定他不能拥有两个老婆。但我们可以办一个小小的仪式，一场精神上的"婚礼"来正式确立我们的关系。一个神圣的仪式。

乌龟非常兴奋，他立马就把我们即将"结合"的消息告诉了每一个活着的朋友。他惊动了半个消防局。"我要'结婚'了！"他告诉他的朋友们，"我有两个'老婆'！"

不惜一切代价，这就是伊尔法和我对彼此说的话。"不惜一切代价。我们愿为帕特做任何事。"

当然是合理范围内的任何事情。

迈克的终极幻想是我们3个人开着他的房车去旅行。他经常谈起这件事，他想让我和伊尔法穿上超短裤，驾车穿越全国。每次他提到房车，我们都沉默不语。

"乌龟，我们会'嫁'给你的，"伊尔法说，"但我对房车并不了解。"

我说："房车旅行不在我的遗愿清单上。我知道你认为开着房车去西部旅行很浪漫，因为你来自皇后区。但我来自贝克斯菲尔德，以一辆拖车结束旅行可不是我心目中的胜利。"

迈克没有理会我们。"嘿，伙计们，我刚告诉迈克·戴利我们要'结婚'了,他说这是个好主意,他认为这是天才之举。也许他可以做我们的牧师。"

这很有意义。除了与帕特和迈克关系密切之外,迈克·戴利还写过一本书——《迈克尔之书》,讲述的是他挚爱的朋友迈克尔·贾奇的故事:这位戒酒成功的方济各会修士和天主教牧师,曾担任消防局的牧师,是"9·11"事件中第一个被证实死亡的人。因此对我们来说,迈克尔·戴利就代表着神圣。

"我们可以在今晚吃饭的时候问问他。"伊尔法说。

然后我们和迈克一起去看医生。

最后,我们的"丈夫"终于同意服用吴医生建议的药物。起初他试图逃避,但后来他自作自受,只能向医生坦白道,"药在我的口袋里。"

吴医生笑着说:"如果你只把药放在口袋里,它们就不会起作用。"

我和伊尔法笑得前仰后合,鼓掌叫好。迈克投降了,听从了医嘱。

真是甜蜜的解脱。

后来,我们三人去了中央公园,去看望帕特的树。他死后,消防员在中央公园非法种植了这棵树,它在那里站岗,迈克亡妻的骨灰就撒在那里。我们向这棵树问好,给了它一个拥抱。伊尔法拍了一张美丽而神秘的照片,照片中的迈克拥抱着他失去的兄弟——这棵树。他虔诚地闭上眼睛,太阳照在他身上,一条绿金色的光带环绕着他的双手。

当你逝去,你总会得到一棵树。

我的许多朋友都是树。

在中央公园散步时,迈克的鞋带松了,我跪下来给他系鞋带,因为他的胃受过枪伤,所以他无法弯腰。他帮伊尔法记诵一部关于爱尔兰南极探险家欧内斯特·沙克尔顿的剧本台词。这出戏下周将在一家剧院上演。我们一边在中央公园散步,一边听伊尔法朗读剧本,迈克在伊尔法身边表演,在我录制的视频中,他假装是和她搭戏的演员,这段视频至今仍让我发笑。我们3个人把这个视频看了足足有300遍。我们决定,等迈克搬到纽约后,我们要养一只狗,并给它取名"五十",就是"50%迈克"的简称。

那天晚些时候，在他的酒店房间里，我"丈夫"和我躺在床上聊天，就像真正的夫妻那样。我们都累坏了，想打个盹儿。只是每次我一闭上眼睛，迈克就把我拉近他，我咯咯地笑着拍打他的手臂，然后移开些。

"你是我'老婆'，"他说，"所以我可以这样做。"

"我们之间不是那种婚姻。"

汤米最近又开始给我发短信，"你—为—什—么—讨—厌—我？我一直在给你发短信。"

我已经受够了。他这是准备给我发信息发到天荒地老，除非我屏蔽他。一想到要这样做，我就很泄气，于是我就向迈克征求意见。

"我不喜欢这个家伙，"他说，"除了我，你应该谁都不喜欢。"

"他从来没和你见过面吗？"迈克说起汤米，"甚至连出来喝咖啡的时间都没有？还是在你帮助他之后？这可不太好，要我说你就该屏蔽他。"

我无精打采地盯着天花板。

"或者，"他说，"或者，你可以这么回复：'听着，我不讨厌你。我们下周一起喝杯咖啡吧。如果你做不到，我也理解。但我不能一直和你发短信，所以我要屏蔽你。'"

"谢谢，乌龟，"我说，"你真是个好哥哥。"

"我是你'丈夫'。"

"你是一位很好的兄弟'丈夫'。"

"我能看出来你是真的很喜欢这家伙。"

"是的，我爱他。我知道这听起来很疯狂，但我确实爱他。"

"这听起来并不疯狂。你们俩关系很好，你们确实在互相帮助。我觉得他可能被你吓到了。消防员一旦下了消防车就没那么勇敢了，他们会变得害羞，其中一些人还会变得胆怯，尤其是和女人交往的时候。"

"我不这么想，我觉得你在糊弄我。"

"不，我没有，"迈克坚决地说，然后他又搂着我说，"你知道吗，急救小鸡？如果我们真的结婚了，是真的那种，而你又离开了街道，整个消防局都会为此沮丧的，所有的消防员都会想自杀的。"

我笑了起来："这绝对不可能。"

"哦，我觉得就会这样。"

迈克第二天飞回了拉斯维加斯的家。那时我们不知道的是，很快新冠病毒肺炎就会成为全球流行病；不久后，出行限令开始生效，纽约市被封城，迈克被困在拉斯维加斯，无法在西奈山医院接受治疗。

他再也没有回到纽约。

当天晚上，等我回到家，我给汤米发了一条短信，内容正是迈克建议的措辞。他回复说："好的，当然可以，我们下周可以见面喝咖啡。"

我很震惊，这是真的吗？在发了3年的短信后，我们真的要在现实生活中第一次见面吗？我简直不敢相信。但现在我们有了一个日期、地点和时间：哈林区的梅森凯瑟咖啡馆，13号的周五，下午2点钟。

通过和消防员的频繁会面，梅森凯瑟正成为我生活中一个奇怪的重要场所。

与此同时，新冠病毒越发肆虐。接下来的几天里，头条新闻越来越令人担忧。伊朗宣布新增900例确诊病例；纽约州的感染率超过了华盛顿州，我们现在拥有全国最多的新冠病毒肺炎确诊病例——截至3月9日已确诊142例。那一周，纽约州的新罗谢尔成为隔离区；意大利将其隔离范围扩大到整个国家，这引发了监狱骚乱。

在纽约市，情况变得诡异起来。百老汇被迫关门，活动先是被推迟，继而被取消："我们很抱歉地通知你""我们很遗憾地说""出于谨慎考虑""我们希望下个月能恢复演出"……市政官员说要避免乘坐公共汽车、地铁和人群聚集。

嗯，人群聚集？纽约是美国人口最稠密的大城市，每平方英里（约2.59平方千米）住着27000人，我们该怎么避开人群？

星期五下午，我搭乘地铁去曼哈顿见汤米，我紧张得吃不下饭。在地铁上，我没有注意到人们对新冠病毒肺炎疫情防护方面有采取什么明显的措施。地铁虽然不像平时那般拥挤，但没人戴口罩。但话又说回来，这可是星期五的下午。有时，在周末太阳升起之前，整个城市就变得空荡荡的了。

由于太过兴奋，我早早就到了曼哈顿，在市中心的商店闲逛，消磨了不少时间。所有的商店都空无一人，没有顾客，一个也没有。周围只有我一个人。在约定见面的一小时前，我口袋里的手机响了，是汤米发来的一条短信。一看到他的名字，我就为他取消这次见面做好了心理准备，但还是觉得头晕和恶心。

"和我说说，"他说，"你还好吗？"

我的心沉了下去。"我很好，马上就要去市中心了。你呢？"

"刚从小睡中醒来，昨晚工作到很晚。我很好，我感染了病毒，但我很好。"

我无法判断他是不是在开玩笑，我开始惊慌失措。

"只是开个玩笑，"他发信息给我，"也许是真的，我也不知道。"

我还是心慌，我不知道我是不是要崩溃了。我屏住呼吸，靠在一个衣架上让自己站稳。"那你还过来见我吗？"

"见啊，2:30，还行？"

"可以的。"

我迷迷糊糊、跌跌撞撞地走出商店，用指尖擦了擦眼睛，然后在裤子上擦了擦。

哈林区的梅森凯瑟也空荡荡的。

2:15，我走进咖啡馆，在一个面向街道的两人桌坐下。我是店里唯一的客人——典型的我。这座城市空无一人，每个人都收到了通知，但我还是一如往常，过着自己的小日子。不用在意我，我只是准备在这家看似位于世界末日边缘的咖啡馆里和一名消防员喝咖啡。

我点了咖啡，等待着。汤米发短信说他要迟到几分钟。我把手机调成静音，为他的取消见面做好准备。我的期望已经低到不能再低了，我已经准备好对"现实世界中的汤米"失望了，他根本没法和"虚拟幻想中的汤米"相提并论。在诸如《鲶鱼》《90天未婚夫》《爱在狱外》等精彩的真人秀节目中，整个情节都是围绕着虚拟无法与现实相比这一事实展开的。总体而言，人们在现实生活中的表现要差得多，没有虚拟中的那么英俊，也没那么性感或迷人。有时，你甚至认为那根本不是一直和你发短信的人。

我喝着咖啡，盯着窗外，然后他出现了。

汤米终于露面了。

我简直不敢相信自己的眼睛。他是那么英俊，就像是虚拟汤米，只不过更英俊。他对我笑了笑，然后滑进咖啡馆，跳了一段滑稽的芭蕾舞来逗我开心，然后走到桌前。我站起来，我们紧紧拥抱了很久。满腹的情感都涌进我的双眼，我忍住了喜悦和解脱的泪水。我都不记得上一次觉得这么幸运是什么时候了。

他穿着一件薄薄的浅灰色毛衣、一条牛仔裤和一双漂亮的鞋子，他是为了我才穿成这样的吗？我不知道，但他确实很有范儿。他身上的味道是难以置信的美好，比夜间海滩上的篝火、我少女时代森林里的月光漫步、海边的一天都要美好。烟花在我身体的不同部位燃放，我感到身体发热和眩晕。他身高 5 英尺 9 英寸（约 1.75 米），但看起来很高大。像帕特一样，他拥有某种宏伟的气质。

"你终于出现了，"我紧紧抓着他的胳膊说，"我太震惊了。还有，看看你，你这么英俊，你还这么高大，你的胳膊都有我的腿粗，你真人比网上还要帅。"

"你也太漂亮了，"汤米说，"我就知道你很漂亮。"

他找个借口去了卫生间。

我在桌旁坐下来，把餐巾放到腿上抚平。我的手在颤抖，我希望时间能慢下来。我深吸一口气，又喝了口咖啡，感受着幸福和希望，以及这一切竟然真的发生了的事实。由于某种温柔的恩典，汤米终于在我最需要他的时候与我见面：迈克病了，新冠肺炎正在纽约肆虐。汤米不再是一个幻想，不再是我脑海中虚构的理想人物，他是真实的。他的出现就像是生命中的一份礼物，预示着更高意义和未来更美好的可能性的抵达。我情不自禁地进入一个想象的未来，在那里我们都"名花无主"，终于可以在一起了。

可是，他人呢？他在卫生间待得也太久了。他是被困在里面了吗？呃，他可是个消防员。要是被困住了，他也会把自己弄出来的。

大约 10 分钟后，他回来了，手里拿着一杯冰咖啡和一大瓶苏打水，向我道歉让我等了这么久。

"你这是抢了餐桌服务的活儿。"我在他坐下时说。

"哦,"他笑着说,"我都不知道。"

我问他见到我是不是很紧张,他说没有。然后我把整杯水都洒在了他腿上,站在一旁的女服务员急忙递给我们干纸巾。

"抱歉。"我说。

我们聊了一个多小时。开始时的话题很轻松,主要聊了聊工作上的事。我们明白,一种流行病盯上了纽约,而这个城市也正在被清空。汤米的声音很好听,我喜欢听他说话。他再次感谢我把他介绍给"勇往直前",这救了他的命。我连连摆手,这根本没什么。他说,他已经摆脱了有酗酒问题的前女友。若是消防员说你有酗酒问题,那就去找贝蒂·福特[①]帮忙吧。

汤米的心理治疗已经结束了,虽然他很怀念它。他的心理医生已经让他出院,因为他恢复得很好,我真为他骄傲。我和他说了迈克的事,他听后很为我难过,他知道这对我来说有多难,如果我有什么需要,他就在这里,我不必独自承担这一切,这对我意义重大。我真想永远待在这个咖啡馆里,只是时间过得太快了,约会刚开始没多久就要到5点了,然后他得赶去上班,这次约会就要结束了。我不希望这么快就要与他告别,但我又不知道该如何让时间慢下来。

我们聊到了爱情,我不由地屏住了呼吸。我紧紧抓住那根磨损的绳子,在心里坚持:"他是单身!我们终于可以在一起了,因为他现在状态很好!"

然后我得到了一个"惊喜"。

汤米说,三四个月前,在他经历了几次糟糕的约会并放弃找对象之后,他很幸运地遇到了一个真正优秀的女人,她聪明、理智、善良,他觉得自己终于遇到了真命天女。

绳子从我手中滑落,我像一个注定要失败的女人一样坠落在地。我悲痛欲绝地盯着桌子,这样我就不会哭了。过了一会儿,我抬起头,微笑着

[①] 美国前总统杰拉尔德·福特的妻子,美国前第一夫人(1974—1977)。福特是美国总统中唯一未经选举而当上总统和副总统的人。他积推动女权运动、乳癌防治、反药物与酒精滥用等公益活动,深受美国人民的敬重。

说：“我真为你高兴，这真是太好了。"

"你怎么样？"汤米问，"你有和谁约会吗？"

我无法思考，我的头很痛。他的现实形象比我预想的要好得多，这让和我约会的那个消防队长显得很可笑。我只想回家，我为自己的感觉感到难堪。

"并没有。"我说。

又过了一会儿，汤米必须去上班了。

当我们在外面说再见时，我们拥抱了很久，对彼此说"我爱你"。然后他看着我，他的眼睛里闪烁着遗憾，也可能是认可。他张开嘴想说话，但阳光似乎填满了他的口腔。我感觉到他有话要说，不知道他准备说什么，但我怀疑可能与让我们成为更好的自己所要付出的代价，以及我们所经历和失去的一切有关。

"谢谢你来见我。"我说这话时声音变得支离破碎。

我一直知道我们终有一天会见面，我为此期待了很多年，我以为也许他就是我的真命天子。

只是，世事难料。

3天后在家，我盯着手机，偶然刷到了一段由奥尔莫·帕伦蒂导演的名为《10天》的视频。这改变了我对新冠病毒肺炎的看法，以及我对病毒的重视程度。

在这段视频中，被隔离的意大利人录制了自己的信息，这些信息是他们希望在10天前，即这场流行病感染24000人，并导致1809名意大利人死亡之前应知道的事情。"据信，美国、英国和法国在新冠病毒肺炎疫情的进展方面落后意大利9—10天。"标题字幕称。

"你害怕吗？"其中一个人问。

"我就是10天后的你。"另一个人说。

又有一个人说："我是在未来和你说话。"

视频的讲述口吻是第二人称，从意大利人被封锁的城市说起，使用真实的地址，表达了绝望的观点、推断和坚持。他们直接对我说了他们已经知道的事情——一场即将到来的恐怖合唱。

他们说最坏的情况即将发生，感染会增加，这并非我们自认为的那种胡说八道。10 天前，他们有 2000 人被感染。现在，感染人数已达 18000 人，并有 1000 人死亡。一名意大利护士说，她在医院忙到飞起。他们说，他们处于一种超现实的境地。没人能离开他们的房子，整个国家的人都被困在家里。医院里病人爆满，很多人感染了新冠病毒，甚至连年轻人都未能幸免于难。孩子们被插上各种医疗气管，住到了重症监护室。

他们说，他们轻视了这种病毒，误以为是流感。一位女士说："我们应该始终保持轻松的心理状态，但不是麻痹大意，因为你们所面临的并不是普通的流感。"他们说，他们看到了来自美国和法国的令人担忧的视频——人们并没有认真对待这件事。他们表示，这个问题比世人认为的更严重。他们的观点并非"毫无根据的悲观主义诊断""这种病毒的传播速度比我们想象中的要快"，而是"开始尽你的一份力""别干蠢事""这个世界不止你一个人""我们低估了这一点""你们不要再犯同样的错误，待在家里别出门"。

我把这段视频看了十几遍，转发给我最亲密的朋友：菲丽丝、埃勒里、在洛杉矶的瑞秋。我是个善于吸取经验教训的聪明人，我和其他人一样看新闻，我看到了攀升的数字和柱状图。但当我听到这些被隔离的意大利人讲述他们的亲身经历、那些亲身经历了病毒威力的人试图警告我们时，我选择相信他们，我相信疫情正在发生。而我活下来的机会大大增加了。

现在我只想听来自纽约街头的声音。

第二天晚上，尼娜过来了，我们烤了柠檬棒和饼干，然后开车去公园坡找奥斯汀聊天。她和一个叫弗里德兰的第一急救员在救护车上，他是一个大块头的白人，喜欢街头甜品，一次能吃两个甜甜圈。我们找到了他们停在那里的救护车，递给弗里德兰一盒饼干。

然后尼娜和我问了他们一连串的问题：你们护送过新冠肺病毒肺炎病人吗？他们出现在哪儿？有什么症状？多大年纪？病情如何？这些情况都是怎么从无线电传来的？我们有足够的个人防护用品（PPE）吗？病毒的传染性有多强？你们认为我们会感染上这种病毒吗？我们的轮班还安全吗？我们的家人怎么办？

奥斯汀和弗里德兰正在护送新冠病毒肺炎患者。病人普遍出现了发烧和咳嗽的症状，症状从类似流感的倦怠到呼吸困难不等，医生认为病毒侵入了病人的肺部。感染人群主要是老年人，其中一些人病得很重。这些情况是作为一种新的呼叫类型出现的："发烧咳嗽"和"病热咳嗽"。一些人有充足的 N95 口罩和外科口罩。其他人的供应则有限，且所需用品正被追踪和定量配给。公园坡目前有足够的个人防护用品。这种病毒的传染性很强，据推测我们可能会全部感染。对我们来说，工作并不安全，我们的家人可能会感染新冠病毒肺炎。但还有什么新消息吗？高风险是我们工作的底线，是我们作为第一急救员的准则。

那天晚上，在开车回家的路上，尼娜和我进行了一次严肃的谈话，想要确定我们该怎么办。我们是第一急救员志愿者，而这是一场危及全球的流行病，在这场致命的传染病中做志愿者是我们能做的、最愚蠢的事情吗？还是最具自我牺牲精神的事？

尼娜很害怕值班，因为她和父母住在一起，他们还要照顾她的祖母。要是她生病了，她可能会把他们都传染了。她可以拿自己的健康冒险，但不能拿家人的健康冒险。我是一个人住，所以我没有传染所爱之人的负担，我可以避开人群，自我隔离。

"当你第一次报名成为一名急救员时，你有没有想过，"尼娜在我把她送回家之前说，"要是纽约即将发生灾难，我们被叫去做第一急救员，就是为另一次像'9·11'事件那样的恐怖袭击服务？"

"想过，我当然这么想过。"

"而现在却变成了流感。"

"嗯，似乎比流感更厉害一些。意大利死的人太多了，他们都埋不过来。"

"那我们该怎么办？"

我们决定考虑一下，过几天再说。

那一周，朋友们越来越担心我。他们权衡利弊，给了我很多建议。他们提醒我，我不一定要上街，我可以轻而易举地选择退出。菲丽丝说："姐妹，我知道你喜欢坐救护车，但你能不能不参加这次行动？你只是一名志愿者。"我妈妈说："珍妮，你想当急救员，我理解，但你能不能别那么拼命？"瑞秋说："你刚完成你的小说，而且还可能拍成电视剧，现在死对你来说真不是个好时候。"

一天下午，伊尔法哭着打电话来，求我不要去值班，她不想再失去一个救援者。新冠病毒肺炎疫情正在唤起她失去帕特的悲痛，勾起"9·11"事件阴魂不散的痛苦回忆。听到她这么说，我自行检查了下身体，看看自己是否也有同样的感觉。如果我觉得新冠病毒肺炎疫情与"9·11"事件一样，噩梦就会在我的生活中重现。但我惊奇地发现，我的神经系统并未陷入痛苦的回忆。在接受眼动脱敏与再加工治疗期间，我因"9·11"事件努力了一年。这些努力似乎已经得到了回报，因为这些事件之间有明显的相似之处，但我的身体并没有让我陷入毁灭性的悲痛之中，至少暂时还没有。

迈克同一天也打了电话过来。他早在我真正付诸行动之前就知道我要去救护车上工作了。他也想以某种身份工作。他是一名急诊医生，专门处理急诊。令他沮丧的是，因为新冠病毒肺炎疫情，也因为他生病了，他不能赶回纽约去医院工作。

"听我说，"迈克严厉地说，"如果帕特还活着，他会说：'珍妮弗，我弟弟很痛苦，他需要你。别去逞英雄。你可以去救护车上工作，但要照顾好自己。戴上他们给你的所有个人防护用品，要是用完了，你就必须停下来。'"

我向他保证，我会按他说的做。

尼娜和我在几天内就决定了。人们病了，需要帮助。在人们最需要的时候为他们服务，这就是我们成为第一急救员的原因。对于这场迅速升级为现代世界有史以来最致命的流行病疫情，我不会坐视不管。疫情在把我们心爱的城市变成"热区"，我们必须挺身而出，纽约可是我们的家。我们会竭尽所能地提供帮助，没有任何存在能打败纽约。

接下来的一周，在我去参加第一次新冠病毒肺炎疫情轮班的路上，杰瑞米看到我穿着制服走出公寓。他摇了摇头说："我就知道会这样，我就知道你不会因为疫情而停止乘坐救护车。你是个英雄，珍妮弗。你知道的，对吧？你是个英雄。"

"我不是英雄。"

"那你就是我的英雄。"

"好吧，那你也是我的英雄。"

12 发烧咳嗽

我还清楚地记得当时我们所站的位置，我心想：就是这样，这就是我们被感染的时刻。

我和尼娜刚把一个十几岁的男孩送进公园坡的儿科急诊室。进入医院后，我们惊恐地发现，整个视野里，我们是仅有的没戴口罩的人。我们感觉自己就像煤矿里的金丝雀或待宰的绵羊。周围的医生和护士、第一急救员和护理人员，所有人都戴着外科口罩或 N95 口罩，除了我们。当尼娜向儿科护士介绍情况时，就是告诉她我们 20 分钟前到达现场发现的情况时，我突然愣住了——医院此时还是安全的吗？

那是 3 月中旬的一个星期六，是在 3 月 11 日世界卫生组织宣布新冠病毒肺炎成为全球流行病之后，也是在 3 月 13 日特朗普总统宣布国家进入紧急状态之后，亦是在纽约市长告诉纽约人要准备好接受隔离之后，更是在 1700 人感染新冠病毒肺炎，全州有十几人死亡之后。

3 月 17 日，周二，白思豪市长在市政厅举行的新闻发布会上宣布："纽约人现在应该做好准备，迎接可能出现的就地避难命令。"

同样是在 3 月 17 日，州长科莫宣布："本州的任何城市都不允许在未经州政府批准的情况下进行自我隔离，我没有任何兴趣，也没有任何计划来隔离任何一座城市。"

所有当权的人都宣布了一些事情，总统、州长和市长都是。每天，他们 3 个人在电视上打成一团，就像穿着西装的小学生，玩着权力的游戏，在镜头前互相指责，在媒体聚焦的领域恶语相向，上演一场摇摆不定的比赛，任由成千上万的人命悬一线。"无能的百慕大三角"，当时我这样称呼他们。

我想，派一名危机管理人过来吧。这个国家危机领域的顶尖人物全是女性，她们会在镜头外默默地、专业地、谨慎地提示这些不那么热衷沟通的政治家如何发言、说什么内容。这位女性会手把手教会他发表充满温柔、爱和希望的声明，让他表现得充满人情味而这些声明不仅会滋养和聚焦纽约，还会滋养和聚焦整个国家。这位女士会为他选好讲述的故事。

这些政治家中的一个必须站出来，直接聚焦于新冠病毒肺炎疫情的核心发言。会是哪一个呢？在这场大型"真人秀节目"中，我面前站着3名参赛选手。让我们逐一来看看他们的表现。

但首先，让我们看看历史上的表现。

"9·11"事件之后，登台的是鲁迪·朱利安尼。

危机沟通塑造了我的职业生涯。当人们在他们生命中最糟糕的时刻向我求救时，提醒我应当怎样与他们交谈的那些话，促使我成为救护车上的急救员和救护车下的危机管理人、作家的那些话，都源自"9·11"事件后当时的纽约市长。那些以出色方式进行沟通的领导人，在危机管理人的精心指导下，在灾难时期短暂变成另一个人。当悲剧过去，危机管理人离开，领导人就会恢复他们的基本人格，恢复到他们原来的样子。

袭击发生后不久，记者们就一直追问朱利安尼死亡人数，他们想要得到确切的数字。记者们把摄像机和麦克风对着他的脸，要求他回答。他们昨天就需要知道，今天更需要，就是现在，立刻、马上——究竟有多少人失踪？这个数字是多少？

他绝不能把这个数字弄错。在双子塔被夷为平地，全世界的目光都聚焦纽约，第一急救员被埋在废墟里，整个城市被蜡烛、鲜花、寻人海报包围的情况下，失去亲人朋友的、惊恐的、不知所措的纽约人紧紧抓住他话里的漏洞，努力不让自己倒下，等待他通过给出确切的数字来告诉我们情况有多糟糕。我们需要知道。

朱利安尼并未得到这个数字。在事故发生后的一片混乱中，当我们还在被飞机撞向双子塔的画面折磨时，说这个太早了。他又能说什么呢？他又有什么办法来安抚损失如此惨重的人们？

"伤亡人数，"他沉痛地说，"最终将超出我们所有人的承受能力。"

完美的回答。

就是因为这些话，这个经常被人鄙视的政客被加冕为纽约市长。

但谁会从新冠病毒肺炎疫情的中心地带走出来与外界沟通？在3月中旬这些灾难性的日子里，每次看新闻，我都在思考这个问题，祈祷我最喜欢的某位危机管理同人能够介入。她是我尊敬的良师益友，我相信她，愿意将我的生命——还有你们的生命托付给她。

纽约市的公立学校在3月15日那一周停课。第二天，酒吧和餐馆也纷纷关门，除了外卖。看起来我们确实在做一些我们从未做过的隔离。

那个星期六，我意识到我们都会感染上新冠病毒肺炎，尼娜和我在焦虑的沉默中驱车前往基地，为我们的第一次新冠病毒肺炎疫情轮班担惊受怕。街上的人都叫它"罗纳"（Rona）。

所有的第一急救员都在担惊受怕。

"和我一起坐救护车吧。"我对一个消防员朋友说。

他说："不要，我不想感染'罗纳'"。

先生们，你们的年收入可是有10万美元。人们称呼你们为"最勇敢的人"，鼓起勇气来。

查德有哮喘，所以他不在救护车上工作了，而是在医院坚守文职岗；莱克西像往常一样在医院的救护车工作；现在已经成为护理人员的加布里埃尔在街上工作；亚伦已经离开公园坡，现在是一名消防局急救员，他在"照片墙"上发了一张自己亲吻怀孕妻子大肚子的照片，"在上前线之前亲一下他们。"他写道。

"这一切你还吃得消吗？"汤米问。

"还行吧，"我说。"疫情把我从约会的消防队长那里解脱出来了。你怎么样？"

"你竟然用'解脱'这个词！"汤米说，"我很好，只是很忙。昨晚真是忙疯了，到处都是火灾。"

"我都不知道现在还有火灾。"我开玩笑说，"不过，急救系统也忙疯了，我的几个搭档说他们今天遇到了新的呼叫类型——'发烧咳嗽'。"

我们一直很困惑新冠病毒的感染症状，以及如何确定哪些病人感染了新冠病毒。这种病毒是全新的，教材里没有相关的内容。在第一急救员之间流传着一张模因（meme）[①]图：3个头顶标题的蜘蛛人互相指着对方说"冠状病毒！""春季过敏！""季节性流感！"可我们要如何分辨这三者的

[①] 网络流行语，是指在同一个文化氛围中，人与人之间传播的思想、行为或风格。"meme图"也可被近似理解为用于公开戏谑的"梗图"或"表情包"。

不同呢？

还有一张图表也在第一急救员社区中流传，用于帮助分诊病人。你有没有发烧？如果有，你是否有呼吸急促的感觉？如果有的话，你就可能感染了冠状病毒，相关症状还有：咳嗽、疲劳、虚弱、疲惫。

如果你只是发烧但没有呼吸急促，你可能得了流感，相关症状还有：咳嗽、疲劳、虚弱、疲惫。如果没发烧，你是否觉得眼睛发痒？如果有，那你可能是过敏，伴随的其他症状有：打喷嚏、流鼻涕。要是眼睛不痒，你可能只是普通感冒，同时还有以下症状：打喷嚏、流鼻涕、轻微胸部不适。

真是一团乱麻。

尼娜和我到达基地时，贝克主任和哈特福德主任，以及一些值班人员正在车库里忙着给救护车分配装在密封塑料袋里的个人防护用品和消毒用品。每个密封袋里装着两个 N95 口罩，还有护目镜和防护服，这是为我们急救员准备的，以及一个给病人的外科口罩，如果他们能忍受的话。一名年轻的急救员新手在车库里徘徊，他的日间轮班被取消了，还因为没刮胡子被停职了，毕竟毛发旺盛的脸不适合戴 N95 口罩。

第一次在公园坡成为一名第一急救员时，我必须做一个"适合测试"，以确保我的 N95 口罩贴合我的脸。我无知地以为"适合"(fit)是"健康"(fitness)的缩写。我的身体状况很好，所以我并不担心。所以你可以想象一下，当我走进一家诊所，一名护士把 N95 口罩戴到我脸上、给我的头套上一个养蜂人用的盒子，然后在房间里喷了一种神秘的气雾剂，问我能不能闻到或尝到什么时，我有多惊讶。她一直在调整我口罩的尺寸，直到我的回答是"没有"。

急救人员应该携带适合自己脸型的 N95 口罩，以防病毒感染或化学紧急情况发生。这种口罩由两层外层织物制成，中间夹着一层薄薄的过滤器。内层过滤器由非织造纤维制成，通过一种熔喷挤压的工艺与外层熔合在一起，从而达到医疗级别。由于新冠病毒肺炎疫情，阻止 95% 微生物进入口罩的神奇内部过滤材料的供应链出现了短缺，这也造成了全球范围内 N95 口罩的短缺。

由于全球范围内个人防护用品的短缺，我们能有 N95 口罩已经很幸运了，更别提能有尺寸合适的口罩了。全市的急救组织都把手头的N95口罩分发出去了。忘掉你是戴什么尺寸的口罩吧，也忘掉它是否能产生强大的防护作用吧。我的头很小，所以我的N95口罩在下巴周围有缝隙，戳到了我的眼睛，并不能百分百地预防病毒。

尼娜和我正在救护车上各显神通，贝克主任过来找我，当时他正在打电话——这些天他总是在打电话，所有的第一急救员都在打电话，然后递给我一卷冬天用的密封胶带。他让我把救护车的前后车厢封起来，用胶带封住两个车厢之间的隔板，使其密不透风。这样一来，即使我们碰到了新冠病毒肺炎病人，病毒也不会传播到救护车的前面。这是他的理论，就像很多理论一样，这其中也有一些漏洞。

我们跪在救护车上，把胶带贴在隔板上，我对尼娜说："若是你在后面照顾有暴力倾向的病人时需要帮助，我却听不见，那要怎么办？"

"嗯，要是遇到了有暴力倾向的病人，就让警察陪我们一起去。"

"对哦。但如果我在去医院的路上迷路了，不得不大叫着让你给我指路呢？"

"要是出现了这种情况，你可以给我打电话。而且你也不会迷路的。"

"我不知道，这感觉很不好。我不喜欢把你一个人丢在后面，我们无法直接交流，我们俩都会变得孤零零的。"

就在这时，罗伯特打来电话，问我们是否有空，有任务来了。我告诉他我们没有，贝克正在让我们封闭救护车。他说那太糟糕了，因为附近有个很严重的任务。几个街区外，一名建筑工人从3楼的脚手架上摔了下去，伤势严重。"对不起。"我说，空气中响起了警笛声。过了一会儿，我看到一个闪耀的红灯，似乎是消防车，从视野中划过。

"重伤者有救了。"我对尼娜说。

希普出现在我们面前。他看起来很轻松，嘴里还嚼着口香糖。

"我要问你点事。"我说，连招呼都懒得打，我的大脑正在制造问题。"假设我们接下了刚才那个重伤者的任务，就是那个从脚手架上摔下来的人，他不是新冠病毒肺炎病人，所以我们是不是就不用打开个人防护用品袋，戴上口罩？即使他不能呼吸，我们必须把他装袋，也不用吗？"

"我不会为了创伤病人打开，"他说，"我只会在面对新冠病毒肺炎病人时打开个人防护用品袋。"

但是，不是每个人都被假定为阳性或无症状并具有传染性的吗？这不就是这个城市里除了我们以外的所有人、那些非必要的人、并非第一急救员的人，都被告知不要外出、不要聚集的原因吗？

当进行近距离救援时，我无法理解新准则以及它们是如何在街上发挥作用的，因为这涉及大量的接触，更别提呼吸道飞沫和多到远超人们想象的液体、脓液和黏液了。在离开基地之前，我在车库里找到了哈特福德，用我更多的不解来烦扰她。这就是当时领导们的职责所在——解决我们在现场遇到的各种困惑。

"很抱歉问了这么多问题。"我说，然后又给她出了一个关于现场的难题。

"这不是问题，现场是个动态环境，你们就随机应变吧。"

"我们是要把装有 N95 口罩的密封个人防护用品袋放在救护车上，而不放在技术包里吗？也不把它们带去现场？"

"是的。"

"那要是我们进入公寓发现病人呼吸困难，最后发现是因为新冠病毒肺炎而出现的呼吸困难，这时要怎么办呢？又该怎么处理？"

哈特福德补充说，如果我们要打开一个密封的个人防护用品袋，必须先扫描袋子上的条形码，因为由于供应短缺，每个个人防护用品袋都受到了追踪。每当我听到这个不断重复的短语，就像被扔进了一个恐怖的虚空。

尼娜和我接受了这一切，几分钟后，我们跳上救护车，用无线电通知调度中心我们随时可以接任务。我们离开基地，光着脸，为自己的安全提心吊胆。

那是布鲁克林一个温暖的春日傍晚，3月的天空晴朗而明亮。还没到穿长袖值班衬衫的时候，所以尼娜和我还穿着褪色的冬季工作汗衫。

无线电里传来的大部分呼叫都是"发烧咳嗽"，听着这些呼叫就是在倾听恐慌。一旦工作开始，它就沉入我们的精神世界，时刻围绕在我们身边，我们无法只是将其赶走或是推离视线。我仍然搞不懂这些急救准则，我给莱克西发短信，想知道她在医院的救护车上是怎么做的。

"妞，对于呼吸困难者——你有没有穿防护服，戴手套、护目镜和N95口罩？"

"没有，对发烧咳嗽不用这些。"

"噢，我的天啊！"

"你不能指望用个人防护用品来应对所有的情况。"

"你到底有没有戴N95口罩？"

"没有，只戴了外科口罩。我们只在处理心脏骤停病人时才戴N95口罩。珍妮弗，你需要处理一次心脏骤停，这是你的机会。"

是这样吗？

过了一会儿，我们接到了情绪抑郁患者的任务，这是我们最喜欢的一种紧急情况——谢天谢地，不是新冠病毒肺炎病人。尼娜告诉调度中心我们在路上，我拉响警笛，向展望公园附近的一栋棕色建筑开去。在没有每隔一个街区就并排停放优步和优比速卡车的情况下，驾驶救护车要容易得多，所以这也是疫情期间的一个额外"福利"。

当我们和一辆消防局救护车到达现场时，警察已经在公寓里了。"看到国王路93号来人总是很开心。"一名消防局急救员一边说，一边拿起他的技术包，他说的是我们单位的地址。他看起来很疲惫。

"在你需要的时候，我们总会在你身边。"我说，并重申了政治上的废话，"我们同舟共济。"

对于精神紧急情况、袭击和其他经常发生的暴力行为，纽约市的准则规定，在警察保护好现场之前，第一急救员和护理人员不能进入建筑物，甚至不能从救护车上下来。"身体隔离（Body Substance Isolation）措施和现场安全"是他们在医疗培训中教给我们的第一件事。身体隔离措施是指在你接触任何人之前戴上手套，现场安全意味着尽量不要死亡。与许多规则不同，这条规则包含很多常识。

在现场，我们4名第一急救员拿着自动体外除颤器、技术包和楼梯椅，大步走进大楼。在一栋保养得很好的公寓内，两名苦恼的棕色皮肤男警察正在写一份报告。据我们了解到的情况来看（其实也不多），一个十几岁男孩的母亲打了911热线电话，因为她和儿子起了冲突，据说他还推了她一下，而冲突的起因是她拒绝把手机还给她儿子，不让他玩电子游戏。男孩坐在楼梯上，双手抱头，扯着头发，告诉我们他母亲反应过激了，他只是想让她把手机还回来。我相信他，尼娜也相信，她问这名少年是否被诊断出患有精神疾病。

"没有，"他说，"只有多动症。"

"那你有服药吗？"她问。

"没有，因为我不喜欢它带给我的感觉。"

所有这些似乎都是可以理解的。这名少年并没有临床上的精神错乱，甚至没有轻微的抑郁，他似乎相当理智。但这位脸色铁青的母亲坚持要我们带她儿子去医院做评估，就因为他推了她一下。

我的肺都要气炸了，就像在现场经常发生的那样。我不敢相信竟然会有父母让他们的孩子在疫情期间接受评估，或者把第一急救员、护士和医生卷入这么微不足道的家庭矛盾里来。或许这不是小事，而是我错过了什么，但我看不出来，其他急救员和警察也看不出来。他就是个瘦小的少年，胆小懦弱，瞧瞧他，他的样子看起来根本不会伤害他母亲。可谁又知道呢？

警察开车把这位执拗的母亲送到医院，我们用救护车把这名少年也送了过去。尼娜和我没戴口罩，只能担惊受怕地走进急诊室。前一天，内森告诉我不要担心。他说，医院的保安就站在急诊室入口处，在人们进去的时候给每个人分发外科口罩。那天晚上，医院成了一座鬼城，停车位上只有我们这一辆救护车。急诊室的分诊台那里也没有人。

"你有口罩给我们吗？"进去的时候，我问保安。

"没有，"他说，"昨天我们还有口罩的，今天没有了。"

我环顾四周，医生穿着防护服、戴着护目镜，护士戴着医用防护口罩，其他急救员戴着外科口罩或 N95 口罩。尼娜和我是视野中唯一没有穿戴任何个人防护用品的人，除了手套。当护士送病人到儿科急诊室时，我们觉得自己脆弱又愚蠢。尼娜把报告交给分诊护士，我听到护士在笑这件事。

"要是有人拿了我的手机不还，我也会很生气的。"她说，"现在是疫情期间，手机就是我的全部！"

在她们谈话的时候，我靠在墙边，听到一个戴着帽子、穿着全套防护服的医生请求一个生病的护士回家。"你必须回家，"他对她说，"如果你留在这里，你可能会传染病人的。"

还有第一急救员，我想，比如，我和尼娜。就在那一刻，我明白了，我们没办法保持安全。在医院里不行，当然在街上也不行。我们都"沐浴"在病毒之中。

我从墙上的自动取物器中取了一些消毒剂涂在手上。在外面，我们清理了担架，擦拭了救护车，然后离开医院，告诉调度员我们目前是97状态，可以再接任务了。

那个任务结束后不久，我们就饿了，想找个地方吃饭。可所有的餐馆都关门了，星巴克也关门了，我们只好去7-11便利店买了一大堆零食。一个多小时后，一个值班人员派我们去大西洋大道处理一个机动车事故。

我们到达现场时已经晚了，一辆消防车刚开走。在紧急情况快要结束时才赶到是很尴尬的。"我们看起来太蠢了。"尼娜说。那天晚上她很烦躁，她大多数晚上都很烦躁，我也是。我们都很害怕、暴躁，可以用"焦躁不安"来形容。

医院急救小队的救护车后车厢里已经有一个病人了。我敲了敲他们的救护车门，确认他们一切安好，不需要帮忙。车上的急救员说他一切正常，病人没有受伤，他正在签署医疗帮助表，无事可做。

一个送外卖的家伙站在人行道上，旁边是他被撞坏的自行车和几名警察。这似乎是"汽车'对战'自行车"那种类型的呼叫，这种情况在纽约市经常发生，而且很少有好结果。但这次，外卖员没有受伤。我又爬回救护车。

当晚的值班员尼古拉斯不知道从哪里冒了出来，走到我们的窗前。他说他就在附近，只是想看看我们，确保我们一切正常。我和尼娜很喜欢尼古拉斯，他是我们最喜欢的值班员。在街上，我们告诉他，在上一个任务中，我们没有戴口罩就走进了医院，而急诊室里的每个人都穿着防护服，这让我们觉得自己很傻瓜。

他问："你的病人是新冠病毒感染者吗？"

"不是，"我说，"但你现在会不戴口罩就进医院吗？"

他思考了一下说:"大概率不会。"

与此同时,医院的第一急救员已经完成了他们的文件填写。其中一人走到我们的救护车前,与尼古拉斯握手,两个人都没有戴手套。就这样吧,我想,现在你们这些家伙可能也感染了"罗纳",你们刚刚通过握手把它传给了对方。在机动车事故发生后,医院的第一急救员神奇地弄到了一盒鸡块,现在递了一块给尼娜,她竟然接受了。我简直不敢相信,她究竟在想什么?

"要是你没有从医院生病的护士那里感染'罗纳',那你现在就从那块鸡块身上感染了,"我用责备的口吻对她说,"那是新冠病毒肺炎鸡块。"

"那你想让我怎么做?"她说,"我饿了。"

几分钟后,一个戴着下垂的肮脏颈托、衣衫褴褛的流浪汉站在街道中间与我对视。然后,他缓步朝救护车走来,我知道,他想和我聊天。

这种情况经常发生。当我们坐在救护车上时,不断有人走到我们身边,问我们要东西。你们有阿司匹林吗?有,但只在你心肌梗死或心脏病发作时才有。如果只是头痛,那我们就没有阿司匹林。你们有水吗?有的,如果是夏天,你中暑了,我们的救护车是常备瓶装水的。但若是你刚中枪,流了一升血,乞求我们给你水,那我们就没有水。因为口渴是一个不好的信号,意味着你即将死去。你以为你需要水,但你需要的是止血带、输血和外科医生。

随着那个流浪汉越走越近,我确保门是锁着的。尼娜经常取笑我,因为每当人们经过我们的救护车时,如果车门没有上锁,我就会立刻锁上门,尽管它们永远都不应该上锁。救护车上的锁会发出响亮的咔嗒声,所以有时路人听到我突然锁门,就会很生气地看着我们。

我之所以锁门是因为我想到了亚迪拉·阿罗约——布朗克斯区的一名消防局急救员,她被一名精神分裂症患者从她的救护车上拖下来,并被救护车拖拽、碾压至死。因此,每当有人走近救护车问我们问题时,这就是我作为第一急救员想到的一切。如果有人走上前来与我交流,我会把车窗摇下一英寸。如果你想和我或者我的搭档说话,你只能对着这一英寸说。不管有没有疫情,我们在街上总是很脆弱,在这个针对急救员的暴力不断的世界中,受伤和遭受悲剧是家常便饭。

我把车窗摇下一英寸，那个流浪汉开口了，他想知道去最近的医院怎么走。我为他感到难过，无家可归者和情绪抑郁的人在这场疫情中受到的伤害更大。警察对他们几近无视，除非他们有自杀或杀人的倾向，因为警察在其他方面的工作量大大增加，根本没时间看他们一眼。

我给了那人一些模糊的指示，他就走了。当我摇起车窗时，我想：他刚刚将"罗纳"传染给了我，我也传染给了他。作为第一急救员，我们被推定为阳性、无症状感染者。那天晚上，在救护车里，尼娜和我仔细思考了我们近期所有的经历，并对我们的第一次"罗纳"轮班得出了一个令人心碎的结论：我们完蛋了。

第二天，州长在电视上宣布本州进入紧急状态。他说，纽约所有非必要岗位工作人员都必须待在家里。为了避免被他之前的声明打脸，他在语言上玩起了文字游戏。他说，纽约并没有"封锁"，我们只是"暂停"。

几天后，纽约全州暂停，非必要岗位工作人员被困在家里。我和尼娜穿上制服，准备进行第二次"罗纳"轮班。

制服给了我们自由，将我们团结起来，让我们能够相互依靠，在城市里的其他人被迫居家隔离若遇到紧急状况时，我们也能帮得上忙。在这场正在上演的灾难中，没有医疗方面职责的纽约人被困在家里，无聊、焦虑、失业，只能贪婪地阅读新闻和数字。至于我，我感到很振奋，深感幸运自己能够帮上忙。

在这些病毒满天飞的春日，纽约市成为新冠病毒肺炎疫情的震中，感染人数占全世界感染总数的5%，占全国感染病例的一半，全州有15000人检测呈阳性。纽约人被隔离，就地避难，时代广场、花旗球场、新洋基球场、布鲁克林大桥及荷兰隧道等场所全都空无一人。街上只有第一急救员和公务员，空气中只有警笛的声音。布鲁克林和皇后区、曼哈顿和布朗克斯区、斯塔滕岛，警笛声响彻日夜。

一天下午，疾病控制中心的一位同事写信给我，感谢我的服务，他知道我是在街上工作的第一急救员。他说："警笛声将成为我们余生铭记这一切的方式。"

对许多人、对我可爱的"姐妹""妻子"伊尔法（她每晚都打电话过来哭求我不要坐救护车）来说，纽约市正在成为新冠病毒肺炎疫情的"热区"，令人由此联想到"9·11"事件的恐怖记忆。当时，城市的高楼被夷为平地，白色的帐篷变成临时野战医院，急诊室准备好了迎接大量病人的涌入，却无人前往。

对我来说，新冠病毒肺炎疫情与"9·11"事件不一样。"9·11"事件的声音是寂静的，"9·11"事件之后没有尸体，没有希望。

新冠病毒肺炎疫情的声音则是警笛声，有警笛的地方，就有尸体，就有第一急救员在去帮忙的路上。那里有需要帮助和拯救的人，还有可能活下来的病人，有活下来的机会。那些白色的帐篷又搭起来了。

2001年9月，在那个可怕的星期二早晨过后，当那些帐篷搭起来时，我祈祷帕特在其中一个帐篷里。我乞求上帝，恳求上帝。我说，我求求你了，求求你了，除了他，谁都可以。我说，千万不要是他，没有他，我根本活不下去，我不知道该怎么办。

我告诉自己他没有死，他只是失踪了，我只是需要再等一等，只要再等等。明天他们就会找到他，他可能就在其中一个缝隙里。一定是这样，他可是帕特，那家伙在任何情况下都能活下来。他没有死，他只是失踪了。只要到处张贴印有他的脸的海报，也许今天就会有人看到并认出他，然后这一切就可以结束了。只要再等一等就好。

我的心理医生把我定义为一个"长期在等候室等待的女人"，我能比任何人等待得更久。

我仍在等待。

对我来说，"9·11"事件最令人震惊的一个方面就是我完全无能为力，我感到非常无力。那个时候，我只是一个年轻的、刚刚戒酒的失业女性，住在曼哈顿市中心，正在癌症康复期。现在，差不多20年过去了，我已经是一名强壮、健康、早已戒酒成功的中年女性，是一名危机管理人和作家，还是一名第一急救员、一名紧急医疗救护技术员。这个变化对我来说非常重要，因为我处理这一事件的方式已全然不同，尽管这个病毒也非常可怕，但我能够尽一份力，能够为他人提供服务了，而这将改变一切。

3月底，自从我成为第一急救员以来，我第一次感受到公众对我的认可和尊重。人们终于看到了我们，他们开始关心我们，警笛声迫使他们看到我们在街上所做的一切。这么多年来，我们一直在做的事情是隐形而孤独的。突然之间，人们认为我们很重要，值得尊重、感激和赞美。

隐身了这么久，突然被看到，这种感觉真是太美好了。

13 呼吸困难

好消息来了。第二次"罗纳"轮班,罗伯特在我和尼娜开车去公园坡时发短信告诉我,说有两个 N95 口罩在基地等着我们。对此,我们欣喜若狂。

我们从一些第一急救员那里听说,当时我们所在地区的消防局急救中心有成堆的 N95 口罩,我们却为能得到一个小小的口罩而感激涕零。在捐赠方面,情况总是这样。由于消防局家喻户晓,被认为是急救服务的代言人,公众基本上都是向他们捐赠物资;而其他的急救组织,例如商业机构和志愿者团队收到的物资相对较少(甚至没有),仅仅是因为人们不知道我们的存在。

3 月下旬,这种情况开始改变。突然间,许多知道我是急救员的朋友都发来了短信问我在哪里工作、在哪里可以捐口罩和钱。我把公园坡的相关信息发给了他们。

当我和尼娜爬上救护车驶出基地时,我们给自己安排了一个秘密任务:从我们的第一急救员伙伴那里获取更多的个人防护用品。我们所有人都在街上相互照应,不仅是在疫情期间,而是一直如此。

急救服务人员就是一家人。

那天晚上,无线电中传来的呼叫更加严重。如果说 4 天前"发烧咳嗽"是常态,那么现在每一个呼叫都是"呼吸困难"和"呼吸急症",似乎整个纽约市都快不能呼吸了。

大多数晚上,尼娜和我都习惯性地用令人胆战心惊的笑声和令人眩晕的兴奋填满整个救护车,期待着街道会给我们带来怎样非同寻常的故事。但这次轮班,我们坐在那里,一言不发地盯着窗外。我们在为自己担心,也为我们的家人、朋友担心。

作为第一急救员,我们主动放弃了安全生活的权利,自愿一头扎进传染病和死亡的海洋,我们直接在别人抗拒和压制的领域工作。这个丑陋的、令人不快的世界充斥着重病和伤害,却被大多数富裕的健康人群掩盖了,新冠肺炎疫情撕掉了他们以及世界的伪装。现在,每个人都站在了同一起跑线上，就自时间发明以来人类一直敏锐意识到的东西达成了共识，这些东西是：世界的不确定性、疾病和死亡的持久性、生命的脆弱性。大家再次意识到生命的宝贵和短暂，意识到眼前的一切随时可能消失。

尽管我们自愿担任急救员和护理人员，过着高风险的生活，但我们的家人并没有为这样的风险签署什么协议，我们的朋友也没有，他们只是因为爱我们而受苦。我的手机充斥着亲人、朋友的疯狂短信，他们被困在家里，焦虑不安。除了接收不断恶化的事实报道和担心我这个第一急救员的安危，他们似乎无事可做。

在救护车上，我无视惊慌失措的朋友们的短信轰炸，这些信息使我已经加速跳动的脉搏再次加速，但对我保持冷静、履行急救员的职责没有任何帮助。恰恰相反，这些短信会点燃我的恐惧，吞噬我为驾驶救护车和响应任务而勉强挤出的一点点心情平和的残渣。

不仅有好朋友发来问候，还有一些10年来只和我说过一次话的"陌生人"突然扎堆联系我。他们知道我是急救员后，发现这是打听我的情况和街头情况的绝佳时机，他们称我为医疗英雄，在我不知情或未经我同意的情况下在"照片墙"上发布我的照片，要是我没有及时回复他们的信息，就给我发更多短信。

我收到了数不胜数的问题，还都是重复的。我的情况怎么样？我还好吗？在前线是什么样子？我有时间和他们谈谈吗？他们在新闻中看到的都是真的吗？我的病人都死了吗？我知道我是个英雄吗？我能不能回复他们的最新一条短信，只要随便发个爱心，或者给他们发个阅读回执就好，让他们知道我还活着……

唉，我知道他们都是出于好意，但我只是需要一个人静一静。

这只是一份兼职工作，但回答这些问题、处理每个人的压力，实际上为我制造了更多的工作。

在驾驶座上，我把不停响起新消息提示音的手机放进口袋，盯着被弄脏的救护车车窗外。紧急情况接连发生，光是听调度员接连不断地发布任务就已经让我筋疲力尽了，坐在救护车上则让我精神崩溃。

我和尼娜被派去处理一个呼吸困难者的任务。我们无法向调度员报告我们的状况，因为他正在处理其他单位的电话。这还是第一次出现这种情况。

"PS-5，我们正前往处理呼吸困难者。""PS-5 呼叫调度中心，收到请回答。""PS-5，我们现在可以接收急救任务。""PS-5 呼叫调度中心，你有什么指示？"

没有回复。

调度员被其他单位的呼叫淹没了，他们没有多余的带宽来回复我们。值班人员通过无线电向调度中心提供最新情况，而我们则去工作。

我们和消防局急救员小队一起到达现场，他们俩是我们熟悉并喜欢的人。"记住我们的任务，"尼娜说，"获取口罩。"如果传言是真的，纽约市消防局有充足的口罩，那他们就是我们的目标。我们 4 名第一急救员戴上 N95 口罩，笨拙地爬上一栋 5 层高的无电梯公寓。等抵达顶楼，我已经气喘吁吁，浑身冒汗——戴着 N95 是很难呼吸的。汗水沿着我的脸和胸口流下，顺着我的背倾泻而下。

在一个闷热的公寓里，一个穿着睡衣的白人老者手忙脚乱地过来开门。他说他卧床不起的妻子得了肺炎，不能呼吸，不吃东西，而且还发烧了。他把一份看起来像是医院文件的东西递给了一名消防局急救员。一条小狗出现在我们的脚边，叫了起来。尼娜弯下腰，挠了挠它的头。

"文件说她对新冠病毒肺炎呈阳性反应。"那名消防局急救员说，把文件递了回去。得知这个消息后，他从患者的丈夫身边走开。

我们被告知要尽量与新冠肺炎患者保持 6 英尺（约 1.8 米）的距离，但我们已经在公寓里了，就这样吧。另一名消防局急救员站在病人床边，检查她的生命体征。他和病人也没有保持 6 英尺的距离，不仅在测量病人的血压和血氧饱和度的时候没有，而且用听诊器在病人的胸部和背部移来移去、听她的肺音是否正常的时候也没有。

在公寓里，这位丈夫冲到我面前，一脸的惊恐，试图解释情况。

"先生，"我说，虽然这么说让我很痛苦，"我需要你退后一步。"

"我不知道该怎么办！"他尖叫着，"我妻子星期六住院了，他们给她开了抗生素就让她出院了。她不吃也不喝，连奶昔都不吃。"

我们在现场看到的情况证实了我在新闻中看到的内容：急诊室的医生正在积极地让病人出院，以便为人满为患的医院里需要呼吸机的人腾出空间。

本应住院的病人现在被送回家，救治这些病人的任务就落在了我们身上。

"她现在的血氧饱和度是 94。"消防局急救员在床边说。他拿出一个鼻导管，给病人输了点氧，看看她的血氧饱和度是否上升。就身体的氧气摄入量来看，94 表明情况还不错。只有当血氧饱和度降到 80 时，我们才会开始担心。

丈夫说他想带妻子去医院看医生，医院离这里大约 15 分钟的车程。那名消防局急救员解释说，由于新冠病毒肺炎疫情的暴发，我们的急救准则已经发生了变化。在运送病人的地点方面，不再有"病人的选择"，只能去最近的医院。我们表示，我们可以迅速将她送到 3 个街区外的急诊室。

丈夫拒绝了，他不想让他的妻子去那里，他只想让她去更远的医院看医生。在正常情况下，作为志愿者，我们是有一些回转余地的，可以把病人送去他们选择的医院。但这个世界现在并不正常，一场流行病席卷全球。纽约市的所有医院现在都挤满了新冠病毒肺炎患者，其中许多医院已经没有病床了。

消防局急救员说："先生，如果医生 4 天前让她出院，而且她的生命体征稳定，事实也是如此，那他会再次让她出院的。"

那位妻子在床上说："我不想去医院，哪家医院都不去，我不去医院。"

"她似乎不想去医院。"消防局急救员对这位丈夫说。

"但她必须去！我从没见过她病得这么重，她不吃也不喝，甚至连奶昔也不喝。你能检查一下她是不是得了新冠病毒肺炎吗？你们能看出来她有没有得吗？"

"她是得了，"我们说，"她的检测结果是阳性，这都在她的检查报告上。"

"但我在医院根本没看到他们给她做检测啊！我都没看到，那他们是怎么给她做检测的？"

"我们也不知道，先生，"我说，"但他们给她做了核酸检测。她的出院报告上写她是阳性。"

我们在那里待得越久、被锁在有病毒的公寓里时间越长，我们暴露在病毒中的时间就越长，感染的可能性就越大。

"你能打电话给我们的医生，让他过来给她看病吗？"这位丈夫问。

"不行，先生，"我说，"我们并没有这样的权力。"

"我不要去医院！"病人在床上吼道。她说的是完整的句子，我还可以补充一句——声音相当洪亮，所以她肯定不会供氧不足。

"您确定吗，女士？"尼娜问她，"如果您想去，我们可以带您去。如果您感觉不舒服，去检查一下也许会有帮助。我们离医院很近。"

"我确定，我很确定，我想留在这里。"

出于对未来的恐惧，这位丈夫又一次冲向我，他的妻子正在他眼中死去，我仿佛能在他的瞳孔里看到她的裹尸袋。

"先生，"我说，"我很抱歉，但我真的需要你退后。"

"但她不吃东西！你必须帮帮我！拜托了！让她把奶昔喝掉。"

我在这个人身上闻到了恐惧的味道，恐惧从他的身上散发出来，就像他被核弹击中了一样，新闻和死亡人数让他头脑发晕，仿佛报纸上报道的任何坏事都发生在了他那感染新冠肺炎的妻子身上。医生已经让她出院回家了，我不能责怪他像迈克的骨骼扫描（还伴随着转移性疼痛）一样被心中的恐惧照亮。

"她叫什么名字？"我问他。

"莎拉。"

我在过道里对她说："莎拉，把奶昔喝掉，你必须吃东西。"

"莎拉，你听到了吗？"那位丈夫说，"她说你必须把奶昔喝掉。"

我跑下楼，从救护车上拿起我们的松下笔记本，跑回楼上交给尼娜，让病人签署医疗帮助表。尼娜向病人解释了风险：如果我们把她留下，她可能会病得更重，甚至死亡。尼娜第三次、第四次问她是否确定不想去医院，她都拒绝了。她在文件上签了字，我们收拾好技术包，下楼离开。我们全都汗流浃背，脸上汗如雨下，可能已经感染了新冠病毒。

在外面，尼娜和我回到救护车上，那两名消防局急救员跟着我们，走到我们的救护车前。至于我们的秘密任务，我问他们个人防护用品的传言是否属实。传言的确属实，他们每次出勤都有 6 个 N95 口罩，而且若是用完了，他们还可以补充库存、拿到更多。我眨了眨眼睛，用甜美的声音告诉他们，我们每人只有一个口罩。尼娜看了我一眼，每当我向别人要东西的时候，她都会这种略带偷笑的眼神看我。

我耸了耸肩膀，用强行装出来的少女声音说："也许你们有多余的口罩给我们？"

"嗯，当然了，"其中一个消防局急救员说，"但你们必须帮我接两次任务，再叫我'老爹'。"

我们拍了拍手，笑着哼了一声，"那我们就说定了，'老爹'。"

他去了他的救护车，带着两个 N95 口罩回来了，两个压平的、折好的、密封在透明干净的塑料包装袋里的 N95 口罩。真是太好了。

"哇喔，"尼娜说，她目不转睛地盯着自己的，"这些都是好东西。"

"太谢谢你了，"我说，"这是一个女孩能收到的最好的礼物。尽管我不是女孩，我是女人。我已经老得可以当你妈了，'老爹'。"

消防局急救员笑了，问我们是否玩"照片墙"。尼娜没有，她通过我们的笑话业务账户跟踪别人。但我有，所以他关注了我，我也回关了他。然后我们告诉他街头甜品的经营情况，鼓励他关注我们这个失败的烘焙公司。

"当然可以。"他说。

大约 10 分钟后，我们在展望公园里转了一圈，找到了拉里。他独自坐在他那辆亮着灯的警车里，警车停在湿漉漉的草地上。他戴着口罩下了车。

我从救护车上滑下来，递给他一盒手套，我们聊了一会儿。前一天晚上有人在这个地方被刺伤了，而那个逃走的罪犯扬言还会再干一次，所以拉里不得不整晚蹲守在这里，确保没有人被刺伤。这都是些什么事啊！他谢了我们的顺道来访，说见到我们是这次蹲守最让他开心的时刻了。

离开公园后不久，我们开车经过医院，想看看里面有多忙。当看到几天前还空荡荡的急诊停车位现在被急救车辆堵得水泄不通时，我们大为震惊。救护车排队等着进入车位，急诊室入口附近没有任何地方可以停车。

当我们在医院周围龟速前进时，无线电仍然不间断地发布"生病""发烧咳嗽"和"呼吸困难"的任务，这就是我们整晚听到的全部内容。无线电像是钻到了我的脑袋里，当我下了救护车，我依然能听到无线电的声音。调度员的声音在我的脑海里循环播放,我能听到它在我耳边回响,整个城市的人都呼吸困难、喘不过气来。

那天晚上回到家,尼娜的父母告诉她,她不能再值班了。这太冒险、太危险了,要是她感染了,他们也会感染的。他们不希望她去任何接近新冠病毒的地方。

"我很抱歉,珍妮弗宝贝,"第二天早上,她给我发了短信,用了《90天未婚夫》中一个角色对他女朋友的昵称,"但我也很害怕把新冠病毒传染给他们,所以我想这就是最好的安排。"

"我明白的,宝贝尼娜。我会找个新搭档。"

"你可以问问内森,"她建议道,"我肯定他会同意和你一起轮班的,他会是你的'罗纳'搭档。"

我告诉她,我会给他打电话的。

那一周,当媒体发布了一篇又一篇关于个人防护用品短缺的报道时,尼克打电话给我,说他从纽约警察局拿了4个N95口罩给我。真是太好了。我开车进城,在东河沿岸的码头上见到了他。我们在温暖阳光下的木板上一起坐了一个多小时,戴着口罩、保持着社交距离,在脚下的水流拍打河岸时闲聊、叙旧。

尼克工作很忙,和往常一样,忙死了。我总是取笑他与工作的破坏性关系。他是那种经常不睡觉的人,经常因为工作太多而取消与我的午餐约会,经常在车里做PPT,而有人在商务会议之间接送他。与我不同,他总是迟到,我开玩笑说,将来有一天他墓碑上的墓志铭会写着:尼克在这里长眠,他应该马上就到。

在这场疫情中,尼克的公司接了追踪接触者的业务,所以他比平时更为忙碌。

我则不然,我的危机咨询工作进展异常缓慢。我很害怕,就像我一个朋友说的那样,我即将和这个国家的其他人一起排队领取俄罗斯的面包。

尼克对我寄予厚望,因为我是一名危机管理人,疫情最终会给我带来工作。"你们专门处理大规模伤亡事件,"他说,"等这场疫情过后,你可能就是殡葬主管了。"

很有可能。

等我回到家，迈克惊慌失措地从拉斯维加斯打电话过来。他在家看新闻看得都快疯了，他想飞回纽约，去做志愿的急诊医生，他说他已经打了几个电话。我听着，然后温和地解释说，在纽约市这个疫情"热区"，没有一家医院会让一个患有与"9·11"事件有关的癌症晚期的医生去处理致命的传染病。

"你可以想象一下新闻头条，"我对他说，"《在'9·11'事件中丧生的传奇消防员的弟弟得了与世贸中心有关的癌症，然后死于新冠病毒肺炎》——亲爱的，没人想看到这种头条，没有人。"

"但你就在工作，而且你还得过癌症。"迈克说。

"我是 20 年前得过一期癌症，而且我的免疫系统也没有受损。"

"但你还是有可能感染新冠病毒肺炎。"

"这倒是。"

迈克停顿了一下，然后，他用悲痛欲绝的声音说："我现在不想让你在救护车上工作。我知道你会说什么，你会说这是你的工作，我也不知道该说些什么或做点什么来阻止你。"

"我正在工作，而且不管你说什么，还是做什么，都阻止不了我。"

"但我希望你能听我说，我需要说点什么。你在听吗？"

"我在听。"

"珍妮弗，你千万不能有事，知道吗？你千万不能有事，你不能生病。我需要你，没有你，我真的不知道该怎么办，我熬不过这个难关。你是唯一一个用我能理解的方式对我说话的人。"

我被感动得说不出话来，这就是我曾经对帕特的感觉。我整个人都被突然降临的寒意笼罩了。

"你听到我的话了吗？"迈克问。

"听到了，乌龟。"

"所以，如果你还想在救护车上工作，我可以理解，你可是急救小鸡。但你必须保证自己的安全，别感染了那东西，好吗？我爱你，我也真的需要你。你是我的'老婆'，我的'老婆'之一。"

"我也爱你，亲爱的，你是我的乌龟'老公'。我不会有事的，我保证我会很安全。"

但等我们挂断电话后，我并不确定自己能否做到。

3月的最后几天，纽约市的新冠病毒肺炎感染病例飙升至3万例。海啸般的呼叫淹没了已经不堪重负的911急救系统，将街道变成了战区，救护车和医院被新冠病毒肺炎重症患者淹没。纽约市的911急救系统通常每天处理约4000个电话，3月31日，紧急调度员收到了7253个电话，数量激增了近50%，这是自那场恐怖袭击以来前所未有的呼叫数量。

"这比'9·11'事件还糟糕，"3月底，资深的第一急救员在街上说，"我参与过'9·11'事件的救援，这次比之前更严重。"

中央公园开设了一家野战医院。

"这些第五大道上的小资们将迎来真正的阳光浴。"一天晚上，莱克西给我发短信说。

市政官员试图控制大规模的恐慌，企图通过发布政府公告来降低呼叫量。"帮助第一急救员救援那些最需要帮助的人：只在真正的紧急情况下拨打911。"

这根本没用，调度员还是不间断地接听电话。

现在尼娜已经离开救护车，一个星期六的晚上，我和内森一起值班，他是我新分配的"罗纳"搭档。我非常想念尼娜，但此时我愿意和任何人一起值班，因为这个城市已被新冠病毒肺炎疫情吞噬，我只想为大家服务。我对公园坡那些微不足道的不满，以及对急救中心吃力不讨好的工作更为广泛的愤怒都烟消云散了。疫情发挥了所有危机都会发挥的作用——它消除了所有的废话，我的小抱怨消失了，一个新的目标出现了，我对此很是感激。灾难精简了人的精神。

内森有一半的波斯血统和一半的法国血统，快30岁了，但所有见过他的人都以为他和我一样大。一年前的一个晚上，我们一起工作，碰到一个儿科急诊，见到了一个超级可爱的流着口水的婴儿。

我在儿科急诊室里抱着那个咿咿呀呀的婴儿，对内森说："我真希望我有个孩子。"

他困惑地看着我，"但是珍，你可以生一个啊。"

"别想了。我是母胎单身，而且我都43了。"

内森扯下帽子,尖叫道:"什么?"

孩子哭了起来,我把她抱在怀里说:"嘿,内森,你吓着孩子了。"

"我以为你才三十几呢!"

我能说什么呢?这就是健康生活的好处,除了眼角的鱼尾纹,我的外表和举止都比实际年龄要年轻很多。每当我抱怨我的脸被贝克斯菲尔德的太阳晒伤和过早老化时,都会招来汤米的严厉批评,他经常说:"你的脸根本就没有任何变化。"

内森从来不在救护车上吃饭,只靠零食续命,就是咖啡、薯片、冰激凌这些东西。他对老年病人情有独钟,很痴迷老人。"珍,他们很睿智,"那晚,他在救护车上对我说,这是我们第一次一起参加"罗纳"轮班,"我们必须听他们的,因为他们的经验能让我们受益匪浅。我们还得照顾他们,因为他们很脆弱。"

他在这个领域有着丰富的经验,而且对心脏骤停任务上瘾,我都在街上工作3年了,还没有碰到那该死的任务。"我们今晚就会碰到一个心脏骤停任务,"他说,"就在今晚。"

他差不多说中了。

那次轮班,无线电都疯了。任务之间完全没有停顿,从腹痛到轻伤、到重病都有,调度员们不停地发出指令:被媒体和医疗机构报道的新冠病毒肺炎症状吓坏了的"忧心忡忡"的病人,一周前"生病、发烧、咳嗽"的病人变成了"呼吸困难者","呼吸困难者"现在变成了心脏骤停……

每隔10—15秒就有一次心脏骤停任务。医学专家的最新看法是,新冠病毒不仅攻击肺部,它还攻击血液、大脑,使心脏停止工作。这是无线电播放的唯一一首歌曲,一首心脏骤停的歌曲:被医生从人满为患的急诊室放出院的大量病人现在在家里出现了心脏骤停,死在现场、死在街上、死在我们的面前。

我一直在想那个我叫她喝奶昔的病人——莎拉,她的名字在我脑海中不断浮现。她可能已经在家里出现了心脏骤停,现在可能已经死了。她丈夫一直都是对的,那天晚上他看到了,而我们根本没能帮他。他不让我们送她去最近的急诊室,而她也不想去医院。我觉得我们辜负了她。

我成为一名急救员,是因为我想拯救生命,而不是让人们死在大街上。

今晚的调度员们都在说，整个城市都在心脏骤停。"48号戴夫，你要去处理心脏骤停。""32号金，我需要你去处理心脏骤停。""44号艾达，去处理心脏骤停，还有32号乔治、48号布瓦……"

和内森一起在救护车上听两分钟的无线电，就足以引发我无法承受的焦虑。不仅仅是新冠病毒肺炎患者涌入系统，还有更多的DOA，以及更多的服务人员生病。随着失业率的上升，自杀率也在上升。

"前几天，我处理过一个跳楼自杀者，"内森说，"他甚至连窗户都没开，就那么直接跳下去了。"

除了新的混乱之外，旧的混乱仍在继续：机动车事故、中风、过敏反应和心脏病发作等医疗急救情况不断涌现。每隔15秒，调度员就会派一组搭档去执行一项任务。

心脏骤停，心脏骤停，心脏骤停……

更糟糕的是，护理人员一再告诉调度员他们已经延长了工作时间，但他们仍感觉离下班遥遥无期。他们在街上给人插管，在心脏骤停的狂轰滥炸中工作。

在急救领域，响应时间意味着一切，它们意味着生命。

对于心脏骤停，前5分钟至关重要，你必须让心脏跳动、血液循环，将空气输送到病人的肺部，直到他们能够自主呼吸为止。在没有除颤的情况下，存活率每分钟下降10%。若是抢救的时间比这长很多，病人根本就没有存活的机会。

"我们要15分钟后才能赶到心脏骤停现场。"护理人员说。15分钟后，意味着护理人员响应的将不是一个可挽救的心脏骤停病人，而是一个DOA。但情况还在继续恶化，护理人员赶到布鲁克林和皇后区任务地点的时间从15分钟延长到20分钟。据报道，布朗克斯区的一些地方，救护车的响应时间已经超过30分钟。今晚，在布鲁克林配备了护理人员的单位变得不可调用，他们被给病人插管和处理心脏骤停的工作绊住了手脚，在不堪重负的医院等待数小时来移交病人。

"我没有护理人员可调配了！"惊慌失措的调度员说，"我没有可调配的护理人员了！尽力而为吧，每个人都尽力而为吧！"

我看了看内森。"没有护理人员了。"

在我做紧急医疗救护技术员的这些年里，我还从没听见调度员这么说过。

"这就是战区。"内森说。

在皇后区，加布里埃尔——我可怜的小羊羔，作为一名新手护理人员正在被宰割。他母亲因癌症早已住院。在救护车上，他不停地工作，连续不断地处理心脏骤停病人，5个、6个、7个……一个又一个，他失去了所有的病人，每个人都死了。没有足够的警察来处理这些尸体。

法医被大量尸体围困，他们花了很长时间才赶到现场。警察的整个值勤都是在等待DOA。加布里埃尔在下午2点处理了一次心脏骤停，并当场宣布病人死亡。而当他在12个小时后，也就是凌晨2点回到病人家里，拿起他忘记的一件设备时，同一个警察还在那里，站在尸体旁边。

加布里埃尔说，他记得他在新冠病毒肺炎疫情期间所有插管病人的脸，他们的脸在他的脑海里不断沉浮。就像莎拉的名字于我一样——喝杯奶昔吧，莎拉，你必须喝下这杯奶昔。

作为一名调度员，卢娜被恐惧夺走了理智。人们不停打电话给她说有情况，当她试图为新冠病毒肺炎分流时，呼叫者说病人没有发烧，但在她派了人之后，他们又打电话过来，告诉她病人确实发烧了，还伴有咳嗽。这让她备受煎熬，"我把我的人都派去那里接受感染了，"她说，"这太可怕了，这糟透了。"

警察正在生病，正在死亡。到目前为止，已有11名警察死于新冠病毒肺炎，19%的制服警察因病缺勤。

"我不想死。"拉里发信息说。

"希望我们都不会有事，"我说，"戴上你的口罩，亲爱的。"

内森把车开到一家医院前评估情况。在黑暗中，一顶白色的帐篷在急诊停车位晃动，让我脊背发凉。救护车在街区里一字排开，一辆我们认出是冷藏车的大卡车被用作临时停尸房，停放在斜坡上。仅仅看到这一幕就让我反胃、不安，令我回想起"9·11"事件后的惨痛场景，当时医院等待着那些永远也没有被送来的病人，因为所有人都死了。

无线电传来无数的病人呼叫，远比我们能救的人要多，他们正在街上死去。这些天的晚上，纽约的急救员和护理人员驾驶着商业、医院、志愿机构和消防局的救护车，不知疲倦、不遗余力地工作。呼叫实在是太多了，我们没有足够的人手去响应，也没有足够的时间来拯救生命。

我和内森听说，联邦应急管理局（FEMA）向纽约市派遣了250辆救护车、500名紧急医疗救护技术员和护理人员，还有85辆冷藏车，以作为临时停尸房，因为我们的停尸房已经满了。军方也做了同样的事，向法医办公室派出了42人，因为皇后区的情况非常糟糕。我们希望并祈祷联邦应急管理局的救护车能很快到达并拯救我们。

我们这些救援人员需要救援。我们需要帮助，迫切地需要，现在就要，不，昨天就要。

在救护车上，我收到了我单方面断联的消防队长的信息。他今晚联系了我，告诉我他生病了，发烧咳嗽。

噢，真是"太棒"了。

我刚收到他的信息，内森和我就接到了一个呼吸困难者的任务。

我们和消防局的一组急救员赶到现场。进入房子时，一个神情轻松的男人领着我们进入一间狭窄、黑暗的公寓，去帮助他的母亲。我们跟着他进入客厅，发现一位黑人老太太瘫坐在一张木椅上，奄奄一息。

我上下打量了一下她疏于照顾的身体。她那脏衬衫上的纽扣解开了，口水沿着她的下巴滴落。她裤子的拉链是开着的，她在里面撒了尿，苍蝇在她周围和我们周围嗡嗡作响。厨房里放着脏盘子和空的外卖盒。

我很生她儿子的气，就是那个让我们进来的人。我很难过，居然有人生活在这样的环境中，被人不闻不问。

"她这样有多久了？"我问他。

"几天了。"

"竟然已经几天了？"内森说。

"是的，"他随意地说，"我父亲也在医院里。"

我们4名急救员迅速检查了病人的生命体征，一人检查她的肺部，另一人测量她的血压，还有一人检查她的血氧饱和度。血压很低，只有47，持续这个血压水平，她会停止呼吸的，她需要插管——现在就需要。

但没有护理人员能过来。

那就是我们整个晚上听到的，我们只能孤军奋战。

"你能听到我说话吗，亲爱的？"我问病人，然后又问她儿子，"她叫什么名字？"

"玛格丽特。"

"玛格丽特，你能听到我说话吗，亲爱的？"

她点头示意能听见。她没有足够的氧气来说话，我们给她戴上非重复呼吸面罩，并将氧气流速调高到每分钟 15 升。当我们问及她的病史时，她儿子说她有很多病症：糖尿病、哮喘、充血性心力衰竭。

"这样是不是好一点了，亲爱的？"我问吸氧的病人。

"是的，"她小声说，"谢谢你。"

她已经病入膏肓，因为新冠病毒肺炎而奄奄一息，几分钟后就会呼吸停止或心跳停止，急需插管和呼吸机，她却对我说："谢谢你。"

我一时百感交集。我想抽泣着跑出公寓，跑到黑暗、荒凉的街上。我想退出，再也不做急救员了。我又想每天晚上都在救护车上工作，治疗每一个我能找到的生病的、垂死的病人。我还想成为护理人员，这样我就能给病人插管了。

我们用床单把病人包起来，迅速把她抬到外面。现在天空下起了雨，我们把她放在我们的担架上，消防局急救员向我们表示感谢并道别。在街上，内森在准备把救护车开去医院时，足足问了我 5 遍我一个人待在后面是不是没事。

我不会没事的。我不是这位女士需要的第一急救员。我只是一名紧急医疗救护技术员，而她需要护理人员，我却是她拥有的全部。我非常担心她会在救护车后车厢出现心脏骤停。

"我没事的，"我说，"赶紧走吧，走吧，尽快赶到那里。"

我听到救护车的门嘭地一下关上了，很快，内森就坐到驾驶座上，我们开了警灯和警笛向医院驶去，疯狂转弯，内森把车开得飞快。我发誓某个时候救护车可能只有两个轮子着地。我在长椅上喘着气，握着玛格丽特的手，尽管我不应该碰她。我没有穿防护服，也没有戴护目镜，我们不知道她有没有感染新冠病毒，但现在都为时已晚。我问她是否还好，告诉她我们就快到了。"我们就快到医院了，亲爱的，"我说，"就快到了。你呼吸顺畅点了吗？"

她点点头，眼皮跳动了一下。她再次感谢我对她的帮助，这让我已经破碎的心再次破碎。

这次的任务太痛苦了。这种病毒，还有它对人类身体、精神造成的伤害，都让我太痛苦了。眼睁睁地看着人们窒息而亡，看着城市中最年老、肤色最深、最贫穷、最脆弱的居民在我们面前死去，这就是痛苦本身。这是一场恐怖的表演，一场战争。尸体从空中倾盆而下，全是我们无法拯救的人，就像下了一场 DOA 的冰雹，尸横遍野。

我之前的想法错了。这些病人根本没有希望，我们也没有。

不到 5 分钟，内森就赶到了医院。我们一跑进急诊室，就把玛格丽特推到一个等待我们到来的急诊室护士手里，她喊道："把她带到这里来！这边！"我们飞快地把担架抬进一个小房间。

我和内森把她转移到医院的病床上，而一群穿着防护服、戴着护目镜的护士和医生则扑过来围着她，他们准备给她插管。我忍住了眼泪。

她会死吗，我的病人，这个可爱的、被家人不闻不问的女人？我妈妈会遇到这种情况吗？或者菲丽丝？要么是伊尔法？抑或是迈克？我们会吗？谁会在这种病毒中幸存下来？

我们不应该和新冠病毒肺炎患者保持密切接触，顺便说一下，从玛格丽特出现发烧、呼吸困难的症状，我们就知道她是阳性患者。但我们不能丢下她，没法保持 6 英尺（约 1.8 米）的距离。我们守在她的床边，我站在她的脚边，内森站在她的头边，看着护士们检查她的生命体征，撕开插管工具的封口。穿过口腔的气管导管、喉镜的弧形刀片，看起来就像中世纪恐怖剧中的东西。

我看不下去了，也不想看，看到这些工具就让人倍感痛苦。仅仅是和它们一起待在这个房间里，并且知道它们很快就要进入玛格丽特的喉咙，就把我从纽约市带到了另一个痛苦的星球。

内森在她身边站了很久，我把担架拖到医院门口，到处寻找消毒湿巾，现在它们很短缺。我在护士站的白大褂下面发现了一个紫色盖子的容器。

"墨菲！"我听到有人喊我的名字。

我转过身，看到了沃特，我最喜欢的急诊护士。我已经有段时间没有见到他了，当我们对视时，我几乎松了一口气。

"哦，谢天谢地，"我说，"你还好吗？身体还好吗？"

"目前还好，待在这里太疯狂了。"

"街上也很疯狂。我们没有护理人员，他们都在工作。每个人都在心脏骤停，整个城市都在心脏骤停。我们刚把一个需要插管的病人送过来。"

"他们全都需要插管，所有的病人都是新冠病毒肺炎患者。你在外面要注意安全。"

"你在这里也要注意安全。我们会再回来的。"

"我知道你会的。稍后见，墨菲，"他说着就飞快地跑下走廊，"注意安全。"

不一会儿，内森茫然地朝我走来，摆弄着他的帽子，挠着头，他看上去崩溃不已。"珍，"他在我擦拭担架的时候说，"这太让人伤心了。"

我们默默地把担架推到外面，感觉自己很失败。在急诊停车位，我们偷偷地看了看白色帐篷搭成的野战医院，里面是空的。

"谁会来这里？"我们互相问道。

一个穿着粉红色手术服的护士叼着烟在外面晃悠，说："这是为那些病得不是很重的非新冠病毒肺炎病人准备的，但它们尚未被使用。现在太冷了，等天气转暖后就会使用了。"

"明白了。"我说。

我们花了不少时间来清洗救护车后车厢，把玛格丽特碰过的所有东西都消毒了一遍，然后我们慢慢地、安静地、蹒跚地回到前排座位上。

我摘下口罩，看着自己的脸，发现整张脸已经变得面目全非，上面印满了深红色的痕迹，我的头发乱糟糟的、汗津津的，粘在额头上。我的样子就像我刚刚感受到的那般支离破碎。消防局的一组女性急救员把车停到我们的救护车前，摇下了车窗。

"嘿，伙计们，这里太疯狂了，对吧？"

"太疯狂了。"内森说。

"我们这是让自己卷入了什么麻烦？"我问他们。

"我不知道，"坐在方向盘后面的急救员说，"这太疯狂了，我们这样做是疯了。"

"是疯了。"我说。

然后，内森慢慢地开车回到基地。

"你觉得玛格丽特会活下来吗？"我问他，"或者你觉得她会被关进冷藏车？"

"珍，"内森说，"这真让人伤心。"

回家之前，我们在基地外的街上站了一会儿。内森为匆忙赶去医院而道歉，因为我的膝盖被担架撞得很疼。我告诉他，他做得很棒，他把玛格丽特活着送到了急诊室，及时进行了插管治疗。他说他很抱歉自己整晚都这么安静，他感觉不舒服，头疼得厉害。

"噢，不，"我问，"你什么时候开始头疼的？"

"今天早些时候。"

当我回到家，我在进入公寓之前就脱掉了外面的衣服。我在走廊上脱掉了靴子、袜子、裤子和战术衬衫，把制服扔在地板上。

我一丝不挂地站在厨房里，拿出一个垃圾袋，把我的制服扔掉。然后我把靴子洗干净，放在走廊里。我的制服不允许进入我的公寓，这并不是什么新做法。我从来不让我的靴子或急救制服进入我公寓除前门以外的地方，我在那里给我的装备消毒，然后将裤子和衬衫打包。

淋浴时，我为自己抹上肥皂，为玛格丽特哭泣，为所有呼吸和心跳停止的病人哭泣，为在家中窒息的人哭泣，为在街上死亡的人哭泣，为大批惊恐地向911热线电话寻求帮助却无所依靠的人哭泣；我为莱克西和内森、卢娜和加里布埃尔、困在家里的尼娜、做噩梦的伊尔法，以及被困在拉斯维加斯的迈克哭泣；我也为我自己哭泣。

这比"9·11"事件更糟糕，我在睡觉时想。

第二天早上，当我哭着告诉迈克我所看到的一切时，他在电话里说："我的上帝啊，你这是在战区。"

14 生病

4月，当纽约市爆发新冠病毒肺炎疫情的消息传遍全美国时，我得到了热情的支持。朋友、邻居、前男友，几乎所有认识我的人、知道我是急救员的人，都送了我一大堆礼物。人们送来了鲜花、巧克力蛋糕、茶叶、植物、贺卡、手套、护目镜、手工缝制的医疗级口罩，真是应有尽有。我几乎每天都能收到一个包裹，其中一些来自我几乎不认识的人。

一天，马尔科给我发来信息。"你在前线的时候，我在想你。你很了不起，所以请注意安全和保持健康。"还表示若是他打扰了我，他很抱歉。恰恰相反，我很感激他的关心。

"我会和任何可能有N95口罩的前任聊天。"我说，然后把在现场目睹的一切告诉了他。

"我每天都能在屏幕上看到你亲眼看到的一切，"他说，"这是我们面临的一项艰巨任务，但你才是那个与之抗争的人。我很抱歉，珍妮弗。"

当天晚些时候，马尔科发短信告诉我，说他弄到了一些口罩寄给我。第二周，它们到了，满满一大箱，里面装了几百个口罩，我告诉他我对此非常感激。尽管受到了悲伤的洗礼，但离开救护车的这些日子还是比较轻松的。

但随后情况发生了很大的转变。

一天下午，汤米发来短信，说他感染了"罗纳"。他已经请了两周的病假，发烧、胸痛、疲惫。

好吧，这样一来，我在过去两周里密切接触的两名消防员现在都感染了新冠病毒。似乎每次有消防员生病，媒体都会将其归结为"社区传播"，那会是什么样的社区呢？对于淹没在911系统中的大多数新冠病毒肺炎任务，消防员并没有响应。

在碰到玛格丽特的那一次轮班，以及得知汤米感染了新冠病毒的消息之后，我口服了一些维生素C，喝茶，懒洋洋地躺着，在附近随便逛了逛，让自己放松放松。每晚我都与菲丽丝、伊尔法和迈克通电话，也每天都问候我的第一急救员朋友们。当我躲在家里时，这便是我能发挥的最大用处——与那些和我一起目睹了街上发生的一切的急救员和护理人员交谈。我们真的就是一家人。

"我觉得我感染了新冠病毒。"几天后，内森给我发短信说。

哦，真是"棒极了"。

一天之后，我累得睁不开眼，感觉从来没这么累过。我躺下睡了一觉，却咳个不停。那是一种强烈的干咳，咳得我的胸口灼痛。我听到喉咙里回荡着空洞的喉音，就和急诊室里新冠病毒肺炎患者咳嗽的声音一模一样。我告诉了莱克西，她也请了病假。

"噢，不，珍妮弗，"她说，"新冠病毒肺炎的早期症状就是这个。"

新冠病毒肺炎就是这样开始的，没错。

第一天，我咳嗽得很厉害，头痛欲裂，止疼药都不能缓解。我的胸口沉重得像是灌了铅，就像一头凶恶的野兽坐在我的心脏上。而我一躺下来，胸部疼痛就加剧，让我难以入睡。我失眠，全身疼痛，呼吸急促，这让我从床上摇摇晃晃地走到浴室都成了一项体育运动。喉咙红肿，疼痛难忍，脉搏急速跳动，整个人疲惫不堪。我的眼睛每次睁开绝不会超过一个小时。过了一阵子我会感觉好极了，一点问题都没有。然后，嘭的一声，我又遭到了疲劳的轰炸，卧床不起。

我没有发烧，至少从我那廉价数字温度计上的读数来看是这样的。不过，我从玛格丽特和其他新冠肺病毒炎患者那里知道，发烧并不是感染这种病毒的唯一症状。新冠肺炎是低烧，或者说是不突出的。

"你把'罗纳'传染给我了。"我在生病的第三或第四天取笑内森。他已经失去了嗅觉和味觉，卧床不起，浑身发热，疲惫不堪，疼痛难忍。"你是零号病人。"我说。

"珍，这不是真的！你根本没法证明这一点，是玛格丽特传染给你的。"

"你们两个人都传给了我。我和她被封在救护车后面，和你一起被封在前面。那次值班，我有100%的机会感染'罗纳'。"

"这段时间会很不好过，但我们会一起熬过去的。希望我们都不会死。"

希望如此吧。我和内森在病假期间经常互开玩笑，我们努力去笑，保持精神振奋，但我们也很害怕。我们看到了护理人员和护士用来实施紧急插管的医疗工具，我们也看到了白色的帐篷和冷藏车，还有窒息的病人喘着粗气。我们害怕会落得和他们一样的下场——死亡。

4月的这些天，急诊室里从不缺新冠病毒肺炎患者。我们带玛格丽特去的那家医院，一名医生报告说，一个周二下午就治疗了7名新冠病毒肺炎患者，年龄从25岁到72岁不等。街上的急救员朋友说，他们在医院外排队，要等上一小时，有时是两个小时，就为了交接病人。我们究竟身处一个怎样的世界？

在急救中心，人们情绪激昂。第一急救员筋疲力尽，也感染了，有的还患上抑郁症。一名护理人员在社交媒体上抨击了政府官员在疫情高峰期是如何对待急救人员的：

"每个急救员和护理人员都明白，每次我们穿上靴子、接受任务时，我们都签署了什么准则。我们被当成一种免疫的、不可估量的资源来对待。但很显然，我们不是。我们没有得到我们服务的城市、我们的市长、我们的州长的承认，我们只能独自响应呼叫，没有纽约市警察局的保护。是的，在这么多人不会说出真相的时候，我说出来了。"

有个医生说："我们连轴转地去值班，自己都已经累得病倒了。我们的个人防护用品被定量配给，因为不这样的话它们将在几周内耗尽，说不定还会更早。现在想想克里斯特尔（克里斯特尔·卡德特是纽约市消防局的一名黑人护理人员，目前正在插管住院，处于新冠病毒肺炎昏迷状态），再想想纽约市急救中心的每一位成员，还有志愿机构中和我们一起工作的几乎无人问津的兄弟姐妹们。"

"有些东西是要付出代价的，正如你们所看到的——我们就是被付出的代价。"

这就是我们。

现在轮到我们从第一急救员变成新冠病毒肺炎病人了，该来的命运降临了，我们首当其冲。

4月初，每4名纽约消防局急救中心工作人员中就有1人因病缺勤。在消防局的4000名急救员和护理人员中，25%的人感染了新冠病毒。尼娜的男朋友离开了救护车，"不只是他，"她说，"他的整个单位都病倒了。"

另一方面，17% 的消防员说自己生病了；1/6 的警察请了病假，纽约市警察局还有 1500 人感染了新冠病毒。当城市强制警察保持社交距离时，警察在处理 DOA 时感染了新冠病毒。

尽管全城封锁、死亡人数不断增加，我还是惊讶地发现，一些纽约人仍然没有认真对待这种病毒。究竟怎样才能让人们关心他人？

一天下午，我发现并保存了一位名叫金伯利·迪纳罗的女士发的推文："纽约市的每个人都说他们'不担心'新冠病毒，因为他们年轻而健康。但他们 9 年来只靠香烟、可卡因和杂货店的肉生活，与平均 7 个网络陌生人共享发霉的浴室，以及 1 对反疫苗夫妇和 2 只公园老鼠保持开放性关系。"

这才是对互联网的合理利用。

纽约的第一急救员每次停止服务都要两到三周，而新冠病毒又是一种漫长而缓的病毒，所以 911 呼叫量持续飙升。街上已经没有多余的人手来响应破纪录的紧急呼叫，没有足够的第一急救员来响应任务。

一天晚上，当我躺在床上看到网上的一张照片时，我的眼睛湿润了。一支来自全国各地的救护车车队，来自印第安纳州、俄亥俄州、内布拉斯加利福尼亚等地（你能想到的都有）的医护人员，正沿着漆黑的山路，驶向纽约市。

是联邦应急管理局来了。他们来救我们了。他们没办法以足够快的速度赶到这里来救我们，拯救此刻、今晚、本周拨打 911 的众多新冠病毒肺炎患者。这些病人在街上出现呼吸和心跳停止，死在现场、死在急救员和护理人员的怀里，因为医院就像意大利人警告我们的那样被挤爆了，隔离室和走廊里挤满了连着呼吸机的病人。感染新冠肺炎的人现在拨打 911 只能等死，在困境中死去。

作为一名新手护理人员，加布里埃尔仍在工作，淹没在街上的心脏骤停任务中。这个时候，本市一些医院的床位和呼吸机都用完了。

加布里埃尔把一名心脏骤停的病人送到皇后区的急诊室，一个惊慌失措的护士跑到他面前，告诉他要把担架上的病人送到分诊线。噢，老天，那是某人的母亲、父亲、孩子、祖父母、朋友，却因为医院耗尽了救生设备而不治身亡。

"你必须宣布！你必须宣判！我们已经没有床位了！"护士说。

他看到另一个护士踉踉跄跄地在哭。她看起来非常疲惫，他把她拉到一边，让她发泄出来。"我可以先不接任务。"他说。

"我们已经没有床位了，"她抽泣着说，"呼吸机也没了，个人防护用品也快用完了。全是新冠病毒肺炎患者，我快撑不下去了，病人一个接一个地死去。"

至于我们这些生病的人，我们几乎一直保持联系，迫切地想要接受核酸检测。

"去做检测，赶紧去做核酸检测。"在我告诉尼克我请了病假后，他对我说。

他是经历了"9·11"事件的警察，了解书面文件的重要性。你必须证明你是在工作中生病的，以防病毒带来长期影响。没人知道新冠病毒肺炎疫情会持续多长时间，或者随着时间的推移，这个病毒对身体有什么长期影响。这种病毒是一种新型病毒，医学界对它一无所知。如果你想要通过医保治疗，上帝保佑，从新冠病毒肺炎疫情暴发到现在，你就必须有文件证明。尼克一直坚持："去做核酸检测吧，母狮子，去做核酸检测。"

我知道这很重要。当迈克被诊断出患有癌症时，他必须从消防员那里得到签名的宣誓书，证明他曾在消防站工作过，证明他曾挖过废墟、寻找过帕特，以便有资格获得官方医疗机构针对世贸中心坍塌事件提供的治疗。核酸检测对我们的未来至关重要，然而，当时还没有人为急救服务的工作人员做核酸检测。

一个也没有。

想要找到一家把我视作第一急救员的医院或无预约诊所几乎是不可能的。整整一个星期，我坐在办公桌前，感觉自己就像个垃圾，给不同警察说的为服务人员做核酸检测的这个或那个诊所打电话，他们给我发来了韦斯切斯特、新泽西和斯塔滕岛的诊所名字，但等我打电话过去，每次都是忙音或者断线，然后他们的网站也崩溃了。一家早晨8点开门的诊所，到中午就不接受检测了。我花了几个小时才在网上预约了时间段，结果却被弹窗告知，诊所的检测预约已约满，下一次预约要到两周后。

竟然还要两周？

这太让人愤怒了，我们这些在急救领域工作、抗击在疫情第一线、冒着生命危险去拯救别人、因志愿帮忙而病倒的人竟然得不到核酸检测的机会？好多天，我都在办公桌前崩溃，因为沮丧和疲惫而哭泣。对第一急救员用过即丢——我们美国这个国家对待服务人员的方式就是一个可怕的耻辱。

我一直在找诊所，内森放弃了。

"在核酸检测方面，我对美国已经不抱任何希望了。"他说。

我又病又累，压力像土块一样从我的身体上滑落，我越来越愤怒，我得找个人出气。还有谁能比拉里更合适？就是他的朋友、白宫里的那个人，最大限度地减少了病毒对我健康的破坏，害死了成千上万的人，把我的城市变成了停尸房。

一天，拉里犯了个错，给我发了一张他在街上的照片，照片里他戴着一个印着美国国旗的口罩。

"你是一定要把戴这种印着国旗的口罩当成一种时髦吗？"我问他。

"这是时髦的保护，我是自豪的美国人。"

"哦，去他的这个烂国家，我们的总统正在用他的愚蠢害死大家。要是我用上了呼吸机，那一定是他害的。"

"特朗普又没把新冠病毒传染给你。"

"他就是新冠病毒。"

我收到了一个捂脸的表情符号。

"我是你的街头'老婆'，"我说，"你自己解决这个问题吧。"

拉里确实做出了自己的应对。两天后，他蹑手蹑脚地回到我的电话旁。"你感觉怎么样，亲爱的？还不想和我说话吗？"

"没有，我爱你。我病了，但我还是非常漂亮。注意身体。我希望这周晚些时候能回到救护车上。"

"别再操心救护车了，你先好起来。我也爱你。"

我并不是唯一不适应现在这种生活的人。

因为被困在贝克斯菲尔德的家里，我的母亲变得很无聊，她发现手机上有大量的应用程序。一天下午，她给我打了视频电话，那是她第一次给我打视频电话，在此之前她从没和我视频通话过。但她发起通话的时候我正在打电话，因此我就拒绝了。后来我偏执地认为事情不对劲——也许她感染了新冠病毒？我马上给她回了电话。

"妈妈，你没事吧？有人死了吗？"

"噢，当然没有！"她咯咯地笑着说，"我只是在学习怎么用手机上的这些新东西，打个电话问问你的情况。"

我又气又累，告诉她我稍后再给她打电话后挂了。

我趴倒在沙发上看电视。我只想看纯粹的垃圾节目，不要任何高深、严肃的东西，也不要曲折的情节。现在的生活已经足够跌宕起伏了。

后来，我又给母亲打了电话。

"妈，你那边确实没什么事？"我说。

"你在说什么呀？"她无辜地说。

"我看到你注册了'照片墙'，还在你的公开账号上发布了我的1000张照片。你知道我对社交媒体的感受。"考虑到我的日常工作，我在上网时非常谨慎。我讨厌被贴上'医疗英雄'的标签。马克·扎克伯格非常富有，在真正重要的领域却无足轻重。

"这不好吗？"我妈妈问，"我不应该这么做吗？我不知道这些东西是怎么工作的。"

"显然不好啊。"

我解释说，我想要接受核酸检测简直是举步维艰，而且我已经病了，半个纽约市的人都被装进了裹尸袋。我告诉她，她需要淡化她对社交媒体的好奇，然后引导她一步步地将她的账户私有化。我解释说，由于工作原因，我对在网上发布自己的照片比较保守。

我们一挂电话，母亲就把我所有的照片都删掉了，删得一干二净。刚过了两三秒钟，我就后悔了。

我太累了，又病了。我并没有要求妈妈删除我的每张照片，我只是想让她把她的账号设置成私密账号。但我对她太苛刻了，我在疫情期间就是个烦人精，我的恐惧被伪装成了愤怒。我非常害怕她会生病，然后我就会失去她。她是我唯一、真正的家人，却离我如此遥远。想起我飞到加利福尼亚参加那些愚蠢的会议时却没有去看她，我忍不住哭了。然后她给我发了一封非常温柔的电子邮件。

"珍妮，我修改了我的'照片墙'动态。我很抱歉发了你的照片。我明白，是我忽略了你的感受。我注册这个网站只是因为我姐姐在上面，所以我们可以保持联系，我真的很想念我的姐妹们。我没有伤害你的意思，照顾好自己，按你认为合适的方式休息。我祈祷你能够好起来。爱你的妈妈。"

我好想我的妈妈。

我为对她太过苛刻而不停道歉。我很感谢她撤回了关于我的照片，我是她唯一的女儿，她以我为荣，就是这样。

"谢谢你，妈妈，"我说，"我接受了你在'照片墙'上的好友请求。我也给你发了好友申请，你可以浏览我的账户。"

这就是我们现在所拥有的一切——依靠互联网的交流。

接下来的几天，我躲在床上，埋头读书。我读了大卫·库伦写的《哥伦拜恩》。这是一本关于美国历史上最惨烈的大屠杀之一的轻松读物。哇喔，真是一本专业、伟大的书，我差不多是囫囵吞枣地读完了。

在我生病期间，我的第一急救员家人对我照顾有加。罗伯特和苏茜主任一直与我保持联系，时不时关心我、问候我。

"你需要什么吗？"苏茜在一个下午问道，"我可以给你带过去，我是说真的。"

我告诉她我感觉糟透了，并为她多准备了一个 N95 口罩。苏茜在急诊室当护士，全市所有的医院都缺少个人防护用品。罗伯特告诉我，苏茜只有一个口罩，她不得不重复使用。

"你是医疗英雄！"我说。

"瞎说！你也是公共服务人员！"

"我只是公共服务爱好者。苏茜，你才是真正的英雄，我的'罗纳'女王！"

"什么爱好者！别开玩笑了。你在空闲时间做这些事才更让人钦佩，所以别再胡思乱想了！我们必须保持健康。好好休息，要是有什么需要就告诉我。即使你不觉得饿，也要好好吃饭。"

正如他们所说，不是所有英雄都身披斗篷，我的平民"爱人"也挺身而出。为我找到这个公寓的朋友克拉拉，给我带了不少东西，有汤、甘蓝和骨汤。我的朋友本也是如此，他来自作家小组。在我的大楼里，埃勒里每次去杂货店都会用短信问我要不要带什么，杰瑞米跑到CVS药店[①]给我买了阿司匹林。我每天晚上都会和迈克、伊尔法以及菲丽丝打上几个小时的电话。

我贴心的英雄们。

每个人都想帮我，每个人都在帮我。我是如此被爱，我拥有的生活真是太美好了，我就是个幸运儿。

经过一周的苦苦挣扎，拉里给我发来了位于公园坡的另一家无预约诊所的名字，他听说这家诊所正在为有症状的公共服务人员提供核酸检测。一天下午，我从床上爬起来，和这家诊所的一名护士预约上了，她告诉我可以在晚上7点去诊所。终于预约成功了，我感觉自己像是中了大乐透。

"我找到可以做核酸检测的地方了。"我告诉内森。但等他试图预约的时候，又没有名额了。"继续努力，"我告诉他，"我们必须接受测试，这很重要。"

"珍，我太累了，我下不了床，只想睡觉。"

"我知道，我也是。我天天就是睡觉、哭，再和拉里吵架，这就是我现在的生活。"

"我不想最后死在冷藏车里。"

"或者贾维茨中心。现在又多了一个我不想死后待的地方。"

那天晚上，我出现在无预约诊所，里面空无一人。一个护士看到我，立即把我带进检查室，她问了我一些相关问题。

---

① CVS药店：全美门店最多的连锁药店。

"你是否接触过新冠病毒肺炎患者？"

"嗯，我是一名第一急救员。这段时间我所有的病人都是新冠病毒感染者，我搭档的情况也和我差不多。"

"我肯定你感染了。你病了多长时间了？"

"这是第7天。"

"都有什么症状？"

"各种症状都有，头痛、喉咙痛、干咳、胸部疼痛、脉搏加快。两天前我的心率是104。全身疼痛，疲惫不堪，呼吸短促，还易怒。"

"你感染了，"她断然说道，"你们所有第一急救员都是。我给你做个拭子取样吧。"

所有人都做过鼻咽拭子检查吗？要是你没做的话，那可就错过了一次"难忘"的经历。护士把一根长长的像棉签一样的"刑具"插进我的鼻子，插得很深，弄得我的眼泪都要下来了，这种感觉太难受了。然后就结束了。

"多久能出结果？"我揉了揉鼻子问。

"48小时内可以在线查看检测结果。"

4天后，我拿到了检测结果：阴性。

这怎么可能呢？

"检测结果肯定是错的，"罗伯特说，"你感染了新冠病毒，你肯定感染了。"

苏茜主任也同意这一点，"这一定是假阴性，你出现了所有的症状。想想看，你现在可能已经有抗体了，哟吼！"

哟吼。

15　城市停摆

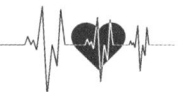

接下来的一周，新冠病毒肺炎疫情达到顶峰，我仍然在生病，内森、汤米、莱克西也是，似乎所有抗击第一波新冠病毒肺炎疫情的第一急救员都在生病。消防局的数据证实了街上的急救无线电台发出的信息：

被怀疑是新冠病毒肺炎患者的纽约人，出现了致命的或近乎致命的院外心脏骤停症状，第一急救员和护理人员正在应对这一情况。2019 年 3 月 30 日—4 月 5 日，平均每天有 69 例心脏呼叫，其中 26 名病人死亡。在 2020 年同期，每天有 284 例心脏急诊，其中 72% 最终死亡。4 月的一个周日，在 322 例心脏急救呼叫中，有 241 名病人死亡，死亡率为 75%。

不只有我们是这样。

一天，一名来自巴黎的急救消防员在"照片墙"上给我发了一条信息，想了解一下纽约的情况，因为法国也遭到了灭顶之灾。我告诉他，人们正在死去，在街上出现心脏骤停。"我这里也一样，"他说，"是不是最终每个人都会心脏骤停，死在家里。"

之后，纽约的情况变得更加暗无天日。

由于新冠肺炎疫情使急诊室左支右绌，再加上数量惊人的心脏骤停任务，纽约州做出了一个改变医疗准则的严峻决定。4 月的一个晚上，公园坡召开了一次机构全体成员的"中目"（Zoom）云视频会议，向我们介绍了这一改变后的情况。似乎每眨一次眼，准则就有新变化。

莱克西和奥斯汀刚登录 Zoom 就乐了，因为我把我的 Zoom 背景换成了几名消防员的照片，这些消防员曾经进入我的公寓灭火（火不是我放的）。

"'姜罗纳'，我爱死你的背景照片了。"莱克西说。我们给彼此起了带这个病毒的绰号，莱克西是"盐罗纳"（Saltyrona），我是"姜罗纳"（Gingerona）。几年前，莱克西还给我起过一个非常有名的绰号——"交通锥"，因为我是橙色的，并且非常不容忽略，所以每个人在现场看到我都会停下来。

"'老婆'，"奥斯汀发来短信，"你的灭火背景——很漂亮。"

视频会议真是太奇怪了。我的大部分危机咨询业务都是通过电话进行的，12—15 人组成的集体电话，包括首席执行官、律师、悲伤顾问和危机公关人员、受害者，有时还有执法部门。我只是电话里的一个声音。我不需要与他们面对面，也不需要亲临现场。我有一些共事多年的客户，但在现实生活中，我从未见过或遇到过他们。我一点也不介意，我喜欢简化为一个声音。在这方面，我觉得我的日常工作和 911 急救接线员的类似。在 Zoom 中看到别人让我不知所措。

让我们再回到公园坡的会议上来。贝克主任和哈特福德主任讨论了新的准则，新准则有很多。

首先是个人防护方面。现在，他们希望我们在每次出任务时都要戴上 N95 口罩，不管是处理新冠病毒肺炎患者，还是其他患者。只要我们怀疑或确认病人患有新冠病毒肺炎，我们都要穿上防护服、戴上护目镜。为了我们的安全，我们机构的政策是比其他机构更频繁地使用个人防护用品。这让我很高兴，公园坡万岁。

其次，不再有内部调度。纽约市消防局正在启动所有的志愿救护车公司，通过其互助无线电频道 MARS 进行 911 轮班工作，以应对激增的呼叫量。公园坡的救护车现在将由消防局调度，我猜我最终还是要为纽约消防局工作。来击个掌吧，帕特。

现场的变化有：纽约州正在减少去现场的第一急救员数量，以限制我们与新冠病毒的接触。实际上，这意味着我们可能会被取消处理心脏骤停任务，只留下护理人员和消防员在现场。我们要服从调度员和现场主管的命令。

再就是隔离措施，就我们这些因病缺勤和重返工作岗位的人来说，由于新冠病毒在纽约无情肆虐，因此不再建议对无症状的医疗服务提供者进行隔离。我们不可或缺，城市也需要我们。没有住院但可能或已确认感染了新冠病毒的有症状的急救员和护理人员，在离开救护车自行隔离满 7 天后，就能回去工作。

最后是"出于怜悯的心肺复苏"。接下来，如果我们对病人进行胸部按压，而自动体外除颤器没有提示电击，我们就要在 20 分钟后停止心肺复苏操作。随后，我们需要呼叫遥测仪，并当场宣告病人已死。如果在 20 分钟内有电击提示，我们将把病人送往医院——即使当时没有护理人员赶到现场。在这种情况下，消防员可以驾驶我们的救护车去医院。

哇哦，莱克西、奥斯汀和我互相发送了震惊的表情符号——是我们想的那样吗？

开着视频会议，我上网搜索了新的心肺复苏准则，证实了公园坡负责人所说的话。纽约地区紧急医疗服务委员会（REMSCO）于3月31日发布了一项医疗准则建议，题为："灾难响应的临时心脏骤停标准"。紧急医疗服务委员会通过协调纽约市所有5个行政区的医疗服务向纽约州负责。

立即生效的是，除非现场的急救人员面临迫在眉睫的危险，否则，任何成人非创伤性或钝性创伤性心脏骤停患者，在心肺复苏后未获得自主循环恢复（ROSC）或没有医疗控制医生直接下令的情况下，不得被送往医院进行人工或机械胸部按压。

立即生效的是，如果抢救无效，直接在街头将尸体交由纽约警察局。

立即生效的是，如果纽约警察局的响应被延迟，我们将呼叫以下人员：首席法医办公室轮班指挥员，或纽约警察局的运尸人。

在新冠病毒肺炎疫情之前，这些末日医疗准则是不可想象的。这就是我们现在对旧世界的称谓，因为在"出于怜悯的心肺复苏"之前，病人在现场就已死去。此外，如果他们未经检测就死在家里，他们的死亡就不会被计入新闻中每日播放的表和柱状图，就是那些吹嘘住院率下降的图表。

视频会议结束后，奥斯汀和我发了一小时的短信。我们沉浸在仅存的绿洲中，一个充满黑色幽默和关于消防员笑话的绿洲。

我们的心理健康状况很糟糕。在"罗纳"事件之前，我们的幽默感就已经很糟糕了，但这次会议让它更加糟糕。将幽默感注入一切，这是唯一的生存之道。

最近，消防员受到了一些负面报道。媒体向公众通报了我们作为第一急救员和护理人员已经知道的情况：

3月，纽约消防局发布了一项临时命令，解除了消防员对出现发烧、咳嗽、呼吸困难，以及某些情况下失去意识的病人的第二优先级工作的响应。换言之，该命令让他们免去了大部分与新冠病毒肺炎患者有关的任务。该部门正在保护消防员免受新冠病毒影响，让其薪酬微薄的急救员和护理人员独自面对这场疫情。

"我们不敢相信他们会在全市爆发最大的健康危机时发布这样的命令,"一名护理人员告诉一家新闻媒体,"他们放弃这一切的事实太令人震惊了,我说的就是那些自称最勇敢的人。"

在某种程度上,该部门试图保护消防员免受新冠病毒伤害的做法是有道理的,他们毕竟是和兼职员工生活在一起。若是其中一人生病了,他们都会倒下。3月,当科尼岛的一名消防员队长被检测出新冠病毒呈阳性时,另外33名消防员不得不进行自我隔离。

虽然纽约其他地区可能已经从"9·11"事件恢复过来了,但消防局肯定没有。纽约消防局继续承受着这场悲剧带来的巨大损失,数以百计的资深消防员因为挖掘那堆废墟而死于癌症,就像迈克正受这些癌症之一的折磨。可以理解的是,在这场疫情中,该部门正在努力保护其老成员。

一天下午,一名在布鲁克林工作的女消防员朋友找到我,说她想去公园坡做一名急救员志愿者,她想帮忙。大多数第一急救员都有帮忙的想法,但这并没有阻止我和奥斯汀开消防员的玩笑。

"为什么消防员不停下为护士鼓掌,而去帮助急救员呢?"我给她发短信说。

"就是说啊!"

"忙着灭火吧。吃着他们的鸡肉,然后鼓掌。"

"我知道准则改成了'出于怜悯的心肺复苏',但我连20分钟都做不到,因为我的手臂由于拥抱驾驶救护车的消防员而累坏了。"

"我的手臂很累,唯一能让它们感觉好点儿的做法,就是把它们挂在消防员身上。在他们开车送我们去医院的时候,在他们开车送DOA的时候。"

"我的一部分已经死了。由于这些准则,街上的每个人都有一部分已经死了。"我们病了,但依然保有奇怪的健康。这就是人们不理解街头幽默的原因,这是一种帮助我们生存下去的理智行为。

在那次冷酷的视频会议之后的几天里,我一直在家里收听急救中心广播。我们大多数人都这样做,倾听街头的声音,这是获得真实情况——媒体和官员没有说出的真相的唯一途径。街道在说话。

救护车在全市奔驰,护理人员在规定的16小时内接连不断地处理心脏骤停任务，并失去大部分的病人。在没有护理人员协助的情况下，第一急救员被派去独自处理心脏骤停任务。在宣布病人死亡之前，除了 20 分钟的胸部按压和人工呼吸，他们什么也做不了。

即使在最好的情况下，现场的护理人员在 20 分钟内让病人恢复心肺复苏后的自主循环，等他们把病人送到医院后，却发现没有急救小组准备接手并进行抢救——饱受折磨的护士告诉他们，医院没有床位可以容纳送来的病人，或者医院有床位但没有呼吸机，补给物品也没有了。

日复一日，各单位通过无线电向调度中心上报的全是死亡结果："83R""83D"。"十数码"中 83 是死亡的意思；R 代表抢救尝试，现在只有 20 分钟的尝试，然后才是宣判；D 代表到达时已死亡。

可怜的护理人员，可怜的病人，可怜的所有人。

听着无线电中铺天盖地的 83R 和 83D，我开始担心街上的第一急救员朋友，比如刚刚失去兄弟的埃亚尔。

"你还撑得住吗？"我问他，"我很想你，请接收我的爱和祈祷。"

"我正在努力。"他说，"我需要所有我能得到的支持。我现在感觉不太舒服，但我在北部工作，教一个护理班。"

"注意身体，保持健康，要温柔，你经历了这么多。等这场噩梦结束，我想成为一名护理人员。我觉得自己很没用，我对插管束手无策。"

"我会竭尽所能地支持你，你现在是我的坚强后盾。"

"我们是在同舟共济。"

"我在工作，所以我可以心无旁骛，但我的精神状态并不稳定。"

"这个领域现在没人是正常的。做个深呼吸，一次只处理一个病人。你不是一个人，我们会渡过这个难关的。要是你需要什么就告诉我，我就在这里。"

还有皇后区的加布里埃尔，他才二十出头，是如此年轻。对于一名新手护理人员——对于任何一名第一急救员来说，这一切都太沉重了。当他在街上应对这些难以想象的事情时，他的母亲仍因癌症住院。到 4 月底，他已经处理了近 50 个心脏骤停任务。由于新冠病毒的肆虐，他正在失去所有的病人。

"不可避免的事情已经发生了。"他说，"几天或几周前，我们还让对方签医疗帮助表的人，现在正在死去。今天，我的小组处理了 5 例心脏骤停，除了那个被我们送到艾姆赫斯特的人之外，都是 83D。另一个可以提供高级生命支持的单位遇到了同样的情况，也是 5 例心脏骤停。今天皇后区接到的其他呼叫都是心脏骤停，如果这就是他们一直在谈论的高峰期，我不敢想象这周会有多么糟糕。"

家属的问题也让他心力交瘁。

"每天，我都要告诉六七名家属，我们已经尽力了。而当你这么说时，因为那些准则，你知道你是多么无奈。我们会做 20 分钟的心肺复苏，若还是没有心跳，我们就宣告死亡。有家属问我：'你为什么什么都不做？！'"

消防局的数据证实了加布里埃尔的话。4月，第一急救员在两周内发现 2192 例 DOA。这些在家死亡的病例缺乏新冠病毒肺炎的实验室诊断，而且发生在医院之外，因此他们没有被计入城市新冠病毒肺炎死亡数据和每日的感染报告，尽管绝大多数在家心脏骤停的患者都被怀疑与新冠病毒肺炎有关。

这些都是未被统计的死者。

与新冠病毒肺炎有关的死亡人数远远超过官方报告的数字。新冠病毒肺炎的新闻发布会是"住院人数减少，死亡人数下降"，这和"9·11"事件后本市喊出的"空气清新，继续挖掘"的口号如出一辙。

第一急救员中也有很多人死于新冠病毒肺炎。4月，消防局失去了第一急救员理查德·西伯里，一名 63 岁的黑人，拥有丰富的急救经验，曾参加过世贸中心的修缮工作，并在新冠病毒肺炎疫情期间被分配到皇后区托滕堡的 5 号消防 3 站工作。还有伊德里斯·贝，他是一名 60 岁的黑人消防局急救员，是受人爱戴的老手，他也在"9·11"事件后从事修缮工作，并在急救服务培训局任教近 20 年。

在家里，我无法入睡，心里充满了绝望，我平躺在沙发上，一连看了几个小时的《粉雄救兵》。我只想看真实的故事，一群形形色色的陌生人，进入正在遭受苦难的人们的生活之中，并试图通过一些微小的改变来帮助他们，这些改变会带来巨大的影响。

若是想放松，关注新闻并不是一个好的选择，新闻是痛苦的蜂巢：缺乏个人防护用品的医院护士走上街头抗议；医疗工作者被解雇或被训斥，因为他们向记者和公众透露了街上的情况有多糟糕、第一急救员看到的情况与官员所报告的有何不同。一天，消防局似乎关闭了一个颇受欢迎的"照片墙"账户，这个账户由一名 Haz-Tac 急救指导员运营，主要介绍关于急救员的故事。取而代之的是，该部门展示了全副武装的消防员为医疗工作者——护士鼓掌的视频。当医务人员和急救员被 DOA 和病人淹没时，鼓掌的消防员成为急救社区的另一个痛点。

愤怒袭击了纽约消防局的社交媒体账户，被逼急了的急救人员点燃了评论区。

"现在，我们能为那些在消防员到达医院之前真正执行救人程序的人鼓掌了吗？"一名护理人员评论道。

一位消防局急救员写道："这个城市真伟大，让这些消防员聚在一起，不在城市'着火'的时候发挥他们的作用，反而让他们去当该死的啦啦队。别再发这些视频了，这只会让纽约消防局更加挂不住脸。"

另一名护理人员留言："他们不是应该去执行任务吗？为什么现在却在做这种事情？是限制他们的暴露程度吗？"

当该部门开始在社交媒体上发布其急救员和护理人员的照片时，他们还是不断收到批评。

"也许这个城市可以通过支付他们足够生活的工资来感谢他们！"一位评论者留言。

"参观急救站是件好事，确保他们能像其他 911 机构一样拿到报酬和福利就更好了。他们已经被辜负太长时间了。"

陷入混乱的纽约消防局局长试图控制危机，发布了一份声明，提醒公众纽约消防局是"世界上最好的消防局"——这是他们经常挂在嘴边的一句话，并补充说："我们都是消防局的一部分。"

说这最基本的有用吗？事实一目了然。

一名在急救中心开始职业生涯的重症加强护理病房（ICU）护士说："看到所有消防员在医院门口排队鼓掌，这让我很生气。你们为什么不停止鼓掌，去帮助第一急救员和护理人员在现场做心肺复苏？在不需要你们的时候你们抢着做医疗工作，那为什么现在不做了呢？你们看起来像傻瓜。"

说到傻瓜，我又和拉里因为白宫里的那位先生吵了起来，原因是特朗普暗示摄入漂白剂和异丙醇有助于杀死新冠病毒。人们照做了，他们喝了漂白剂！他们听了这家伙的话！

纽约北部毒物中心（the Upstate New York Poison Center）在当年春天发布的一份声明中说，对新冠病毒肺炎疫情暴发期间的警告：不要喝漂白剂。红色州[①]的毒物控制中心接到了大量关于人们摄入致命清洁产品的呼叫。圣安东尼奥新闻4台的一篇报道称："新数据显示，自疫情暴发以来，打给得克萨斯州毒物控制中心的电话激增：从孩子们舔洗手液到成年人询问他们应该喝多少漂白剂才能杀死新冠病毒不一而足。"卫生专家最终出面纠正了这一做法。"这种做法非常危险，饮用高乐士漂白水或消毒剂会导致体内化学灼伤。"国家应急通信委员会（the Commission on State Emergency Communications）的一位发言人表示。

我简直不敢相信现在竟然还会有这样的事情，是因为以前的世界还不够超现实和黑暗吗？！

美国，我的人民，带枪的少年，请摘掉你们的牛仔帽，戴上你们的思考帽。现在，清醒点。世界在嘲笑我们。我们正在参加地球这台电视上播放的最愚蠢、最危险的真人秀第4季。

所以我把愤怒发泄在拉里身上。对警察大喊大叫是我的专长之一，我是一个专门研究由警察引起的愤怒的专家。

拉里得了肺炎，已被检测出新冠病毒肺炎抗体呈阳性。因此我没有一上来就放大招，立马对他各种破口大骂。相反，我先表示对他的关心，我们谈论了这种病毒有多可怕，我们的感觉有多糟糕。他说，纽约警察局正在鼓励所有患病的警员去做核酸检测。可怕的是，一些警察在症状消失两周后，检测结果依然呈阳性。一名警察做了7次核酸检测都是阴性，却呼吸急促并需要吸氧，第8次检测终于得到了阳性结果。我们一致认为，那些匆忙上市的核酸检测，既不受监管也不可靠，就是个笑话。我们谈到了年轻人是如何患上由新冠病毒肺炎引发的中风，他们的身体是那么棒，然后他们就死了，死因是血栓、脑动脉瘤。拉里说，在以色列和韩国，他们看到康复的病人又再次感染了新冠病毒。

[①] 指的是选民投票倾向美国共和党的州。

我说:"是欧洲人将新冠病毒带到了这里。我想感谢我们的蠢货总统,是他告诉人们去喝漂白剂。"

"他那是在嘲讽。"

"你知道他不是在嘲讽,他就是个该死的傻瓜,和平时一样。而且他的愚蠢行为竟然还有人相信,真有人喝了漂白剂。"

"这些人真蠢。"

"他是人民的国王,愚蠢的国王。"

4月中旬,在看到科罗拉多州反对戴口罩者示威的视频后,我的愤怒股票暴跌。极右翼团体走上街头,对为保护人们生命而实施的封锁表示不满和阻挠。他们的许多标语上都有邦联的旗帜。

我看到了红色,我以为这是个比喻,但后来发现真的是红色。我想到了福奇博士说过的那句话:"我不知道该如何向你解释为什么你应该关心其他人。"

一天,在和迈克通话时,他说:"这种病毒会自行消失的。等到了夏天,天气变热,它就会消失。"

不,它不会。

我不允许自己向迈克发泄我的愤怒,我不能这么做。我温柔而坚定地说:"乌龟,病毒是不会自行消失的。即使是在炎热的气候条件下,病毒还是会感染人类。看看巴西和印度正在发生的事,而这些国家的气候都很炎热。"

然后我打电话给尼克,对着他的耳麦大吼。我告诉他极右翼团体主导的美国国内恐怖活动将成为疫情期间的一个重要问题。因为疫情实施的隔离让大规模枪击者很无聊,他们不可能乖乖待在家的。

由于新冠病毒肺炎疫情不允许集会,全国范围内的大规模枪击事件数年来首次下降。然而,医院里有大量的病人,而恐怖分子喜欢人群。医院成了软目标,他们没有保护病人的安全基础设施。现在,守在急诊室门口的医院保安,可能是一名刚刚做了髋关节置换手术的75岁老人,根本没能力阻止枪击事件的发生。我曾在医院遇到过暴力事件,一个病人径直走向一名护士,一拳打在护士的脸上,没有人阻止他。此时的医院是恐怖分子的天堂。

在情报领域，我们通过研究历史犯罪模式来预测未来的犯罪，这通常被称为预测性情报。作为一名极端主义分析师或美国恐怖活动专家，或者其他什么称呼，我永远不会忘记，在2015年圣贝纳迪诺大规模枪击事件之后，当凶手仍然逍遥法外，追捕行动仍在进行时，加利福尼亚那个地区的医院收到的这个紧急警报：

大规模枪击事件，这不是演习。

当急诊室匆忙将创伤室处理容量扩大3倍，以便分诊和治疗即将到来的枪伤病人时，洛马琳达医院面临着第二个紧急情况：

炸弹威胁。

人们忘记了这一点，普通人忘记了，但情报分析员没有，恐怖分子当然也没有，次级威胁总是大规模伤亡事件的一部分。那枚炸弹是为医护人员和枪击受害者准备的，目的是把他们都炸死。

这就是美国。

这就是大规模伤亡事件的运行方式。

而现在，我看到，在新冠病毒肺炎疫情期间，极右翼人群正准备走上街头。在电话中，我告诉尼克，看到纽约警察局去年12月成立了一个国内恐怖小组，他们公开谈论这个议题，我觉得很有意义。利用媒体、新闻也是警务工作，这是尼克教我的。有时，如果我们在网上看到了一个威胁，就会让警察或联邦调查局人员给记者打电话，让他们注意到一个新出现的威胁模式，然后记者就会报道这件事，恐怖分子看到报道后只能缄默不语、被吓得四散而逃。这种做法很有效，能让那些想杀人的人意识到他们正在被监视，我看到了它的作用，我也是其中一员。

如果你认为警察和联邦调查局人员对你的监视比"谷歌""脸书""推特""亚马逊"等软件更无孔不入，那你就大错特错了。这些网站掌握的关于你和你的在线行为的数据，比情报和安全部门工作人员终其职业生涯所能看到的数据总和还要多，比我脸上的雀斑还要多——对于你的生日，你最喜欢的宠物、书、饮料，你的地址，你的家人和孩子的名字等个人身份识别细节，还有你免费提供给他们的私人信息，他们甚至不需要搜查令或是花一分钱就能拥有。

而且，硅谷的亿万富翁们没有一个在遏制大规模暴力或阻止虚假信息方面做过什么贡献。"这不是我的工作。"他们对国会说。相反，他们公开允许谎言和仇恨，并将它们兜售给你。这就是他们的产品，而你们也买了。

因此，回到与尼克的那通电话上，利用媒体作为监管手段可以帮助防止暴力。我已经看到这很有效。

"我认为这是个好主意，"他说，"你应该向纽约警察局推荐这个做法。"

"你真这么认为？也许我们可以合作写一篇专栏文章。他们偶尔会这样做。"

"好主意，母狮子。我想你是对的，这将来会是一个问题，你应该联系他们。他们欠你一个人情，因为你给了他们这么多免费情报。用我的名义来做这件事吧。"

我喜欢这个想法，也喜欢以他的名义做这件事。我给纽约警察局相关人员写了一封电子邮件，提出了写一篇关于另类右翼极端主义、国内恐怖活动和新冠病毒肺炎疫情的专栏文章的想法。这名联系人立即回复了我："很高兴收到你的来信。有趣的想法。我会联系相关负责人的。"

我谢过他，并等待着。我等了一天，两天……两个星期，一直没有回音。后来我得知，相关负责人因为新冠病毒肺炎住院了。

"好消息，"州长在4月中旬的新闻发布会上告诉公众，用柱状图来展示我们在纽约所做的努力——保持社交距离、待在家里是有效的，"住院率和重症加强护理病房的收容率正在下降。"

当然是这样，你猜还有什么在下降？是在街上无声无息死去的人们。但那些令人心碎的心肺复苏准则，那些没有接受核酸检测就没被计入统计数据的DOA和死亡人数——其中大部分是穷人和老人、黑人和棕色人种，又是什么情况？我们应该把住院率的下降和所谓的曲线变平当成鼓舞人心的信号吗？能理所当然地如此认为吗？

我所能想到的只有那句话："战争首先牺牲的就是真相。"听了官员们的话，你会觉得街上的情况很好。

街上的情况并不顺利，比"9·11"事件的时候还要糟糕。这里不是"热区"，而是战区。

住院率下降，是因为人们死在了现场。而现场的一切任务都落在了医疗急救人员的身上，像加布里埃尔这样的护理人员身上。

"我很感谢你伸出援手，"一天晚上，他对我说，"你就是那个我从来不知道自己需要的急救人员妈妈。第一急救员现在都是自己的悲伤顾问。"

我们是自由救援者的悲伤顾问、朋友和家人，还是医生，我们自己的医生。

为了避免去医院，纽约市的许多第一急救员都放弃了摇摇欲坠的医疗系统，自己动手，互相依靠，为自己和所爱的人提供生死攸关的救护指导。每个人的医疗知识都增长了。

"你认识的人当中有谁能给我一袋输液溶剂和静脉注射装备吗？"4月的一个晚上，汤米问我。

"你要这些东西做什么用？你现在是护理人员了？"

他说不是，但他在军队参加过战场救护课程，的确拥有丰富的静脉注射经验。他女朋友的父亲是一名65岁的医生，感染了新冠病毒，情况很糟，已经几天没吃东西了，高烧不退。

"我给他准备了氧气瓶和鼻插管。"汤米说，注意到他的血氧饱和度只有91%。我们认为他应该住院治疗，尽管我们明白急诊室现在只处理最坏的情况，医生们仍然不会给那些病情危重但未在死亡边缘徘徊的病人开住院单。即便如此，床位和呼吸机也在减少。我从查德那里听说，曼哈顿的一家医院已经用完了壁式吸氧（中央供氧），现在正在消耗小型氧气罐。查德曾在医院工作过，现在他是多家急诊室的紧急医疗救护技术员。

一两天后，我给汤米发了一张截图，内容是用于筛查新冠病毒肺炎患者的新版急救中心毒性传染病分诊准则，这样他就知道如何为他认识的生病的人、下一个病人，以及下下一个生病的人做决定。他谢过我，说他女朋友的父亲现在住院了，一直没能退烧。除了新冠病毒肺炎之外，他的胸部 X 光片显示他还有其他肺炎。

我为大家担心，莱克西还未痊愈。

"我的'罗纳'症状倒是好多了，但我现在有严重的肠胃问题，"她说,"我已经吐了一整天了。"她因新冠病毒休了两周的病假,她的医生让她服用抗生素。"我觉得也许是阿奇霉素的缘故。"

我联系了在拉斯维加斯的迈克。我把他当作我的私人线上顾问,向迈克医生征求意见。他很想帮助我,所以立马答应了。

"她需要在服药的同时吃点东西,并在服药前半小时到一小时服用昂丹司琼。还要吃清流食,小口频繁地喝,可以吃点冰棒。应该和阿奇霉素没关系,虽然阿奇霉素是一种红霉素基质,确实会导致一部分人肠胃不适。"

我把这些信息告诉了莱克西。

"哦,该死,"她说,"这和阿奇霉素无关吗?我也只是猜测。是的,医生也给我开了昂丹司琼,还有冰棒!"

"冰棒!"我说,"吃吧,丫头!"

"笑死我了,希望不会再吐。"

"我也希望如此,冰棒女神。"

"我喜欢这个叫法,"莱克西说,"又有了一个绰号。"

"我们是'罗纳'女王。"

灾难各不相同,但几乎每一起大规模伤亡事件的发展轨迹都或多或少保持不变:(1)攻击前;(2)攻击;(3)二次攻击;(4)善后;(5)幸存者和第一急救员自杀。

我绝不会忘记每起大规模伤亡事件的第五个阶段。在俄克拉荷马爆炸案中救了4人的特伦斯·耶基中士在事件发生后自杀,时年30岁。

从井中救出婴儿杰西卡的护理人员罗伯特·奥唐纳——全美都在电视中目睹了他这一英雄行径,受到了白宫褒奖并获得了电影版权。7年后,他拿枪顶着自己的头,一枪爆掉了自己英雄的脑袋,年仅37岁。

至于新冠病毒肺炎疫情,欧洲护理人员已经开启自杀行动。3月底,一名在米兰附近医院工作的34岁重症加强护理病房护士得知自己感染新冠病毒后自杀。英国一名在伦敦国王学院医院照顾新冠病毒肺炎患者的二十几岁的护士结束了自己的生命。

在纽约,新冠病毒肺炎疫情已经在杀害前线人员,4月已发生两起自杀事件,未来还会有更多。约翰·蒙代洛是布朗克斯区消防站一名23岁的纽约消防局急救员新手——该区是本市 911 呼叫量最多的地区之一，他从纽约消防局学院毕业后就直接参与了抗击新冠病毒肺炎疫情的工作，工作 3 个月后自杀。同样在布朗克斯区工作的消防局急救中心队长马修·基恩在 6 月自杀。纽约消防局急救员布兰顿·多尔萨于 7 月自杀。医生同样受到了伤害，纽约艾伦长老会医院的 49 岁急诊医生洛娜·M·布林也结束了自己的生命，这家医院在新冠病毒肺炎疫情中受到了重创。2020 年 4 月 27 日，布林医生的父亲在《纽约时报》的一篇文章中说："她兢兢业业，工作却杀死了她。"

她兢兢业业，工作却杀死了她。

一天，我联系了纽约市创伤恢复网络组织，这是眼动脱敏与再加工治疗人道主义援助计划的一个本地团队，为经历过重大事件的第一急救员和医护人员提供无偿的眼动脱敏与再加工治疗。因为我是在疫情高峰期联系他们的，所以对于隶属该组织的社会工作者是否会及时回复我，我并未抱太大希望。

与我的预期截然相反，一位名叫琳达的女士立刻回复了我。"我们很乐意提供帮助，我们的团队已经准备就绪，等待你们所有前线人员的到来，"她告诉我，"'9·11'事件后，我们为紧急医疗救护技术员、消防员、警察和其他第一急救员全都提供了服务。"

我把琳达发的电子邮件转发给贝克主任，让他知道该组织可以提供帮助。"这似乎是个很好的资源。"他说。

那些可爱的、我不太熟的朋友现在都为我——他们的医疗英雄担惊受怕。每当我的电话响起时，我都会对那些无止境的善意的担忧产生极大的愤怒。在这场疫情中，我更加理解了我的退伍军人伙伴们谈到的在普通人与军人之间的孤独鸿沟中死去的意思。我只想和第一急救员交谈，我感觉自己被包围了，变得更加愤恨。为什么会变成这样？

各个媒体的朋友和陌生人不分昼夜地给我发短信和打电话。新闻出版社在网上发布通知，说他们正在寻找"医疗工作者""医疗英雄""第一急救员"的故事。他们说，我们可以私下和他们谈谈。如果我们愿意，可以公开我们的身份，报道我们的故事，让我们的名字、照片出现在报纸上。每个在街上工作的人都接到了来自记者和不太熟的朋友的没完没了的电话。

我向汤米抱怨过这件事。

"你是不是收到了很多不太熟的朋友的短信，不停地问你街上的情况怎么样？"

"是的。"

"我已经厌倦了这些问题。我又不是前线记者，他们就不能自己看新闻吗？"

"我惊讶于他们的不理解。"

"你太幽默了，我爱你。也许有一天我也会在布朗克斯区工作，而你可以为我鼓掌。但现在，消防员必须停止鼓掌。"

"我知道。"汤米说。

在公园坡，每个人都受到了新冠病毒肺炎疫情的影响，可能失去家人。我担心我的母亲会是下一个。我无法入睡，已经连续好几天没有休息了。当我设法闭上眼睛小睡时，我做了一个噩梦，梦见我走进一家商店，看到我妈妈死在过道里。

当时贝克斯菲尔德还没怎么受到新冠病毒肺炎疫情的影响，所以当我听完妈妈的日常时，我觉得我的头又痛了。她说，她只会出门买生活必需品，然后她又承认她偶尔出门买鸟食，因为家里鸟食用完了，还说我继父在打高尔夫球。

我挂掉电话后，满脑子想的都是我的继父打完高尔夫后回到我年迈的母亲身边后的故事走向：要是他把新冠病毒传染给了她，她就死了……在保护自己不受病毒侵害方面，她的自尊去哪儿了？他的又去哪儿了？

"他们根本不明白，"有一次，我哭着对我的眼动脱敏与再加工治疗心理医生说，"他们还照常生活，就好像人们并没有死去。我很害怕我妈妈会生病，会被连上呼吸机。我一直不停地思考这个问题。"

"你正在经历的这种悲伤有个名字，"我的心理医生说，"知道这个名字会对你有帮助吗？"

"会的。"

她给我发了2020年3月23日那期《哈佛商业评论》刊载的一篇文章，文章题目是《你所感受到的不适是悲伤》。我如饥似渴地阅读了这篇谈论"预期性悲伤"的文章，这是一种对未来不确定时产生的感受。当有人拿到可怕的诊断结果，或是想到有一天会失去父母——很可能很快就会失去时，这种悲伤就会出现。读到这一点很有帮助，文章非常清晰地阐明了我的感受。

阐明了每个人的感受。

"你是靠皮质醇生活的，"一天晚上，迈克对我说，"以前当急诊医生时，我就是生活在这种严酷、邪恶的压力之下。"我哭着告诉他养老院和街上的死亡人数，发泄出来的感觉真好。

"没有多少人比你更深入地感受这场危机，"迈克说，"你的急救员朋友在做可怕的工作，在救护车上竭尽全力地救治新冠病毒肺炎病人，但只有寥寥几人活了下来。"

这一切太沉重了，我担心自己会活不下去。

一天晚上，我打电话给帕特的朋友保罗，他也是我的朋友，向他请教我该如何处理这些不太熟的朋友给我不停打电话。

"当帕特面对可怕的火灾时，他是怎么处理这个问题的？"我问他。

"嗯，当帕特活着的时候，手机还没这么流行，所以他不用处理你正在面临的问题。我们那时只有座机，你给他打电话，要是他不在，你就留个言。但你是用手机来处理这一切的，所以人们可以随时联系你。"

"我不想被人随时联系上，"我告诉保罗，"我不知道该怎么让他们停下来。我也不能关机，因为第一急救员也在给我发短信和打电话。而我需要和他们交谈，了解街上的情况，因为街上的情况一直在变化。但是，这些我不太熟的朋友们不分昼夜地联系我，我根本不想面对这种情况。帕特会怎么处理这种情况？"

"沃茨街大火之后，"保罗告诉我，"当约翰·德雷南被烧伤，帕特就人间蒸发了，好几个星期都没有他的消息。他不回电话，也不接电话。我们都知道他在哪，他在约翰的床边，在康奈尔医院的烧伤病房里。所以这就是帕特的做法——人间蒸发。"

"我也需要人间蒸发，但我不知道用手机怎么做。"

"亲爱的，那些朋友不理解你正在经历的一切。你在打仗，而他们在家里很无聊。我从越南回家时也有这种感觉，人们都唾弃我。你为什么不屏蔽那些一直给你发短信的人？只是暂时屏蔽他们，等你感觉好一些的时候再解除屏蔽。"

"那会是什么时候？"

和保罗聊过后，我感到轻松了许多。他明白我的感受，也理解我的痛苦。我查看了一下我的联系人名单，屏蔽了大约 50 个人。自从疫情暴发以来，我的手机第一次变得安静。我终于可以放松下来，安静地观看《粉雄救兵》。

"呃，姐妹。"几天后，菲丽丝打电话说。

"怎么了？"

"我不停地接到朋友们的电话，说他们一直在给你发短信、打电话，但他们的信息没有发过去。克拉拉打了电话给我，纳塔莉也打了电话。他们都很担心你，所以现在他们都给我打电话。"

"我屏蔽了一些人。他们现在都给你打电话，完美的安排。这真是太好了。"

"这并不好，"菲丽丝说，"我以为人们打电话过来是想和我谈谈，而他们说了'嗨，最近怎么样后'就开始问：'珍怎么样？她还好吗？她不回我电话。'"

"你是我最好的朋友，"我说，"这就是为什么你是我的姐妹。顺便说一句，你也是我发生意外时的紧急联系人，所以你现在正在做你该做的事。"

"那什么时候才能结束？我觉得我就像你的秘书。"

"但你不是我的秘书，你是我生命中最重要的人。我最近有告诉过你，我有多爱你吗？"

"好吧，我会处理好的——只是暂时，我希望这很快就能结束。"

这才是最好的朋友。

在家待了两周后，我恢复了健康，可以回救护车上工作了。内森也是如此。纽约消防局现在会用 911 系统来调度我们。

你能相信吗？一天晚上，我在祷告时对帕特说："我没有加入纽约消防局，然而，我终究还是要为你心爱的消防局工作。"

16 MARS 中的生活

我和内森决定在复活节——耶稣复活和最伟大的复出之日这天回到救护车上,这个日子似乎很合适。

这是我们自认为感染新冠病毒后的第一次轮班。尚未做过核酸检测的内森,仍然闻不到或尝不出任何东西的味道,他咳嗽不止,精疲力倦,但其他方面都很好。我仍然疲惫不堪,由于我脑子一团乱,每晚的睡眠时间不会超过两三个小时,但我还是渴望回到救护车上。

据报道,自从我们离开街道后,911 系统收到的呼叫量骤然减少。复活节当天,消防局收到了 3932 个请求救护车的呼叫,低于 2020 年 3 月 30 日的 6527 次呼叫。这意味着什么?为什么人们不再拨打 911 电话了?是他们太害怕去医院,担心会感染新冠病毒,还是所有感染病毒的人都已经死了?我很困惑。

新冠肺炎疫情已经"焚毁"了位于布朗克斯区、布鲁克林区和皇后区最贫穷的社区。2020 年 3 月 1 日—4 月 12 日,皇后区的洛克威(该地区的贫困率接近 20%,黑人或西班牙裔人口占 60%)报告了 204 次心脏呼叫和 151 例死亡。相比之下,前一年同一时间段内心脏骤停的呼叫总数为 76 次心脏呼叫和 35 例死亡。在布鲁克林东纽约区,也是我紧急医疗技术学校所在地,贫困率约为 25%,超过 90% 的人口是黑人和西班牙裔,2020 年有 168 次心脏呼叫和 114 例死亡,而前一年这些数据分别是 79 和 34。

对有些人来说,这些只是图表和数字,对我们来说却是活生生的人。病人,都是有故事的人,有家庭,有生活。他们生命的提前结束,不仅是因为新冠病毒肺炎疫情,还因为医疗系统的完全失败和潜在的不平等。在医院里,负责照顾插管病人的急诊护士、医生和 ICU 护士大量死亡。

"ICU 的情况怎么样?"我问了一位在布鲁克林一家"安全网医院"工作的护士朋友。"安全网医院"为本市最脆弱的病人——低收入的纽约人服务,他们没有保险,也没有医疗补助。这些医院在新冠病毒肺炎疫情期间受到重创,致使他们的资源和个人防护用品都很匮乏。

"没啥不一样的,"朋友说,"每个人都感染了新冠病毒,每个人都在垂死挣扎。"

她描述了病毒扩散的速度，人们是如何从能说话很快变成需要插管的。没有任何机构的护士被派往她所在的医院来协助应对这场疫情，医院没有临时护士，也没有得到联邦应急管理局的帮助。医院虽然有重症加强护理病房护理人员，但其中 1/3 的人请了病假。因此，对于增加的 12 张重症加强护理病房床位，他们只能安排 2 名护士负责，而这些床位本应至少由 6 名护士负责。和急救员与护理人员一样，这些护士和护理人员也没有危险津贴。

"所有的重症加强护理病房都完蛋了，"她说，"但我的医院正在利用这个机会进行媒体宣传。他们正在招揽记者，鼓吹自己是一家'安全网医院'，服务那些没有医保的人。但他们提供的医疗服务糟糕透顶，这其实是在伤害患者。人们完全可以去别的医院，得到更好的照顾。"

她说，更重要的是，针对新冠病毒肺炎患者的药物和治疗方法不断发生变化。这些做法全是出于同情，因为没人知道这种病毒对人类的真正影响。"我们纯粹是在做无用功，"她说，"没人在跟踪治疗效果，所以我们并不知道哪种药物和治疗方法有效。"这家"安全网医院"已有 5 名员工死亡。

至于我和内森，我们打算复活节轮班的计划在预定值班前一天晚上泡汤了。他突然打来电话说他要离开这里，飞往加利福尼亚。第二天早上，他在机场给我发了一张肯尼迪国际机场安检线空无一人的照片。他说他戴着我们上次轮班时那个邋遢的 N95 口罩，机场的每个人都很紧张。他问我是否已经找到了替代他的搭档，我说还没找到。

"照顾好自己。等你回来，'罗纳'还是会在，你一回来我就和你一起值班。"

"好的，我很期待回到救护车上。"

"一样。"

那周，我的公寓楼又被偷了——不用惊讶。原来物业解雇了我们的"看门人"佩德罗，包裹送到后在大厅里放了好几天从而被偷。我碰到了我们的管理员吉尔伯托，他告诉我佩德罗很好，现在是他在管理整栋大楼。

"你还记得他吗？"他问，然后拿出手机，给我看一张西班牙裔老者的照片。

"嗯，我记得，是我们之前的管理员吗？"

"是的，他是我的好朋友。他死了。"

最近，我一半的聊天内容都是关于新冠病毒肺炎疫情的。这个城市里的每个人几乎都知道有人死了。所有的闲聊都有暗门，通往堆满尸体的地下室——我认识某某吗？认识的。嗯，他们死了——一次又一次，这就是纽约现在的闲聊话题。

我本来打算找个下午和埃勒里出去聚聚、叙叙旧的，但我们总是不停地取消约会。

"你听说我们又被偷了吗？"我问他，"有人进入大楼，打开了放在大厅里的所有快递箱，拿走了里面的东西。我下面没放什么东西，但你要是有包裹在楼下，就赶紧去拿。"

埃勒里说："你显然没有看到我的'脸书'动态。"

"我不上'脸书'，你都说什么了？"

他给我发了他写的东西："大楼失窃。早上6点被大厅传来的巨大撕裂声惊醒，起初以为可能是垃圾回收人员在作业，但声音太过刺耳。我从床上爬起来，打开门，发现有个戴口罩、穿连帽衫的人正在撕扯那些没人收的快递箱。我朝他大喊，他就从前门跑了出去。"

"差不多每个包裹都被撕开了，里面的东西都被拿了出来。我打开门的时候，他正在撕扯放在收发室的大箱子。真是一团糟！我报了警，但不知道还能做什么。大楼办公室目前因节假日不办公。警察现在显然负担过重，而这种偷窃案又不断增加，所以我很怀疑他们是否能过来。"

"如果你不在家，又没有门房，就没有人帮你收包裹，所以请不要继续订购东西，除非你已经和大楼里的某个人说好了，有人为你收包裹和放包裹。"

我给埃勒里发了3颗红心。"太厉害了，你真是'脸书'活动家！"

"真是吓死人了！"

"确实如此，听起来就很可怕！"

我们谈到了我们街区的犯罪情况，每个街区都有。我告诉埃勒里，有天晚上我去移车，然后在安全警报应用程序"市民"（Citizen）上收到一个警报，警告我周围街道上有人在用螺丝刀攻击别人，所以我就离开了我的车，一直等到早晨。"市民"是一个基于位置的移动应用程序，用于监测 911 通信，并向用户发送附近紧急情况的警报。就在我们谈话的前两天，我们街区还出现了一个持刀的人，这很危险。

埃勒里回了我一个皱着脸、留着山羊胡子、戴着眼镜的表情符号。

"对了，你认为你的新冠病毒肺炎检测是假阴性吗？"他问我。

"是的。"

"我也这么认为。"

自从接受了核酸检测，我就和一些护士、急救员聊过这件事，还读了一篇新闻报道，该报道认为 30% 的拭子测试结果是假阴性。但我的街头家人们、亲密的朋友们都认为我感染了新冠病毒。我想做一个血清学测试，当时这种测试尚未向第一急救员提供。

几天后，我找了几个搭档和我一起乘坐救护车。开车去基地的时候，我很紧张。即使 911 的呼叫量降低了，我预计我们也会很忙，因为消防局正在用 MARS 调度我们。

4 月中旬的一个晚上，我和一个叫马克的风度翩翩的紧急医疗救护技术员一起工作，他更喜欢驾驶救护车而不是做急救处理工作。对此我没意见。这名紧急医疗救护技术员警长已经从车上"取下"了足够多的后视镜。

整个值班过程，从下午 4 点到午夜，我们只接到了一次任务，还是件不起眼的小事。一位疲惫不堪的女士因为一点小伤就叫了救护车。等到达她的公寓，我们发现她只是食指破了点皮，这伤也太小了。我们给她贴了创可贴，然后就离开了。

公园坡的另一个单位工作了 8 小时，却没接到一个任务。似乎人们都不敢去医院，他们已经看到了本市的相关数据。与我们在街上看到的死亡人数相比，这些数字并不算什么。

不仅仅是我们这些志愿者是无任务轮班。消防局、医院和私人救护车上的救援人员每班也只能接到一到两个任务。为什么会这样？因为急救中心的调度员将为数不多的任务都派给了联邦应急管理局。

我们知道是派来应援的联邦应急管理局救护车抢了我们的工作，因为它们有我们从未见过的 3 位数单位编码：800 诺拉、800 查理、800 大卫。这些同人来自外地，对这个城市不了解，所以当他们被派往任务地点时，调度员不得不一字一顿地拼出街道名称，这让我们这些当地人觉得很好笑。

"830 国王，你要去弗莱巴许大道，弗—莱—巴—许，处理发烧咳嗽。"

既然政府派了联邦应急管理局来救我们，既然他们现在已经到了这里——从多个集结单位派出，包括我提到的布朗克斯动物园，纽约市就必须使用他们。在医院里，急诊停车位挤满了来自外地的救护车。

联邦应急管理局付给其救援人员的工资比纽约市的高。他们的急救员和护理人员 24 小时轮班的报酬是正常工资的 1.25 倍，另外还有加班费。他们至少应该得到这样的补偿。2020 年 6 月，在纽约市新冠病毒肺炎疫情高峰期工作的州外急救员和护理人员起诉联邦应急管理局分包商，因为该公司支付给其急救员的工资低于其他联邦应急管理局的第一急救员的。当他们不在救护车上工作时，这些救援人员必须待在酒店里，禁止饮酒和性生活，并被要求随时随身携带他们的紧急救援无线电，这让他们彻夜难眠。高峰期结束后，他们回到自己的家乡，分包商要求他们签署解除协议，放弃追讨欠薪的权利。

所以，联邦应急管理局现在仍在这里，就政府对待他们的方式而言，他们也没有取得良好的进展。

但并非一切都是前景黯淡的。

很快，一些特别的东西开始从危机中涌现。来自世界各地的第一急救员——巴黎的护理人员、加利福尼亚的消防员、彻头彻尾的陌生人、各种类型的医疗专业人士开始在社交媒体上伸出援手，想知道纽约市街头的情况，表达他们的支持和团结，询问他们是否可以为我们做些什么，想知道我们在这个"热区"是如何挺过来的。

现在，我已经因为缺乏睡眠而头晕目眩，以至于每次听到"热区"这个词，我都会笑得前仰后合。这听起来就像爱情小说里一个很蹩脚的调戏——"靠近点，亲爱的，走进我的敏感区域。"

在整个世界，我们或多或少都在说同样的话：患者在大规模死亡；街上，每个人都出现了心脏骤停，还有 DOA；政府失败了。在一些受到新冠病毒肺炎疫情侵袭的欧洲国家，比如意大利、法国，街上现在变得越发安静，但全球各地的第一急救员正在为解除隔离后的另一波暴发做好准备。冬季流感季节开始时，又会有另一波新冠病毒肺炎患者。在"照片墙"上，我和一位名叫克里斯托弗的消防员聊了一会儿，他在巴黎工作。

"在法国，疫情已经有所缓和，"他说，"从3月份开始，我们已经被关了很长时间。等到5月份城市开放，这将是一场灾难。"

"的确是灾难。"我同意道。

4月的一个晚上，我和弗里德兰一起参加了另一次MARS轮班，他是一个金发碧眼、戴着眼镜的急救员，就是街头甜品一次吃两个甜甜圈的顾客。晚上他在护理学校学习；在救护车上，他用"照亮"（Kindle）阅读电子书来打发时间。有一次，他设法找到了一个只播放齐柏林飞船乐队歌曲的电台，我们一连听了好几个小时。

"你觉得我们的时间为什么过得这么慢？"我问他。

他转向我，面无表情但开诚布公地说："911的呼叫量很少，因为病毒终于让人们接收到了消防局和急救中心多年来一直试图向人们传达的信息：除非你快死了，否则不要拨打911。"

有道理。

5点左右，计算机辅助调度系统的任务号码是2150，这是一个缓慢的夜晚。在新冠病毒肺炎疫情之前，纽约市的街道上一半都是和911呼叫相关的车辆。我从来没有见过这么安静的街道。

我们处于消防局所说的"多年来的最低点"。某些时候，弗里德兰会呼叫MARS做无线电检查。他想检查调度员是否能听到我们的声音，以确保调度员不会忘记我们的存在，这种事情时有发生。

"93号国王无线电检查。"他说。

"93号国王状态良好，响亮而清晰。"

无聊之余，我们几个来自不同部门的本地急救人员互相分享了联邦应急管理局救护车撞车和翻车的视频。显然，有几个外地单位在抵达纽约市后撞车了。布鲁克林的一名第一急救员说，他们不知道如何在纽约市驾驶这些救护车。他们中的一些人闯过红灯和繁忙的十字路口，仿佛身处内布拉斯加。

纽约市不是内布拉斯加。这里的司机并不关心你是否在去救人的救护车上，他们不会让路，也不会停车。还有骑手，不要让我挑起骑手的话题，不然我可以写一篇论文，谈谈那些自行车骑士们对基本交通规则的违反——所以他们经常像挡风玻璃上的虫子一样被汽车轧死啊！头盔只能发挥这么点作用。

弗里德兰和我坐在救护车上，看着联邦应急管理局的救护车在我们周围转来转去，闷得发慌。就在我刚刚习惯街上的安静——新冠病毒肺炎疫情导致 911 呼叫越来越少时，我遇到了我的第一个枪伤病人。

如果说心脏骤停是第一急救员生活中的"香饽饽"，那么枪击事件就是"鱼子酱"。

在新冠病毒肺炎疫情之前，我们负责的区域很少发生枪击事件。今晚则不同，突然之间，弗里德兰和我被派去处理公房区里的紧急情况。

弗里德兰把他的 Kindle 收起来，然后向任务地点开去。这时，一辆接一辆的警车从我们车旁飞驰而过，警灯长亮、警笛长鸣，明显冲向我们要去的地方。我的心开始狂跳。

我们和一群警察赶到现场。弗里德兰跳下救护车说："发生了什么事？"

"有人中枪了。"其中一个警察说。我的第一次枪击事件！真是太让人激动了！

我拿起技术包，弗里德兰拿起楼梯椅。为什么要拿楼梯椅？我心想。中枪的人需要吗？我不知道他为什么不拿担架，只能说一切都发生得很快，这是一个现行犯罪现场，我们都肾上腺素飙升，做出了我们能做出的最好决定。有一次，在处理一个心脏骤停的任务时，我不小心拿了楼梯椅而不是担架，结果发现是 DOA。"对心脏骤停病人来说，楼梯椅很有用。"一名急救员说。我谢过她，并问她是否想搭车，因为 DOA 有更好的选择。

今晚，我和弗里德兰小跑到现场，发现一个瘦削的黑人少年坐在台阶上。他弯腰弓背，白色的 T 恤衫被鲜血染红，一颗子弹穿透了他的右上臂，肩膀下面绑了一条止血带。

"谁给他绑的止血带？"我问站在他身边的秃顶白人住房警察。

"是我。"他说。

"什么时候绑的？"

他告诉了我时间，我把时间记在了我放在裤子口袋里的防水笔记本上。在急救学校，我们学到要在病人的额头上贴一块胶布，写下他或她被止血的时间，但我不能把胶布贴在病人的额头上。由于出血已经得到控制，在现场我们对枪击受害者没什么可做的，之后在去医院的路上可能需要给他输氧。

当我们用床单把他包裹起来时，一群人蜂拥而至，主要是孩子。"是谁开的枪？"他们想知道。"嘿，伙计，是谁开的枪，只要你告诉我们，我们会帮你报仇。"受伤少年的母亲站在他身边，哭着抓着床单。我们不得不告诉她，由于新冠病毒肺炎疫情的原因，她不能和我们一起去医院，因为访客不允许进医院，这让她发出愤怒的哀号。我为她感到难过。

好几名警察才控制住人群，他们费力地给我们清出一条通往救护车的路。我脑海里闪过一个念头：既然没人看到枪手是谁，或者知道他在哪里，那我现在就可能会中枪。这并不是一种挥之不去的恐惧，只是一闪而过的念头。

至于人群，没人戴口罩或者保持社交距离，这是肯定的。路人纷纷拿出手机，像往常一样给我们录视频。我知道我将在"市民"上露面，这不是我第一次参加"街头表演"。在街上，有时"市民"的警报比我们的调度员还厉害，毕竟人人都有手机。我觉得自己有点像"市民"的女明星。

最后，我们穿过人群，把病人抬上救护车。那个秃顶的住房警察和我们一起上了车，因为病人在成为我们的枪伤（GSW）病人之前，是他的枪击受害者。

在救护车上，弗里德兰检查了病人的生命体征，剪掉病人的衬衫，寻找出口伤（没有发现），然后通知最近的创伤接收急诊室我们要过去了。弗里德兰动作很快，眨一下眼的工夫，他就了解了病人的情况。在街上工作了很长时间的第一急救员的动作总是快得惊人，让我大受震撼。

我对医疗创伤也提不起劲。枪伤很简单，一个被刺穿的黑洞，还有点渗血，与我和莱克西之前碰到的那场失控出血比起来，简直是小巫见大巫。病人抱怨说口渴，不停地问我要水喝。这不是个好兆头，意味着他已经失去了大量的体液。至少我可以给他输些氧气。

我把手伸进技术包，想把氧气瓶拿出来，但它被尼龙搭扣卡住了。我和尼娜一起值班的时候，她总会检查氧气瓶的存放，确保它在包里时用尼龙搭扣紧紧卡住。我总笑她太过谨慎。

当我费力地把氧气瓶从尼龙搭扣下解放出来时，我才意识到她这个微不足道的举动是多么关键，因为它很容易成为一枚导弹。但我在救护车上意识到，把氧气瓶固定得如此牢固，以至于在病人情况危急、时间紧迫的情况下，解开它都成了一场史诗般的斗争，这同样不合理。

住房警察一直试图从病人那里获得枪手的信息，但那个家伙不想说话。他不想做卑鄙小人，没有人愿意做卑鄙小人。

送病人去医院的过程很顺利，他的情况很稳定。他一直在抱怨口渴，还骂我，因为我不给他水喝。我也没有水给他喝，而且，就像我说的，他其实并不渴，只是在内出血，可能会流血过多而死，喝水解决不了问题，我觉得指出这一点并不合适。

当弗里德兰快速而平稳地驶向急诊室时，我在思考病人能否活下来。我猜有50%的可能，止血带用得很及时，所以效果很好。但上臂或大腿上的枪伤往往是致命的，因为它们靠近很重要的动脉——肱动脉和股动脉。

在我们到达急诊室并拉出担架时，住房警察称赞弗里德兰的驾驶技术很高超。他是对的，内森应该向弗里德兰学习驾驶，我也应该。我们把病人推进去，弗里德兰冲进创伤室，大声说出医护人员需要的信息。"我们有一名19岁男性，右上臂中枪，22:31时使用止血带，没有发现出口伤，脉搏78，血压110/78，呼吸每分钟18次。"

我不知道他还说了什么，我没怎么注意，正如哈姆雷特所说，皆是"空话，空话，空话"。

医生和护士接手了病人，把病人转移到检查台上，剥掉他的衣服，然后开始处理伤口。他们在他的肘部下方发现了出口伤，子弹已经碎了，那一定很疼。我们把担架推到走廊上，弗里德兰剥下血淋淋的床单，去找一套新的。

疲倦的乌云笼罩着我。

急诊室的护士似乎都很高兴能收到我们带来的这一"礼物"，而不是一个生病的、垂死的、需要呼吸机的新冠病毒肺炎患者，他们中的一个人走过来对我说："谢谢你们把这个人带过来。"

我走到站在创伤室外面的住房警察面前，他背靠着墙。对于罪犯，警察不得不在医院待上几个小时，有时甚至是整夜。他必须查出是谁开的枪，这是他的任务，一个我并不羡慕的任务。

"止血带绑得不错，你救了那个人的命。"

"你真这么认为吗？"

"是的，当然。他本来会当场失血而死的。"

"谢谢你告诉我这些。"

他好像这辈子都没有得到过称赞似的。

"等这一切结束，"我说，"他们有'罗纳'奖牌日，你会因为这次救人而获奖的。"

他把我的话当真了，"真的会有颁奖日吗？"

"没有，亲爱的。这事结束后不会有任何奖牌，如果我们还有人活着的话。"

当天晚上我回到家后，洗了个澡，爬到床上，看到我们的任务确实在"市民"上出现了。我们就在上面，在枪击事件的视频中。一名"市民"用户注意到了这一大群人的聚集，评论道："你们应该保持社交距离。"

我整晚都没睡，为自己救了一个人而高兴。好吧，是弗里德兰和住房警察做了大部分（全部）的拯救工作，但至少我没有妨碍他们，也没有给他们拖后腿。我只是稍微帮了点忙。我给自己的表现打了个"B-"。

第二天，公园坡的每个人都给我发了祝贺短信和信息，这是自疫情暴发以来，我在街上度过的最好的夜晚。那天下午，拉里发短信告诉我，现在有地方正在进行血清学测试。

"去做一下测试吧，"他说，"它们比鼻咽拭子检查更准确。"

我对此表示怀疑，但我告诉他我会去的。知道他一直都在，在关心我、努力帮我，让我感觉很好。

当然，这种良好的感觉并没有持续很久。那道我之前尝过的绝望的开胃菜——枪击案受害者的母亲不能和我们一起去医院，即将成为一顿5道菜的大餐。

一周后，MARS派弗里德兰和我去处理一个病人，他是一个80来岁的俄罗斯人,和他的儿子一起住。当我们进入公寓,发现病人躺在床上,身体蜷缩、浑身发抖、呼吸急促,几乎说不出话来,一股酸臭味从他的床上传来。在我查看他的生命体征的时候,他的儿子解释说他得过肺炎,是个烟民,患有糖尿病,还有心脏病史。

"他根本就没有出去过,"儿子说,"考虑到他的病史和年纪,我害怕他感染新冠病毒,所以我一直非常小心。我只去外面买东西,每次回家都会换衣服和洗手。"

病人摸起来很烫,血糖水平高得令人担忧,超过了200。这么高的糖分会损伤身体,导致失明、中风、肾衰竭和心脏病发作。弗里德兰看到病人的血糖水平后,告诉儿子,我们必须送他父亲去医院,并解释了原因。

他儿子的脸瞬间失去了血色,眼里流露出痛苦的神色,惊恐得似乎要哭出来。我看得出来他正在努力理解该怎么做,并且正在思考一个事实,那就是他别无选择。我几乎能在我的胸口感受到他的痛苦,那是一种压迫性的心痛,仿佛在说:"为我设身处地考虑一下。"

当他开口说话时,他的声音变得支离破碎。"我理解的。如果他必须去医院,那我希望你们送他去。他咳得很厉害,已经好几天了。我们的温度计显示他没有发烧,但我不确定它是不是失效了。"

这就是新冠病毒肺炎疫情期间作为第一急救员所做的事情,我们不得不伤害这些家属的心,进入他们的家,通过带走他们的亲人对他们进行残酷的折磨。

弗里德兰和我走到床边,轻轻地让病人坐起来,收拾他的物品。我们帮他穿上睡袍,给他苍白无力的双脚穿上袜子和拖鞋。他实在是太瘦了,弗里德兰和我把他抬到担架上,仿佛他只是一个骨架。我们用床单把他裹起来,他的牙齿咔咔作响。他的儿子把一部手机放在他父亲的腿上。

"把他的手机充电器也拿来吧。"我说。

一两天前,罗伯特提醒我让病人带着充电器去医院。在全国范围内,仅被送到急诊室的新冠病毒肺炎患者就失去了和家人的联系,因为他们的手机在医院里没电了,而重症加强护理病房缺少充电器,考虑到说出临终遗言的需要,充电器现在已经成了生命维持设备。

罗伯特的叔叔是一名海军退伍军人和儿科医生,他已经在隔离病房里靠呼吸机生活了两个星期,甚至连他的妻子都不能探视他,但是家人告诉他要继续战斗的熟悉声音让他活了下来。罗伯特被他叔叔的情况深深打动，于是他和家人肩负起了一个伟大使命——确保重症加强护理病房的病人不会因为手机没电这样的小事而与家人失去联系，孤零零地死去。他们组织了一个名叫"资助我"（GoFundMe）的募捐活动，筹集了超 4.1 万美元为隔离的新冠病毒肺炎患者购买充电器。

当病人的儿子拿着充电器回到房间后，他开始穿上外套，环顾房间寻找他的鞋子。

"我很抱歉，先生，"我说，"但你不能和我们一起去医院，他们现在不允许任何探视和陪同。"

儿子一脸痛苦地看着我。"我知道的，"他说，"是的，我听说过这个规定。我只是，不能完全理解这个做法。我真的不能和他一起去吗？他可是我爸爸啊。"

我差点失控。

当我不得不告诉家属，他们最糟糕的噩梦即将成真时，这是多么令人绝望啊！我们要在没有他们的情况下把他们的父母送去医院，而他们的亲人几乎肯定会死去。

"我很抱歉。我非常希望能带你一起去，但是我们不能这么做。"

他点点头，然后把我们带出公寓，和我们一起进了电梯。我们下了楼，走到外面。大楼周围是郁郁葱葱的植物，空气闻起来凉爽而清新，非常怡人。我们把病人抬上救护车，儿子紧紧抓着父亲的脚。

"我爱你，爸爸，"他说，"你很快就会回家的，好吗？"

病人笑了，弗里德兰关上救护车的门。

我和病人的儿子站在草地上，他揉着太阳穴，双手捂脸，抽泣起来。病毒就是这么残忍，让硬汉也泪流满面。我知道这一点，我见证过这一切，新冠病毒肺炎疫情让我从每一位病人和家属身上学到了这一课。

"这太让人难过了，"他说，"他是我的父亲，他和我住在一起，我才能照顾他。现在这样算什么？这会是我最后一次见到他吗？这也太让人难以承受了。"

确实让人难以承受。

"我明白你的感受，这太可怕了。我向你保证，我们一秒钟也不会离开他，我们会一直陪在他身边。而且等我们到了医院，护士们也会好好照顾他的，我保证。今晚我们就是他的家人，我们可以做到这一点，他不会孤单的，我向你保证。"

"我真不知道该怎么感谢你们，谢谢你们所有人为我做的这一切。我不知道该如何报答你们对我爸爸的照顾，谢谢你们，你们就是天使，愿上帝保佑你们。"

"不用谢，这是我们的荣幸。"

的确如此。对我来说，对我们所有第一急救员来说，减轻人们的恐惧和孤独，这是一种荣誉和神圣的特权。但也是令人震惊的。

当我们到达医院，病人发烧了，102华氏度（约38.9摄氏度）。分诊护士叫我们去后面，把他安置到隔离室里。

说是隔离室其实不太恰当。医院的后面已经被改造成一个个临时搭建的小隔间，由单薄的隔板隔开，门上被挖掉一块做成塑料窗。这些隔离室里的设施很寒碜。在我们与发烧的病人告别之前，他告诉我他要小便。我从医院的补给柜里给他找了一个容器和一沓纸巾，我把容器递给他，关上那扇摇摇晃晃的门，把他一个人留在房间里。

然后我站在外面，透过塑料窗盯着他。我知道护士过几分钟就会来给他做检查，但把他留在那里哪怕只是一秒钟，都让我想哭。接下来几个星期，我的脑袋里全是这个人，每当他在我的脑袋里现身，我的眼里就会噙满泪水，我觉得自己就是一个违背诺言并将他独自丢下的叛徒。

不管是第一急救员还是普通人，没有人能够避开疫情。你可以试图用网飞（Netflix）上的视频摆脱它，或者用新闻、数据、柱状图和政治来抵御悲伤。但悲伤总会找到你，至少它总能找到我。

我越来越担心我爱的每个人。我经常想起健太郎，我心爱的街头"丈夫"、我的常客，想知道他在这场疫情中的情况。自从新冠病毒肺炎疫情暴发以来，我联系过的急救员都不曾运送过他。他是不是喝醉了？病了，还是死了？我还想到了在拉斯维加斯的迈克，想到新冠病毒肺炎疫情是如何阻断了我们与伊尔法的"婚姻"，破坏了他在纽约的癌症治疗，以及他搬到这里的计划。

我想念迈克、妈妈、我的朋友们。

泪水起了作用，祈祷也起了作用。给伊尔法、迈克和菲丽丝打电话也很有帮助。一天晚上，我烤了巧克力碎香蕉面包和饼干。我加强了冥想练习，每天早上打坐20分钟。我不能说这些做法让我完全摆脱疫情的影响，但它给了我一个机会，让我在这个几乎没有人可以喘息的城市里暂时自由呼吸。

一个星期六的早晨，我被一种迫切的愿望唤醒，想买更多的植物，把我的公寓变成一个温室。在疫情之前，这项工作我已经完成了一半，我的园艺技术越来越娴熟。尼克第一次进入我的客厅时就说："你知道你这里植物也太多了吧。"

"今天是园艺女士星期六吗？"每逢周末迈克打电话过来，他都会这样问。的确如此，我"丈夫"很了解我。我当时从家得宝带着一打新生植物回到家，有海棠花、龟背竹、开着柔软繁花的栀子花。睡觉时，我就把它们放在床边，用它们强烈而甜蜜的香味熏陶我短暂的睡眠。它们让我觉得自己仿佛置身于另一个世界，一个更好的世界。

我并不是唯一想要回归自然的人。一天，杰里米穿着他的森林绿睡袍走进走廊——现在我每次见到他，他都穿着睡袍，而且在我偷看他的公寓时，我看到了一大堆植物。

"哇，你什么时候买的这些植物？看看你的绣球花，它们长得好茂盛啊！你真是很棒的园艺大师。"我惊讶道。

"是吗？我正在买这些植物，你觉得怎么样？"

"看起来棒极了。我刚刚也买了很多植物。"

不记得是周几的一天，我和我的全科医生预约了远程就医，这样我就可以转诊，进行新冠肺炎的血清测试。大家都说，血液检测比鼻咽拭子检测更准确。下午，我登录了电脑，医生的脸填满了整个屏幕。

"你还活着。"我说。

他笑了起来："当然。"

我们讨论了病毒的问题。他说他两周前因为发烧请了病假，但他的血检结果显示是新冠病毒肺炎阴性，这听起来很可疑。我告诉他，我所有的病人都有这种病，他们都死于这种病，我的搭档也得了这种病。

"我肯定你有这种病，"在听了我的症状描述后，他说，"希望你有抗体。"

他给我写了一份申请表，说会把表放在他办公室的前门。他建议我一大早就去美国实验室预约抽血。他说，排队的人很多，而且他们对让谁进去很谨慎。第二天，我开车去了曼哈顿。那里就像一座鬼城，街上空荡荡的，令人毛骨悚然，没有行人，也没有车辆，只有几辆空无一人的公交车飘过。无家可归的人抱着手四处游荡，乞讨钱财。

我从医生办公室拿了转诊单，沿着街区走到美国实验室。一个穿着天蓝色手术服的护士问我是否接触过新冠病毒肺炎确诊病例并出现了相关症状，我向她讲述了我的经历。

"我确定你感染了新冠病毒。"说着，她给我抽了血。3天后，检测结果很快出来了。

阴性。结果是阴性！无活性新冠病毒，没有抗体。

"珍，这结果不对，你有这个病。"内森从加利福尼亚回来时说。

"你打算去做这个检测吗？"我问他。

他说他会的。大约一周后，为了加快流程，他穿着急救员制服走进一家医疗诊所。这个做法很有效，第二天，内森的新冠病毒肺炎抗体检测结果就出来了。

阳性。

"这些检测就是放屁！"当我在救护车上看到他参加我们下一次的轮班的排班时，我对他说，"所有病人都有这种病，你有这种病，在你有这种病的时候我和你一起值班，我们同时生病，症状又相同，可你有抗体，我却没有，这怎么可能呢？！"

"我很抱歉。"内森说。但他的笑声表明他并不感到抱歉，他被逗乐了。

"等他们颁发'罗纳'奖牌时，"我对他说，"你是不会拿到奖牌的。"

17 5月的日子

随着5月天气转暖,我只想待在外面,就像大多数被软禁了一整个春天的纽约人一样。

一个阳光明媚的下午,我开车去展望公园,在碎石小径上漫步,我需要被我挚爱的朋友——树木和植物包围。在目睹了这么多的痛苦之后,呼吸一些新鲜空气非常解压。让大自然来治愈我的神经系统吧。

我漫步进入公园,在15英尺(约4.6米)处停下,惊愕地看到公园里挤满了人。家长正在和他们没戴口罩的孩子们玩耍,少年们在踢足球,幸福欢笑的情侣并排坐在毯子上。突然我的视线模糊了,我只看到一抹绿色,上面布满了尸体。我不明白我看到的是什么。

在这场疫情中,已有成千上万的人死去,比官方发布的令人愉悦的、不断减少的数字要多得多,要想得到准确的死亡数字需要10年,甚至更长的时间,还需要一个在新冠病毒肺炎疫情(目前仍在进行中)之后成立的管理机构来审查,类似于"9·11"事件委员会,该委员会解构了对恐怖袭击的应急反应,试图理解和修补重叠系统崩溃和失败的地方。

目前,病毒还没有收手的迹象,所有新闻都在讨论第二波疫情的可能性。我想起了我们失去的所有病人。我现在又看到他们了,他们就在公园里。是莎拉、玛格丽特,我握着她发烧的手,听着她咳嗽、喘粗气、窒息而死,我看到护士冲进房间里给她们插管和连呼吸机,然后被装进一辆冷藏车。我看到了在世界各地自杀的第一急救员。我还看到了在拉斯维加斯的迈克,他癌症的恶化速度比我们预期的要快,现在在急诊室进进出出。由于免疫系统受损,他很容易感染并死于新冠肺炎。公园里啁啾的鸟鸣声听起来像是阿尔弗雷德·希区柯克电影里的声音,突然将我拉回到当下。我转身走了出去,拔腿就跑。我恨不得马上离开那里。

当我回到车里,我感到很恶心,我把头放在方向盘上。大自然就这样吧。

我不是唯一被人群吓到的第一急救员。一天下午,查德给我发了一张照片,照片里的中央公园阳光明媚,草地上到处都是躺在毯子上晒太阳的纽约人。"这些人就是你的下一批病人。"他说。

在开车回家的路上，我真希望这个国家能有所改变。我希望纽约人能严肃对待新冠病毒肺炎，我希望将我们这些第一急救员近距离看到的灾难告诉给所有人。新闻报道中的情况很糟糕，但街上的情况更糟。

与此同时，我也希望回到无须戴口罩的世界。在那个世界，我们可以尽情享受公园里的艳阳高照，可以在里斯海滩嬉戏，可以自由拥抱和亲吻、问候和告别。由于人们被隔离和困在室内，新冠病毒肺炎疫情正在引发一场心理健康危机——不是每个人都能安静平和地待在家里、和家人待在一起的！

如果这场疫情发生在我生命中的另一个时期——我住在贝克斯菲尔德的时候，或者在我还是个年轻的酗酒女性的时候，又或者是我刚被诊断出患有癌症的时候，抑或是在"9·11"事件后的崩溃时期，我不知道自己是否能挺过来。这种隔离的生活使人精神崩溃。你知道那些没有人触摸的新生儿会变成什么样？在最初出生的几天和几周内没有得到人类抚触的婴儿，会经历与剥夺有关的长期健康问题。

在这场疫情中，同样悲哀的计算方法似乎也在成人身上应验了。在5月的救护车上，无线电中传来的呼叫是可怕而悲惨的：吸毒过量、溺水、饮弹自尽、在火车站被刺伤、女性手腕撕裂、失去意识、心脏骤停、跳楼自杀未遂、跳楼自杀已遂。

我必须离开，离开这个城市几天，开车到北部，逃离纽约。但首先，我必须过生日。

那年5月我生日那天，很多朋友给我发来充满爱意的卡片、信息和短信，作家小组的朋友史蒂夫发短信问我怎么样了。

"好多了，"我说，"我的癌症朋友一直在急诊室里，我正在处理一家疗养院的大规模伤亡事件，救护车上仍有大量的新冠病毒肺炎病人。但今天是我的生日，所以我在看《90天未婚夫》。你还好吗？"

"生日快乐！我很好，在这种情况下我还能抱怨什么？你是怎么照顾自己的？"

"关机就是我最好的自我照顾行为。我在吃自制的香蕉面包，而且我每天都和菲丽丝聊天，出去散步。这些足够了吗？"

"是否足够你自己决定，但我很高兴你做了所有这些事情。"

迈克打电话过来了，我"丈夫"对我说生日快乐，并问我有没有检查邮箱。我还没有。是有给我的礼物吗？我喜欢礼物！我跑下楼去查看邮箱，我的邮箱里有个惊喜！是我"丈夫"送我的生日礼物。我跑上楼，将礼物撕开。

首先是卡片，迈克给我写了一张漂亮的便条，告诉我他有多爱我，以及我对他意味着什么。他说他希望我能收下这个，那是他已故的妻子珍妮特送给他的。那是什么？我慢慢打开一个折叠起来的小包裹，它缓缓展现时，我的眼睛都瞪大了——我手里拿着这个世界上最漂亮的项链：一条较粗的金链子上挂着一个墨丘利的节杖，这是医学的象征，杖柄被两条蛇和一对翅膀缠绕着。这比我制服上第一急救员的标志——带着一条蛇的阿斯克勒庇俄斯之杖要伟大和强大得多。

我戴上项链，对着镜子哭了起来，然后我打电话感谢了迈克。这是我收到的最好的礼物之一。从现在开始，当我在救护车上工作时，我可以把帕特"戴"在手腕上、迈克"戴"在脖子上来保护我。我们不允许在街上佩戴首饰，因为病人可能会用项链勒死我们。但我还是戴着我的项链，把它塞在衬衫下面。

这是最让我开心的生日，它是金子做的。

几天后，我跳上车飞驰到北部，在爱彼迎租下金斯敦的一家小旅馆住了几天。

一切都很完美。

除了没有卫生纸。显然有很多囤积狂住在北部，真是谢谢你们了，囤积狂。要是我事先知道的话，我会从布鲁克林带卫生纸过来的。但离开城市的感觉还是很愉快的，一连几天我都在散步，坐在阳光下，读上几个小时的书，打盹。天啊，我真是超爱独处，没有人能理解我这一点。好吧，除了作家，没有人能理解我这一点。"和我说说吧，"一天晚上，迈克打来电话时说，"你和汤米去北部了吗？"

"你说什么呢？当然没有，你这个傻瓜。汤米并不在我的现实生活中，他只存在我的手机里。我是自己一个人来的，为了放松、阅读和写作。"

"你可以和我说实话。"

"乌龟，我对你说的就是实话。我为什么要撒谎？你听起来像打翻了醋坛子一样。你要记住，我们的'婚姻'是假的。"

"它不是假的。"迈克说。

一天早上，我沿着小路去散步，结果把口罩落在车里了。我觉得继续走下去是可以的，因为我在外面，而且时间还早，周围也没有多少人。我看到的几个慢跑者都没有戴口罩，我对此无所谓。戴着口罩锻炼有点不健康，因为很难呼吸。但我被"袭击"了！——一个嬉皮士模样的白人老太太看到我，因为我没有戴口罩而对我大加指责。

"这种病毒非常严重！"她对我吼道，"你得认真对待这件事！病毒是致命的！人都死了！"

我举起双手表示投降。"我知道它是致命的，我是一名医疗工作者。我把口罩忘在车里了。"

她被激怒了，怒气冲冲地走了。

我试着用衣服遮住嘴继续走，但我同时因为被吼而感到愤怒。10分钟后，我转过身，踢着石头，跺着脚回到车上。在回去的路上，我看到那位老太太仰面躺在一块石头上晒日光浴。

你在开玩笑吗？那块石头是公共财产。这太恶心了，它可能正往下滴着新冠病毒。在疫情期间，我是绝对不会坐在那块石头上的，更别说躺在上面了。我想，你和你那糟糕的态度现在可能正在感染新冠病毒。

但我说了这些吗？

不，我没有，因为我不是爱管闲事的泼妇。

5月，有消息称出现了一种新型新冠病毒。

人们不再像之前那样认为儿童对新冠病毒具有坚不可摧的抵抗力。医学期刊和媒体报道称，孩子们出现了新冠病毒肺炎综合征的症状，其临床特征类似于川崎病。据报道，这些孩子出现了连续5天以上的发烧、皮疹、结膜充血和嘴唇肿胀，还有些孩子出现了四肢肿胀和手指脱屑、皮肤脱皮。这些日子街上总有新鲜事。

有一次轮班，MARS派我和内森去处理一个"未知"任务，地点离我们的驻地3个街区，就在以数字命名的街道上。当内森要求我为他进行全球定位系统定位时，我明白他已经累坏了。

"一直开 4 个街区,"我说,"数着数字开。"

当我们到达那栋坐落在一条安静的林荫街道上的大楼并进去时,一个戴着口罩的金发女人跑下楼来,伸出双臂,似乎要阻止我们进来。她看起来很害怕。

"停下,停下!你们不用上楼。"

我们问她发生了什么事,她告诉我们她女儿做出了非同寻常的举动。一开始她睡得很熟,然后半小时后她从卧室里出来,挥舞着手臂,像僵尸一样尖叫。这位女士和她丈夫分不清他们的女儿是哭还是笑。整整 5 分钟,他们都没法让她说话或回应他们。由于看到了关于儿童感染新冠病毒的新闻,他们惊慌失措,于是拨打了 911。但随后,他们的女儿恢复了正常,又能开口说话了,接着睡着了。他们试图取消 911 呼叫,这个女人不需要我们。

"女士,你女儿多大了?"我问。

当那个女人说"3 岁"时,我感到脚下的地面裂开了。对于儿童患者,他们无法用语言描述自己身上发生的变化,所以我们不能不检查病人就离开。我和内森询问这位不安的母亲,我们是否可以上楼检查一下他们的女儿,以确保她的安全。站在楼梯下的这位母亲同意了,又表示她反应过度了,很抱歉占用了急救服务。她说她的女儿没有皮疹、肿胀、发烧或恶心,完全没事。

"这很好,"我说着,跟在她身后上了楼。"既然我们已经来了,就让我们给她做个检查吧。"

我们走进孩子昏暗的卧室,打开灯。婴儿床上,一个脸色红润、上唇起了疹子的小女孩从睡梦中醒过来。看到我们,她吓得睁大了双眼。我和内森都穿着制服,戴着 N95 口罩。想象一下,当你还是个小孩子的时候,醒来发现两个穿着制服、戴着面具的外星人在你的卧室里,在你的婴儿床边,盯着你看,你会有什么反应?可怜的女孩无法将目光从我们身上移开,她的眼睛睁得大大的,看着我们,就好像我们是从火星来的,而我们确实也来自——火星纽约消防局(FDNY MARS)。

正如那位母亲所说,她看起来很正常,没有四肢肿胀。除了嘴唇上的疹子,这个我们稍后会询问父母,她的皮肤上没有奇怪的痕迹。

"亲爱的,你肚子疼不疼?"我问她。小女孩摇头表示没有。"有什么地方疼吗?"她再次摇头表示没有。"你想让我们现在离开,然后继续睡觉吗?"她用力点头表示同意。

在客厅里,我和内森与紧张的父母聊了起来。我问他们女儿嘴唇上的疹子是否之前就有。她母亲证实确实如此,因为老是舔嘴唇,她断断续续地起了一年的疹子。

"你们感染过新冠病毒肺炎吗?"

丈夫说:"我们都病过,但没有做过核酸检测,所以我们也不能确定。"

"你们见到有孩子死于此病的吗?"母亲问道,走得更近了,"我们一直在看新闻,你们知道感染了新冠病毒肺炎的孩子会怎样吗?"

"我们还没有亲眼见过。但你的女儿没有任何症状,她可能只是做了个噩梦或是夜惊。要是你愿意,我们很乐意送她去医院。"

"不用了,"母亲说,"我们也是这么想的,我们觉得她就是做了个噩梦。这种情况以前从未发生过,所以我们才惊慌失措,打了911。"

"这对孩子来说确实很吓人。在这个时候做噩梦是很正常的,对我们所有人来说都是如此。"

在那个呼叫任务之后,内森开车去了一家熟食店,给我们买了冰激凌。7点钟时,我们听到一阵喧闹声,就绕着街区转了一圈。这些噪声是怎么回事?我不知道声音是从哪里来的。然后我就看到人们站在外面的街道上,举着医疗英雄的牌子,在我们开着救护车经过时为我们鼓掌,叮叮当当地摇着牛铃。哇喔!有个人在红绿灯前向我们挥手,示意我们停下,他跑到我们的救护车前,递给我们两个用蓝黑相间的《星球大战》布料缝制的自制口罩。

"这些口罩是我妻子做的,"他说,"我们希望你们能戴上它们。你们这些家伙是这里的英雄,我们非常感谢你们,谢谢你们的服务。我老婆要是知道我把她做的口罩送给了你们,一定会很高兴的。"

我和内森也很高兴。我们戴上自制口罩和护目镜,然后互相拍照。

"是《绝地归来》,"我说,"我喜欢这个口罩。"

"珍,这些人认为我们是英雄。"内森说。

"他们确实这么认为。"

事实上,掌声非常动听。我曾经一度对被鼓掌的消防员非常不屑,现在我却成了被鼓掌的对象，此时回想起来，我很高兴那些消防员一直站在医院外面，为护士们鼓掌。这是护士们应得的，也是我们应得的，消防员也是，还有警察——他们已经被埋在尸体的废墟中了。

这就是为什么我很少在社交媒体上发布言论的原因，因为我的看法经常改变——两个月后，我又不同意自己的观点了。我的朋友们都知道这一点。"你让我想起了我刚从亨利·詹姆斯的一封信中读到的内容，"我的作家朋友乔希说，"一个英国女人指责詹姆斯通过他一篇小说中的人物总结了某些英国礼仪。詹姆斯回复说：'我对任何事情都没有最终定论。'"

5月，空气中弥漫着甜蜜的气息，为消防员和警察、急救人员和护理人员、护士和医生，我们所有在前线的人摇铃和鼓掌，街头、医院、急诊室和重症加强护理病房的第一急救员之间有了一种凤凰涅槃般的团结感，急救员和护理人员眼含热泪地互相拥抱。这种感觉告诉我们：我们成功了，我们活下来了，第一波疫情的高峰期已经过去了。

我们成功了，我们还活着。

我想起了"9·11"事件之后的那种感觉——纯粹的爱，这种感觉从9月12日开始，我希望它永远不会结束。新冠病毒肺炎疫情在5月把这种感觉带回来了，我终于感受到了那种团结、爱和不可言喻的温柔。

自从我住到这里，这个被病毒围困的城市、我的家园，已经是第二次经历毁灭性的灾难了，城市里到处都是白色的帐篷和冷藏车，医院被尸体淹没、被感染的病人塞满，个人防护用品和呼吸机都用完了，新冠病毒以惊人的速度传播。整个春天，每天公布的数据对整个政务系统来说都是一个沉重的打击，是谁，最终是谁从这个新冠病毒肺炎疫情的核心地区发出了声音？

是州长库莫。听：

"放下你们的焦虑，打消你们的恐惧，摆脱你们的偏执。"

他在3月份的一次新闻发布会上说的话，我现在才有时间听，因为街上刚刚安静下来。他的声音是如此低沉和舒缓，带着情感的烙印，成为我整个夏天剩余时间里的背景音。我经常在上救护车之前听录音。你也听听吧："我们会渡过难关的，因为我们是纽约人，因为我们经历过很多事情，因为我们很聪明，你必须聪明才能在纽约立足，而且，因为我们团结一致。当你们团结一致时，就没有什么是你们做不到的。另外，就是因为我们是纽约的强者，我们是强者，你必须坚强，这个城市会让你变得坚强，不过，是让你在好的方面变得坚强。"

"我们会成功的，因为我爱纽约，我爱纽约；因为纽约爱你，纽约爱你们所有人。"

很漂亮，一份完美的危机通告。我想知道这是谁写的。

剩下的时间里，MARS没给我们分配任何任务。在救护车上无所事事地枯坐几小时，会让你的身体和心灵都变得极为疲惫。仅仅是穿上制服就让我筋疲力尽，即使我们只是坐在那里，等待任务分配，也让我浑身乏力。过了一会儿，我开始脖子疼、背疼、头疼，继而是肩袖疼。几年前我的肩袖就受伤了，我也不知道是怎么伤的。我已经打了两针皮质醇，医生说："不能再打了。"也许是在救护车上受的伤，也许是在健身过程中受的伤，也许只是因为我45岁了，在我这个年纪，有时下床都会伤到自己。过了几个小时，我感到肮脏、孤独和疲惫。

在凌晨1点左右开车回贝史蒂的路上，我的眼睛都快睁不开了。回到家后，我脱掉衣服，把制服装进袋子里，洗了个热水澡，吃了两片药，然后就睡着了。这些天我都不能用"入睡"这个词，我都是昏睡过去的，就像以前酗酒时那样。第二天早晨，醒来后，我就被嘴里N95口罩的化学味道熏到，然后就看到一封来自我妈妈的电子邮件。

邮件送来的是一个坏消息。

我最喜欢的警长叔叔，突发心脏病。他已经从华盛顿的塞奎姆疗养院转到西雅图的一家医院进行急救手术。天呐，不要。我给妈妈和婶婶发了邮件，告诉他们我爱他们。然后迈克又打电话过来。

更多的坏消息涌来。

迈克发现他可能无法同时进行放疗和化疗的临床研究。他被病魔击垮了，非常痛苦。他的肋骨很痛，背和腿也疼痛难忍，目前他把所有的希望都放在这个计划上。在电话中，我们就计划和他能控制的事情进行了一次长谈。他说他不能把他所有的力量都交给医生，将全部的希望都寄托在某种神奇的治疗方案上。

"乌龟，你每次去看医生的时候总是对自己想要的东西定了计划，并且还下定了决心。然后等医生告诉你这个计划行不通，你就开始急了，随后就开始自暴自弃。别再自暴自弃了。下次你再去看医生的时候，你可以有你的计划。但也要给别的计划的出现留些余地，这样当你的想法不成功时你就不会自暴自弃了。"

"你真是太聪明了，"迈克说，"我要怎么感谢你才好呢？"

"我可没有你和鸭子聪明。要想谢我的话，你就好好活着。"

"好吧，"迈克说，"我会努力的。"

还是聊些轻松的话题，让笑声驱走我们的悲伤吧。我告诉迈克，我觉得自己很可笑，因为我从来没有处理过心脏骤停任务，也就是街上最重要的紧急事件，我觉得自己像个假的第一急救员。他听了之后，不太认同处理心脏骤停任务与我作为急救员的能力有什么必然的关系。"说到肉和土豆，"他说，"我有没有告诉过你，我有一次从病人的屁眼里掏出来一个土豆？"

"没有，乌龟，要是你说过我肯定会记得的。"

这就是做迈克"老婆"的感受。

"帕特，"那天晚上，我在祷告时问道，"你能让迈克留下来吗？我们真的很爱他。他现在已经戒酒成功了，就像你一直希望的那样。感觉就像你又回来了，我又有了一个兄弟，他帮了我很多。我真的很需要他，他能留下来吗？"

尽管街上的呼叫量变少了，到了 5 月中旬，我还是觉得自己完蛋了，整个人力倦神疲，汗流浃背。我之前想成为护理人员的梦想破灭了。我不知道接下来在急救方面我还能做什么，或者我是否还会留在救护车上。我已经疲惫不堪。

汤米也有同感。

"我完了。"一天下午，我对他说。

"我们都完了。"他说。

他刚结束布朗克斯区的一个 24 小时任务，整晚都在外奔波。他因一氧化碳中毒而头痛欲裂。和我一样，汤米最近也很难和普通人共情，甚至连对他的女朋友都不行。在她的门卫死于新冠病毒肺炎后，她感到很失落，很难过，但汤米对她的感受只能说一句"哦"。

"在这种情况下，我可以打开开关，进入冷漠和不近人情的模式，这是我训练有素的生存机制。"

"天啊，这对你女朋友来说一定很'有趣'。"

"这就像一个家伙刚被地铁撞死，而我们要把他的尸体从铁轨上刮下来，然后回消防站看电影。只是接受这一切太难了，这样的事情我见得太多了。因此，在她的门卫去世后，我都不知道该说些什么，只能说：'是啊，太糟糕了。这也太可怕了！'你知道这是怎么一回事。"

"是的。我有朋友发短信告诉我，说他们在家里待得很煎熬，他们很无聊，不知道该怎么打发时间，我就回复说：'好吧，我现在正把老奶奶装进冷藏车里，我们晚点再聊吧。'"

"就是这样！"

"我的幽默感变得非常黑暗。"

"黑色幽默才是最好的。"

"我们也就剩下黑色幽默了。"

我们的大部分病人都是在 5 月份感染新冠病毒肺炎的，甚至那些因其他病情而拨打 911 的病人也是如此。急诊乐队的主唱可能是受伤或摩托车事故，但新冠病毒肺炎始终是伴唱歌手。

当我们协助一名疑似新冠病毒肺炎患者戴上护目镜和穿上防护服时通常为时已晚。有一次轮班，我和内森把一个醉酒的女人送去医院，分诊护士说："哦，又是她？她昨天因为同样的情况来过。顺便说一句，她是阳性患者。"

真"高兴"知道这个事实。

在新冠病毒肺炎疫情期间，有个惊人的事实变得很可笑。由于当时病情的主要症状之一是发烧，而纽约市的急救员却不会在救护车上携带体温计，因此，我们无法为病人量体温。我们在急诊室分流病人时才发现病人有发烧症状，这时再穿戴个人防护用品则为时已晚。

还有一个晚上，我们去为某个疑似得了新冠病毒肺炎的病人出诊，但事实证明，这个病是由其他问题引起的。我们把车停在一个黑暗、空旷的工业街区，发现一个瘦弱的白人妇女对一个高大的黑人男子大喊大叫，要他给钱，这看起来似乎是一桩性交易。那名男子跑走了，病人尖叫着让我们去追他。

"抓住他！"她说。

呃，不行。

我们提出报警，但这位女性不想这么做，她想让我们在街区内徒步追赶那个男人，不管他是谁。我看起来像个警察吗？我有戴曲面太阳镜吗？你看我是要热火朝天地徒步追捕坏人吗？人们真是电视剧看多了。

"我们不是警察。"我说。我发现自己在街上经常这么说，这句话值得不断重复：我们是急救员，不是警察。

最后，我们把这个脸色铁青的病人送上救护车，她说她发烧、咳嗽，自称是个瘾君子。她的胳膊和腿上伤痕累累，还有开放性溃疡，头上和身上都长了虱子。

她一说"虱子"，内森就迅速而礼貌地把她送下了车。然后他扔了一张床单盖住她，像尤达大师一样把她裹了起来。对于自己被裹得像个蚕茧，她很愤怒，于是她扯下床单，咒骂内森。我不能责怪她，她看起来很滑稽，像个蹩脚的幽灵。然后她沿着街道跑了，跑得非常快。

她一从我们视线中消失，内森就表现出某种类似强迫症的反应。他在救护车周围踱来踱去，把帽子戴上又摘下，头皮发痒。他显然是被吓坏了，我从没见过他如此惊慌失措。我猜他是害怕虫子，但直到现在我才明白个中原委。他让我把那个女人碰过的东西都扔到街上的垃圾箱里，他整晚都在朝自己身上喷洗手液，甚至连脸上也拍了一些。大部分医院已经没有消毒湿巾了，他们所拥有的一切都是自己留下来的，藏在急诊室的角落里。每次值班后，我们都会用自己不断减少的补给清理救护车。

令人沮丧的演出一直在上演，这是世界上最令人沮丧的表演，我们所到之处皆与悲剧迎面相对。

一天晚上，当我和内森走进急诊室时，一名护士从我们身边走过，推着一张床，上面放着一具盖着床单的尸体。

之后，当我们站在医院的分诊线上时，扩音机里传来通知，但我们没有听清是什么。三四分钟后，一队护理人员冲了进来，抬着一个担架，担架上的女人脸朝下、背朝上，裹在床单里。其中一名护理人员的手深深地插入她的阴道，而他的搭档则试图捂住她的脸，防止她感染新冠病毒。护理人员越过护士和医生，冲进电梯间。

"珍，你看到了吗？"内森问我。

"我看到了，这是怎么一回事？"

我们后来才知道是臀位分娩。

那个可怜的女人。

那天晚上回到家后，我熬夜阅读了关于臀位分娩的材料，以及在现场如何应对复杂的分娩情况。我读了好几个小时。我了解到，这取决于婴儿的臀位。如果婴儿的头卡在阴道里，你应该用戴着手套的手插入病人体内，为婴儿创造一个气道，这样婴儿才不会窒息。一想到在短短几分钟内就可能看到担架上的一具尸体，一名可能窒息的婴儿被困在母亲体内，而由于新冠病毒肺炎，母亲的脸被闷在床单里，护理人员的手塞进她体内，实在是太难过了。这些画面在我的脑海里挥之不去。

我已经受够了，这才5月，呼叫量是有所下降，但新冠病毒肺炎疫情何时才能结束？我不知道自己还能承受多少缓慢展开的悲剧。当时的我并不知道，也看不到疫情结束的迹象。而让我更想不到的是，这座城市即将爆发抗议活动。

18 5月的抗议

5月的最后一周，正当我开始游刃有余地面对这场疫情，开始觉得也许新冠病毒肺炎疫情第一波浪潮已经过去，而我也刚爬出绝望的大锅时，却看到这样的新闻：明尼阿波利斯的一名白人警察在逮捕涉嫌使用20美元假钞的46岁黑人男子乔治·弗洛伊德时，残忍地杀害了他。跪在地上的警察用膝盖压着乔治的脖子超过了8分钟——甚至在他失去意识和护理人员赶到现场后，也没有立马放开他。

说是8分钟，但确切的时间是8分46秒。

杀人的视频立即在网上疯狂传播，抗议活动在明尼阿波利斯开始，这座城市被怒火点燃。3天后，也就是5月28日，星期四，示威活动在纽约市开始。一开始，抗议者在曼哈顿进行了和平集会。

第二天晚上，我和莱克西乘坐救护车在布鲁克林值班。

如果说我们之前因病错过了新冠病毒肺炎疫情的高峰期，那现在我们就占据了前排座位，观看即将在布鲁克林爆发的抗议活动。

我们亢奋地出了门。消防局派我们去处理一个未知任务，莱克西开了警灯和警笛，驶到一个街角，一群路人围着一个倒在人行道上的人。

"是你们报的警吗？"从救护车上滑下来后，我问人群。他们点点头，站到一边，让出道来。在人行道上，一个男人靠墙躺着，他撑起身子，刚坐到一半，我就认出他了。

"健太郎！"我尖叫起来，"是我，珍妮弗！你'老婆'！亲爱的，见到你我真是太开心了！我一直都在担心你。"

路人困惑不解地走开了，不时回头看着这一幕。

莱克西站在后面，咯咯地笑着。健太郎抬起头，醉醺醺地看着我，眯起了一只眼睛，然后他笑了，把手伸进行李袋，拿出一只毛茸茸的黄色小羊，将这个礼物递给了我。

"珍妮弗，这是给你的。"他一连说了几遍。

我喜欢这个礼物。我的街头"丈夫"烂醉如泥，他至少喝了两瓶伏特加。当他整理他的脏外套时，一个空啤酒罐滚到了水沟里。

我紧紧攥着小羊，转向莱克西，她站在后面几步远的地方，让我独自享受我与街头"丈夫"的这一亲密时刻。"他给了我一个小羊。"我说。

莱克西皱着眉头对我说："你不能留着它。"

"为什么？"

"你不能这么做，姑娘。这是他仅剩的东西了。"

哦，该死，她是对的。

我难过地把小羊递了回去。它破烂不堪，毛发都团成球了，可我仍然喜欢它。要是莱克西同意的话，我会留着它的。15分钟后，在医院里，急诊室的每个人在看到健太郎时都高兴地尖叫起来，他是上帝给我们所有人的礼物，几个护士走过来和他握手。

莱克西和我把他放到床上，我去拿新的床单，这时我听到一个护士对另一个护士说："这是他这周第三次来医院了。"

之后，我在经过他身边的时候，一名医生来到健太郎的床前问："告诉我发生了什么事，还有，我是不会亲你的。"

啊，他们了解我的街头"丈夫"，他们知道他不想去康复中心或接受脱瘾治疗，他只是想要一些吻。真是个可爱的家伙，我很高兴他身体健康——还算健康。

几个小时过去了，我们没有再接到别的任务。然后夜幕降临，在新的黑暗中，无线电被任务挤爆了。

"10-13！10-13！警车着火了！有人在巴克莱中心破坏公共财产，大批人群正在接近展望公园。""10-13！10-13！警方请求支援。""10-13！我们在大西洋大道遭到了'航空邮件'的袭击。马上派辆救护车过来！赶紧派救护车过来！""10-13！……"

那天晚上10点差一刻，我们听到了6次代号10-13的呼叫，无线电传来协助警察的命令。在公园坡的4年里，这样的呼叫我只听过一次。

调度员的声音从我们耳边划过，我和莱克西坐在救护车上，目瞪口呆地看着窗外。我们一边听着回音室里传来的求助信息，一边互相低声问："这到底是怎么回事？"

警察也收到了"航空邮件"，瓶子、砖头和其他投射物穿过夜空飞向他们。500多名抗议者包围了附近格林堡的8-8分区警察局，离我们停靠的地方只有 10 分钟的车程。我们打开手机，看到了视频，有人朝警察局的一辆警备车扔了一枚自制燃烧弹，这辆车现在正在街头燃烧，我们面面相觑。

我的手机响了，是尼克打来的。"珍妮弗，亲爱的，你千万要小心。坏事发生了，保持警惕，保护好自己。我非常爱你。"

"我也爱你。"

"小心屋顶，不管去哪儿，如何进出，都要注意。"

"收到。"

我的朋友彼得，一名来自加利福尼亚的退休护理人员，给我发了一条信息："嘿，你情况还好吧？希望你是安全的，没有在值班。要是在值班，一定要注意安全！"

"我刚好在值班，情况刚刚变糟了。"

"注意安全。"

"10-13！10-13！"调度员又在呼叫。有这么多的 10-13 过来了，每一个无线电请求就像一轮弹药，服务人员需要救护车。

来自 MARS 调度员的提醒："请注意安全，请小心，外面情况很糟糕。如果你们需要我，我就在这里。"

我们还从来没有从调度员那里收到过这样的信息。面对突发状况的第一反应世界的黄金法则就是保持冷静。当面对无法想象的情况时，让镇定从你的眼睛中流露出来。否则，当你工作和行动时，你的恐慌就会充斥整个现场，让每个人的血压升高。继一名年轻的纽约消防局急救员在新冠病毒肺炎疫情高峰期自杀后，调度员已经开始给我们发短信，为我们提供心理健康服务和咨询。今晚，他们似乎更加担心我们的状态。

很快，我们就听到调度员把一辆救护车派去处理"癫痫持续状态"（stat ep）。无线电报告说，一名警察将一名女性抗议者推倒在地，她的头撞到了人行道，现在癫痫发作。

"噢，"我对莱克西说，"警察在反对警察暴行的抗议活动中推倒了一名抗议者。他们甚至连 10 秒的冷静都保持不了。"

MARS 的调度员通过无线电指示所有单位远离抗议活动，除非我们被派去执行任务。随后，公园坡的调度员也通过无线电做了同样的指示。所有的急救单位都被指示要避开抗议活动，除非被派去处理紧急情况。有人告诉我们，消防局将其所有单位都从街上撤离了，命令他们返回基地，因为据称，有人朝急救员和护理人员扔瓶子和其他物品，砸碎了救护车的窗户。

莱克西和我留在了街上。

我们紧张地坐在救护车上，听着无线电里传来的 10-13 呼叫，等待我们的单位编号被呼叫。大约 10 点，我们被派去处理格林堡的一个伤患，但随后这个任务在途中被取消了，然后我们又被派去处理优先级更高的任务。

"你们去处理 PD-13，"调度中心说，"国王路 93 号，我需要你们去展望公园处理一起 10-13 事件。"

我们来了。

"我不喜欢这样。"莱克西边说边打开警灯和警笛，朝展望公园疾驰而去。

不管是好是坏，作为第一急救员和护理人员，我们都身处混乱之中，应对警察与抗议者之间导致受伤的冲突。作为第一急救员，我们一直一视同仁地救治所有的病人：不管是强奸受害者，还是强奸犯；是袭击者，还是被袭击者；是仇恨犯罪受害者，还是他们的攻击者；是吸毒者，还是贩毒者。今晚，调度员在纽约市各地派出急救员和护理人员，协助请求支援的警察，也就是现在不断发出的 10-13 呼叫，同时还向被警察打伤的抗议者派出救护车。只要还有心跳，那就是我们的病人。

"我们没有防弹背心。"莱克西边开车边说。我看了看她，她脸色发青。

"我们会没事的，姑娘。"

"我不喜欢这样。"她重复道。

当我们到达展望公园边上的黑暗街道时，成百上千的抗议者、成群结队的人群、带着防暴装备的警察，密密麻麻地挤满了整个街区。现场冲突不断，非常喧闹、拥挤和动荡，除了尖叫声，我几乎听不到任何声音。当时的情况很混乱，人太多了，示威者大喊大叫，挥舞着标语，有些人在扔瓶子，玻璃在混凝土上炸裂。每个人都在互相推搡，人群推搡警察，警察推搡人群，强行从人群中挤出一条路。在目睹了那么多的死亡之后，这种突然迸发出的我在数月、数年，甚至永远不会在现实生活中见过的活力、狂飙的愤怒，让我一时接受不了。

"我不想出去，"莱克西说，现在我们已经停好车了，"我们没有安全帽。"

我们其实有安全帽，但它们在后车厢的一个隔间里。

"我出去看看，我去和警察谈谈，看看究竟是什么情况。"

我感到莫名的无所畏惧，也许是肾上腺素的缘故。比起抗议活动，应对新冠病毒肺炎疫情带来的工作要可怕得多。这有什么好怕的，是害怕中枪吗？这似乎不太可能。而且要是我中了枪，莱克西就在那里，她非常擅长心肺复苏。不过我倒是真的不想被瓶子或砖块砸到头，我见过很多脑震荡病人，不想也成为一个脑震荡病人。

我从救护车上滑下来，走到一个棕色皮肤的矮个子警察面前。抗议者向我们投掷垃圾，玻璃瓶在我的靴子边碎裂，而其他玻璃瓶在救护车附近撞碎。各种各样的物体向我们飞来，"航空邮件"瞬发即至。我听不到任何人说的话，喊叫声太大了，纯粹的愤怒发泄。

"你们需要救护车吗？"我在噪声中对警察大喊，"我们接到了10-13任务！"

"不用，没人受伤！他们只是叫了一辆救护车来支援，以防万一！"

"收到！我们会在救护车上随时待命！"

我爬回救护车。现在莱克西的脸色发白，双眼睁得大大的，一言不发。大多数人更倾向于把第一急救员想象成是无所畏惧、没有感情、非人类的机器人，而不是饱受创伤压力、被死亡和暴力毒害到精神错乱的血肉之躯。

"我不想待在这里，"莱克西说，"这里很暴力，他们在向我们扔东西。"

我根本不在乎。我猜，我可能真的是机器人。

"我们会没事的。"我对莱克西说。

"我讨厌这样，我很害怕。"

"你会没事的，姑娘。"

我们用无线电通知调度中心，告诉他们这里没有任务，只有抗议者和警察，目前没有人员受伤。他们让我们再等一会儿，原地待命。待命的意思就是留下来，时刻准备行动。

莱克西张嘴想说话。

"我知道，"我在她开口之前说，"你不喜欢这样。没事的，亲爱的，我们很好。放轻松，我们就待在救护车上。"

我真是太刻薄了。我的情感血液已经所剩无几，甚至连这座城市里最廉价的情感——恐惧也没了，新冠病毒肺炎疫情已经耗尽了我的内在资源。我需要对我的伙伴表示同情，她理应感到害怕，这才是健康的反应。这座城市正在我们的眼前被烧毁，我们也收到了"航空邮件"，噪声大得令人难以置信，就像一架飞机在救护车里起飞、在我的耳膜里起飞，我们几乎听不清对方说的话，周围充斥着环绕声的混乱和痛苦。我们面前的每个人都在移动和晃动，人群、警察皆是如此，好像我们是在波涛汹涌的海面上，即将被抛入海底。

一段时间后，我们向调度中心报告，没有病人或公共服务人员受伤，然后调度中心允许我们离开。警察解除了路障，于是我们顺利地离开了。莱克西回过神来，她的脸颊恢复了血色。

"对不起，我太不近人情了。"我对她说。

在空闲后不久，我们被派去一个妇女收容所，处理一个从椅子上摔下来的醉酒病人。这里的环境要温和得多。在收容所里，一位矮个子黑人女警察问我们外面的情况怎么样，我们说很暴力，她摇了摇头道："一个月后，警察就要开始自杀了。"

"是的，"我说，"我们都会。"

我们把醉倒的病人送到急诊室。在那里，我们看到两个兴奋的瘦削白人，他们剃着光头、脖子上有文身，手臂上到处是抓痕，看起来就像是和风滚草搏斗过。我想知道他们是不是抗议者，他们看起来很高兴、很激动，似乎很兴奋能进医院。他们面带微笑，环顾四周，好像遇到了什么重要的事，我不确定是什么。

我讨厌他们。

大约在午夜时分，我们结束轮班回到基地，我再次为自己的不近人情向莱克西道歉。她的脸上露出沮丧的神情，那是一种受伤的神情。我在她身上留下了痕迹，为此我非常内疚。她原谅了我，表示没关系，但我还是觉得很难受。我爱莱克西，我怎么变成这样了？街道对我做了什么？作为一名第一急救员，我都做了些什么？

　　大约一小时后，我回到家，我想用钥匙进入大楼，但我的钥匙卡坏了。当时是凌晨 2 点。我不知道自己身处何地，世界、国家、城市、街道、我的大楼，全都发生了太多的变化。一半以上的房客已经搬走了，离开了纽约，我的管理员吉尔伯托说，这栋楼现在 80% 的房间都是空的，大多数人都付不起房租。感谢上帝，我的朋友还在这里。

　　我给杰里米打电话，没有人接。我给埃勒里打电话，他用柔和的声音接了电话，几分钟后，他摸索着走进大厅，把我放了进去。"真是太抱歉了。"我低声说，仿佛他还在睡觉。他很快就要搬走了，搬到洛克威附近的一个小海滨社区。

　　也许我也应该搬走。这些天，几乎每天都有搬家卡车并排停在街区上，大批人逃离纽约。但我没有精力去做任何重大改变，我几乎连洗头的精力都没有。

　　我终于回到了自己的公寓，洗澡前，我无意中瞥到了浴室镜子里的自己，我都没有认出来那个盯着我看的女人。我的前额和脸颊红肿凹陷，印着口罩的痕迹，鼻梁上被 N95 口罩金属棒扣住的皮肤开裂流血，头发乱蓬蓬地贴在脸上，额头上满是汗水，脸色憔悴而苍白。我看起来像是刚从阿富汗回来。

　　"你确实刚从阿富汗回来。"尼克发短信问我是否安全到家时说。

　　我的第一急救员朋友们都很担心我，就是消防员、警察、紧急医疗救护技术员和护理人员这些人，只有他们担心我。其他人都已经转向了正在城市街道上展开的新危机，这个国家已经"着火"了。去年春天，在新冠病毒肺炎疫情暴发之后，我们获得的掌声停止了。演出已经结束，没有人再关心急救员或护理人员。

　　我也不再关心我们了。

　　那天晚上，我很担心我的朋友们，担心他们所有人，不管他们是何立场，是支持抗议者，还是拥护警察——菲丽丝、纳塔莉、杰里米、埃勒里、伊尔法、在拉斯维加斯生病的迈克，所有我爱的人。我从没有像现在这样崩溃过。我睡得很沉，像是注射了吗啡，一直睡到周六下午的晚些时候。等我醒来，我都不知道今夕是何夕。

我给菲丽丝打电话，她正在哭泣，纳塔莉也是，我所有的黑人朋友都被摧毁了。如此沉重的悲伤，我能做的只是倾听，让我的安静来承接他们的泪水，我只字未提我的夜晚。菲丽丝总是引用奥德丽·洛德的话："压迫没有等级之分。"我觉得痛苦是有的，菲丽丝和纳塔莉作为黑人女性的痛苦远超我的痛苦。

作为女性，我们全都饱受折磨。我和菲丽丝曾经讨论过，晚上在街上走时，我们都在想象的恐惧中环顾四周，担心自己会被拖进灌木丛里，被某个男人谋杀或强奸。如果那家伙是个白人，我会觉得害怕；若是个黑人，我会更加害怕。不管我喜欢多少黑人，也不管我读过多少反种族歧视的书，我敢肯定，若是你在我的胸口绑上一个心率表，碰到黑人时我的心率一定会比碰到白人时的高。种族主义就藏在我体内，藏在我的神经系统中，真相就是这样，至少对我来说，这是一个不可否认的事实。

在同样的想象场景中，如果我处于危险中，从出生起就被灌输到我脑海中，大人们以千百种方式教给我、让我知道的便是，只要看到警察，那我就会得救，那黑暗就不再黑、危险立马消失。我从没想过警察可能会杀了我，这就是压迫等级制度的由来。因为在同样的情况下，当一个黑人女性独自走在夜晚黑暗的街道上，一个男人，尤其是这个男人还是个警察出现在她身后，菲丽丝会感到更加害怕。她说："然后我会想'哦，天啊，现在我要在街上被开枪打死，然后变成一个模因了'。"

但我从来没有这样想过，从没害怕自己会在街上被警察开枪打死，或者是像布伦娜·泰勒那样，在自己的房子里被害。因此，并不是所有的急救员都是一样的，压迫是有等级之分的。在这个国家，只要是黑人，就会有生命危险，就会有"10-13"。

在这个星球上，我听到的最糟糕的声音之一就是我姐妹的哭泣声。

那天晚些时候，我查看了邮箱。贝克主任给我发了一封长长的全局最新消息电子邮件，还有一个值班人员对我前一天晚上的一张图表提出的更

正要求。我忘了写下任务编号，需要打电话给 MARS 来获取。

贝克主任的电子邮件说，由于全国各地有争议的执法活动，在巴克莱中心、与我们服务区域直接相邻的警察分局发生了大规模的抗议活动，并伴有类似暴乱的行为。有可靠的证据表明，这些事件中的一些人有意制造混乱，他们的暴力行为不仅针对执法部门，而且也针对更大范围的公共安全社区，包括急救中心、消防局和医院急诊部门。

贝克提醒我们，我们的安全是第一位的。他告诉我们，在执行任务的现场，还有在等待呼叫和在社区内巡逻时，要保持警惕。我们不要穿制服上下班，要远离不安全的场景。对待公众要保持冷静、专业和耐心。如果是在抗议活动中执行任务，要穿戴全套个人防护用品，包括护目镜和头盔。任何时候都要和搭档在一起。他感谢我们所做的一切。

在消化完这些信息后，我给 MARS 打了电话，与一位急救中心调度员通了话，告诉他我需要我们前一天晚上的一个任务代码。他问了我的单位编号，我告诉了他。

"哦，你好，"他说，"我是你们昨晚的调度员。我一直很担心你们，你们有很多 10-13 任务。"

"这太疯狂了。"

"你在无线电里的表现很棒。"

"和你说话的是我的搭档莱克西，她人很好。"而我很刻薄。

他给了我需要的任务代码，告诉我要注意安全。

那个星期六，抗议活动席卷了整座城市。公众舆论并没有为急救服务人员和消防车在各种抗议活动中遭受攻击的新闻留下空间，但是，街道还是讲述了这个故事。

示威者向纽约消防局的救护车投掷抛射物，打破了他们的窗户，据报道还袭击了两名工作人员。"我只知道我过去、现在和将来都会在每次收到 10-13 呼叫时为我的人民服务。"一位拉美裔护理人员在"照片墙"上写道。在这种情况下，"我的人民"，似乎是指他的战友——警察。

我不再关注社交媒体。

那天下午，我和伊尔法给迈克打了电话，他饱受病痛的折磨。在痛苦中，迈克的癌症进一步恶化，治疗方案失败了。我们仍然不分昼夜地和他交谈，不断地互发短信。现实让我们失望，所以我们转向幻想寻求希望。

我和鸭子提醒乌龟，他必须坚持下去，因为他有两个"老婆"，而且他必须给我们"合法"的名分，我们必须"结婚"。我们决定在帕特的树旁举行婚礼，只有我们仨和牧师迈克尔·戴利参加，保罗也可以来，还有鲍比、詹姆斯。我们可以把时间定在9月11日，在今年的周年纪念日结合。迈克喜欢这个主意。

他还成功戒酒，我们提醒他，这是个奇迹。"这就是个奇迹。"我说，他笑了。一个得了晚期癌症、在疫情中病情加重的人竟然成功戒酒了，这简直就是英雄般的伟绩。6月的时候，他还有6个月的时间。

"我们真是太为你骄傲了，乌龟。"伊尔法对他说。

"帕特也为你骄傲。"我说。

"帕特等这一刻已经很久了，"伊尔法说，"你回应了他的祈祷。"

"我感觉我和帕特的关系要比以往任何时候都更亲近。"迈克说，"我很高兴和你们一起在纽约散步，去看演出。我不知道该怎么说，只要是在你们身边，我就很高兴，你们给了我全新的生活。"

"这不是我们的功劳，"我说，"这都是帕特的功劳。"

"对，都是帕特的功劳，"伊尔法同意道，"是上天的干预。"

"而且你通过戒酒比别人省下了好多钱，"我说，"大部分人都会存点钱。自从你停止发放个人贷款以来，你省下了数千美元。"

迈克笑了，笑得很开心："你们真的救了我的命，要是没有你们，我不可能活到现在，我可能根本就不会得到治疗。我只会一个人坐在酒吧里，喝着酒，郁郁寡欢，自暴自弃。而我现在有了自己的生活，我们一起在纽约玩得很开心，我真想回家。"

"我们也希望你能回家。"伊尔法说。

"是的，"我说，"而且我们需要养条狗。你不再是50%迈克了，因为你吃了所有的药，所以我们不能给狗起名叫五十。我们可以给它起名叫欧内斯特·沙克尔顿，就是伊尔法剧里的那个北极探险家。"

"太棒了！"迈克说，"我们要养条狗，名字就叫沙克尔顿！"

伊尔法关于探险家的剧很快就在Zoom上播出了，迈克和我都看了。我们喜欢看到我们才华横溢的"妻子"在屏幕上闪闪发光，即使这个屏幕是 Zoom。

"鸭子真是太漂亮了。"迈克看着伊尔法的表演说。

"是啊,秀外慧中,她就是女神。"

"总有一天我们会开着我的房车去旅行。"

"哦,乌龟,"我说,"我真的很爱你,但我死也不会坐上那辆该死的房车的。"

随着 911 呼叫量的减少,消防局很快就解散了所有的互助单位。第二天是公园坡的最后一次 MARS 轮班,之后我们就恢复正常,为社区服务并进行内部调度。但还会恢复正常吗?

正常是非常、非常遥远的事情。

5 月 31 日,周日下午,在我前往基地之前,贝克又发来一封电子邮件。他告诉我们,如果我们被派去抗议现场处理病人,现在就要穿上防弹衣和头盔。如果我们最近没穿的话,那就在离开基地前练习穿戴这些装备。

"请确保头盔的棘轮固定在你的头上。"

好吧,我猜这就是他们所说的战时。

贝克提醒我们远离抗议活动,除非我们是被派去处理紧急情况。"千万不要忘记疫情尚未结束,"他说,"确保一直戴着你们的 N95 口罩。"

他对我们的辛勤工作表示感谢,还表示确保我们安全回到家人身边是首要任务。

哪有什么家人?我心想。

从家开到基地我花了一个半小时,而不是平时的 20 分钟。对此,我并不在意。看到成群结队的人聚集在街道上,其中大多数人都是平和的、戴着口罩的,这让人很振奋。这是活力与关怀他人的结合,是我最喜欢的人类组合之一。

与此同时,我担心大规模集会会导致新冠病毒肺炎疫情的飙升。虽然纽约市在疫情方面终于平息下来,但有 33 个州的新冠病毒肺炎感染病例出现了上升,比如佛罗里达州、得克萨斯州、内华达州、加利福尼亚州。那些认为新冠病毒会自行消失或在温暖的天气中消亡的理论就是胡说八道。当我把车停在基地附近,走进车库时,我开始担心今晚的情况,担心今晚和之前几个晚上一样。

哇喔，我对即将到来的厄运的预感真是准极了。

如果说上周五晚上莱克西被吓得不敢下救护车，我是非理性地从容不迫，那这个周日晚上，内森就是过于渴望参与抗议活动。

离开基地时，他说他希望我们被派去抗议活动现场工作。街上的悠闲日子一去不复返，我们一登录MARS，就被派去第六大道的一栋褐石建筑里处理一个"未知"任务。任务描述说，不需要急救服务，这是一次协助起身任务，有人需要帮忙，帮他从地上站起来。

结果这个任务是内森梦寐以求的工作，帮助他珍爱的人们——老人。

我们走下一段发霉的楼梯，轻手轻脚地走进一间地下室公寓，一名年过八旬的意大利妇女告诉我们，她的丈夫摔倒了。她没有足够的力气把他扶起来。她带我们去见她丈夫，一个80多岁的意大利人，躺在地板上。我们在他身边转了一圈，检查他是否失去了意识，问他有没有受伤，有没有撞到头。没有，没有，都没有，他只想被扶起来。

我和内森把手臂放在他的腋下，把他扶了起来，然后陪他走到厨房，让他坐在一张长桌旁。为了以防万一，我们还检查了他的生命体征，并评估了他的外伤情况，他一切正常。到这个时候，我们的工作已经算是结束了。

但对内森来说不是，于内森而言，派对才刚刚开始。

在我一个人收拾设备的时候，内森坐在这对夫妇身边，开始深入了解他们的生活。

我了解到的情况是：他们已经结婚65年了。妻子抱怨丈夫每天晚上尿床，拒绝穿成人尿不湿。"我不穿尿布！"他喊道，她不得不每天晚上为他收拾残局。他站立不稳，却不愿意使用助行器。"我不需要助行器！"相反，为了确保自己不会受伤，他开始在家里戴安全帽。"这样一来，即使我撞到了头，也不会受伤。"他向我解释道。

很有道理。

丈夫对妻子拨打911很生气，不明白她为什么不给他们的邻居打电话，他们的邻居是一个住在街对面的警察。"每次我摔倒，我们就打电话给邻居，他就会过来把我扶起来。他并不介意，他是个好人。"丈夫说。

妻子很沮丧，"维克多，我给他打过电话了！我打过了，但他不在家！"

"你胡说，"丈夫说，"你根本没给他打电话。"

他又转向内森说："我老婆，她老是撒谎。65年来，我一直在处理这个问题——撒谎。"

我说："好吧，先生，我可以为你妻子作证，警察现在有点忙。"

"不是的，她没有给他打电话，"老头儿说，"他本来会来的，我每次摔倒他都会过来。"

我看了内森一眼，暗示他：我们该走了。

但是不行。内森想在老人的天堂里多待一会儿，和他的新朋友多聊聊。

我一个人拿起我们的设备，把它拖回楼上，拖上救护车，独自坐在救护车上。10分钟过去了，15分钟过去了，20分钟过去了，这简直令人难以置信。和老人在一起待多久，对内森来说都不够。又过去了10分钟，你在开玩笑吗？我想，快点，内森，让"飞机"着陆吧。

天知道他在现场待了多久，最后他终于蹦蹦跳跳地从公寓里走了出来，一脸的喜悦和有话要说。

"珍！"说着，他爬上驾驶座，"他们是在意大利结的婚，而且他们讨厌对方！"

"故事不错。"我说。

内森终于开车离开了，他向我讲述了他们的生活，他们在这个世界上的全部生活，历时80年的故事，而我揉着额头，听他滔滔不绝地说个不停，比《安娜·卡列尼娜》还要长。内森不仅听完了他们的整个人生故事，他还测试了妻子的生命警报手镯，以确保它能正常工作，这样她下次就能用它为丈夫报警，而不是拨打911。

"真是难以置信。"我说。

我们几乎立刻被派去处理展望公园附近的另一项任务，准备应对可能发生的爆炸。

哎呀，现在我们可能会被炸死？那就糟糕了。在去执行任务的路上，我突然意识到，整个春天我都在害怕死于新冠病毒肺炎，但现在是夏天，人们在抗议，我却从来没有考虑过我在爆炸任务中被炸死的可能性。

至少我们的救护车上有安全帽和防护装备，这可能会有所帮助。如果有什么东西爆炸了，而我们被牵连了，我希望能够保留所有的肢体，尤其是我的双手，这样我就可以继续写作和照顾植物。

在前往任务的路上，我们收到了任务取消的消息，消防局派了他们的一辆救护车代替我们去做爆炸任务的待命工作。我并不在乎是谁去，我依然很冷漠，但内森很失望。

"真该死，"他说，"我想接这个任务。"

作为第一急救员，我所珍视的一切在下一个紧急情况中全部出现了。大约 20 分钟后，我和内森被派去处理我们的第三个任务——脑血管意外危重症（CVA-C），又称中风。这个任务对时间响应的要求很高。

内森拉响警笛、警灯向戈瓦努斯公房区驶去，车窗打开，让新鲜空气涌入，而我则戴上手套，戴上 N95 口罩。转眼我们到了。

在一间保养得很好的小公寓里，我们发现一位年老体弱的黑人妇女躺在床上。她正坐在枕头上一边给打电话，一边呜咽哭泣。在卧室里，这位女士的儿子告诉了我们他拨打 911 的原因。他的母亲患有晚期肺癌、高血压和艾滋病。15 分钟前，他走进她的房间，发现她茫然地盯着墙壁，毫无反应，他怀疑她中风了。

我看着病人，她是如此娇小。她看上去都快 80 岁了，但其实她只有 63 岁。她在床上对着电话哭，告诉女儿她不能呼吸了。

听到她的话——"我不能呼吸了"，就像听到指甲划黑板的声音，让我觉得很恶心。对于新冠病毒肺炎患者来说，这就是喘不过气来的抱怨——我不能呼吸了。抗议无数黑人被警察杀害的活动口号就是"我不能呼吸了"。而 5 个月后，癌症扩散到迈克的肺部，他也说了同样的话——我呼吸困难。

除了心跳和呼吸，我们作为人类还拥有什么呢？什么都没有。它们就是我们的全部，在医学上如此，在精神上，也许也是如此，这就是有知觉的生命所在。但呼吸困难并不是中风的常见症状。

"给我一个大大的微笑，"我对病人说。当她向我展示她的牙齿时，她的嘴唇平稳地向两侧移动，"很好。现在闭上眼睛，伸出手臂，手掌朝上，保持这个姿势，直到我告诉你可以放松。"她照做了，两只手臂都没有垂下来。"现在握紧我的手，"我说，握力正常，"漂亮。现在跟着我念：老年人学不会新事物（老狗学不会新把戏）。"病人没有口齿不清，也没有错词或漏词。

"不是中风。"我告诉内森，他正在和病人儿子交谈。这是个好消息。但现在我们必须弄清楚到底发生了什么。

病人仍在痛苦地尖叫，仍然在说她无法呼吸，鼻子不停地冒出鼻涕泡。我让她告诉我哪里最疼。她扯着嗓子说是她的脖子和胸，然后又重复说她不能呼吸了。她的生命体征正常，只是心率过快，但这对一个身患癌症且有高血压病史的妇女来说是正常的。每当我遇到癌症病人时，我的思绪就会飞到拉斯维加斯，飞到迈克那里，用痛苦和预先意识到的死亡来刺伤自己。

她的血糖也是正常的。我们给她戴在手指上的脉搏血氧仪告诉我们，她的血氧饱和度（SpO2）处于正常范围。有时了解这些细节会让病人平静下来。

"亲爱的，你呼吸到的氧气是足够的，"当她再次哭喊着说她不能呼吸时，我对她说，"你觉得呼吸困难是不是因为你太疼了，而且这让你真的很难受？"

"是的。"她轻轻地说。

"那就是了，这就说得通了，疼痛确实让人很有压力。"

我们和她的儿子说明了这个情况，他说这就是他母亲的日常处境，她总是这么痛苦。你能想象吗？只要在床上移动或是坐起来就会让她陷入极度的痛苦之中。3个月之后，迈克就会变成这样，癌细胞啃噬他的骨头，当他在床上翻身时，他的肋骨会断。

今天晚上，我们需要把这个女人送去医院，但我们也明白移动她会给她造成更大的痛苦。我们花了点时间，病人的儿子抱着她，好让她舒服地坐起来。当我们让她坐起来时，她停止了哭泣。她眨了眨眼，似乎很惊奇，看起来如释重负。

"坐起来后，你是不是觉得好多了？"我问。

"你现在感觉好点了吗？"内森问她。

她点点头，微笑着说："是的。"

她不停地指使她儿子去给她拿东西。"给我拿那个治我鼻子的东西！"她说。我完全不知道她在说什么，她儿子咯咯笑着离开了房间。

"她是在要外科口罩。"他回来时说，把口罩递给她。

我们和她儿子一起帮她穿衣服，给她穿上拖鞋，拿上她的手机、充电器、身份证，还有保险卡。我们慢慢地把她挪到楼梯椅上，用床单把她裹起来。终于，我们准备出发了。

内森把她从公寓里推到街上。外面一片漆黑，空气凉爽，病人不再痛苦地哀号，一个小小的胜利。我跑到救护车前准备拉出担架，内森和病人在聊天，互相了解。在现场没人比内森话多——没有人，他赢了聊天的比赛。

我把设备扔到救护车上，拉出担架。现在我们只需要把我们可爱的病人从椅子上转移到担架上，然后再把她抬进救护车里。她的疼痛程度依然可控，但她很害怕，还在呜咽。

"我不想死，"她说，"我很害怕。"

然后，一个让我有点愤怒的小插曲发生了。

当我们在街上把这个裹得严严实实、吓坏了的癌症病人从楼梯椅搬到担架上时，我们尽可能温柔而缓慢地动作，力图不伤害她或加剧她的痛苦，一辆车在我们身边停了下来。

哦？发生了什么事？开车的是个白人妇女，圆脸金发，是那种看起来会在全食超市购物的女人。她摇下车窗，俯身说了些我听不见的话。我的注意力放在了该放的地方——我们的病人身上。

内森看着司机说："我不知道。"

然后病人说："前面转弯，随后在拐角处左转，然后，我不记得了。"

内森说："珍，你能告诉她去布鲁克林大桥的路吗？"我转过身，怒视这位白人女士的脸。我的表情在说：你是认真的吗？你非要现在向我们问路？在一个紧急情况的半途中？你没看到这个痛苦的病人还躺在担架上吗？你没看到我们努力在不伤害她的情况下把她送进救护车吗？

"不能，"我厌恶地说，"我不知道怎么去那里。现在也不是谈这个的好时机。"

那女人停顿了一下，随后她看着我叫道："我有权利向你问路！你是公务员！"她说这句话时就像在骂人，然后开车走了。

"嗯，"病人说，"她很有想法。"

在街上，我们都笑了起来。笑的感觉真好，我喜欢这种紧急情况，它一直在传递某种积极的影响。

我们毫不费力地把病人送进救护车，在关上车门到前面开车时，内森说："珍，她是做帽子的，让她给你讲讲帽子的事。"

在去医院的路上，病人和我进行了一次愉快、轻松的交谈。我们没有聊癌症或死亡，也没有聊警察的暴行或新冠病毒。我们只聊了帽子。

她会做各种各样的帽子，不是简单的那种，而是精巧的、有帽檐和羽毛的那种。当我们到达医院时，她很开心，也没那么痛苦了。我们对她进行了分诊，发现她发烧了，达到101华氏度（约38.3摄氏度），怀疑是感染了新冠病毒肺炎。我们没有穿防护服或戴护目镜，因为我们并不知道这个情况。护士指给我们一个隔离室。

我们把担架推到医院后面。接下来，我们需要进行最后一次转移——将病人从担架转移到床上。她又不高兴了，哭了起来。我把手伸到她的腋下，但她不喜欢这样，一点也不喜欢。她想搂住我的脖子，她举起双臂，好像要拥抱我。

内森摇了摇头，警告地说："珍。"

我没有理会他。

病人伸出胳膊，搂住我的脖子，把我的脸拉到她的脸旁，我们的额头几乎碰到了一起。

"我儿子就是这样搬动我的，"她说，滚烫的呼吸冲刷着我的脸，"他会抱我。"

我们在转移病人时并不会拥抱他们。对于新冠病毒肺炎患者，如果没有护目镜和防护服，我们就不应该靠近或接触他们。

但我该怎么办呢？告诉这个身患晚期癌症、高血压，忍受着巨大痛苦的垂死妇女，因为发烧，她需要接受新冠病毒肺炎隔离，现在只能独自待在医院里，而且可能再也无法离开，她不能抱我吗？告诉她不能用她的手臂搂着我的脖子，用她的额头触碰我的额头吗？

不，我不能这样做。我让她想怎么拥抱就怎么拥抱我。内森叹了口气，看向别处。

过了一会儿，我把她紧握的双手从我的脖子上拉下来，说："为了在不伤害你的情况下把你移过去，我们必须把手臂放在你的腋下，像这样移动你，但我们的动作会又快又平稳。"

"我可以尖叫吗？"她问。她的声音发颤，眼泪顺着脸颊滑落。

"当然可以，你想叫多大声就叫多大声。我们不会伤害你的，我保证。"

我们数到3，把她移了过去，她一声没吭。她停顿了几秒钟，然后抬头看着我，一脸感激地说："你们应该教我儿子这样搬动我，这比他的办法还要好。"

我爱她，我喜欢这次紧急呼叫的每一分钟，真是棒极了。也许这就是他们把做第一急救员称为一种使命的原因，因为神圣的使命是从一个呼叫开始的。

在我们离开医院后，内森用那句白人女士的话来嘲笑我，"珍，你是个美国公务员，给我系鞋带！把我的靴子弄干净！给我指路！"

是的，我是，但对这些我什么都不愿意做。

那天晚上剩下的时间，街上的气氛有点紧张。

我们开车经过巴克莱中心去处理一个情绪抑郁患者的任务，由于抗议活动，我们在前往任务地点的途中遇到了麻烦。罗伯特发短信告诉我们，让我们避开巴克莱中心。警方已经要求进行三级动员，将所有救援单位派往布鲁克林，这是个问题，因为曼哈顿也要求进行三级动员，增加救援单位，以应对正在发生的暴力行为：火灾、商店被闯入和捣毁。

一名在公园坡做志愿者的医院护理人员给我们发短信，告诉我们不要在第四大道转弯，因为警察正在接收"航空邮件"，各种物体满天飞。据报道，救护车也再次遭到袭击。内森避开了那条街，开车去哈根达斯给我们买奶昔。

做决定不是内森的强项。在店里，我点了一杯饼干加奶油的奶昔，而他则盯着菜单斟酌再三。柜台后面的女人一做完我的奶昔，内森就决定他要一份一模一样的。

典型的做法，内森的招牌动作。

我还没来得及喝完奶昔，我们就接到了另一个任务，这次是去大西洋大道上的一个男子收容所。

我们又一次遇到了麻烦，因为半数的街道都设置了路障，或者挤满了防暴警察和抗议者。等到达收容所，我们发现这次的任务是代号93——"拒绝一切帮助"。一个男人的脸被另一个家伙打了一拳，但他不想去医院，因为他有哮喘和慢阻肺（COPD），害怕会感染上新冠病毒肺炎。

等我们完成任务回到救护车上，贝克主任发来短信。

"医院外发生大规模爆炸骚乱，请不要将病人送往布鲁克林医院。"

我把这个消息转告给了内森，因为他几乎不看短信。对于针对第一急救员的暴力行为，他的看法是："他们在7点整为我们鼓掌，在7:01向我们扔瓶子"。

在开车回去的路上，我们不小心撞上了巴克莱中心外的抗议活动，因为我们试图转弯的其他街道都设置了路障。我没有看到任何正在进行的暴力活动，大部分表情无聊的警察穿着防暴装备站在街上，还有成群戴着口罩的和平抗议者。

内森看到他最喜欢的两个红发医院护理人员站在他们停放在大西洋大道上的救护车外面。他们戴着安全帽、护目镜和口罩，在抗议现场待命。他们看上去很滑稽，全副武装到眼球，就像战场上的军医。

内森在绿灯前停下来与他们交谈，他因在绿灯前停车而闻名。护理人员已经在那里站了几个小时了，到目前为止，他们的夜晚波澜不惊。

"我们收到了许多PD-13任务。"我对他们说。

其中一人说："是啊，但全是瞎扯。"

那个晚上，我们的最后一个任务是一份街头工作，而且令人异常难过。

我们接到的呼叫是一位病人。等我们抵达现场，却发现等待我们的是一名无家可归的26岁黑人孕妇，她说她觉得不舒服。在救护车上，我们和她聊了很久。她不知道自己怀孕多久了，她担心自己得了艾滋病，她说她之所以觉得不舒服，应该是那天晚上的早些时候，她吸食了海洛因。

内森温和地说："你知道这对宝宝不好吧。"

我说："内森，我们走吧。"

他点点头，进了前面的驾驶室。

在救护车的后面，病人明显很兴奋。她有个5岁的女儿在寄养中心，而她本人则不时地进出收容所，但最近她住在大街上，睡在朋友的车里。她正在考虑成为一名素食者，这样她就不会再吸毒了。

这让我想起了我酗酒时的逻辑：也许等我搬到纽约，我就会停止喝酒；如果我只喝啤酒，不喝伏特加，我应该就没什么问题；如果我可以30天不喝酒，那就说明我没事了；要是我能减量，要是我只在周末喝酒，只要我不在白天或者不在家里喝酒，那我就没事，那我就绝对不是酒鬼——我就是个正常人。

我也曾一度成为素食主义者。现在，这可能是一个真正的冲击，但事实证明素食主义并不能阻止酗酒或者吸毒成瘾。

在救护车上，病人感到反胃想吐。我递给她一个呕吐袋，她静静地吐了起来，而内森则颠簸着把我们载到一家外面没有爆炸物的医院。

在医院里，我让内森去找一个新的呕吐袋，他照做了。当我们为病人分诊时，护士问她为什么来医院。

"我觉得不舒服。"病人说。

我为护士提供了更多的信息，"她怀孕了，但她不知道自己怀孕了多久，今天晚上她吸食了海洛因，然后她觉得不舒服；她在救护车上吐得很厉害。这是她第二次怀孕。没有服药，没有过敏。她在收容所不时进出，目前露宿街头。"

护士说："啊，明白了。"

其实，事情的来龙去脉是很难讲清楚的，因为有时这很羞耻，但你必须不作任何修饰地说出来。否则，没人能帮你。

在回基地的路上，内森避开了有抗议活动的大西洋大道，设法找到了一条通往东方公园道的开放街道。我对他说，他不该和病人说海洛因对婴儿有害。吸毒不是一个道德问题，而是一种疾病，一种病态。他不知道我曾戒过酒，街上的人都不知道，我的搭档只知道我不喝酒。

我猜他们现在知道了。

"好吧，"内森说，"我明白，你是对的。但珍，"他说，斜眼看着我，"记住，给我指路！"他一边说，一边笑得浑身发抖。"回答我的问题！我想问什么就问什么——你可是位公仆！"

第四章
坚韧不拔

19 疫情诞生日

如果说春天街头的"主菜"是新冠病毒肺炎疫情，那么到了 6 月份，病毒就被大量的抗议活动取代了，其中许多抗议活动在夜幕降临时升级为骚乱。关于历史上大流行病与大规模示威活动之间的联系，我将留给医学人类学家去书写。

但简而言之，对于这场灾难的剖析，就冠状病毒和抗议活动而言，世界各地成千上万的人走上街头，寻求正义。是从哪里寻求正义呢？在美国，是从系统性的种族主义和警察暴力中寻求；在法国，是从系统性的种族主义和警察暴力中寻求；在爱尔兰、意大利、西班牙、匈牙利和英国，还是从系统性的种族主义和警察暴力中寻求。

这里列出的这些数字只是小儿科。截至 6 月 1 日，自疫情暴发以来，美国已有 98536 人死于新冠病毒肺炎——这一数据还不包括非医院死亡病例。即使是涵盖居家疑似新冠病毒肺炎死亡人数的死亡率数据也被认为不足以反映疫情的严重程度，因为它没有考虑到第一急救员发现的 DOA。

与此同时，媒体发布的故事、图片和视频记录了抗议者和警察之间爆发的美国骚乱。针对其他第一急救员的暴力事件则被漏报了。

当急救员和护理人员仍在抗击新冠病毒、处理不断冒出的抗议活动时，我们中的许多人再次回到原来的隐身状态，被掌声和喝彩围绕的日子已经一去不复返，现在上演的是警察和抗议者的冲突之夜。在街上，我们被卷入这些事件，履行我们的职责，治疗各方的受伤者。有时，急救员、护理人员和消防员因为提供急救服务而受到攻击，只因为他们穿了制服。

在布朗克斯区，人们向"云梯 37 号"投掷砖块，打碎了消防车的窗户，而当时消防员正在救火。在亚特兰大，当消防员正在扑灭一家餐馆的大火时，人群打破了消防设备的窗户。克利夫兰的"云梯 23 号"在前往火场的途中被投射物击中，因窗户被打碎而无法提供服务。

人们朝夏洛特市的消防员投掷石块，当时他们正在试图进行密闭空间救援，救治一名跌入人行道炉栅的受伤抗议者。在奥斯汀市，人们放火，然后在救援人员试图灭火时，向消防车底投掷鞭炮。在罗切斯特市，一名消防员在接近火灾现场时遭到袭击。在加利福尼亚州拉梅萨的中心地区，消防和救援车辆被纵火焚烧。在大急流城，人群将鞭炮或类似的爆炸物扔向一名正在处理垃圾箱起火的消防员，消防员被撞倒在地，被看到因害怕突然抓住耳朵。

急救工作在示威活动中确实是不同的。由于大多数急救员和护理人员工作时都没有携带武器或是采取任何保护措施，因此有时这种任务比第一急救员的其他任务要更加危险。救援人员接受过应对恐怖袭击、大规模枪击等事件的快速护理和救援训练，而大部分急救员和护理人员不会日常穿着或甚至压根儿没配备防弹背心，尽管在城市环境中，我们经常应对病人携带枪支和其他武器的紧急情况，毕竟纽约这个城市刀具泛滥。

在这些艰难挣扎的夜晚，急救员和护理人员也受到了攻击和针对。在纽约市的一次示威活动中，人们向一辆消防局的救护车投掷砖头，导致救护车背部凹陷。丹佛卫生局的辅助医疗部门报告说，在示威期间，救护车、急救员和护理人员在试图治疗受伤的抗议者时遭到了多次攻击。在克利夫兰，一群人包围了一辆急救车，用多种物品砸车，并在急救主管试图接近一名病人时，其中一个人跳上了车顶。

暴力是双向流动的。

全国范围内的警察对街头医护人员就造成了一些身体上的伤害。街头医护人员是个宽泛的说法，用来指代培训水平不一的在街头从事相关医务工作的人，或者仅仅是受过急救培训的普通人。一名海军陆战队退伍老兵在布鲁克林金斯县新冠病毒肺炎疫情暴发期间，将数百具尸体塞进用于存放尸体的冷藏卡车，却在一个周六的晚上（尽管佩戴了医院证件），遭到了纽约警察局警察的殴打。在另一个例子中，一名纽约警察局的白人男性上司在一次抗议活动中，将一名头盔上印着红十字徽章的白人男性街头护理人员按倒在地，用膝盖顶住他的背，威胁要把他淹死在他带来的牛奶里，这些牛奶是用来治疗那些被催泪瓦斯袭击的抗议者的。"我是个医生！我是个医生！"他在录下来的被攻击视频中尖叫。

市长给出的警察"绝大多数行为都是合宜的"说法简直是自欺欺人——抗议者也可以说他们的行为"绝大多数是平和的"。

我们本应作为一个相互连接、互相打气的大家庭——消防员、医疗人员和警察，共同应对街上的紧急情况，许多前线人员在抗议活动中表达了团结，而其他人则指责警察是种族主义的闪电。

我们这个大家庭中警察与非警察双方的对立情绪越发高涨。

白人男性消防员在社交媒体上说："感谢我们的蓝衣兄弟（和姐妹）整晚都在保护我们。"

黑人急救员则表示："他们不停地杀害我们，伙计。这种行为究竟要到什么时候才会停止？"

波多黎各消防员发布了一张照片，照片上是"黑人的命也是命"（Black Lives Matter，简称 BLM）运动中用醒目的黄色字体在布鲁克林街头喷绘的马丁·路德·金的一句话："做正确的事，任何时候都是最佳时机。"

史诺普·道格发了一个模因，上面写着：从来没人写过一首名为"去他的消防局"的歌。我觉得这相当有意思，同时也相当无知（对不起，史诺普，我喜欢你的音乐）。黑人消防员不得不通过诉讼才能进入纽约消防局，这与纽约警察局和急救中心不同，虽然这两个机构依然是以白人男性为主，却有惊人的人种多样性。

纽约消防局的消防部门是纽约公务员部门中最缺乏多样性的部门，与该市的人口结构严重脱节。据媒体报道，消防部门 70% 的员工是白人，黑人只占 8%。纽约消防局的多样性全归功于其薪酬微薄、价值被贬低的第一急救员和护理人员，他们大部分是女性和有色人种。许多男性急救人员通过急救中心加入该部门，这样他们就能够晋升为消防员，因而造成了急救中心工作人员的持续短缺。

纽约消防局内部代表黑人、棕色人种、亚裔和女性消防员的几个协会积极参加了"黑人的命也是命"抗议活动。"在过去的 50 年里，黑人男女消防员和护理人员一直在忍受和反抗制度化的政府系统，这些系统在全国的消防部门制造了种族主义、歧视、骚扰、敌对的工作环境或报复行为。"2020 年 6 月 7 日，国际黑人职业消防员协会东北区主任加里·廷尼对《每日新闻》说，"我们的工作仍在继续。"

白人至上主义在纽约消防局依然盛行，如果你不相信我，那就去问问纽约市的黑人消防员吧——如果你能找到的话。

我们是在同舟共济吗？

在经过几个充满暴力和火海的夜晚之后，纽约"被洗劫一空"。詹姆斯·鲍德温会问谁是洗劫者，并指出几个世纪以来，美国一直在掠夺黑人的金钱、工作、尊严、尊重和人性。市长宣布在全市范围内实行宵禁，试图遏制社会动荡。

6月初，本州的政客们引导人们进行抗议，否则封锁的纽约市就会谨慎地重新开放。他们称这是一个"胜利"的时刻，祝贺纽约人在抗击新冠病毒肺炎疫情方面取得了胜利，表现得"聪明非凡"。

但在街上，我并没有胜利的感觉。

一天晚上，我和奥斯汀坐在救护车上，一辆皮卡轰鸣而过，两面巨大的邦联旗帜在风中飘扬。我在纽约生活了20多年，还从没见过邦联旗帜。这些人是本地人吗？那年6月，在抗议活动期间，我看到大量来自乔治亚州、北卡罗来纳州和南卡罗来纳州的外地车牌在城市里飞驰。我的感觉是：纽约人和白人另类右翼成员混在一起，这些人来这里是为了参加"黑人的命也是命"运动，上演孩子们所说的"戏剧"。

至于纽约人的"聪明"，我并不是在6月才第一次观察到。

一天晚上，我和奥斯汀在皇后区待命——一名志愿急救主任的儿子即将从中学毕业，主任希望能有一支救护车队在街区呼啸而过。作为第一急救员，我们经常为其他机构和社区做这类活动，葬礼、毕业典礼、募捐活动，还有触摸救护车活动，我们会带孩子们参观救护车，向他们介绍医疗设备，这样在发生紧急情况时他们就不会害怕了。主任的儿子显然经历了艰难的一年，需要大场面来兴奋一下。

"你知道还有谁今年过得很艰难吗？"奥斯汀边说边开车带我们去皇后区，高速公路上交通堵塞。

"每个人，"我说，"今年每个人都过得很艰难。"

我们把车停在学校门口，与其他六七辆救护车停在一起。我们向急救主任打招呼，他是一名高大、开朗的白人男子，我猜他有50多岁，握手非常有力。他很感谢我们大老远从布鲁克林赶来。

我们告诉他，我们也很高兴能提供帮助，为孩子们做什么都可以。我为孩子们感到难过，他们被关在家里很长时间，长达数月没有接触过外界，更为他们被困的父母感到难过。

在等待庆祝活动的时候，我从背包里拿出一把剪刀递给奥斯汀，让她帮我修一下头发，确保它们是整整齐齐的。我和许多被隔离的纽约人一样，都是自己给自己剪头发。这不是我做过的最好的决定，但是和坚持在街上工作相比，这也不是最糟糕的。

"'老婆'，你的头发看起来很整齐！"奥斯汀说着剪下一缕头发，"你手艺不错！"

我没有她说的那么优秀，但也没有那么糟糕。而且，谁会在乎我是什么发型呢？我已经9个月没有约会了。奥斯汀告诉我，她喜欢我穿在制服里面的T恤，T恤上写着：别叫了，我也很害怕！

半个小时后，我们闪亮登场，组成救护车队伍绕学校跑。绿树成荫的街区分布着漂亮的、有栅栏的房子，这就是纽约的皇后区。

令我惊讶的是，很多人从家里走了出来，吹着口哨，为我们鼓掌。看到和听到人们的赞美，我感到很振奋，这让我很震惊，也非常感动，奥斯汀也是如此。我突然意识到，在过去的几个月里，我们经历了很多可怕的事情。由于世界的混乱，被如此迅速地遗忘和抛弃真的很让人泄气。而这些人，这些住在皇后区的家庭，走出家门，只是为了向我们挥手和欢呼，这太让人动容，我说不出来它有什么特别的，但明白这是最好的方式，我的心中充满了感激。

现在回想起来，我终于明白为什么当我告诉那个住房警察，他给我们枪击受害者的止血做得很好、救了那个人的命的时候，他会那么感激我了。因为从来没有人感谢过他，从来没有人对他说过"谢谢"这样简单而善良的话。

帮助那个经历了艰难时光的中学生，就是在帮助我自己。我按了按空气喇叭，奥斯汀笑了。

"'老婆'，你真是超爱按空气喇叭。"

"老婆"确实喜欢，我就是为了按空气喇叭才干这行的。

但很快，这种展现"胜利"和"纽约的聪明"的大好局面就结束了。

之后回到布鲁克林，我和奥斯汀转过街角准备返回基地时，看到我们的街区挤满了并排停放的汽车，其中许多是豪车。穿着商务礼服的富裕白人夫妇、穿着及膝裙的女人和打扮光鲜的男人，朝着一栋位于拐角处的大楼走去。那栋楼的顶层窗户沐浴在紫色的光线中，飘浮在外面的烟雾似乎来自烟雾机，还伴随着震耳欲聋的迪斯科音乐。

呃，这是什么情况？在开派对？在隔离期间？还是在室内？请告诉我这不是真的。

在我们的车库前，我们很不高兴地发现一辆车停在一个"禁止停车，仅限救护车停放"的标示牌下面，这种情况经常发生。据说，房东不让我们把车库或人行道涂成红色，以表明这是一条活动车道。

通常，在发生这种情况的时候，我们会在周围等上一段时间，希望非法停车的人能够出现。我们仔细检查了整个街区，不管是谁，只要看到了，就问他这辆车是不是他的。如果还是不行，我们就打电话给附近的警察局，或者给认识的警察发短信，请他们派人来开罚单。必须开完罚单，我们才能进入下一个步骤，叫拖车。通常，这种烦琐的工作要花上几个小时。现在，由于警察都忙着处理抗议活动，可能得花上大半个晚上。

堵在我们车库前的不是普通的车，而是一辆没有牌照的宝马车。没有牌照通常意味着司机不怀好意。

我走到街角的餐馆，问坐在里面的店主，他们或他们的顾客是否不小心堵住了我们的车库？店主是一对夫妇，他们说他们今晚也遇到了同样的问题，在街区的另一头正在举行一个派对。在这个"胜利"的时刻，纽约市仍然处于隔离状态，10人或以上的聚会被禁止时，竟然有人开派对。纽约人确实"聪明"，一点没错。

回到车库后，我向奥斯汀转达了这个消息，然后我们一起拖着沉重的步伐走过街区，朝着迪斯科音乐和假烟走去。我们只想回家。

当我们走到街角时，一个留着山羊胡的白人坐在他那栋楼的门廊上看着我们说："噢，谢天谢地你们终于来了！"

"我们不是警察。"我沮丧地说。

在前线，人们常常误以为我们是警察，在这些动荡的日子里，这比平时更危险。我们走到守门的保安面前，他是一个肌肉发达的家伙。

我说："嗨，先生。这里正在开派对吗？"

他耸了耸肩。"我对任何派对都一无所知。"

"有意思，因为这里看起来确实在开派对。"

"我什么都不知道。"他笑着说。他握着一个小手电筒，就是那种可以用来查看驾照年龄的手电筒。这个保安很可爱，他有一种俏皮的、孩子气的举止，脸上还有酒窝。我真想给他一巴掌。越来越多的夫妇漫步走向没有举行派对的大楼。

"事情是这样的，"我对保安说，"一辆没有车牌的宝马车挡住了我们的车库，所以我们不能停放救护车，因而我们要把它拖走。而我的猜测是，不管是谁拥有这辆漂亮的无牌豪车，都可能在楼上参加这个你一无所知的派对，所以我们只想给你一个机会，让他们在我们把车拖走之前下来把车挪走。"

就在这时，另一个保安探出他的秃头，开始用手持式无线电发送消息。"我认为它属于楼上的某个人。"

"这也是我们的猜测，他们有10分钟的时间来把车开走。"我说。现在，我觉得自己像个警察，我表现得像个警察。

我们离开的时候，门廊上那个留着山羊胡的家伙说："他们这样做是合法的吗？在现在这个时候开派对？"

"不合法。"我脚步不停。

"老天，这也太胡闹了！我要报警！"

"你可以报警，"我说，"但他们此刻应该有点忙。"

"我不在乎！我现在就要打911！"

我也不在乎，我已经身心交瘁，苦不堪言。在车库外面，我和奥斯汀站在人行道上，想到我们死去的病人，想到那些不戴口罩、没有隔离的州的新冠病毒肺炎疫情日渐恶化，只能摇头叹息，继续等待那个开宝马的派对常客出现并移动他的车，这样我们就可以停车回家了。

大约10分钟后，一个身材瘦小的白人男子从街上冲了过来，他穿着一件整洁的蓝色礼服衬衫和休闲裤。

"抱歉，真是太抱歉了！"他一边说，一边翻找着口袋。

我走向那辆车。"这是你的宝马吗？怎么没有车牌？"

他从口袋里掏出钥匙，在空中晃了晃："不，这不是我的。我也不知道是谁的，但我有钥匙。"

这就是纽约人，那么坚强、聪明，又那么富有合作精神。

多么伟大的胜利时刻。

在他疾驰而去后，奥斯汀抬头看着我说："这就是那种让你讨厌别人的事情。"

"是啊,"我踢着路边说,"我们都会死的。"

两天后,在施行了78天居家隔离令和达到除6个国家外的最高死亡人数之后,纽约市进入预定重新开放的第一阶段。只需要再熬过几天的隔离期,我们就可以小规模、戴着口罩、保持社交距离地在外面聚会了。他们说,新冠肺炎的死亡人数下降了。

但确实如此吗?谁去统计了?

下了救护车,生活也没有像在里斯海滩上那般简单。每次我和菲丽丝或纳塔莉交谈,和我的朋友——无论是黑人、棕色人种,还是白人,同性恋还是异性恋交谈,他们都告诉我,他们一直在哭泣,为这个世界的现状感到心碎,并且烦恼于自己没有尽力去帮助别人,而新冠病毒肺炎疫情与种族主义的存在是无情的、无休止的。我也有这种感觉,我感到十分沮丧。

菲丽丝和纳塔莉的生日在6月,这些棘手的双子座,我提出要给他们做生日蛋糕。街头甜品已经关门大吉了,我心爱的联合创始人兼合伙人尼娜,仍然被困在家里,痛苦不堪。但我可以烘焙,用生日蛋糕来反抗种族主义,这就是我的提议。不知道为什么没有更多的人想到这个系统性变革的解决方案。

菲丽丝不想要我的自制蛋糕。"但我喜欢卡维尔的冰激凌蛋糕,"她说,"上面是香草,下面是巧克力,还有一层饼皮的那种。"

"可以。"

"真的吗,姐妹?你会给我买我最喜欢的蛋糕?"

"你在开玩笑吗?为了我姐妹的生日?在这场疫情中?在每个人都死于新冠病毒肺炎、一个警察刚刚勒死一个黑人男子8分钟的这个时候?当然!我会给你买那个商店出售的廉价蛋糕,而且我还会为你送货上门。"

菲丽丝哭了,然后说:"姐妹,我太激动了,我喜欢那个蛋糕。我们还能趁这个机会见个面,我已经好几个月没有见到你了。要是没有你,我都不知道该怎么熬过这些天,你就是我的逃生通道。"

我向她表示感谢,并告诉她,她也是我的逃生通道。我和菲丽丝最近听了一个动听的播客,作者是我们最喜欢的作家之一,一位名叫王鸥行的诗人和小说家。他在博客中谈到问"你好吗"这个问题已经变得毫无意义，因为人们不会告诉你他们的真实感受。痛苦的人们需要的是一个情感上的逃生通道，一个他们可以坦诚倾诉的人，一个会倾听并把他们从废墟中拉出来的人。

没有菲丽丝，我真不知道该怎么熬过这一切。同样的还有伊尔法，她陪我熬过了疫情、那个夏天和"9·11"事件。她也陪着迈克熬过了这一切，他正在努力活下来。

纳塔莉也不想要我的自制蛋糕，她想要我的咸蜂蜜派。它在我的朋友圈里相当受欢迎。莱克西用它给自己取了个绰号，称自己为咸蜂蜜。我告诉纳塔莉，等我给菲丽丝送完蛋糕后，我会为她烤那个派，还会送货上门。我已经有几个月没有见到我的非制服朋友了，我非常想念他们。

我的几十个黑人朋友现在正面临我在新冠病毒肺炎疫情期间被迫面对的同样遭遇：他们的手机遭到了"狂轰乱炸"。突然间，他们有点交集的每一个白人，现在都被迫意识到黑人已经忍受了400年的无情折磨，开始不停地给他们打电话，向他们问好，说着"我看到你了"之类的话。

我为他们感到难过。我告诉他们，在医疗英雄成为热门话题、每个人都发现了急救人员的存在时，屏蔽人们对我帮助很大。我担心美国白人会忘记并抛弃黑人及其痛苦，然后迅速转向另一个热点事件，因为总统大选即将到来。

大约在这个时候，我看了喜剧演员大卫·查普尔的《8分46秒》，其中他讨论了乔治·弗洛伊德被杀等问题。他以一句"白人女性应该闭嘴"结束了节目，所以我也这么做了。

我给菲丽丝打电话说："我打算采纳大卫·查普尔的建议，闭上我的臭嘴。"

她说："嗯，这个立场很坚定。"

至于警察是怎么想的，人们总是打电话问我，就好像我是警察肚子里的蛔虫一样。此时，街上警察的上班模式改成了12小时轮班制。

那年6月，我和拉里或尼克的关系并不好，他们进入了我只能形容为"警察模式"的状态。

警察内部出现了名为"大发特发邮件"的名单，这份名单里有尼克。他利用这个机会发出了许多电子邮件，其中大部分邮件都包含他知道会与我所相信的一切截然相反的文章，但他对此不屑一顾。就历史时刻而言，新冠病毒肺炎疫情已经结束，警察事务占据了主导地位。

其中一封邮件里有个链接，链接指向《华尔街日报》一篇名为《警察系统性种族歧视的神话》的专栏文章。所以这就是他的立场。这篇文章由一位世俗的保守派评论员撰写，这位白人妇女在疫情期间公开阐述了她的立场，声称新冠病毒并不比流感更致命，还称就地避难令是"无节制的恐慌"。

近距离目睹过垂死挣扎的新冠病毒肺炎患者喘着粗气，聆听过已交往20年的黑人朋友的故事、看过他们的眼泪，尼克的电子邮件让我感到愤怒和绝望，我甚至不能在收件箱里看到他的信息。我删除了它们，将它们标记为垃圾邮件。

拉里的肺尚未从新冠病毒肺炎中康复，所以他在辖区内被限制值班。他发的短信，大多数时候都是各种他希望我反对的关于警察改革的参议院法案的链接。"投反对票，把它传下去！"他不认为所有的警察都应该因为"明尼苏达州那个混蛋警察的恶心行为"而受到惩罚。

在收到6条与参议院有关的短信后，我告诉他不要再给我发警察改革法案了。我提醒他，迈克生病了，我爱的人大批死亡，整个世界在燃烧，我已经心力交瘁。然后我问他感觉如何。

在危机中，思想就像心脏骤停病人体内的肋骨，你必须压断它们才能触及心脏。

"不要告诉我你在想什么，"我告诉拉里，"告诉我你的感受。"

"我根本睡不着，"他说，"我的焦虑程度已经达到了顶点。我已经两个星期没有见过我的家人了，因为我们要按规定进行12小时的轮班。我只能在早上回家时和晚上倒在床上之前短暂地见一下他们，然后又回到这个地狱。我很抱歉没有去看你，我知道你也在前线，我也知道我们在政治上有分歧。但请记住，我爱你，我也很担心你，我无时无刻不在想你，我也知道我们这几个月在街上都经历了地狱般的生活。我不是这个世界上情感最丰富的人，但我正在努力。关于迈克的事，我很遗憾，可怜的家伙已经与这种不公平的疾病斗争了很长时间，我会为他祈祷。我的祈祷与你同在，为你们的力量和坚韧不拔祈祷。"

坚韧不拔。我喜欢这个词。

6月的一个下午，我突然听到拉斐尔的消息，他是我几年前约会过的警探。疫情就是这样，将你所有的前任都带回来了，一个由悲伤的长号组成的军乐队。

"好吧，好吧，好吧，"他打来电话时我说，"你是最后一个回来的前任。"

他笑着说："这才不是我打电话的原因。"

噢，是吗？

拉斐尔有件私事想谈一谈。他还想知道街上的情况，因为他受伤了，已经停职6个多月了。真奇怪，在我还是个普通人的时候，是他帮我"走上街头"的。而现在我在街上，他却在家里。我给他讲了一个漫长而悲伤的故事。

"我的一个同事说这比'9·11'事件还糟糕。"他说。

"是的，确实如此。警察被所有的 DOA 困住了，成千上万具尸体。他们都在做噩梦，他们都会退职的。"

我们聊了很久，争吵了很久，都是关于种族歧视和警务工作。拉斐尔从不曾否认过种族歧视的存在，或者种族歧视警务工作的存在，他知道这两者的存在，他亲身经历过。

"你以为我在走进拉夫·劳伦店里时，人们不会用奇怪的眼神看我吗？"他说。他在一个西班牙裔社区长大，那里的警察大多是白人。"你以为在我小时候，警察没有拦住我，摇晃我的蛋蛋，对我进行搜身寻找毒品吗？"

与此同时，拉斐尔说，他认为"黑人的命也是命"运动是城里最大的骗局，只填满了白人政客和民主党人的口袋，对黑人，特别是穷苦的黑人没有任何帮助。他还认为，他之所以会成为一名警探，而没有像其他的同龄人一样吸毒，是因为他的家人。他的家人教导他要尊重警察，于是他就这样做了。

我不同意他的两个观点，我们来回讨论了一会儿。我抨击了他对于特朗普的看法，抱怨处理被他极力贬低并当作骗局兜售的大规模伤亡事件时的感觉，抱怨自己对因患过癌症这一"既往病史"而无法获取医保的感受，抱怨我并没有如他一样出身于一个优越的家庭，抨击了他所用的尊重论点，其逻辑就和"如果你没有穿那么短的裙子，你就不会被强奸"这种伤害强奸受害者的话一模一样，是受害者有罪论。

然后我们达成了一些令我吃惊的共识。

例如，全民医保。我们都赞同这是人道的，也是必要的。还有高等教育应该是免费的，人们不该为了一个英语学位而背负8万美元的债务从大学毕业。警察不该浪费时间去骚扰年轻的黑人孩子，就因为他们干了逃票、抽大麻、在人行道上骑自行车等这些蠢事。你不能假装残暴的警察不存在，或者说他们只是害群之马。我们都知道这个果园里有许多坏苹果，但没人对此采取任何措施。没人想成为两面三刀的小人，而当那些疯狂杀人的家伙登上头条新闻时，没有人会觉得惊讶。

"8分钟。"拉斐尔厌恶地说。

我爱他，拉斐尔。我不记得在我们挂电话时我有没有说这句话，或者曾经说过，但那就是我的感受。约会的时候，我们从没爱上过对方，我觉得他的政治观点危险而令人厌恶，他同样觉得我的愚蠢而令人反感。但我们尊重、重视和信任彼此，在这个意义上，作为第一急救员和在街上工作的人，我爱他是肯定的。

整个6月，我、伊尔法每天都和迈克联系。他的嘴现在因为化疗而满是溃疡，肿瘤侵袭了他的脊柱，令他痛苦不堪，也影响了他的睡眠和行走能力。他遭受的痛苦足以住院了，但他绝不会主动住院。"如果我去急诊室，那从进去的那一刻开始，我就将接受姑息治疗，"一天晚上他在Zoom上对我们说，"我还没到那个地步。"

我们的处境如此艰难，我和伊尔法试图从远处支持他，却无法陪他去看医生或给他一个实打实的拥抱。听到他如此痛苦，我的日子变得很难过。

夜间绽放的烟火令人难以入睡。我在房地产网站上逛了几个小时，看着远处我买不起的房子，梦想着我可能搬去的地方：佛蒙特州？新罕布什尔州？缅因州？但我在这些州都没有认识的人。

菲丽丝也在网站上闲逛。我们考虑过离开纽约，不过菲丽丝拒绝了上述地理建议。"我不想成为镇上唯一的黑人。"她说。她应该搬到南部,去新奥尔良?纳什维尔?找个温暖又有音乐的地方?还是迁居国外,去一个以黑人为主的岛屿?圣卢西亚,还是马提尼克?可我们的工作还在,感谢上帝,这比许多人都要好。我们开玩笑说,我们可以来一次《末路狂花》式的探险旅行,看看我们在现实生活中有什么选择,只是最后我们可能不会把车开下悬崖。

那个夏天的新闻太可怕了,社交媒体上也是如此。我受不了了,汤米也是。

"我没有全部的答案,"他说,"绝对没有。我是真的在努力了解真相,但至少我知道,这个事情比新闻报道的要复杂。福克斯新闻(Fox News):所有的警察都是完美的英雄。美国有线电视新闻网(CNN):所有的警察都是种族主义者、白人杀手。这种情况一直在持续,这就是该死的菜单,你今晚想吃什么,愤怒还是恐惧?噢,愤怒吗?那可以看美国有线电视新闻网,祝你用餐愉快。我谴责媒体煽动恐惧和仇恨。"

"我讨厌现在的媒体。"

"我也讨厌。"

"社交媒体更可恶。"

"我都把它们从我手机上卸载了。"

我也是。

在难以成眠、烟花绚烂的夜晚,我躲进了一个毫无意义的、毫无价值的电视真人秀《爱情岛》,菲丽丝也看了这个节目。它没有什么故事情节,人们穿着比基尼坐在一起约会,然后为了屏幕上一个更性感的比基尼人物而抛弃对方,这就是节目内容。我非常喜欢这个节目,感觉就像有人来做客一样。在这次疫情期间,我买了4套泳衣,可能就是因为我看了很长时间的《爱情岛》。每次菲丽丝打电话过来,我都会对她这么说:"我在澳大利亚,我在爱情岛上。"

"我也在参加《爱情岛》,"她说,"但我在英国。"

"他们说话用的那种口音,我根本听不懂。"

"我都是看字幕。"

我在街上也寻找过《爱情岛》,但不是电视真人秀节目。我寻找的是人性、团结和爱的瞬间,寻找的是那些我以前从未见过或见得不够多的东西。一天晚上,我找到了一些希望。

接下来的周日,即6月中旬,内森和我一起参加了第三轮轮班。在去基地的路上,我驱车经过布鲁克林博物馆外一场规模庞大的黑人跨性别人权抗议活动。天啊,人群真是令人印象深刻。那一年,至少有22名跨性别者仅仅因为做自己而被杀害,他们的医疗保障在"骄傲月"(pride month)[①]期间被废除。因此,尽管我花了一个多小时才到达基地,我还是认为这是值得的。

我走进员工室的时候,碰到了苏。她把健太郎送去了医院,健太郎还向她打听我的情况。"你认识珍妮弗吗?"他说。

我的"丈夫"!他还记得我!我喜欢被人记住!被遗忘和被抛弃是我最大的恐惧。当我给我所爱的第一急救员——汤米、拉里和尼克发短信时,一半的时间里我用的结语都是"别忘了我",而他们总会发誓"永远不会"。世界已经忘记了我们这些第一急救员和护理人员,但健太郎没有。

内森来到基地,他一把抓住巴里,将他拖到了外面,说他们需要谈谈。巴里是一位年轻且相对较为青涩的急救员。至于他们谈的什么,我不知道。

"珍,过来。"内森一边说,一边摆动着他的手指。

"你必须停止和新人一起值班,"内森对他说,"如果你想让珍妮弗喜欢你,你就必须停止做蠢事。我只能帮你这么多。"

我说:"我喜欢你,巴里。但谁又在乎我喜不喜欢你呢?"

内森说:"珍,他在乎的,对吧,巴里?难道你不想珍妮弗喜欢你吗?"

"想的。"巴里盯着他的靴子说。

"我喜欢每一个人。"我说,随后意识到这显然不是真的,急忙改口:"几乎是每个人。我为什么会不喜欢你?"

巴里抬起头,用受伤的声音怯生生地说:"你在免提上叫我混蛋。"

我咂了咂牙。哎呀,我隐约想起了那件事。一个多月前,巴里响应了

[①] 这里是指全球性少数群体在每年的6月举行一系列游行庆典,借此提倡社会对其关注。

我们的一个任务，那是一起交通事故，他可真够笨的。我们是一个团队，并没有呼叫另一个单位。

"你做的事很混蛋，"我说，"但你不是混蛋。"

我喜欢巴里。他很年轻，喜欢在救护车上工作和学习。你还想要什么样的急救员呢？内森捏了捏巴里的肩膀，然后我们就分开，开始我们的轮班了。我打电话给调度中心，他们告诉我们，我们所在地区的一家医院正在进行分流。

"为什么？"我问。有时，有一两家医院会因某种特定的呼叫类型而被占用。几乎总是这样，99%的情况都是，医院会转移成人情绪抑郁患者或儿科情绪抑郁患者，正如我之前提到的，那些急诊室没有能力处理的病人（坦白讲，是他们不想处理的病人）。那天晚上，调度员说有一家医院不接收任何病人，因为周围有抗议者。那是一家安全网医院，只治疗被新冠病毒肺炎疫情吞噬的最穷、最黑、最棕、最老的纽约人。而现在，由于抗议活动，这些病人无法在那里得到治疗。这让我很不安。

在我们值班的几个小时里，我注意到内森的话很少，他看起来情绪低落。我问他是否一切都好，他说他很好，只是累了，而且他想要一次认真的任务。

我不在乎会接到什么任务，我只想工作。我坐立不安，而且我在开车。这一次，内森让我开车。

某个时刻，他的护理人员朋友给他发了一段视频，他也给我看了，视频中有抗议者向警车投掷垃圾桶和瓶子，砸碎了车窗，在警察倒车后逃走了。现场看起来混乱又暴力，并不是"基本上是平和的"。社交媒体上流传着大量反面视频，展示了警察攻击抗议者的情况。

那天晚上晚些时候，救护车上的情况有了显著的改善，不仅如此，我还找到了第一急救员的宝藏。

2:20，无线电发来一个确认的心脏骤停任务。调度员还没来得及将完整的地址发给我们，内森就对无线电说，我们已经收到命令，正赶往任务地点。

"我们走，我们走，我们走！"他说，"珍！你的第一个心脏骤停任务来了!"

终于来了!祝我"生日快乐"!我是金牛座,我的生日不在6月,但今晚就是我的"出生日"!

心脏骤停发生在红钩区的公房区。我边开车边问内森各种问题:"你想让我做胸部按压还是输氧?我应该拿着铲子和担架吗?还有多少个单位会在那里?"

"珍,放松点。别再问我这么多问题了,专心开车,再开快点。你在减速,你现在的车速才每小时5英里(约8千米)吧。"

是吗?我不再说话,专心开车。这很难,我一紧张就会说个不停。一旦我变得焦虑,就会滔滔不绝。我的心怦怦直跳,不过是好的方面,是兴奋而不是恐惧。我准备好了!渴望成为真正的紧急医疗救护技术员。3年我都没碰到过一次心脏骤停!

我们到了公房区,把车停在两辆医院救护车、一辆消防局急救中心的运动型多用途汽车和一辆消防车旁边。最后的救援者,闪亮登场。

我跳下救护车,拿起技术包。就在我关上并锁门时,我意识到我忘了拿护目镜和防护服。我完全忘记了新冠病毒肺炎!

"你穿防护服了吗?"内森小跑着离开时,我对他喊道。

"没有!给我拿一下!"

给他拿一下?我是他秘书,还是他妈啊?!要是我因为内森忘了穿防护服并把我当成他的拎包小工而错过这次心脏骤停,他就死定了。

我拿起我们需要的东西后,四处寻找我的搭档——他不知所踪了,内森不见了。嘿,他去哪儿了?我转了一圈,完全找不到他的身影。

这个混蛋!一些孩子看着我,那眼神让我觉得自己是个被遗弃的、憔悴的白人女士。我的搭档这是把我抛弃在现场了?我没有想到要往停在那里的消防车走,让那个烂在方向盘后面的司机给我指出正确的方向。我只是在公房区里迷茫地独自徘徊,向人们打招呼,直到我偶然发现一些住房警察站在一栋楼外,在那里纵情大笑。我问他们这儿是不是发生了心脏骤停紧急情况,他们点点头,把我带进2楼的一间公寓。

门是开着的,我走了进去,把鼓鼓囊囊的绿色技术包放在入口处的一张桌子上,一位银发的消防队长赞许地对我点点头。

我很喜欢这样，我喜欢这种感觉，就像我属于这里——英雄来了，大家好，晚上好，英雄来救人了。

我朝客厅里瞥了一眼，地板上躺着一个赤膊男子，一队身穿防护服、戴着口罩和手套的第一急救员正在努力工作：一个满头大汗的急救员跪在他身边，做着胸部按压，一个女急救员在给病人输氧，内森的伙伴们，那些姜黄色头发的护理人员正准备插管。内森站在救援人员中，双手叉腰，俯视着病人。瞥一眼客厅里正在进行的场景只花了一毫秒，但感觉像是看了一部时长1小时的电影。

在入口处，我打开了密封的个人防护用品包装袋。消防队长用一种男人在舞会上邀请女人跳舞的语气对我说："你需要我帮你穿上防护服吗？"

"啊，谢谢。"说着，我把胳膊塞进纸袖子里。

"我就没遇到过我不喜欢的墨菲。"

"我天生就适合在这个领域工作。"

他窃笑着站在我身后，把腰部和颈部的系带系好。我很喜欢他的帮助，太有爱了。在他为我系好防护服后，我回头看着他，小声说："这是每个女人的梦想。"

他哼了一声，大笑起来。

很快我就进了挥汗如雨的客厅，站到内森身边。我准备好了！我能感觉到我的制服被汗水浸湿，还有口罩和护目镜——好似一只湿漉漉的猫趴在我的脸上。地板上的救援人员已经换人了。现在，一名消防员正在汗流浃背地进行胸部按压。我想说的是，他的动作不太标准，他没有以急救学校教我们的"活下去"节奏那样用力或快速地按压病人的胸部，此外，他的肘部是弯曲的。我可能从来没有亲自做过心肺复苏，但我在很多假人身上练习过，所以我觉得在心里记下他的错误是应该的。

环顾周围的同事，我注意到一位急救员，一个棕色卷发的年轻女孩，正茫然地盯着病人。我知道那个表情，那种脸色，那双眼睛就像爆破的轮胎，她很震惊。这肯定是她第一次碰到心脏骤停，还可能是她上班的第一天，她成了一个硬邦邦的冰棒。我曾经就是她这副模样。

内森就是在那个时候开口的。他走上前，拍了拍正在做心肺复苏的消防员的肩膀，然后在原本寂静的房间里大声宣布了这件事。

"嘿，伙计，等你累了，换我的搭档来做胸部按压——她可以体验一下。"

我垂下眼睑，"她可以体验一下"，真是谢了你的公益广告。我发誓之后一定要对他大喊大叫。

很快，那个吃力的消防员站了起来，我跪了下来，轮到我祈祷了。

我的第一轮按压还算顺利，我需要适应一下因为我的按压，病人的肋骨在我手下断裂的感觉。

你必须压断肋骨才能触及心脏。

"珍，按得再用力点。"内森说，他是我的耻辱教授。我做了2分钟左右的心肺复苏，然后另一名急救员换了我，我为这名已经插管的病人输氧。护理人员又给病人打了一针肾上腺素。到目前为止，没有任何收获，病人依然没有恢复意识。房间里一片寂静，你能听到的只有护理人员打开药包的沙沙声，以及我们在口罩下喘气的呼呼声。

这就是在遇到严重紧急情况时我觉得最让人感动的地方，沉默。世界的喧嚣消失了，每个人都神圣地、默默地一起工作，呼吸、移动和工作，仿佛我们就是一个整体。

某一刻，有人问起病人的年龄。内森走到一个放在桌子上未开封的生日蛋糕前说，65岁。

哦，不，病人这是刚过完生日吗？

我进来的时候就看到了那个蛋糕，但没有想到会这样。65岁，还这么年轻，我希望我们的病人能够活过来。

又过了大约10分钟，再次轮到我做胸部按压。内森站在我对面，拿着一个静脉注射袋，挤压它，使药物流入病人的静脉。我的第二轮努力要好得多。

"很棒的心肺复苏！超棒的心肺复苏！"护理人员看着他们的心电图说。

"谢谢！"我没想到我第一次处理心脏骤停会得到称赞。我喜欢别人的称赞，夸我一句，我就会兴高采烈。

消防队长和消防员离开了，现场还有两名护理人员、两名第一急救员，和一名消防局的现场主管。因为现在911呼叫量比较少，急诊室没有那么忙碌，而且有护理人员可调配，所以护理人员在现场花了尽可能多的时间来抢救心脏骤停的病人。心肺复苏低存活率的统计数据对第一急救员来说并不重要，重要的是，我们要在我们人力所及的范围内竭尽所能地拯救生命。

又过了一段时间，我失去了希望，护理人员给医疗主任打电话。差不多45分钟后，他们宣布病人死亡，并写下了死亡时间。

我们所有人都站在汗流浃背的寂静中，呼吸沉重，围绕着我们无法使之起死回生的尸体。那个表情支离破碎的急救员盯着地板，她肯定是受到了精神重创，但我的情绪还算稳定。毕竟，心脏骤停病人最后还是死了，所以我和病人、病人和任何人都没有建立起一丝的情感联系。

我们4个人把尸体抬到沙发上，小心而缓慢地给它盖上一张床单，确保病人看起来有尊严。

我低下头，为病人做了一个小小的祈祷，无论他的灵魂去了哪里。

我们静静地收拾东西，一言不发，然后低着头，悄无声息地走了出去。在我们离开的时候，警察进来看守尸体。

室外，夜晚的空气凉爽而壮观。我们所有人都扯下口罩和护目镜，把防护服和手套扔进一个红色的大袋子里。我揉了揉眼睛，因为眼睛被汗水刺痛了。

一名护理人员对内森说："谢谢你们的到来。谁是你那个从没处理过心脏骤停的搭档？"

"就是我！"我说，"就是你说心肺复苏做得很好的那个人！"

"噢，那个人是你？"

我这是被忘了吗？振作起来吧，伙计，我们不是刚在一次过敏性休克任务中见过吗？就是在那个时候内森宣称我从未处理过心脏骤停。急救中心的人什么都不记得了，他们有太多的事情需要消化。病人、第一急救员、新冠病毒肺炎疫情、抗议、和平、暴力、生命和死亡，死亡，还是死亡。这一切似乎永无止境。

"嘿，"我对他们说，"那个女人是新来的吗？"

"是的，她并不为911工作，"医生说，"我想她在运输部门工作。"

"她看上去受到了精神重创。"

"这绝对是她经历过的第一次心脏骤停任务，可能还是她处理的第一具尸体。"

太惨了，对她来说没有"生日快乐"，病人也没有。

我回到救护车上，坐在顶灯下，花了很长时间才写好病人的病历，而内森则站在一旁，与现场主管和护理人员谈心。差不多 20 分钟后，他回到我身边，启动了救护车。

"珍，祝贺你，"说着，他把车开到街上，向基地驶去，"你终于完成了你的第一次心脏骤停任务。"

"是的，"我说，"我们做得很好。谢谢你帮我，也谢谢你告诉整个房间的人我可以体验一下。"

内森摇了摇头："珍！我和你说，没人会在乎这些。"

"下一次，你为什么不拿着扩音器站在沙发上喊？还有，谢谢你在我去工作的路上丢下我一个人，而我却拿着我们所有的个人防护用品，就因为你忘了。"

"哦，是的，我忘了我的。然后我就从护理人员那里拿了一些。"

"我像个走丢的孩子一样走来走去。"

"对不起！"

"遗弃是一种真正的犯罪，你知道的，这是非法的。"

一个多小时后，在我们离开基地回家之前，内森为那天晚上的奇怪情绪向我道歉。他告诉我，他好朋友的父亲感染了新冠病毒肺炎，那天早些时候被摘掉呼吸机，死了。内森很熟悉那家伙，这就是为什么他那天晚上很安静。而处理心脏骤停也毫无帮助，因为我们没能救回那个病人。

我感觉糟透了。

"你为什么不早点告诉我？我今晚对你太刻薄了，我本可以对你态度更好一点的。我很抱歉，亲爱的。"

内森摘下帽子。"没事的。虽然难过，但我没事。"

之后我开车回家，我很难过，我不该为了这个或那个事情在救护车上取笑他，不该和他吵架。原来他一直在悲伤。看！这就是所谓的美好时代！美好得让每个人都流露出如此深刻的悲伤，体验近乎永恒的、失去的感觉。

尽管世界充满了愤怒和仇恨，我仍然努力调整自己，记住美好的，继续前进。事实上，你永远不会知道人们在任何特定时刻正在经历些什么，他们的内心又在承受些什么。你只知道2020年的生活是残酷的、宝贵的，而且非常短暂。

几天后，是菲丽丝的生日。我要去看望我的姐妹，为她庆祝生日。

随后的周二，我戴着口罩出现在她家门口，手里拿着美国人喜欢的蛋糕。她光着脸跑下楼来，伸出双臂拥抱我。

"不行！"我说，并把我的头从她身上挪开。"姐妹，你不能抱我，我是个脏兮兮的医护人员！每次轮班我都和新冠病毒肺炎病人待在一起！"

"我知道，但我不能不抱你，"说着，菲丽丝放开了我，"我把口罩落楼上了。"

我向后退了6、8或10英尺（约1.8、2.4或3米），我们在人行道上站了很久，谈了很久，谈了一切。

我很想念我的姐妹，我厌倦了见不到朋友的日子。我不记得我们在那儿站了多长时间，应该有好一会儿吧。然后我又启程去纳塔莉家，带着给她的咸蜂蜜派。看着菲丽丝在后视镜里变得越来越小，泪水盈满了我的双眼。

20分钟后，在布鲁克林的另一条街上，纳塔莉出现了。她戴着口罩，我们没有拥抱。

我把装在袋子里的派递给她。"生日快乐，我美丽的朋友。"

她谢过我，然后我们在街上站了一会儿，聊了起来。纳塔莉已经哭了好几天了。她的表妹试过和她的警察父亲谈谈这个世界上发生的与警察和美国黑人有关的事情，但他听不进去。

"他们现在听不进去。"我说。

纳塔莉不知道该怎么做。"这太糟糕了，太糟糕了，而且越来越糟。"

"我们只有这些了。"我说，在她和我之间挥舞我的双手，然后对着街道、派、我们头顶闪耀的太阳展开我的双臂。"此时此刻，就是这样，你、我、咸味蜂蜜派，在布鲁克林的大街上一起享受阳光，我们都健康、活力四射。这就足够了。"

"这就足够了。"

"而且这很重要,我非常爱你,我为你所经历的一切感到非常难过。"

纳塔莉的叔叔中风了,住院了。值得庆幸的是,他的情况很稳定,新冠病毒肺炎检测也呈阴性。8月,也就是从今天算起的一个半月后,他就会出院回家。但是她姑姑——纳塔莉生命中最亲近的人、抚养她长大成人的女人,就像她的母亲一样,得了晚期癌症,情况不太好。8月,也就是从今天算起的一个半月后,她叔叔会出院回家。她姑姑会死在家里,而纳塔莉一直陪在她身边。在她去世时,纳塔莉痛苦地哀号着,倒在地板上,躺在那里呜咽。她丈夫皮特把她从地板上拖起来,抱到床上,然后一直陪着她。我爱他这一点,悉心照顾我的女孩。

这个世界太痛苦了。
我不知道我们还能承受多少苦难。
"非常感谢你的派,"那天纳塔莉在街上说,"我打算把这一整个派都吃掉。"
"至少这是我能做的,真的。"
纳塔莉当着我的面笑了。"珍。你一定要时刻注意,因为你现在是在疫情期间的救护车上工作。你的朋友正因癌症奄奄一息,而你却在街上拯救生命,你也可能会死。我很担心你,我每天都在想你,我心想珍可能也会死。"
"不会的。"我说,摆脱了这个暗示。
"珍,你会的。"纳塔莉说。她是一名律师,所以她喜欢赢得争论。
"好吧,好吧。但现在、今天,我们两个人都活着。"
"是,这倒是真的。"
"这就是我们所拥有的一切,一起度过的时光,还有一个派。"
"这就是我们所拥有的全部。"
"这已经很多了,比大多数人现在拥有的都多。"
"确实很多。"

20　如果末日降临

7月，我被烟火折磨得苦不堪言。不分昼夜的噼里啪啦、噼里啪啦声，让我根本无法入睡。

听觉受到伤害的纽约人，就是那些在新冠病毒肺炎疫情暴发的时候没有逃出城的纽约人，现在向911提出了大量的噪声投诉，给紧急呼叫系统造成了压力。

6月，与烟花有关的投诉比前一年增加了4000%。那个月底，受够了的布鲁克林区长艾瑞克·亚当斯，一位黑人政治家和前警察，敦促人们不要因为噪声投诉等"非暴力行为"而拨打911。对于城市里的小烦恼，比如邻居的噪声问题，亚当斯建议人们自行处理。停止过分依赖警察，这就是他的观点。如果你不想警察插手，就不要报警，自行处理这些生活琐事，管理自己的生活和社区。

7月，一位女士听从了亚当的建议。她走到社区一些非法燃放烟花的孩子面前，要求他们停止燃放烟花。他们朝她开了8枪，所以她死了。在她被杀害之后，亚当斯在媒体上说，杀害她的凶手应该被绳之以法。但正义在何处得到了伸张？新冠病毒肺炎疫情期间，法院并没有举行面对面的开庭。2020年颁布的《保释改革法》禁止监狱关押保释和缓刑的犯人，而监狱也因为新冠病毒释放了大量犯人。所以正义在何处得到了伸张？在互相加码的大疫情中，正义到底意味着什么？又有什么用？

乔治·弗洛伊德被杀后，继纽约市的抗议活动后，警察的加班费在两周内翻了两番，市政府支付了1.15亿美元。

整个夏天，数百名警察递交了他们的辞呈。一些人认为士气低落的警察是出于挫折感而辞职的；其他人则认为，他们在2020年辞职是因为他们在加班了这么久之后，又受到了经济上的刺激。基于他们的"最终平均工资"，他们的养老金现在变得更有价值。抗议活动可能只是加快了老警察不可避免的退休速度，因为反正他们还有一两年就退休了。不管他们为什么辞职，从6月29日到7月6日，警察的退休申请比2019年同期增加了411%，以至于养老基金的预约都需要额外支持，因为纽约警察局处理文件的速度不够快。

上一次警察如此大规模地辞职还是在"9·11"事件之后，正如一篇媒体文章中所描述的那样，当时他们被当作"无可指摘的民族英雄"。

整个夏天，城市里的谋杀案也在增加。不管有没有疫情，犯罪率总会在夏季上升。

7月，全市范围内的枪击事件比前一年增长了177%。《纽约时报》《华尔街日报》和美国有线电视新闻网等媒体都报道了戏剧性的头条新闻。64人中枪，10人死亡：枪支暴力事件的激增惊动了处于危险中的纽约市。纽约警察局准备迎接夏季犯罪率的上升。纽约市游乐场附近发生枪击事件，1岁儿童死亡、3人受伤。全国各地的情况都大差不差，在由民主党和共和党市长管理的大城市，凶杀案和暴力犯罪都增加了。这些天，每次我在布鲁克林打开"市民"时，它都会提醒我注意附近的暴力犯罪：2个人被枪杀，3人死亡，有人在离你300英尺（约91.4米）的地方挥舞枪支。你想录下来吗？

为什么不呢，但我不会。

尽管枪击事件有所增加，但暴力犯罪仍然低于纽约市20世纪80年代和90年代的高峰水平。正如对新冠病毒肺炎疫情的了解一样，犯罪学家需要花费数年时间来分析近期犯罪激增的原因。但这并没有阻止媒体铺天盖地地报道谋杀案，也没有阻止政客提出关于犯罪模式的理论，这些理论需要多年的分析。考虑一下这些新闻报道的来源吧，用于犯罪报告的数据通常来自警察部门。

新闻中关于凶杀案和暴力犯罪激增的理论多种多样：经济不景气和贫困；2020年枪支购买量显著增加；社会位移理论和人们因新冠病毒肺炎疫情隔离而变得疯狂；对警察杀害乔治·弗洛伊德等人的抗议，一些人认为警察正在放弃他们的职责；保释改革法；社区对警察的不信任增加，以及其他一些观点。

因此，这就是7月的纽约，这就是7月的许多大城市。

抛开政治倾向不谈，纽约市近年来在贫困和犯罪方面确实经历了逆转。当然，纽约市一直存在这些问题，只是它们被政客们掩盖起来了。"清理城市"计划使那些付得起1.5万美元租金、在"内曼·马库斯"这类高端连锁百货公司购物的人，就不必再目睹吸毒过量的瘾君子和无家可归的人在地铁台阶上瘫倒。

但第一急救员呢？警察、消防员、紧急医疗救护技术员和护理人员呢？我们一直直面一切灰暗地带。每年、每周、每次轮班、每小时，我们都能看到这些人，这对我们来说并不是一个新的世界。在纽约街头工作的每个人毫不间断地面临着暴力和贫穷的问题，不需要再处理这些"不愉快的事情"的是富人，不是我们。

所以奇怪的是，对我来说，看到这一切都摆到台面上来令我精神一振。当真相都摆到了眼前，我们可以从国家的角度来审视它们，而不是假装它们不存在，将它们全都丢给第一急救员。

就像癌症、死亡、恐怖主义、白人至上主义、枪支暴力、野火一样，就像每一次危机一样，新冠病毒肺炎疫情是一个废话消除器。人们支付1.5万美元的房租，花10美元买大豆拿铁，而半个城市的人都在生病，在没有医保的情况下死在大街上，这简直有些魔幻。许多人离开了纽约市，他们逃跑了，为他们该死的生活临阵脱逃。我并不想念他们，我希望他们会喜欢佛蒙特州。

至于我，即使在我对烟花和枪击事件最愤怒的时候，我还是很高兴被我的人民包围，纽约人就是我最初搬来纽约市的原因所在，他们就是移民、家庭、艺术家、怪人和服务人员。我是爱尔兰人，我的家人是从爱尔兰的科克郡移民过来的。我的黑人邻居每次见到我都这样称呼我，不是按白人女性（虽然我是）来喊我，而是称我"爱尔兰女士"。从现在开始，请你们都这样称呼我，我想要一本爱尔兰护照。

菲丽丝经常提醒我，在新冠病毒肺炎疫情刚暴发的时候，我说过一句话：在疫情中，每个人都更像自己。

这是真的。孤独的人更孤独，愤怒的人更愤怒，骗子更肆无忌惮地骗人，每个人性格缺陷的"尸体"都浮出了他们的人格表面。

我想，城市也是如此。纽约，多少人梦想中的大都市，而城市越大，问题越多，如大城市的医保体系就存在很多待完善的方面，同时，涉及种族歧视的警务工作、无家可归者问题，还有心理健康危机问题等。每个人、每座城市和每个国家都有自己的阴影，这场疫情让我们看到了自己的影子。

我很感激这一点。

但由于烟花和枪击事件，7月份，我在这里仍然无法放松，还是太吵了。我很累，也很焦躁不安，我必须离开纽约。

是时候进行《末路狂花》公路旅行了。

7月初，菲丽丝和我商量离开纽约，还同意收拾行李，跳上我的车，开到很远很远的地方。我们约好了日子，是7月4日——烟花绽放的噩梦之日。然而后来我们意识到，我们的工作日程有冲突，无法同时逃离纽约。但不管有没有她，我都得离开。

"我准备去看你。"我告诉我的朋友拉法，他住在罗德岛的普罗维登斯。

我收拾好东西，装上车。

"你什么时候走？"杰里米问我，"吃饭没？要不要一起吃午饭？"

我们一起吃了午饭。我们喜欢的那家拉面馆重新开张了，所以我们去了那里，戴着口罩坐在外面一个安静的鹅卵石花园里，一边吸溜拉面，一边闲聊。

杰里米告诉我，他在一个贫穷的黑人社区长大，他形容这个街区"基本上就是一个露天的毒品市场"。他觉得自己对警察有偏见，因为在他的成长过程中，他所在社区里的警察大部分都是白人，都很粗暴。从被捕到送进警局监狱这段时间内发生的任何事情都不会被记录在案，这就意味着犯事者在到达警局的路上会接受一番众所周知的"特殊关照"。因此，他解释说，他很难接受其他的说法，比如我提到的，人们没有意识到警察为我们这些急救员和护理人员做了多少工作，他们保护我们免受病人的暴力。

"但他们并没有保护我！"在一个夏日，当我们谈到这个问题时，埃勒里叫道。现在和杰里米坐在一起，我仍然可以听到埃勒里那愤怒绝望的声音在我耳边回响。"我知道的，"我对杰里米说，"我明白的。"

对于这些，我们又能做什么呢？完全裁撤警察吗？即使是伯尼·桑德斯（美国历史上第一名信奉社会主义的参议员）也没有那么激进。杰里米，一开始也是。

"我很尊重警探，"他说，"要是现在有人走进来朝你开枪，有些蓝衣人会来，但之后他们就不得不叫警探过来。"

"没错。"

"基本上，我们需要更多像你这样的人。我希望你们能在网上确保人们不会朝学校开枪。"

"是的，因为我追踪白人，大规模枪手大多是白人男子。但我派去收集情报的人追踪的是所有人。'9·11'事件后，这成了全世界的问题。"

"那就去他的，"杰里米说，"把他们连根拔掉。这可能会辛苦一段时间，但我们之前也经历过。我们之前就做到了，这一次我们也知道该怎么做。"

一天，我在洗牙的时候，我的牙医也说了同样的话。

"珍！"她说，"见到你真是太开心了。我一直都很担心你，真高兴你没事。街上的情况怎么样？"

"我也很担心你。我很高兴你们这里又开门了。我不敢来见你，因为我不想把病毒传染给你或你的病人，但我已经很久没有生病或出现症状了，而且我的牙齿很脏。街上很疯狂，警察都完蛋了，他们焦头烂额的。"

"他们必须改变，珍。这可能会辛苦一段时间，但我们能做到。我是在子弹乱飞的布鲁克林长大的，算是逃出来的。我们可以再经历一次，我们了解那种生活。如果需要，我们可以回到过去。但他们必须改变。"

"是的，他们必须改变。"我同意。

我的罗德岛逃离疫情之旅就没那么顺利了。

首先，由于我在7月4日周末下午很晚才离开，于是就被困在了挤得水泄不通的路上。从纽约市到普罗维登斯的3小时车程花了我5个多小时。天空像是被撕开了口子，下起了倾盆大雨，雨水顺着挡风玻璃滑落，让人看不清前路，也让人在高速公路上很有压力。在快车道上，我像个木头人一样坐着，与似乎半个车辆世界的人挤在一起。

在开车的途中，收音机至少播放了3次这首悲伤的歌曲《如果末日降临》，歌曲用副歌"你还会过来的吧"回答了这个音乐问题。这是2020年疫情期间的一首经典歌曲，一直在播放。在车上，当这首歌响起时，我哭了，想到了迈克。我努力记下歌词，期待有一天我可以唱给他听。

到达普罗维登斯后，我迅速住进酒店。房间里有一扇窗户，可以看到一个停车场。在预订酒店的时候，我被告知我的房间可以看到"河景"。该酒店对第一急救员没有折扣，我问过，然后在那个家伙说没有时，我就挂断了电话。

确实有一条河，一条蓝色的河流隐藏在一个巨大的停车场后面。

3天来，我和拉法花了几个小时在外面的阳光下散步，谈天说地。拉法是我认识的最聪明、最风趣的人之一，我们毫不留情地取笑对方，这很有意思。有一次，他试图嘲笑我，说我不知道罗德岛一些立了雕像的所谓杰出公众人物的名字，然后我嘲笑他不知道詹姆斯·马蒂斯（前美国国防部部长）是谁，还笑他将其与詹姆斯·科米（前美国联邦调查局局长）搞混了。我们谈论了烟花、警察、白人至上主义、书籍、教学、隔离期间的生活、朋友、爱情和写作。

在拉法身边的感觉很美好，但因为整天都在室外，所以我们得一直戴着口罩。我讨厌每天戴着口罩10—12个小时，我看不到拉法的笑容，也不能拥抱他。和朋友在一起，却看不到或做不到人类最基本的举动，没有比这更糟糕的事了。口罩令我想起了新冠病毒肺炎。每当我们出去吃饭，餐馆经理都会将数字温度枪对准我们的额头，要求我们提供姓名和电话号码，以便联系、追踪我们。所有这一切都让人感到悲伤而可怕，显然，我们无法逃脱这场疫情的影响。

还有工作，在普罗维登斯，我的电话被一场危机轰炸了。现在我在没有灵魂的酒店房间里，被会议电话困住了好几个小时。等我回到纽约市，一种压倒一切的感觉是：我无处可逃。

那个7月，为了杀死影响他行动能力的背部肿瘤，迈克接受了大量放射治疗，这让他的健康状况急转直下。吞咽成了一个问题，他还失去了味觉，他咳嗽，抱怨胸部、喉咙和食道疼得厉害，还有呼吸困难和肠胃问题。

"也许我感染了什么，"他对我和伊尔法说，"某种病毒吧。"

我和伊尔法互发了斜眼的表情包。

内华达州的热点地区——拉斯维加斯暴发了新冠病毒肺炎疫情。而几周前，因为孤独，迈克没戴口罩去了一家酒吧，让一群人拥抱了他。为此，伊尔法对他大喊大叫，我也是。

有一天，我站出来对迈克说，他的症状让我想到了新冠病毒肺炎。但谁能确定呢？他拒绝接受核酸检测，因为若是他的新冠病毒肺炎检测结果呈阳性，医生就会终止他的癌症治疗，他就完蛋了。我心想，要是在癌症晚期的基础上又感染了新冠病毒肺炎，他确实会完蛋，但我没告诉他这些。

然后一个周日的早上，我和伊尔法被迈克要去急诊室的消息吵醒了。他无法吞咽，痛苦不堪。他给了我们他侄女的电话号码。得知这个消息后，我在公寓里失声大哭。我觉得我们这个临时组成的小家庭一直在沿着一个陡峭而可怕的楼梯慢慢走向死亡，然后突然有人给我们加速，把我们推到底部，一眨眼，我们惊骇地发现自己躺在那里。

我对迈克的死亡并没有做好准备，我惊慌失措，觉得自己需要立即飞去看他。但是，在疫情期间飞去拉斯维加斯的程序很复杂。现在，纽约要求所有前往红区州的人在回家后隔离两周，追踪密接者，如果他们违反了自己申明的合作协议，将被罚款 2000 美元。

这些数字、核酸检测、出行限制，就是个笑话。我疯狂地给朋友们打电话，征求建议。

我得到的一致性回答是"现在不要去拉斯维加斯"。

但我不确定，要是我不飞去看望濒临死亡的迈克，我是否能够心安理得地生活下去。我并不害怕感染上新冠病毒肺炎，每周在救护车上工作我都能接触到它。但我担心会将它传染给迈克，若是因为我的缘故，让他感染上了新冠病毒肺炎，而他也死于此病，我将永远无法原谅自己。可话又说回来，他在新冠病毒肺炎防护方面一直很松懈，似乎我也不是唯一的风险。

我不知道该怎么办，光是想到去拉斯维加斯就让我心跳加速。这个时机再糟糕不过了。

最近，我的日常工作已经变成一场噩梦。我的电话不停地响着，作为危机管理人，我的客户们都处于某种"黑人的命也是命"的危机之中。某个客户在某一刻用种族歧视的语言诽谤辱骂一个黑人，有人把这一举动录了下来并发布到互联网上，现在这名客户收到了死亡威胁。有人使用化名在一篇新闻报道上发表评论，称我们应该恢复奴隶制，而这个化名与一所学校的雇员有关，学校已被告知并询问了该雇员，但他否认参与其中，现在他们想知道我是否能证明是谁发表了种族歧视言论，以及网上是否有证据证明这名雇员是种族主义者。

总之，各行各业的危机客户正在经历伟大的白人觉醒，逐渐意识到种族主义是历史的、真实的。而我的手机成了巴斯金·罗宾斯[①]的冰激凌桶，里面装满了与"黑人的命也是命"有关的呼救，31种口味的白人痛苦。

在警察给我转发的要求投反对票的参议院议案、关于"种族主义警务神话"的文章，以及富裕的白人客户意识到黑人社区数百年来一直遭受了普遍的不公正待遇之间，我开始感到绝望，这还是自疫情暴发以来的第一次。

"珍，"当我在去基地的路上警告内森我的情绪不稳定时，他说，"你确定你今天要值班吗？我们可以出去玩的。"

我很确定，这是我能做的一件小事，走出家门，爬上救护车。把我的注意力从迈克、我自己、我的工作、这个敌对而令人心碎的世界上转移。在我开车的时候，我不停地对自己轻声重复莱纳·马利亚·里尔克的诗句：

"让一切发生在你身上：美丽和恐怖。

就继续前进吧。没有感情是最终的。

不要让你自己失去我。"

这个"我"，我觉得他指的是上天。

我在员工室里整装待发，拿上救护车钥匙、无线电和值班表，我们的一个新成员跟跟跄跄地走进门来，她眉头紧皱，苍白的圆脸上满是羞愧。她叫莎拉，是一名紧急医疗救护技术员，也是海岸警卫队的老兵，周日和希普一起值白班。我们经常在交班空隙在基地碰面。

[①] Baskin-Robbins，美国最具知名度的冰激凌品牌连锁店，以"每月31天，每天一个口味"的经营理念吸引顾客，因此也被称为"31种冰激凌"。

"你的轮班怎么样？"我问道，尽管她的脸色已经说明了一切。

"我们刚刚经历了一次糟糕的任务，我在现场僵住了。我不知道发生了什么事，我只是愣住了，这太可怕了。"

"哦，我刚来的时候也发生过这种情况。我和希普值班的时候碰到了一个被车撞了的行人，我也僵在了现场，就在光天化日之下。消防员、警察，还有路人都在围观，当时太丢人了。"

"这就是刚刚发生在我身上的事。有个家伙被车撞了，我在街上僵住了，就像瘫痪了一样。我不知道自己为什么动不了，我参过军，又不是没有经历过这种情况。"

"但这是你作为急救员的第一次创伤任务吗？"

"是的。"

"那就对了。你可以随心所欲地训练，拥有世界上所有的经验，但你只有在见过一次任务之后才算真正见识过，这对你来说是全新的体验。但现在不是了，现在你已经见过创伤，那下一次你就能行动了，我保证。"

就在这时，希普走了进来，看到我，用胳膊搂住我的肩膀说："刚才发生在你身上的事情也在她身上发生过，她在碰到自己的第一次创伤任务时也僵住了。但我告诉她，等到第二次创伤任务时，你就从救护车上飞了下去！我车甚至还没停稳，你这小妞就下了车给病人戴好了颈托！"

"是这样的，"我笑着说，"下次你再接到这种呼叫时，就赶紧上，快点行动。如果是外伤，就考虑止血、上颈托和担架。评估病人的头部、颈部、背部疼痛和血氧饱和度。在救护车上把他们的衣服剪掉，检查他们的伤势。你能行的，姑娘，我保证会好起来的。"

"我不知道，"莎拉说，"现在我有点怀疑自己，怀疑自己能不能做好这份工作。"

"你绝对能做到的。我现在遇到创伤任务，心跳都不会变，在这方面，我已经身经百战，我都能在现场喝汤。但我还没有见过别的场面，我第一次碰到的枪伤，充其量只稍微帮了点忙，但我没有僵住。自从第一次处理创伤后，我就没在现场僵住过，但我也不会因为照顾病人获什么奖。"

"稍微帮了点忙，"希普说着，把他的值班表放好，"我爱你。"

"知道你也遇到过这种事，我感觉好多了。"莎拉说。

"哦，是的，那时候真是太丢人了。"我指着希普说，"他后来还吼我了。"

"我没有吼你，我就是在和你说话。"

"他是和我说话，却是用很大、责备的声音和我说的，当时我都哭了。"

"她确实哭了，"希普说，"但之后的第二次任务，我的姑娘就表现得很棒！"

莎拉笑了。一周后，我在基地再次见到她，她立刻跑到我面前。"珍妮弗！"她说，"我做到了！和你说的一模一样！我们遇到了完全一样的任务，有个家伙被车撞了，我就下了救护车，做了我应该做的事！"

"看到没？你现在是英雄了。你是个优秀的第一急救员，你能行的。"

"你帮了我很多。说实话，在我僵住之后，我曾想过要辞职。"

"千万别，"我说，"你属于这里，姑娘，你很棒。"

内森来参加我们的轮班了。看到他，我实在是太高兴了，忍不住伸出双臂抱住他。在这些糟糕的日子里，他是完美的搭档，那么善良和敏锐。在救护车上，无线电每隔两分钟发布一次任务：行人被撞、生病发烧咳嗽、心脏骤停。我们被派去处理一个被撞的行人。

"我觉得应该是个孩子。"内森边说边在街上疾驰。随后警方的无线电证实确实是一个孩子被车撞了。

我戴上手套、口罩，听到是个孩子后，我的肾上腺素猛然上升。很快，内森把车停在了一个街区的拐角处，一个女人抱着个婴儿站在人行道上。我们是第一个到达现场的，因为内森在得知被撞的是个孩子后，就把救护车开足了马力。

谢天谢地，婴儿没有受伤。一名司机在转弯时撞上了孩子的婴儿车，婴儿车摇晃了一下，但车里的婴儿没有受伤或哭闹的迹象，母亲被吓坏了。她不想去医院，只想让我们检查一下孩子，确保她没事，并问了我们万一之后情况有变应该怎么办。

为了给婴儿做医疗帮助表，我们必须呼叫遥测，与医生交谈，而且由于是婴儿，婴儿又不会说话，也无法告诉我们她有没有受伤，警察赶到现场，没有帮上一点儿忙。我看到来的是一个黑人女警察，也陷入了偏见，以为她会比某个白人家伙更好。但事实并非如此。

警察走到摇摇欲坠的婴儿母亲面前，用一种苛刻、屈尊附就的语气问她发生了什么事，司机去了哪里。母亲说她已经和司机谈过了，因为她的孩子没事，她就让司机走了，但警察发火了。

"你为什么要这么做？你不该这么做，你不能让他走，这样就成了肇事逃逸。我们需要他的供词来写报告，没有司机，我们怎么写报告？"

内森试图插话，让警察别这么咄咄逼人。我离开去救护车上拿出松下笔记本，这样我就可以开始填写图表，收集需要的签名。

等我回来，那个警察仍处于机器人模式，严厉责备那个婴儿的母亲，只因她放走了司机。这名警官完全没有一丝一毫的人性，甚至连一秒钟都没有对这位母亲表示过同情，甚至怜悯，这让我很生气。

"那个警察就是个混蛋。"一等我们获得医生批准的医疗帮助表，与婴儿和母亲告别并清理了现场后，内森就立刻说道。

"是的。"

我不知道女警察背后的警察群体到底发生了什么，为什么现在会是这样的一副光景。

还是这次轮班，内森把车停在树荫下，我们休息了一会儿。大约一小时后，我们觉得口渴，于是他去一家熟食店买了一些冷饮。他一边开车，一边听着收音机里播放的《如果末日降临》。

"这是我的歌！"我说，"我的手机呢？"我手忙脚乱地找到手机，"我要录制一个我唱歌的视频。"

南森瞥了我一眼，就好像我疯了似的。

我把收音机的音量调大，然后开始录制视频，对着迈克唱出我的心声，中途我停下我非凡的表演，告诉内森交通灯是绿的。我把我精彩的音乐视频从街上发给了我在拉斯维加斯的亲爱的"丈夫"。迈克很喜欢，内森也是。

"你唱得太棒了，珍。"

"谢谢，这是为迈克准备的，我在车里练习了很久。"

那天我没能吃多少东西，迈克的事让我太难过了。在救护车上，我点了份外卖饺子，10分钟后，他们就会送到。我和内森在街区里看着CityMD外面排着的长队，我以为他们排队做核酸检测，但莱克西告诉我，她在诊所工作的朋友说每个人都是来做性病测试的。内森说，他几天前也去了CityMD，因为他一直觉得疲惫和不舒服，后来他们告诉他，他脱水了。

"这就像紧急医疗技术学校教你的第一件事，"我说，"要是你累了，喝点水。你可能脱水了。"

"是吗？他们并没有告诉我这个。"

"显而易见。"

又来了一个行人被撞的任务。内森拉响了警笛，我们就走了。有时我都觉得点餐是获取任务的一个办法，餐一点，任务就来了。这和需要小便的情况很像，每次我要小便的时候，我们就会接到一个任务。

受害者是一名被优步司机撞倒的摩托车手。摩托车侧躺在街上，但车手情况还算稳定，可能是锁骨骨折，以及轻度脑震荡，没什么可怕的刺激。他或多或少记得这次事故，但不记得今天是周几，也不记得年份。"那你知道总统是谁吗？"我问。病人喃喃地说："嗯，我知道那个该死的混蛋是谁。"

对我来说这已经足够好了。

我们花了一个多小时才把任务完成，警察花了不少时间才在现场得到他们需要的信息。我们进入分诊室，医院里正忙碌着。病人是个好人，他的父亲曾经在"地狱厨房"里坐过救护车，所以他非常欣赏第一急救员和我们所做的工作——这种情况很罕见。

开车出医院下急诊坡道时，内森停了下来，与他认识的一名护理人员聊天，而我在处理最后一个病人的病历。

我们问护理人员，对于联邦应急管理局为何还没有把我们派到"热区"各州，他是怎么看的，因为在纽约市的新冠病毒肺炎疫情达到顶峰时，联邦应急管理局曾来到纽约市，拯救了我们。护理人员说，联邦应急管理局在这些州有50辆救护车，但他们没有派遣纽约，是因为预计我们会再次暴发疫情。

我们都知道这一点。我们知道来自市政府和州政府官员的数据不足为信，我们仍然收到了发烧咳嗽和心脏骤停的呼叫。暴发第二波疫情并再次进入"热区"模式只是时间问题。

"昨天有 600 多个新增病例。"护理人员说。

一小时后，内森和护理人员结束了他们的谈话，而饺子馆也已经关门了。

"噢，老天，我很抱歉，珍。"他在开往餐厅的路上说。

"是的，你很抱歉，你不得不和那个护理人员聊了一个小时。在迈克和新冠病毒肺炎疫情、抗议活动和工作以及呼叫量回升之间，我最终会被关进国王郡的封闭式精神病院。我要承认这个事实，这样我才能睡着。"

内森转向我，"珍妮，你知道我住的地方离国王郡只有两个街区，我可以随时去看你。"

我白了他一眼，下了救护车。

饺子馆里很黑。一个孤独的男人在后面洗盘子，我能透过一束光看到他。我按下麦克风，他走到窗前。我告诉他我一小时前点了蒸饺。我看到一个袋子放在架子上，所以我想那可能是我的。

"它们现在都冷了。"那人说。

"我知道，但我直到现在才有时间来取。没关系的，我可以吃冷的。"

"不，我现在就给你做新的。"他说着跑到了后面。而我站在外面的人行道上，简直不敢相信这个人的善意，以及他为我这个陌生人特地付出的辛勤劳动。5 分钟后，他再次出现，递给我一盘刚出锅的热腾腾的饺子。在他把这些饺子和一瓶免费的水递给我时，我差点哭了出来。

"真是太谢谢你了，"我说，"我真的非常感激。"

我把钱包里所有的钱都给了他作小费。

那天晚上，我回到家洗了个澡，内心充满了感恩，为我和内森在救护车上度过的这个夜晚、帮助了一些病人，以及从饺子店的那个人那里得到的足够的温柔，这让我重新对这个世界燃起了希望，相信人性本善。

但在这场流行病中，美好的感觉总是转瞬即逝。

有个重病患者朋友，生活就像是在地狱里坐过山车。我不知道还能用什么来形容这种处境。

第二天，迈克的病情恶化了。我以为我们已经被推到了楼梯的底部，但事实证明我们还得再跌落一层。他现在吐得很厉害，根本没法从浴室的地板上爬起来，觉得自己就要死了。我和伊尔法也准备迎接这个结局。

然后到了周二，我们的"丈夫"出人意料地好转了。生活就是这样，一切都会复原。我的乌龟傻笑着给我打电话，说他今天感觉好多了。他开着卡车到处跑，给人跑腿。

他感觉好多了，我就放心了，但我也累得受不了了。似乎每隔一周，迈克就会给我、伊尔法或迈克尔·戴利打电话，告诉我们这就是结局，他就要死了，随时都有可能，他能感觉到这一点。然后突然间，他的恐惧消失了，他放松下来，认识到自己还活着，还相信自己会取得胜利。关于他的行为，伊尔法有过诗意而天才的评价：

"他就是那个喊狼来了的男孩，只不过确实有狼。"

鸭子太聪明了。我很高兴"娶"了她，还有乌龟。

如今，每当迈克不遵守他的治疗计划、拒绝遵守医嘱时，我们就会严厉斥责他。我们告诉他，他不再是迈克或乌龟，他是"默龟"（Murtle）。他讨厌我们这样叫他。这个绰号会让人联想到穿着穆穆袍的老奶奶，也让他的形象——昂首阔步的消防员、一匹"关在笼子里放荡不羁的骏马"大打折扣，他在新冠病毒肺炎疫情隔离期间这样称呼自己，这让我和伊尔法笑得前仰后合，我们狂放的大笑声足以震碎窗玻璃。

"要是我再懦弱一点，我现在可能已经死了。"在谈到自己能在身患癌症的情况下还活了这么久时，迈克说。我们也经常提醒他这一点："你不是普通人，乌龟。你不懦弱……"

有一天，我们3个人在通话时，迈克的声音听起来非常痛苦。为了让他振作起来，我咬了咬牙，说了一句我从来没想过会说的话。

"乌龟，一旦你渡过这个难关，我和你，还有鸭子，我们就开着你的房车去周游全美国，就我们3个人。"

伊尔法给我发短信："我简直不敢相信你刚才说的，房车之旅！"

"我知道！它就这么脱口而出了！这是他的终极梦想！我们要让他梦想成真！"

但是我们做不到。

7月中旬，迈克的健康状况再次恶化，他发烧、呼吸困难、身体极度疼痛。他决定接受一切身体能接受的治疗方法——哪还有什么新的疗法呢——食道放射治疗。他找到一位医生同意了。伊尔法和我决定在曼哈顿见面，喘口气，共度时光。

我们约在帕特的消防站见面。

那天下午，我比伊尔法先到了"云梯3号"，沮丧地发现刻有帕特名字的长椅不见了。它去哪里了？消防员肯定是因为新冠病毒肺炎疫情才把它移走的。我猜他们是不想让人们坐在消防站外面。

"帕特的长椅不见了。"当伊尔法转过拐角，发现这个事实时，我对她说。

"哦，不要，那可是新的。你觉得这是因为新冠病毒肺炎疫情吗？"

我不太确定。我们走到消防站，站在红色的门外。我们没有地方可坐，没有纪念帕特的长椅。

唉，好吧。

我们在拐角处找到一家不错的咖啡馆，坐在外面的一个小花园里。我们喝着咖啡，聊着迈克。我们能做的就是让他知道我们在这里支持他，他是被爱的。我们互相提醒，帕特爱我们，并且要一直照看他的弟弟。

7月下旬，迈克吞咽困难，无法进食，他终于对自己投降，主动办了住院。

他终于去住院了，我和伊尔法心想，他终于要去做新冠病毒肺炎核酸检测了。他立马就拿到了检测结果。

阴性。

我们很震惊。出现了高烧、咳嗽、胸痛这些症状，核酸检测的结果却是阴性？这根本毫无道理。

医生说放射治疗烧伤了迈克的食道，癌细胞现在也已扩散到他的肺部。他吮吸着冰块，试图补充一些液体，还进行了静脉注射。他给他的静脉输液架起名为艾格尼丝，并给我们发来了他与他的"新宠"——他的配药员在医院病房里散步的视频。

大约一天后，另一位医生告诉他，若是他得不到任何营养，肾脏就会衰竭，他就必须做透析。由于疫情，他被关在隔离室里，不允许探视。

隔离几乎要了迈克的命，他因孤独而奄奄一息。他不明白为什么医院不允许任何人探视。他不想孤独地死去。这个问题也与帕特有关，迈克知道当帕特或其他消防员受伤时会发生什么：每个人都会去医院，排队等着看望他们。那是一个凝聚着支持、兄弟情谊、亲情的聚会，而因为新冠病毒肺炎疫情，迈克没有得到任何这样的东西，他根本什么也没得到。

　　一天早上，他在医院哭着给我打电话："这简直就是世界末日。我不想就这样死掉，这太可怕了，现在就只有我一个人。"

　　我提醒他，他是被爱的，我们都在这里，给他打电话、发短信、发视频和照片。

　　"我知道，要是我现在看你的手机，肯定会发疯似的收到上百个未接电话和短信。"

　　"你说得对。但我现在不方便说话，因为我喉咙很痛。"

　　"我知道你很孤单，亲爱的，但我们都在这里陪着你。"

　　迈克说他不想做透析，他准备签署一份拒绝心肺复苏术同意书（DNR）。他喜欢和我谈论严峻的医学问题，因为我是名第一急救员，他的急救小鸡。

　　"首先，"我说，"你想签什么就签什么，拒绝心肺复苏术同意书是一份标准的医疗文件，现在我也会签署一份拒绝心肺复苏术同意书。除非你突发心脏骤停，否则这并没什么大不了的。而目前来看你并不会出现心脏骤停。你觉得你今天会死吗？"

　　"不会。"迈克平静地说。

　　"那就行了，乌龟。我也有同感，我想今天你会活下来的。让我们一天一天地来，就今天而言，我们都很确定你不会死，对吧？"

　　"对。"

　　"那就好了。明天的事情，我们明天再说。"

　　迈克说，就算他真的开始出现肾脏衰竭的症状，他也不想做透析。他打算说服医院在他死前允许他见个访客，这个要求并不过分，他只想见一个人。我们都知道那个人会是谁：他的新女友，他们才认识几个月，是被诊断出患有癌症后在网上认识的。我们对此事闭口不谈，这不关我们的事。

　　"我可能吓到了艾琳，我和她提了拒绝心肺复苏术同意书，"迈克提到他的侄女时说,"你能打电话问问她的情况吗?"

"等我们一挂电话,我就给她打电话,明天和后天我也会给她打电话。我会照顾艾琳一辈子,伊尔法也会。不要再担心大家了,你的"老婆"们都在这里,还有保罗、鲍比、詹姆斯、迈克尔·戴利、贡佐和你的家人,所有关心你和帕特的人都在。我们会照顾好艾琳,我们也会照顾好你,你只要担心你自己就好了。即便如此,我们还是好好享受今天吧,好吗,乌龟?"

"好的,急救小鸡,我爱你。"

"我爱你爱到心痛。"

挂断电话后,我给艾琳打了电话,我们聊了将近两个小时。事实证明,我们都需要谈谈。我很喜欢她,我终于明白为什么迈克那么爱她了。

那天晚上,迈克的情况一直困扰着我。要是我就要死了,而我在离开人世之前能见一个人,只能见一个人,那这个人会是谁呢?谁是我的这个人呢?

第二天,我认真询问了我的朋友们这个问题。菲丽丝说是她的母亲,汤米选了他的女朋友,那个他花了10分钟认识的人,但这是他的选择。汤米和我一样,他很快就爱上了所有人。对于这个问题,大部分人的答案都是"母亲"——这个人必须是某个能给你带来慰藉的人。我妈妈讨厌医院,菲丽丝也是,而她们俩都是我的首选。几个星期以来,我一直在思考这个问题。

我没有这样一个人,我有两个。

不到一周,迈克就出院回家了。他又活过来了,他是那个喊"狼来了"的男孩,那条狼一直在,但它还没有抓到他。目前还没有。

在家里,他只能吃软的食物,比如鸡蛋羹、汤和奶昔。但他已经逃脱了死亡,暂时逃脱了。自从去年9月他被诊断出癌症以来,他似乎已经死了上千次了。

我觉得我也死了上千次。

21 这简直就是末日降临

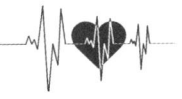

8月的街上，紧急呼叫量仍然低得吓人。在伊萨亚斯飓风期间，911和311呼叫激增，但这很快就过去了。整个城市的大部分911呼叫都很常见：枪击和刺伤、行人被撞和情绪抑郁患者、醉酒和心脏骤停、抱怨发烧和咳嗽的病人、新的新冠病毒肺炎感染者和重病康复者，还有因癌症、充血性心力衰竭和肺病等重返医院的慢性病患者，以及其他病情。

这座城市很安静，就像以往的8月份那样，人们纷纷逃往附近的海滩和山区。媒体报道的头条新闻是"纽约永远死了"。我去过几次里斯海滩，我穿上受《爱情岛》启发新买的比基尼，一头扎进汹涌的海浪中，假装我在别的地方。大海使我焕然一新，等回到家，我觉得自己充满力量，更年轻、更快乐，身上满是盐分和阳光的味道。

然后，从加利福尼亚传来一个真正的"疫情惊喜"。

8月的一天，我母亲突然成了救援者，这可是我的母亲，一个讨厌医院、疾病和死亡的人。

在过去的几个月里，她减少了"照片墙"的更新（谢天谢地）。然而有一天，她突然给我发邮件说她要飞往华盛顿州的塞奎姆。

什么？

她在邮件里说，我的警长叔叔情况不太好，他几个月前心脏病发作，现在已经出院回家。我婶婶照顾他很辛苦，所以我母亲就飞去华盛顿帮忙了。

我年迈的母亲是感染新冠病毒肺炎的高危人群，她从加利福尼亚这个"热区"乘飞机去另一个"热区"华盛顿看望我年迈的婶婶和叔叔，他们也有可能死于新冠病毒肺炎。这一事实让我震惊到无言以对，我不知道该怎么回答，只能说："好的，妈妈。注意安全，戴好口罩。"

然后我丢开手机，提醒自己我只是她的女儿，不是她的母亲。我的心理医生也提醒了我这一点。我妈妈知道在疫情期间出行的风险，她是个成年人，可以自己做决定。

两周后，她回到贝克斯菲尔德后，我和她通了电话。她开始谈论上山的事，以及她的蓝莓长势如何，这时我打断她说："妈妈，请解释一下你为什么就那样上了飞机。"

她说，华盛顿的情况很糟糕。我婶婶为了照顾心脏病复发的叔叔，已经崩溃了。医生让他服用的药物，使他头晕目眩，站立不稳。我婶婶很害怕他会摔倒，伤到自己，而她个子很小，根本无法扶起他。借用迈克的话说，这就是某种末日降临。于是我母亲穿上斗篷，化身女超人，飞到华盛顿去拯救她的妯娌。

"我爱我的妯娌，"妈妈说，"我甚至没有问我能不能来，我只是告诉她我会来。他们非常感激我的到来，我真的帮了很大的忙。"两个星期以来，我妈妈为我的婶婶和叔叔做饭，给予他们情感上的支持。我的姑姑，一名已退休的急诊护士，在塞奎姆和他们一起待了几天。我妈妈很高兴她去了，很高兴她能帮上忙。

她很高兴能看到她的妯娌。

"家人就是一切，"妈妈说，"对，就是这样。"

我妈妈是个英雄，我是我母亲的女儿，我为她感到骄傲。那个淘气的女超人，我从来没有见过一个女人能有这么大的改变，疫情让她重新活了过来。疫情还有这种能力，不仅消除了胡说八道，还把奇妙的事物从内在带到了表面，就像一种奇异恩典，它激发了我妈妈身上最美好的品质。她爱她的妯娌，她们在这场疫情中并肩作战。

我的母亲、那个救援者，是一个身体力行的人。爱是一种行动，我相信这一点，而且我也相信她。但我不确定加利福尼亚是否有能力摆脱灾难性的困境。

这些天我喜欢的另一个词是：获胜。

如果说整个夏天我都梦想着逃离纽约，那么到了8月，一种对这座城市的自豪感和喜爱就像健康一样回到了我身边。能在这里，我感到很自豪，甚至觉得快乐，还有感激。至于那些在困难时期离开的人——您回头见嘞。

菲丽丝也有同感。

"我根本不想去别的地方，"一天晚上，我的姐妹在电话里对我说，

"我又能搬到哪里去呢？我认识的人都在这里，他们都是纽约人。"

我很赞同。然而，在街上我感觉有点累垮了。我犯了一些奇怪的错误，让我怀疑我的表现可能没有我想象的那么好。

8月的一个晚上，我把一壶水放在炉子上烧，打开煤气灶就走了。几分钟后，我听到一声巨响。我跑到厨房，发现我开错了煤气灶，烧炸了一个漂亮的陶瓷碗，那是我在西班牙买的，我很喜欢。两天后，另一个碗也遭遇了同样的命运。

自从疫情暴发以来，我已经收到了三四张停车罚单。而在2020年之前，我的驾驶生涯还从来没有收到过罚单。我总是忘记我有一辆车，要么忘记它在哪里，要么忘记换边停车的规则是什么。

时间失去了所有的意义。在2020年，任何发现时间是一种线性结构的人都可以距我击个掌。

在8月的一次救护车轮班后，我回到家，像往常一样洗澡。那天天气酷热难忍，因而我的脸被晒伤了。我拿一个棉球沾了些爽肤水，随后用棉球擦脸，可等我擦完脸，棉球变黑了，我的皮肤被烧得很厉害，我不知道为什么。自从疫情开始后，我用的一直是这种爽肤水。N95口罩撕裂了我的皮肤，尤其是在上了救护车之后。我看了看瓶子，意识到我用了100%纯丙酮卸甲水来给我的脸补水，难怪脸上这么烧，大概已经破皮了。

然后我决定再给自己剪一次头发。我想，也许这是我能控制的一件事？我给头发修剪出了层次，但效果没有我期望的那么好，现在的我看起来像个鲻鱼。生活正在变得悲喜交加，我一直在笑，像个可怕的小丑。

这就是新冠病毒肺炎疫情中的我。

"这是新冠病毒肺炎疫情中的所有人。"菲丽丝说。

一天晚上，在电话里，我们谈到人们努力假装一切都很好，其实却在挣扎着度过这些无限悲伤的日子。我们一度讨论了上帝，以及我们在世界宗教方面的信仰。我们谈到了三位一体的教义，以及与圣父和圣子相比，圣灵没有得到足够的重视。

"圣灵的问题在于它的叫法，"菲丽丝说，"人们一听到'灵'这个词，就认为它是负面的东西。这就像'削减警察经费'，听起来很消极，所以人们不会支持它。"

"姐妹，你真是个天才，你这些鬼扯我从来听不腻。"

对于乔恩·拉斯特说的话，我也从来不觉得腻，他是我街区的喜剧演员朋友。8月的一天，我们去散步，坐在公园里聊天。与朋友重聚的感觉真好，大家都不再给我打电话了，我的电话一直没响过。但后来菲丽丝提醒我，我在新冠病毒肺炎疫情期间屏蔽了大家，于是我解除了对他们的屏蔽，我的电话就多了一点儿。

在抗议活动期间，乔恩专门在他的"照片墙"上发布了黑人讲述他们与警察打交道的经历的视频。这些视频很悲惨，没完没了，一个接一个的黑人亲身上阵讲述在美国做黑人的感觉，他们普遍是警察的目标。在公园里，我告诉乔恩，我觉得这些视频很不可思议。

"我只是觉得很多抗议的人，你知道的，很多白人，他们其实从来没有问过黑人与警察打交道是何感觉，整个故事的这一面是缺失的。我不想拍'警察'，我想让人们听到黑人的声音，所以我才问他们，让他们讲讲与警察打交道的经历，说出他们的感受。因为故事的这部分也是缺失的，我们不了解无端被逮捕和被警察盯上是一种什么感受。"

"嗯，我看了很多视频，它们都很棒。我希望你能得到一大堆媒体的关注，这是你应得的。"

"是的，媒体是在给我打电话，"乔恩说，"在这场疫情中，我得到了很多工作。"

"这很好。他们也给我打了电话，春天新冠病毒肺炎疫情暴发的时候，他们也给第一急救员和护理人员打电话。但现在我的电话已经不响了，那已经结束了，他们现在已经不关心我们了。"

"对我们的关注很快也会结束，"乔恩说，"选举马上就要开始了。"

"是啊。嘿，'黑人的命也是命'抗议活动爆发的时候，是不是有一大堆白人给你打电话？"

乔恩笑了。"哦，我的上帝，接连不断的电话。他们都不停地说——等等，他们说了什么来着？"他抬头看着那些树。

"我看到你了。"

乔恩笑着弯下了腰。"对，就是这句话，"他说，"我看到你了。"

到了8月底，我开始觉得也许情况有所好转了。我在网上遇到了一个很酷的家伙，这一次，他不是公务员，所以我想也许我会在约会方面取得一些进展。汤米当然也是，他和他的女朋友正在规划未来，决定一起在洛克威买套房子。

我喜欢的那个家伙很酷。他叫昆西，个子很高，会柔术，是一个棕色皮肤的帅哥，在一家为自闭症儿童开设的学校工作，喜欢20世纪90年代的嘻哈音乐，经常给我打电话。然后有一天问我是否愿意一起喝杯咖啡，他住在哈林区。

一天下午，我驱车进城参加我在疫情期间的第一次约会。我花了好长时间才进入曼哈顿。由于疫情期间没人乘坐地铁，交通已经失控。我们坐在一家小咖啡馆的外面，昆西看起来和我想象的一样，除了他的头发比照片上多了很多。"我知道我看起来像个穴居人，"他说，"我算是穴居人吧。"

"太好了，我喜欢穴居人，我和他们都约会几十年了。"

我们的第一次约会很愉快，虽然我开了很长一段路才到，我还付了咖啡和饼干的钱。他一直问我喜欢做什么菜。

后来，我给菲丽丝打电话汇报情况，她问我昆西是哪里人。

"我不知道，"我说，"我没问。他说他小时候在巴拿马生活时得过哮喘，所以我猜他是巴拿马人。"

"但你没有问？"

"听着，我是个白种女人，好吗？而且我的约会对象不是白种人。我和吉姆约会的时候，他唯一被问到的问题就是他来自哪里。人们用西班牙语和他交谈，人们用阿拉伯语和他说话，黑人说他长得像他母亲，而他母亲是白人——这就是他被问到的唯一问题。这是一个种族清算的时代。而我是白人。所以我不会在第一次约会时说：'既然你是棕色人种，那你来自哪个国家？'"

"明白了，"菲丽丝说，"但你喜欢他吗？"

"喜欢，他人不错。我回家后他还给我发了短信。我们很快就会进行下一次约会，他想去骑自行车。但我有点担心他说的一些话。"

"比如说？"

"比如他每次给我发短信都会说：'晚饭吃什么？'"

菲丽丝认为这很滑稽。

"那是50年代的性别歧视，"我说，"女人在厨房里烤鸡，男人在外面的世界里挣钱。要是他每次发短信我都这么说呢？"

"说什么？"

"嘿，怎么了？真高兴收到你的消息。你赚的钱呢？"

我们哈哈大笑。那年8月，我又开始笑了。

然后有一天我停了下来。

8月25日，我看到一个视频：在威斯康星州基诺沙的一次抗议活动中，一个17岁的白人男孩，凯尔·里滕豪斯，手持步枪，被警察推开，枪杀了两名抗议者——抗议警察枪杀黑人男子雅各布·布莱克。两名受害者都是白人，这一细节被新闻媒体广泛忽略，菲丽丝向我指出了这一点。我看到的视频只捕捉到了一部分故事，媒体的报道也是如此，情况总是如此。但是，这个视频也暴露了一个潜在问题：在这个国家，涉嫌犯罪的白人，他们的遭遇与涉嫌犯罪黑人的截然不同。这个少年，年纪还不到美国的合法饮酒年龄，自称是民兵组织成员，在警察的"保护"下，手持步枪，取走了两条人命。

他还在"脸书"上大摇大摆地炫耀。

"市民"已经向"脸书"发出了400多条关于基诺沙卫队和博格鲁·博伊斯的警告，这些右翼团体利用该平台和其他平台反对威斯康星州的抗议者。"脸书"无视了这些袭击前的警告（超过400条警告），导致了这些杀戮的发生。"脸书"的首席执行官马克·扎克伯格为他的公司在里滕豪斯谋杀案中的不作为公开道歉，他将公司的错误归咎于"操作失误"。

这是操作失误吗？

之后，在"脸书"和其他社交媒体平台上，几十个另类右翼组织把里滕豪斯当作英雄来庆祝。就这样，我的职业生涯跌到了谷底。这一切毫无意义，我的工作就是个笑话。我放弃了。

2008年的时候，我也曾遇到过这种情况。我曾在金融服务部门担任调查员。为银行、大学和罗马天主教会等机构投资者做对冲基金经理和风险资本家的尽职调查。多年来，我撰写了冗长的尽职调查报告，披露了100名重罪对冲基金经理(全是大人物)，暴露出的危险信号。这些人在2008年使全球市场陷入困境，导致像我这样的人失业，付不起租金。

"这怎么可能发生呢？"在市场崩溃后，我问我的老板，他给我打电话说没有工作了。"我们做了尽职调查，调查了这些人，银行看了我们的报告，也看到了危险信号，但他们还是投资了？"

"是的，"我的老板说，"他们中有些人在看到我们的报告后选择不投资，但大多数人都投资了。他们知道收益被夸大了，但他们不在乎。他们在'尽职调查已完成'的方框里打钩，随后就投资了。"

我非常震惊，差点摔了我的午饭。我找不到合适的词来形容这种行为，然后我想起来了一个词。

劫掠。

"你必须对此释怀，"我的老板说，"这就是金融界的运作方式。"

任何认识我的人，当然还有那些曾经和我约会过的人，都知道我不是一个容易"释怀"的女人。在那之后，我换了工作领域。我重新站了起来，摆脱了金融部门的调查，工作领域变得多样化，研究范围扩大了，深入研究最终成为我的专长的事物：电子犯罪、大规模伤亡事件、危机处理。我在"看脸社交"的个人动态上写了"不要金融兄弟"——仍然没有释怀。

从那时起，我以为我喜欢我的职业。虽然的确很艰难，但我很满意。现在，在2020年，在里滕豪斯杀人事件之后，我不知道除了挫败，还能有什么别的感受，或者还有什么更聪明的表达，也许只有我们在拆除墙壁、重新改造国家的时候喊出的口号，比如解除美国武装、对硅谷撤资。

将这一切焚为灰烬吧。

大选即将到来，"9·11"事件纪念日也是。消防局局长发了一封信，并在社交媒体上发布信息，劝阻"9·11"事件的老手和第一急救员不要聚集在一起纪念这起袭击事件的19周年。

伊尔法、迈克和我决定在那天用Zoom视频，因为癌症和新冠病毒肺炎疫情让迈克没法来纽约。化疗停止了，他被拒绝参加另一个试验，但他的医生说他还是可以继续接受治疗。迈克还活着，还有希望，这才是最重要的。

人最重要的就是生命和希望。

然后一天下午，他打电话说他的发烧和咳嗽又开始了。他给自己开了抗生素阿奇霉素。

"我想对我来说，事情永远不会那么简单。"他说。

伊尔法对我说："我不知道迈克是会死于新冠病毒肺炎还是癌症。"

"我认为这是一场比赛。新冠病毒肺炎的可能性比较大，因为他在医院里进进出出的。但现在癌细胞已经扩散到他的肺部和胸部，所以也不好说。"

我们现在所能做的就是在纽约为他祈祷和爱他。

有一次，和内森一起轮班，我们坐在救护车上，吹着空调，摇下车窗，聊着我们是多么疲惫，多么想休息一下。

我在街上工作了4年，内森是5年，而我们俩似乎每周都要老上10岁。不仅仅是我们，我认识的每一个第一急救员都很疲惫。汤米正在考虑提前从消防局退休，拉里也在找工作，想从警察局退休。有一天，我问加布里埃尔，在他处理了所有那些导致病人死亡的心脏骤停任务和抗议活动之后——现在情势已经稍微平静了一点，他现在有什么感受。他说，他去看了心理医生，结果被诊断出患有焦虑症和创伤后应激障碍，这并不令人惊讶。"我对这一切有种感觉，"他说，"感觉这是千禧年的终极判决。"

"我有个医学问题要问你。"那天晚上，我因去街头工作而错过他的电话后，迈克发来短信说。

"我很抱歉错过了你的电话，"我联系上他之后说，"我在急诊室陪一个病人。"

"这个病人的胆子真大！"

"他喝醉了，把头撞破了。"

"我曾经处理过一个喝醉酒的女士，她从楼梯上摔了下来，把头皮剥了下来。她说：'把这顶该死的帽子从我头上拿下来！'其实那是她的头皮，就挂在她的眼前。然后她看着我说：'我不想让墨西哥人碰我！'而在处理她的头部时，我一直用西班牙语说：'是，是，是。'"

至于迈克的疑问，他想知道，我在生病并感觉自己感染了"罗纳"时，极度疲劳是不是我的症状之一？不管我休息了多久，是否我仍然会觉得疲惫不堪，还觉得恶心？

是的，是的，不是。

我告诉迈克，我生病时并没有消化道问题，但我提醒他，莱克西在服用阿奇霉素后出现了肠道问题。还有，一些发烧咳嗽的新冠病毒肺炎患者有呕吐和腹泻的症状。我记得在疫情高峰期间无线电发来过这样一个呼叫，街上的某个人出现了发烧和咳嗽，并且不受控制地呕吐，这听起来像是在地狱。

"这种症状持续了多长时间？"迈克问。

"我那个可能不是'罗纳'的'罗纳'持续了7—10天，莱克西在吃了阿奇霉素的3周内出现了呕吐和消化道问题。你的血氧饱和度是多少？"

"一直是94%—95%，但我肺里的东西越来越多。我感觉好多了，谢谢你。等情况变糟时，我会自我了结的。"

那天晚上，我和内森遇到的情况变得很糟糕。

9点左右，我们响应了展望公园的一个红色电话任务。调度中心告诉我们要找一个坐在树下的年轻黑人男子，他的脚受伤了，无法行走。

到达公园后，我们在寻找他时迷路了，毕竟，这个公园里到处都是树。我们看到一辆白色的小车，车门上有树木的标记，于是，我们请坐在车里的一些公园管理员带我们去据说是受伤病人坐的地方。他们带我们走了好长一段路，而在定位目的地方面，他们的装备似乎和我们的半斤八两。有一次，他们甚至把我们带到了一条死胡同里，路的尽头是一排楼梯。我们下了车，看了看公园地图。

就在这时，一个身材矮小、上了年纪、留着齐腰长的灰色辫子的黑人男子手里拿着一根大拐杖，从草坡上冲下来，一边挥舞着拐杖，一边用听起来像加勒比海人的口音对我们大喊。

"快滚出去！"他嚷道，"这是我们的土地！你们不属于这里！你们赶紧都给我滚出去！"

他走得更近了，喊着要用子弹打爆我们。我不知道他是喝醉了，还是精神有问题，或者只是被激怒了，不然就是发生了别的什么事。

我立马爬回救护车。内森和公园管理员挥手让他离开，内森也回到救护车上。

"我很紧张。"我说，我的心怦怦直跳。

内森开始倒车，但他需要我的帮助，因为在我们后面有很多人在骑自行车、散步，而他看不到他们。

"珍，我需要你下车帮我倒车离开这里。"

"好的，那你把窗户摇下来，这样我们就能听到彼此的声音。"

我走到外面，指挥他倒车，那个愤怒的人跑到内森的车窗前，挥舞着拐杖，叫嚣着我们不属于这里，让我们快滚出去，然后他开始向我跑来。

"离她远点！"内森大喊，"别靠近我搭档！退后！"

很快，他把救护车倒了过来，我跳了进去。我们继续寻找病人，对刚才发生的事只字不提。

我们终于找到了正确的树，找到了我们的病人。我们4个人走下车，受伤的人站在那里，用一条腿站着，另一只受伤的脚微微抬起。我们把他扶到救护车上，看了看他的脚踝——不仅肿胀，还有淤青，他需要去医院。

他不想去，他担心保险账单，但他又没办法自由行动，而且优步司机根本不可能在黑暗、拥挤的公园里找到他。在救护车上，我们告诉他，我们是一个志愿者团队，如果他收到无法支付的账单，或者他的医保没有充分覆盖，他可以向公园坡发一封经济困难说明信，请求帮助。我们不能保证什么，但这是一个选择。

于是他同意去医院。

在医院里，一名分诊护士对着一张挂着帘子的床喊道："你有脑出血！你的大脑在流血！"

我看到内森的眼睛睁大了，他把头探到帘子后面，想看看护士在诊断谁。

"珍！"他说，"是我们早些时候送过来的那个醉鬼，他有脑出血。"

"是的，我听到了。"

"护士说，出血量还不算小。"

"太棒了，让我们把病人抬到这张床上。"

我们把病人搬过去，在我们说再见的时候，他哭了。"墨菲，"他边哭边拉着我的手说，"谢谢你。"

"你怎么哭了，亲爱的，你还好吗？"

"我只是太高兴了。我很感激自己还活着，还能呼吸。"

我也很感激，而且显然还有点晕头转向。

我不知道展望公园里那个对我们大喊大叫的人已经影响到我了。但半个多小时后，我和内森返回基地并告别后，我回到自己的车上，一种深深的悲伤笼罩了我。回家的路上，我在车里哭了，我一边开车一边给菲丽丝打电话。

"嘿，姐妹，"她说，"你还好吗？"

我哭着说了刚刚发生的事。

"什么？"她的语气很愤慨，"姐妹，我很遗憾你遇到了这样的事情。"

"我不知道我为什么这么伤心，我哭得停不下来。"

"嗯，因为你刚刚被一个声称要向你开枪的人袭击了，而你担心自己的生命安全？"

是的，可能就是这个原因。

我们一直聊到我安全到家，回到我的公寓。和我的姐妹谈过之后，我感觉好多了。我非常爱她，我告诉她，这一切的有趣之处在于，那个冲我们尖叫的人看起来像我们从新波多黎各诗人咖啡馆那里认识的一个诗人，因为他的口音，我不由地想起之前菲丽丝和我的谈话，那些谈话经常是关于加勒比裔美国人非常有礼貌，以及他们如何经常被认为与美国黑人不同。

"我在心里不停地笑，因为那个家伙有加勒比海口音，我一直在想，这个人没有收到我姐妹告诉我的关于移民礼貌的留言。"

菲丽丝笑了。"显然没有，在所有的愤怒下面是伤害。"

"我不认为这位绅士已经抵达伤害层面。"

"不，我的意思是——我现在就要去找这个人，他竟然敢袭击我的姐妹。你在公园里努力帮助别人，在大街上救人的时候，他竟然敢对你大喊大叫，还威胁要开枪打你，他以为他是谁啊？"

"人们很愤怒，我理解。他们看到我们穿着制服，就以为我们都是一样的，然后所有的痛苦和暴怒就都爆发出来了。这太让人心碎了。"

"是的，太让人心碎了。"菲丽丝说。

一切都让人心碎。

至于昆西，第一次约会后，我就再也没有见过他。一天下午，他在哈林区骑自行车的时候被车撞了，所以我们从来没有按约定一起去骑车。

因为疫情期间的交通很疯狂，没人搭乘地铁，每个人都在骑自行车，人们被汽车撞得东倒西歪，有些轮班中，从无线电中传来的唯一 911 呼叫就是行人和骑手被车撞了。

昆西在事故中受了重伤，脑震荡和膝关节疼痛，但这并不是他消失的原因。

我们计划在 8 月底的一个周五见面。他问我们是否可以在哈林区的早上再喝一次咖啡，我说当然可以，他值得我长途跋涉。他叫我宝贝，很可爱，而且一贯如此，我们有着相同的价值观，我很喜欢这样。但在那个周五的早上，他问是否可以把约会改到晚上，当然可以，没问题。然后在我们约会前一个小时，他给我发来了这条令人震惊的短信。

"嘿，我在华盛顿参加游行，我的兄弟会兄弟在最后一分钟把我拽了过来。我忘了早点给你打电话，我不想把你晾在一边（拥吻表情符号）。要不改下周再喝咖啡？"

我的意思是，你离开了这个州，却忘了告诉我？你人都已经到了距离纽约市有 5 小时车程的华盛顿，才在我们约定见面的前一个小时想起来告诉我这件事？这也太过分了。

我给菲丽丝打电话，她说："这让我想起了马尔科没有告诉你就去了科罗拉多。"

"是的，这有种痛苦的熟悉感。但马尔科是为了一场音乐会抛弃了我，至少昆西放弃的理由更崇高。"

"他会回来的。"菲丽丝说。

她通常是对的。我们都相信，所有的人都会回来，总是如此。这只是一个时间问题，这是尼采的永恒回归理论。但是这一次，我的姐妹错了，接下来好几个月我都没有再收到昆西的消息。

当 8 月结束时，我还是单身。但后来我开始思考，我妈妈戴着口罩在疫情期间飞往华盛顿帮助她的妯娌之后，也许是时候改变我对她作为救援者的能力的看法了。要是我生病了，或者发生了什么不好的事情，到了生命的尽头，躺在医院里，只能见一个人，也许我妈妈就是我的那个人。

22 梦幻轮班

2020年8月底，令人沮丧的消息袭击了疲惫的纽约市急救社区。

对6月结束的2020财年救护车响应时间的审查发现，消防局救护车从紧急调度员接到呼叫到第一急救员和护理人员到达现场，平均需要10分19秒，比2019年多出将近1分钟。

1分钟意味着失去生命。在急救领域，正如你们现在所知道的，响应时间意味着一切。我们的响应时间越慢，你们中死去的人就越多，事实就是这么悲哀。

纽约市救护车响应时间变慢归结为3个原因：第一，那年春天，在新冠病毒肺炎疫情高峰期，911呼叫量达到前所未有的水平；第二，成千上万的急救员和护理人员因为感染病毒而停止服务，联邦应急管理局的救护车驰援纽约；第三，有一个始终存在的困境，即"忧心忡忡"的人们令第一急救员不得不为非紧急情况奔波。

随着911呼叫量的减少，我们的主管也有了空闲，新一批第一急救员在公园坡接受培训。在基地的一个周日下午，我上楼去上厕所，听到教室里传来阵阵笑声。一定是新的英雄们，我想。

我经过的时候，听到有人大声喊我的名字，看到她——我的街头"新娘"，我的尼娜，我的第三轮轮班快乐的源泉，我已经5个多月没有见过的宝贝"爱妻"穿着制服站在那里，我高兴得几乎都要晕倒了。自从疫情暴发，她离开救护车被困在家里后，我就再也没有见过她。

尼娜给了我一个大大的拥抱。我眨了眨眼，我就在她的怀里，她现在喜欢拥抱了。

"我美丽的'老婆'！"我说，"我真是想死你了！"

"我也好想你！哇喔，你把头发剪了啊？"

"是的，这不是个好主意。"

"哪有，看起来很不错。珍妮弗，你真漂亮。"

"不，是你漂亮。疫情让你变得更漂亮了。"

"珍妮弗！"希普在教室里喊我，"进来！"

我无视了他。"我们什么时候再一起烘焙？"我问尼娜。

"我们必须马上烘焙，我们需要街头甜品。我随时都可以过来，等你有空就告诉我。"

"现在可是疫情期间，我经常在家。我一周7天都营业，我就是7-11便利店。"

快乐的"老婆"们，让我们幸福生活！

8月的一个晚上，就在我和尼娜团聚后，帕特来到了我的梦中。

我和伊尔法肩并肩站在一起，他的脸出现在我们头顶，有一朵云那么大，非常神圣。我们说："哦，那是帕特！"然后他就现出人形，看起来和他生前一模一样。他站在我面前，直视着我的眼睛，我们拥抱了一下。然后他走到伊尔法身边，与她拥抱了很久。我的梦结束时，他们还在拥抱。

我在梦中非常确信这是真的，帕特在这里，他回来了。我的感觉是，他回来是为了接走迈克。

因为迈克根本不在这个梦里。

四五天后——时间已经没有意义了，所以谁知道确切的日子呢——尼娜说她在楼下，就在我的楼外。

我迅速戴上我的白色面包师帽和廉价的玫瑰色六角形太阳镜，那是我很久以前给我们买的，当时我们决定在万圣节扮演达尔塞和斯泰西，她们是《90天未婚夫》中的双胞胎姐妹，金发碧眼、争强好胜，她们开着配套的白色汽车，什么都是配套的：嘴唇、脸颊、胸部。她们在旅游生活频道（TLC）有自己的真人秀节目，就叫《达尔塞和斯泰西》，是非常重要的节目。我们还得找金色的假发。

"哦，天啊，珍妮弗！"尼娜在我推开大厅的门时说。

"你喜欢这个吗？我楼上有你要的太阳镜和帽子，街头甜品重新开张！"

那天晚上，我们烤了巧克力碎饼干。这些饼干很硬，也不上镜，但我们并不在乎。我们在我的沙发上坐了几个小时，吃着我们糟糕的产品，看着旅游生活频道。我向尼娜展示了天堂鸟树上美丽的新叶，它是在疫情期间长出来的。和它母亲不同，我的树确实长出了新叶。

"你回学校的情况怎么样？"我问尼娜。

她露出没有进展时的那种表情，然后说："下周开始上课。"

"然后呢？你登记了吗？"

"珍妮弗，"她说着，往嘴里塞了一块小饼干，"真好吃。"

尼娜的父母说她可以回到救护车上，所以接下来的一周我们可以一起轮班。我们终于又一起回到街上了。

但首先，这个周六我会和奥斯汀一起值班。这是她去波士顿读研究生之前我们最后一次一起值班。此时，我不知道这将是我作为第一急救员所经历的最美好的夜晚之一，一次最伟大的轮班。

那个周六，奥斯汀像以往喜欢的那样开着救护车，教我们的见习员，一名迫不及待实践的急救员新手，他坐在后面，腿上放着无线电和值班表。奥斯汀喜欢教学，她非常擅长这个，所以我把这个任务留给了她。作为一个对医学不感兴趣的第一急救员，这个夜晚给了我所需要的一切，让奥斯汀得到了她渴望的、最珍视的、最严肃的工作。

我们接到的交通事故原来只是一个没有伤员的刮蹭事故。但我很高兴，因为在现场我们看到了我们最喜欢的一个消防局单位。这些人来到我们的救护车前，挂在我们的车窗上，解释说这是一次没有任务的任务，即没有发现病人（代码90）。但他们之前有过一次"很好的任务"——一个严重的创伤任务，有个洗窗户的人从高楼外摔了下去，整条腿都撕裂了。

"听起来'不错'。"我惊恐地说。

听起来很可怕，但我能看出来奥斯汀很嫉妒。几分钟后，当我们被派往第三大道和波罗的海街的公房区处理一个失控的出血者时，她差点用脸吃掉了无线电。她一心扑在这个任务上，但我毫无兴趣。

"'老婆'，我已经处理过失控的出血者了，"我在她沿着街道疾驰时说，"我见识过了，一点也不好玩，是极其没意思的呼叫类型，见习员会弄得浑身是血的。"

"这对他有好处，'老婆'！他需要经验！"

我们来到公房区，碰到了两名警察，一个秃顶的白人和他的黑人搭档。他们告诉我们，一个黑人男子被刺伤后跑了。

我们循着血迹来到一楼的一间公寓，那里有一户人家说他们的兄弟被刺伤后跑了，那个凶手也逃跑了，还说他们的兄弟应该会回来。我和奥斯汀，以及我们的哑巴见习员一起站在走廊上，警察在开放式的公寓里与悲痛的受害者家人进行交谈。

"问问他是哪里被刺伤了！"我喊道。

"胳膊！"他们大喊。

奥斯汀看起来很失望。

那个受伤的家伙已经跑了，不知去向，我们和警察一起去外面看他有没有回来。

"嘿，我记得你，"那个秃顶警察在我们寻找病人时说，"我有一阵子没有看到你了。我是给那个中枪的人绑上止血带的。"

"噢，你好。那次你做得很棒，你救了那家伙的命。他就是个混蛋。"

"是啊，你走后医院里的情况更糟了，他对医生破口大骂。"

"你最近怎么样，还好吗？"

"我很好，刚度完假回来。我在读紧急医疗技术学校，晚上上课，都是线上课程。"

"噢，太棒了！等你上完课，你就可以和我们一起值班了。"

"真的吗？他们会让我这样做吗？"

"当然会啊，我们都是志愿者。和我们一起值班的一个第一急救员，他也是警察，他正在读护理学校，或者之前是。我不知道他有没有在抗议活动后被迫退学，当时你们不是被强制加班嘛。"

就在这时，我们看到一辆姗姗来迟的消防局救护车。后门是开着的，旁边站着两个黑人，一个身材魁梧、肤色黝黑，另一个肤色较浅、瘦削结实，两人都穿着被鲜血浸透的白T恤。瘦削结实的先生并没有受伤，他只是因为帮忙才弄得浑身是血——事情就是这样，没有人比我更清楚发生了什么；另一个人的肘部上方有一个很深的、硬币大小的刺伤，市政第一急救员正准备给他处理伤口。

"嘿，你好呀，"其中一个急救员说，他是我很喜欢的一个白人肌肉男，"我有段时间没有看到你了。你最近怎么样？"

"我很好，我一般在周日值班。今天是周几？"

"周六。"

"好吧，这就说得通了。你能帮我打开那个吗？"

他递给我一包创伤绷带，我帮他打开，而他梳着黑色长马尾的搭档打开一瓶水给病人清洗伤口。

"疼得厉害吗？"我问病人，"用1到10打分，10分最疼，你觉得有几分？"

"我什么都感觉不到，我喝醉了。"

"哦，那也不错，因为伤口很深，你需要缝针。"

"噢，老天，我不想去医院。"

我们的见习员一边观察一边帮助消防局急救员为伤者清洗伤口。这是一个相当深的刀伤，所以至少我们的见习员看到了一些黄白色的黏液，可能是皮下组织或者具有其他医学名称的东西。不过，没看到骨头，也没有失控的出血，所以奥斯汀站在后面，摇着手里的救护车钥匙，整个人坐立不安。

伤口被彻底消毒和包扎后，我和那个戴着蓝色手套的消防局急救员互相碰了碰拳，说："很高兴见到你。"然后我把他们的救护车后门关上。

"那不是失控的出血。"我们一回到救护车上，奥斯汀就这么说，悄悄地离开了公房区。

"是的，只是轻伤。对不起，'老婆'，我们尽力了。但那个救了我的枪击受害者的警察将成为一名第一急救员，这不是很好吗？"

"'老婆'，我们现在需要来趟真正的任务。"奥斯汀说。

"我很喜欢那个刀伤任务，没流多少血，还和警察、消防急救员叙旧了，病人也很合作，我觉得这一趟任务能打个'A'。"

但奥斯汀觉得很无聊。

几个小时后，当天色暗下来时，我知道她已经绝望了：她很兴奋地响应了一个病人任务，结果病人任务却远低于她对复杂紧急情况的渴望。但今晚是我的夜晚，我刚刚开始兴奋起来，而下一个任务成了我街头生活中最疯狂的乐趣之一。

3分钟，或是5分钟，也有可能是7分钟后，奥斯汀拐进一条黑暗、安静、绿树成荫的街道，告诉调度中心我们是有警方陪同的代码84。我们 3 个人从救护车上滑下来，我总是忘记我们还有个见习员。

人行道上，一位年长的白人男子站在一辆汽车旁边，旁边站着两名警察、一名黑发白人女子和她的白人男伴。

我们走到警察和这位老人面前，他戴着一个医用口罩，与他淡蓝色的眼睛很配。

"这是哈罗德，"那个女警察说，"我们发现他坐在别人的车里。"

"你好，哈罗德，"我说，然后对警察说，"你这话是什么意思？"

"有个女人忘了锁车门，等她上车时，发现哈罗德正坐在驾驶座上。我觉得他有痴呆症。"

"哦，我喜欢这个故事。在纽约市，谁会不锁车门呢？哈罗德，"我一边说，一边用我的医用笔式小手电照了照他的眼球，看看他的瞳孔是否正常，它们都是正常的。奥斯汀排除了中风的可能性，让哈罗德握住她的手，举起他的手臂，短暂地拉下口罩，给她一个大大的微笑。他通过了所有的测试，所以不是中风。然后他大声地湿咳起来，还笑了起来。虽然我看不到他的嘴，但我能看出他在笑，因为他的眼睛皱了起来。

"哈罗德，你可真勤快，坐在那个女人的车里，"我说，"你是打算开车去兜风吗？"

完全没反应。

突然，一个身材高大、上了年纪的路人操着一口浓重的布鲁克林口音，背着双手朝我们走来。"那个白人女士很讨厌，"他说，"她恨不得马上离开这里。她发现哈罗德坐在她车里，我们打了 911，她只想知道他能不能从她的车里出来，这样她就能离开了。她根本不在乎哈罗德。"

"我明白了。没事，我们在乎你，哈罗德，亲爱的，你姓什么？"

没有回答，只有那双美丽的眯起来的眼睛。

哈罗德长得很像我的外公，拥有同样的温柔、同样的身材，可能也忍受着同样的病痛——阿尔茨海默病。阿尔茨海默病患者会四处游荡。

"你生日是什么时候？"

还是没反应。

"我们没办法让他说话，"警察说，"我想看看他是不是失踪人口，我需要进系统查一下是否有失踪老人记录。既然他不能告诉我们他的姓，我们就给他拍张照吧。"

"这办法听起来不错。"

我站在哈罗德旁边,摘下他的口罩说:"笑一笑。"哈罗德笑了,警察趁机给我们拍了照。

奥斯汀说:"我们把他送上救护车吧,'老婆'。"

我们陪哈罗德上了救护车。他的脚步并不快,我们必须帮他上台阶,他才能爬上救护车。我们把他放在担架上,给他系上安全带。他的脚在脚踝处交叉着,他从头到脚穿着一套红色的运动服,就像一名职业杀手——衣服真不错。奥斯汀和见习员检查了他的生命体征,在我和哈罗德玩躲猫猫(我在他微笑和咳嗽的时候把头从后门探进来又躲出来)的时候给他测了血糖。生命体征正常,血糖也正常。他非常好,除了咳嗽。

"我找到他了!"警察大声喊出哈罗德的全名,"他是位失踪老人,从7点开始失踪的。"

我们所有人立刻去看表,现在是8点15分。

"他多大了?"我问。

"86岁。他最后一次露面是在科尼岛,他做过一级关节松动术。"

"哦,哈罗德!你失踪了!警察都在找你!你是怎么在一小时内走了这么远的?你是怎么做到的?你坐公交车了吗?"哈罗德微笑着咳嗽了一声。我猜他是坐公交车从科尼岛到公园坡的,真是太有创意了。

那个女警察说:"我要打电话给警长,让他从科尼岛派队人来接他。我们只要等他们过来就好了。"

"'老婆',"奥斯汀说,"我应该怎么上报调度中心?"

"他没病,外面不热,也不冷。他正坐在一辆汽车里,他只失踪了一个小时,这不是一个医疗紧急情况。紧急情况是他失踪了,他有咳嗽,所以他可能感染了'罗纳'。但若是他没感染上,而他已经这么大年纪了,我不想送他去医院接触'罗纳'。他需要回家。"

"那等科尼岛警方过来的时候,我该怎么和调度中心说?"

我耸了耸肩:"告诉他们这只是警察的事,我们没法参与。"

她向调度中心汇报了最新情况。

等待的时候,路人和我们一起闲聊,疫情中的人们很孤独。他说,他听说阿尔茨海默病患者经常游荡到他们之前去过的地方。我以前从没听说过这个理论，但这很有道理。

我外公以前也经常四处游荡，他从家门口出去，外婆就得跑遍整个街区去找他。有一次，她发现他在房子后面徘徊，在橘子树下漫步。"你在这儿的橘子树下做什么？"等终于找到他后，她问。他笑着说："这里有东西。"

我觉得他指的是某种永恒而神圣的东西，某种无形的东西把他召唤到了橘子树下。在街上工作了几年后，我同意外公的看法。我认为外面有什么东西。

我们等了二三十分钟，奥斯汀开始变得不耐烦。她拿出一些消毒湿巾，开始清理救护车——当时哈罗德还在里面。我知道这意味着什么，她迫不及待地想离开，去做别的任务。我们本可以让哈罗德在警察的车里等待，然后清理现场。但我绝对不能把我新认识的失踪朋友丢到警车后面。他在我们的担架上很开心。

不过，我确实为奥斯汀感到难过。她再次响应了一个任务，而她在网上订购的"紧急礼物"在寄到时并不符合要求。

就我个人而言，我很高兴我们找到了哈罗德。我们找到了一个失踪的人！这种情况多久发生一次？我认为，并不多。我忍不住和他玩起了捉迷藏的游戏，救护车的门让他笑弯了眼。显然，他最后一次被看到是在他的家庭看护的照顾下，不管他们是谁，他们明天就得找新工作了。

最后，科尼岛的警察来了，两个矮胖的白人，看起来像是戴着太阳镜。他们谢谢我们找到了一个失踪者。

我注意到，他们都没有戴口罩。

我们把哈罗德从担架上解开，慢慢地让他坐起来，扶他上了警车的后排。看到他挤在警车里，我很难过，他的膝盖撞到了座位隔板的后面。他的腿几乎和我的一样长。

"他在咳嗽，"我告诉警察，"可能是因为'罗纳'。你们这些人有口罩吗？你们最好戴口罩开车，把车窗摇下来。"

"没有，"他们说，"你们有多余的口罩给我们吗？"

奥斯汀走向救护车，回来时拿了些医用口罩给他们。他们戴上口罩。

在这个时期，警察没戴口罩，有时是因为他们没有配备任何个人防护用品，只能靠捐赠生存，但又并没有多少捐赠物资流向他们；有时是因为他们已经感染了"罗纳"，有了抗体，觉得很安全；有时是因为这才是硬汉的表现；有时是因为他们认为新冠病毒肺炎疫情只是一个夸大其词的骗局。

这些天，消防员也经常不戴口罩。但由于英雄叙事的不断上演，没有人敢骂消防员不戴口罩，甚至没有人注意到这一点。我觉得这有些不可思议，人们被那些红色背带的力量蒙蔽了双眼，除了超级英雄，他们什么也看不见。消防局就是品牌推广的大师班。

无论第一急救员相信什么，政治在街上都会分崩离析，尤其当你是一名疫情中的警察，不得不用你的警车运送一个有湿咳的人时。

每个人都是反佩戴口罩者，直到哈罗德上了他们的车。

"祝你有个美好的夜晚！"当警察带着我的朋友驶离时，我对他们说，然后透过窗户挥手，向他做了个飞吻，"再见，哈罗德！我已经开始想你了！一路平安！"

"'老婆'，"当我们回到救护车上时，奥斯汀说，"那只是警察的事。现在我们需要一个真正的医疗任务。"

"和哈罗德待了一个小时，你怎么会不高兴呢？那个任务简直就是天堂，'老婆'。内森会把这个任务拖到两个小时的，尼娜也是，她会喜欢它的。"

"'老婆'，我们不一样。"

"简直天差地别。我根本不了解你，我'嫁'给了和我全然相反的人。"

这次轮班对我来说越来越好，对奥斯汀而言却越来越糟。

几个小时后，我们响应了一个紧急情绪抑郁患者，我以为我'老婆'会很高兴。当时奥斯汀正在救护车后面教见习员，这时任务来了，"市民"提醒我，在离我们停车的地方不远处，有个男人的行为很暴力。我告诉调度中心：任务收到，正在前往任务地点。

奥斯汀跳上驾驶座，冲到展望公园附近的地址，尽管"冲到"这个动词也许是不恰当的，因为对于紧急情绪抑郁患者任务来说，我们不能拉警灯或警笛。精神病患者存在潜逃跑风险，所以对于这类呼叫，我们都是悄然前往。

我们和警察一起到达任务地点后，一个高高瘦瘦的戴眼镜的亚裔警察说，病人已经徒步逃离，正在四处攻击他人。惊慌失措的路人从我们的救护车旁经过，大喊："他往那边跑了！那边！那边！"

"他长什么样？"我问警察。

"男性，黑人。"他们说。

我真想给他们一个白眼：这描述可真准确，真是一下子就缩小了目标范围，不愧是给出精准描述的拨打911的人呢。

好吧，给你们这些拨打911报警的人一个免费建议吧：请从头到脚看一下这个人，他们的身材怎么样，是高大、矮胖，还是肌肉发达？他们大概的年纪是多少？注意一下他们的毛发，是否有山羊胡，是否秃顶，有没有鬓角，什么发色，长度怎么样？再注意一下肤色，是浅色的，晒黑的，还是黑色的？有没有雀斑？然后是他们穿的是什么衣服，衣服的颜色很有帮助，是红色衬衫，黑色裤子，还是粉红色的鞋子？身上是否有什么显著的特征，比如文身、疤痕等。

还有，求求，求求你们了，纽约人，我谨代表街上的每个人——求你们不要再因为"大麻的味道"而拨打911了。

警察上了他们的车，另一辆警车也来了。我们跟着他们在街区里转悠，寻找那个据说有暴力倾向的人，有人说他进了公园。就在这时，一个穿着粉色格子衬衫的黑人男子遛着狗从公园里走了出来。

我摇摇头，对奥斯汀说："现在不是做那种人的时候。这就是情况变糟的时候，每个黑人男子都符合这种描述。"

"没错，'老婆'，没错。"奥斯汀说。

等我们到达另一个住宅区，更多骑着自行车和步行的路人指着另一条街，让我们快点去追人。我不停地呼叫调度中心以更新地址，这个时候我已经更新了3次地址。我们经过一辆停着的消防局救护车时，一个秃顶的白人摇下车窗说："你们找到他了吗？"

我说："还没有，警察正在找。他是步行，我们正在跟着警察找他。"

他笑着说："有个家伙走过来对我们大喊大叫。他说：'你们为什么什么么都不做？你们为什么只是坐在那里？'我说：'我们是急救员，不是警察。我们不会从救护车上下来，到处寻找有暴力倾向的人。'他们又说：'为什么不下来？朝他身上撒个网就行了！就能抓住他了！'我当时心里就在想：

'什么，撒个网？你在说什么呢？我们从来不会向人们撒网。'"

我立刻想到了内森，那天晚上他把一条床单扔到那个满身虱子、吸毒成瘾的病人身上。"我的搭档曾经向某人扔过床单，"我对消防局急救员说，"这不是为了抓他们，而是为了包住一些虫子。但他直接把床单扔在一个病人身上，把她卷成了一个卷饼。"

"卷成卷饼是一回事，"他说，"我们一直都会把身上有虫子的人卷成卷饼。但是一张网？把网扔到某个人头上？人们都是从哪里想出来的这种鬼主意呢？"

"应该是电视，他们是从电视上学的。我们得跟上警察了。"

"收到，我们会跟在你们后面的。"

我们领着消防局的救护车在街区里龟速移动，在街道的中间停了下来，4个警察站在人行道上。我们下了车。

"你找到那个病人了吗？"我问那位亚裔警官。他气喘吁吁，大汗淋漓。"是的，他就在这儿。"

我告诉消防局急救员，然后我们5个人大步走向一栋褐砂石房子。

门廊上坐着一个平静的、棕色皮肤的大男孩，我和他说话时，他的眼睛看向一边。

"他有特殊需要。"他的母亲说，她正在哭。

我点点头。"是自闭症吗？"

"是的，而且他有暴力倾向，我不知道该怎么办。他一生气，我们就没法控制他，他还会打我们，"她指了下自己和男孩的妹妹，然后靠近我小声说，"他很强壮，他想杀了我们。"

"我明白了。他多大了？"

"25岁。"

25岁，但正如自闭症患者常见的那样，他表现得像个孩子。他此刻很安静，甚至有些兴高采烈，但他的家庭被毁了。他的母亲和妹妹在人行道上踱来踱去，解释说他一直住在一个寄宿机构，因为她们想念他，所以把他带回了家。她们却无法控制他，他太暴力了。她们伤心欲绝，伤痕累累，倍感失落。"他今晚不能留在这里，"他母亲说，"我们没法这么做。"

就在这时，一位黑人现场主管走了过来，她与这位母亲交谈，听完情况后点头表示理解。

"我也有一个自闭症孩子，"主管说，"所以我能理解你的心情。我知道发生了什么，我也知道这有多难，但我们可以聪明一点来处理这个情况。我给你出个主意吧，我们现在能做的就是叫护理人员过来给他打镇静剂。"

"这是什么意思？"母亲慌乱地说，"我不明白。"

"他们会给他吃些让人昏昏欲睡的药。"我说。

"没错，"主管说，"他会睡着的。这样一来，即使他再变得暴力，警察也不用试图控制他了。"

"你可以相信她，"我对那个母亲说，"她知道那是什么感觉，这是一种更温和的方式。"

"比较温和吧，"现场主管说，"否则，等我们试图把他送上救护车的时候，要是他变得暴力，警察将不得不控制他。所以这是比较温和的方式。"

母亲同意使用镇静剂，现场主管叫来了护理人员。然后母亲向我解释说，她的儿子正在服用他能服用的最高剂量的药物，但似乎没什么用。与此同时，警察在和病人聊天，他叫塞思，他们对他很友好，聊着电子游戏和动画片。看到他们如此富有同情心，我替他们感到很自豪，也很感激这位现场主管明白作为一个有暴力倾向的自闭症孩子的母亲是什么感觉，她叫了护理人员来帮忙。现场的每个人都在尽自己的一份力量，见证并参与这场紧急事件是令人敬畏的。

"这太难了，"母亲对我说，"他总是用头撞墙，他撞得那么用力、那么狠，他的头现在肯定受伤了。我不能眼睁睁地看他这样对自己，可我也无法阻止他，我不够强壮，我试过了。今天晚上，为了阻止他的暴力行为，我全身都在用力。明天我肯定会全身酸痛，身上还会有瘀青。"

"自闭症患者这样做很正常，"我向她保证，"他不是要伤害自己，而是想让自己冷静下来。他受到了过度的刺激，是在努力让自己平静下来，让自己的大脑慢下来。"

现场主管说："发生这种情况的时候，他的感官处于超负荷状态。我儿子也会这样做。"

"你不知道这有多难，"他妹妹说，"我们非常爱他，但我们不知道该怎么对待他。我们不想让他离开，但又不能让他留在这里。这太难了。"

"我理解的。我哥哥在我成长过程中也是如此，他过去经常用头猛撞床头板，试图把自己撞晕过去。那声音听起来很糟糕，太可怕了，简直是这个世界上最悲伤的声音。"

"这太让人难过了，"那位母亲说，"我们的心都碎了。"

"我知道，但你做得很棒。你今晚做得很对，我们都是来帮你的。你已经尽力了。"

很快，第三辆救护车停了下来。我转过身，看到两名消防局的救援人员正朝我们走来。我立刻认出其中一名护理人员是蔡斯——那个这些年来我合作过十几次任务的救援人员。在那个我撞掉三四辆汽车后视镜的晚上，他就坐在我的救护车后面。自从疫情暴发以来，我已经有好几个月没有见过他了，现在在街上看到他，我为他还活着而感到欣喜若狂。我甚至不知道这反映出我内心的恐惧，恐惧我在街上合作过的第一急救员已经死亡。

"英雄们来了！"我欢呼雀跃地说。

"嘿！"切斯微笑着说，"你之前都去哪了？我好久没看到你了，见到你真是太好了。"

现场主管为蔡斯介绍了情况，然后蔡斯走到病人身边打招呼："嘿，伙计，你叫什么名字？"

"塞斯。"

"很高兴见到你，塞斯。我是蔡斯。"

我让我的声音变得高亢，像天使一样。"塞斯，亲爱的，蔡斯是一名护理人员。我们现在要和他一起上救护车，这样他才能帮助你。你就跟着我们走，好吗？我们一起走过去。"

"好的。"说着，塞斯站了起来，跟着我们朝救护车走去。

我们一边走，我一边对蔡斯说："你最近怎么样？我好久没有看到你了。"

"是的，我还行。你怎么样？"

"也是有点忙。"

塞斯爬上救护车，蔡斯跟着他进去。在我们离开之前，我坐在消防局的救护车后面，观看了注射全程。蔡斯坐在担架上，与塞斯面对面，在他的胳膊上绑了一条带子准备静脉注射。塞斯很放松，而且被照顾得很好。

"我们该走了，"蔡斯对主管说，"趁他现在很平静。"然后他看着警察说："你们要有个人和我们一起走。"

也许我们应该在这里停顿一下，讨论一下护理人员提出警察陪同上救护车的请求。如果这个病人在去急诊室的路上又变得暴力，那么应该由谁来控制他，以便护理人员能在他的手臂上插针，找到静脉注射镇静剂，还不会被病人殴打？我的一些普通人朋友一本正经地看着我，说应该由我来做这样的事。你想让急救员来控制有暴力倾向的病人？那你知道急救员的时薪只在 0—14 美元内、没有穿防弹背心、只接受过 2 小时处理情绪抑郁患者和不稳定病人的培训吗？我上过一次以色列格斗术的课程，但我并不擅长。

遗憾的是，言语和身体约束才是让暴力病人（纽约市有很多这样的病人）服从急救服务机构治疗和运输的最佳选择，以免急救员和护理人员受到伤害。警察和医院保安按住病人，让护理人员在救护车上和急诊室里对病人进行镇静治疗和控制，以防他们试图攻击急救员。如果病人处于不稳定的、暴力的状态，语言约束在这类呼叫中是无效的。

你可以尽情地训练如何在危机中说服别人，我就是一名危机沟通人。但是，如果你那无家可归的、醉酒的、精神分裂的病人产生了幻觉，认为你是想要杀死他的魔鬼，所以他想马上杀了你；或者他是一个吃了"天使粉"[①]、朝你脸上吐口水的暴力罪犯；或者他是攻击性很强的自闭症患者，想杀死自己的母亲，而她拨打 911 求救——那就祝你好运吧。

那个亚裔警察爬上了救援人员的救护车。

"再见，塞斯。"说着，我在街上朝他挥了挥手。

"再见。"他说，挥手回礼。

在朝我们的救护车走去的路上，我希望能和救援人员一起去医院，但我们的工作已经完成了，塞斯得到了更好的帮助，家属也松了一口气，哪

---

① 一种有麻醉作用的致幻类药物。

怕只是一晚。他们的心碎会挥之不去，我的心碎也会挥之不去，大家的心碎也会挥之不去。但这个奇迹也在我的心头萦绕，使我油然而生一种敬畏和惊喜的感觉，为一个善良而有能力的第一急救员大家庭如此慷慨地在街上提供了这样专业而富有同理心的服务而自豪。

任务完成后，又有一辆警车开过来了。我告诉警察一切都很好，不需要他们了，他们可以走了。他们说："听起来不错。"

在他们离开之前，我发现其中一个警察是我在街上经常看到的一位身材娇小、有酒窝的金发女人，她看着我说："我一看到你在现场就对自己说：'哦，太好了，她来了，一切都会好起来的。'"

我简直不敢相信她对我竟然有这种感觉。

在我还是个新手的时候，当我看到像拉芙琳这样经验丰富的第一急救员、我的英雄出现在现场时，我也有这样的感觉，而我就呆呆地站在街上。

然后，奇迹出现了。

从我内心深处布满灰尘和黑暗的虚空中，倒塌的双子塔拔地而起，抖落了身上的灰尘，回到了它们的位置，高高矗立，肩并着肩，像一对坚不可摧的双胞胎，坚实而完整。就这样，所有死去的人都回来了，帕特回来了，他还活着，就在布鲁克林的街道上。我看到他再次活了过来，我看到他的笑脸出现在他的消防车窗口，红润、完好、没有被压坏。在我朝瑜伽学校走的时候，他的笑脸在拉法耶特大街上缓缓移动，我们在那里一起并肩祈祷和冥想，他的手臂从消防车窗户里伸出，从副驾驶座那边向我挥手，他的声音通过扩音器笑着喊道："珍妮弗！珍妮弗！是我呀！"

那是曾经的我。

因为他，我走上了这条路，用救护车画出了地图。

终于，我做到了。

今晚真的很神奇，这是一个难以形容的温柔之夜，我永远也不会忘记。每个人都那么勇敢和善良，每个人都在拯救彼此，互帮互助，我希望每个美国人都能成为第一急救员。奥斯汀很痛苦，这个晚上对她来说是彻

底的失败，我们没有进行任何药物治疗，所以见习员很无聊。但我并不在意这些，我甚至不喜欢医学。

在街上工作了这么多年，这次轮班是我最喜欢的一次。急救服务是一份工作，或者一种爱好，它是一种把你洗劫一空、夺走你所有情感财富的职业，然后在一个意想不到的夜晚，它又将所有的财富归还给了你。街道把我这样的普通人变成了勇敢的救援者，变成了能够以喜悦和勇气面对紧急情况的魔术师。

奥斯汀有她最喜欢的任务，我也有我最喜欢的任务。不管怎样，我们都有独一无二的能力来烧灼这个世界的伤口，不管是情感上的，还是医学上的；也不管是创伤方面的，还是家庭方面的。我们就在那里，能在那里是一种特权，一种慰藉，这是一种魔法。

我想，那些在救护车上度过的夜晚确实拯救了我。

我把那晚的事录成视频发给了迈克，他说他爱死我了。我也发给了汤米，他说自他记事以来，他已经很多年没有经历过这样的夜晚了。而尼娜，她完全理解我的幸福。最后，在我们的下一次轮班中，她也得到了她梦寐以求的任务：一名持刀的情绪抑郁患者。

但任务并不完全按她所希望的那样展开。

9月第一周的周六，尼娜和我回到街上。我们终于又见面了，又在救护车上相聚，这让我们高兴不已，仿佛新冠病毒肺炎疫情从未发生过。尼娜从3月底就离开了，我问她，休息一段时间是否对她有帮助，她是不是不像之前那么疲惫了？

"不，一点也没有，"她说，"我还是老样子。"

我想街道对人的影响还是太大了，你没有办法摆脱这种影响。

这是一个凉爽、美丽的夜晚，我们聊了好几个小时，还去了7-11便利店，买了最喜欢的零食，一起插科打诨，跑了一趟没有病人的任务。一切都很平静，直到10点左右，我们响应了一个"未知"的紧急情况。未知就是对现场状况一无所知，我们什么都不知道。

我们到达现场，看到街上有4辆警车和8名警察，还有一辆停着的消防局救护车和2名急救人员。我们不禁疑惑：该死，这里发生了什么？我们走下车，向一名消防局急救员询问情况。他告诉我们，911中心说是

"一名穿着内衣的男子挥舞着一把砍刀"。

真有意思。

在纽约市，一定刀刃长度的刀具被认为是"危险的"或"致命的"，在室外使用是违法的。

我扫视了一下现场，看到一个年轻的白人小伙子，大概二十来岁，穿着内衣坐在一幢褐石房子的门廊上，朝警察尖叫。这些警察有男有女，都是不同种族，他们看起来很痛苦。警察局的一名亚裔副队长站在一旁，压低声音对一位明显心烦意乱、站立不稳的老妇人说着什么。她是病人的奶奶，看上去忧心忡忡。

在接近这位怀有敌意的病人之前，我问这位老妇人，她的孙子是否接受过心理健康方面的诊断。接受过，她说，焦虑症，还有酗酒，他一喝酒就生气。我又问他是否有过想要伤害自己或他人的想法。她回答说，没有其他人，他只会伤害自己，他一喝醉就想自杀。那他今晚喝酒了吗？喝了，喝了很多。

我走近那个穿着内衣坐在门廊上的病人。我在6英尺（约1.8米）外就能闻到他身上的酒味。他还在冲着警察大喊大叫，因为警察实在是太多了。

我打断他的咆哮，说："你好，先生，我不是警察。"然后我转过身，让他看我制服背面写的"第一急救员"。他的注意力放到我身上，问我警察的事。他想知道这是怎么一回事，为什么去年他的车被偷了，他打了911，却没人出现；但是今晚，他站在自己家门口割草，却冒出来这么多警察。

"是因为砍刀，"我说，"砍刀才是真正让这里与众不同的东西。"

我并没说，还因为你喝醉了，只穿了内衣，还大喊大叫。

请记住，这个病人是白人，住在卡罗尔花园一个非常漂亮的街区，住在我这辈子都买不起的漂亮的褐石房子里。房子前面有个院子，里面长满了乱七八糟的杂草，显然他是想用大砍刀把它们割掉。一部分的我心想，该死，我真为你感到难过，你要在自己家门口被罚款了，这也太糟糕了。

但我不在乎你有多白，当你喝醉了，穿着内衣在纽约挥舞着大砍刀时，全世界的白都帮不了你。我看到了武器，一把只用双手挥舞就能轻松砍断你四肢或头颅的砍刀。这里是布鲁克林，不是堪萨斯，这里也不是蓬塔卡纳的海滩，你可以用砍刀开椰子。

一开始，我为病人感到难过。因为很明显这是精神紧急情况，但他也烂醉如泥，所以这是一个组合任务。我尽量直截了当地问他是否像他祖母告诉我的那样患有焦虑症，他说没有。我问他有没有喝酒，喝了多少，他说没有，什么也没有。所以我们这是在小说里？

我喜欢小说，因而我很自在。然后我问他是否想过自杀，他突然很有哲理地说，每个人都有过想要伤害自己的时候。（没错，但不是每个人都会像你这样穿着内衣拿着砍刀站在外面啊！）我告诉病人，他祖母很担心他，并且告诉了我这个信息。

然后，那家伙开始对我大喊大叫，他变得恶毒起来，在街上冲我大喊大叫了大概10分钟。作为一名经验丰富的危机沟通人，我尽力了，这项工作已经彻底失败。消防局急救员来到我们面前，询问我们他们是否可以离开，因为很明显，这个呼叫将要花上一个多小时，而其中一名女性同时在一家私人医院的救护车上兼职，此时她的值班很快就要开始了。由于工资太低，市政急救员通常做多份工作来维持生计。我们说，没关系的，你们走吧，一切平安。

中场休息之后，病人继续对我大喊大叫。然后，他祖母蹒跚地走过来，想要帮忙，而他却把矛头指向了她，一连骂了她好几分钟，骂她是个愚蠢的臭婊子，还有其他一些难听的话。这时，我对病人的同情消失了，我现在站在老奶奶这边，没人能对老奶奶大喊大叫！

接下来被骂的是警察局的亚裔副队长。病人面对警察，用种族歧视的脏话对他破口大骂。所以当这个呼叫变成仇恨犯罪时，我的全部心神都放在了那个亚裔家伙身上。

我跟不上自己的感受：我觉得自己的脸被人打了一拳，然后有人走过来捅了我的心脏，等我痛苦地弯下腰时，一个司机又开车从街上俯冲过来，从我身上碾了过去。简而言之，这就是急救服务，这就是为什么我们的自杀率会比普通人高10倍，而这并没有出现在任何引诱人们从事这一非凡职业的性感海报上。

在种族歧视的污言秽语冒出来后不久，一个警察悄悄地叫我后退。4名警察不知何时已悄无声息地走到病人面前，此时轻松地把他扶起来，给他戴上手铐，陪他走上救护车，让他坐在长椅上，系好安全带。

我拉响警灯、警笛疾驰到急诊室，那里的保安看起来就像职业保镖。我们不能把这个病人送到普通的 911 接收机构，因为那里的保安都是心地善良、身材干瘦的老年人。

病人喜欢的一个白人男警察——可能是因为他在现场保持沉默，和尼娜一起坐在救护车的后面，病人一路上都在尖叫。最后，我们到了急诊室，但那里没有停车位，所以我不得不绕着街区寻找停车位。好不容易停好了救护车，我却不记得急诊室的密码了（所有的急诊室都需要密码才能进入，而每个密码都是不同的）。我被连续一个小时的尖叫弄得焦头烂额，所以等尼娜、警察和病人进了急诊室后，我还像个傻瓜一样站在外面按密码。

哔哔哔，不对。哔哔哔，不对。哔哔哔——谢天谢地，终于对了。

"我在找我的病人，"我对保安说，"一个暴力的白人家伙。"

保安把他的手腕扣到一起，好像它们被铐上了手铐，然后举起双臂说："他看起来像这样吗？"

"就是他。"

在急诊室，病人有更多的话要对我说。他要求知道叫救护车的费用是多少，因为他想让我付钱。他还想知道为什么我们把他从家赶到这么远的地方，而不是直接把他送到街角的医院。我告诉他是因为医院今晚很忙。

"你搭档说你把我带到这里，是因为我太咄咄逼人了。"

"是的，"我说，"而且还因为那个。"

"咄咄逼人！"他大喊起来，将被铐起来的手腕举到头顶。"那我现在看起来还咄咄逼人吗？墨菲，墨菲，墨菲，我现在还咄咄逼人吗？"

我感觉自己快倒了。

过了一会儿，我和尼娜离开医院时，正好碰到两名警察带着病人的奶奶来了，她看起来很疲惫。我为她感到难过，这就是她的生活。

我走上前去询问她的情况，告诉她，她孙子在里面很安全，正在和医生说话。

她很担心他，她说她家门口有监控摄像头，她想让警察看一下录像，这样她孙子就不会被逮捕了。我不清楚在这个城市携带砍刀的后果，但我很确定他会被罚款。总之，她说他其实只是在外面修剪草坪，杂草枝繁叶茂，很难割除，这就是他拿着大砍刀的原因，而且他没有任何伤人的意图。她说，当警察不知道从哪里冒出来，让她孙子放下武器时，他花了一分多钟才照他们说的做，所以这不是什么好事。但她想确保医生了解整个经过，这样她的孙子就不会惹上麻烦。

"我明白的，"我说，"你可以告诉里面的护士，他们会听你的。但问题是，警察不会从天而降去抓你的孙子。路人拨打了911，因为他们看到他很害怕，所以调度员派出了警察。电话内容是这样的：'一名男子穿着内衣站在外面挥舞着一把砍刀。'"

"哦，"她说，忧郁地点头表示理解，"当你听到这句话的时候，故事自然就发生了。"

故事自然就发生了，第一急救员也写了这个故事。

"好吧，"在我们痛苦地返回基地的路上，我对尼娜说，"你终于遇到了你梦寐以求的工作，一名持刀的情绪抑郁患者。"

"我讨厌这种任务，"她说，"太可怕了。"

"确实可怕。"

对于这一切，我不知道还能有什么想法和感受。在街上，这类呼叫的演出方式是如此复杂和动态，而急救服务也许是最不为人知的医疗职业。那一晚之后，我一直有这样的感觉：人们不理解这一切，他们不明白，也对这一切一无所知。

我们要如何解决这个问题？又要从哪里开始？

现实是：一场心理健康危机困扰着纽约市。这些年来，针对精神紧急情况的911呼叫量急剧增加，从2009年的9.7万次增加到2018年的约18万次。

但这座城市对这场危机的响应是灾难性的。

纽约市前第一夫人希拉琳·麦克雷创立的"茁壮纽约"（ThriveNYC），是一个拥有2.5亿美元年度预算的大型心理健康项目，由许多针对"所有纽约人"的心理健康倡议组成。但是，"茁壮纽约"受到了心理健康辩论各方专家的批评，认为这是对财政资源的巨大浪费，因为那些难以捉摸的指标和项目忽视了纽约市最需要帮助的精神疾病患者的需求。对于那些充斥了整个911系统以及医院、监狱、流浪人员收容所和戒毒中心，陷入危机中的个人，"茁壮纽约"几乎没有提供任何帮助。

2016年，为了帮助人们应对心理健康紧急情况，"茁壮纽约"成立了由新手心理学家、警察和社会工作者组成的移动危机共同响应小组。但"茁壮纽约"从未将其移动危机处理小组与911系统连接起来，而且也留不住员工。据《纽约》杂志报道，63%的心理健康服务团队成员在第一年就辞职了，30%的员工在工作两年后辞职。甚至连美国卫生与公众服务部也指出，"茁壮纽约"很难招募和留住员工。和第一急救员一样，社会工作者是低收入、负担过重的专业人员。"茁壮纽约"依赖他们来执行模糊的目标，却无法留住他们。

我还要继续说下去吗？

"茁壮纽约"为出现心理健康危机的人建立了一个呼叫中心。然而，2019年3月22日，《纽约时报》的一篇文章详细报道了"茁壮纽约"的不足："去年，因为上报有人出现心理健康危机而拨打911报警的纽约人人数超过了10年来的任何时候，约有17.9万通电话。"这篇新闻报道指出了呼叫中心的重大失误："茁壮纽约"没有追踪病人的治疗结果，也没有追踪有多少呼叫者得到了治疗，它还将呼叫者与响应团队联系起来，后者往往响应太慢，无法在真正的紧急情况下满足人们的需求。那些急需帮助的人没有等待，而是拨打了911。

这些人就是我们的病人，他们是被忽视的人。

我们也是，急救员和护理人员仍然是街上的隐形群体，被排除在应对医疗紧急情况的重要对话之外。

"茁壮纽约"的产品清单上有一颗巨大而柔软的心脏，旨在提升普通纽约人的快乐程度，但正如曼哈顿研究所的弗雷德·西格尔对市长的一位高级顾问所说："问题不在于悲伤的人。"

纽约市的问题在于，涉及心理健康危机的911呼叫量异常惊人，第一急救员和警察不断地治疗和运送这些人，而这个城市彻底地辜负了这些人。虽然大部分紧急情况都没有发生意外，牵涉致命警力的紧急情况已有详细记录，但那些涉及对急救员和护理人员暴力行为的事件完全没有记录在案。如何更好地帮助弱势群体，减少警察暴行，确保急救员和护理人员的安全，是纽约市一个极为头疼的痛点。

所有关于处理精神紧急情况的最新的和最好的想法都围绕着如何减少或消除执法人员在这些呼叫中的存在，这是正确的下一步，精神病患者死于致命警力的可能性是其他公民的 16 倍。大部分警察部门也支持这一改变，如前所述，警察不喜欢这些工作，而且他们中的许多人也没有接受过足够的训练来处理这种情况，第一急救员也没有。许多州在使用新模型方面取得了巨大的成功，比纽约领先了好几年。加利福尼亚、得克萨斯州的一些城市、俄勒冈州的尤金市，都有令人印象深刻的项目。

但纽约不是俄勒冈州的尤金，或者洛杉矶，抑或是休斯敦，那里的移动医疗单位让 911 呼叫量显著减少，而我们的情绪抑郁患者任务的呼叫量却翻了一番。

纽约市的急救服务系统已经分崩离析。这座城市非但没有承认这一点，反而退后一步，重新构想这个系统，一直在用那些毫无街头经验的政客们炮制出的、无效的伪解决方案来修补这个系统。在街头，这个城市的心理健康灾难以脆弱的病人和超负荷工作的第一急救员为代价上演，尤其是对急救服务人员，这个城市拒绝支付他们一份能够维持生计的工资。

2020 年，为了应对"削减警察经费"运动和精神病患者遭遇致命警力的问题，市长白思豪和当时的第一夫人——"茁壮纽约"项目负责人，宣布计划在两个社区启动一个试点项目：用社会工作者取代警察来处理一些心理健康紧急情况的 911 呼叫。这听起来不错，对吧？

但这个项目并没有减少情绪抑郁患者的 911 呼叫量，因为这个项目不是全市范围的，所以除了试点所在的两个社区外，其他所有社区的第一急救员都将继续与警察共同应对这些紧急情况，因此在可预见的未来，这并不会减少执法部门对心理健康呼叫的关注。它不能为我们的病人提供除医院或监狱以外的其他选择，所以急救员和警察继续把病人送到不想要他们的急诊室和不属于他们的监狱。这个项目不会对全市的急救员或护理人员进行任何培训，他们已经在街上响应这些呼叫。它再一次依赖社会工作者，却无法留下追踪记录。最危险的是，它几乎肯定会增加急救人员遭受病人暴力的风险，而这种风险本来就很高。

"对于我们的急救员和护理人员来说，这是一个非常危险的情况。"代表消防局急救员的工会成员奥伦·巴尔齐莱告诉纽约哥伦比亚广播公司，并补充说，他不会允许他的成员在没有警察的情况下响应这些呼叫。

我们要如何解决这个问题？我们应该从哪里开始？

也许我们可以从故事开始，从第一急救员的经历开始。

没有人听我们的故事，也没有人邀请我们吃饭。人们总是跳过这一部分。

23　粗野的流浪汉

9月，我离开救护车，放弃了急救服务。我需要休息，而且不是一次小小的休息。我不知道自己何时能再做一名急救员，我甚至不知道自己是该留在纽约还是离开。我失去了太多，痛苦使我无法思考，也无法做出任何重大决定，或者一些微小的决定，我艰难地决定每顿饭吃什么。

然后奇怪的事情发生了。

19年来，我第一次在9月11日那天快乐地醒来。幸福不属于我，而是借来的，它属于帕特。那个星期五早上，我可以不容否认地感受到他的喜悦，但我无法理解。"你太高兴了，"那天早上，我在公寓里对他说，"这是发生了什么事？"

在这一天，我总是强烈地感受到帕特的存在和心里的感激之情——我们都是如此，我们聚在一起讲述那些让他重获新生的故事，我们对此心怀感激。但我不认为他的精力是快乐的。那2020年呢？迈克在拉斯维加斯病得奄奄一息，并且因为疫情他也无法来这里，这会取消"9·11"纪念仪式吗？

我很困惑，也很快乐。我无法否认这一点，迫不及待地想去城里，看望伊尔法、鲍比和保罗。我们3个人在帕特的消防站外见面，因为新冠病毒肺炎疫情，它可能会关闭，但谁又在乎呢。我们需要去那里，相聚在一起，这才是最重要的。

因为感染了病毒，我已经好些天没见过任何人了，也可能是好几个星期。我不记得了，我的记忆力衰退了。时间是超现实的，几乎令人产生幻觉。时间是萨尔瓦多·达利的时钟[①]，在树枝上融化。

我驶出我的社区，进入城区，开车经过"云梯111号"的街道，我注意到它被封锁了。外面，身穿蓝色制服、戴着医用口罩的消防员正在四处忙碌，搭建一个巨大的白色帐篷。

---

① 这里指的是达利的作品《记忆的永恒》。

我简直不敢相信我所看到的，他们不应该做任何事。据报道，消防站已经关闭，那些经验丰富的第一急救员被告知待在家里，因为"9·11"事件后，他们的健康状况使他们很容易感染病毒而死亡。但纽约市的消防员上一次遵守规定是什么时候呢？

"英雄！"我尖叫着，用力地拍打着方向盘。他们竟然有胆子违反规定。去他的，他们肯定是这么说的。他们在为我们创造空间，我们这些家人、退伍军人、百感交集的悲伤者。整个世界都在前进，只有我们没有，我们还困在那些空隙里，仍然在等待，仍然在挖掘，像苍蝇一样掉落。我们没能挺过这场灾难，正是这种恐惧不断地使人感到恐惧。

所以今天早上，当我驾车驶过大桥，离开布鲁克林和2020年，离开新冠病毒肺炎疫情，重新进入曼哈顿，重新回到2001年和"9·11"事件之后，我想到那些消防员在布鲁克林搭了一个帐篷，我觉得他们是这个世界上最善良、最勇敢、最有信仰的人。

当人们告诉你他们很痛苦——请相信他们。

消防员今天就做到了。他们把这个可怕的白色帐篷从大规模死亡的标志，从因感染新冠病毒肺炎而无尽涌入的病人尸体到"9·11"事件中无法生存的化身中解脱出来，他们从这对孪生恐怖中获得了新的光芒。

就今天而言，白色的帐篷是一个避难所，一座教堂，一个供我们聚在一起祈祷的圣地。

在曼哈顿，我把车停在帕特的消防站附近，在第一架飞机撞击前15分钟艰难地穿过街区，当时纽约市还没有受到悲剧的影响，帕特还活着。我还抱着微弱的希望——也许他的消防站也会开放呢。

等我拐进第13街，我的心里升起了半旗。我看到"云梯3号"的消防车停在外面，灯光闪烁，车库门大开，戴着口罩的消防员远远站在街上。

这里也发生了同样的事情。我相信这一切正在发生，我的生存概率直线上升。

我的英雄们回来了。

帕特的长椅也回来了。

消防员把逝者的横幅从消防站拿出来，挂在了红色的车库大门上。风很大，呼呼地吹，吹着挂横幅的人，也吹着我。街对面，是伊尔法、鲍比和保罗，我们都是为了帕特而来。还有贡佐，今年他也在这里，穿着牛仔裤和蓝绿色的衬衫，而不是制服。我跑向我的朋友们，紧紧地拥抱他们。"我必须在这里。"我们拥抱时，贡佐说。我们都是这样想的，这里是我们的家。我本来没有抱任何期待，可看看这一切，都是为了我们。

"姐妹。"伊尔法喊我，她的眼睛像小女孩一样闪闪发光。她拉着我的手，把我拉向她，指着街对面，一名消防员站在梯子上，正在调整帕特的笑脸。消防队员斜着身子，伸出手，小心翼翼地把横幅扶正，调整好，就像在帮一个男人打领结。

"看看帕特，"伊尔法说，"他的横幅在不停地扭动和翻转，所以他们不得不一直调整。就好像他生前，他是唯一一个一直在救援路上的人，他得到了很多关注。"

"他很喜欢，他今天很开心。"

"对吧？我也有这种感觉。我们都在这里，也许这就是原因。"

"但我们一直都在他身边，为什么他今年会比往年更开心呢？"

"我不知道。但你感觉到风了吗？有多强？"

"是有风。"

时间到了，我们穿过街道。消防员走了出来，列队进行第一次默哀。

我们在这些时刻活着和死去。8 点 46 分，当年北塔被击中的时刻。过了一会儿，风笛响起，是《奇异的恩典》。我通常就是在这个时候失控，然而今年，没有眼泪，沉重还是有的。我胸口疼，嗜睡，但是没有眼泪，有没有可能是眼动脱敏与再加工治疗发挥了作用？我从没想过这一天会变好，以为这辈子都不会。然而今天早上，一种新的幸福出现了，是帕特带来的。

在第二和第三个默哀时刻，即 9 点 03 分和 9 点 37 分之间，当年南塔和五角大楼被击中的时刻，帕特的妹妹卡罗琳和她的丈夫戴着口罩走上了街头。

"我们是不会错过这一切的！"卡罗琳微笑着说，"我们必须来这里，我们坐地铁来的。"

这就是奇异恩典。

我们拥抱在一起。"嗨，亲爱的。""嗨，亲爱的。近来可好？你和迈克联系过了吗？我们正在给他发短信。我们给他发了照片和视频，我们聚在一起真是太好了。"他们也正在这样做。太棒了，不是吗？

然后我们转过身来，看到人行道上有3个残疾人在骑自行车，他们的腿装了义肢，自行车上插着小小的美国国旗，他们都是双腿或单腿截肢者。他们在"云梯3号"的消防车前停了下来。

"我们是越战老兵！"说着，他们喊出了自己的服役年份。

我把手放在心上。

保罗说："我也是越战老兵！"他冲到那些人面前，和他们握手，告诉他们他的服役年份。

欢迎回家，欢迎归来，欢迎归家。

消防员跑进去拿了几瓶佳得乐运动饮料回来，他们把饮料递给越战老兵，并围着他们。我们在消防员围着他们的时候给他们拍了照片，当我们拍照的时候，风吹散了云层，阳光撒在他们身上——这是你无法编造的。

这一天真是神奇。这就是爱尔兰人，是帕特使用了他的魔力。我无法用言语来形容这种感觉。

人们称之为"不可言说"是有原因的。

过了一会儿，越战老兵们骑自行车走了，他们的旗帜在风中啪啪作响，我们在街上为他们欢呼。我在谈话和沉默中穿梭，接连不断的短信、视频和照片迅速穿过这个国家飞到迈克手里。

"我今天和你们在一起。"他对我、伊尔法和保罗说。

"你是和我们在一起，"我说，"而我们也和你在一起。"

"嘿，多发点照片。"

保罗给他发了越南老兵的照片。

"我需要在那儿。"迈克说。

保罗说："你在的，我将你装在了我心里。"

一个女人拿着一束装有粉红色、白色和绿色的花来到消防站，她虔诚地把它们放在帕特的长椅上，然后笨拙地走开了。

"你知道那个人是谁吗？"我问鲍比，"你见过那个女人吗？"

"之前从没见过她。她应该是被救的那些人中的一个。在帕特的守灵仪式上，来了很多人，这些人都没人认识。他们前来参加守灵仪式，说是帕特救了他们。"

他也救了我。

在消防站外，卡罗琳和我谈论着世界的现状。一位牧师戴着口罩出现了，我们向他点头致意。卡罗琳说她正在考虑重回教堂，她祈祷了，我也祈祷了，但我们俩都没去教堂。她说，她觉得这个世界现在最需要的就是祈祷。

我完全同意。

我们聊到了迈克。我告诉她，伊尔法、我和他一直都有联系。

"你知道他叫你们'老婆'吧？"卡罗琳说。

"是的，我们知道。我们也鼓励他这样做。"

我们谈到了帕特。卡罗琳说，直到帕特的葬礼，她才了解到他是怎样一个人。"我以为我的哥哥就是个消防员。我不知道他曾是——"

"消防员。"

"正是如此。"

"我也不知道，我也不清楚。他的葬礼改变了我的生活。"

"帕特有点遗世独立，直到他去世，我们才知道他究竟是个怎样的人。"

我们谈到他感动了多少人。关于他的故事从四面八方源源不断地涌来，这是他们让他永远活着的方式。其中许多故事都是无法解释的。

"听听这个，"我说，"几年前，我在一个会议上发言，提到在'9·11'事件中失去了一位消防员朋友。我并没有提到帕特的名字，但不知从哪儿冒出来一个穿军装的男人走过来对我说：'你的朋友是帕特里克·布朗吗？'"

"我打哆嗦了，"卡罗琳说，"两条腿都在打哆嗦。"

"我也是。我告诉他说，是的，我说的就是帕特里克·布朗。然后他就问我知不知道4S，我都不知道他在说什么。他说他认识帕特，帕特一直在说要练习 4S："静默的牺牲服务等于宁静"（Service involving Sacrifice done in Silence equals Serenity）。我问过鲍比、伊尔法和保罗有没有听帕特说过 4S，他们都说没有，没有人听说过这件事。我转身想再问问这个男人，但他已经不见了。我之前从没见过他，后来也再没见过他。我不知道他是谁，只知道他穿着一身军服。"

"我整个人都在打哆嗦了。"卡罗琳说。

我们度过了最后 3 个时刻，风笛开始奏响，9：59，南塔倒塌的时刻；10：07，93 号航班在尚克斯维尔坠毁的时刻；10：28，北塔倒塌的时刻，帕特离开人世。

这一年，由于新冠病毒肺炎疫情，没有消防站弥撒，也没有成排的木椅给我们坐，但是牧师会念名字并祝福那些牌匾。我们站在消防站的边缘，在室内外之间、这个世界和另一个世界之间，听着被诵读的亡者名字，然后我们看到牧师用圣水为牌匾祝福。

我也觉得受到了祝福。

牧师低声祝福之后，我们在外面逗留了一会儿。贡佐心情很好，他在周围转来转去，和每个人交谈，或微笑，或大笑，握手，兴致勃勃。能和他在一起，看到他心情这么好，真是太好了。他理应得到这个世界仅剩的每一点欢笑和快乐。他是仅剩的每年都会来"云梯 3 号"的几个人中的一个，他在陪伴迈克这件事上做得很好，从来不会忘记迈克，不会丢下帕特的弟弟不管。

很快，风笛手就要离开了。我想告诉他去年发生的那个神秘又神奇的故事，就是我手机关机后却在洗澡时听到风笛声的故事。我走到他面前，我们拥抱在一起，笑着说，我们不久前还在他参与的紧急情况中见过面。

"帕特给我讲过一个关于你的风笛的爱尔兰故事，你有时间听吗？"

"当然。我想听。"

就这样，我还没来得及把自己的故事讲出来，就听到了一个来自另一个世界的极其重要的灵异故事，一个关于帕特的爱尔兰魔法故事。贡佐走到风笛手面前，在他耳边低声说了些什么，两人都笑了起来。

"贡佐！"我问，"你刚刚说了什么？"

"珍妮弗,对不起——就是开个玩笑,他知道我在开玩笑。我对他说:'嘿,珍妮弗刚刚问我,你的苏格兰裙下面有没有穿内裤。'"

我推了贡佐一下,我们拥抱在一起,互相拍着对方的背。"你今天彻底失控了。我正准备讲一个该死的灵异故事,你却在讲黄色笑话。"

"我情不自禁嘛!"

"是,你们这些家伙总是情不自禁。"

我叫贡佐滚开,告诉了风笛手那个故事。

"所以继续演奏你的音乐吧,"我说,"帕特喜欢它,这对他很重要。"

"谢谢你告诉我这些,这对我意义重大,我会的。"

过了一会儿,贡佐看了看我们所有人,然后说:"伙计们?我们接下来去哪?"

我们看了看对方,争先恐后地提建议。纪念碑开放了吗?我们不知道。这是不应该的。他们说已经关门了。我们会确认的。所以我们要去那里吗?我们打算过去。但要怎么去?那里根本没地方停车。要不坐地铁吧。自从疫情暴发后,我们都还没坐过地铁。我们对此没什么意见,毕竟我们都戴了口罩。地铁可能是纽约市最干净的地方了。

贡佐说:"那我们把车停哪儿?"

在离开前,我得把停车计时器"喂饱"。贡佐让我在我们出发之前赶紧行动。他说他们会等我,让我快去。

他向前走,我向后走,离开帕特的消防站、长椅、鲜花、刚被祝福过的牌匾、燃烧的蜡烛、卡罗琳、伊尔法、鲍比、保罗、我的家人。走着走着,突然一种恐惧笼罩了我,我怕我会让所有人都等我,或者更糟——他们会丢下我离开。

"不要丢下我。"我恳求贡佐。

"我们不会丢下你的。"

"这是我最大的恐惧。"

"我们绝不会丢下你的。"

地铁很干净。"我这辈子从没见过这么'干净'的地铁。"贡佐说。

我们下了地铁,在10号屋附近出了地铁站。一辆消防车停在外面,车库门开着，旗帜飘扬。在我们朝纪念碑走去的路上，只有十几个人分散在被封锁的街道上，但它确实开放了，一如既往地对家属和退伍军人开放。我们走进为家属准备的帐篷，在衣服上别上蓝色的小缎带。

我们默默地朝帕特的名字走去。

他就在那里，被镌刻在黑色的、被阳光晒热的大理石上。我们一个接一个地走近倒影池的祭坛，跟他说话。我用指尖轻抚他美丽的名字，感谢他并告诉他我爱他，我们在这里，迈克也在这里。

这时我突然想到，他为什么会这么开心。

帕特开心，是因为迈克就要回家了。很快，他就能见到他的弟弟了，他们要团聚了，迈克的临近死亡是帕特的幸福。信息收到了，我呼出一口气，向后退了几步。

卡罗琳把帕特的层压照片放在一个缝隙里，靠近一面小小的美国国旗，我哭了。

然后我屏住呼吸，听着扩音器里宣读的名字。由于新冠病毒肺炎疫情的原因，今年不是由家属亲自宣读，而是播放家属的录音。不过这没什么，死者的名字被念了出来，而我们在这里聆听，确认世界的损失，就好。

身穿制服的服务人员在周围徘徊，默默地聚在一起，约有100个人散落在各处。与通常的人群相比，这不算什么，他们是警察、士兵、年轻和年老的消防员。这时，一群飞行员和空乘人员出现在我面前，令我大吃一惊。当然，我以前从未在这里见过他们，但是当然了，这些飞机，都属于美国航空公司。

伊尔法走到我身边，一脸惊愕地说："我以为我刚刚看到了迈克。"

"哦，不会吧。就在这里吗？这可不是个好兆头。"

"那个家伙，还有他走路的样子。我发誓，我真的以为是迈克。"

"帕特在这里，我想这就是他高兴的原因。今年唯一不同的是，迈克快死了，这意味着他很快就能见到他弟弟了。"

"我还从没这样想过。这很有道理，我想你是对的。"最终，我们漫步走出纪念碑，回到地铁上。贡佐走到地铁乘务员面前，指着我和鲍比说：

"我是一名消防员,我身边有一名消防员和一名第一急救员。"

我猜我就是那个第一急救员。

回到第13街,我们与他拥抱告别。伊尔法、鲍比、保罗和我决定一起吃午饭。但贡佐不得不赶回新泽西去参加在他居住的小镇上举行的另一个仪式。

"我爱你。"他们拥抱告别时,他对伊尔法说。

"你也爱我吗?"我问他。

"当然,珍,"他说着拥抱了我,"我也爱你。"

贡佐离开后,我们4人一起吃了午饭,还在消防站附近一个小咖啡馆的花园里坐了好几个小时聊天,谈论关于帕特的故事。伊尔法和保罗大多时候都在倾听,我则滔滔不绝。

我坐在鲍比对面,这是个大错误。鲍比是帕特一手带出来的消防员志愿者,而我是因帕特而入行的第一急救员志愿者,作为帕特引进门的消防员和急救员,我们俩一坐下就扎进街头故事的海洋里。我和鲍比,分别用发生在救护车和消防车上的疯狂而热闹的故事轮番轰炸可怜的伊尔法和保罗。

我们讨论了市长提出的让社会工作者而不是警察和我们一起上救护车的建议,我们都认为这对第一急救员来说是危险的,并且说了很多关于市政厅官员背信弃义、完全不管我们在街上接触到的暴力事件等事情。

我们谈到了灾难性的治安状况。鲍比认为警察应该接受更多的心理评估,以前的测试只问他们对粉红色的感觉如何。然后我开始滔滔不绝地谈论警察的心理测试中有多少关于母亲的问题,测试的内容是这样的:"你爱你母亲吗?你想过她吗?你梦到过你母亲吗?生气的时候,你是否认为伤害别人是可以的?站在悬崖上时,你是否想过要跳下去?你害怕尖锐的物体吗?你爱你母亲吗?你有没有做过和她上床的梦?"

鲍比笑得前仰后合。伊尔法说,这就像在看我们打乒乓球,只不过是用耳朵听我们来回打。然后过了几分钟,我们给鲍比讲了迈克戒酒的故事。他还没有听说过,至少没有听说过全部。

"他能戒酒真是勇气可嘉。"鲍比说。

"你觉得他还剩多少时间?"我问,"我觉得他的时间不多了。"

这话一说出来我就后悔了，我希望能收回这句话，我不想对生活说这些。街道告诉我，语言是有力量的，语言可以让事实成真。

每个人都盯着自己的膝盖，沉默了一会儿。

随后，保罗迷信地说："我尽量不说这样的话。"

鲍比说："他病得很重。"

"他病得很重，"伊尔法说，"而且帕特也在。"

之后，等鲍比和保罗离开后，我和伊尔法坐在花园里，就我们两个人。我们给迈克发了视频通话邀请，这样我们就能见面了。他的堂兄杰伊去拉斯维加斯陪他待了一天，这样他就不会孤单了。最后他接了电话，一看到我们就低下头哭了起来。他哭得浑身发抖，我从没见过他哭得这么厉害。

他看起来病得很重。他的脸又大又肿，皮肤苍白得几乎是灰色的，剩下的头发也白了，遮住他满月般的脸。

"对不起。"过了一会儿，迈克抬起头说。

我们说："没事，没事，这没什么，你不用道歉。"

他试图挂断电话，因为他哭个不停。"挂了，伙计们。"

伊尔法说："先别挂，乌龟，再和我们待一会儿。和你的'老婆'们待在一起。我们非常爱你，哭也没关系，发泄出来是好事。"

他哭得更厉害了，我们把他捧在手里。

从两年前我在"云梯3号"遇到的那个在9月11日的消防站都没流过一滴眼泪的人，到现在这个美丽的、清醒的、感情丰富的灵魂，他经历了多大的变化啊。见证这一切真是奇迹，我为他感到骄傲。鲍比是对的。在病成这样的情况下还能戒酒成功是多么勇气可嘉啊。对生命的所有美丽和痛苦保持清醒，这是一种英雄般的行为。这就是迈克，他是一个英雄。

"我只是太想你们了，"他喘着气说，"我想在纽约和你们在一起。我想念帕特，而且我感觉很不好。"

"我们知道，亲爱的，"我说，"这太难了。我们非常爱你，这不公平。"

"是的，这不公平。"迈克说。

伊尔法说："你一直都和我们在一起，帕特也在，我们都在一起。"

"是的，我们都在一起。"迈克说。

"提米·布朗正在为你的书做预热宣传，"我说，"每个人都会知道你的故事。你和贡佐、迈克·戴利谈过吗？大家都在支持你。"

"我和你们说的话比任何人都多。"迈克说。

伊尔法说："那很好。我们毕竟是你的'老婆'。"

"而且我们要'结婚'了，"我说，"你是我们的'丈夫'，你还是沙克尔顿的父亲。我们要一起住在纽约，再开着你的房车去旅行。"

"明年我们就能在一起，我的癌症也就治好了。"迈克说。

我和伊尔法异口同声："会的。"

这一切都是虚构。因为现实太过沉重，最终令我们难以承受。

那天傍晚，在黄昏时分，当天空只剩下最后一缕淡粉黄的夕阳，即将陷入黑暗时，迈克给我们发来一条信息，告诉我们一个启示。

他戒酒成功的那一天，也就是12月14日，他们找到了帕特的尸体。他直到今天才意识到这一点。

我们都没有意识到。

"我的心是如此充实，"我对他和伊尔法说，"我不知道没有你们俩我该怎么办。你们是我梦想中的家人，比我所能要求的还要好。"

"我的感受也同样。"迈克说，"我记得在逃离急诊室，我们一同参与电影节、吃了晚餐后，我站在地铁站台的一边，看着你们两个在另一边笑着往前走，我的心里也有同样的感觉。我的内心充满了爱和欢乐。有你们出现在我的生命中，我的灵魂实在是太幸运了。这种感觉永远不会停止。"

"我真是太爱你们俩了，我都要哭了。"伊尔法说。

那天晚上晚些时候，等我回到家，我偶然发现了最辉煌的景象——归零地日落仪式的视频。

在灯光的照耀下，蓝色的光塔在他们身后升起，蓝色的灯光差点因为新冠病毒肺炎疫情而被取消，但最终还是亮了起来。在归零地，消防员和士兵、警察和普通人、戴口罩和没戴口罩的人举着绿色的塑料杯，唱着最具传奇色彩的爱尔兰民歌《粗野的流浪汉》，这首歌在战争时期经常被唱起。

在公寓里，我纵情唱出这首爱尔兰酒馆里的民谣。歌中所描述的那艘奇妙的、注定要失败的帆船在我的血液中翻滚，它的桅杆在我的呼吸中折断，妓女、砖头和成包骨头组成的巨大货物在我的喉咙里猛烈撞击，那些粗野而难得的船员在我的胸口死去。我猜我是"粗野的流浪汉"号唯一的幸存者——由我来叙述这些故事。

一听到这首歌，我突然感到自己肩负起了讲述这些注定要由我来讲述的故事的重任。当我一遍又一遍地听这首歌时，我感到帕特的力量在我的牙齿、头骨和头发里，直到它从我的眼睛里溢出来，我在公寓里旋转，疯狂地感激我神圣而灾难性的生活。

那天晚上，我把士兵们唱歌的视频发给了马尔科，他参加过4次战争，失去了很多。"我知道你会理解这个，谢谢你为我们而战。"

"我确实理解，"他说，"我已经听过很多次了。你和我分享纽约是如何治愈我的伤痛的，这很深刻。我战斗，是因为我相信有比美国实验更伟大的东西。而我很害怕，因为我不再战斗了，我教别人战斗，这让我更加内疚。"

"我们可能会再来一场内战。但我不会参战，我会去救人。我认为爱会赢，除了像今天这样的日子让我看到爱会赢之外，我没有任何证据能证明这一点。我相信还有比这种生活、比我们所看到的更伟大的东西。这种精神永存，我坚信这一点，因为我是爱尔兰人。"

"爱会赢的，"马尔科说，"不会有内战，可能在前进的道路上会有些分歧。但爱会赢的，否则我会崩溃。我无法接受这个我热爱并为之牺牲了这么多的国家分裂。我们都是美国人，我们一直同舟共济。而一旦情绪占据了上风，体面也就随之消失了。"

"我们可以从各方面保留所有的故事。至少，我会这么做，我将保留所有的故事。这非常重要，没有什么比这更重要的了。"

"你总是知道真相，即使真相很丑陋。你有这种天赋。"

"这也是一种诅咒。"

分享一段回忆吧。2001年9月，在袭击发生后的几个小时内，商店里的旗帜卖光了。不同种族、不同出生国、不同政治派别的美国人都跑出家门，购买国旗。到9月底，这个国家历史最悠久、规模最大的旗帜工厂的产量增加了两倍。它召集下岗工人回来生产国旗，将工作时间延长了2小时，并要求工人周六加班。

在危机时刻，美国人加班加点生产国旗，足以满足国家对团结的强烈需求。没有什么曾比这更重要，也没有什么比这更重要，更没有什么将比这更重要。

我们可以保留所有的故事。

我们可以继续挖掘，它就藏在我们体内。如果我们坚持挖掘，我们就会发现我们内心深处埋藏着一个关爱他人的黄金宝藏。即使是那些我们不认同的人，特别是他们，他们也需要我们的爱和祈祷。

然后是新的一天，9月12日。

日历上最美好的日子之一。

我又活了过来。天空湛蓝，天气晴朗，星期六的早晨。由于缺乏睡眠而口干舌燥，因为流泪过多而脱水，我的身体显然仍沉醉在前一天的魔力中。我感到自己勇敢、坚强、坚韧不拔和被爱，感受到某种比我自己更伟大的东西，并准备好迎接生活接下来向我抛出的任何困难，比如第二波新冠病毒肺炎疫情、内战、癌症以及死亡。

迈克病得太重，没办法打电话。"我今天很不舒服，"他给我们发信息说，"希望我会好起来。"

帕特离他更近了。

每个人都会回家。

那天晚上，伊尔法去中央公园散步，给帕特的树送了一朵红玫瑰。如果帕特在"9·11"事件中幸存下来，他可能会和伊尔法结婚。要不是因为迈克病得太重，回不了纽约，我们可能昨天就嫁给他了。从公园回家的路上，伊尔法看到地上有一朵玫瑰，就把花捡了起来。她觉得这是帕特送给她的，她送给他一朵花，他回赠了她一朵。

还是同一天，9月12日，我的一个客户在危机中向我求助。愤怒的世界继续撕裂着人们，灾难的细节并不重要，有人需要帮助。以下就是我对他们说的，也是对我自己说的，现在对你们说：

"你的这部分危机是关于承受巨大的痛苦,其实这是每个危机中都有的。继续做你正在做的事,向内心探寻,问自己一些难以回答的问题。如果你开始自我怀疑,让你的朋友告诉你关于你行为的真相,因为你可能看不到这些真相。向每一个爱你的人敞开心扉,写下你不曾寄出的信(如果你要解释,你就输了。这话是谁说的,里根吗?我是从一个为大规模枪击事件受害者辩护的律师那里听到的)。挺直腰板,保持虔诚的沉默,寻求帮助,散散步,与你所爱的人保持紧密联系,写下你的故事,试试这些。我知道这场危机正在试图摧毁你,但我保证你会没事的。

"今天是 9 月 12 日。对我来说,我生活在灾区,在'9·11'事件中失去了一个消防员兄弟式的人物,一个激励我成为第一急救员的人,而他的弟弟,一名消防员出身的急诊医生是我最亲密的朋友之一,目前正被与世贸中心有关的癌症折磨得奄奄一息,正是他挖掘废墟、寻找他哥哥的行为导致他患上了癌症——而今天,9 月 12 日,是日历上最美好的日子之一。"

"'9·11'事件后,纽约市消防局危机咨询部门的大部分谈话都是关于鼓励幸存的第一急救员到达 9 月 12 日。他们说,只要到达 9 月 12 日就好了。朝前看,遗忘不是一种选择。强制自己遗忘的长期后果是痛苦的,而且往往是致命的。但在那个可怕的日子之后,未来依然存在。虽然我知道这场危机对你来说仍在展开,而且之后它还可能会不停地出现,但它一定会过去的。你将会到达你的 9 月 12 日,我会帮你的。所有爱你、支持你的人也会帮你,还会有人为你唱歌。"

第二天,在迈克再次回到急诊室的几个小时前,我和伊尔法设法打通了他的电话,问他有没有什么临终遗言,就在他加入帕特之前,他想向世界传达的信息,因为我们都觉得他在世的时光就要结束了。

"你有什么想让人们知道的吗,乌龟?有什么需要告诉你'老婆'的吗,或者你想让我们做的?"

"那就祈祷和冥想吧。"迈克说。

我的英雄,帕特的弟弟,我的兄弟,我的共享精神丈夫——在等待他坠落的时候,当我除了祈祷和冥想无事可做时,我总是一遍又一遍地对自己重复他的话:"那就祈祷和冥想吧。"

第二周，母亲打电话告诉我她失去了小木屋。野火吞噬了它，吞噬了红杉国家森林中所有的小木屋，将它们烧成了灰烬。大火仍然没有得到控制，仍在吞噬着古老的树木。

我在那些山里长大。那片森林是我的教堂、我的童年，也是我母亲的童年。而这一切现在都消失了。我继续对自己说："那就祈祷和冥想吧。"

接下来的一周，在一个晚上，我走过几个街区来到克拉拉家，与纳塔莉和菲丽丝最后一次聚集在她的门廊上时，我还是对自己说："那就祈祷和冥想吧。"克拉拉的房东已经卖掉了她租住的房子，强迫她和家人搬出去，现在她和孩子们要搬去玛莎葡萄园岛，住到她姨妈家，让孩子们在海边疯玩。我搬到这个社区的主要原因，就是为了离她近一点，而现在她要离开了。在克拉拉的公寓里，我们熬过了许多泪流满面的夜晚，还在她的餐桌上享用过她精心准备的晚餐，一起度过了无数假期，欢声笑语不断。这个地方就是我们的避难所。我们4个人在门廊上坐了几个小时，听着街对面的汽车喇叭里传来的音乐，然后我们向克拉拉告别，向我们的姐妹会告别。

"这是一个时代的终结。"菲丽丝说。

去祈祷和冥想吧。这个世界上没有什么是永恒的，一切都有可能随时消失，而且也确实消失了，消失从未止步。除了上帝，一切都会消失。

去祈祷和冥想吧，去祈祷和冥想吧，去祈祷和冥想吧。

我最后一次乘坐救护车是在9月29日。

"我最爱的搭档，你今晚想值班吗？"内森在那个星期二下午给我发短信说。

我说："我不是你最爱的搭档，但今晚可以值班。"

那是一个安静的雨夜。在救护车上，无线电几乎静默无声。国王郡和皇后区的新冠病毒肺炎疫情正在小幅增加，我们发现街上很安静，因为人们都在室内，牢牢坐在电视机前，准备观看当时的总统特朗普和前副总统乔·拜登之间的第一场辩论。

在瓢泼大雨中，我和内森在救护车里坐了几个小时。我突然收到了拉里的短信，他有段时间没有联系我了。我不确定我们的关系是否已经从抗议活动引发的政治冲突中恢复过来，或者永远不会恢复？自从尼克 6 月份给我发了那些电子邮件后，我们就没说过话。我希望他是健康安全的，我为他祈祷，但我没有联系他。我想，我还没有准备好，还没有。

"我有阵子没和你联系了，"拉里说，"你还好吗？我想你，珍。"

我也想他。

我告诉他我和内森在救护车上。他让我去警局给他打个招呼，我答应了。但后来我们被派去处理一个"未知"任务。莱克西发来短信说，她那组也在现场。自从抗议活动之后，我就再没见过她。她一直要我去值班，我一直推脱，我没有值班的欲望。显然，这些晚上唯一能让我上救护车的方法就是在最后一分钟问我。

给我个惊喜。

任务对象是在一家熟食店里的醉酒者。我们走进去，发现一个醉醺醺的流浪汉瘫在地上，腰部以下都瘫痪了。据店长说，他故意从轮椅上滑下来，跪倒在地，然后躺在地上。他现在躺在地板上，喃喃自语。他的轮椅脚边放着一瓶酒。我们 4 名第一急救员把他放到床单上，然后把他抬到担架上，推到外面，装进救护车。

"谢谢你们，"莱克西在我和内森前往医院前说，接着又对我说，"很高兴见到你，你最近怎么样？"

"我不知道，"我说，"不算很好。"

医院里很忙。一名亚裔老人被担架抬到分诊线，他的鼻子上插着一根鼻管，发出一声干咳，我认出这是新冠病毒在作祟。

又来了，我想，第二波新冠病毒肺炎疫情要开始了。

我们从医院出来后，去了拉里的辖区打招呼。当他走到外面时，我尖叫起来，他转向站在外面的一个警察说："你听到了吗？她爱我！"

"他这个人最坏了！"我大叫起来。

拉里靠在我打开的车窗上，我们 3 个人闲聊。他仍然在办公室值班，因为他的肺在新冠病毒肺炎疫情中受到了伤害，所以医生不允许他上街。

"外面的情况怎么样？"他问我们。

"相当安静，"我说，"但是新冠病毒肺炎疫情回来了，医院又忙起来了，病人都在咳嗽。"然后我问拉里，他会不会观看辩论。

"我都等不及了，"他很激动，"我打算在手机上看。特朗普会打败他的。"

"好吧，他已经毁了我们所有人，所以我不明白这会有什么不同，"然后我严肃认真地看了他一眼，用庄重严肃的语气说，"这不是恶作剧。"

"是的，这不是恶作剧。"他说。

大约一个小时后，我和内森在救护车上观看了总统辩论：全程都是争吵、辱骂和打断性的言语攻击。这让人无法忍受，他俩就像两条吠叫的狗。

这有什么意义呢？两位候选人都不支持全民医保；两人都对环境问题一言不发——野火吞噬了整个加利福尼亚，把我童年的森林焚为灰烬。

马尔科发来短信。我们随便聊了聊。他没有获得数据武器化的博士学位，他没有得到可以让他免费接受教育的奖励机会，他正在决定等他退休的时候做什么。

"你最好像个好公民一样生气地看辩论。"他今晚说。

"我正在救护车上看这个，急诊室里挤满了感染新冠病毒肺炎的病人。"我告诉他。

"天啊，这是我读过的最有 2020 年风格的信息。"

"那就祈祷和冥想吧。"迈克说。

24 纽约是不死之城

在总统辩论 3 天后的 10 月 2 日星期五上午，总统宣布他和第一夫人的核酸检测呈阳性。

这不是谋杀。

当天晚上，他因呼吸困难被送入沃尔特·里德医院救治。

互联网爆炸了。

"这感觉就像罗纳德·里根得了艾滋病。"丹·萨维奇在"推特"上说。丹·萨维奇是《乡村之声》的同性恋专栏之王，《乡村之声》是老纽约的免费报纸。

这话真大胆，但更真实的话从未在"推特"上发表过。

人们在"推特"上对总统发出了如此多的死亡威胁，以至于"推特"官方发表了一份声明："不允许在'推特'上对'任何人'发出死亡、严重身体伤害、致命疾病的愿望或希望，这些推文会被删除，但这并不意味着账号被自动冻结。"

"脸书"对仇恨言论的政策更加宽松，就像它经常做的那样，而这会引发大规模网上辩论或骂战，它区分了公共权利和公民权利。在该平台上，你可以说你希望总统去死，只要你不在帖子中标记他，或者故意让他暴露在"死亡、重病、传染病或残疾的呼吁中"。

像往常一样，硅谷在"凶案现场"姗姗来迟，社交媒体被偷工减料到了荒谬的程度。女性、同性恋者、变性人、黑人、原住民和有色人种多年来一直在"脸书"和"推特"上收到死亡威胁，如凯尔·里滕豪斯收到的威胁警告就有 400 条，而这些公司大多选择不闻不问。

至于那位住院的总统，我并不在那些希望他死的人之列。"9·11"事件和新冠病毒肺炎疫情的灾难使我变得软弱，现在，我已经十分低沉。

即使是在我的脑海里，我也拒绝去梳理与总统生病有关事件的时间线。我见过足够多的新冠病毒肺炎患者，知道他们不会在当天就被检测出阳性并送进医院，病毒需要 3—5 天的时间来攻击身体，进而才会危及呼吸系统。

而且没有一名新冠病毒肺炎患者会把去急诊室当成一项"预防措施"。总统不想待在沃尔特·里德医院,被他公开称为"傻瓜"的受伤退伍军人包围,他在一张白纸上签下自己的名字,以此作为一种宣传噱头——他做得很好。他住院检测呈阳性的时间线是虚构的。事实上,现在半个白宫的人都感染了新冠病毒肺炎,超过20万美国公民死亡,而且这一数字仍在增加。

这就是我的国家,这让我觉得恶心。在新冠病毒肺炎疫情期间,我是一名第一急救员,我看到了病人和垂死的人,我看到了裹尸袋、被包裹的尸体、装满尸体的冷藏卡车,可是他却说这个病毒并不可怕。不可怕?我自认为是一名爱国者,所以我觉得我有权力去反感。

我们原以为迈克会在9月去世,因为帕特和迈克的妻子珍妮特都是在9月离世的。但他还是坚持了下来。

到了9月底10月初,他不再和我们所有在纽约的人联系,包括他的家人、我和伊尔法。我们给他打电话,直接转到语音信箱;给他发照片,没有回复;发短信,几乎没有回音,偶尔回复几句"我爱你"。我们经常联系他的侄女艾琳,她和他住在一起,她说他很痛苦。我和伊尔法以为他病得太重,情绪太低落,不想说话。

有一天,保罗给我打电话询问情况。"你也没他的消息吗?我刚刚和鲍比谈过,他说迈克不接他的电话,我每次给他打电话都是转到语音信箱。但我想至少他还会和他的'老婆'说话。"

"没有,"我说,"'老婆'也出局了。每个人都出局了,大家都打不通他的电话。"

迈克一直是我生命中重要的一部分,突然间他就这样消失了,但他还活着。在他消失的寂静中,我开始为他感到悲伤,就像他已经死了一样。我无法入睡,哭得停不下来,我越来越害怕自己再也见不到他,甚至没机会说再见,我从未感到如此煎熬。有一次,我整整哭了6天,从早到晚,仿佛悲伤就是我的工作。

我的朋友们越来越担心我,他们不断地给我打电话和发短信。
"和我聊聊吧,"汤米说,"你还好吗?你正在经历该死的地狱。"

"对我而言，现在迈克是世界上最悲伤的节目。我妈妈因为失去小木屋而伤心欲绝，我的一个好朋友刚刚搬走，这一切太沉重了。我现在看不到生活的意义。"

"是很沉重，但不算太沉重。生命的意义在于继续前进，在于努力完成你所做的艰苦工作和具有挑战性的决定，并从中收获所有的好处。你要记得你拯救了生命，并且还将继续这样做。我的命就是你救的，不管你愿不愿意这样想。你是一个美丽、性感、有才华、聪明的女人，我会一直陪着你的。"

"我很爱你。等迈克死了，你要把我从地板上拖起来，现在就把这件事记到你的日程表上。"

"我会的，我保证我会在你身边。"

"你总是在那里。'那里'是个非常宽泛的词，但你总是在那里。"

"你能暂时离开救护车，休息一下吗？"

"我不知道，工作很忙。迈克都是给我打座机，我担心要是我离开家，会错过他的电话。我现在不在救护车上，我已经好几周没有上街工作了。我现在一无所有。"

"那就先离开救护车吧，"汤米说，"试着离开。"

还有一天，菲丽丝发短信说她就在我家附近，如果我在家的话，她可以顺便过来玩玩。我告诉她我在，我也想见她。但后来她给我发短信的时候，我正在写作，又因为手机被调成静音，所以我没及时查看。等我给她打电话时，她已经坐上了优步，正在回公寓的路上。

"我可以回去，"她说，"需要我掉头回来吗？"

"不，我不想你再掉头回来，没关系的。"

"你确定吗？"

"嗯。"

但在我们挂断电话的那一刹那，泪水就顺着我的脸颊流了下来。我给菲丽丝发了短信："姐妹，我哭得停不下来。"

"我10分钟后到你那儿。"

然后她就来了。我们一起坐在外面的一个小花园里，菲丽丝听我说、哭了一个小时。

汤米是对的，我需要远离急救服务。再见了，警灯、警笛、搭档、病人、街道，我需要休息一下，离开这个城市。

菲丽丝在寻找我们可以一起去的地方。一天早上，另一个女性朋友打来电话，她知道我迫切地想离开这个城市。她和她丈夫之前通过爱彼迎在佛蒙特州北部租了一间房子，就在卡茨基尔。现在，他们买了新房子，爱彼迎的那间房子就用不上了，但它还有段时间才到期，所以问我是否想去住上一两个星期或一个月。

这些人，我的朋友们，他们对我这么好。他们也是第一急救员，我的救援者。

"姐妹，"我给菲丽丝打电话时说，"我们有房子了。"

我给她发了照片。那地方很美。房子也很棒，有4间卧室，有大窗户，还有树木和草地。我们邀请了纳塔莉。她最近失去了她深爱的姑姑，心情很不好。纳塔莉同意了，我们决定去一个星期，两个星期也行，如果我们想的话。

"只要想到坐在一起，和你们两个在一起，"纳塔莉说，"只要想到这一点……"

就感到幸福。不，不是简单的幸福，是疫情期间的幸福。

一天后，一个送货员按响了我公寓的门铃。我并没有买任何东西，我看了看监控摄像头，那里站着一个人，捧着一大束花。

花？是给我的吗？谁送的？

我飞奔下楼，把它们从送货员怀里抢过来，高兴得尖叫起来，这时住在这栋楼里的另一个女人走进大厅。"哇喔，姑娘！"她说，"有人送你花！"

有人送我花！我把它们像婴儿一样抱在怀里，在绵纸里摸索着找便条。找到了，是我在9月12日帮助过的危机客户送的。米黄色的卡片上写着："送给第一急救员……也感谢你让我们都能做出响应，向你致以最深切的感谢。"

我的心怦怦直跳，我都以为它要在我的胸口爆炸了。我飞奔上楼，一步跨两个台阶，把我的宝贝们从它们别致的纸裙里捧出来。

哇，是大丽花。它们被插在一个我从未见过的精致的圆形花瓶里——长长的绿色茎干盘旋在一边，紫红色的花朵在瓶边倾斜，美得令人窒息。这些宝贝很贵，我了解花，我是个园艺女士。我给它们拍了一张照片，并向我的客户表示感谢。

"这些是我收到的最美丽的花，这张小纸条很完美。我深受感动，真是太感谢你了！你根本没必要这样做，但我很高兴你这样做。我从小就想成为一名花匠，所以这触动了我最久远的内在自我。再次感谢！

"你的建议也是我收到过的最美妙的建议。如果建议是花，这个世界就会是五彩缤纷的；如果花是建议，那我们（也许）就是明智的。"

我爱我的客户、我的工作，还有菲丽丝。我把花的照片也发给了她，还说："你怎么从来没给我送过花？"

那天晚上，她给我打电话，用严厉的语气对我说："在你给我买了两个，而不是一个生日蛋糕后，我问了你30次，我能给你或为你做点什么，因为这对我来说意义重大，你却说你什么都不想要。你只是让我保持健康，好好活着。"

"我错了，"我笑着说，"我仍然想要花。"

"你让我无话可说。"

"我只是在调侃啦。你已经救了我，那天你乘坐优步掉头回来看我，就救了我。姐妹，是我自己不知道我有多需要这些花。之前我不明白为什么我给你送蛋糕的时候你哭了，但现在我明白了。"

"那个蛋糕救了我的命。"

"现在我明白了，这就是这些花的作用，这真的让我看到了街头甜品的重要性。"

那天晚上睡觉前，我告诉我认识的每个人停止他们正在做的任何事情，给他们在乎的人送束鲜花或送块蛋糕。在这场疫情中，这很重要。在这个任何已知的秩序、原则都快分崩离析的世界里，微小的爱的举动是我们仅剩的一切。

几天后，伊尔法建议我们在城里聚一聚。我们去中央公园散步，看望帕特的树。我们在树旁草地的毯子上坐下，编了一首关于两个"老婆"的搞笑歌曲，把它录了下来，然后发给了迈克。

还是没有回复。

走出公园后，我们坐在一家寿司店外面吃午餐。我们向艾琳打听消息，她告诉我们，迈克很沮丧，有时很难过，但他总是拿着手机，只是不理它，她不知道他为什么不理所有人。她说，他不愿意相信治疗已经无效，而癌细胞正在吞噬他。如果他不谈论它，那么它就没有发生。这是她的理论。她说，此时此刻，他正在房间里看《七宝奇谋》。

我放下手中的筷子，看着伊尔法。"他在看《七宝奇谋》？他不和我们或他爱的人说话，是因为他在房间里看《七宝奇谋》？我哭得不能自已，他却在看《七宝奇谋》？！"

"他只是在做'默龟'。"伊尔法说。

我们失声大笑。这个电影名字，让我笑得从椅子上摔下来，忘了之前那个天天以泪洗面的自己。

只有迈克有这样的魔力。

我和伊尔法对着天堂说："帕特，管一管你弟弟。"

在一个月没有他的消息后，我的电话终于响了。

"乌龟！"我说，"你终于给我打电话了！我爱你，非常、非常想你。"

"嘿，急救小鸡，"他用轻柔的声音说，"我也爱你、想你。"

我们聊了半个小时，他的声音不时被咳嗽、沉重的呼吸声打断。我问他是不是因为生病或抑郁才人间蒸发的，他说两者都有。他呼吸急促，所以很难说话。他不喜欢吃止疼药，所以拒绝吃药。然后等疼痛再次袭来，他吃了很多药片，比他需要的量还多。大多数时候，他所能做的就是睡觉，他吃不下东西，对他来说，从床上走到厨房都是一项艰巨的任务。

他不想和任何人说话，是因为他不想谈论生病的事，而谈论病情会让生病变成现实。他想，如果他不再说话，只是躲在家里，这一切就不会发生。但最近他病得很重，他已经放弃了希望。

"没关系的，"我说，"你现在不需要抱任何希望。在这种情况下，你为什么还要这样做？这太让人沮丧了。但我有希望，鸭子也有希望，所以你的'老婆'们可以为你保留所有的希望。你可以借用我们的希望，等你的用完了就靠我们的生活，我们会为你保留所有的希望。"

"哇，"迈克说，"太感谢你们了。是的，你们会为我保留所有的希望。

你真聪明，急救小鸡。"

"现在清醒了吧，这是你在第一年学到的东西。我得癌症的时候，就是靠帕特的信仰活下来的，他告诉我我会没事的，而我相信他。"

"我想回纽约，和你、伊尔法在一起。"

"我们也很想这样，亲爱的。"

然后迈克振作起来，发出一声长长的干咳，说他想给我的未来制订一个计划。

"噢，太好了。我喜欢我'丈夫'告诉我该怎么做。我去拿支笔，这样好记下来。"

片刻之后，我拿着笔，记下迈克给我制订的、包括三个部分的人生计划，以及我接下来要做的事情。他对我的计划是这样的：(1) 嫁给一个富有的医生——他；(2) 完成这本关于担任第一急救员的书，然后开着他的房车，带上他和伊尔法——我的"丈夫"和"老婆"，一起全国巡回签售；(3) 不要成为一名护理人员。

"为什么不要成为一名护理人员？你觉得我不应该成为一名护理人员吗？"

"是的，你太聪明了，不适合做那个。"

"我连基本的数学都不会。"

"你太聪明了，不适合做护理人员，而且你会被累坏的，你已经筋疲力尽了。而等你当了三四年的护理人员后，你会被这份工作弄得心力交瘁，变得铁石心肠。这就是事实，你不会再关心你的病人，然后你就对任何人都没有用处了。所以你要做的是成为一名心理医生。"

"成为一名心理医生？"

"是的，你真的很擅长帮助别人，特别是像我这样的人、有创伤后应激障碍的人，所以我觉得这才是你应该做的。你必须回到学校，获得另一个学位，但你会做到的。而且你还可以和第一急救员一起工作，你可以治疗所有离婚消防员的老婆，你肯定擅长这份工作。在这种事情上，你对我的帮助比任何其他人都多。"

"噢，乌龟，"我说，"我喜欢第一个和第二个计划，但我对第三个计划不是很确定。我不需要一个头衔或另一个学位，而且我喜欢免费帮助别人。"

"你至少会考虑一下这个提议的吧？"

"会的，'老公'提的任何建议，我都会考虑的。"

10月末的一周里，我没有哭，也没有和迈克发短信、打电话，而是注册了一些新网站，上面发布的都是一些极其诡异的东西。现在，几乎对于所有的事情，我都笑得很厉害，不停地笑，有时是歇斯底里地笑，常常笑得不合时宜，哪怕是最微不足道的小事和最可怕的消息都会令我放声大笑。我笑得眼泪都出来了，狂笑不止。

我明白，那不是发自内心的欢乐。这类似于我在封闭式精神科急诊室里听到的咯咯笑声，从情绪低落的人嘴里发出来的笑声。从临床上看，在精神方面，此时的我可能是一个情绪抑郁患者。但我只是第一急救员，不是医生，所以我的工作并不是诊断病人。我怀疑，若是对我进行紧急呼叫类型分类，那我应该是作为一个情绪抑郁患者出现在无线电中。"白人女性行为可疑。""白人女性在狂笑，罪犯留着鲻鱼头。"

一天，我把迈克的建议告诉了汤米，对于我"丈夫"让我成为服务第一急救员，包括消防员和警察的心理医生的想法，他给了相当多的反馈。

"你会是最好的心理医生，也会是最糟糕的，"汤米说，"最好的原因显而易见，最坏的也显而易见。"

"我将会怀上我所有客户的孩子。"

"100%。"

100%，哈哈哈。

汤米也在思考退休后做什么，想听听我的想法。他说他喜欢写作，总是幻想着写些回忆录或人生经历。他只是不相信自己写的东西会足够有趣，也不相信自己有能力全力以赴，把这些经历写出来。

"你真是一个美丽而又才华横溢的作家，我不是随便说说的。"

"哇喔，你真是让我大吃一惊，谢谢你的夸奖。我从来没有听过这种话，也没有这样想过。"

我建议他去纽约大学老兵写作研讨班看看，我就是在那里找到了写作的家园。我告诉他这是为退伍军人开设的写作班，而且是免费的。他说他想去看看。我给多年前在那里认识的前海军陆战队成员的作家朋友发了信息，想知道今年秋天这个写作班是否还开设。

"开设的。"他说。

"是在线下还是在线上？"

"在视频会议上。我刚刚把电子邮件和链接转发给你了。"

"太好了。谢谢你，兄弟。"

"没问题，兄弟。"

我们就是兄弟，哈哈哈。

我的笑声就这样响彻了10月最后一周。

当我看到新闻说欧洲上报的新冠病毒肺炎确诊病例数字创下新纪录，并且整个欧洲大陆已经做好迎接疫情在隔离的冬季进一步加剧的准备时，我笑了。

当意大利在24小时内新增了16079例新冠病毒肺炎确诊病例，当地官员要求进行重新隔离时，我笑了。

当法国总统表示，他预见到这场危机将持续到明年夏天，即2021年夏天时；

当新闻媒体说，在新冠病毒肺炎疫情第三波期间，现在应该买哪些股票，而我完全不知道我们已经度过了第二波疫情、现在已处于一个全新的阶段时；

当美国上报新增83718例新冠病毒肺炎确诊病例，位居日新增第二高时；

当福奇医生说特朗普总统已经数周没有参加新冠病毒肺炎疫情会议时；

当新泽西州一家医院的一名医生说，新冠病毒肺炎疫情第二波已经开始时；

当纽约的第一急救员告诉我，呼叫量正在增加，而且他们现在看到的新冠病毒肺炎患者要年轻很多时；

当两种疫苗都无效时；

当纽约市的急诊室再次变得拥挤不堪时；

当救护车的鸣笛声划破苍穹时；

……

我笑了，哈哈哈，哈哈哈，哈哈哈。

然后，情况变得更加怪诞。

周五，在哥伦布纪念日的周末，我和菲丽丝打算驱车前往北部。我的心理医生建议我不要开车，因为我告诉她迈克又进了急诊室，而我神志不清，已经3天没吃没睡，总是一会儿哭泣，一会儿狂笑。所以只能让菲丽丝来开车了。

我的姐妹同意了。"没问题。"她说。

我们把房子里一半的东西都打包了，以为会在北部停留尽可能长的时间，至少一到两个星期吧。在菲丽丝家外面的街道上，我把车钥匙递给她，并警告她，在疫情期间的纽约开车和往常截然不同，而平常已足够疯狂。疫情期间的路况更加糟糕，路怒者更加肆无忌惮，不遵守任何交通规则。交通量翻了两番，因为没人坐地铁。

菲丽丝说她明白，但我感觉她不太明白我在说什么。在疫情期间开车，与在紧急情况下开车非常相似。我现在很喜欢开救护车，因为可以无视所有人必须遵守的交通规则，在城里开着警笛、警灯，真是有趣极了。我喜欢无法无天的感觉，但这并不适合所有人，菲丽丝很快就发现了这一点。我的姐妹开着我的车，她看起来很可爱，戴着眼镜、坐得笔直，专注地看着前方，非常谨慎，也开得非常缓慢，她让我想起了我外婆。

"你竟然用两只手开车。"我笑着说。

"我在驾校学的就是这样，双手分别放在10点和2点方向上。"

"自从我做了第一急救员之后，就再没见过有人这样开车。我再也不会用两只手开车了，只会用一只手，左手放在方向盘上，右手放在变速杆上，就好像那是警笛。"

"我不是急救员，"菲丽丝说，"而你的开车技术——"

整个夏天，菲丽丝都在生我的气，因为在开车去城市之岛的朋友家的路上，我闯了好几次红灯。我并没有真的闯红灯，我很小心的，我只是把它们当成了停车标志，就像我在救护车上做的那样。你知道红灯对第一急救员意味着什么吗？什么都不是。但菲丽丝不喜欢这样。

在布鲁克林，我们遇到了疫情期间的交通堵塞，还有假日周末的交通堵塞。在我们缓慢穿过的每条街道和高速路上，车辆都在不停地按喇叭。从位于弗莱巴许附近的她家出发，穿过布鲁克林到达汉密尔顿公园路，我们花了一个半小时。等到达那里时，我已经想小便了。

"只要提前告诉我你要在什么时候停车,我就把车停在那里。"菲丽丝说。

"我没办法提前通知你,因为我的膀胱坏了。我要尿尿,我以为我可以憋一个小时的,但突然之间我就得立马去厕所。"

菲丽丝倒抽了一口气。"你觉得是因为那次的手术吗?"

"我不知道,可能是吧。那次导尿管事件后,我的膀胱就变了。"

我们继续前行,交通更加拥堵。

"你强势点!"当她犹豫着要不要进入一条小巷时,我说,"只要你开得够快,我们就能出去,姐妹。按喇叭,需要的时候就按喇叭。就这样开,好,走,现在就走。变道,现在开到左边车道,快点开到快车道。只要把那些混蛋截住,他们是新泽西的车牌。混蛋,这里是纽约,你们这些混蛋,回家去学学怎么开车吧。"

菲丽丝叹了口气,然后咬了咬牙,她似乎很紧张。我感觉这可能与我有关,我试着闭嘴,但没有成功。

我的大脑是麦金塔电脑上旋转的死亡彩虹,马力全开,我只想说啊、说啊、说啊,但我无法记住最基本的东西。我试图保持安静,"黑魔法"这个词突然出现在我的脑海中,可我怎么也想不起来黑魔法是什么。有那么一瞬间,我想知道这是否是我从事的职业,侦探也是黑魔法吗?我是一个暗黑艺术家吗?

"当人们自称从事黑魔法时,他们指的是什么呢?是我所做的工作吗?"

菲丽丝坐在方向盘后面,眼睛直直地盯着前方,突然她尖叫着大笑起来,泪水顺着她的脸颊流了下来。

"别再笑我了!你会让我尿裤子的!"

然后,她又开始发出疯狂的大叫声,令人窒息的大笑,听起来就像一只吸毒的猫头鹰。

"别笑了!别再发出那种可笑的声音了!这都什么声音啊,你这是在做什么?你这样叫喊,比笑还难听。"

最后她喘了口气,解释说,黑魔法不是侦探的工作。"它指的是神秘学,"她说,"是魔法。"

"好的,谢谢。现在我得去尿尿了,在这里右转。"

她把车停在汉密尔顿公园路,我把她带到公园坡的救护车基地,就在拐角处，这样我就可以跑去上厕所了。当我下车时，她似乎松了一口气。

一个看起来很迷茫的家伙站在救护车的车库外面。他想问我一些事，但我冲过去说我会回来的，现在我有点小小的尿急。5分钟后我回来时，那人说他正在找人帮忙。他填了一份志愿担任第一急救员的申请表，但没有收到任何人的回复。

"那是多久以前的事？"我问。

"大约一个月前。"

"哦，那没事，他们要过一段时间才会给你答复。我好像花了3个月才开始在这里值班。不对，实际上是6个月。"

"不会这么久吧。"

"就是这样。而且他们刚结束一个入职培训，所以我敢肯定他们还没准备好再来一个。但他们会回复你的，你等着就行。"

"需要那么久吗？"

"这是个全志愿者组织，主管们都是全职的第一急救员。每个人都要做200份工作，力图让新人在第二波'罗纳'来袭前通过入职培训并上街轮班，所以每个人都超级忙。但他们会回复你的。"

他说了声谢谢，我就跑回了菲丽丝那里。我跑过了自己的车，我甚至都没看到它。

"姐妹你去哪？"在我跑过车的时候，菲丽丝大喊。

我回到我的丰田荣放（RAV4）探险车里，菲丽丝把车开到街上，她在一个红灯时右转，这在纽约是违法的。我们转弯后，一个留着山羊胡的家伙开着一辆卡车停在我们面前，对她发泄了大约3分钟肆无忌惮的狂怒。我们只能坐在那里看着他。之后他开走了，菲丽丝吐出一口气。

"这就是疫情，"他开走后，我说，"疫情期间的驾驶是很疯狂的。"

几分钟后，我告诉菲丽丝，也许我应该养条狗，因为伊尔法、迈克和我本来应该养条狗，还给它取名叫沙克尔顿，只不过现在似乎是没这个可能了。

菲丽丝咯咯笑了起来："你养狗？"

"这有什么好笑的？我能照顾好一切，我的植物正在茁壮成长。而且我在'9·11'事件后做过几年保姆,当时我找不到工作,而我恰好非常擅长这个,我照顾过一个小孩子。"

"狗可不是孩子。"

"没错,因为它是动物,所以更加简单。"

"好吧,那你养条狗吧。我等不及看它在你的地毯上拉屎,咬你的植物了。"

"你知道的,姐妹,不是每个想法都需要说出来。"

然后菲丽丝错过了地图上的一个转弯,回到正轨后,我们陷入了交通堵塞。突然间,一队长相粗犷的家伙挤满了整个街区,用卡车把街道堵住了。他们互相传递着一箱箱的食物,并把它们装进卡车的车厢里。其中有几个人非常帅气。

"他们是地狱天使吗?"菲丽丝说。

"我不知道。我觉得地狱天使大多是白人,这些家伙有黑人、白人和棕色人种,我不清楚是不是。但我爱他们,他们正在解决食品不安全问题。这也太性感了,看看那个人。"

其中一个人走到我们的车前,问我们是否需要食物。菲丽丝说:"不用了,谢谢。"

"他们是谁?"我问。

"我看其中一件衬衫上写着'惩罚者,头号通缉犯'。"

我拿出手机。"我来查一下。"过了一会儿,我把我的发现告诉了菲丽丝。"惩罚者执法摩托车俱乐部是一个执法人员的兄弟会,"我抬起头说,"他们是警察,他们正在为饥饿的人提供食物。我要把他们都娶回家。"

菲丽丝对我摇了摇头。

两个半小时后,我们还在城里,在曼哈顿,靠近第34街。我们现在本应该是在北部,开车到那个房子通常只需要2小时。

曼哈顿的建筑被掏空了,成了一座鬼城。外面只有开车的人。人行道上空荡荡的,房屋窗户紧闭,商店都关门了,无家可归的人四处游荡。这就像处于战争时期。几周前,在市中心,我看到许多人排着长队站在一个食物救济站外面,那是美国的俄罗斯贫困线。我问菲丽丝,她是否读过那篇疯传的文章《纽约永远死了》。

"没有，但我读了杰瑞·宋飞的驳斥文章，他把这篇文章批得一无是处。"

"它就应该被批得一无是处，写这篇文章的人肯定住在曼哈顿。"

"绝对是。他是不是开了一家喜剧俱乐部？"

"是的，他还是个搞金融的。这些人就是害死纽约的凶手，他们把我们赶了出去，把曼哈顿变成一个巨大的购物中心。而现在他很伤心，因为他不能在圣诞节去看《胡桃夹子》，不能在内曼·马库斯买他的巴塔哥尼亚背心。那家伙这辈子都没去过布鲁克林。"

"布鲁克林现在生机勃勃的，我的街区很热闹。一切都开放了，人们都在街上，在外面吃晚餐、喝饮料。音乐一直在播放。"

"我的街区也是如此。还有皇后区和布朗克斯区，人们都在一起，有一种真正的社区感觉。那才是纽约，那才是我搬来这里的原因，不是为了去巴尼斯精品店。枪击事件增加了，但现在每个社区都是这样。这就是整个国家，这也是纽约市，欢迎回来，各位。曼哈顿已经死了，但那是因为所有的富人都离开了，而且他们应该离开，他们还应该别回来。他们毁了纽约，他们20年前就毁了纽约。"

"你还记得90年代的曼哈顿市中心吗？艺术家和各种各样的人住在那里，我很喜欢那个时候。我以前经常从弗农山一路开车过来，就是为了去新波多黎各诗人咖啡馆。而且我见过所有的资深诗人，我觉得他们太酷了。"

"我也是。我以前住得起这里，直到房租贵得离谱，我被踢到了布鲁克林。但我很高兴我搬到了布鲁克林，我喜欢布鲁克林。曼哈顿需要死亡，它在抗议活动中被付之一炬了，人们把那些东西像庆祝美国独立纪念日一样点燃了。当然，破坏总是让人难过的，但人们因为新冠病毒肺炎而死去，为了社会正义在抗议，所以我没有为这些破坏哭泣。"

"我记得'9·11'事件后，每个人都说纽约再也不会和以前一样了，它被永远地改变了。我当时想，是吗，看看都发生了什么？但我们从那场灾难中恢复过来了，虽然花了几年时间，我们还是恢复过来了。我们恢复得如此之好，以至于现在人们都忘记了曾经发生过的灾难，他们会说，'9·11'事件？那是什么？"

"一点没错，所以我们也会从这场疫情中恢复过来的。这可能需要10年的时间，但我们会恢复过来的，纽约是不死之城。不过我还是迫不及待地想离开这里几个星期。"

在离开布鲁克林5个小时后，我们终于看到了高速路上的出口。现在是晚上了，我们已经停车吃过饭、上了厕所，还换了座位，所以现在由我来开车。当我们离开高速公路时，一片黑暗突然笼罩了我们。

"我们现在到乡下了。"说着，我打开了车灯，然后拐进了一条路，又拐进另一条。我说："我觉得天不会再黑了。"停顿了一下后，又说："要是我们走的路一直在变窄、变黑怎么办？"

菲丽丝咯咯笑了起来。

之后我们真的拐进了一条更黑、更窄的路。

等终于抵达北部时，我开心得差点就去亲吻湿漉漉的绿色大地了。但几乎是立刻，这次旅行就变成了一部恐怖电影——一部疫情恐怖电影。

我们把东西从车里拿出来，看了看房子，还不错，房子很棒，很漂亮，就是比较奇怪。墙上挂着一堆动物的尸首。所以我说："动物标本！我喜欢，典型的美式风格。"菲丽丝却说："呃，我不喜欢。"然后我环顾四周，发现墙上钉着一些悲伤的白人照片，令人毛骨悚然。"我不喜欢这些东西。"我说，而菲丽丝却说："我喜欢这些悲伤的白人。"

主卧室的床头挂着3张悲伤的白人照片，所以我立即决定把这个最大的房间让给菲丽丝，因为我没法在摆着这些令人毛骨悚然的照片下面的床上闭上眼睛。"真的吗？"她问，"我可以住这个大房间吗？"她当然可以。

我的睡眠质量十分差，而我又迫切地想睡觉。我的房间里有两张床，我的两只丑脚挂在床沿上，床单粗糙又劣质。我在夜里冻僵了，因而我醒来的时候，比我们刚到时还要疲惫。

关于这所房子，让我告诉你们一些事情。从来没人在这里住过。它就像一个博物馆、一座陵墓。每张桌子都摇摇晃晃的，到处都是古怪的雕像和毛皮地毯。灯光昏暗而可怕，所以没有地方可以坐下来阅读。每隔一面墙就挂着一具被屠杀的动物尸体，而我的个子又太高了，头总是撞到那只被砍掉头的麋鹿。我写书也读书，我立马就看出来这里摆放的书从来就没有被翻开过。最后，我把桌子靠在墙上，把其他东西搬到一边，摆好巨大的电脑屏幕，还有我从布鲁克林拖到这里的数不清的书，这样我就可以工作和写作了。我以为我已经赢了这场家庭办公室之战，但并没有。

墙上有一扇窗户，总有一群戴着口罩、叽叽喳喳的白人透过窗户看着我，而我经常穿着睡衣坐在那里。此外，当我沉浸在写作和工作中时，我也不喜欢被人盯着看，所以这让人很不愉快。

然后，真正的恐怖开始了。之前所有的事情——从末日之城到卡茨基尔的五个半小时车程，迎接我的动物标本、悲伤的白人照片、糟糕的床、零独处，以及没有地方可以工作、阅读或写作，都只是预告片。

正片是虫子。我们很快发现，它们无处不在，棕色的胖虫子，跟蟑螂一样大。在发现第一只虫子的时候，我不知道它是什么，所以我只是把它放在纸巾里，然后扔掉。但后来我又发现了一只，然后是另一只，又来了一只……

那天早上晚些时候，业主不请自来，我对他说了这个情况，我当时还不知道事情的严重性。我向他解释说，我不是娇滴滴城市人，真的不是，我在山区的一个小木屋里长大，熊来过我家门口，黄蜂在屋里筑巢。我认为自己不讨厌虫子，但即便如此，眼下这情况这也有点太过分了。

"它们可能是臭虫，"他若无其事地说，"一会儿给你拿个吸尘器，我会把它放在外面。"

"谢谢。"我说。我以前从未听说过臭虫，所以我不明白这里发生了什么。我关上门，看着菲丽丝，我心想："吸尘器？他想让我们用吸尘器来清理虫子？这要怎么做？还没等我打开，虫子早就跑了吧。一个吸尘器根本解决不了问题。"

菲丽丝没有说什么，因为她笑得眼泪都下来了。

这个房子是喜剧——悲喜剧。我后来想打个盹，就在我睡着的时候，一只虫子像飞舞的电锯在我的卧室里飞来飞去，我吓得尖叫起来。

菲丽丝打电话过来，"姐妹，你还好吗？我听到你尖叫了。"她在她的房间里。

我在我的房间里，浑身发抖，就像刚刚踩到了一个简易爆炸装置。我不确定我的身体是不是还在，我死了吗？没有。我蜷缩在角落里，背靠着卧室的门，盯着那只又大又肥的棕色虫子，它现在就在我的枕套上，就在我睡觉时脑袋压出的凹陷处。

"不，我不好！一只虫子刚刚把我吵醒了！这太可怕了！我刚刚睡着！我已经3天没睡觉了！我觉得自己刚刚被炸飞了！现在它就在我的枕头上！这就是《圣经》里的鬼话，姐妹。这简直是恐怖片的设置，是斯蒂芬·金与弗朗兹·卡夫卡的结合，就是《木兰花》中天空撕裂、下起青蛙雨的那一幕。我们现在是在世界末日！我们必须离开这栋房子！"

然后我们冷静下来，我们试着继续在这里的日子。我一个人在树上散步，给我妈妈打电话，她的情况稍有好转，处于惊吓中的感觉很好。我告诉她我在北部，也许我应该为我们买一栋房子，因为我们的小屋和森林都被烧毁了。

"现在不是做重大决定的时候。"她说。

"妈妈，我就是这么跟处于危机中的人说的！当你脚下的土地开裂的时候，不要做重大决定。等到灾难过去，事情平息下来再做决定。除非你需要改变那些正在杀死你并且你一直在逃避的事情，而危机正在迫使你采取行动。在这种情况下，你可以利用危机并采取行动。"

我和菲丽丝开车出去兜风。我们买了三明治，坐在外面。她说她在这个国家最大的恐惧是被谋杀和遇到熊。我什么都不怕，直到时间越来越长。那天晚上，我们并排躺在菲丽丝的床上，床上没有虫子——暂时没有，我们的腿互相搭在一起，一起观看《爱在狱外》。

在一个牙齿有问题的真人秀明星出场后，我对菲利丝说，在Zoom的世界里，我注意到我们的下牙不太让人满意——我的下牙有点歪，她的下牙有个缺口，而"有些人对缺了一颗牙反应很平静"。

菲丽丝咯咯地笑了起来，把她的下唇拉了下来："看到了吗？"

"哦，你别补牙了，它很迷人，你就别浪费钱去补牙了。"

我把嘴唇拉下来："看，它是歪的。"

"我根本看不出来，根本不需要修复。"

"还是问牙医吧，看她怎么说。"

后来，我回到我的房间，我们又在推特上聊了会，然后睡去。

不知不觉中，我们坚持了大约 48 小时。我们在星期一早上离开，告诉纳塔莉不要来北部，还说这里不安全，爆发了一场虫灾。这是一场战争，虫子对抗姐妹情，虫子赢了——房子归你们了，虫子。

它们无处不在，占领了我们的床、厨房、卫生间。一只虫子从镜子里掉出来，落在了菲丽丝的牙刷上。我们夜以继日地尖叫，就像是住在一个有炸弹的房子里。我们遭受了巨大的精神创伤。

我们必须返回城市。我们再也不会离开纽约了，永远不会。在疫情期间逃离纽约就是大错特错。

不过，我们的北部之旅并非只有死亡和虫子，我们也遇到美好。一天晚上，我们开车去吃比萨。突然，我的"声田"①里流淌出我们俩都很喜欢的旋律——《迷失的星辰》。歌手亚当·莱文在其中唱出了他的心声，歌词是关于醉酒和灰尘、幻想和悲伤，以及不要让悲伤压垮你的梦想，因为我们只是这个星系里闪烁的斑点。菲丽丝说："这是我们的歌！"

菲丽丝把音量调到最大，跟着唱这首我们的歌，而我在一条黑暗、狭窄的路上驾驶。在车里，我为我唱歌的姐妹——这个星球上我最爱的人、我的第一急救员，为我们的友谊，还有生命中所有的磨难和胜利，流下了感恩的泪水。

这一刻，我感到如释重负。这首歌拯救了我，它就是我的救赎，就像我们在街上使用的除颤器一样，让我死去的心脏恢复了跳动。

我们不是喜剧演员，回到家后我想，我们需要一个新的词语来形容自己。

这个词语就是悲喜剧演员。

---

① Spotify，一款正版流媒体音乐服务平台。

25　数字背后

　　回来后，又过了一周左右，我才从虫子的创伤后应激障碍中恢复过来。这时，尼娜过来和我讨论庆祝万圣节的计划，万圣节是我们仅剩的唯一重要的事情。

　　自打我们认识以来，这是我们第一次不想在这个节日的晚上乘坐救护车。显然，我们并不是唯一有这种感觉的人。

　　最近一段时间，公园坡的日程安排是空的，几乎每一封来自主管的电子邮件都是在恳求大家去轮班。10月的一个星期天，根本就没有救护车出去，我猜是不是大家都累坏了？新人现在都在车上，但他们还没有接受过驾驶培训，也没有人去培训他们。而我们这些老手——我不太愿意这么称呼自己，所有在街上待过一段时间的人，特别是2020年在街上待过的人，都受到了新冠病毒的袭击。

　　尼娜不打算值班，反而准备过来烤肉。我们邀请了查德和内森来参加这个疫情期间的双人万圣节派对。查德说他会过来，但我们怀疑他来不了；内森和往常一样犹豫不决。我们想，可能只有我们俩来庆祝这个日历上最伟大的节日，就像那首情歌唱的那样。尼娜的男朋友那天晚上会在救护车上工作，所以我们计划跳上我的丰田荣放，开到我们的营区，给大家想要或不想要的东西：来自街头甜品的节日烘焙食品。

　　至于万圣节服装，我们需要为2020年准备一些相当特别的东西，因为这是相当漫长的一年。我们之前的想法——扮成《90天未婚夫》中的双胞胎姐妹达尔塞和斯泰西，就不太适合了。经过一番深思熟虑，我们决定扮成战术面包师。我们不知道有这么个东西，但孩子们知道。

　　在尼娜发现战术围裙的存在后，我们买了两条。它们是为"创意户外厨师"设计的，使命是"容纳和管理所有的烧烤工具"，"非常适合储存调味品、烤肉用具、盐或胡椒，以及你的手机"。它们是深黑色的，看起来像日耳曼骑士可能会穿的东西，有许多小口袋，侧面有带子，还有一个可拆卸的尼龙搭扣补丁，补丁上写着"厨师"。但我们不是厨师，我们是战术面包师。所以我们买了些补丁，上面写着"但你死了吗"以及"在上面撒点灰尘，所有东西最终都会停止流血的"。

大约一周后，服装到了，我们在我家进行了彩排，试穿了围裙和面包师帽子。我笑得倒在地上，在客厅的地毯上捂着肚子打滚。我们一致认为，这是迄今为止我们挑选到的最棒的万圣节服装。

谢谢你，2020年，让我们成为战术面包师，这就是疫情中完美的万圣节装扮。现在，我们已经准备好出发了，离开街道，进入我的厨房。

一周后，我躺在沙发上，打开了网飞网站。偶然刷到一部纪录片，视频点播服务说它与我的观影口味有98%的匹配度。我知道，算法非常了解我，也许比大部分人都了解我。科技对我的喜好了如指掌，于是我点开了视频。

这部纪录片叫《美国谋杀故事：隔壁那家人》。这是一部关于克里斯·沃茨的真实犯罪节目：一个看起来很可靠的顾家男人，找了个女朋友，有了婚外情，然后在一个早晨醒来后，谋杀了他怀孕的妻子和两个女儿。

自从疫情暴发以来，这是我看过的唯一影片，没有停顿或停歇地从头看到尾。纪录片的结尾标题字幕给出了一些我模糊意识到的统计数据，但此后深深地烙印在我的脑海里：

"在美国，每天有3名妇女被其现任或前任伴侣杀害。杀死自己孩子和伴侣的父母通常是男性，这种犯罪事实上总是有预谋的。"

观看这部纪录片对我很有帮助。我很感激那些允许拍摄这部纪录片的家庭。看了这部纪录片，我明白了这样的案件是不可理解的，就像多年前我和拉斐尔谈起希瑟时他告诉我的那样，它属于不可知论。

但是，每当我遇到让人难过的事情——谋杀、自杀、癌症、"9·11"事件、新冠病毒，我就需要一遍又一遍地听这些故事，我需要从1000个不同的故事讲述人那里听到他们的故事。我怀疑我的余生都需要听这些故事。我没有达成任何理解，但我仍在不断追寻它。

对我来说，不断追寻的状态似乎很不错。

就经济状况而言，纽约市仍然处于水深火热之中。新冠病毒肺炎疫情迫使为志愿急救组织筹措资金的社区活动和募捐活动取消了。这场灾难还增加了购买个人防护用品的额外费用，而且随着资金的减少，救护车的良好运营状态难以为继，甚至全市的急救机构，特别是志愿者队伍，都难以维持运营，贝史蒂志愿队目前已经关闭。在流感季节和冬季开始之际，一个以黑人为主的社区遭受了新冠病毒肺炎疫情的严重打击。

损失还在继续。10月初，"云梯3号"一位名叫吉姆·温德的退休老消防员意外去世。帕特担任队长时，他是救护车司机，是帕特的手下。

至于我，帕特的一个没有血缘关系的妹妹，作为第一急救员未来又将何去何从呢？还有我对这一切又有何感受？

哦，对了，你知道的，我已经好多了。

我没有自杀或其他什么想法，但也没有完全恢复神采飞扬。正如加布里埃尔所说的那样，就在他努力拯救他所有的新冠病毒肺炎病人而他们全都死了之后，我对这一切有了某种不同的感觉。我不能说我此刻对作为一名第一急救员，或者调查员，感到异常兴奋。

去年春天，我的第一急救员资格证在疫情高峰期过期了。但由于州政府缺乏人手，他们将我们这些当时即将到期的第一急救员资格自动延期了一年，公园坡处理了我们的再认证文件。去年冬天，在新冠病毒肺炎疫情暴发之前，我完成了所有的继续医学教育（CME）课程。

写完这本书后，我可能会损失惨重，甚至还可能收到死亡威胁，对此我只有一个想法，那就是：那也没关系。

我把全部身家押在这里了。在这本书中，我对很多有权有势的机构和人进行了品头论足。这值得吗？

当然值得。

在危机时刻，你必须堵上全部身家。你必须后退一步，问问自己这副身家是否值得拯救。如果不值得，那就勇敢去做你想做的吧。

我还遵循了更高的法则，爱尔兰的法则，我从帕特那里得到了指引。

在牺牲前两周，帕特告诉了保罗3件事：

（1）他爱上了（伊尔法）；（2）他在练习瑜伽；（3）他打算拿自己的职业生涯冒险，呼吁罢用消防队的无线电。

当时，消防局使用的是声名狼藉的摩托罗拉"军刀"3代（Saber Ⅲ）

对讲机——消防员和警察在紧急情况下几乎无法互相联络。"9·11"事件使帕特预示的无线电梦魇成为现实，100多名消防员留在北塔，在北塔倒塌之前，他们从未收到过撤离的无线电命令。

"谈谈无线电吧！"在2004年"9·11"事件委员会听证会的第二天，艾琳·塔伦大声呼吁。她的儿子，一名年轻的消防员新手，毫无必要地死在了北塔。

我们必须冒着职业生涯的风险来谈谈无线电的问题。我们必须赌上全部身家来谈谈无法计算的死亡人数，以及在新冠病毒肺炎疫情期间街上的情况有多么糟糕。我们必须讲述那些困难的故事，那些无人愿意聆听的故事。我们必须坚持讲述这些故事，一遍又一遍。我们必须这样做，不然就会有人无辜死去。

我们可能也会。

分享一个反思吧。"9·11"事件后的一天，在纽约市中心尘土飞扬的街道上，我看到一个家伙穿着一件T恤，上面写着"艺术拯救生命"。

我讨厌他的衣服，我也讨厌他穿这件衣服。我认为这是一种侮辱，艺术不能拯救生命，是第一急救员拯救了生命，而且他们为此付出了生命。帕特死了。我当时的感觉是，艺术、音乐、写作、商业、金融、技术，所有这些全都毫无意义，全是浮云，只是重要蛋糕上无足轻重的糖霜。我觉得唯一严肃的工作是拯救生命的工作，是第一急救员从事的工作，其他的工作都很愚蠢。

但在2020年，差不多20年后，我理解了那位先生T恤上的信息，我认同了这一观点。我想写这本书，从这场悲剧中创造出一些有条理、有艺术性的东西，让它成为一个讲述痛苦故事的载体，而把这一切全都写下来，可能也救了我的命。就像内特医生在紧急医疗技术学校说的那样：除非你把它写下来，否则它就永远不存在。

它是存在的，我把它写了下来。

我想起了内森·昂格朗代说过我有杀死所有角色的倾向，还想起了科恩兄弟和《冰雪暴》。我保留了那个碎木机，所有的碎木机。

还有所有的珍妮弗：作家珍妮弗和第一急救员珍妮弗，幕后珍妮弗和巴黎珍妮弗，优雅珍妮弗和街头珍妮弗，危机管理人珍妮弗和园艺女士珍妮弗。

我本着帕特的精神来设计我的生活。我把我的世界设计成一个铁路公寓，房间被隔墙隔开。我把我的生活分开，甚至和我自己分开。我和这样一群不同的人做朋友，如果我们都聚在一起，我不认为他们会享受到真正的高质量共处时光。我经常有这样的想法，如果内战爆发，我在"照片墙"上仅有的 4 个粉丝可能就会互相残杀。

但在疫情中，这些年来我为分隔我生活的不同部分和个性而筑起的所有墙壁全部轰然倒塌，我觉得这是件好事。

在街上，你经常听到第一急救员吹嘘他们有能力进行分隔。到目前为止，"我可以分门别类"是他们最常说的话。大多数时候，第一急救员谈论的是他们有能力不把在街上目睹的恐怖事件带回家，不会在饭桌上提起车祸。通常，他们还会谈到自己晚上秒睡的能力，说他们不会被自己背叛妻子、讨厌妻子以及妻子讨厌他们的事实困扰。他们说："我可以分门别类。"

但是他们能吗？我能吗？我们中的任何人都可以吗？我们应该这样做吗？

这是我从这一切中看到的、体会到的。最后，在死亡中，所有的墙都会倒塌。有人上了新闻，打破了你的匿名性，而这是你一生都在努力保密的隐私：那个你认为是疯子的人突然冒出来，公开声称你是疯子；你几乎不认识的人开始在网上为你哀悼，而你真正的朋友只在默默地、孤独地承受失去你的痛苦。这就是我在 2020 年艰难接受的事实。

新冠病毒肺炎疫情后，一切都是公开的，这感觉很好，虽然有点吓人，但还不错。我到底在躲避什么？我自己吗？

在这本书里，我推荐了一些书籍和歌曲。我这样做，并不是为了将你的注意力从主线故事——作为第一急救员的经历上引开，而是出于一种善意。对我来说，书籍一直是一种拯救方式。在少女时代，书籍拯救了我，我从中找到了需要的信息，作者说的那些话让我不再觉得孤独。书籍就是第一急救员。

最近，我囫囵吞枣地阅读了柳原汉雅那本震撼了整个文学界的创伤色情书《渺小一生》。正如其营销人员所说，这本书"触及了小说所能抵达的最黑暗的地方"，坐下来两次就读完了。但那不是我讲故事的风格，我不希望你们被我的故事折磨，就像去年春天我们所有人在街上的感受一样。

此外，为笑话、美丽和安静留出空间，那感觉会更真实。在服务人员的葬礼上，我们从来都不是只站在一旁哭泣，我们还大笑、开玩笑和唱歌。

话虽如此，我必须承认这个故事中的尿液比我预想的要多。我想，这应该是我在标记我的故事领土吧。

毕竟，我笔下的纸曾是一棵树。

至于我最近在做什么，我已经离开救护车一个多月了，就在9月的那个雨夜轮班之后，在我看了总统辩论之后。那真的夺走了我身上的一些东西。那个晚上我失去了一些东西，虽然我不确定是什么。

也许，是希望。

内森偶尔还在街上，和年轻的"没注意到枪伤"的巴里一起值班。查德消失了，不再做第一急救员。亚伦现在为消防局工作，他在"照片墙"上发的大部分照片都是他可爱的新生儿宝宝的。莱克西现在是一名护士，她已经完成了她的学业，但仍然在做第一急救员。尼娜是个医生。奥斯汀在波士顿从事运输工作。加布里埃尔依然坚守在救护车上，但他焦头烂额、汗流浃背。

现在，我只想休息一下，喘口气。我不知道自己还会不会回到救护车上，我还没决定好。

"尽力而为。"当新冠病毒肺炎疫情达到顶峰时，调度员对我们如此说。当时我们没有护理人员可以在现场为窒息的病人插管，我们也没有足够快的救护车去救人，在经过20分钟的心肺复苏，或者在没有床位的医院分诊线前，那些被统计和未被统计的病人被宣布死亡，然后被塞进裹尸袋，再被装进冷藏车。

我已经尽力了。

我不是一名职业第一急救员，也不是知名作家或知名人物，但我希望我的某些经历我说的某些话能在某个地方帮到某人。这是我的第一本回忆录：我学过也写过小说，是因为现实生活就是谎言。现实生活太艰难了，没法直接写成故事。这之前，我从未写过非虚构作品，甚至在我签了出版合同后，我还在网上搜索过"如何写回忆录"。你想问我为何我不继续写成小说吗？因为现实生活太艰难了，小说都没办法完全将之展现。

在疫情期间，我为这本书找了一个代理商和一个出版商，这让我感觉很糟糕，但能有一些喜讯——书能与大家见面啦——总是让人开心的。今年夏天，我告诉埃勒里我找到了一个代理商出版一本书时，他说我根本不应该感到难过。他打电话给我，大喊："奴隶制时期的人们在庆祝！快克服你的白人内疚，挥舞你的双手吧！"

于是我就这么做了。

能成为一名作家，我感觉非常幸运。这让我有了一个机会，为我在纽约大学退伍军人写作研讨班的一些朋友提供他们一直在等待的东西——一个女人写的一本关于"战争"的伟大作品。

研讨班的朋友们都为我感到骄傲，我所有的第一急救员家人都为我感到骄傲。每个人都很激动、很支持、很乐于帮忙，他们想让人们听到我们所有的故事。我告诉卢娜，人们终于可以看到我们、听到我们在街上的生活时，她哭了。

人们真的已经把我们忘了。我们如此努力地工作，如此吃力不讨好，如此不求回报，却一直被忽视。但会有那么一瞬间，我们被人们看到。

我想帕特也会骄傲的，因为每当我在书中写到关于他的段落时，我都会全身起鸡皮疙瘩。而迈克，他喜欢作家。他迫不及待地想让人们听到我们的精神婚姻故事，让了解看到"9·11"事件的第二幕戏是多么地困难。夏天，他给我发了一封电子邮件，要求我在书中使用帕特的真名。"帕特的一生都在致力于改善他人的生活，甚至是现在，他还在继续这样做，"迈克说，"'9·11'事件后，一个被遗忘已久的说法出现了：'做一个帕特·布朗。'意思是只要是无私和善良的行为，就是帕特会做的事。帕特的故事会继续激励着人们，在你的书中也会如此。而帕特·布朗的意愿将继续得到实现。"

迈克对他自己也提出了同样的要求："请使用我的真名和任何关于我的故事，无论好坏。在过去的一年里，作为一个人，我有了很大的成长，而你是让这一切发生的主要原因。能在你的书中出现是我的荣幸，你不需要粉饰任何事情。"

这些家伙，我太爱他们了，我的英雄们。他们以自己的方式进入了我的故事，以至于伊尔法笑称我的书是"他们的书"。

"我喜欢这样。"迈克说。还有一次，他说："帕特不喜欢被遗忘。"

是的，他不喜欢。对我们来说，他依然活着。

上帝保佑帕特和迈克，已倒塌和正在倒塌的"双子塔"。

我不知道我的作品是否出色，但至少言之有物。

我尽力了。

我还认为，写完这本书后，除了请律师和进入证人保护计划外，我应该提醒我的同事，我有可能成为未来的一场灾难。有一天，我给一位危机处理同事打电话。她是我很珍视的一位女士，在纽约最好的一家黄金标准危机管理公司工作。

"我只是想给你提个醒，等我的书出版后，我可能会成为一个危机。"我说。

我的同事不会错过任何机会。"没问题，珍妮弗，我们会处理好你的危机。"

所以这很好，以防我万一死得轰轰烈烈。用奥德丽·洛德的话说："我要像该死的流星那样死去！"

26　无法想象的损失

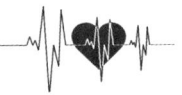

10月下旬，迈克还活着，勉强还活着。他堂兄的妻子朱迪说他不吃东西，瘦了很多，脸色发灰，看起来像是变了个人，就像路易斯·阿尔瓦雷斯一样。这位身患癌症的警探曾与乔恩·斯图尔特一起向空无一人的国会作证，努力为"9·11"事件的第一急救员争取资金。看来，这是他生命的最后几周了。

迈克拒绝见家人，也不让任何来自纽约的人去看他。他知道如果人们上了飞机，就意味着他要死了。因此，如果人们不飞去拉斯维加斯，对他来说，就意味着他的生命不会结束。

"那伊尔法和珍妮弗呢？"朱迪问他。

"好吧，"他说，"我想见见她们。"

朱迪告诉我这些后，我不知道该怎么办。伊尔法不可能去，因为她以照顾老人为生，如果她飞到拉斯维加斯再飞回纽约，她将不得不在两边都隔离，失去一个月的工作。不能去对她来说是一种折磨，这也折磨着我。如果我去了，我的存在就会告诉迈克，他就要死了。

对我们两个"老婆"来说，根本没有好的选择。是飞去拉斯维加斯看迈克，还是留在纽约？

经过许多个痛苦煎熬、以泪洗面的夜晚，伊尔法决定留在纽约，我和其他人都认为这样做是正确的。我们都有一种感觉，帕特会希望她留在这里。新冠病毒肺炎疫情依然肆虐，我们要阻止这一切的唯一办法就是戴上口罩，留在原地，照顾好自己。

此外，我们都知道迈克爱伊尔法，无论距离多远，他都能感受到她爱的力量。她始终是他的头号粉丝，我们是共同的"妻子"，所以在我们的精神婚姻中没有等级之分。我和伊尔法互相称对方为"1A号妻子"，迈克也是如此。每当他无视我的一个建议（命令），我就会这样对他说："你和'1A号妻子'谈过这个问题吗？"我们一起，就是"妻子1AA"。因此，我们真的可以像"姐妹-妻子"一样，一起照料这个地狱般的怪物。

我不知道该怎么做，我哭了。然后我给牧师迈克尔·戴利打了电话，他本该是我们3个人的主婚人,向他寻求精神上的建议。

"精神上的建议?从我这里?"

"你是我的牧师,你还写了一本关于迈克尔·贾奇的书,所以我需要你引导他,给我一些精神上的建议。"

"生活,"他停顿了一下,然后清了清嗓子,用一种充满灵性的声音说,"是为了活着的人。"

这是《兰斯顿·休斯》中的诗。

"迈克不想让你飞过去道别,他想让你告诉他,他会没事的。而你不能。"

我吐出一口气。

"阻止这种病毒的唯一办法就是停止四处传播它。"

"哇喔,"我说,"你真的拥有神圣的血统。这也太棒了,我会为此祈祷和冥想的,我会和帕特谈谈。"

两天后,我得到了答案。

我决定过去。拉斯维加斯的工作人员最初说,他们认为让我给迈克一个惊喜是个好主意,但不是告诉他我要去。如果我告诉他,他可能会惊慌失措地拒绝,因为我的出现本质上意味着我去那里宣布他的死亡。所以我的计划是:像联邦快递一样出现在他家门口。

给他一个惊喜。

我唯一祈祷的是我能再次见到他,如果这是命中注定的,如果这是他需要和想要的,他就能见到我。和我想要什么无关,这取决于迈克,还有帕特的需求,履行我神圣的职责。

牧师迈克尔一定是在我自己知道之前就察觉到我要做什么了。牧师可能就是这样的,他们有那些奇怪的精神感应器,像火星人一样,至少优秀的牧师是这样。牧师迈克尔打来电话,在他没开口之前,我就脱口而出,说我要尽快赶去拉斯维加斯,两三天后飞过去,没有事先通知地出现在我"丈夫"面前。

对于我的这一突然宣告,他一点也不惊讶。

"这就是为什么要有两位'妻子',"他说,"一走,一留。"

然后他给了我一个绝佳的点子。他建议我去见迈克的时候穿上公园坡的第一急救员制服，告诉他我大老远从纽约来到拉斯维加斯，并不是因为他快死了。我来是因为我想打破历史上最长的志愿救护车运输的世界纪录——2522 英里（约 4058.8 千米），而且我的下一个呼叫也将会记入吉尼斯世界纪录。我同意这是一个非常好的主意，并且决定就这么去做。

"别让他投票！千万别提醒他这是一次选举！"

我笑着吼道，就像他的朋友迈克尔·贾奇一样。迈克尔·戴利能让你在最黑暗的时刻大笑，那笑声是神圣的，是仅剩的一切。

"看到我穿着第一急救员制服走进他家，他肯定会大吃一惊的。那我就成了意外杀死迈克·布朗的凶手。"

"太好了。"我的牧师说。所以这就是最终的计划。

同一天下午，我给保罗打电话，告诉他我会前往西部。
"我和你一起去，"他急切地说，"我会听从你的安排。"
"我的安排？我现在成你领导了？"
"亲爱的，我们从不会单独行动，我会和你一起去。"
好家伙，怪不得帕特那么喜欢他。

这一切都太沉重了。在"9·11"事件与新冠病毒肺炎疫情政策的双重压迫下，这是不可能完成的任务。我不能说我期待着在临终前看到迈克。

他此刻正在医院里进出，等待一家公司送来家用氧气。就在我决定给他惊喜的第二天，医生告诉他，癌细胞现在已经扩散到肾脏了。他知道这意味着什么，我"丈夫"是名医生。

最后，他接受了自己的命运。迈克告诉他在纽约的亲戚现在可以飞过去看他，跟他道别。

我已经决定要去了，但我不知道我是否应该告诉他。我再次与他在拉斯维加斯的家人交谈，我们一致决定将我的到来作为给他的一个惊喜。那天，我买了一张去拉斯维加斯的单程票，48 小时后出发。周三上午从肯尼迪国际机场起飞。由于新冠病毒肺炎疫情，达美航空为需要改签机票的人提供了免费通行证，以防行程有变更。

我从衣柜里拿出我的第一急救员制服，我决定把它包起来。现在迈克知道他快死了，惊喜的气氛一下子跌到了谷底。有人告诉我，我们的"丈夫"让他的护士很头痛,他不停地撕下他的氧气罩和吗啡贴片。这种情况有时会发生在病人身上:当你无法吸入足够的氧气,又被注射了麻醉剂,极度的痛苦和对死亡的恐惧会让你发疯。

正如迈克在几个月前曾对我说的那样:"死亡是很痛苦的。"

那天晚上,在收拾行李准备飞往拉斯维加斯的时候,悲伤和愤怒让我精神错乱、狂乱不堪。我从来不知道愤怒可以如此活跃,我并不是一个充满仇恨的女人,我感到这种愤怒不完全是我自己的,我感觉到它属于帕特。我像是被注射了兴奋剂,甚至可以举起一辆汽车、点亮时代广场。帕特对自己在"9·11"事件中被谋杀,或者他的弟弟死于与世贸中心有关的癌症很不高兴,我也不高兴。我不知道哪些感觉或想法是我自己的,哪些是来自我内心深处,一个介于这个世界和另一个世界、纽约和爱尔兰、现在和永恒之间的纤薄之地。无论如何,这是你的歌,斯诺普。除非爱尔兰女人唱歌,否则一切都不会结束。

在这里,我们对待彼此的方式真是一种可怕的耻辱。

在美国,我们否认死亡,否认疾病,否认弊病,将疾病军事化,好像它是一场战争,并将寻求帮助的行为污名化。没人愿意面对生命终结这个残酷的事实。在这个历史时刻,这可能是我们唯一能达成共识的事情:生命总会终结,它是神圣的,也是有限的。

我们都知道,这宝贵的生命是我们拥有的全部。生命会开始,也会结束,但没人愿意见证结局。它太丑陋了,太暴力了,又很缓慢。

所以他们把它推到看不见的地方,把它推到街上,推到公务员身上,推到第一急救员身上。

为什么在一个人们经常开枪打死对方的国家,不是每个人都知道如何止血和使用止血带?

为什么人们不知道如何做心肺复苏?就是30比2。好了,现在你已经接受过培训了。

学习拯救生命的基本技能只需要几个小时到1周。

只要1周——如果你愿意的话。

没人有时间？那当你的孩子心跳停止，难道你愿意只能指望我们开着救护车、开着警灯和警笛赶到吗？还没兴趣学如何做心脏复苏，或者如何止血吗？

为什么没兴趣？

是因为没有收到召唤吗？那你现在收到了，我在召唤你，现在你已经收到召唤了。

强制性的公民服务，也许是一个解决方案，这就是我在今年10月的感觉。

每个自称是美国人的人都必须服从强制性的公民服务。

"你还好吗？"汤米在第二天早上问道，"我在'照片墙'上看到一张照片，上面写着为迈克祈祷，我的心沉了下去。现在是什么情况？"

"我不好。他快死了，我周三早上第一件事就是飞过去看他。我快疯了。他的家人正从纽约飞过去。"

"陪在他身边对你是件好事，你这样做也是对帕特的致敬，他也会为你高兴的。"

"但我快崩溃了。"

"别让它得逞，也不要允许它得逞。你比你面前的任务更强大，遥遥领先。"

"因为愤怒和悲痛，我快要失去理智了，这就是一场噩梦。"

"或者说是一种荣誉。"

"我也有这样的感觉。我觉得很幸运，这是一种荣誉，它是神圣的。而且这是我的责任，是为了帕特。迈克是我最好的朋友之一，他也是我的家人，我会陪他到最后一刻。我只祈祷他能再撑一天，这样我就能见到他，尽管我知道见到他会让我崩溃。"

"我知道你能行，还知道帕特会感激你的。"

"帕特还活得好好的，我在引导他的愤怒。帕特是个易怒的家伙，他曾把一个消防员的头按到墙上的烘手器上，因为那家伙不停地取笑他喜欢的百老汇音乐剧。帕特喜欢这些音乐剧是因为他的母亲喜欢，而他在越南的时候他母亲就去世了，所以他差点杀了那个消防员。而因为他，我才成为现在的我。"

"我喜欢这个故事！很多家伙都需要偶尔被敲一敲脑袋。巧合的是，从伊拉克回来后，我也这么做了。我被人取笑说'过去一年无所事事，在中东的海滩上闲逛'。忍无可忍之下，我就发作了，然后再也没人敢取笑我了。"

"正是如此。人们总是一再挑衅。然后事情就变成，好吧，你成功把我惹毛了，我要炸了你的村子。"

"一点没错！"

"谢谢你，士兵，我爱你，我会在拉斯维加斯给你发短信。我只祈祷能及时赶到那里。"

"我也爱你。你并不孤单，我相信你。昂首挺胸，保持坚强！"

这太痛苦了。这是一场噩梦，我无法承受。
我讨厌人们对待这些第一急救员的方式。
他们被遗弃了。
没人愿意这样说，但事实就是如此。
他们被遗弃了。

今天，每次我的电话响起，我都以为是迈克死了，我没有及时赶到那里。

我需要带本书去拉斯维加斯，它就像空气一样必不可少。你会带什么书去看望即将死于癌症的朋友？当然是迈克尔·戴利写的《迈克尔之书》，它几乎是自己从我的书架上跳下来的。

对于紧急情况，情势总是瞬息万变。第二天，迈克的情况就恶化了。从现在开始，他还剩14个小时，他的家人不知道我能不能在他活着的时候赶到拉斯维加斯。他在家里很焦虑，他即将以同样的原因和他妻子死在同一张床上了。他把手机关机了，他一直想下床，但因为太过虚弱而跌倒了。他要求见他的妹妹，而她现在正在飞机上。

朱迪给我打电话，让保罗不要买票，因为她觉得迈克可能活不到下周一，而这是保罗能最早出发的时间。她说，他们想告诉迈克我来了，他们觉得这个消息能让他平静下来，缓解他的焦虑。

"那就告诉他吧，"我说，"告诉他我已经在路上了，告诉他我明天早上会到那里。若是他等不到那个时候，也不用勉强等我。做任何能让他平静下来的事，无论他需要什么。你们在现场，所以你们知道。我相信你们，做任何你们需要做的事。"

"如果他拒绝呢？虽然我不认为他会，但要是他真的拒绝呢？"

"那也没事。现在只用考虑迈克的想法，不用管我，以他的选择为重。他要我们做什么，我们就做什么。你可以告诉他，我来了，正在路上，他想让我待多久，我就待多久，或者我就待在这里，哪里也不去，或者介于两者之间。他想要什么都行。"

在西方，我们在照顾病人和垂死之人方面是很生疏的，我们不擅长处理这种事情。我们必须做得更好，如果你不记得我告诉你的其他事情，我恳求你记住这一点：

将死之人应该获得他们想要的一切，不要让它与你有关，这是他们的死亡，满足病人和将死之人的所有临终愿望。如果你不能在最后时刻亲自陪伴他们，就像在新冠病毒肺炎疫情期间患者家属经常遇到的情况那样，或者如果他们希望在生命的最后时刻保护隐私，那么当他们处于死亡的阵痛中时，你可以通过祈祷和冥想与他们交谈，为他们唱歌，告诉他们你的信息，因为这个世界与另一个世界之间的门是敞开的。

一切都会被听到，一切信息都会被接收，你的存在会被感觉到。

告诉他们，他们并不孤单。你在精神上与他们同在，你也必与他们同在，直到最后。告诉他们，他们死去的朋友和家人也在他们身边。呼唤他们的名字，让他们知道他们正受到神圣的保护。

告诉他们，你爱他们，并感谢他们对你的爱。告诉他们，他们所做的一切都很完美。他们根据自己的灵魂做出了最好的选择，而且是完美的选择。让他们知道你为他们感到骄傲，他们不需要有任何遗憾。他们的命运已经注定，他们的号码已被召唤，他们正在神圣地死去。

告诉他们，他们这是要回家了。而我们都会回家，你很快就会加入他们，和他们再次相聚。向他们保证，虽然你们分开了，但你们仍然可以彼此交流。两个世界之间的墙壁很薄，他们可以随时与你交谈，而你将在祈祷、冥想和歌唱中与他们交谈。你会继续讲述他们的故事，你会用各种各样的方式，一遍又一遍地向彼此、向世界讲述他们的故事。你会铭记他们，让他们永远活着。

要明白，你所爱的人不可能做出任何不同的事情，他们为自己的灵魂做出了最好的选择。要绝对地原谅他们，也绝对地原谅你自己，原谅你对他们的治疗或最后时刻可能持有的任何评价。他们做得非常好。

你也是。

放下你的内疚、批判、愤怒和羞愧，放下你脑中、心中对自己和他人的怨恨，放下你与他们的关系。你们每个人都尽了最大努力，你们做得非常好。像他们一样，你不要有任何遗憾。你所爱的人有他们自己的道路，尊重他们的人生道路，不要因为假设你知道的更多，并且认为事情本可以不一样就贬低他们的选择。永远善待彼此，因为我们每个人都为失去所爱之人而承受着深深的痛苦。我们是我们所拥有的一切。让你的愤怒消失吧，记住疾病和死亡不是非赢即输的战争，它们是生命中自然的一部分，我们都会回家。当我们这样做，我们将看到失去的朋友。

所有人都能听到声音，只有情绪失落的人才能听到别人听不到的声音。对我来说，这些信息是来自"9·11"事件的声音，来自帕特里克·布朗队长和牧师迈克尔·贾奇。

今天一整天我都在哭泣和祈祷。

帕特，如果迈克需要见我，那我就应该去见他，仅此而已。如果不是，如果你需要在我到那之前就带走她，不想我去看他，我也相信你的选择，你想要什么都行。我真的很想见他，但我相信你。

这个晚上，朱迪打来电话。
他想见我。

我来了，我亲爱的"丈夫"。

今天晚上，我哭着收拾行李。我讨厌我的制服，根本不想看到它，更别说打包带上它或穿着它去拉斯维加斯见迈克。若是我穿着制服露面，那就意味着我是第一急救员，而迈克是我的病人，他就要死了。

最后的呼吸，临终的遗言。
无论是当面，还是在精神上。
我都是神圣的见证者。
我被召唤而去。

致谢

首先，我要永远感谢帕特里克·布朗队长和迈克尔·埃弗雷特·布朗医生，他们是英雄和兄弟，毕生致力于帮助他人，最终为爱和服务事业献出了自己的生命。你们永远活在我心中，谢谢你们。

此外，我要感谢纽约市那些非同寻常的病人，我在这本回忆录中记录了他们的急救情况。同时我还要感谢公园坡志愿救护队的全体工作人员，他们为社区提供了极佳的服务，尤其是在新冠病毒肺炎疫情期间。我特别感谢直接或间接为本书做出贡献的第一急救员，尤其是那些将他们的故事分享给我的人，我对你们怀有无限的感激与敬意。我需要特别感谢我的搭档门迪·哈比比安、卡西亚·泰劳斯基、达拉斯·泽赫纳和克里斯蒂娜·"极点"·史穆利克，他们是我最忠实的盟友和老师。我还要感谢"云梯3号"的工作人员，他们为帕特以及迈克打造了一个纪念地。

我很幸运能拥有一支文学梦之队，他们创造了奇迹，将这本书带到这个世界，并让它成为我在冲突时期的一个避难所。我尤其要感谢内德·莱维特，他对我信任有加，为本书提出了重要的修改意见，并慷慨地将我引介给了出色的经纪人詹姆斯·莱文，他为了本书的出版费尽周折，但从未放弃过我。莱文·格林伯格·罗斯坦文学社的琳赛·埃吉库姆和考特尼·帕格内利提供了精彩的笔记，使我的故事得以更完美地呈现。我还要感谢我的天才编辑杰西卡·凯斯，感谢她的睿智和远见，正是她的努力最终将本书塑造成我最希望呈现的样子。我非常感谢飞马书社的每一个人，他们从文案编辑到宣传，一直如此周到而热切地致力于这个项目。

我非常感谢阅读本书不同版本、为我提供各种支持的朋友和作家：乔希·莱文、丹·墨菲、卡伦·谢泼德、鲍比·伯克、奥姆里·贝扎勒和雅尔·哈科恩。我要特别感谢迈克尔·戴利，他抚平了我的紧张，帮助我鼓起勇气讲述我最需要讲述的故事，并在新冠病毒肺炎疫情期间一直照顾我。我很感激多年来一直鼓励我的作家团队：菲丽丝·贝尔、米莎·戴森、史蒂夫·格雷、本·斯奈德、克里斯托弗·福克斯和蒂拉·海德。还要感谢纽约大学的许多人，尤其是纽约大学老兵写作研讨班，是他们的创造力帮助我找到了自己的声音。

我深深地感谢我的朋友和爱人，在这痛苦的一年里，我受到了他们的精心照顾，另外，还有其他许多人的帮助：纳塔莉·爱德华兹、罗宾·特沃梅、瑞秋·诺尔斯、布里奇特·古德博迪、安娜·摩根－穆兰、保罗·科利顿、拉里·谢因戈尔德、丹·维茨、林恩·马吉莱斯、埃勒里·沃辛顿、杰梅因·斯普拉德利和我的心理医生安妮·斯特恩。我美丽的母亲希拉·埃诺德给了我无条件的爱，并且一直相信我。谢谢你，妈妈。

最后，若是没有伊尔法·埃德尔斯坦，就没有这本书。她陪我熬过了这一切，用无数种方式拯救了我，是她对我的信任才让这本书得以问世。若是没有你，我的好姐妹，我不可能熬过这毁灭性的一年。我宣布，你现在是爱尔兰人了，我们会在另一边见到我们失去的爱人。